CHOIX

DE

SERMONS ET DISCOURS

DE

S. ÉM. Mᴳᴿ PHILARÈTE

MEMBRE DU TRÈS-SAINT SYNODE DE RUSSIE
MÉTROPOLITE DE MOSCOU

TRADUITS DU RUSSE SUR LA SECONDE ÉDITION

PAR

A. SERPINET

Учаще ихъ блюсти вся, елика
заповѣдахъ вамъ.
Mаtҩ, xxviii, 20.
Leur enseignant à garder, tout ce
que je vous ai commandé.
Mаттн., xxviii, 20.

TOME DEUXIÈME

PARIS

E. DENTU, LIBRAIRE-ÉDITEUR

PALAIS-ROYAL, 17 ET 19, GALERIE D'ORLÉANS

1866

CHOIX

DE

SERMONS ET DISCOURS

—

1ᵉʳ RECUEIL

1811 — 1847

PUBLIÉ AUX FRAIS DE Mᵉ ˙A. I. LOBKOFF,

AVEC LE CONCOURS DE Mᵉ A. Z. ÉGOROFF.

PARIS. — IMP. SIMON RAÇON ET COMP., RUE D'ERFURTH, 1.

CHOIX

DE

SERMONS ET DISCOURS

DE

S. ÉM. Mgr PHILARÈTE

MEMBRE DU TRÈS-SAINT SYNODE DE RUSSIE

MÉTROPOLITE DE MOSCOU

TRADUITS DU RUSSE SUR LA SECONDE ÉDITION

PAR

A. SERPINET

Учаще ихъ блюсти вся, елика заповѣдахъ вамъ.

Matth., xxviii, 20.

Leur enseignant à garder tout ce que je vous ai commandé.

Matth., xxviii, 20.

TOME DEUXIÈME

PARIS

E. DENTU, LIBRAIRE-ÉDITEUR

PALAIS-ROYAL, 17 ET 19, GALERIE D'ORLÉANS

1866

CHOIX

DE

SERMONS ET DISCOURS

CINQUIÈME PARTIE

SERMONS POUR LA CONSÉCRATION

DE DIVERSES ÉGLISES

1

SERMON

POUR LA CONSÉCRATION DE L'ÉGLISE
DE L'UNIVERSITÉ DE MOSCOU,

SOUS L'INVOCATION DE SAINTE TATIANE, MARTYRE,

Prononcé le 12 septembre 1857.

> J'ai cherché le Seigneur, et il m'a exaucé, et il m'a
> délivré de toutes mes afflictions. Approchez-vous de
> lui et instruisez-vous, et la confusion ne sera pas sur
> vos visages.
> — Ps. xxxiii, 5, 6. —

Et voilà donc la maison de prière sous le même toit
que la maison de l'amour de la sagesse. Le sanctuaire
des mystères a été invité à habiter dans la demeure des
sciences, et il est entré ici, et il s'y est fondé, et il s'y
est affermi par ses moyens mystérieusement efficaces. Il paraît que la Religion et la Science veulent habiter

II.   1

ensemble et travailler en commun à ennoblir l'humanité.
C'est une condescendance de la part de la Religion :
soyons-lui reconnaissants de toutes nos forces pour sa
condescendance. C'est un acte de sagesse de la part de la
Science : félicitons-la de sa sagesse.

Je ne dirai pas : le Sage suprême, car ce nom serait
encore trop au-dessous de Celui que j'ai dans ma pensée
en ce moment ; — Celui qui est la sagesse même, et la
source unique de toute sagesse, en qui *sont cachés tous
les trésors de sagesse et de raison*, qui, en ouvrant ses
trésors, *donne la sagesse*, et *du visage* duquel sortent *le
savoir et la raison*, — Celui-là est venu ici aujourd'hui, et
non pas seulement comme hôte faisant une visite, mais
comme habitant à demeure ; et il ouvre ici son école, à
laquelle personne autre que lui, ni avant lui, ni après
lui, n'a rien pu fonder de semblable ; — école toujours
assez haute pour les esprits et les âmes de la plus grande
élévation, et en même temps assez élémentaire pour les
plus simples et les plus humbles de la terre ; — école
qui ne flatte pas par l'espérance de degrés scientifiques
et ne veut faire de tous les peuples rien de plus que des
écoliers, mais qui, si peu séduisante qu'elle soit, a, dès
sa fondation, attiré à elle tout l'ancien monde savant et
en a refait l'instruction à sa manière ; — école dans laquelle, sans manquer à la considération et à l'amour mérités des sciences connues, on peut remarquer des objets
d'enseignement particulièrement dignes de plus que
d'une curiosité superficielle. La parole de vie, — philosophie, non selon les éléments du monde, réfutés et
réduits en poudre par les expériences de l'art, et produisant, par la relation naturelle de l'effet à la cause, des
connaissances d'une vie et d'une étendue assez bornées,

mais selon les principes vivants et vivifiants de *l'infinie sagesse de Dieu cachée dans le mystère, que Dieu a préparée avant les siècles pour notre gloire;* — contemplation de l'Unité souveraine dans la Trinité consubstantielle, et de la Trinité dans l'Unité, comme vraie racine de tout nombre, comme base incommensurable de toute quantité ; — connaissance de la terre et du ciel, non cette connaissance sépulcrale de la terre, qui descend de glèbe en glèbe et de couche en couche dans ses profondeurs comme dans une tombe, et, sur les restes de la destruction, veut expliquer la vie ensevelie et la vie restante, sans espoir de ressusciter celle qui est ensevelie, ni de conserver celle qui reste; non cette connaissance télescopique du ciel, qui suit, au moyen de longues lunettes, la course des étoiles, sans ouvrir à l'observateur aucun chemin vers le ciel, mais connaissance de la terre et du ciel dans leur état parfait au commencement, de la terre maudite ensuite dans les œuvres de l'homme, et du ciel devenu *impur* (Job, xv, 15); puis de la terre qui sera consumée par le feu avec toutes les œuvres qui s'y trouveront, et du ciel qui passera, enfin d'un nouveau ciel et d'une terre nouvelle, dans lesquels la vérité vit, et dans lesquels nous pouvons transmigrer, nous aussi, si nous vivons selon la vérité; — jurisprudence, non pas une jurisprudence quelconque, prise de l'antiquité grecque et romaine, à laquelle le temps a donné de l'importance et dont le temps a montré la faiblesse par là que les États qu'elle a voulu fonder et affermir ont disparu depuis longtemps ; mais jurisprudence par laquelle le Roi du ciel et de la terre établit son règne de tous les siècles et sa puissance sur les générations des générations, et, ce qui est particulièrement important

pour chacun de nous, jurisprudence par laquelle il veut
établir son règne en nous, si nous désirons résolûment et
efficacement devenir les fils de son royaume ; — médecine des âmes, enseignant les moyens non-seulement de
guérir les maladies de l'âme, mais encore de la ressusciter de la mort spirituelle, indiquant des méthodes non-
seulement pour préserver de funestes maladies morales la
vie que nous possédons, mais encore d'en acquérir une
nouvelle et meilleure ; nous découvrant non pas un remède imaginaire, mais le vrai remède qui guérit tous les
maux, la Chair et le Sang du Dieu-Homme, et le principe
unique d'une vie plus haute, la Grâce du Saint-Esprit :
— ces objets d'enseignement ne doivent-ils pas être in-
téressants ? N'est-il pas digne d'une attention et d'un empressement zélés, le Professeur unique qui les a enseignés et les enseigne dans son école universelle ? Et y
a-t-il quelque empêchement à entendre et à suivre ses
leçons ? Au contraire, comme c'est près et à notre convenance ! *Approchez-vous de lui, et instruisez-vous.*

Cette invitation à rechercher l'instruction et Celui qui
en est le vrai propagateur, est d'un serviteur très-ancien
et incontestablement distingué de l'instruction, du roi
et prophète David. Répétons-la d'une manière un peu
plus complète : *J'ai cherché le Seigneur, et il m'a exaucé,
et il m'a délivré de toutes mes afflictions. Approchez-vous de
lui et instruisez-vous, et la confusion ne sera pas sur vos
visages.* Pour mieux comprendre cela, il faut se rappeler
que les anciens regardaient comme impossible de voir
Dieu, et que Dieu lui-même les confirma en quelque
sorte dans cette pensée lorsqu'il dit à Moïse : *Tu ne pourras pas voir ma face : car l'homme ne peut voir ma face et
rester vivant* (Ex., XXXIII, 20). Ainsi, le Psalmiste Royal ne

proposait-il pas une chose énorme, une chose contraire à la croyance de son temps, quand il proposait de s'approcher du Seigneur et de recevoir immédiatement son enseignement? Pour ne pas charger le Prophète de l'accusation d'avoir commis une erreur dans la connaissance de Dieu, erreur incompatible avec les lumières d'un Prophète, nous devons de toute nécessité prendre en considération un autre aspect de la connaissance de Dieu qui se trouvait aussi chez les anciens Hébreux. Un examen attentif des saints livres hébreux montre que Dieu se manifestait sous la figure d'un être créé, d'un ange, d'un homme, mais sous le nom de Dieu, avec la puissance divine. Plus est inattendu cet aspect humain de la connaissance de Dieu sous l'empire de la pensée première d'un Dieu invisible, inaccessible, incompréhensible, et plus il est facile d'y reconnaître une disposition particulière de prévoyance, et nommément une condescendance anticipée, pour l'humanité, du Fils de Dieu se manifestant préalablement dans une esquisse de son incarnation future, comme le soleil se manifeste, avant son lever, par l'aurore et quelquefois même par un mirage. Maintenant on peut comprendre comment David représente le Dieu invisible et inaccessible comme visible, accessible sans danger, et instruisant ceux qui s'approchent de lui; et en même temps on peut voir clairement aussi que le Prophète nous invite à nous approcher, pour notre instruction, de ce même Seigneur que nous appelons notre Seigneur Jésus-Christ. Et ainsi, le Christ est donc la Lumière de l'ancien monde aussi bien que du monde nouveau! Et l'ancien monde ne montre pas, dans le lointain, une autre lumière que celle qui nous luit de si près en Jésus-Christ! A quoi donc inviter, aujourd'hui encore, les amis de l'instruction, sinon à s'approcher de cette Lumière? *Appro-chez-vous de lui, et instruisez-vous.*

Si nous examinons la liaison de cette invitation avec ce qui précède et ce qui suit dans le Prophète, nous pouvons voir qu'à cet appel auprès du Seigneur enseignant, il désire joindre la persuasion qui peut nous engager à y répondre. Lorsqu'il dit : *J'ai cherché le Seigneur, et il m'a exaucé, et il m'a délivré de toutes mes afflictions,* il nous indique par là son expérience personnelle, d'abord malheureuse, et ensuite heureuse. *De toutes mes afflictions :* — il est évident que ses afflictions étaient nombreuses, pesantes; il est évident que, dans les sentiers ordinaires de la vie du monde, il n'avait rencontré ni soulagement, ni secours, ni consolation. *J'ai cherché le Seigneur :* — il est évident qu'il n'a pas reçu facilement même le secours du Seigneur, soit parce que, n'ayant pas été assez éprouvé par une expérience difficile, il n'était pas assez éclairé, soit parce que l'obscurité trop profonde de l'affliction lui cachait les voies de Dieu : car il ne dit pas qu'il a recouru directement à Dieu, qu'il s'est approché de lui immédiatement, mais il dit qu'*il a cherché le Seigneur ;* or, on ne cherche pas ce que l'on voit ou ce dont on connait sûrement le chemin. Mais que lui a rapporté cependant, à la fin, la recherche du Seigneur? — *J'ai cherché le Seigneur, et il m'a exaucé, et il m'a délivré de toutes mes afflictions.* Comme celui qui est égaré dans l'obscurité, ou dans un bois, ou dans des gorges étroites, appelle de la voix le libérateur qu'il ne peut pas voir, et comme l'homme compatissant, en l'entendant, lui répond, s'approche de lui et met fin à son embarras, ainsi David a appelé le Seigneur de la voix de l'affliction et de la prière, et le Seigneur, en l'entendant, lui a répondu de la voix de sa

grâce, s'est approché de lui, et a mis fin à toutes ses afflictions. Maintenant, David, de malheureux qu'il était,
devenu heureux, veut partager son bonheur ; reconnaissant envers son Libérateur, il veut aider à la délivrance
des hommes qui sont dans la souffrance, et c'est pour
cela qu'après avoir montré son heureuse expérience, il
fait entendre un appel qui engage non-seulement à chercher le Seigneur comme caché, mais à s'approcher de lui
comme déjà trouvé · *Approchez-vous de lui, et instruisez-
vous, et la confusion ne sera pas sur vos visages.* Cette
suite de ses paroles nous donne le droit de comprendre
les dernières en ce sens que le Prophète promet, de la
part du Seigneur, non-seulement l'instruction de l'esprit
par la lumière de la vérité de Jésus-Christ, mais encore
l'instruction du cœur par la lumière de l'Esprit consolateur, dans la consolation surabondante de laquelle disparaît toute affliction terrestre, comme une goutte d'amertume dans une coupe de douceur.

En trouvant que le Prophète nous invite à recourir à
l'instruction du Seigneur comme à un remède contre les
afflictions, ne pensons pas du reste que son invitation en
ce sens ne s'adresse qu'à quelques hommes et dans des
circonstances particulières. Il dit en général : *Approchez-
vous, — instruisez-vous,* — mais il n'indique personne à
qui il adresse cette invitation, ce qui signifie, sans aucun
doute, qu'il fait appel à tous ceux qui ont des oreilles
pour entendre. Demandons-nous : Avons-nous vécu, jusqu'à ce jour, sans afflictions, et espérons-nous vivre dans
l'avenir sans afflictions? Je ne pense pas que personne
puisse se féliciter aussi positivement d'un pareil passé,
ou puisse se promettre un pareil avenir. Je demande en
particulier : Qui de nous possède, sans crainte de le

perdre, le bonheur dont parle l'ancien et pieux Sage :
*Heureux l'homme qui n'est point tombé par les paroles de sa
bouche, et qui n'est point oppressé par le remords du péché*
(Sag. de Sir., xiv, 1)? Si, contre toute attente, quelqu'un
voulait dire qu'il a conservé et conserve ce bonheur, il
se verrait d'avance fermer la bouche par un témoin irré-
futable, choisi pour sa pureté, le disciple du Christ,
Jean : *Si nous disons que nous sommes sans péché, nous
nous séduisons nous-mêmes, et la vérité n'est point en nous*
(I Jean, i, 8). Mais si nous ne sommes pas à ce point sé-
duits par nous-mêmes, si nous ne sommes pas à ce point
étrangers à la vérité que nous ne confessions pas le péché
en nous, et si, par conséquent, nous sommes soumis à
l'affliction du péché, je demande alors à tous ceux qui
ont, ou qui ont jamais eu quelque prétention à l'instruction et à la sagesse : Où est cette sagesse qui pourrait
m'apprendre à me consoler du chagrin du péché? Où est
cette instruction qui pourrait m'éclairer la voie de la délivrance des afflictions de la vie, et surtout des afflictions
de la conscience? Où est cette science qui pourrait résoudre d'une manière satisfaisante la question, qui n'est
étrangère à aucun de nous, de la possibilité de rendre
l'homme heureux, et surtout l'homme pécheur et coupable devant Dieu; car quoique, dès l'antiquité, on n'ait pas
peu discuté sur le bonheur de l'homme selon la raison,
on a pourtant eu peu de succès, en partie parce qu'on n'a
pas compris la principale difficulté de la question, qui
provient de la manière d'envisager le péché et la culpabilité devant Dieu, en partie parce qu'on s'est trop in-
quiété des moyens de rendre heureuse la vie temporelle
de l'homme qui est immortel, c'est-à-dire qu'on a voulu
édulcorer une goutte sans s'occuper de la douceur ou de

l'amertume de la mer qu'il faut boire après elle? Où est l'homme qui pourrait m'instruire de sorte que *la confusion ne fût pas sur mon visage* devant Dieu, et devant mon propre cœur qui me reproche lui-même mon péché? Vous qui cherchez les forces qui meuvent le ciel et qui en soutiennent l'ordre et l'équilibre! ne me trouverez-vous pas une force qui puisse corriger ma déviation du vrai chemin du ciel, qui puisse victorieusement combattre ma gravitation, volontaire ou involontaire, vers l'enfer? Connaisseurs des droits divins et humains, naturels et sociaux! vous ne pouvez ne pas avouer qu'il n'y a point de droit plus naturel et qui souffre moins d'exception que celui qu'a Dieu d'exiger qu'aucune de ses créatures n'enfreigne sa volonté et sa loi par aucune action, par aucune parole, qui est aussi une action dans son genre, par aucune pensée ni aucun désir, qui sont dans le domaine de l'esprit et de l'omniscience exactement ce que sont les paroles et les actions dans le domaine des sens ; que celui qui se met en opposition avec les droits de l'Autocrate, perd par là les droits propres dont il jouissait par sa bonté, et dont, dans les principes fondamentaux d'une bonne organisation gouvernementale, il ne pouvait jouir autrement qu'en se soumettant à l'obligation d'une fidèle obéissance ; qu'en vertu des mêmes principes, il se soumet à l'action répressive ou vengeresse de la justice. De cette manière, votre science aussi, de même que la conscience, *couvre de confusion le visage* du pécheur ; mais trouvera-t-elle un moyen d'effacer sa confusion? On dit parmi vous que ce qui a été fait, ne peut pas n'avoir pas été fait : cet axiome condamne le pécheur à la honte éternelle de son péché reconnu. Dieu est miséricordieux, dit-on souvent sans réflexion, et, sur cette douce pensée, la

conscience peu habituée à examiner veut s'endormir ; mais
la pensée de la miséricorde de Dieu, qui éclaire d'une lumière si puissante, si douce, le domaine de la foi, ne peut
être amenée à une action semblable dans le domaine de
la philosophie naturelle, par les seuls arguments de la
raison. Dieu est miséricordieux, mais il est juste aussi ;
il est infiniment miséricordieux, mais il est aussi infiniment juste ; la balance de ces conceptions est égale, et il
n'y a pas de cause pour que l'espérance en la miséricorde
de Dieu puisse l'emporter sur la crainte de sa justice. Que
le pécheur ait à redouter la justice de Dieu, cela est évident ; dans quel rapport il se trouve avec sa miséricorde,
la raison ne peut le déterminer ; enfin de quelle manière
la miséricorde de Dieu peut surabonder pour le pécheur
sans offenser les droits de la justice de Dieu, cela est complètement inconcevable sans une révélation particulière
de la justice d'en haut. Qui donc résoudra mes doutes ?
Qui éclairera mon obscurité? Qui me rassurera par une
espérance en la miséricorde de Dieu qui soit sûre et ne
me couvre pas de confusion ? Qui *me délivrera de toutes
mes afflictions?* Cela n'est possible qu'à toi, Maître venu
de la part de Dieu, Lumière du monde, Consolateur des
âmes, Seigneur Dieu et Sauveur Jésus ! Ton apparition merveilleuse dans le monde, ta parole, à laquelle *l'homme n'a
jamais rien dit* de semblable, et, par-dessus tout, tes souffrances pour moi, tes plaies, ta mort sur la croix sont
des preuves assez fortes et suffisantes d'une miséricorde
libératrice, — et elles seules sont assez fortes et suffisantes pour éclairer, non-seulement l'obscurité terrestre
de l'ignorance, du doute, de l'affliction, mais encore les
ténèbres infernales du désespoir, d'une lumière douce,
vivifiante, inextinguible. Quelque profondément que *soit*

blessé mon cœur par *le chagrin du péché*, quelque déchiré
et navré qu'il soit par les douleurs de la vie terrestre,
— lorsque, par un mouvement intérieur de la foi, je rapproche les blessures de mon cœur de tes blessures de la
croix, la vie immortelle et révivifiante qui en découle se
communique à ma vie mourante ou même déjà morte ;
ta lumière divine éclaire mon obscurité ; ton Verbe créateur me relève de ma chute, me guérit de ma maladie,
me ressuscite de ma mort ; la consolation de ton Esprit,
ou me délivre de toutes mes afflictions, ou rend mes afflictions elles-mêmes consolantes, mes souffrances elles-
mêmes joyeuses, dans la participation de tes afflictions
et de tes souffrances salutaires ; avec toi, mon *visage
n'est pas couvert de confusion* devant Dieu ton Père et devant ma propre conscience : Car *ton sang purifie ma
conscience des œuvres mortes*, ta vérité couvre mon mensonge condamné par lui-même, ta médiation m'enhardit
devant ton Père, et, comme tu nous as enseigné et donné
le droit de l'appeler aussi notre Père, je te glorifie pour
cela, unique Civilisateur, et, quoique d'une voix indigne,
avec le digne Serviteur de ton instruction éternelle, j'appelle à toi tous les savants et tous les ignorants de ce
siècle : — *Approchez-vous de lui*, — l'âme pleine de respect,
le cœur plein de foi, l'esprit plein de prière, la volonté
pleine d'obéissance, venez à lui, *approchez-vous de lui, et
instruisez-vous, et la confusion ne sera pas sur vos visages.*
— Ainsi soit-il.

2

SERMON

POUR LA CONSÉCRATION DE L'ÉGLISE DE LA TRINITÉ PRINCIPE DE VIE,

CONSTRUITE PAR LES SOINS DE LA PRINCESSE EUDOXIE NICOLAIEVNA NESTCHERSKY,
ET POUR L'OUVERTURE DE L'ASILE BORISSOGLEBSKY
POUR LES FEMMES, FONDÉ PAR LA MÊME AVEC AUTORISATION SUPRÈME,

Prononcé le 4 mai 1822.

> Si quelqu'un profane le temple de Dieu, Dieu le perdra ; car le temple de Dieu est saint, et c'est vous qui êtes ce temple.
>
> — I Cor., III, 17. —

Gloire à Dieu, *admirable dans son sanctuaire !* Voici encore un lieu devenu saint et divin ; le ciel s'est encore ouvert sur la terre ; voici encore un asile offert à la prière ; voici encore un trône élevé à la Grâce.

Il fut un temps où, dans tout l'univers, il n'y avait qu'un seul temple du vrai Dieu, et il y eut un homme qui se livra à l'enthousiasme à la seule pensée qu'il pouvait aller dans la maison du Seigneur : *Je me suis livré à l'allégresse en ceux qui m'ont dit : Nous irons dans la maison du Seigneur* (Ps. CXXI, 1). Comment ne pas se réjouir maintenant que, pour ainsi dire, la maison de Dieu vient à nous du lointain de l'omniprésence invisible de Dieu, afin de rapprocher de nous l'accès de Dieu ?

David, ayant formé le vœu d'élever un temple à Dieu, jura de n'avoir pas de repos qu'il n'eût trouvé un lieu agréable à Dieu : *Il jura au Seigneur et fit ce vœu au Dieu de Jacob : Je ne donnerai pas de sommeil à mes yeux, ni d'assoupissement à mes paupières, ni de repos à mes tempes que je n'aie trouvé une demeure au Seigneur* (Ps. cxxxi, 2, 4); mais il ne lui fut pas donné de vivre jusqu'à la construction elle-même du temple. Qu'il est bon pour un cœur auquel a été donné non-seulement le désir d'élever un temple à Dieu, mais encore l'accomplissement de ce désir, — qu'il est bon de se reposer devant le Dieu du cœur, dans l'amour et la reconnaissance!

Il y a ici, aujourd'hui, encore une joie. En même temps que l'inauguration de cette maison de Dieu, il y a tout auprès l'inauguration d'une habitation pieuse; de sorte que la joie de la piété reçoit une nouvelle augmentation en s'unissant à la joie de l'amour de l'humanité, et que la joie de l'amour de l'humanité reçoit la consécration de la joie de la piété. Dieu a donné une marque de sa bonté en arrangeant ainsi les choses : les pauvres sont heureux quand ils se voient auprès de Dieu.

Réunissons notre joie dans un commun cantique de louange. Béni soit Celui qui donne les bons désirs, qui fortifie les bonnes intentions, qui en prépare l'accomplissement! Béni soit *Dieu qui s'approche* de nous par sa grâce, quand nous n'aurions pas pu nous approcher de lui, à cause de notre faiblesse et de notre indignité! Béni soit *le Père des orphelins et le Juge des veuves, Dieu dans sa sainte demeure* (Ps. lxvii, 6, 7) qui *établit ceux qui étaient seuls, dans une maison*, qui, en donnant aux déshérités une habitation, se cherche en eux des demeures pour lui-même! .

Du reste, quelque pure que soit la source de notre joie devant Dieu, il nous est recommandé *de nous réjouir même dans le Seigneur avec tremblement* (Ps. ii, 11). La simple prudence elle-même nous engage à joindre à la joie d'avoir acquis ce que nous désirions, le souci de savoir comment le conserver et en faire un bon usage. Et nous entendons l'Apôtre prononcer des paroles menaçantes contre celui qui ne conserve pas une acquisition aussi précieuse que l'est un temple de Dieu : *Si quelqu'un profane le temple de Dieu, Dieu le perdra.*

Ainsi, il faut une grande attention à faire un bon usage du temple de Dieu, et à ne pas lui porter atteinte.

Ordinairement, nous prenons soin d'un objet autant que nous en connaissons la valeur. C'est pour cela que l'Apôtre, pour nous engager à ne pas détruire le temple de Dieu, nous avertit de sa valeur qu'il appelle la sainteté : *Car le temple de Dieu est saint* (Ps. lxiv, 5).

Il trouve si évidente cette pensée de la sainteté du temple de Dieu, qu'il n'ajoute rien pour la prouver, et qu'il fait de cette pensée même la base de son affirmation. En effet, que le temple de Dieu doive être saint, il est aussi naturel de le penser que de penser que le jour doit être clair. Le jour, sans la lumière, ne serait point le jour : un temple, sans la sainteté, ne serait point un temple, mais ou une maison ordinaire, ou même une pagode.

Mais qu'est-ce que la lumière du jour? Qu'est-ce que la sainteté d'un temple? — Ici, sous l'évidence, se cache un mystère que quelques-uns n'aperçoivent pas, et, ou ils restent dans l'ignorance, ou ils se laissent aller à des opinions fausses, ou même quelquefois, comme dit l'Apôtre, *ils blasphèment ce qu'ils ne connaissent pas* (Jude,

10). Quelques-uns, par exemple, font consister la sainteté particulière d'un temple dans son antiquité, ou dans les objets sacrés qui s'y trouvent. L'antiquité mérite le respect, et la pensée en est majestueuse ; nous voyons en elle l'image de l'éternité qui elle-même est au-dessus de notre manière de la considérer : c'est pour cela que Dieu lui-même, dans la vision prophétique, apparaît sous la figure et prend le nom de *l'Ancien des jours* (Dan., VII, 9). Toutefois, la pensée de la sainteté d'un temple ne doit nullement être confondue avec la pensée de l'antiquité. Le temple de Salomon était neuf lorsque Dieu y apparut à Salomon et lui dit : *J'ai sanctifié ce temple que tu as construit* (III Rég., IX, 3) : ce temple était antique quand le même Dieu le livra aux païens pour le profaner et le détruire. La Chambre de Jérusalem devint le premier temple nouveau des Chrétiens, après la résurrection du Seigneur ; mais lorsque les apôtres y eurent reçu l'effusion du Saint-Esprit, alors, sans aucun doute, elle eut en elle incomparablement plus de sainteté que n'en avait à cette époque l'antique temple de Jérusalem.

Pour s'élever au principe véritable et général de la sainteté qui appartient à un temple de Dieu, il faut se rappeler que le premier fondateur d'un temple saint (lequel fut appelé alors tabernacle, parce qu'il fut construit en forme de tente, le peuple de Dieu habitant alors sous des tentes, pendant ses pérégrinations dans le désert), — que le fondateur de ce temple fut Dieu lui-même ; que le plan de ce premier temple fut apporté du ciel, d'après ce qui fut ordonné à Moïse : *Aie soin de faire selon le modèle qui t'a été montré sur la montagne* (Ex., XXVII, 8) ; que ce fut sur ce même modèle, et seulement avec une nouvelle magnificence, que fut construit plus tard le temple de

Salomon ; enfin, qu'après l'établissement, avec le Christianisme, de l'adoration de Dieu en esprit et en vérité,
adoration représentée auparavant dans des figures sensibles, le temple chrétien contient en lui la même sainteté
en esprit et en réalité, qui était représentée dans le temple de Moïse, ou dans celui de Salomon, en image et en
apparition. Quelle était donc la source de la sainteté
dans le temple de Moïse et dans celui de Salomon ? —
L'ablution et l'onction, usitées dès l'antiquité comme aujourd'hui, constituaient seulement la consécration prépa-
ratoire : la sainteté elle-même ne se manifestait que
lorsque la nuée miraculeuse ombrageait le tabernacle ou
le temple, lorsque le feu du ciel descendait sur la victime, en un mot, lorsque se manifestait la présence du
Dieu tout-puissant. C'est ainsi que Dieu lui-même explique à Salomon la sainteté du temple : *J'ai sanctifié ce
temple que tu as construit.* — Mais comment, Seigneur?
— *Pour y établir mon nom dans les siècles, et mes yeux
seront là, et mon cœur tous les jours* (III Règ., ix, 3). C'est
pour cela qu'aujourd'hui encore, dans la cérémonie de la
consécration, on annonce la présence de Dieu lorsqu'on
invite à haute voix les portes à *élever leurs faîtes, afin que
le Roi de gloire entre* (Ps. xxiii, 7).

Et ainsi, le fondement profond de la sainteté du temple
de Dieu, c'est la présence de Dieu dans le temple, présence mystérieuse et incompréhensible, mais non moins
véritable et réelle. *Le Seigneur* lui-même *est dans son
temple saint* (Ps. x, 4).

En vain les hommes qui veulent être sages de leur
propre sagesse plutôt que d'apprendre la sagesse de Dieu,
disent qu'ils n'ont pas besoin de chercher la présence de
Dieu dans le temple, parce qu'ils savent que Dieu est pré-

sent partout. Que dites-vous? Est-ce que Dieu ne connaît pas son omniprésence? N'a-t-il pas dit, par la bouche du Prophète : *Le ciel est mon trône, et la terre mon marchepied ; quel palais m'élèverez-vous, et quel est le lieu de mon repos* (Is., LXVI, 1)? Aurait-il oublié son omniprésence, lorsqu'il dit lui-même à Salomon, en parlant de son temple : *Et mes yeux seront là, et mon cœur tous les jours!* Assurément, aucun lieu particulier ne peut être assigné à l'omniprésence de Dieu ; mais il est nécessaire à la nature bornée de l'homme d'avoir, au moins jusqu'à un certain point, un lieu déterminé et limité dans lequel puisse s'accomplir son contact avec l'infini. Nous savons, nous aussi, qu'il y aura un jour *une cité sainte* dans laquelle *on ne verra point de temple, parce que le Seigneur Dieu tout-puissant en est le temple* (Apoc., XXI, 22). Mais cette cité doit *descendre de Dieu du haut du ciel* (10) : elle ne sera point construite par la sagesse orgueilleuse des hommes qui, par sa prétendue connaissance de l'omniprésence de Dieu, veut renverser le temple de Dieu ; cette sagesse ne construira rien que Babylone.

Il se trouvera peut-être encore des hommes qui diront : Comment serons-nous avertis de la présence de Dieu dans le temple, puisqu'elle ne se manifeste plus ni par une nuée qui vienne l'ombrager, ni par le feu descendant du ciel? Nous répondrons à ces hommes par cette parole du Christ : *Si vous ne voyez des signes et des miracles, vous ne croyez point* (Jean, IV, 48)! Comme s'il avait dit : Pauvres gens de peu de foi! Vous demandez toujours que votre foi soit nourrie par des prodiges visibles non interrompus, de même que l'on conserve les plantes faibles par une chaleur artificielle remplaçant la chaleur naturelle du soleil. — Maintenant, ce n'est plus l'hiver, ou la froide nuit antique ; maintenant, c'est le magnifique été du Seigneur, et le jour clair du salut. Ce n'est plus le temps où il fallait conserver et vivifier la plante faible de la foi par la force des prodiges extérieurs; c'est le temps, pour votre foi, vivante en Jésus-Christ, de se consolider sans appuis extérieurs ; et de produire elle-même des fruits merveilleux. Croyez sans demander des prodiges visibles, et vous verrez des prodiges cachés d'un ordre incomparablement plus élevé. Qu'avez-vous besoin des tonnerres du Sinaï, quand vous entendez ici, dans l'É-vangile, la parole vivante du Dieu vivant? Qu'avez-vous besoin de la nuée ombreuse dans laquelle les anciens, comme dit l'Apôtre, *ont été baptisés en Moïse* (I Cor., x, 2), quand vous avez ici le baptême pour vous revêtir de Jé-sus-Christ, et le Saint-Esprit pour vous ombrager? Qu'a-vez-vous besoin du feu tombant du ciel pour dévorer des victimes sanglantes, quand il y a ici un feu divin descen-dant sur la victime non sanglante, et la transformant, sans la détruire, en une chair et un sang divins, en une nourriture pour la vie éternelle? Trouvez seulement ici ne fût-ce que la seule prière commune des fidèles, et vous aurez trouvé ici la véritable présence du divin Sau-veur, selon sa promesse infaillible : *Là où deux ou trois personnes sont assemblées en mon nom, là je suis aussi au milieu d'elles* (Matth., xviii, 20). Croyez à sa présence, et alors, si cela est nécessaire, il vous montrera sa présence même visiblement, comme il l'a montrée souvent à plu-sieurs, en commençant par la visite de la Chambre des Apôtres, les portes étant fermées. Mais ne demandez pas à voir sans nécessité : *Bienheureux ceux qui n'ont point vu, et qui ont cru* (Jean, xx, 29).

Chrétiens, quelque caché qu'il soit, si nous avons

dans le temple un trésor tel que les cieux eux-mêmes n'en ont pas de plus précieux, c'est-à-dire la présence sainte et bénie de Dieu, avec quelle précaution, avec quelle crainte respectueuse nous devons nous conduire ici, afin qu'elle ne nous soit point ôtée, afin qu'il ne nous soit point dit, comme autrefois aux adorateurs de la maison de Dieu à Jérusalem : *Voilà que votre maison vous sera laissée déserte* (Luc, XIII, 55) !

Vous êtes ici devant Dieu : vous tenez-vous bien inébranlablement en sa présence, votre pensée ne fuit-elle pas hors des murs de ce temple, votre cœur ne s'en va-t-il pas de Dieu aux créatures, quoique, dans les maisons des hommes, vous regardiez comme inconvenant de vous détourner du maître et de vous adresser de préférence, devant lui, à ses serviteurs? Prenez garde que le grand Maître de cette haute maison ne se détourne de vous à son tour, comme vous vous détournez de lui, et que cette maison ne reste déserte pour vous.

Vous prenez part ici aux prières : votre esprit exprime-t-il intérieurement ce que vos lèvres disent extérieurement? Le cœur sent-il ce qu'entend l'oreille? Ou bien pensez-vous que Dieu sera attentif à une prière à laquelle vous ne faites vous-mêmes aucune attention? Prenez garde que la maison de prière ne reste déserte pour vous.

Car, que faisons-nous, nous qui sommes présents dans ce temple, que faisons-nous pour ne point violer la sainteté du temple? — Chacun de nous doit avoir souci de la construction, de la consécration, de l'usage saint, dans le temple commun, de son propre temple de Dieu. Car, dit l'Apôtre, *le temple de Dieu est saint, et c'est vous qui êtes ce temple.* C'est-à-dire, vous reconnaissez que le tem-

ple de Dieu est saint, et que celui-là offense Dieu qui en
viole la sainteté; mais ce temple, — c'est vous. Si sa sainteté n'a pas d'autre principe que Dieu, elle n'a pas d'autre
but que vous; en vous se dévoile l'esprit enfermé dans
ses images ; en vous se découvre le sens de ses significa-
tions. *Vous êtes les temples du Dieu vivant* (II Cor., vi, 16).
Mystère profond, *caché*, comme dit le même Apôtre, *dans
tous les siècles et dans toutes les générations, en Dieu,
maintenant manifesté* seulement *à ses saints, et qui est le
Christ en vous* (Col., i, 26)! Ce serait en vain que nous
nous efforcerions, dans l'impuissance de notre langage
charnel, de vous expliquer les miracles spirituels et divins renfermés dans ce mystère. Ce n'est point par la
subtilité, mais par la fidélité que l'on parvient à dévoiler
un mystère. Soyons fidèles en ce qui nous est déjà dévoilé : c'est le moyen de nous préparer à une révélation
plus haute de ce qui est caché. On t'a déjà dit que tu es
le temple de Dieu ; remarque donc tout ce qui se trouve
et tout ce qui se fait dans le temple de Dieu, et dispose-
toi conformément à cela, surtout intérieurement. Tu vois
ici des peintures des œuvres de Dieu et de ses saints :
remplis, toi aussi, ton esprit et ta mémoire, comme d'i-
mages spirituelles, de méditations édifiantes sur les
grandes œuvres de Dieu et les œuvres pieuses de ses
saints. Tu vois une lampe devant les saintes images :
efforce-toi de faire que la sainte pensée de Dieu produise,
en toi aussi, la lumière de la foi, et y allume le feu de
l'amour de Dieu. Tu vois la fumée de l'encens : *que ta
prière s'élève comme l'encens en présence de Dieu* (Ps. cxl,
2). Tu entends la parole de Dieu : fais-y si bien attention
qu'elle demeure en toi (Col., iii, 16) par la connaissance et
l'intelligence de toi-même. Tu entends les chants à la

gloire de Dieu : *chante*, toi aussi, *dans ton cœur*, un cantique *au Seigneur*. Tu vois les ministres saints se tenant
devant le Trône des Mystères, et annonçant que nous
représentons en nous *les chérubins* se tenant devant la
Trinité Principe de Vie : *éloigne* donc, toi aussi, *les solli-
citudes de la vie; que tout ce qui est charnel fasse silence* en
toi, et que ton esprit s'accoutume, avec David, à *voir toujours le Seigneur présent devant lui* (Ps. xv, 8).

Ainsi, mes Frères, *en venant ici à Jésus-Christ, la pierre
vivante, vous serez édifiés vous-mêmes en un temple spirituel, vous serez un sacerdoce saint, pour offrir des hosties
spirituelles, agréables à Dieu par Jésus-Christ* (I Pierre,
II, 5). Avec l'Apôtre, je vous conjure, mes frères et mes
sœurs, *par les miséricordes de Dieu, de lui offrir vos corps
en hostie vivante, pure et agréable à ses yeux, comme votre
culte raisonnable* (Rom., xii, 1). — Ainsi soit-il.

3

SERMON

POUR LA CONSÉCRATION DE L'ÉGLISE
DU SAINT-ESPRIT,

AU CIMETIÈRE DE DANIEL, A MOSCOU,

Prononcé le 25 septembre 1852.

> La libéralité est agréable à tout vivant ; n'empêche
> pas qu'elle ne s'étende aussi sur les morts.
> — Sag. de Sir., vii, 36. —

Se réjouir dans un cimetière, cela ne paraît, en vérité,
guère à sa place : cependant je n'hésite pas à convenir

que je me trouve avec joie aujourd'hui en ce lieu où, depuis bien des années, une foule de gens apportent chaque jour leurs larmes.

Je me réjouis en songeant à l'indulgence de la grâce divine, qui n'a pas dedaigné cette nouvelle demeure que lui offre la foi, et qui a bien voulu en permettre la consécration par une cérémonie sainte.

Je me réjouis en songeant à ce temple qui, neuf, en remplace un fort ancien ; durable, en remplace un qui menaçait ruine ; bien construit et magnifique, en remplace un qui était pauvre et peu commode.

Je me réjouis en me souvenant du serviteur de Dieu, maintenant trépassé dans la foi et l'espérance, qui m'apporta le premier regret de l'insuffisance du temple qui était ici, et de deux autres semblables, et me confia des offrandes assez larges pour chacun des trois, mais avec une prudence d'ailleurs si sévère pour que *sa main gauche ne connût pas ce que faisait sa main droite*, qu'il m'obligea de lui retourner le projet écrit de sa main, quoique sans signature, de cette entreprise, afin que son écriture même ne pût pas le faire connaître aux hommes. Ame qui as désiré la magnificence pour la maison de ton Dieu ! Dieu connaît ton nom, que je ne prononcerai pas, afin de me conformer à tes dernières volontés : qu'il le conserve dans le livre de vie, qu'il l'embellisse, dans le ciel, d'une gloire bien préférable sans doute à celle à laquelle tu t'es sagement soustrait sur la terre ; qu'il te dise, là où tu reposes en lui, que ta bonne pensée n'est pas restée sans résultat, et que ta libéralité a rencontré et de bonnes mains et une abondance d'autres libéralités, de sorte que le bon fruit a surpassé ta bonne espérance.

Je me réjouis en songeant à tout serviteur de Dieu qui

a contribué, peu ou beaucoup, selon ses forces, à l'édification et à l'embellissement de ce temple, et surtout à
celui qui a porté toute la sollicitude et tout le travail de
cette construction. — Et pourquoi donc ne pas dire de
temps en temps quelque chose, à l'église, de quelques
personnes privées, pourvu seulement que ces choses ne
soient pas dites dans des vues humaines? — C'était une
femme peu considérable, celle qui répandit une huile
parfumée sur la tête du Seigneur Jésus, et c'était une
chose bien simple en apparence et propre à la manière
de penser d'une femme ; cependant, à cause de la bonté
de son intention, le Seigneur ordonna dès lors qu'il fût
parlé d'elle et de son action dans les églises du monde
entier. On peut parler à l'église de ce qui se fait pour
Dieu et pour l'église. — Qu'est-ce donc qui me réjouit
à la pensée du constructeur de ce temple? — C'est non-
seulement qu'il a généreusement servi Dieu ici de sa
bourse et de son travail, mais encore et surtout qu'il a
entrepris cette œuvre sans y être engagé par aucune
nécessité, par aucune obligation ; — alors qu'il était déjà
chargé de la construction d'un autre temple; — alors
que la froideur manifestée par quelques-uns pour cette
entreprise présentait un exemple défavorable, et que,
cherchant depuis longtemps une assistance, nous pa-
raissions dépourvus de toute assistance. Je ne parle pas
de tout cela plus clairement parce que non-seulement je
ne veux me plaindre de personne, mais encore je ne
veux pas que le mécontentement trouve place même
dans mes pensées. Que Dieu nous donne à tous ce qui
nous est le meilleur; mais il ne laissera certainement
pas son Église sans secours quand elle en aura besoin
et que le moment en sera venu, ainsi que je l'ai dit déjà

par rapport à ce temple, au jour de la détresse, et que,
grâce à Dieu, le fait l'a démontré.

Je me réjouis en pensant à nos frères pauvres et délaissés qui trouvent aussi pour eux, auprès de ce temple,
des demeures nouvellement construites, et des moyens
pour leur assistance incessante, préparés avec le même
empressement qui a présidé à la construction de l'é-
glise.

Après cela, par devoir de reconnaissance de mon côté,
et pour la consolation et l'édification des autres, j'a-
jouterai pour le bienfaiteur de cette église : Qu'il ne
laisse pas prendre son cœur à la louange humaine, s'il
l'entend ou si elle parvient jusqu'à lui ; qu'il ne reçoive
pas une récompense humaine, vaine et sans valeur, pour
ce qu'il a fait pour Dieu, le vrai et éternel Rémunérateur ;
qu'il se réjouisse avec nous, non en lui-même, mais en
Dieu qui l'a béni et dans sa richesse, et dans son intention d'en faire un bon emploi, et dans l'heureux accomplissement de cette intention.

Enfin, je me réjouis maintenant en pensant aussi à
nos frères défunts qui reposent ici. En effet, si ce n'est
pas en vain que l'antiquité pieuse a mis en usage de
les faire reposer auprès des églises, s'il y a une utilité
pour eux dans les prières apportées ici en leur faveur et
dans l'oblation de la grande Hostie non sanglante, il me
semble qu'eux aussi se réjouissent avec nous lorsque les
prières et les sacrifices offerts pour eux sont rétablis,
se multiplient sur trois autels, sont assurés pour l'a-
venir.

Quant à l'utilité qu'il y a, pour les âmes des morts,
dans les prières et les sacrifices offerts pour elles,
nil ne sera pas hors de propos d'en dire ici quelque

mots, pour notre consolation et notre édification communes.

Il y a, parmi les chrétiens, des gens qui se privent eux-mêmes de la consolation de prier pour les morts. Quelles sont ces gens? — Sans aucun doute, ceux qui, sciemment ou à leur insu, aiment mieux raisonner que de croire. Pourquoi n'admettent-ils pas les prières pour les morts? — Cela ne paraît pas avoir d'autre cause, sinon qu'ils ne comprennent pas comment l'efficacité de la prière peut s'étendre si loin, — même d'un monde à un autre, du monde visible à l'invisible.

Je pourrais demander à l'homme qui raisonne ainsi : La raison ordinaire comprend-elle l'efficacité de la prière d'un vivant pour un autre vivant, — particulièrement si la prière est faite pour un absent, ou même pour un présent, mais demande quelque chose de moral ou de spirituel, comme le pardon des péchés, l'amendement de quelques défauts, l'apaisement des passions, les lumières de l'esprit, l'affermissement dans la vertu? Deux âmes, prises chacune avec sa raison propre, sa volonté, ses inclinations, sa liberté, ne sont-elles pas l'une pour l'autre deux mondes distincts, — d'autant plus distincts qu'ils sont limités par des corps? Comment donc la prière de l'une étend-elle son efficacité sur l'autre?

Que l'on réponde à ces questions comme on voudra. Si l'on entreprend de démontrer comment la distinction de l'être et de la liberté n'empêche pas l'efficacité de la prière pour les vivants, on démontrera par là-même comment cette même distinction n'empêche pas l'efficacité de la prière pour les morts. Si l'on dit que l'efficacité de la prière pour les vivants est possible quoiqu'elle ne soit pas explicable par la raison, je dirai à mon tour :

Ne niez donc pas l'efficacité de la prière pour les morts, uniquement parce qu'elle est inexplicable ou paraît telle.

Mais à mon avis, dans les objets de la foi, le moins dangereux est de raisonner moins et de croire davantage, et de s'appuyer, non sur sa propre sagesse, mais sur la parole de Dieu. Or, la parole de Dieu nous dit : *Nous ne savons ce que nous devons demander, comme il le faudrait* (Rom., VIII, 26). Par conséquent, la raison ne peut nous apprendre, sans la grâce, si nous pouvons prier pour quelqu'un. *Mais l'Esprit lui-même*, continue l'Apôtre, *intercède pour nous par des gémissements ineffables*, dans la prière de chacun, particulière selon sa situation ; et le même Esprit, pour la conduite commune dans les prières, surtout publiques, exprime clairement ce que nous devons demander. Par exemple : *Je vous conjure donc, avant toutes choses, de faire des prières, des supplications, des demandes et des actions de grâces pour tous les hommes* (I Tim., II, 1). Et encore : *Si quelqu'un voit son frère commettre un péché qui ne va pas à la mort, qu'il prie, et il donnera la vie à ce pécheur, si son péché ne va pas à la mort. Il y a un péché qui va à la mort, et ce n'est pas pour ce péché que je vous dis de prier* (I Jean, V, 16). Et encore : *Priez l'un pour l'autre, afin que vous soyez guéris : car la prière assidue du juste peut beaucoup* (Jacq., V, 16). Écoutons encore comment l'apôtre saint Paul, et prie pour les autres, et réclame les prières des autres. *Nous prions sans cesse pour vous*, écrit-il aux Thessaloniciens, *afin que notre Dieu vous rende dignes de sa vocation, qu'il accomplisse tous les desseins de sa bonté, et l'œuvre de votre foi par sa puissance, afin que le nom de notre Seigneur Jésus-Christ soit glorifié en vous, et vous en lui, par la grâce de notre Dieu et Seigneur Jésus-Christ* (II Thessal., I, 11, 12). Et plus loin, dans la même épître : *Au reste, priez pour nous, afin que la parole de Dieu se propage et soit glorifiée partout comme elle l'est parmi vous* (III, 1). Et dans une autre épître : *Priant par toutes sortes de prières et de supplications, en tout temps et en esprit, et veillant ainsi avec persévérance dans la prière pour tous les saints et pour moi, afin que Dieu, m'ouvrant la bouche, me donne des paroles pour annoncer avec confiance le mystère de l'Évangile, pour lequel j'ai une mission même dans les fers* (Éph., VI, 18, 19).

Sans réunir un plus grand nombre de témoignages de la Sainte Écriture sur la prière en général, comme étant chose fort connue, nous appliquerons à l'objet particulier de ces réflexions ceux que nous avons recueillis jusqu'ici.

Si nous ne savons pas ce que nous devons demander, et que nous ayons, pour suppléer à notre ignorance, l'Écriture Sainte, *qui peut nous éclairer pour le salut,* jusqu'à ce point même *que l'homme de Dieu soit parfait et disposé à toutes les bonnes œuvres* (II Tim., III, 15, 17), nous pouvons attendre de la sagesse et de la bonté de l'Esprit-Saint, qui a dicté cette Écriture, que non-seulement elle nous instruise d'une manière satisfaisante de ce que nous devons demander, mais encore qu'elle nous préserve, par ses défenses, d'adresser à Dieu des prières qui lui seraient désagréables. Cette attente est justifiée par les faits eux-mêmes. Nous venons de voir, en effet, comment la Sainte Écriture, en nous commandant la prière *pour tous les hommes,* préserve, par sa défense, le croyant de toute prière désagréable à Dieu et inutile aux hommes : *Il y a un péché qui va à la mort, et ce n'est pas pour ce péché que je vous dis de prier.* Il suit de là que même s'il n'y a, dans la Sainte Écriture, aucun commandement particulier, positif, sur la prière pour les morts, mais qu'elle se déduise seulement de principes et de commandements plus généraux sur la prière; que si d'ailleurs il n'y a, dans la Sainte Écriture, aucune défense qui interdise cette prière, comme en effet il n'y en a pas, cette absence elle-même d'une défense, ce silence lui-même de la Sainte Écriture est déjà une preuve que la prière pour les morts n'est ni désagréable à Dieu ni inutile aux hommes.

Un amateur de doute demandera : N'est-il pas superflu de prier pour ceux qui sont morts avec foi et espérance? — Je réponds : N'est-il pas superflu, en apparence, de prier pour les saints? Cependant saint Paul veut que l'on prie *pour tous les saints.* N'est-il pas superflu de prier pour les apôtres, qui sont les propagateurs de la grâce dans tous les autres, et les premiers entre les saints de l'Église : *Dieu a établi dans son Église, premièrement des apôtres* (I Cor., XII, 28)? Cependant l'apôtre Paul demande que même ceux qui ne sont pas apôtres prient pour lui, et, bien plus, c'est à l'époque où il approche déjà de la couronne promise aux exploits de l'Apostolat. Si la prière est utile à l'Évangile même, *afin que la parole de Dieu se propage et soit glorifiée,* quoique l'Évangile lui-même soit *la vertu de Dieu pour sauver tous ceux qui croient* (Rom., I, 16), — est-il possible de craindre que la prière pour les croyants soit superflue?

Ou bien demandera-t-on : — La prière pour ceux qui sont morts dans le péché n'est-elle pas vaine? — Je réponds : Elle est vaine — pour ceux qui sont morts par le péché mortel, de la mort spirituelle, et qui ont été frappés, dans cet état, de la mort corporelle; — pour ceux qui sont tombés intérieurement du corps spirituel de l'Église du Christ et de la vie selon la foi, par leur incrédulité, leur impénitence, leur opposition décidée et finale à la grâce de Dieu. Là où, pour l'œil éclairé et impartial, sont clairs les signes de cette triste mort, là il n'y a pas place pour la consolation de la prière : *Il y a un péché qui va à la mort, et ce n'est pas pour ce péché que je vous dis de prier.* — Mais que peut faire la prière pour *le frère ayant commis un péché qui ne va pas à la mort ?* Elle *peut lui donner la vie.* Mais est-ce à celui aussi qui est mort corporellement ? — Saint Jean, sur les paroles de qui nous nous dirigeons en ce moment, ne dit pas : *Oui;* mais il ne dit pas non plus : *Non.* Il ne défend pas de prier pour les morts, tandis qu'il défend de prier pour le pécheur impénitent et désespéré.

La sagesse toute prévoyante de Dieu ne proclame pas très-haut, dans l'Écriture divine, le commandement de prier pour les morts, peut-être pour que les vivants, comptant sur ce secours, ne ralentissent pas leurs efforts pour opérer leur salut avec crainte avant la mort corporelle. Mais puisqu'il ne défend pas non plus ce genre de prières, cela ne signifie-t-il pas qu'il permet encore de jeter, quoique ce ne soit pas toujours avec un espoir certain, un cordage, quelquefois, et peut-être souvent, tutélaire, aux âmes arrachées au rivage de la vie temporelle, mais n'ayant pas atteint le port éternel, qui, entre la mort corporelle et le dernier jugement universel de Jésus-Christ, sont ballottées sur l'abîme, tantôt montant par la foi, tantôt descendant sous le poids des œuvres qui n'y sont pas conformes, tantôt s'élevant par la grâce, tantôt attirées en bas par les restes de la corruption de leur nature, tantôt prenant l'essor sur les ailes du désir de

Dieu, tantôt s'embarrassant dans le vêtement grossier
des pensées terrestres, qu'elles n'ont pas encore entièrement dépouillé?

Et voilà, peut-être, pourquoi la prière pour les morts
a existé dès l'antiquité et existe encore dans l'Église, non
comme partie solennellement proclamée et essentielle de
la foi et comme sévèrement prescrite, mais comme une
tradition et une coutume pieuses, toujours soutenues par
la libre obéissance de la foi et par de fréquentes expériences spirituelles. Invoquons à l'appui quelques témoignages.

La libéralité, écrit le Fils de Sirach, *est agréable à tout
vivant; n'empêche pas qu'elle ne s'étende aussi sur les
morts.* Que signifie ici *la libéralité?* Si c'est le don apporté
sur l'autel, ces mots : *N'empêche pas que la libéralité ne
s'étende aussi sur les morts*, signifient évidemment : apporte une offrande pour les morts, ou, ce qui est la même
chose, prie pour les morts. Si l'on veut regarder comme
plus probable que *la libéralité* s'entend de la bienfaisance
envers le pauvre, alors ces mots : *N'empêche pas que la
libéralité ne s'étende aussi sur les morts*, signifieront : fais
l'aumône en mémoire des morts. Que ce soit l'une ou
l'autre de ces pensées qui ait été celle du fils de Sirach,
elles supposent toutes deux un même fondement qui leur
est commun, — c'est que le vivant peut et doit faire de
bonnes œuvres qui soient utiles aux âmes des morts.

Dans l'histoire des Macchabées, nous trouvons nommément le sacrifice et la prière pour les morts. Judas
l'offrit pour les guerriers morts dans le péché d'avoir
pris, comme butin de guerre, *des dons consacrés aux
idoles*, desquels le juste ne devait pas souiller ses mains
(II Macc., XII, 39-46).

Depuis que le culte chrétien est publiquement établi, la prière pour les morts y est admise comme en ayant toujours fait partie intégrante. Tous les anciens rituels de la liturgie sacrée en font foi, à commencer par la liturgie de saint Jacques, frère du Seigneur. C'est pourquoi il n'y a aucun doute que la prière pour les morts ne soit une tradition apostolique.

Si un pécheur même est mort, dit saint Chrysostôme, — *il convient de l'aider autant que possible : cependant non par des larmes, mais par des prières, et des supplications, et des aumônes, et des offrandes. En effet, ce n'est pas par une simple imagination, ni vainement que nous faisons mémoire des morts dans les mystères divins, et que nous nous approchons, pour le prier pour eux, de l'Agneau immolé qui a pris sur lui les péchés du monde, mais pour qu'il leur en revienne quelque soulagement. Ce n'est pas en vain non plus que, devant l'autel, pendant l'accomplissement des mystères redoutables, le prêtre prie pour ceux qui sont morts en Jésus-Christ et pour ceux qui intercèdent pour eux* (Sur la prem. Ép. aux Cor., Homél. 41). Et plus loin, il dit : *Ne différons pas d'aider ceux qui sont morts et d'offrir pour eux nos prières : car le monde entier a besoin d'être purifié. C'est pour cela que nous prions avec espérance pour tous les hommes du monde, quand nous les nommons avec les martyrs, les confesseurs et les prêtres. Car nous sommes tous un seul corps, dont ils sont les membres les plus honorables. Et il est possible d'obtenir leur pardon de toutes manières, comme par des prières, par des offrandes faites pour eux, par les saints avec lesquels nous les nommons.*

Le très-pieux monarque, dit Eusèbe en parlant de Constantin le Grand, — *choisit pour lieu de sa sépulture l'église des Apôtres qu'il avait élevée à Constantinople, dans l'espé-*

*rance d'avoir part aux prières offertes en l'honneur de ces
saints, et pour que, en se joignant dans l'Église au peuple
de Dieu, il fût trouvé digne d'avoir part aux mérites du
service divin, du sacrifice mystérieux et des prières des
fidèles, même après sa mort* (Vie de Constantin. Liv. IV,
chap. LXXI).

Il ne faut pas nier, dit saint Augustin, — *que les âmes
des morts reçoivent du soulagement des prières de leurs
proches qui sont vivants, quand ils offrent pour eux le sacrifice du Médiateur, ou bien quand ils font l'aumône dans
l'église; mais cela n'est utile qu'à ceux qui ont mérité pendant leur vie que cela leur fût utile plus tard* (De la Foi, de
l'Espérance et de la Charité : Ch. CX).

Saint Grégoire le Dialogiste rapporte un exemple remarquable de l'efficacité de la prière et du saint Sacrifice
offerts pour un mort, arrivé dans son monastère. Un frère
qui avait violé son vœu de pauvreté fut, pour effrayer les
autres, privé, pendant trente jours après sa mort, de la
sépulture religieuse et de toute prière; ensuite, par compassion pour son âme, la Victime non sanglante fut offerte pour lui pendant trente jours, avec des prières.
Le dernier de ces trente jours, le mort apparut en
songe à son propre frère qui était encore parmi les vivants, et lui dit : *Jusqu'ici j'étais mal, mais à présent je
suis heureux, car j'ai reçu aujourd'hui mon pardon* (Dial.,
liv. IV, ch. LV).

Mais je ne voudrais pas prolonger ce discours jusqu'à
la fatigue, après des cérémonies elles-mêmes assez pro-
longées. Pour ceux qui sont attentifs, c'est assez de ce
qui a été dit pour que chacun puisse s'affermir dans les
principes suivants, qui ne sont pas inconnus, mais trop
souvent oubliés :

Premièrement : prie pour les morts avec foi et confiance en la miséricorde de Dieu.

Secondement : ne vis pas toi-même dans l'insouciance, mais efforce-toi, par une foi pure et par un prompt amendement de tes péchés, de te garantir l'espérance que les prières que l'on fera pour toi après ta mort apporteront du soulagement à ton âme et l'aideront à obtenir le repos éternel et la félicité en Dieu éternellement heureux et glorifié dans les siècles. — Ainsi soit-il.

4

SERMON

POUR LA CONSÉCRATION DE L'ÉGLISE DU SAINT PRÉLAT MITROPHANE,

AU MONASTÈRE DE KHOTKOFF,

Prononcé le 29 juin 1855.

> Et vous-mêmes, comme des pierres vivantes, édifiez-vous en un temple spirituel, en un sacerdoce saint, pour offrir des hosties spirituelles, agréables à Dieu par Jésus-Christ.
> — I Pier., II, 5. —

Ce temple, selon toute probabilité, est le premier qui soit décoré de ton nom nouvellement glorifié, saint prélat et thaumaturge Mitrophane. Reçois ce commencement, cette offrande spontanée de la foi ; présente-la au grand Pontife qui règne par delà tous les cieux, notre Seigneur

Jésus-Christ ; rends-la agréable à Dieu ; supplée aujour-
d'hui et toujours, par les prières agréables à Dieu, à l'insuffisance des prières que nous faisons aujourd'hui pour
ce temple, et de celles que, de ce jour, nous offrirons
dans ce temple ; ne permets pas que nous donnions en vain
à ce temple ton nom béni, mais visite-le comme t'étant
donné en propre par notre foi ; bénis et garde l'âme qui
t'offre ce don de son zèle, et assiste tous ceux qui sont
attachés au service de ce temple, et tous ceux qui s'y
trouvent réunis, afin qu'*eux-mêmes aussi*, selon les paroles
de l'Apôtre, *comme des pierres vivantes, soient édifiés
en un temple spirituel, en un sacerdoce saint, pour offrir
des hosties spirituelles, agréables à Dieu par Jésus-Christ.*

Croyez et soyez assurés, Enfants de la foi, que les
prières que nous exprimons en ce moment sont enten-
dues et accueillies, et que l'intercesseur que nous avons
choisi auprès de Dieu ne refusera pas de les accomplir.
En effet, dans quel autre but Dieu l'aurait-il glorifié sur
la terre, quand il était satisfait de sa gloire céleste et
n'avait aucun besoin de la gloire terrestre, — dans quel
autre but, sinon pour le découvrir et le montrer, par
cette gloire, à notre foi, et pour accueillir, selon cette foi,
son intercession pour nous et accomplir nos désirs
pour le bien ?

Mais avec cela, n'oublions pas que la grâce exige nécessairement la foi ; que l'intercession des saints, qui ne
nous est jamais refusée, attend de nous les désirs bons,
purs, sincères ; que pour être trouvés dignes de leur assistance, nous devons leur fournir les occasions de nous
assister, c'est-à-dire que nous devons nous-mêmes, selon
nos forces, agir et combattre pour notre salut : car comment serait-il possible que les saints, malgré toute leur

céleste puissance (dont ce n'est pas du reste, à cause de
leur bonté même, le propre de contraindre et de forcer),
nous conduisissent au royaume du ciel quand nous ne
voudrions pas faire un pas pour cela, ou quand, au contraire, nous marcherions dans la voie de l'enfer et de
notre perte?

Et vous-mêmes, comme des pierres vivantes, édifiez-vous,
nous dit l'Apôtre.

*La pierre vivante, rejetée par les hommes, il est vrai,
mais choisie et honorée par Dieu* (I Pier., II, 4), Jésus-Christ,
et sa grâce salutaire, est le fondement éternellement
inébranlable de la véritable Église. C'est sur ce fondement que l'ont édifiée et continuent de l'édifier les apôtres, les pasteurs, les docteurs, par la parole de l'enseignement, par la puissance de la prière, par les mystères
de la foi, par les efforts de la vie. Ainsi a été établie
l'Église; mais ce n'est pas encore tout pour que vous et
moi, nous entrions dans la composition de l'Église. Vous
n'êtes pas de ces pierres mortes dont les architectes font
leurs constructions, mais qui ne peuvent s'édifier elles-
mêmes ; *vous êtes des pierres vivantes,* vous avez votre vie
propre, votre volonté, votre activité ; et ainsi, il faut que
vous ayez votre part active dans votre construction spirituelle ; *édifiez-vous vous-mêmes,* de sorte qu'il y ait en
vous et le temple, et le sacerdoce, et l'offrande d'hosties
spirituelles.

Que le Christianisme est admirable ! Le Judaïsme n'a-
vait qu'un seul temple légal dans tout le monde, qu'un
seul sacerdoce légal dans la race d'Aaron, que des hosties
matérielles privées de vie ou mises à mort dans le sang,
le feu et la fumée ; dans le Judaïsme, un grand nombre
ne pouvaient que rarement parvenir jusqu'au temple, ja-

mais jusqu'au sacerdoce, et jamais, pour le plus grand
nombre, ils n'atteignaient à l'intelligence du mystère des
victimes figuratives, mystère scellé jusqu'au Christianisme. Dans le Christianisme, au contraire, non-seulement il y a partout des temples, non-seulement il y a des
prêtres pris parmi tous les peuples, selon le choix de la
grâce, non-seulement on offre partout la Victime non sanglante, renfermant en elle-même, non plus la figure du
Christ éloigné et attendu, mais le mystère du Christ
venu, présent, se donnant lui-même à nous comme nourriture et breuvage pour la vie éternelle; mais qu'y a-t-il
encore ? — Afin que le dernier des Chrétiens ne puisse
pas penser et se plaindre que Dieu ait moins de bonté
pour lui que pour les autres, et le rapproche de lui moins
que les autres, vous avez tous la possibilité, le droit, l'o-
bligation, l'ordre, tout en jouissant des bénéfices et du
temple, et du sacerdoce, et de la victime divine, d'édifier
en vous-mêmes ce dont vous jouissez par le saint ministère des autres. *Et vous-mêmes édifiez-vous en un temple
spirituel, en un sacerdoce saint, pour offrir des hosties spirituelles, agréables à Dieu par Jésus-Christ.*

Puisque l'Apôtre parle *d'hosties spirituelles* comme étant
nombreuses, ses paroles nous amènent à indiquer quelques espèces particulières de ces hosties ; ce sera, j'espère, le moyen le plus simple d'expliquer l'enseignement
de l'Apôtre sur le temple et le sacerdoce spirituels.

Il y a le sacrifice de la contrition spirituelle que, dès
les temps du Judaïsme, David reconnaissait comme plus
agréable à Dieu que l'holocauste matériel : *Vous n'avez
pas les holocaustes pour agréables ; le sacrifice que Dieu
demande, c'est une âme contrite ; Dieu ne dédaigne pas le
cœur contrit et humilié* (Ps. L, 18, 19). Lorsque l'homme,

descendant en lui-même, considère son indignité devant
Dieu, son impureté, son péché, alors son esprit qui jusque-là, peut-être, était fier et orgueilleux de quelque
bonne qualité, de quelque prérogative extérieure, est
brisé et renversé par la lumière de sa conscience comme
un arbre par la foudre. De même que d'un vase brisé se
répand ce qu'il contenait, ainsi du cœur contrit se répandent des larmes de douleur et de repentir selon Dieu.
Ne pense pas, âme bien-aimée, que tu souffres sans fruit :
Dieu reçoit ta contrition et ton humble repentir comme
un sacrifice, et même qui n'est pas sans importance.
Dieu ne dédaigne pas le cœur contrit et humilié. Ce sacrifice
est l'un des premiers sacrifices spirituels. Qui ne l'a pas
offert ne peut pas, par là même, consommer les autres
sacrifices spirituels, si toutefois ils lui sont possibles.

Il y a le sacrifice de la louange et de la prière, que David enseignait aussi dès les temps anciens : *Offrez à Dieu
un sacrifice de louanges, et rendez au Très-Haut l'hommage
de votre prière* (Ps. xlix, 14). Chaque fois que tu sens en
toi de la reconnaissance envers Dieu ton Créateur, le Dispensateur de tous les biens et ton Sauveur, ou de la vénération pour sa grandeur divine et ses perfections; lorsqu'une méditation attentive sur Dieu allume une certaine
lumière de connaissance dans ton esprit, enflamme le
feu de l'amour dans ton cœur, et qu'il en résulte dans
ton âme une joie pure et un saint désir de Dieu, tu offres
de cette manière à Dieu un sacrifice spirituel qui, dans le
culte visible, est mystiquement figuré par la fumée et
le parfum de l'encensoir. *Quelle est celle-ci,* dit l'antique
Contemplateur du Cantique mystique, *quelle est celle-ci
qui s'élève du désert, comme une colonne de fumée exhalant
la myrrhe et l'encens* (Cant., iii, 6)? Pour expliquer cette

parabole, nous pouvons dire que c'est l'âme enflammée dans la prière qui s'exhale en vapeur, s'élève légèrement vers le ciel comme une fumée, et est agréable à Dieu comme est agréable le parfum de l'encens.

Il y a le sacrifice de miséricorde, que Jésus-Christ nous enseigne lui-même. *Allez, et apprenez ce que signifie cela : je veux la miséricorde, et non le sacrifice* (Matth., IX, 13). Comme le Seigneur Jésus reçoit les œuvres de miséricorde que nous faisons pour notre prochain par amour pour Dieu, comme si nous les faisions pour lui-même; *puisque,* dit-il, *ce que vous faites pour l'un des moindres de mes frères, vous le faites pour moi* (Matth., XXV, 40), il est facile de comprendre comment ces œuvres constituent une offrande ou un sacrifice à Dieu. L'Apôtre nous engage à de pareils sacrifices en nous donnant l'assurance qu'ils seront agréables à Dieu. *N'oubliez pas d'exercer la charité et de faire part de vos biens aux autres : car c'est par de telles victimes que l'on plaît à Dieu* (Hébr., XIII, 16).

Il y a le sacrifice de justice et de vérité, que Salomon nous enseigne dans les Proverbes : *Faire ce qui est juste et être véridique est plus agréable à Dieu que le sang des victimes* (Prov., XXI, 3). Toute œuvre de justice et de vertu, tout effort pour la vérité devient un sacrifice à Dieu quand on agit expressément avec cette intention d'accomplir la volonté et la loi de Dieu, et particulièrement avec l'immolation de son intérêt propre et de sa propre satisfaction. Ne vous laissez pas troubler par cela que les hommes méprisent quelquefois ce sacrifice : Dieu reconnaîtra son sacrifice et le récompensera. C'est ainsi que David a dit : *Offrez à Dieu le sacrifice de justice, et confiez-vous au Seigneur* (Ps. IV, 6).

Le plus sublime des sacrifices pour la vérité, le vérita-

ble holocauste chrétien, c'est le martyre pour la foi chrétienne. C'est de ce sacrifice que l'apôtre Paul parle à Timothée : *Je suis déjà marqué comme victime* (II Tim., IV, 6),
nous donnant et l'exemple du dévouement à ce sacrifice,
et en même temps l'enseignement de n'avoir pas la témérité de nous y vouer volontairement, mais seulement par
obéissance, lorsque les desseins de Dieu nous appellent
à être marqués comme victimes.

Mais pour que personne ne pense que, conservés par
la divine Providence dans la paix de l'Église, nous sommes privés, pour ainsi dire, de la grâce et de la gloire du
martyre, hâtons-nous de dire enfin qu'il y a un genre de
martyre à la portée de chacun, intérieur, qui consiste en
ce que le chrétien, par le glaive de la parole de Dieu, par
la puissance du commandement de Jésus-Christ, dans
une profonde abnégation, retranche de son esprit toute
volonté propre, de sa volonté tout désir propre, de son
cœur toute haine contre son prochain, quelque juste
qu'elle soit, tout désir de sa propre satisfaction, toute
jouissance puisée en lui-même, et qu'il offre tout cela en
sacrifice à la volonté de Dieu, à l'exemple de l'Agonothète
Jésus lorsque, préludant à la croix extérieure par la croix
intérieure, il disait, dans la lutte de Gethsémani, à son
Père céleste : *Non comme je veux, mais comme vous voulez*
(Matth., XXVI, 39). Il y a une offrande de notre propre
corps, à laquelle l'Apôtre nous invite d'une manière pres-
sante lorsqu'il dit : *Je vous conjure, mes frères, par les
miséricordes de Dieu, de lui offrir vos corps comme une
hostie vivante, sainte, agréable à ses yeux, et c'est le culte
raisonnable que vous lui devez* (Rom., XII, 1). Ce genre de
sacrifice, selon l'explication du même Apôtre, consiste en
ce que *nous nous regardions comme morts au péché, mais*

vivants en Dieu, et que *nous nous donnions à Dieu comme vivants de morts que nous étions, et que nous lui offrions nos membres comme instruments de sa justice* (Rom., VI, 11, 13), c'est-à-dire que nous employions raisonnablement toutes nos forces, nos facultés et nos membres à faire le bien, pour Dieu. A ceci se rapporte le sacrifice particulier de la consécration à Dieu de la virginité, et de l'offrande de la chasteté présentée à Dieu dans le vase pur de la continence.

Voilà les sacrifices agréables à Dieu, qui peuvent et doivent lui être offerts, non par les seuls prêtres établis par l'autorité, mais par tout vrai chrétien; ils doivent être offerts quand il y a obligation, ils peuvent l'être par le zèle volontaire et par une vocation particulière d'en haut. Offrez-les, Chrétiens, et ne laissez pas votre Dieu sans sacrifices dignes de lui, afin qu'il ne vous laisse pas sans ses bénédictions que vous appellerez sur vous par vos sacrifices zélés.

Direz-vous que vous ne comprenez pas encore assez comment vous pouvez vous édifier en un temple spirituel? Ne vous inquiétez pas. Offrez seulement avec fidélité et avec zèle les sacrifices qu'on vous a enseignés et que vous comprenez, le sacrifice de la contrition du cœur devant Dieu, le sacrifice de louange et de prière, le sacrifice de miséricorde et de justice, le sacrifice de la consécration de votre âme et de votre corps aux œuvres agréables à Dieu. Comme, dans les temps antiques, les sacrifices ont existé avant le temple, et qu'ensuite les sacrifices ont construit pour eux-mêmes le temple et l'ont consacré, ainsi vos sacrifices spirituels, continués avec persévérance, appelleront sur vous la main invisible de la grâce de Dieu qui édifiera et consacrera en vous son temple, afin que

Dieu demeure en vous, et qu'il soit votre Dieu, et que vous soyez ses serviteurs, par Jésus-Christ notre Seigneur. — Ainsi soit-il.

5

SERMON

POUR LA CONSÉCRATION DE L'ÉGLISE DE SAINTE MARIE MADELEINE ÉGALE AUX APOTRES,

PRÈS L'HÔPITAL DE LA VILLE,

Prononcé le 22 juillet 1855.

> Et voilà qu'aujourd'hui mon témoin est dans le ciel, et celui qui connait le fond de mon cœur, dans les lieux élevés. Que ma prière parvienne au Seigneur, et que mes yeux fondent en larmes devant lui.
>
> — Job, xvi, 19, 20. —

La prévoyance et l'humanité ont fait naître et développé dans la pensée du Pouvoir l'idée de fonder une maison de charité pour les malades qui ne pourraient pas se procurer chez eux les mêmes secours : c'est une œuvre qui parle par elle-même de son importance. Mais j'entends ce qu'a ajouté encore un Pouvoir pieux. Ce n'est pas assez, a-t-il dit. Un hôpital, les nécessités de la vie, des remèdes, des médecins, — ce n'est pas encore tout ce dont ont besoin des malades. Il leur faut encore une maison de prière; il leur faut encore tout près d'eux les secours de la Foi.

Comment répondra à cela le ministre de la Foi? Sans

aucun doute, en adressant à Dieu, avec joie, une prière pleine de reconnaissance pour le Bienfaiteur couronné de l'humanité souffrante et pour les exécuteurs de sa volonté qui sont animés de son esprit. Je pense, en outre, que l'on peut joindre encore à ces obligations du ministre de la Foi, celle de rendre quelque compte d'une pensée pieuse accomplie d'une manière si bienfaisante.

J'affirme donc que, dans les maladies, comme dans toutes les infortunes en général, aucuns remèdes, aucuns secours ne sont suffisants sans la Religion. La Religion seule, et une Religion sincère, peut réconcilier l'esprit avec le spectacle de la misère, qui le trouble. La Religion apporte une consolation pleine aux malheureux. La Religion fournit des remèdes décisifs contre la souffrance.

Il n'y a rien de pénible à rencontrer le bien et la prospérité. Le cœur et le sentiment en sont satisfaits ; la raison n'a pas à s'élever contre eux. Mais quand le mal et la souffrance sont sous nos yeux, quoiqu'ils ne retombent pas sur nous, cette vue seule émeut le sentiment et le cœur, et si, au milieu de cette émotion, l'esprit se met à réfléchir, il se fatigue de ces questions : Pourquoi le mal se rencontre-t-il dans le monde d'un Dieu tout-bon, le désordre dans les œuvres de l'infiniment Sage, la ruine dans la création du Tout-Puissant? Combien de siècles la raison naturelle de l'homme n'a-t-elle pas lutté contre ces doutes sans les pouvoir résoudre ! Dans quelle obscurité, dans quelles sottes erreurs n'est-elle pas tombée en cherchant à expliquer l'origine du mal? Elle a cherché à découvrir dans la matière grossière et dans la corporalité la cause de l'erreur, du mal et du péché, et, pour décharger la Divinité de ces créations indignes, elle s'est représenté la matière comme éternelle et incréée.

Elle a imaginé un principe mauvais, indépendant et égal au principe du bien, c'est-à-dire à la Divinité. Elle a inventé une fatalité inexorable, ou un destin aveugle qui vouerait sans choix les êtres au bien ou au mal, de telle sorte que la Divinité elle-même ne pourrait en rien s'opposer à ses décisions. Comme si elle pouvait être éternelle, cette matière que nous voyons se détruire à chaque instant ! Comme si une matière éternelle, un principe mauvais, un destin inexorable étaient autre chose que des rêves et des inventions, et, qui pis est, des inventions telles qu'on ne peut les accepter sans renier la vérité essentielle et primitive, à savoir : l'idée de la perfection infinie et de la toute-puissance de la Divinité ! Comme si le mal devenait plus facile à comprendre ou à supporter quand on lui donne un autre nom et qu'on l'appelle matière méchante, principe méchant, destin méchant ! C'est ainsi que la raison humaine s'est débattue dans un monde sensible, sombre et étroit, comme un poussin dans l'œuf dont il ne peut rompre la coquille. Telle est la situation dans laquelle se trouvèrent les sages et les amis de la sagesse, et conséquemment presque tous les hommes, tant qu'ils ne connurent pas la Religion révélée cachée dans un petit coin de la terre d'où l'on ne s'attendait nullement à voir sortir la lumière qui devait éclairer l'univers. Le Christianisme apparut, et l'absurdité fut reconnue pour l'absurdité, ce qui était obscur s'éclaircit, ce qui était insupportable s'allégea. Maintenant on a compris que le mal est provenu primitivement de l'abus de la liberté par les êtres créés, que, par conséquent, on n'en peut accuser le Créateur du monde, qui a été grand et généreux dans le don de la liberté, à l'abus duquel il n'a eu aucune part; maintenant on a reconnu que Dieu a des moyens de ra-

cheter l'homme du mal auquel il s'est vendu volontairement pour un plaisir sensuel, et que, par conséquent, le
mal n'a aucun reproche à faire à la Providence de Dieu
sur le monde; maintenant nous avons l'espérance certaine que le mal, et dans l'homme et dans la nature, sera
définitivement vaincu, que le bien sera triomphant et
le bonheur affermi pour toujours par le Christ Sauveur,
que, par conséquent, même à la vue du mal et de la
souffrance, on peut avoir une ferme confiance, de même
que le laboureur ne se désespère pas pendant l'hiver,
sachant que sa semence ne sera pas anéantie par les fri-
mas, mais qu'elle ressuscitera au printemps, ou de même
que le jardinier ne se désole pas, au printemps, de voir
ses fruits amers et âpres, sachant qu'ils seront doux et
savoureux en été ou en automne. Ainsi la Religion seule,
et la Religion révélée, réconcilie l'esprit avec le spectacle
de la misère qui le trouble.

S'il est pénible même d'être spectateur de la misère, il
est encore plus pénible de l'éprouver soi-même. Mais
comme il est quelquefois impossible de l'éviter, il est
donc indispensable de savoir composer avec elle. Les gémissements et les lamentations ne sont pas, sans doute,
le meilleur moyen de s'entendre avec le malheur. Trou-
vez-en donc un autre plus conforme à la dignité d'un être
raisonnable et libre, mais qui soit aussi à la portée de
celui qui souffre; pour autrement dire, cherchez et trouvez des moyens de consolation. Je voudrais bien ici mettre
à l'épreuve cette fière philosophie qui pense, avec sa seule
et propre sagesse, rendre l'homme heureux et indépendant des accidents extérieurs. Je l'enverrais bien, par
exemple, faire l'essai du pouvoir de sa sagesse dans un
hôpital. Que dirait-elle au malade? — « Sois grand; tu

souffres par l'action de causes naturelles, d'après les lois de la nature, desquelles tu ne peux t'affranchir, puisque tu es un anneau de la chaine des êtres et de leur succession. » — Qu'en pensez-vous? Le malade sera-t-il soulagé, ou se trouvera-t-il mieux quand il saura qu'il souffre en vertu de causes ou de lois? Ne se sentira-t-il pas, au contraire, étreint plus fortement qu'auparavant par les liens de ces causes et de ces lois auxquelles il ne saurait se soustraire? — Ou bien, supposons que la Philosophie, considérant le malade par le côté moral, lui dise: — «Probablement tu t'es attiré toi-même ta maladie par quelques excès, quelques irrégularités, quelque imprudence: supporte donc courageusement un mal dont tu es toi-même la cause.» — Je le demande encore: ce raisonnement sera-t-il suffisant pour soulager le patient? Ne pourra-t-il pas dire à son consolateur: « — Tu redoubles mon infortune en me représentant à moi-même comme malheureux physiquement et moralement?» — Que peut encore dire la Philosophie au patient? — « Souffre; si ce n'est pas la médecine, du moins ce sera la mort qui mettra fin à ta souffrance. » — Mais si elle s'arrête là, — et elle est forcée de s'arrêter là, puisqu'elle ne voit pas plus loin, — elle appellera le désespoir plutôt que le soulagement. Écartons la vaine sagesse humaine qui promet beaucoup et tient peu. Viens, sagesse de Dieu; aide-nous, divine Religion. Tu peux dire au malade que sa souffrance lui est envoyée, ou bien est permise par le Père céleste tout-miséricordieux; que, par conséquent, sa souffrance n'est pas sans nécessité, sans justice, sans utilité, puisque autrement un tel Père ne la permettrait pas; qu'il est miséricordieux même quand il frappe, et qu'il est prêt à chaque instant à accorder du soulagement selon la capa-

cité de celui qui le demande et conformément à son véritable bien. Tu peux affirmer que la souffrance peut être
grande, mais qu'elle ne peut être insupportable, selon cette
parole· *Dieu est fidèle, et il ne permettra pas que vous soyez
tentés au delà de vos forces, mais il vous fera tirer avantage
de la tentation même, afin que vous puissiez la soutenir*
(I Cor., x, 13). Si le malade est malade parce qu'il est pécheur, et par conséquent doublement malheureux, tu peux
lui donner une double consolation, à savoir : pour l'affliction spirituelle, — l'espérance du pardon de ses péchés,
par la foi et le repentir; pour la maladie corporelle,
—l'espérance de la guérison, comme conséquence du pardon de ses péchés, ou bien l'assurance que le Médecin des
âmes et des corps fera servir sa maladie à sa purification,
changera la maladie du corps en remède pour l'âme par
la patience, et que, par conséquent, il doit accepter courageusement la souffrance de la maladie comme on prend
courageusement une potion amère de l'efficacité de laquelle on est convaincu. Tu peux, Religion immortelle,
même de la pensée amère de la mort, tirer une douce consolation : car tu ne vois pas seulement en elle la fin du présent, mais encore le commencement de l'avenir ; non le
terme, mais la continuation, non la fin d'une vie, mais le
commencement d'une vie meilleure; non un abîme sombre dans lequel le désespoir peut se jeter au hasard, mais
le domaine de la lumière dans lequel la foi peut entrer
avec espérance, où ceux qui auront persévéré jusqu'à la fin
trouveront non-seulement le terme de leurs maux, mais
encore la jouissance de tous les biens et une récompense
abondante qui dépasse toute intelligence, pour leur patience. Enfin, comme base et consommation de toutes les
consolations, tu peux, Religion du Christ, montrer au pa-

tient le grand Homme de douleur qui *a été blessé à cause de nos péchés et martyrisé à cause de nos iniquités*, qui a supporté *le châtiment qui doit nous donner la paix, par les meurtrissures duquel nous avons été guéris* (Is., LIII, 5). Ceux qui l'ont une fois vraiment connu dans la foi et l'amour, savent non-seulement comment on peut souffrir avec lui sans murmure et sans impatience, mais encore combien il est doux de supporter la souffrance en participation de sa souffrance, avec son secours, en vue de son exemple, par reconnaissance pour lui, par amour pour lui. C'est d'eux que nous recevons ces témoignages de leurs sensations intérieures, si incroyables pour la sagesse charnelle, mais si encourageants pour la sagesse spirituelle : *Nous nous glorifions dans nos afflictions* (Rom., V, 5). *Je me réjouis dans mes souffrances* (Col., I, 24). *Selon la multitude de mes douleurs dans mon cœur, tes consolations ont réjoui mon âme* (Ps. XCIII, 19). *A mesure que les souffrances de Jésus-Christ abondent en nous, nos consolations abondent aussi par Jésus-Christ* (II Cor., I, 5). Tant est pleine et parfaite la consolation que celui qui souffre peut trouver dans la Religion !

Veut-on, après les moyens de soulagement, un remède définitif contre la souffrance ? On le trouve encore dans la Religion plus sûrement que partout ailleurs. Il y a des maladies que l'art de la médecine renonce à guérir ; il y a une pauvreté dont ne garantit aucun travail ; il y a une affliction provenant d'injustices que ne peut extirper aucune justice humaine, par la raison très-simple que l'homme n'est ni omniscient ni tout-puissant. Pour la Religion, il n'y a ni obstacles ni restrictions pareilles. Sa force est la force du Tout-Puissant qui *tue et vivifie, conduit aux enfers et en ramène, appauvrit et enrichit, humilie et relève* (1 Règ., II, 6, 7) ; qui *guérit toutes les infirmités et toutes les langueurs* (Matth., IV, 23). Cette même force, par laquelle il répandait partout des bienfaits et faisait ses miracles, Jésus-Christ l'a versée dans l'âme des saints, l'a renfermée dans sa parole et ses mystères, et il a donné la clef de ces trésors à la foi et à la prière. *Toutes choses sont possibles à celui qui croit* (Marc, IX, 23).

Pour comparer les réflexions présentes avec l'expérience, rappelez-vous Job, de qui il n'est presque pas possible de ne se pas souvenir dans un asile de malades. L'attaque des voleurs, le feu destructeur du ciel, les ravages de la tempête, la perte de ses troupeaux, de ses serviteurs, de sa maison, de ses enfants, — que de traits dirigés vers le même but ! Que de maux sur une même tête ! Ce malheur, grand par lui-même, s'augmente encore de la grandeur du bonheur précédent. Ces coups, supportables séparément, acquièrent une force énorme par leur multiplicité et leur soudaineté. Mais le juste les soutint, parce qu'il était appuyé sur Dieu par la Religion. *Comme il a plu au Seigneur*, dit-il, *ainsi il a été fait* (Job, I, 21). L'artisan du mal trouva le moyen d'ajouter encore à sa misère : *Et il frappa Job d'une plaie horrible, de l'extrémité des pieds au sommet de la tête*. Il n'y avait pour lui ni maison, ni hôpital : *Il était assis sur un fumier, hors de la ville*. Il lui restait sa femme, non pour l'aider, mais pour lui imposer une nouvelle épreuve ; elle imagine de lui enseigner le désespoir : *Adresse quelque parole au Seigneur, et meurs* (Job, II, 7-9). Ses amis le visitèrent ; mais leurs paroles ne furent point un baume pour ses blessures, mais bien de nouveaux traits d'accusations injustes. Qu'arriva-t-il donc ? Le carquois du démon s'épuisa, mais le bouclier du juste ne fut pas traversé. Quel bouclier? — Le même que celui de l'Apôtre : *le bouclier de la foi* (Éphés., VI, 16). Il oppose ce bouclier aux traits des accusations injustes quand il dit : *Voilà que mon témoin est dans le ciel, et celui qui connaît le fond de mon cœur, dans les lieux élevés.* Il cherche dans la prière sa consolation et son remède : *Que ma prière parvienne au Seigneur, et que mes yeux fondent en larmes devant lui.* La sagesse humaine fut confondue dans Éliphaz, Baldad, Sophar et Éliu. La Religion remporta en Job une victoire décisive. *Et le Seigneur releva Job. Et le Seigneur lui rendit au double tout ce qu'il possédait auparavant, pour le doubler* (Job, XLII, 10).

Seigneur Jésus! Ta grâce a triomphé en Job de tout mal, à l'exemple de tes souffrances victorieuses. Et maintenant encore, elle allége la lutte de Job : car on ne le jette plus sur un fumier hors de la ville, mais on lui donne un asile convenable, l'assistance, les secours de la médecine, les consolations de la foi, et tout cela en ton nom, parce que tu as rapporté à toi-même ces œuvres d'humanité quand tu as dit : *J'étais malade, et vous m'avez visité* (Matth., XXV, 36).

Bénie soit ta foi sainte, puissante et libératrice! Accepte et bénis cet asile comme une offrande faite à elle et à toi.

Que tout malade croie donc, *et la prière de la foi sauvera le malade* (Jac., V, 15).

Et que quiconque souffre, croie, *et toutes choses seront possibles à celui qui croira*, à la gloire du Chef et du Consommateur de la foi, Jésus-Christ, inséparable de la gloire du Père et du Saint-Esprit. — Ainsi soit-il.

6

SERMON

POUR LA CONSÉCRATION DE L'ÉGLISE DE LA GRANDE MARTYRE SAINTE CATHERINE,

A L'HÔPITAL DE CATHERINE, A MOSCOU,

Prononcé le 20 août 1833.

> Or, il y a à Jérusalem une piscine des brebis, qui est appelée en hébreu Béthesda, et qui a cinq portiques. Sous ces portiques, gisait une multitude de malades, d'aveugles, de boiteux, de paralytiques, attendant le mouvement de l'eau.
>
> — Jean, v, 2, 3. —

Dans ces paroles de l'Évangile, nous retrouvons le plus ancien des hôpitaux de ville.

Louons l'humanité des Juifs, qui avaient élevé, pour la foule des malades, cinq *portiques* ou galeries, et avaient donné à cet établissement le nom qui lui convenait si bien de *Béthesda*, c'est-à-dire *maison de miséricorde*, quoique nous ne sachions pas si c'est à l'Administration ou au peuple qu'il faut donner cet éloge.

Il n'y avait là qu'un seul moyen de guérison, c'était un bain, qui n'était point préparé par l'art humain, dans la piscine des brebis.

Au lieu d'un médecin, c'était un ange qui visitait cet hôpital. *Car un ange du Seigneur descendait.*

Ce médecin extraordinaire guérissait radicalement, et

il n'y avait pas un seul malade qui fût inscrit pour lui sur la liste des incurables. *Il était guéri, de quelque maladie qu'il fût atteint.*

N'est-il pas vrai que c'était là un bien bel établissement? Mais montrons aussi son autre côté, qui n'était pas aussi brillant.

Le médecin céleste ne visitait pas l'hôpital qui lui était confié chaque jour, comme les médecins de la terre, mais seulement une fois par année. *Car un ange du Seigneur descendait chaque année.*

La guérison était radicale, mais un seul homme l'obtenait chaque année. *Celui qui y descendait le premier après l'agitation de l'eau, était guéri.*

Tout malade n'avait pas la force d'arriver jusqu'à l'eau agitée, et encore moins d'y devancer les autres. Il n'y avait pas assez de serviteurs ou d'hommes compatissants pour aider ceux qui manquaient de force. C'est pour cela qu'un paralytique gisait inutilement depuis trente-huit ans dans cet hôpital, lorsque arriva le Maître des éléments, des temps et des anges, qui n'avait besoin ni de troubler l'eau, ni d'attendre le temps marqué de l'année, ni d'appeler un ange, mais à qui il suffisait de dire au paralytique : *Lève-toi, prends ton lit et marche.*

Que signifie ce genre de guérison? Quel mystère nous découvre-t-il? — demande saint Chrysostôme, développant le récit évangélique sur la piscine des brebis. Mais celui qui permettrait le plus de hardiesse à sa raison naturelle aimant à s'ingérer dans les œuvres de la Providence qui sont au-dessus de lui, pourrait encore dire : Quel étrange concours et de puissance merveilleuse guérissant toute maladie incurable, et de pénurie de cette puissance qui ne s'étend pas au delà de la guérison d'un seul homme;

— de libéralité préparant tout un réservoir de médecine, et de parcimonie ne permettant d'en prendre qu'une fois à de rares intervalles; — d'un ange et d'une eau, comme si le pouvoir de guérir d'un ange avait besoin de l'eau qui n'est pas, du reste, comme tout le monde le sait, un spécifique universel ! Mais écoutons ce que répond à ces doutes saint Chrysostôme. *Cela n'a pas été, dit-il, écrit au hasard et sans motif, mais cela nous offre comme une image et une peinture des choses futures, afin qu'une chose si extraordinaire et arrivant d'une manière si inattendue, ne nuisît pas, chez plusieurs, à la puissance de la foi. Qu'est-ce donc que cela nous représente? Il devait un jour nous être donné un baptême contenant une grande puissance et un don sublime, un baptême effaçant tous les péchés, et en même temps rendant les morts à la vie. Et tout cela est signifié clairement, comme dans une image fidèle, par la piscine, et par beaucoup d'autres eaux.* Voilà jusqu'où va saint Chrysostôme (Sur Jean, Homél. 56).

Osons continuer cette explication. Il fallait montrer par l'expérience l'immersion dans l'eau, détruisant toute maladie, pour préparer les esprits à la révélation du baptême dans l'eau, détruisant tous les péchés. Il fallait, dans le phénomène sensible de l'agitation de l'eau, donner à remarquer l'influence bienfaisante sur elle d'un esprit angélique, afin de rendre moins incroyable l'influence revivifiante et régénératrice, dans l'eau du baptême, d'un Esprit plus élevé qu'un esprit angélique, de l'Esprit propre de Dieu. Il fallait que la vertu bienfaisante de la piscine des brebis ne fût accordée qu'à celui qui, par l'impétuosité de son zèle pour sa guérison, laissait derrière lui tous les autres, afin qu'en cela encore fût manifeste l'image de la piscine du baptême, dont la vertu salutaire n'est efficace que pour celui qui, par l'impétuosité de sa foi vers ce qui est céleste et divin, laisse derrière lui tout ce qui est terrestre. Il fallait montrer la puissance de l'ange comme limitée, il fallait retenir pendant trente-huit ans, auprès d'un ange lui-même, le paralytique sans guérison, afin que, lorsque Jésus-Christ le guérirait d'une seule parole, il fût visible par là que ce Médecin puissant est incomparablement supérieur aux anges, que son pouvoir est illimité, qu'il est le Verbe hypostatique de Dieu et vrai Dieu lui-même.

Si quelqu'un s'avisait de se plaindre encore de ce que tant de moyens étaient mis en œuvre dans un seul but, — de ce que cette quantité de malades, cette quantité d'années, cette quantité de prodiges annuellement accomplis par un ange, tout cela n'était que pour servir la seule pensée de Jésus-Christ et du baptême, je lui répondrais : ce but était assez grand par lui-même et assez important pour l'humanité, pour annuler toute plainte sur la prodigalité des moyens employés afin d'atteindre à ce but. Si les scrutateurs de la nature se livrent à des travaux prolongés, construisent des appareils compliqués, font des dépenses énormes pour découvrir ou expliquer quelque vérité naturelle, partielle et subordonnée, assurément il valait la peine de construire à Jérusalem la piscine des brebis avec ses appartenances, comme un *modèle* restreint de la grande piscine dans laquelle est régénéré tout le monde chrétien, — comme une indication facile à saisir de la vérité sublime et du mystère incompréhensible du Christ Sauveur et Dieu.

Mais en voilà assez sur les mystères chrétiens que nous honorons mieux et plus dignement par l'humble silence de la foi que par l'orgueilleux examen de la raison.

Revenons simplement de l'hôpital de Jérusalem à l'hôpital de Moscou.

C'est avec joie, avec un sentiment de conviction intérieure, que nous pouvons payer notre dette de louange et de reconnaissance à nos Très-Pieux Autocrates qui donnent magnifiquement à leur peuple, avec l'exemple de toute vertu et de toute bienfaisance, celui de la sollicitude pour les malades. Après eux, nous pouvons rappeler avec reconnaissance aussi quelques-uns de leurs sujets qui ont suivi d'assez près, par leurs beaux actes d'humanité, l'exemple Souverain. On peut compter dans cette ville plus de cinq, non pas *portiques*, mais maisons magnifiques qui représentent la vertu de miséricorde par les œuvres d'autant mieux qu'elles n'en font pas étalage par les paroles. Père des miséricordes ! regarde toujours ces œuvres des yeux de ta grâce; que ceux qui font miséricorde obtiennent miséricorde; que, selon ta promesse infaillible, *bienheureux* soient *les miséricordieux*.

A la vérité, il n'y a pas ici une seule piscine suffisante pour toutes les infirmités, et les médecins ici ne sont pas des anges. A ce sujet, je ne puis qu'offrir aux méditations de nos médecins corporels l'exemple du médecin incorporel de Jérusalem. Cet exemple ne montre-t-il pas la proximité du spirituel à l'égard du corporel, la possibilité de l'alliance entre la force spirituelle et les moyens matériels de guérison, l'influence salutaire du spirituel sur le corporel, quand le spirituel est pur et accessible au divin? Mais s'il en est ainsi, le médecin ne peut-il pas, — ne doit-il pas, s'il ne veut pas n'être qu'un artisan travaillant sur la matière avec des instruments matériels, — ne doit-il pas, dis-je, employer aussi le spirituel comme secours à la médecine corporelle, reconnaître la volonté

pure pour une partie importante dans la composition
des moyens médicinaux, chercher dans une prière fervente la lumière et la puissance dans les cas où la science
marche à tâtons dans l'obscurité et s'égare? —

Mais s'il n'y a pas d'ange ici, en revanche aucun malade n'y sera, comme à Jérusalem, réduit à dire avec
tristesse : *Je n'ai personne;* mais chacun trouvera ici et
un homme pour soigner, et un homme pour aider l'infirme, et, quand cela sera nécessaire, un homme pour
l'approcher des influences bienfaisantes de la source spirituelle. A la gloire de Dieu, particulièrement généreux
de secours salutaires dans le Christianisme, il faut dire
que le lieu où nous nous trouvons en ce moment n'a rien
à envier à la piscine des brebis, puisqu'il est devenu aujourd'hui un réservoir de vertu plus élevée et plus bienfaisante que celle de l'autre. Ce n'est pas un ange qui
vient une fois par an, mais le Roi des anges qui, porté
sur les ailes des ordres angéliques, vient ici aussi souvent
que l'homme, qu'il invite lui-même à cette hardiesse, ose
l'y appeler; et il demeure ici, avec la puissance par
laquelle tout a été créé et tout est conservé, est guéri,
est conduit à l'état parfait. Ici se trouve la source universelle de toute guérison. Oh! si malades et médecins
savaient assez l'ouvrir pour eux par la foi du cœur.

Mais comme ceux qui m'écoutent ne sont pas malades,
je dirai encore : Oh! si ceux-mêmes qui sont bien por-
tants accouraient avec plus d'empressement à ce sanctuaire de la force, comme à un lieu de guérison pour
leurs âmes qui ne sont pas toujours, je pense, exemptes
de maladies intérieures !

Si une église, ainsi que l'atteste la construction de celle-ci, est regardée comme nécessaire même pour des ma-

lades qui n'ont pas, la plupart du temps, la force d'y venir, est-elle moins nécessaire pour ceux qui se portent
bien et qui peuvent s'y rendre? Qui se hasarderait à affirmer cette inconséquence? Et cependant, ne voyons-
nous pas souvent cette inconséquence dans le fait, c'est-
à-dire que ceux qui se portent bien pensent moins à
l'église que les malades?

On peut, dit-on, prier Dieu chez soi, en esprit. Personne ne le conteste. Mais des hommes qui savaient
mieux que nous prier en esprit, ne fuyaient pas le temple, mais y accouraient avec joie. *Je me suis réjoui en
ceux qui m'ont dit : Nous irons dans la maison du Seigneur*
(Ps. cxxi, 1). Le prophète Daniel, *homme de désirs* (Dan.,
x, 11), homme qui vivait par la prière, quand il ne pouvait pas se rendre au temple de Jérusalem parce qu'il
était à Babylone, et parce que le temple était en ruines,
s'efforçait de se rapprocher au moins du lieu et, pour
ainsi dire, de l'ombre du temple détruit, en se mettant
en prière devant une fenêtre ouverte du côté de Jérusalem, et aux heures où le sacrifice s'offrait dans le temple avant sa destruction. *Les fenêtres de sa chambre ouvertes du côté de Jérusalem, il fléchissait les genoux trois
fois le jour, priant et confessant son Dieu* (Dan., vi, 10). Ou
bien Daniel était-il superstitieux? Ou bien voulez-vous
être plus avancés en spiritualité que Daniel? — Non! Il
faut avouer que ceux qui ne fréquentent pas l'église sous
prétexte qu'ils prient en esprit, ou ne s'inquiètent nullement de prier, ou ne comprennent rien à la prière.

Mais si quelqu'un, reconnaissant sa négligence et son
inattention, faiblit dans son zèle pour le temple parce
qu'en le fréquentant, il n'en éprouve pas en lui-même un
secours assez sensible pour devenir meilleur, celui-là, nous

lui assurons, avec saint Chrysostôme, qu'*il en retirera et en recevra quelque utilité; et quoique cette utilité ne soit pas telle qu'il la puisse sentir, cependant il la recevra. En effet, si quelqu'un passait auprès d'une fabrique de parfums, ou se trouvait souvent dans des maisons de ce genre, il serait, même sans le vouloir, imprégné d'une senteur agréable; combien plus la personne qui fréquente l'église. En effet, il n'est pas possible,* dit-il encore, *que celui qui s'entretient avec Dieu, ou qui écoute Dieu s'entretenant avec lui, n'en recueille pas quelque chose* (Sur Jean; Homél. 53).

Ne soyons pas, mes Frères, indifférents à la santé de nos âmes, mais profitons avec empressement de la maison de santé des âmes, — l'église, et des secours du Médecin des âmes, — Jésus-Christ, pendant qu'il vient au milieu de nous comme Médecin guérissant toute maladie du péché; pendant que, dans sa longanimité, il diffère de se montrer comme Juge ayant à décider notre sort pour la mort éternelle, si ce n'est pas pour la vie éternelle. — Ainsi soit-il.

7

SERMON

POUR LA CONSÉCRATION DE L'ÉGLISE DE SAINT NICOLAS-AUX-INTERPRÈTES.

Prononcé le 25 novembre 1854.

> Qu'elles sont belles les maisons, Jacob, et tes tentes, Israël! Elles sont comme des forêts ombreuses, et comme des jardins sur les bords des fleuves, et comme des tentes que le Seigneur a dressées, et comme des cèdres auprès des eaux.
>
> — Nomb., xxiv, 5, 6. —

Ces paroles ont été écrites par le prophète Moïse dans le livre des Nombres, mais elles ont été prononcées par Balaam, homme dont le caractère prophétique est terni par cela qu'il ne le soutint pas jusqu'à la fin de sa vie. Sans dissimuler ces circonstances, je n'ai pas hésité du reste à emprunter au livre d'un vrai prophète ces paroles fidèlement transmises, prononcées par Balaam, comme dignes d'attention, parce qu'elles furent prononcées au temps où, ne s'étant pas encore laissé séduire par les dons et les honneurs d'un roi païen, il se conservait fidèle à l'esprit prophétique et à la parole de Dieu, et, par conséquent, pouvait prophétiser sur le Christ, sur sa mort libératrice et sur sa résurrection, comme on peut le voir par les paroles suivantes : *Il s'est couché pour se reposer comme un lion et comme un lionceau : qui l'éveillera?*

Ceux qui te bénissent sont bénis, et ceux qui te maudissent sont maudits (Nomb., XXIV, 9). Il vaut donc la peine de considérer ce que voit cet homme clairvoyant, et d'écouter ce qu'il dit.

Balaam était sur la hauteur de Phogor; il avait sous les yeux le camp d'Israël, à la fin de sa pérégrination de quarante ans dans le désert, et il dit : *Qu'elles sont belles, tes maisons, Jacob, et tes tentes, Israël ! Elles sont comme des forêts ombreuses, et comme des jardins sur les bords des fleuves, et comme des tentes que le Seigneur a dressées, et comme des cèdres auprès des eaux.*

Il n'est pas probable qu'après un voyage aussi long et aussi pénible, les tentes et les chariots de voyage des Israélites présentassent au simple regard, au regard corporel, une beauté aussi capable de l'extasier que celle dont ils brillent dans les paroles du prévoyant. Que voyait-il donc? De quoi parle-t-il? — J'ai déjà fait remarquer plus haut que, sous l'image du sommeil du lion, ce roi des animaux, ou du fils du lion, que personne n'ose réveiller, Balaam voyait le Christ, le Roi du ciel et de la terre, le Fils de Dieu, qui reposait du sommeil de la mort, et que personne n'avait le pouvoir de ressusciter que lui-même, par sa puissance divine. C'est pour cela que la vision obligeait le voyant lui-même à s'écrier aussitôt : *Ceux qui te bénissent sont bénis,* ce qui convient aussi particulièrement au Christ comme au seul qui bénisse par sa grâce ceux qui le bénissent par la foi. Conformément à cette manière de comprendre la vision, on peut penser aussi que, sous l'image du camp d'Israël présent à ses yeux corporels, il était donné au prévoyant de contempler en esprit l'Église de Dieu et du Christ, et, dans ce cas, il n'est pas étonnant qu'il en dépeigne la beauté

avec enthousiasme. Que cette *maison* est belle ! Et ce n'est
pas étonnant : car Dieu y demeure. Mais l'Église est aussi
semblable à des *tentes*, parce qu'elle se trouve en état de
voyage : *Car nous n'avons point ici*, sur la terre, *de cité
permanente, mais nous en cherchons une à venir, céleste*
(Héb., xiii, 14). Elle est semblable à une *forêt ombreuse*,
parce qu'en elle et sur elle repose toujours l'ombre de la
grâce de Dieu. Elle est semblable à un *jardin* au bord d'un
fleuve, parce qu'elle est toujours abreuvée de l'eau vive
de l'Esprit de Dieu et de l'enseignement du Christ, parce
qu'elle croit spirituellement et produit le fruit de justice.
Elle est — *comme des tentes que le Seigneur a dressées*,
inébranlable, indestructible comme l'œuvre de Dieu,
ainsi qu'en effet le Seigneur lui-même a dit d'elle : *Je
bâtirai mon Église, et les portes de l'enfer ne prévaudront
point contre elle* (Matth., xvi, 18). *Comme des cèdres auprès des eaux* verdissent toujours, s'élèvent toujours,
ainsi elle ne perd jamais la vie qui est née en elle de la
semence incorruptible de la parole de Dieu, et qui est
incessamment soutenue par l'Esprit-Saint; enfin elle s'é-
lève, sans s'arrêter, vers le ciel, afin de s'unir complètement avec sa Tête, le Christ, et de devenir complètement
céleste.

Si quelqu'un disait que les paroles enthousiastes du
prévoyant peuvent se rapporter au tabernacle qui se
trouvait dans le camp des Israélites, autrement dire, à
leur temple de voyage, cela ne contrarierait pas
notre explication, parce que le tabernacle était aussi
une figure sous laquelle on peut et on doit reconnaître
l'Église.

Ce qui a appelé à ma pensée cette vision de la beauté
spirituelle de l'Église, mes Frères, c'est la vue de la

beauté sensible de ce temple restauré aujourd'hui par les soins des enfants du nouvel Israël qui ont aimé cette beauté, élevé et embelli visiblement par des efforts favorisés du succès, revêtu invisiblement, par l'action de la grâce, d'une beauté supérieure, spirituelle, mystérieuse, et devenu la demeure mystérieuse de Dieu. L'antique prévoyant pourrait venir ici aussi; ou bien, s'il lui faut un spectacle plus vaste, il pourrait, au lieu de la hauteur impure de Phogor, s'arrêter chez nous, sur la hauteur bénie du Kremlin; il pourrait considérer des temples nombreux, antiques, nouveaux, conservés avec soin dans leur beauté ou restaurés, ou bien nouvellement construits avec le même zèle qui animait l'antiquité; et, en vérité, je suis sûr qu'il se livrerait encore à son antique enthousiasme, et qu'il entonnerait encore aujourd'hui son cantique d'autrefois : *Qu'elles sont belles, tes maisons, Jacob, et tes tentes, Israël !*

Béni soit Dieu qui ne laisse pas ses serviteurs sans le secours de sa grâce! Bénis soient les serviteurs de Dieu qui ne laissent pas leur Dieu sans leur foi et leur désir de sa grâce! Continue ta bonté à ceux qui te connaissent, Seigneur; que nos péchés et nos infidélités ne t'éloignent pas de nous, mais plutôt que ta grâce, que nous implorons dans tes sanctuaires, ouvre nos cœurs, qu'elle les visite, qu'elle les remplisse de sa force et de sa consolation, et, de cette manière, les débarrassant et les éloignant de tout ce qui t'est désagréable, qu'elle les *fasse entrer dans la construction de la demeure de Dieu en esprit* (Éphés., ii, 22).

Pour la consolation de la foi, il ne sera pas hors de propos de vous présenter maintenant, mes Frères, quelques témoignages de la parole de Dieu, qui attestent que la grâce de Dieu demeure incessamment, jusqu'à la fin des siècles, dans l'Église de Jésus-Christ.

Le premier de ces témoignages nous est fourni par Jésus-Christ lui-même, *le témoin fidèle et véritable* (Apoc., iii, 14), lorsqu'il dit : *Je bâtirai mon Église, et les portes de l'enfer ne prévaudront point contre elle* (Matth., xvi, 18). — *Je bâtirai* : ce mot nous montre la construction de l'Église encore en intention, avant même l'accomplissement. Le Seigneur qui, dans beaucoup de cas, pour mettre mieux à notre portée ses œuvres divines et incompréhensibles, les a assimilées aux œuvres ordinaires des hommes, s'assimile ici de même à un propriétaire qui a l'intention de construire une maison, ou à un architecte méditant la construction d'un édifice. Il fallait, entre autres choses, songer à la solidité de l'édifice, et prévoir et prévenir ce qui aurait pu y nuire. Ainsi le Fondateur de l'Église regarde dans l'avenir. Il voit que les portes de l'enfer, ouvertes sur la terre par le péché d'Adam, lâcheront contre la nouvelle Église chrétienne, avant et après sa fondation, de nouvelles puissances du mal : des armées de persécuteurs, des masses d'hérétiques, des foules de scandales divers. Quoi donc ? Si l'édifice est ébranlé jusqu'à l'écroulement, le but n'en sera pas atteint, et la gloire du divin Fondateur ne sera pas garantie. Mais gloire à lui dans les siècles ! Il prévoit et prédispose mieux : *Je bâtirai*, dit-il, *mon Église, et les portes de l'enfer ne prévaudront point contre elle*. Ses ennemis s'élèveront contre elle ; ils seront quelquefois puissants : ils triompheront dans divers temps et dans divers lieux en lui arrachant des membres ; elle sera souffrante et affaiblie, mais ils *ne prévaudront pas contre elle* d'une manière définitive. Sera-ce pour longtemps ? — Sans aucun doute jusqu'à la fin des siècles. En effet, s'ils pouvaient prévaloir une fois, Celui qui prévoit les temps jusqu'à l'éternité n'aurait pas pu dire décidément qu'ils *ne prévaudront point*. Mais comment l'Église est-elle victorieuse et se garde-t-elle invincible? — Sans aucun doute par la puissance divine, par la grâce divine. Par conséquent, si les forces de l'enfer ne doivent jamais prévaloir contre elle, cela signifie que la force divine, que la grâce divine se conservera toujours en elle et aura toujours une efficacité victorieuse.

Nous pouvons emprunter un second témoignage de cette vérité à l'Apocalypse ou Révélation de saint Jean le Théologien, qui dépeint prophétiquement la destinée de l'Église du Christ jusqu'à la fin des siècles. Dans cette Révélation, nous voyons sans interruption la véritable Église, d'abord sous la figure des vingt-quatre vieillards qui entourent le trône de Dieu (Apoc., ch. IV), *adorant celui qui vit dans les siècles des siècles;* ensuite, selon la mesure, peut-être, de la propagation du Christianisme, dans le nombre des cent quarante-quatre mille marqués du sceau du Dieu vivant; plus loin, *dans une grande multitude que personne ne pouvait compter, de toute nation, de toute tribu, de tout peuple et de toute langue, se tenant debout devant le trône et devant l'Agneau* (ch. VII); plus loin, dans l'image d'un temple contenant un autel et des adorateurs, qu'il est ordonné à Jean de mesurer (ch. XI); plus loin encore, sous la figure d'une femme *revêtue du soleil*, c'est-à-dire de la vérité et de la vertu de Jésus-Christ qui est *la lumière du monde* (Jean, VIII, 12), parée d'une *couronne de douze étoiles*, c'est-à-dire de l'assemblée Apostolique, ayant sous ses pieds *la lune*, c'est-à-dire la sagesse humaine, naturelle (Apoc., ch. XII); encore plus loin, avant les noces de l'Agneau, elle est représentée comme *son épouse* déjà prête et revêtue du *lin de la justice des saints* (ch. xix); et encore, après la peinture de la première résurrection, elle est appelée *le camp des saints et la ville bien-aimée* (ch. xx, 8), jusqu'à ce qu'enfin, avec un nouveau ciel et une nouvelle terre, elle est renouvelée elle-même en une *Jérusalem nouvelle venant de Dieu et descendant du ciel* (ch. xxi, 2). Il est digne de remarque que l'écrivain de l'Apocalypse, en peignant les temps les plus périlleux pour l'Église, la représente comme à l'abri de tous les dangers et miraculeusement conservée. Par exemple : le serpent *poursuivit la femme*, mais il ne put ni l'atteindre ni la vaincre, parce qu'*on donna à la femme les deux ailes d'un grand aigle, — et que la terre secourut la femme* (ch. xii, 13,14-16). La Providence dirige si bien la marche des évènements, que les institutions terrestres elles-mêmes favorisent la paix ou la sécurité de l'Église; et *les ailes d'un grand aigle*, peut-être de l'aigle tsarien, la portent pieusement, hors de l'atteinte de la méchanceté et de la ruse de ses ennemis, *dans le désert, en son lieu*, — assurément non dans une solitude ordinaire et extérieure, car l'Église est elle-même la multitude des croyants, mais bien plutôt dans un *désert* intérieur, — bien loin du monde, tout près de Dieu ; car *son lieu*, pour l'Église, c'est la proximité de Dieu et l'union avec lui. Mais cela signifie encore que la grâce de Dieu ne sera point ôtée à l'Église, et que même dans les temps les plus périlleux, elle doit demeurer inséparablement unie avec elle, même jusqu'à la consommation des siècles.

Un troisième témoignage de cette même vérité se trouve dans les paroles suivantes de l'apôtre saint Paul : *Et c'est lui*, c'est-à-dire Jésus-Christ, *qui a fait les uns apôtres, les autres prophètes, les autres évangélistes, les autres pasteurs et docteurs, afin qu'ils travaillent à la perfection des saints, aux fonctions de leur ministère, à l'édification du corps de Jésus-Christ, jusqu'à ce que nous parvenions tous à l'union de la foi et de la connaissance du Fils de Dieu, à l'état d'un homme parfait, à la mesure de l'âge de la plénitude du Christ* (Éphés., IV, 11-13). Pour mieux comprendre la force de ce texte, représentons-nous que nous demandons à l'Apôtre : Y aura-t-il longtemps dans l'Église *des pasteurs et des docteurs, afin qu'ils travaillent à la perfection des saints, aux fonctions de leur ministère, à l'édification du corps de Jésus-Christ ?* — Il répond : *Jusqu'à ce que nous parvenions tous à l'union de la foi et de la connaissance du Fils de Dieu, à l'état d'un homme parfait, à la mesure de l'âge de la plénitude du Christ.* Par conséquent, tant qu'il y aura sur la terre des hommes qui ne seront pas parvenus à l'union de la foi, qui n'auront pas atteint la perfection de la croissance spirituelle, qui auront encore besoin de la connaissance du Fils de Dieu, il y aura dans l'Église des pasteurs et des docteurs pour travailler à la perfection des saints; et comme la perfection des saints par les pasteurs et les docteurs ne peut s'opérer sans la toute-sainte grâce de Dieu, il s'ensuit qu'elle doit, selon le témoignage de l'Apôtre, demeurer, avec les pasteurs et les docteurs, agissante dans l'Église jusqu'à ce que, ayant vaincu tous les obstacles, elle amène à l'union de la foi tous ceux qui sont appelés au salut.

Apportons encore un témoignage de la présence perpétuelle de la grâce dans l'Église, particulièrement de la grâce mystérieusement agissante. Le même Apôtre, en exhortant les Chrétiens de Corinthe à s'approcher avec une vénération particulière du mystère du Corps et du

Sang de Jésus-Christ, dit : *Toutes les fois que vous mange-rez de ce pain et que vous boirez de cette coupe, vous an-noncerez la mort du Seigneur, jusqu'à ce qu'il vienne* (I Cor., xi, 26). Ici encore, une vérité importante est cachée dans ce petit mot : *jusqu'à ce que.* Pour la mieux décou-vrir, je fais encore du langage de l'Apôtre une question : Les Chrétiens mangeront-ils longtemps le pain mysté-rieux, et boiront-ils longtemps la coupe du Seigneur, et annonceront-ils longtemps la mort du Seigneur par la communion du Corps et du Sang de Jésus-Christ? — Je trouve la réponse dans les paroles de l'Apôtre : *Jusqu'à ce qu'il vienne.* C'est-à-dire : Le mystère du Corps et du Sang de Jésus-Christ s'accomplira sans interruption dans la véritable Église de Jésus-Christ jusqu'au second avène-ment même de Jésus-Christ, ou, ce qui est la même chose, jusqu'à la fin des siècles. Mais puisque cela ne peut pas être sans la grâce mystérieusement agissante, sans la grâce du sacerdoce, et que la grâce empruntée du sacerdoce ne peut exister sans la grâce conférante de la Prélature, il est évident que la grâce mystérieusement agissante et la hiérarchie sacerdotale, selon la prédiction de l'Apôtre, demeureront dans l'Église dans tous les temps, et que, quoiqu'il ne coule pas toujours avec la même abondance, le cours n'en sera jamais interrompu et arrivera jusqu'aux confins mêmes du Royaume de la gloire.

Après ces témoignages, et d'autres semblables non moins infaillibles, — quelle consolation, mes Frères, de pouvoir dans ces temps reculés de l'Église, de même que dans les tout premiers, vous adresser avec assurance ces paroles de l'apôtre saint Pierre : *Mes bien-aimés, ayant ceint les reins de votre esprit, vivant dans la tempérance,*

*ayez une espérance parfaite en la grâce qui vous est
apportée par la révélation de Jésus-Christ* (I Pier., 1, 15) !

Ne faites pas attention à ceux qui calomnient l'Église
comme si la grâce s'était tarie en elle, comme si la
hiérarchie sacerdotale était ou tout à fait, ou à moitié
détruite en elle.

Dites à ceux qui se sont éloignés des Prélats : Si la
racine est desséchée, comment les branches peuvent-
elles être vertes? Si, — comme ils le pensent, ou, pour
parler plus exactement, comme ils nous le reprochent
sans réflexion, — la grâce de la Prélature est tarie, comment peut se continuer la grâce du sacerdoce qui, sans
la Prélature, est la même chose que le rameau sans
racine? Mais puisqu'ils reconnaissent la grâce du sacerdoce, comment peuvent-ils nier la grâce de la Prélature
qui est la racine du sacerdoce? Mais s'ils ne nient pas la
grâce de la Prélature, pourquoi s'en éloignent-ils?

Dites à ceux qui nient tout sacerdoce : Si, d'après leur
sagesse menteuse, le sacerdoce est tout à fait détruit, il
faut dire que l'Église est aussi détruite, que *les portes de
l'enfer ont prévalu contre elle*. Mais s'ils disent encore cela,
alors ils s'élèvent ouvertement, non contre nous, humbles serviteurs de l'Église, mais contre son Fondateur
lui-même qui a dit que *les portes de l'enfer ne prévaudront
point contre elle*. S'il n'y a pas de mystère du Corps et du
Sang de Jésus-Christ, l'Apôtre a donc menti en disant
qu'il s'accomplira *jusqu'à ce que vienne* le Seigneur pour
le jugement. Mais si la parole Apostolique ne peut être
menteuse, si les paroles de Jésus-Christ ne doivent pas
passer, quand même le ciel et la terre passeraient, il y a
donc aujourd'hui, et il y aura jusqu'à la fin des siècles, le
saint mystère du Corps et du Sang de Jésus-Christ; il y a

et il y aura un sacerdoce saint et une hiérarchie sacerdotale, et les adversaires de cette doctrine sont les adversaires de la parole Apostolique et de la parole de
Jésus-Christ.

Il faut encore, à cela, ajouter une chose : *Ayant
une espérance parfaite en la grâce* de Dieu dans l'Église,
pour vous garder des fausses doctrines, pour vous consoler du chagrin que cause le péché et de la crainte du
jugement de Dieu, pour vous fortifier dans vos faiblesses,
ne faites pas de votre espérance dans la grâce le motif
d'une vie négligente, indigne de la grâce sainte ; *mais,
comme le Saint qui vous a appelés, soyez saints vous-mêmes
dans toute votre vie* (I Pier., 1, 15). — Ainsi soit-il.

8

SERMON

POUR LA CONSÉCRATION DE L'ÉGLISE CATHÉDRALE DE KLINN,

SOUS L'INVOCATION DE LA TRÈS-SAINTE TRINITÉ,

Prononcé le 24 mai 1856.

> Et ils étaient toujours dans le temple, louant et
> bénissant Dieu.
> — Luc, xxiv, 53. —

Louons, nous aussi, Dieu adorable dans sa Trinité, le
Chef et le Consommateur de toute création, béni dans les
siècles, dans l'Église des saints. Qu'aujourd'hui surtout,

les frères de ce temple saint exaltent le nom de Dieu.

Le travail de plusieurs années est enfin achevé. Les soucis ont pris fin. Une longue attente est comblée. Le temple élevé par votre zèle est achevé et consacré par Dieu.

Ce n'est pas sans inquiétude aussi que j'ai été moi-même le témoin des difficultés de sa construction. L'édifice entrepris était presque au-dessus des forces de votre petite ville. Il a fallu, non-seulement construire, mais en partie reconstruire ce qui n'avait pas été convenablement construit. Il a fallu quelquefois suspendre les travaux à cause de l'épuisement des ressources pour les continuer. Il est évident que votre zèle ne s'est pas lassé, puisque le secours de Dieu ne vous a pas manqué.

Je me réjouis aujourd'hui avec vous, moins de vous voir délivrés de vos travaux et de vos soucis (quoique je m'en réjouisse aussi), que de ce que vous avez supporté un travail agréable à Dieu, des soucis utiles à vos âmes, et de ce que Dieu a accepté l'offrande de votre zèle, puisqu'il a envoyé sur elle le don de sa bénédiction.

Remercions Dieu qui a été si bienveillant : remercions-le non-seulement en paroles, mais surtout de cœur et par nos actions. Après avoir eu le zèle de la construction du temple, ayez le zèle du temple construit. En en faisant votre consolation, comme de l'œuvre de votre zèle, honorez en lui l'œuvre de la bonté de Dieu. Profitez de ce temple consacré pour votre propre consécration : car sans cela, à quoi aurait servi de le construire et de le consacrer?

Dieu est présent partout, et par conséquent il n'a pas besoin d'un temple qui est toujours petit pour lui et incapable de le contenir. Mais l'homme est borné, et, par conséquent, il a besoin d'une manifestation limitée de la présence de Dieu. Dieu a condescendu à ce besoin de l'homme, et il a permis au temple de s'édifier, et il lui a accordé la grâce de sa présence particulière.

Nous ne connaissons qu'une seule situation de l'humanité dans laquelle elle n'ait pas besoin de temple, — c'est la situation de la nouvelle Jérusalem, sous un nouveau ciel, sur une nouvelle terre; mais cela même prouve la nécessité d'un temple dans les autres situations, et nommément dans celle où nous nous trouvons aujourd'hui. L'auteur de l'Apocalypse nous donne comme un trait particulier, distinctif de la nouvelle Jérusalem, qu'il ne s'y trouve point de temple : *Et je n'y vis point de temple* (Apoc., xxi, 22). Et, comme s'il prévoyait que cette singularité paraîtrait trop frappante et trop invraisemblable, que l'on demanderait comment la cité de Dieu peut être sans un temple de Dieu, il explique aussitôt pourquoi il en est ainsi : *Parce que le Seigneur Dieu tout-puissant, et l'Agneau, en est le temple.* Comme s'il avait dit : Là, l'humanité est perfectionnée et élevée à ce point que les créatures ne peuvent mettre ni barrière ni voile entre elle et la présence de Dieu ; là, on se trouve en cette sainte présence immédiatement, sans avoir besoin d'un lieu saint particulier, représentatif de cette présence. Il n'y est pas besoin de temple, parce que l'homme y vit en Dieu et en Jésus-Christ comme dans un temple, et qu'il trouve en Dieu lui-même, sans aucune peine, tout ce vers quoi nous nous efforçons de pénétrer par le moyen du temple. Si, là-même, l'œil créé ne peut embrasser la lumière incréée, et que, par conséquent, il faille quelque condescendance et quelque modération de la lumière inaccessible, cela s'accomplit par la lumière pure du Dieu-Homme Jésus qui abaisse et modère dans son humanité la lumière de la Divinité, et, par sa divinité, éclaire et béatifie l'humanité. *L'Agneau en est le flambeau* (Apoc., xxi, 25). Et voilà pourquoi il n'est pas besoin de temple dans la Jérusalem nouvelle. Mais nous ne sommes pas encore dans la Jérusalem nouvelle, descendant du ciel; par conséquent nous avons besoin d'un temple. La créature, notre propre chair, grossière et impure, nous ferme encore l'entrée dans la sainte et bienheureuse présence de Dieu, et ainsi il faut que cette présence bienheureuse se découvre d'elle-même pour nous dans un temple saint. Les cieux, où est monté Jésus-Christ, notre lumière, ne s'ouvrent pas et ne nous découvrent pas encore l'éclat de sa gloire; il nous faut, en attendant, un ciel, si petit qu'il soit, sur la terre, une lumière, si cachée qu'elle soit dans le mystère, et c'est ce que nous pouvons trouver dans le temple, par la prière, par la parole de Dieu, par les mystères.

Si nous nous reportions de la fin des temps à leur commencement, et si, là non plus, nous ne trouvions point de temple, cela ne serait pas étonnant, parce que l'homme du paradis terrestre ressemble plus à l'homme de la Jérusalem nouvelle qu'à l'homme actuel. Mais on peut dire que le premier temple de Dieu sur la terre fut le Paradis terrestre même, dans lequel Dieu se montrait avec bonté à l'homme; dans lequel l'homme, consacré par sa création à l'image de Dieu, était le prêtre irréprochable; dans lequel l'arbre de vie était la sainteté visible, mystérieuse : car l'homme puisait mystérieusement dans cet arbre la vie incorruptible, de même qu'aujourd'hui, à la Table du Seigneur, dans le fruit du blé et de la vigne, nous puisons mystérieusement et substantiellement la vie immortelle du Corps et du Sang divins de Jésus-Christ.

Depuis que l'homme, par le péché, a détruit en lui-

même l'image de Dieu et a cessé d'être le temple vivant
de Dieu, la nécessité d'un temple visible, symbolique,
consacré au culte, est devenue visiblement plus sensible,
et l'histoire sainte montre qu'autant l'homme a fait d'efforts pour la satisfaction de cette nécessité, autant, ou
même plus encore, Dieu lui-même l'y a aidé.

Quant aux anciens patriarches, qui menaient une vie
nomade sous des tentes, il n'aurait pas été naturel d'exiger d'eux un temple construit selon les règles de l'architecture. Ils avaient l'abrégé du temple dans l'autel, et
nous voyons souvent, dans leurs vies, que Dieu apparaît,
et qu'en conséquence de cela, un Patriarche élève un autel, et réciproquement, qu'un Patriarche élève un autel,
et que Dieu apparaît pour signaler sa bénédiction
sur l'autel et sur celui qui l'a élevé. Dieu apparaît à Noé
pour le sauver du déluge, et, aussitôt après le déluge,
Noé éleva un autel au Seigneur (Gen., VIII, 20). Noé offre
un holocauste sur l'autel, et le Seigneur apparaît de nouveau pour bénir le nouveau monde après le déluge. *Le
Seigneur apparut à Abraham, et Abraham éleva en ce lieu
un autel au Seigneur qui lui était apparu* (Gen., XII, 7).
Dieu ordonne lui-même à Jacob d'élever un autel, et lui
en indique le lieu : *Monte à Béthel, et demeure là, et élève
là un autel au Dieu qui t'a apparu* (Gen., XXXV, 1). Ce lieu,
appelé *Béthel*, c'est-à-dire *maison de Dieu*, Dieu l'avait
consacré déjà auparavant en y apparaissant à Jacob pendant son sommeil, au sommet d'une échelle unissant la
terre au ciel. La construction, par Abraham, de l'autel
sur lequel il voulait, selon l'ordre de Dieu, sacrifier Isaac,
fut comme la fondation préliminaire du Temple de Jérusalem qui fut élevé, plusieurs siècles après, au même
endroit.

Quand la famille des patriarches, dans laquelle se conservait, depuis le commencement du monde, la connaissance du vrai Dieu et de sa révélation, se fut accrue et eut formé un peuple, alors Dieu disposa, sous sa propre direction, au milieu d'elle, son temple d'une manière plus complète et plus parfaite, d'abord sous le nom *de Tabernacle du témoignage*, mobile et propre pour le voyage, comme il convenait à l'époque de la migration du peuple de Dieu de l'Égypte à la Terre promise, et ensuite, dans cette terre, ce fut un temple fixe, dont il désigna lui-même Salomon pour être l'édificateur. Enfin, après la ruine de ce temple en même temps que de Jérusalem, à cause des péchés du peuple, dès que le temps de faire miséricorde au peuple fut revenu, Dieu prit soin lui-même encore une fois de la réédification du Temple en envoyant les prophètes Aggée et Zacharie pour engager les Jérosolymitains et tous les Juifs à sa construction.

Sur la base de tous ces faits, nous pouvons affirmer positivement que le temple du vrai Dieu dans l'humanité est l'institution de Dieu, et non des hommes. Mais ce n'est pas le propre de Dieu d'instituer sur la terre autre chose que ce qui est utile et salutaire aux hommes. Et ainsi, dans cette institution de Dieu, nous avons un témoignage de Dieu lui-même qui atteste combien le temple de Dieu nous est nécessaire et salutaire.

Après cela, quelqu'un pourra peut-être faire la réflexion que le temple dont nous venons de parler était de l'Ancien Testament, qu'il était figuratif relativement à Jésus-Christ encore attendu alors, que, par conséquent, depuis l'accomplissement des figures, c'est-à-dire, depuis l'avènement de Jésus-Christ, il a cessé d'être nécessaire, et que c'est pour cela qu'il a été aboli par le même des-

sein particulier de Dieu par lequel il avait été institué
auparavant. Cela est vrai. Cependant cela ne nous empêche pas de déduire de l'institution divine du temple dans
les temps de l'Ancien Testament, l'importance et la nécessité du temple dans les temps du Nouveau Testament.
Séparez de l'idée principale du temple les particularités
accessoires du Temple de l'Ancien Testament,—son appropriation aux figures, aux sacrifices sanglants, à la loi sévère des cérémonies : voilà ce qui est arrivé à son terme,
et ce qui est aboli comme inutile ; mais la pensée fonda-
mentale du temple comme maison de prière, comme
sanctuaire des mystères, comme trésor de la grâce, n'est
pas une attribution exclusive des temps de l'Ancien Testament, et, par conséquent, elle n'a pas pu passer avec eux.
Elle est propre aussi au Christianisme, et c'est pourquoi
elle y entre avec toute la puissance que le Christianisme a reçue d'abord de l'institution de Dieu. Le Fondateur lui-même du Christianisme, Jésus-Christ, non-seulement a fréquenté le Temple de Jérusalem, mais encore
il en a protégé la dignité contre les offenses, lorsqu'il en
a chassé ceux qui y vendaient et y achetaient ; ce n'était
certainement pas pour soutenir un temple dont il a prédit
lui-même la chute prochaine, mais pour conserver dans
le Christianisme aussi la pensée de la sainteté du temple
de Dieu, et du respect qui lui est dû.

Et les Apôtres, même après l'Ascension du Seigneur,
alors qu'ils étaient si remplis des saints souvenirs des
apparitions du Seigneur ressuscité qui s'étaient conti-
nuées durant quarante jours, et de ses entretiens sur le
royaume de Dieu, ne se contentaient pas de remercier
simplement et de glorifier Dieu entre eux pour ces
bienfaits, mais ils étaient attirés vers le Temple : et

ils étaient toujours dans le temple, louant et bénissant Dieu (Luc, xxiv, 53). Même après la descente du Saint-Esprit, lorsqu'il les eut visiblement et solennellement consacrés eux-mêmes pour être des temples vivants de Dieu, ils ne trouvèrent pas encore superflu de *monter au temple pour la prière* (Act., iii, 1). Tant est propre à l'esprit pieux le sentiment de la nécessité du Temple de Dieu, disposé légalement et consacré hiérarchiquement.

Du reste, les Apôtres n'usèrent du temple de l'Ancien Testament que par nécessité et provisoirement. Mais comme beaucoup de choses n'y correspondaient plus au Christianisme, et qu'il était indispensable de le reconstruire d'une manière convenable au Nouveau Testament, la Providence de Dieu remit aux mains païennes des Romains le travail grossier de renverser ce qui était ancien, et l'Esprit-Saint enseigna aux Apôtres de Jésus-Christ et à leurs sages successeurs l'art sublime, non de l'architecture matérielle, mais de l'institution spirituelle et divine de temples nouveaux et spécialement chrétiens.

Ils prirent pour premier modèle, sans aucun doute, *cette grande salle* (Luc, xxii, 12) dans laquelle le Seigneur institua et consomma pour la première fois le mystère de son Corps et de son Sang. Il l'avait lui-même désignée, et, comme souverain Pontife, consacrée pour cela : de là cette loi du temple chrétien par laquelle le pouvoir de le désigner et de le consacrer appartient au Pontife. Le Seigneur désigna la grande salle particulièrement pour le mystère du Nouveau Testament de son Corps et de son Sang : de là la loi par laquelle tout temple chrétien est désigné particulièrement pour ce mystère, tellement que d'autres mystères peuvent, selon la nécessité, s'accomplir aussi dans d'autres endroits, tandis que celui-là exige

nécessairement le temple consacré hiérarchiquement.
Dans la grande salle, le Seigneur n'accomplit le mystère
que devant les douze Apôtres participants de ce mystère :
de là la loi d'après laquelle ne sont admis dans le temple
chrétien, particulièrement au moment du mystère du
Corps et du Sang de Jésus-Christ, que ceux qui peuvent
être participants de ce mystère, tandis que le diacre ordonne à ceux qui n'ont pas été trouvés dignes du baptême et à ceux qui sont exclus des mystères, de sortir
du temple pour ce moment.

Mais je ne m'étendrai pas davantage sur les lois du temple chrétien, qui montrent aussi, du reste, combien en est
importante la nécessité et combien en est haute la dignité.

Je noterai encore, à propos de l'utilité du temple
dans le Christianisme, une seule chose, c'est que même
ces héros élus du Christianisme qui, dans un éloignement complet du monde, dans un renoncement aussi
entier que possible à tout ce qui est sensible, dans des
déserts et des lieux inabordables, ont mené une vie
semblable à celle des anges, sont entrés en communication avec les puissances célestes, ont reçu la révélation
des choses divines, ont été jugés dignes d'être, et se sont
montrés par leurs œuvres des hommes spirituels et remplis de Dieu, — c'est que ces héros mêmes, malgré tout
cela, ont dû encore avoir recours aux bienfaits du temple
de Dieu, nommément par la communion du Corps et du
Sang de Jésus-Christ, comme on peut le remarquer surtout par ce fait, qui n'est pas rare, que la Providence de
Dieu a usé de moyens extraordinaires, merveilleux même,
pour leur procurer ce viatique avant leur départ pour
l'éternité. Je citerai comme exemple sainte Marie Égyp-
tienne qui eut besoin, même après tant d'actes éclatants

de vertu, après avoir été comblée de tant de grâces, d'un dernier don,—de la participation à la table du Seigneur; et pour lui procurer ce don, par quelle inspiration incompréhensible, mais en même temps sûre, fut conduit le vraiment inspiré de Dieu Zosime!

Que ces réflexions sur l'origine, la dignité et l'utilité du temple de Dieu, et particulièrement du temple chrétien, soient une consolation particulière pour ceux qui ont contribué ici, par leur zèle, à une œuvre si agréable à Dieu et si salutaire pour les âmes; ensuite qu'elles nous fassent souvenir et qu'elles nous engagent tous à recourir avec empressement au temple de Dieu comme à un don sublime qui nous est accordé par Dieu, ou plutôt comme au trésor immense de tous les dons si multipliés de Dieu. Fréquentez assidûment le temple de Dieu; tenez-vous-y avec respect; prenez-y part de cœur aux prières et au chant des louanges de Dieu; écoutez avec attention la parole de Dieu qui vous y est annoncée, non pas seulement pour l'entendre et pour occuper momentanément votre curiosité, mais pour graver dans votre cœur ce que vous entendez, pour le garder dans votre mémoire, pour vous le rappeler dans la méditation, pour le mettre en pratique dans votre vie.

Faut-il exiger des Chrétiens d'aujourd'hui qu'ils soient *toujours dans le temple, louant et bénissant Dieu?* — Je crains que l'on ne dise: Comment cela est-il possible? Quand donc ferait-on ses affaires domestiques? — Cependant, mes Frères, cela était apparemment possible et s'accomplissait, sans aucune exigence, au commencement du Christianisme: *Ils étaient toujours dans le temple, louant et bénissant Dieu.* Du reste, convenons que ce n'est pas pour tous. L'Église n'exige pas que vous renonciez tous à

vos affaires domestiques, mais elle désire que vous mettiez tous en ordre vos affaires spirituelles. Faites vos affaires terrestres les jours que Dieu vous a donnés à tous
pour cela : *Tu travailleras six jours, et tu feras ces jours-là
toutes tes affaires* (Ex., xx, 9), quoique, à vrai dire, il y en
ait parmi nous qui n'ont pas besoin de tous les six jours
de la semaine pour leurs affaires, et qui ne les emploient
pas tous au travail. Mais je ne vous dispute pas les
jours que Dieu a mis à votre disposition. *Le septième
jour, celui du sabbat, est au Seigneur ton Dieu.* Le jour du
dimanche, jour consacré au repos, ou au recueillement,
doit décidément et entièrement appartenir à Dieu et à
son temple. Ce jour-là du moins, soyez *toujours dans le
temple;* prenez part, autant que possible, à tous les offices
du temple, et, chez vous, inspirez-vous plus que les autres
jours de l'esprit de l'église, de l'esprit de prière et de
dévotion envers Dieu, de l'élévation de votre cœur au-
dessus de tout ce qui est terrestre et mondain. L'église
pleine, les maisons vides, les rues et les marchés silencieux, voilà le plus bel aspect d'une cité chrétienne un
jour de fête, et un spectacle que la cité céleste peut considérer sans en rougir ! Alors la bénédiction du ciel, *comme
la rosée d'Aermon qui descendit sur les montagnes de Sion*
(Ps. cxxxii, 5), descend sur le temple et sur ceux qui y
demeurent; du temple, ils l'emportent chez eux ; le jour
de fête attire la bénédiction sur les jours de travail, et les
affaires humaines se font mieux et avec plus de succès,
parce que l'œuvre de Dieu n'est pas négligée, parce que
le jour du sabbat est consacré à Dieu. Mais si, même les
jours de fête, la paresse et le sommeil nous empêchent de
nous rendre à l'office du matin; si les affaires mondaines,
qui ne sont alors plus à leur place, nous détournent de

l'office du jour ; si les plaisirs mondains, ou la paresse et la perte de l'habitude nous détournent de l'office du soir, je le laisse à juger à votre conscience, sont-ce là des usages chrétiens !

Seigneur ! donne à tes serviteurs, à ceux qui s'appellent de ton nom, d'*aimer* spirituellement *la beauté de ta maison et la demeure où habite ta gloire* (Ps. xxv, 8): qu'ils deviennent les vrais enfants de ta maison, et qu'ils ne rougissent pas d'*espérer à l'ombre de tes ailes*; qu'ils soient *enivrés de l'abondance de ta maison, et abreuvés du torrent de tes délices* (Ps. xxxv, 8, 9). — Ainsi soit-il.

<hr>

9

SERMON

POUR LA CONSÉCRATION DE L'ÉGLISE
DE SAINT-JACQUES,

AU MONASTÈRE SYNODAL DE PREMIÈRE CLASSE DE SAINT-JACQUES,

Prononcé le 14 juin 1856.

Dois-je parler ici ? Dois-je jeter dans les guérets de mes voisins la semence de la parole dont j'ai, dans ma trop petite corbeille, une provision déjà trop pauvre pour ensemencer la partie de terrain qui m'est spécialement attribuée par le Cultivateur céleste ? N'est-il pas téméraire à moi d'ouvrir la bouche ici où, à ce qu'il semble, ne s'est pas encore entièrement éteinte la parole spirituelle à la fois et pleine d'éloquence du saint prélat Dimitri, où parlent plus haut que toute parole ses œuvres et celles de ses non moins vénérables prédécesseurs, les Jacob, les Ignace, les Isaïe, les Léontin, — et non-seulement les œuvres instructives de leur vie sainte et sacerdotale, mais encore des œuvres plus merveilleuses accomplies au milieu du repos de la tombe? Ne vaudrait-il pas mieux considérer dans un religieux silence cette terre sanctifiée depuis si longtemps, cet antique jardin et cette pépinière de vertu et de sainteté où fleurit de bonne heure Abraham; d'où fut transplanté Serge, chargé de fruits de vertu et de toutes sortes de dons, entouré de nombreux disciples; où Job éleva le patriarchat à une hauteur jusque-là inconnue dans le Nord; où le chef de la race des Tsars exerça la prélature et se prépara à soutenir le siége primatial ébranlé en Russie? Faut-il donc me taire? —

Mais la parole de Dieu n'a-t-elle pas exprimé elle-même cette loi de la parole humaine: *Les lèvres parlent de l'abondance du cœur* (Matth., XII, 54)? La parole ne s'est-elle pas louée un jour de s'être exprimée avec la liberté de la sincérité devant Dieu lui-même: *Voilà que je ne retiens plus mes lèvres; Seigneur, tu le sais: je n'ai point caché ta justice dans mon cœur; j'ai dit ta vérité et ton salut, je n'ai point caché ta clémence et ta vérité à une grande multitude; j'ai annoncé la justice dans une grande assemblée* (Ps. XXXIX, 10, 11)? Non, ne retenez pas mes lèvres impuissantes, serviteurs et prédicateurs de la parole puissants en Dieu, mais plutôt, par la grâce qui vous a été donnée, guérissez mon infirmité, suppléez à mon indigence, soit pendant les quelques minutes de ce discours, soit pour tout le reste du temps de mon indigne ministère de la parole, s'il m'en est réservé encore quelque peu par la longanimité et la grâce du Chef céleste des pasteurs.

Voilà que je ne retiens plus mes lèvres. Mes lèvres parlent de l'abondance du cœur. Je dis *ta vérité et ton salut*, Seigneur.

Béni soit Dieu, qui donne son temple à l'homme ! —Ne pensez pas que j'aie fait une méprise. C'est bien cela : Dieu fait don de son temple à l'homme quand, en apparence, l'homme élève un temple à Dieu. *Quelle maison m'élèverez-vous?* — demande Dieu par la bouche du Prophète (Is., LXVI, 1). Et l'homme ne peut trouver de réponse à cela. Comment est-il possible de construire une maison à l'Infini, à Celui qu'aucun espace ne saurait contenir? Comment assigner une demeure particulière à Celui qui est partout et qui remplit tout? Un temple sans la présence de la Divinité porterait vainement le nom de temple de Dieu ; mais comment introduire dans un temple terrestre la présence du Dieu du ciel, dans un temple visible le Dieu invisible, dans un temple matériel le Dieu souverainement spirituel? L'esprit humain ne serait jamais parvenu, par la voie de la raison naturelle, à la solution de ce problème, quelque vivement qu'il eût senti la nécessité de la communication la plus rapprochée et la plus aisée avec Dieu comme source de tout bien, si la sagesse infinie de Dieu, cachée dans le mystère, ne l'avait résolu elle-même. Le Dieu infini s'adapta lui-même à la mesure de l'homme borné ; il descendit (non par son être, mais en action), de l'éternité dans le temps, de l'omniprésence dans un lieu ; il manifesta sa présence par des signes et des œuvres admirables, comme, par exemple, à Jacob dans la vision de l'échelle unissant la terre au ciel, et la pensée de la présence de Dieu dans un lieu déterminé naquit, et la maison de Dieu fut fondée, comme cela se voit notamment dans ces paroles de Jacob : *Le Seigneur est en ce lieu ; — ce lieu est terrible ; ce ne peut être ici que la maison*

de Dieu et la porte du ciel ; — et Jacob appela ce lieu : mai-
son de Dieu (Gen., xxviii, 16, 17, 19). Ainsi, *la maison de
Dieu* apparut au milieu des hommes, par la grâce de Dieu,
d'abord dans les autels des sacrifices, ensuite dans le tabernacle de Moïse, plus tard dans le temple de Salomon,
et enfin elle apparaît, avec l'abondance de la grâce, dans
les temples chrétiens.

Béni soit notre Seigneur Jésus-Christ manifestant avec
une abondance particulière sa clémence, et sa vérité, et
son salut, dans les temples de sa nouvelle alliance! Autrefois, il n'y avait, dans le monde entier, qu'un seul temple
du vrai Dieu ; mais notre Seigneur a accompli sur le temple aussi quelque chose de semblable à la parabole dans
laquelle il s'est peint lui-même : *Si le grain de blé tombé
sur la terre ne meurt pas, il demeure seul; mais, s'il
meurt, il produit beaucoup de fruits* (Jean, xii, 24). L'arrêt de Dieu sur l'Église de l'Ancien Testament a renversé
par terre le Temple unique au monde, autrefois agréable
à ses yeux et comblé de ses faveurs, et l'ancien grain est
mort ; mais à sa place, la grâce du Nouveau Testament a
fait croître par toute la terre des temples chrétiens innombrables. Autrefois, David seul osa former le vœu de la
construction d'un temple, et il ne fut donné qu'à Salomon
seul d'accomplir ce vœu ; quelle est donc la bonté de Dieu
de permettre aujourd'hui qu'un grand nombre d'hommes
puissent si librement, selon leur zèle, après la bénédiction
de l'Autorité ecclésiastique, prendre part à l'œuvre de
Salomon, et qu'un homme puisse réunir en lui-même et
le vœu de David, et l'exécution de Salomon ! Aussi généreusement que le Fondateur du Christianisme répand sur
la terre les temples du Nouveau Testament, aussi généreusement il les remplit de trésors de grâce et de salut.

Ce que Jésus a commencé à faire et à enseigner (Act., i, 1)
dans le temple, à Jérusalem, dans toute la Judée et la
Galilée, dans les synagogues et les maisons, dans les campagnes et les déserts, — tout cela ne se continue-t-il et ne
se répète-t-il pas dans nos temples au moyen de la lecture de l'Évangile? Je n'exagère rien quand je dis : cela se
continue et se répète au moyen de la lecture de l'Évangile :
car elle n'est pas simplement une parole et un récit, mais
elle est en même temps une force et une action, — cette
parole qui, par exemple, alors qu'elle sortait de la bouche de Jésus, chassait les démons, et aujourd'hui, en
sortant de l'Évangile, les effraie également, les châtie et
les met en fuite. Ce qui fit divine et semblable au ciel la
salle de la sainte Cène du Seigneur et la maison de la descente du Saint-Esprit, n'est-il pas exactement ce qui rend
saints nos temples aussi, où Jésus-Christ vient encore com-
munier les siens de son Corps et de son Sang, car la communion de son Corps et de son Sang ne peut certainement
pas avoir lieu en son absence ; — nos temples où descend
encore le Saint-Esprit, sanctifiant les ministres de la parole et des mystères, et les actes mystérieux qu'ils accomplissent, car de même que, par l'imposition des
mains des apôtres, s'est continuée la descente du Saint-
Esprit sur ceux qui ont reçu cette imposition, ainsi se
continue jusqu'aujourd'hui, dans l'imposition des mains
de l'ordination ecclésiastique, l'imposition des mains des
apôtres?

Bénissons aussi avec reconnaissance le Seigneur de ce
qu'après avoir accordé aux temples de son Nouveau Testament la haute faveur de sa présence divine et salutairement agissante, il y a ajouté avec une sage prévoyance un
don médiateur bienfaisant, — la communion des saints.

En effet, si, même dans la Hiérarchie céleste, ainsi
que nous l'apprennent ceux auxquels il a été donné
par Dieu de la contempler, les esprits bienheureux ne
sont pas tous également capables de recevoir immédiatement la lumière divine, mais ceux des ordres supérieurs
la transmettent aux esprits, cependant bienheureux aussi,
des degrés inférieurs, — combien plus, pour nous qui vivons sur la terre, peut être utile et avantageuse, sous la
protection de l'unique Médiateur suprême entre Dieu et
les hommes, le Dieu-Homme Jésus, la médiation secon-
daire bienfaisante des saints, afin que la grâce suprême
de Dieu, d'un accès souvent difficile pour nous à cause
du défaut de pureté de l'esprit et d'élévation du cœur,
à cause de l'appesantissement de l'esprit par la chair,
à cause de l'incommunicabilité entre la pureté infinie de
Dieu et une nature non purifiée du péché; — afin que
la grâce de Dieu descende elle-même jusqu'à notre bassesse et s'approprie, d'une manière plus rapprochée, à
nos besoins spéciaux et proportionnels, par l'intermé-
diaire des dons spéciaux et proportionnels que le Saint-
Esprit départit aux saints. C'est pour cela, il me semble,
et dans cette pensée que l'Église primitive a reconnu
clairement pour un article de foi la *communion des saints*,
comme on peut le voir par plusieurs des anciens symboles de foi. C'est pour cela encore, il me semble,
que l'Apôtre aussi indique comme un privilége considérable de l'Église chrétienne sa communion avec l'Église
céleste. *Vous vous êtes approchés*, dit-il, *de la montagne de
Sion, et de la cité du Dieu vivant, la Jérusalem céleste, et
de la troupe innombrable des anges, et de l'assemblée et de
l'Église des premiers nés qui sont écrits dans le ciel, et de
Dieu qui est le juge de tous, et des esprits des justes qui*

sont consommés dans la gloire (Hébr., xii, 22, 23). Mais si
quelqu'un nous demandait quand donc et où nous nous
sommes approchés ou nous nous approchons de l'Église
triomphante du ciel, comment se manifeste et par quoi
se signale notre communion avec elle, on ne pourrait
satisfaire à ces interrogations d'une manière plus claire et
plus simple qu'en montrant le temple chrétien justement
et symboliquement appelé *église*, non-seulement parce qu'il
rassemble en lui l'Église terrestre, mais encore parce qu'il
l'unit à l'Église céleste. Non-seulement on y honore respectueusement la mémoire des saints et l'on y invoque
l'assistance de leurs prières avec une telle constance
et une telle régularité que l'on peut dire que tous les as-
tres du ciel spirituel tournent, dans des cycles de temps
déterminés, autour de l'Église qui est sur la terre, mais
encore les grâces de toutes sortes, accordées aux saints,
s'y amassent de tous les temps et de tous les lieux
comme dans une sorte de trésor, s'y conservent intactes
et s'y emploient largement pour l'utilité de tous et de
chacun. Ici, jusqu'aujourd'hui même, l'Esprit-Saint fait
résonner les cordes du psaltérion de David, et vous en
fait entendre les sons inspirés de Dieu. Jusqu'aujourd'hui
même, Moïse, Anne, Abbacum, Isaïe, Jonas, Daniel, Zacharie chantent avec nous leurs hymnes prophétiques, et
soufflent sur nous l'esprit de leurs prières. Jusqu'aujour-
d'hui même, chaque jour, la très-sainte Vierge elle-même
épanche dans notre cœur son cœur débordant de l'amour
divin, et entonne au Seigneur son cantique de louanges
plus sublime que celui des séraphins. Jusqu'aujourd'hui
même, Basile et Chrysostôme mettent dans nos bouches,
à nous serviteurs des autels, les paroles de leur sainte liturgie. Jusqu'aujourd'hui même, ici, Éphrem enseigne, le

Damascène fait entendre ses chants lyriques et ses leçons
de théologie; Sabbas le sanctifié dirige l'ordre des heures
des prières de l'Église, et — pour rappeler aussi ne fût-
ce qu'un seul de nos compatriotes d'autrefois aujour-
d'hui habitants des cieux, unissant visiblement l'Église
de la terre à celle du ciel, — Dimitri invite chaque jour
et tour à tour les saints à proposer à notre imitation leur
vie agréable à Dieu et leurs vertus. Que dire de l'ancienne et sainte institution de placer des parties de corps
de saints martyrs et d'autres saints dans l'endroit le plus
saint du temple? N'est-ce pas en cela que se présente
le point saisissable du bienheureux contact de l'Église
de la terre avec celle du ciel, à l'une desquelles appartient l'âme du juste consommé dans la gloire, tandis que
l'autre possède encore son corps qui même n'est pas
étranger à son âme, puisqu'il produit des œuvres vi-
tales au plus haut degré, telles que sont les guérisons?
Que dire de cet autre usage de l'Église, d'après lequel
un temple, toujours consacré spécialement à Dieu, est
cependant placé quelquefois sous l'invocation du nom de
l'un des saints, comme le temple consacré aujourd'hui
est placé sous l'invocation du nom de saint Jacques? Est-
ce une simple habitude? N'est-ce qu'un nom donné au
temple pour le distinguer des autres et aider la mémoire?
— Non. Les instituteurs inspirés des usages de l'Église
n'ont pu rien faire sans une pensée; dans l'Église, il n'y
a rien d'insignifiant. Dans toutes ses manifestations est
vivante une puissance bienfaisante et cachée; dans chaque
parole s'exprime un sens. Si, dans la consécration,
nous avons nommé ce temple le temple de saint Jacques, par là-même nous lui avons voué le temple,
nous avons respectueusement invité ce saint à en être le

protecteur et le chef; et le Saint, vivant en Dieu qui aime les hommes, n'a pas rejeté, sans aucun doute, par amour pour les hommes, cette invitation. Quel appui pour le temple ! Quel secours pour nous, ministres faibles et indignes ! Quelle consolation pour vous, assistants ! Un juste consommé dans la gloire préside ici invisiblement au milieu de nous ; comme il en est digne, il ouvre plus largement les sources de la grâce, qui sont plus ou moins rétrécies par notre indignité ; il soutient notre ministère languissant, et supplée à ce qui lui manque ; il porte et nos prières et les vôtres, même celles qui ne sont pas assez ferventes, sur l'autel céleste de Dieu. Béni soit Dieu qui est admirable dans ses saints !

Enfin, Frères de ce saint temple et de ce monastère, bénissons encore Dieu avec reconnaissance particulièrement pour ce temple nouvellement construit : car *si Dieu ne construit lui-même, ceux qui construisent travaillent en vain* (Ps. cxxvi, 1). Il bénit le commencement, et donne la consommation. Lui, le maître souverain des cœurs qui se dévouent à lui, il tend à notre faiblesse le secours de sa main qui n'a aucun besoin de notre temple. Il a scellé de sa bénédiction nouvellement envoyée d'en haut, et l'acceptation bienveillante de l'œuvre, et l'accueil favorable qu'il a fait à l'offrande, et la sollicitude qu'il a de notre salut.

Renfermerai-je le reste dans mon cœur? — *Bénis le Seigneur, mon âme, et que tout ce qui est en moi bénisse son saint nom* (Ps. cu, 1). Soyez bénis, vous, mes maîtres, saint Jacques et saint Dimitri, de m'avoir rendu digne, par votre bénédiction et par vos prières, non-seulement de m'incliner devant votre sainteté, mais encore de remplir le saint ministère sous votre sainte direction.

Et à tous ceux qui ont écouté mes faibles réflexions sur la grâce si haute et si abondante de Dieu dans le temple, je dirai ces paroles de l'Apôtre : *Conservons la grâce qui nous est donnée si libéralement, pour être, par elle, agréables à Dieu, le servant avec respect et avec crainte* (Hébr., xii, 28). — Ainsi soit-il.

10

SERMON

POUR LA CONSÉCRATION DE L'ÉGLISE DE LA TRANSFIGURATION DU SEIGNEUR,

A MOSCOU,

Prononcé le 20 septembre 1856.

> Que rendrai-je au Seigneur pour tous les biens qu'il m'a donnés? Je prendrai le calice du salut, et j'invoquerai le nom du Seigneur.
>
> — Ps. cxv, 3, 4. —

Qu'un sujet fidèle offre au Tsar un présent du fond de son cœur, et que son présent soit accueilli, qui, pensez-vous, dans ce cas, sera obligé et heureux, celui qui offre ou celui qui reçoit? — Je pense, moi, que c'est celui qui offre. En effet, le don privé d'un homme privé peut-il avoir de la valeur pour le Tsar qui est le maître de tout? Au contraire, la condescendance et la bienveillance du Tsar, manifestées par l'acceptation du présent, ont beaucoup de valeur pour le sujet dévoué. Combien plus, lorsqu'un esclave fidèle de Dieu offre un présent de sa piété à Dieu qui n'a aucun besoin de nos présents, qui est le maître souverain de nos dons même avant que nous les lui apportions, devant la grandeur infinie duquel tous les dons de la créature sont infiniment petits et nuls, — combien plus cet esclave doit-il penser en toute justice que ce n'est pas lui qui oblige Dieu, mais que Dieu lui fait miséricorde, lui accorde un bienfait, le rend heureux en daignant accueillir favorablement son désir pieux, en lui donnant, par sa providence, le moyen de l'accomplir, et en abaissant des hauteurs du ciel, par une condescendance extrême, ses regards sur l'offrande d'un être terrestre.

Que le seul désir même d'élever un temple au nom de Dieu soit un présent agréable à Dieu, c'est ce que nous apprenons de la bouche de Dieu lui-même, par l'exemple de David et de Salomon, lorsque celui-ci nous dit : *Et le Seigneur dit à David mon père : Quand tu as songé dans ton cœur à bâtir un temple à mon nom, tu as bien fait de former en ton cœur ce dessein* (III Rég., VIII, 18). Ainsi donc, celui qui a été trouvé digne non-seulement d'avoir dans son cœur un pareil désir, mais encore d'offrir en effet à Dieu un pareil présent, que celui-là considère le don qu'il fait à Dieu comme un don que Dieu lui fait à lui-même, avec un profond sentiment de son bonheur, avec une joie pure, avec une humble reconnaissance envers Dieu qui seul est généreux et dans les dons qu'il fait à l'homme, et dans l'acceptation des dons de l'homme.

Mais ne sont-ce donc pas là les sentiments qui conviennent à tous ceux qui prennent part à la solennité d'un temple consacré à Dieu et béni de Dieu? En effet, un temple de Dieu est un don fait par Dieu aux hommes en commun, ou, pour parler plus exactement, c'est un grand trésor de dons multipliés et divers et de bienfaits

accordés par Dieu aux hommes, par exemple : de lumière spirituelle, de purification, de guérison, de consolation, de régénération à une vie nouvelle, d'entretien,
d'accroissement, de corroboration de cette nouvelle vie,
de toute bénédiction, de toute force, de secours, de protection, de communication avec Dieu par l'esprit et par
le cœur, communication mystérieusement efficace, souvent même produisant des merveilles selon la foi et la
véritable utilité. Et par conséquent, lorsque le Seigneur,
avec un nouveau temple, nous fait don d'une nouvelle
clef, nous ouvre une nouvelle porte de ces trésors magnifiques de sa grâce, quel esprit attentif ne s'écriera
pas avec David : *Que rendrai-je au Seigneur pour tous les
biens qu'il m'a donnés ?*

Si vraiment, mes Frères, votre cœur, ému de reconnaissance pour les bienfaits de Dieu, a répété en ce moment la question de David : *Que rendrai-je au Seigneur
pour tous les biens qu'il m'a donnés?* prenez aussi à cœur
la réponse de David : *Je prendrai le calice du salut, et
j'invoquerai le nom du Seigneur.*

O merveille ! Dans son désir de remercier Dieu, que
veut-il faire ? — *Je prendrai le calice du salut !* Mais s'il
voulait, pour manifester sa reconnaissance envers Dieu,
procéder comme on procédait ordinairement de son
temps *dans les parvis de la maison du Seigneur, au milieu
de Jérusalem* (Ps. cxv, 10), ne lui aurait-il pas été plus
propre de dire : J'offrirai *la victime du salut,* ou *l'holocauste* d'un veau ou d'une brebis? Quel est donc ce *calice
du salut* qu'il veut *prendre* au lieu de cela? La loi du Lévitique prescrit nommément que *la victime du salut* (Lé-
vit., iii, 1) soit prise entre les bœufs, ou entre les brebis, ou entre les chèvres; mais on ne trouve dans la loi

du Lévitique aucune mention du *calice du salut*. Si, entre les vases dont on se servait dans le temple de Jérusalem, on parle de calices, on ne les met pas au nombre des objets de première importance. Quoi donc? Est-ce vraiment que le Prophète ne savait pas ce qu'il devait faire, ou sur quoi il devait porter une attention particulière dans le culte établi? Qui pourrait penser cela du Prophète? Que signifient donc ces paroles : *Je prendrai le calice du salut*? —Nous le comprendrons, mes Frères, si nous remarquons que David a parlé ici comme prophète, et non pas seulement comme psalmiste reconnaissant envers Dieu. Alors que son cœur désirait ardemment offrir à Dieu un témoignage de reconnaissance, l'esprit prophétique l'a transporté, à travers les ombres et les figures de l'Ancien Testament, jusqu'à la vérité du Nouveau Testament, au delà du temple de Jérusalem, dans la chambre haute de Sion ; il lui a montré le Seigneur fondant un culte de reconnaissance plus parfait, il lui a donné de voir dans sa main le Calice mystérieux; il lui a donné de l'entendre prononcer ces paroles : *Ce calice est la nouvelle alliance par mon sang qui sera répandu pour vous* (Luc, xxii, 20) ; le Prophète enthousiasmé a été enflammé du désir de devenir participant du mystère futur, et il s'est écrié dans l'antique Jérusalem, comme s'il se trouvait aujourd'hui avec nous devant le saint Calice : *Je prendrai le calice du salut !*

Tu me frappes d'étonnement, saint Prophète qui *es mort dans la foi sans avoir reçu les promesses* accordées à nous chrétiens, mais *qui* ne *les as pas moins vues et embrassées du plus loin* (Héb., xi, 13).

Mais, revenant à nous, je suis étonné, affligé et même effrayé en songeant que le saint Prophète s'est élancé du

lointain des siècles pour témoigner sa reconnaissance à Dieu par la participation au mystère qui nous est donné, tandis qu'au contraire un grand nombre d'entre nous, placés aux portes mêmes de ce mystère, devant le saint Calice lui-même, n'en sentent pas leurs cœurs altérés, ne veulent pas dire avec un élan résolu de leur âme : *Je prendrai le calice du salut*, j'y participerai, moi aussi.

Entendez-vous ce que dit le Seigneur en instituant son banquet divin ? — *Prenez, mangez* (Marc, xiv, 22). N'aurait-ce pas été assez de dire : *goûtez*, pour que nous pussions comprendre que c'est assez de goûter une fois au banquet du Seigneur, ou d'y participer de temps en temps, dans un besoin particulier, comme on use d'un remède, puisque ce banquet contient réellement en lui-même un remède puissant pour l'âme et pour le corps, et que sa puissance, étant divine, est si grande que, *si quelqu'un mange de ce pain*, ne fût-ce qu'une fois, ce peut être assez pour qu'*il vive éternellement* (Jean, vi, 51)? Mais non ! Le Seigneur nous a proposé son Corps, non pour en user une fois, ou pour un usage rare et circonstanciel, comme un remède, mais pour notre nourriture constante et habituelle : *Mangez*. Si même le Corps de Jésus-Christ ne nous avait été proposé que comme un remède, alors encore, mes Frères, nous aurions dû nous-mêmes demander la permission d'user très-souvent de ce remède, de même que nos maladies sont fréquentes, surtout les maladies de nos âmes. Mais comme le Seigneur nous l'a donné comme un pain quotidien, selon sa parole : *Le pain que je vous donnerai, c'est ma chair* (Jean, vi, 51), non-seulement il nous a permis par là-même, mais encore il nous a ordonné de nous approcher souvent de sa Table. Nous ne nous privons pas longtemps du pain ordinaire, sachant qu'autrement nos forces s'affaibliraient, et que la vie corporelle ne pourrait se soutenir ; comment donc ne craignons-nous pas de nous priver longtemps du pain vivant, céleste, divin ?

Écoutez encore une autre parole d'institution du Seigneur, celle précisément de l'institution du saint Calice : *Buvez-en tous* (Matth., xxvi, 27). Ne laissons pas passer sans attention ce petit mot : *tous :* car sous chaque trait de la parole de Dieu se cache la lumière, dans chaque syllabe la sagesse. Le Seigneur n'a pas dit du pain mystérieux : *Prenez, mangez* tous : et c'est avec raison, car quelques-uns ne peuvent pas manger, par exemple les petits enfants. Mais du Calice mystérieux, il a dit : *Buvez-en tous*, et, de cette manière, il a écarté toute exception, pour ceux, cela s'entend, qui demeurent dans la foi et l'unité de l'Église. Remarquez donc combien s'écartent du sens précis du commandement du Seigneur ceux qui ne permettent pas aux enfants, et même aux tout petits enfants, de s'approcher des saints mystères avant un certain âge, et combien, au contraire, l'Église Orthodoxe est fidèle à la parole du Seigneur quand elle accorde même aux petits enfants le saint Calice, afin que *tous en boivent*, même ceux qui ne peuvent que *boire*, n'ayant pas la force de *manger*. Il est encore plus à remarquer comment le Seigneur, en distribuant le saint Calice pour la première fois, condamne en ce moment même l'usage d'en priver les fidèles, — innovation des siècles postérieurs. Je ne sais ce qu'il y a de plus étonnant ici, de la sagesse infinie de la parole de Dieu, ou de la témérité de la sagesse humaine s'élevant contre la parole claire de Dieu. Le Seigneur voit que l'arbitraire voudra ravir aux plus petits de ses frères le Calice de vie qu'il leur a ac-

cordé, et il oppose d'avance une barrière à cette témérité
par un commandement positif : *Buvez-en tous*. Mais l'arbitraire n'y fait nulle attention : non, pas *tous*, dit-il ; le
vulgaire ne doit pas avoir part au Calice. — Bénissons
Dieu, mes Frères, d'appartenir à l'Église Orthodoxe qui
n'a point de part à cette sagesse arbitraire, mais, avec
une obéissance fidèle à la parole du Christ, vous présente
à tous le saint Calice : *Buvez-en tous*. Mais plus je suis
consolé par la fidélité avec laquelle notre Mère bien-aimée
la sainte Église observe le commandement positif de son
Seigneur, plus je vois avec peine l'inexactitude et l'inconséquence avec lesquelles beaucoup d'enfants de l'Église
accueillent la même parole du Seigneur. La sainte Cène
est la même ici que dans la chambre haute de Sion ; le
même Seigneur en règle l'ordonnance encore aujour-
d'hui ; vous entendez sa propre parole par la bouche du
prêtre célébrant : *Buvez-en tous* ; bientôt après cela, les
portes saintes s'ouvrent, le ministre du mystère apparaît pour vous inviter à l'accomplissement de l'ordre du
Christ : *Buvez-en tous* ; il vous appelle : *Approchez-vous
dans la crainte de Dieu et avec foi*. Mais vous — vous approchez-vous *tous?* — Dieu patient ! — souvent il n'y en a
pas un seul ! — Ne vous troublez pas trop : ce n'est pas
un reproche que je vous fais ; je sais que ce n'est pas en
vous l'audace de l'arbitraire, mais le manque d'assurance
dans la foi ; que vous suivez un usage reçu de vos pères,
propagé par les temps ; mais soyez impartiaux : comparez
votre habitude avec le commandement du Christ : vous ne
pouvez ne pas convenir que l'usage aurait pu suivre plus
exactement le commandement, que vous pourriez accomplir avec plus d'exactitude la parole du Christ. Dans les
siècles primitifs du Christianisme, la fréquentation de

l'Église les dimanches et les jours de fête, et la participation aux saints mystères constituaient pour les fidèles une obligation presque indivisible, tellement qu'il y a des règlements ecclésiastiques qui condamnent *celui qui entre dans l'église et en sort* sans *la sainte Communion* (Can. Apost. 9.— Conc. d'Antioch., can. 2). Voilà un usage évidemment plus parfait que celui d'aujourd'hui ! Pour ce qui regarde ceux qui ne s'approchent pas même une fois par an de la Table du Seigneur, ou qui l'abandonnent tout à fait, leur condamnation est écrite dans l'Évangile : *Si vous ne mangez la chair du Fils de l'homme et ne buvez son sang, vous n'aurez point la vie en vous* (Jean, vi, 55).

Nous ne passerons pas sous silence ce que disent habituellement pour leur justification ceux qui s'approchent rarement des saints mystères : nous sommes indignes ; nous ne sommes pas préparés. Cette pensée provient quelquefois réellement de l'humilité, et alors elle ne nuit certainement pas à l'union de ces âmes avec le Christ, pas plus que n'y nuisit l'humble éloignement de Pierre : *Éloignez-vous de moi, Seigneur, parce que je suis un homme pécheur* (Luc, v, 8). Mais il faut prendre garde que sous ce voile spécieux du mot d'humilité, ne se cache notre froideur dans la foi, notre nonchalance dans la réforme de notre vie. Tu n'es pas prêt : ne diffère pas, prépare-toi. Tu es indigne : nul homme n'est digne de s'approcher du Saint des saints, parce que nul homme n'est sans péché ; mais, comme pour tout autre, il est à ta disposition de croire, de te repentir, de te corriger, d'être pardonné et d'espérer dans la bonté de Celui qui est venu sauver les pécheurs et chercher ceux qui ont péri. Tu dis que tu es indigne : c'est à tort que tu prends sur toi une obligation étrangère : juger de ta dignité ou de ton indignité du mystère, c'est le devoir de celui qui l'administre, et non de celui qui le reçoit. Tu es indigne : convenons que cela est vrai. Mais après? Veux-tu donc rester indigne? Si tu demeures, sans souci, indigne de la communion avec Jésus-Christ sur la terre, ne t'exposes-tu pas au danger évident de demeurer indigne de la communion avec lui dans le ciel? Mais si tu redoutes ton indignité, et si tu veux t'en délivrer, t'en délivreras-tu en t'éloignant de Jésus-Christ, de sa grâce, de sa force, de sa vie? Ne vaut-il pas mieux, en corrigeant selon ton pouvoir ton indignité, recourir à Jésus-Christ dans le mystère, afin de recevoir son secours et sa force pour une réformation plus parfaite et pour arriver à être agréable à Dieu?

Chrétien! le Seigneur nous ouvre généreusement et magnifiquement, presque toujours et partout, son temple; il nous prépare sa Table, il nous invite à sa Cène. Il faut avoir honte de cette réponse ingrate à une gracieuse invitation : *Aie-moi pour excusé* (Luc, xiv, 18). Il faut redouter ce reproche : *Ceux qui ont été invités n'en étaient pas dignes* (Matth., xxii, 8). Efforçons-nous donc de nous approcher le moins rarement possible de la Table du Seigneur après nous être purifiés attentivement de toute souillure de la chair et de l'esprit, après nous être pénétrés de la crainte de notre indignité, mais avec foi dans la grâce, le cœur affamé et altéré de l'amour du très-doux Jésus, dont la chair est le vrai pain de vie, et le sang, l'unique calice du salut. — Ainsi soit-il.

11

SERMON

POUR LA DÉDICACE DE L'ÉGLISE DE LA RÉSURRECTION DE JÉSUS-CHRIST,

A MOSCOU,

Prononcé le 13 septembre 1837.

> Or, on faisait alors, à Jérusalem, la fête de la dédicace.
> — Jean, x, 22. —

Et aujourd'hui aussi, l'Église orthodoxe célèbre la dédicace du temple ; et ce temple aussi, en particulier, grâce au zèle d'âmes enflammées de l'amour de Jésus-Christ, célèbre sa dédicace. Pourquoi cette fête, et à quoi doit-elle nous servir ? — Car toute institution de l'Église doit être appuyée sur un saint fondement : elle doit avoir pour but le bien des âmes. Une fête sans fondement et sans but serait indigne, non-seulement de la sagesse chrétienne, mais de la simple raison humaine. L'habitude de célébrer solennellement la dédicace d'un temple, et même l'anniversaire de cette dédicace, a sa base dans les exemples d'une profonde et sainte antiquité.

Lorsque l'apparition du Seigneur à Jacob, durant son sommeil, au sommet d'une échelle unissant la terre au ciel, lui donna la première idée qui ait été peut-être sur la terre, de la présence locale du Dieu qu'aucun lieu ne peut

contenir : *Dieu est en ce lieu* (Gen., xxviii, 16), et lorsque
Jacob appela ce lieu *la maison de Dieu*, alors, seul, voyageur, un bâton à la main et sa provision de voyage, de
pain et d'huile, sur les épaules, il ne put certainement
pas faire cette maison de Dieu bien grande et bien magnifique ; cependant, étant encore sous l'influence de sa communication avec Dieu, il eut l'idée, du moins, d'ériger
comme un autel la pierre sur laquelle il avait dormi, et
d'y répandre l'huile qu'il avait avec lui. Qu'est-ce là autre
chose qu'un essai d'autel non sanglant, inattendu dans
ces temps de sacrifices sanglants, et sa dédicace au moyen
de l'onction, — cérémonie que vous voyez pratiquer encore aujourd'hui dans l'onction de l'autel, à la consécration d'un temple chrétien ?

Après que Moïse, par l'ordre de Dieu, eut construit
le tabernacle du témoignage, c'est-à-dire un temple por-
tatif pour le camp mobile du peuple d'Israël en voyage,
il écrivit dans le livre des Nombres, à propos de la dédicace solennelle de ce temple, ce qui suit : *Or, il arriva*
qu'au jour où Moïse eut achevé le tabernacle et l'eut dressé,
et qu'il l'eut oint et sanctifié avec tous ses vases, ainsi que
l'autel et tous ses vases, et qu'il les eut oints et sanctifiés, les
princes d'Israël apportèrent — leurs dons devant le Seigneur
(Nomb., vii, 1, 3). Là aussi nous voyons l'onction, mais
non plus l'onction avec l'huile simple, comme Jacob
l'avait faite par nécessité, mais avec un baume parfumé,
composé selon l'ordre particulier de Dieu et destiné uniquement pour l'onction de la consécration, et de plus,
non-seulement l'onction de l'autel, mais encore celle du
temple et de ce qui lui appartenait. Semblablement, vous
voyez aussi dans la consécration d'un temple chrétien,
non-seulement l'onction de l'autel, mais encore l'onc-

tion du temple, en forme de croix, selon les quatre points cardinaux.

Lorsque, pour remplacer le tabernacle, fut construit un temple fixe à Jérusalem, alors, pour sa consécration, *Salomon célébra en ce jour une fête, et tout Israël avec lui, formant une grande assemblée* (III Rég., VIII, 65). Comme, dans ce nouveau temple, devait passer l'ancienne Sainteté du tabernacle, l'arche d'alliance du Seigneur, qui représentait particulièrement la présence de Dieu, un acte particulier de la solennité de la dédicace consista en ce que *les prêtres portèrent l'arche de l'alliance du Seigneur en son lieu, dans le saint des saints, sous les ailes des chérubins* (VIII, 6). A cela, dans la dédicace d'un temple chrétien, correspond le transport solennel des reliques de saints martyrs ou d'autres saints glorifiés, par lequel est figurée l'entrée du Roi de gloire lui-même, Jésus-Christ, reposant dans les saints.

On peut dire que la dédicace du tabernacle de Moïse et celle du temple de Salomon furent solennisées non-seulement par les serviteurs des choses saintes et le peuple, mais par Dieu lui-même qui remplit le sanctuaire de sa gloire sous la forme d'un nuage, et fit descendre le feu du ciel sur le sacrifice. N'envierons-nous point cette solennité merveilleuse? — Qu'il n'en soit rien. C'était alors le temps des images visibles et des figures. A nous il a été dit: *Bienheureux ceux qui n'ont pas vu et qui ont cru* (Jean, XX, 29). Et maintenant, le nuage lumineux de la grâce de Dieu ombrage, non les yeux, mais les cœurs des croyants; et maintenant, le feu de l'amour divin consume, non des agneaux, mais les cœurs de ceux qui sont doux : et ceux qui en sont dignes le savent par expérience, quoique les indignes ne le voient pas.

Et le temple de Jérusalem, inauguré miraculeusement, fut renversé, moins par la force ennemie des
Babyloniens que par l'envahissement funeste des péchés
du peuple juif. Mais, après son retour de la captivité de
Babylone, un nouveau temple s'éleva, et de nouveau
les enfants d'Israël, les prêtres et les lévites, et tout le reste
des enfants de la transmigration firent la dédicace de la mai-
son de Dieu dans la joie (1 Esd., vi, 16).

Ensuite, lorsque, dans ce temple aussi, quoique non
détruit, mais dépouillé de sa Sainteté par les Syriens, il fut
nécessaire et il parut possible de rétablir les vases saints
et l'autel, tout le peuple encore *célébra la dédicace de*
l'autel durant huit jours, et il offrit des holocaustes avec joie
(1 Macch., iv, 56). Plus la situation des Juifs était désespérée auparavant, plus cet évènement fut joyeux et digne
d'une perpétuelle reconnaissance devant Dieu, et ce fut
pour cela que *Judas et ses frères, et toute l'assemblée*
d'Israël, ordonnèrent que l'on célébrerait les jours de la
dédicace de l'autel, en son temps, chaque année (59).

Et voilà la fête de la dédicace dont parle l'Évangéliste
saint Jean : *Or, on faisait alors, à Jérusalem, la fête de la dé-*
dicace, et c'était l'hiver ; et Jésus se promenait dans le tem-
ple, sous le portique de Salomon. Par ce récit, on voit que
Jésus-Christ lui-même honorait la fête de la dédicace, et
fréquentait le temple à l'occasion de cette fête, quoique le
temps ne favorisât pas la fête : *c'était l'hiver*, et quoique
ce fût *l'hiver de l'incrédulité*, bien pire que l'intempérie
de l'air, selon le complément qu'ajoute à saint Jean le
Théologien saint Grégoire le Théologien.

Après que la fête de la dédicace, célébrée par l'ancienne
loi à Jérusalem, a été honorée et ennoblie par le fait qu'à
cette fête, — dirai-je encore en me servant des paroles de

Grégoire le Théologien — *assistait Jésus, lui qui était le Dieu et le temple, le Dieu éternel, le temple nouveau, renversé en un jour et relevé en trois jours, et demeurant dans les siècles ;* — après cela, il n'est pas étonnant, et il est facile de comprendre que, dans le monde chrétien, se soit manifestée la pensée semblable de faire de la dédicace du temple de la Résurrection du Christ à Jérusalem, une fête commune et annuelle de l'Église universelle. Il faut, à ce propos, se rappeler que la méchanceté du paganisme, s'efforçant de détruire le Christianisme et d'en effacer même les traces sur la terre, avait non-seulement rendu inabordables à la piété des Chrétiens les saints lieux du crucifiement, de la sépulture et de la résurrection du Seigneur, en les couvrant de terre et de pierres, mais encore les avait profanés en y plaçant des idoles. Quelle fut donc, après un long deuil, la joie des Chrétiens lorsque sainte Hélène renversa ces idoles, découvrit les lieux saints, retrouva la vraie croix du Seigneur, embrassa le Golgotha et la grotte du tombeau du Seigneur dans un seul et vaste temple! La Mère des Églises transmit cette joie aux Églises de tous les lieux et de tous les temps, et toutes l'accueillirent dans la fête de la dédicace de ce temple. Quelquefois, d'autres temples ont suivi cet exemple en fêtant chaque année le jour de leur propre dédicace ; mais actuellement la fête commémorative de la dédicace d'un temple se confond habituellement avec la fête du nom du temple, qui est plus connue et, par conséquent, plus favorable à une solennité publique.

Telles ont été, mes Frères, l'origine et la formation successive de l'habitude de l'Église et de la cérémonie des saintes dédicaces. Les souvenirs et les considérations que

je vous présente doivent éveiller en vous une attention
pieuse pour la fête présente.

Mais ce que nous vénérons, s'il est vraiment digne de
vénération, doit être en même temps bienfaisant pour
nous. Quel bien donc doit nous apporter la célébration
d'une dédicace?

La cérémonie de la dédicace apporte au temple la
grâce de la consécration, par laquelle une simple salle
devient la maison et la demeure de Dieu, le sanctuaire
de toute bénédiction et de toute sanctification pour les
croyants et pour ceux qui entrent dans la foi. Telle est
la destination spéciale de la cérémonie de la consécration d'une église; mais ce n'est pas tout.

La solennisation de l'anniversaire de la dédicace d'un
temple rend témoignage au bienfait de la consécration et
à la gloire du Dieu Consécrateur. Cela est digne et juste!
Seulement ce n'est pas encore tout.

Quoi donc encore? — *Et vous-mêmes, comme des pierres vivantes, élevez-vous en un édifice spirituel* (I Pierre, ii,
5), dit l'Apôtre invitant tous les Chrétiens, et nous par
conséquent. Et un autre Apôtre voit même déjà dans les
Chrétiens ce que le premier exige · *Ne savez-vous pas
que vous êtes le temple de Dieu, et que l'Esprit de Dieu
habite en vous* (I Cor., iii, 16)? Nous devons, nous aussi,
Chrétiens, parvenir à cela si nous n'y sommes pas encore
parvenus. Voilà ce que nous rappelle, par sa solennité, et
à quoi nous invite la fête de la dédicace d'un temple.

Que ce soit donc à vous et à moi que s'adressent ces
paroles d'un ancien livre de l'Église : *Dédions-nous donc
nous aussi, nous qui sommes les temples du Dieu vivant,
nous dépouillant du vieil homme, nous revêtant de l'homme
nouveau; détournons-nous des choses mauvaises qui ont*

vieilli en nous, et faisons de bonnes œuvres, commençant à marcher dans une vie nouvelle; que, de même que les hommes célèbrent la dédicace d'un temple matériel, ainsi les anges célèbrent la dédicace du temple immatériel de nos âmes : car les anges se réjouissent dans le ciel d'un pécheur qui se renouvelle par le repentir (Prolog. 51 sept.).

Est-il facile, diront quelques-uns, de dépouiller le *vieil homme* tout entier? Est-il facile de devenir tout à fait un *homme nouveau?* — Admettons que cela ne soit pas facile; mais si beaucoup y sont parvenus, cela nous est donc possible à nous aussi. Cela n'est pas facile; mais cela est nécessaire pour notre salut : vaut-il mieux périr, quand cela n'est pas si difficile? L'œuvre de la rénovation n'est pas facile ; mais les œuvres du vieil homme n'ont-elles pas aussi leurs difficultés? Cela n'est pas facile pour le paresseux, pour celui qui s'appuie sur ses propres forces ; mais cela n'est pas trop difficile pour l'homme zélé, et n'est nullement difficile pour celui qui se confie dans le secours de Dieu qui est toujours prêt. Il ne faut pas entretenir la paresse et la lâcheté par l'exagération des difficultés. On pose de petites briques les unes sur les autres, et l'on construit un temple immense : édifie pareillement ton âme, aussi incessamment que possible, par de bonnes pensées proportionnées à tes forces, par de bons désirs, par de bonnes œuvres, et tu finiras par devenir tout entier un temple spirituel. Efforce-toi de dépouiller chaque jour quelque chose d'ancien, et d'acquérir quelque chose de nouveau, et à la fin tu te verras tout entier et pour toujours nouveau. Si hier tu ne t'es occupé que de la chair qui vieillit chaque jour et se dissout finalement dans le tombeau, occupe-toi aujourd'hui de l'esprit qui souffre de ta vétusté et peut en souffrir éternellement si tu ne fais des efforts pour la rénovation. Si hier tu as savouré le goût de mets choisis, essaie aujourd'hui le goût d'une nourriture commune, assaisonnée par une abstinence prolongée. Si tu as loué hier un vin vieux, préfère-lui aujourd'hui une eau nouvelle. Si hier tu avais une toilette brillante, apprends aujourd'hui qu'un vêtement simple et sans recherche est incomparablement plus commode. Si hier tu as été occupé de ton intérêt, songe aujourd'hui à la charité. Si hier tu as été amateur de spectacles, aime aujourd'hui les assemblées de l'Église. Si hier, dans des livres futiles, *tu as appris des choses vaines* (Ps. ii, 1), commence aujourd'hui à *méditer les écritures* (Jean, v, 39) pleines de la sagesse divine. Quand même tu aurais fait une bonne œuvre, ne t'y arrête pas, de peur que la jactance et la vanité que tu en tires ne vieillissent, *mais oubliant ce qui est derrière, avance-toi vers ce qui est devant* (Phil., iii, 15), vers de nouveaux exploits et de nouvelles vertus. Si tu as aimé à paraître bon, ne cherche plus à le paraître, mais sois-le. Le nouvel homme n'est pas un rêve, une apparence, mais une vérité, une réalité ; il ne doit pas vivre dans les yeux d'autrui, mais dans ton intérieur : *l'homme caché du cœur, dans l'incorruptibilité d'un esprit doux et silencieux, voilà ce qui est précieux devant Dieu* (I Pierr., iii, 4). Avons-nous longtemps à nous inquiéter des hommes et du monde? Il faut enfin vivre pour Dieu. Ce n'est qu'en vivant pour Dieu que nous deviendrons le temple de Dieu, et que Dieu vivra en nous, et que nous vivrons en lui et que nous serons heureux en lui pour l'éternité. — Ainsi soit-il.

12

SERMON

POUR LA CONSÉCRATION DE L'ÉGLISE DE L'APPARITION DE LA MÈRE DE DIEU A SAINT SERGE.

CONSTRUITE SUR LES RELIQUES DE SAINT MICHÉE, A LA LAURE DE
SAINT SERGE DE LA SAINTE TRINITÉ,

Prononcé le 27 septembre 1842.

Par la grâce du tout-saint et tout-sanctifiant Esprit, s'est accomplie aujourd'hui la sainte dédicace de ce temple érigé avant nous en l'honneur et à la mémoire de l'apparition de notre très-sainte Souveraine la Mère de Dieu, à notre pieux et saint père Serge, ce dont fut aussi le témoin oculaire saint Michée reposant ici en odeur de sainteté. Il était juste d'honorer la mémoire de ce bienheureux évènement par la consécration d'un temple, quoique du reste ce monastère tout entier soit un monument de cette visite miraculeuse, puisque toute sa destinée dans la suite des siècles est un accomplissement de la promesse de la Visiteuse céleste : *Je ne m'éloignerai jamais de ce lieu.*

Mais si c'est le propre d'un monument de faire remonter la pensée vers les temps et les objets qui sont signalés par un monument, alors, pardonne-moi, grande Laure de Serge : ma pensée se reporte avec un enthousiasme particulier vers l'antique désert de Serge. Je vé-

nère assurément dans les temples magnifiques d'aujour-
d'hui les œuvres des saints, les demeures de la sainteté,
les témoins de la piété antique et contemporaine ; j'aime
l'ordre de tes cérémonies qui s'accomplissent encore
aujourd'hui avec la bénédiction immédiate du bienheureux Serge ; je contemple avec vénération tes murs flan-
qués de tours qui sont demeurés inébranlables alors que
la Russie était ébranlée ; je sais que la Laure de Serge et
le désert de Serge sont une seule et même chose, riches
du même trésor, c'est-à-dire de la grâce de Dieu qui habita
dans le bienheureux Serge, dans son désert, et qui habite
encore en lui et en ses reliques, dans sa Laure ; mais,
malgré tout cela, je voudrais revoir le désert qui acquit
et amassa le trésor qu'il laissa ensuite en héritage à la
Laure. Qui me montrera la petite église de bois à laquelle
fut donné ici pour la première fois le nom de la très-
sainte Trinité ? J'y voudrais assister à ces offices de nuit
où une latte de bois résineux, pétillante et fumeuse,
éclairait la lecture et le chant, tandis que les cœurs de
ceux qui priaient, brûlaient d'une lumière plus silencieuse et plus vive, et que la flamme en atteignait le ciel,
et que les anges montaient et descendaient dans la
flamme de leur sacrifice spirituel. Ouvrez-moi la porte de
la cellule étroite, afin que j'en puisse aspirer l'air qui
frémit de la voix des prières et des soupirs du bienheureux Serge, qui fut imprégné de la pluie de ses larmes,
dans lequel sont imprimées tant de paroles spirituelles,
prophétiques, miraculeuses. Laissez-moi couvrir de mes
baisers le seuil de son entrée, qui fut usé par les pieds
des saints, et que franchirent un jour les pas de la Reine
des cieux. Montrez-moi encore cette autre entrée de cette
autre cellule que le bienheureux Serge construisit en un

jour, tout entière, de ses mains, après quoi il reçut pour récompense de son travail du jour, et pour apaiser sa faim de plusieurs jours, une croûte de pain pourri. Je voudrais voir comment, transplanté dans ce désert plus tard que les autres, le bienheureux Nicon se hâta de croître et de mûrir pour arriver à être prêt à recueillir la succession du bienheureux Serge. Je voudrais entendre le silence d'Isaac, qui, sans aucun doute, était plus instructif que mes discours. Je voudrais voir le sage archimandrite Simon, qui comprit d'assez bonne heure qu'il était plus utile d'être frère convers auprès du bienheureux Serge, que chef dans un autre endroit. Apparemment tout cela est ici : seulement cela se trouve caché sous le temps, ou bien enfermé dans ces édifices majestueux, comme un trésor d'un haut prix dans une magnifique cassette. Ouvrez-moi cette cassette ; montrez-moi ce trésor ; il est impossible à dérober et inépuisable ; on y peut prendre, sans l'entamer, les choses les plus utiles, par exemple le silence de la prière, la simplicité de la vie, l'humilité de la sagesse.

Ou bien tout cela ne vous paraît-il qu'un rêve de l'imagination ? — Oh ! si nous étions dignes de le contempler d'un œil plus pur de l'esprit, dans les manifestations plus réelles de la lumière spirituelle, et non pas seulement dans les peintures de notre propre imagination ! — Mais il me semble qu'il vaut mieux rêver même de cette manière que de poursuivre la sagesse dans le sens opposé.

Frères de ce monastère ! vous êtes venus ici lorsque le désert était déjà transformé, en quelque façon, à l'image d'une ville peuplée ; mais vous n'êtes pourtant pas venus ici chercher une ville ; vous y êtes donc venus chercher

le désert. S'il est quelque peu caché, il ne l'en faut chercher qu'avec plus d'attention. Si le bruit des agitations
de la vie se fait entendre non loin, il n'en est que plus
nécessaire d'y fermer les oreilles. Si les images d'un
monde de vanité se meuvent à la face du désert, nous
n'en devons qu'avec plus de zèle nous remettre devant
les yeux l'image de la véritable vie solitaire, et la contempler constamment, et y conformer notre vie.

Et c'est pour cela que je veux vous montrer maintenant l'image d'un ami spirituel de la solitude, peinte non
par l'art humain, mais par la parole divine. Voyez comment il se représente lui-même : *Et j'ai dit : Qui me donnera des ailes comme à la colombe? et je m'envolerai, et je
me reposerai. Voilà que je me suis éloigné en fuyant, et que
j'ai établi ma demeure dans le désert. J'attendais Dieu
pour me sauver de la pusillanimité et de la tempête*
(Ps. LIV, 7-9).

Il est vrai que celui qui a dit cela dans le psaume n'é-
tait qu'un passager temporaire du désert, par nécessité,
et non un habitant constant en vertu d'un vœu ; mais cela
ne nous empêche pas de reconnaître dans ses paroles les
traits d'un bon anachorète ; et même son amour pour la
solitude en est d'autant plus remarquable, et sa peinture
de la vie du désert, plus correcte. L'Esprit de Dieu,
qui était sur David depuis le jour de son onction par
Samuel, le conduisait à travers des situations extérieures diverses de manière à nous y montrer et dans le
but de nous y faire voir des images instructives des situations spirituelles.

Donc, le premier trait de l'anachorète spirituel est
le désir du désert, ou le zèle pour la vie religieuse,
isolée et solitaire. *Qui me donnera des ailes comme*

à la colombe? et je m'envolerai, et je me reposerai.

Le désir est la semence ou le germe de toute œuvre libre quand elle doit commencer, et il en est l'âme pendant qu'elle s'exécute. De même que de l'âme dépendent la vie, la force, la valeur du corps, ainsi la vie, la force, la valeur de toute œuvre dépendent du désir. Si le désir n'est pas pur, l'œuvre est sans valeur. Si le désir est faible, l'œuvre n'atteindra pas non plus fermement à la perfection. S'il n'y a pas de désir spirituel, l'œuvre est morte. Les œuvres que nous faisons sans un désir sincère, ne nous satisfont pas nous-mêmes et n'apportent point de satisfaction aux autres. Si c'est ainsi que jugent et sentent les hommes, qui ne voient que les œuvres et ne peuvent que présumer des désirs, que dire du jugement de Dieu qui voit tout, qui sonde les cœurs et les reins ? — *Le Seigneur te donnera selon ton cœur*, et non selon ton œuvre extérieure (Ps. xix, 5).

C'est pourquoi celui qui désire mener la vie cénobitique ou la vie monacale avec consolation et utilité pour lui-même, et de manière à plaire à Dieu, celui-là doit, et commencer cette œuvre avec un désir sincère, spirituel et digne de Dieu, et la continuer avec un zèle qui ne se relâche jamais. Il faut que dans le monde encore il se dise à lui-même : *Qui me donnera des ailes comme à la colombe? et je m'envolerai, et je me reposerai.* Et lorsqu'un zèle pur et ardent l'a porté réellement, comme sur les ailes de la colombe, dans le désert, ou dans la demeure des cénobites, il doit encore s'encourager souvent, étendre et mettre en mouvement ces ailes, afin qu'elles aient assez d'agilité et de vigueur pour le porter plus loin, — du désert au ciel.

Le second trait du bon anachorète ou cénobite, c'est

l'éloignement résolu et complet du monde. *Voilà que je me suis éloigné en fuyant.*

S'il n'était pas besoin de s'éloigner du monde, il n'y aurait pas de raison de s'établir dans le désert, de choisir la solitude cénobitique de préférence au genre de vie ordinaire de la famille et de la cité. N'est-ce pas le même Dieu qui a créé le désert, qui fonde et conserve les villes, et n'a-t-il pas créé le désert lui-même pour le peupler ? N'y a-t-il pas dans les villes elles-mêmes de ses serviteurs et de ses enfants que le désert est à peine digne de posséder, tandis que d'autres, au contraire, dont *le monde entier n'est pas digne, errent dans les déserts et les montagnes, dans les antres et les cavernes de la terre* (Hébr., xi, 38)? Le Seigneur lui-même n'a-t-il pas vécu dans la ville de même que dans le désert, et n'a-t-il pas donné à la ville de Jérusalem son temple aussi bien que son tabernacle au désert ? Ne peut-on pas en tout lieu lui disposer une demeure dans son âme, et l'adorer en esprit et en vérité ? — *En tout lieu de son empire, mon âme, bénis le Seigneur* (Ps. cii, 22).

Mais que faire si, cette invitation bénie de bénir partout et toujours le Seigneur, je la répète sans succès à mon âme parce que le monde, en même temps, l'étourdit et l'assourdit sans cesse des cris multipliés et divers de ses exigences, de ses persécutions, de ses séductions, de ses agitations, de ses distractions, de ses besoins, de ses soucis, de ses passions, de ses convoitises, et qu'elle ne trouve pas assez de force pour résister à toutes ces attaques, ou que, épuisée par la résistance, elle ait soif de s'approcher de Dieu sans obstacles du côté des créatures, de le servir sans distraction? — En ce cas, il ne reste pas d'autre moyen que de rompre tous les liens qui nous attachent au monde, de s'enfuir loin de lui comme les Israélites de l'Égypte, comme Loth de Sodome, et de se faire, dans le désert, une nouvelle demeure dans un exil volontaire, dans laquelle tout nous rappelle que *nous n'avons point ici-bas de cité permanente, mais que nous en cherchons une où nous devons habiter un jour* (Hébr.; xiii, 14).

De cette manière, la véritable vie solitaire et cénobitique est aussi un vrai et parfait renoncement et éloignement du monde, selon le commandement de l'Apôtre : *N'aimez point le monde, ni ce qui est dans le monde* (I Jean, ii, 15).

Celui qui vient dans le désert ou dans une communauté cénobitique, comme un émigré qui veut apporter ici les avantages et les commodités de sa première demeure ou les échanger contre d'autres, et non comme un fuyard qui a jeté tout, pourvu seulement qu'il se délivre de ce qui a été la cause de sa fuite, celui-là n'est pas un véritable cénobite, n'est pas un anachorète en réalité.

Celui qui, dans la vie cénobitique, murmure contre le dénuement de quelque chose, et, ayant l'indispensable, demande le superflu, sous le prétexte spécieux de soulagement, celui-là n'a pas encore renoncé au luxe du monde. Il ressemble aux Israélites qui, dans le désert, soupiraient après les chaudières de viandes de l'Égypte; et il doit se rappeler qu'il y en eut quelques-uns qui, après avoir été sauvés de la ruine de l'Égypte, périrent dans le désert libérateur, dans les tombeaux de la convoitise.

Celui qui, dans une communauté de cénobites, désire plus se conduire par sa propre volonté, ou même commander qu'obéir, celui-là n'a pas encore renoncé à l'orgueil et à l'ambition du monde. Il doit veiller avec sollicitude à ne pas se joindre au parti de Coré dont la fin montra que la terre pure du désert ne veut pas porter des ambitieux et des rebelles.

Celui qui, dans une communauté de cénobites, a plus souci de lui-même que de la communauté et du monastère, qui s'arroge ce qui ne lui est pas permis ou plus que ce qui lui est permis ; qui, après avoir fait vœu de pauvreté, pense s'enrichir pour lui-même, et non pour Dieu, pour la communauté, pour les pauvres, celui-là n'a pas renoncé à la cupidité du monde. A quelle image se forme-t-il? N'est-ce pas à l'image du disciple du prophète, de Giézi qui, ayant voulu secrètement et sans permission s'approprier l'argent de Naaman, s'appropria manifestement sa lèpre ?

Celui qui, ayant quitté le monde pour la vie cénobitique, porte encore sur lui un œil passionnément attaché, sous le prétexte d'un amour innocent pour ses parents, ses amis, ses connaissances, à celui-là, il n'est pas inutile de jeter un regard sur la femme de Loth qui regarda derrière elle Sodome d'où elle était sortie, et de laquelle le Sage a dit : *Une statue de sel est debout, souvenir d'une âme qui ne voulut pas croire* (Sag., x, 7).

Le troisième trait d'un cénobite véritable, c'est l'espérance en Dieu. *J'attendais Dieu pour me sauver de la pusillanimité et de la tempête.*

L'image de la solitude spirituelle serait vraiment assez effrayante si un trait aussi sévère que celui par lequel est représenté le parfait renoncement au monde, n'était adouci et recouvert par le trait agréable et serein de la parfaite espérance en Dieu.

N'arrive-t-il pas même que ceux qui se sont éloignés du monde dans l'intention d'en éviter les difficultés et les dangers pour leur âme, retrouvent, contre leur attente, de nouvelles difficultés et les mêmes dangers pour elle dans la solitude de l'ermitage et du désert ou dans la vie cénobitique? Et il ne faut pas s'en étonner. Combien les Israélites ne supportèrent-ils pas de fatigues, ne rencontrèrent-ils pas de dangers dans le désert! A peine ne fut-ce pas plus qu'en Égypte même. L'Auteur lui-même de notre salut, et Celui qui en est pour nous l'image la plus parfaite, où soutint-il, contre l'ennemi des âmes, une lutte plus violente que dans le désert? Où supporta-t-il plus de souffrances morales que dans la solitude du jardin de Gethsémani?

Mais s'il en est ainsi, pourquoi donc, dira-t-on, fuir le monde pour le désert, des fatigues pour d'autres fatigues, des dangers pour d'autres dangers? — Je réponds : Pour la même raison pour laquelle les Israélites s'enfuirent de l'Égypte dans le désert : car, dans le désert, ils essuyèrent des fatigues et des dangers, mais ils se purifièrent, s'instruisirent et se sauvèrent, au lieu qu'en Égypte, ils auraient péri dans les abominations du paganisme ; et s'ils ne s'étaient pas enfuis dans le désert, ils ne seraient pas arrivés à la terre où coulaient le miel et le lait ; — pour la même raison, dis-je, pour laquelle le Sauveur lui-même fut conduit par l'Esprit-Saint dans le désert, et pour laquelle il s'isola dans la solitude de Gethsémani : car, dans le désert, il vainquit celui qui n'avait jamais été vaincu jusque-là, l'ennemi de nos âmes, et, à Gethsémani, il offrit, pour la désobéissance des hommes, le sacrifice spirituel de l'obéissance à la volonté de Dieu son Père, et la prière fervente pour notre salut dans laquelle *il fut*

exauce à cause de la grandeur de son hommage (Hébr.,
v, 7). Ainsi, pour nous de même, si le désert est difficile
et non sans dangers, il n'en est pas moins utile et salutaire d'y fuir un monde qui nous perdrait.

Quant à vaincre les difficultés et à traverser les
dangers sans en souffrir, il n'est besoin de rien de plus
que de ne pas être impatient, de ne pas se laisser abattre,
de ne pas désespérer, mais, quelle que soit notre situation, de sans cesse *espérer en Dieu qui nous sauve de la
pusillanimité et de la tempête.* Si nous n'arrêtons pas le
cours de cette espérance par notre inconstance volontaire
ou par notre impatience, *nous ne rougirons pas de notre
espérance* (Rom., v, 5), et le secours nous viendra certainement d'en haut au moment et dans la mesure qu'il
sera nécessaire à ceux qui désirent sincèrement le salut,
qu'il conviendra à la gloire du Sauveur.

Frères de ce saint monastère! si le désert de Serge,
autrefois dépeuplé, sauvage, infécond, aride, pauvre,
sans défense, sans secours, s'est peuplé, s'est fécondé, a
fleuri, a reçu la bénédiction de la fécondité de la terre, de
la rosée céleste et divine, a ouvert dans son sein des
sources d'eau et de grâce, a pu quelquefois défendre des
villes et assister un peuple, qu'est-ce que tout cela signifie?
N'est-ce pas que, puisque celui qui en a été le fondateur,
et, avec lui, les compagnons de ses travaux ont *espéré dans
le Dieu qui sauve,* leur espérance s'est justifiée et se justifie encore, même au delà de toute espérance? Quel fondement pour notre confiance, à nous aussi, dans le Dieu
qui sauve!

Faites attention à vous et à votre vocation, et conduisez-
vous d'une manière digne d'une protection si généreuse
du Père céleste. Donnez-vous à vous-mêmes les ailes des

désirs pieux, pour vous envoler dans le désert intérieur, — c'est-à-dire dans le domaine spirituel du *Royaume de Dieu qui est au dedans de vous* (Luc, XVII, 21). Détournez les yeux de vos cœurs pour ne plus voir les frivolités du monde que vous avez quitté. Excitez-vous à des efforts infatigables pour le salut de vos âmes, par l'espérance dans le Dieu qui sauve.

Pour moi qui ne converse pas longtemps avec le désert et sur le désert, et qui demeure ensuite longtemps dans l'agitation et les inquiétudes de la ville et des affaires humaines, — *qui me donnera les ailes de la colombe? et je m'envolerai, et je me reposerai.* Puis-je me dire, — ou quand enfin pourrai-je me dire : *Voilà que je me suis éloigné en fuyant, et que j'ai établi ma demeure dans le désert?* Quand me délivrerai-je des fardeaux étrangers, afin d'employer toute ma sollicitude à me décharger de mon propre fardeau, *de peur qu'après avoir prêché aux autres, je ne sois réprouvé moi-même* (I Cor., IX, 27)? O Toi qui donnes à l'un les ailes de la colombe pour s'envoler et se reposer sans retour dans le désert, et à l'autre la voix de *la poule* pour rassembler tes poussins sous ton aile! réunis-nous toi-même et garde-nous tous sous les ailes de la grâce, et, soit par les places publiques de la ville, soit par les sentiers du désert, conduis-nous tous enfin à cette cité éternellement à l'abri de tout danger, de laquelle il ne sera nécessaire de s'enfuir dans aucun désert. — Ainsi soit-il.

13

SERMON

POUR LA CONSÉCRATION DE L'ÉGLISE DE SAINT JEAN LE THÉOLOGIEN,

A MOSCOU,

Prononcé le 14 octobre 1842.

> Ou n'avez-vous pas souci de l'église de Dieu?
> — I Cor., xi, 22. —

C'est un reproche, penseront probablement les frères de ce temple, en entendant cette parole de l'Apôtre; c'est une expression de mécontentement. Est-ce à cela qu'il fallait s'attendre en ce moment? Est-ce là ce qu'ont mérité des gens qui ont employé leurs soins, leurs travaux et leurs largesses à la restauration et à l'embellissement de ce temple, et qui sont accourus avec zèle à la cérémonie solennelle de sa consécration?

Ne craignez pas, mes Frères, que la vérité apostolique soit jamais dure à ceux qui aiment la vérité, qu'elle s'appesantisse sur ceux qui pratiquent la justice. Ses reproches à celui qui est négligent se changent en éloges pour celui qui est empressé. Son mécontentement contre l'indigne renferme en lui-même la consolation de celui qui en est digne.

Si le saint Apôtre s'élève contre ceux qui n'ont pas

souci de l'église de Dieu, c'est parce qu'il regarde comme obligatoire et loue le soin pieux de l'église de Dieu. Et ainsi, ce n'est pas notre parole impuissante, mais la parole ferme et fidèle de l'Apôtre qui rend à ceux qui ont rempli le saint devoir de ce soin, le témoignage qu'ils ont agi selon le principe et l'exemple des premiers Chrétiens de l'Église apostolique, et que, par conséquent, il y a pour leur œuvre une approbation apostolique, et pour eux une bénédiction apostolique.

Du reste, c'est assez de cela pour notre consolation, dont nous devons user, comme du miel, avec modération et ménagement. Après cela, prêtons notre attention à la parole de l'Apôtre pour y puiser, contre la négligence à l'égard de l'église de Dieu, des précautions qui, sans aucun doute, ne seront jamais superflues. *Ou n'avez-vous pas souci de l'église de Dieu?*

La négligence à l'égard de l'église de Dieu, ou autrement, l'inattention et le manque de respect pour elle que l'Apôtre reproche aux Chrétiens de Corinthe, auxquels il écrivait les paroles que nous avons citées, consistaient en ce que les riches d'entre eux, en apportant à l'église le pain et le vin pour la table du Seigneur, en usaient, dans l'église, au repas de charité, sans ordre, avec excès, au mépris des pauvres. Pour leur faire sentir l'inconvenance d'une pareille conduite, il appelle leur attention sur la haute dignité de l'église de Dieu, en l'opposant aux maisons ordinaires. *N'avez-vous pas*, dit-il, *vos maisons pour y manger et boire? Ou n'avez-vous pas souci de l'église de Dieu?* Cette question accusatrice : *N'avez-vous pas vos maisons?* suppose évidemment l'opinion définitivement adoptée que la salle dans laquelle on dresse la table du Seigneur, pour la communion du Corps et du Sang du Sei-

gneur, n'est plus, par là-même, une maison ordinaire,
mais un lieu saint, réclamant une attention et un respect
particuliers ; et, de cette manière, il est démontré que
dès les temps apostoliques, comme aujourd'hui, il y avait,
pour l'accomplissement des mystères, des temples saints
particuliers, ou, comme nous les appelons autrement,
des églises de Dieu, quoique, d'ailleurs, à cette époque,
le pouvoir et la force des ennemis du Christianisme ne
permissent pas de les décorer avec autant de magnificence, ni de signes aussi manifestes de leur sainte destination qu'aujourd'hui. C'est ce que sert encore à confirmer la seconde question accusatrice de l'Apôtre : *Ou
n'avez-vous pas souci de l'Église de Dieu?* En effet, l'appellation *d'église de Dieu* est opposée ici directement au mot
de *maisons* ordinaires ; et le sentiment de mécontentement dont saint Paul arme sa parole contre ceux qui ne
respectent pas l'église de Dieu, n'est pas autre chose que
la puissance, agissant répulsivement, du profond respect
et de la piété profonde pour l'église de Dieu, dont est
remplie son âme. En outre, il est impossible de passer
sans le remarquer ce fait que l'Apôtre n'emploie aucun
raisonnement pour inspirer aux Corinthiens le respect de
l'église de Dieu, mais qu'il parle de cette obligation
comme étant connue de tous et reconnue par tous : *Ou
n'avez-vous pas souci de l'église de Dieu?* C'est comme
s'il leur disait : « Vous savez que l'église de Dieu est la
maison de prière, le sanctuaire des mystères, la demeure
de Dieu, un temple dans lequel, quoiqu'il soit l'œuvre des
hommes, s'édifient les temples vivants de Dieu qui ne
sont pas l'œuvre des hommes, c'est-à-dire, dans lequel
les croyants sont instruits de la parole de Dieu et sanctifiés par les mystères de la foi, un temple qui diffère autant

des maisons ordinaires que le ciel diffère de la terre, que
ce qui est divin diffère de ce qui est humain; vous savez
cela, et il n'est pas nécessaire de vous prouver qu'il faut
se conduire respectueusement dans l'église de Dieu,
comme en présence de Dieu lui-même : c'est pourquoi je
m'étonne, et je ne comprends pas que vous vous per-
mettiez de vous conduire dans l'église de Dieu comme si
vous étiez dans une maison ordinaire. En seriez-vous
venus à ce point d'avoir perdu l'attention et le respect
dus à l'église de Dieu? *Ou n'avez-vous pas souci de l'église
de Dieu?* »

Avec une pareille manière de comprendre les paroles de
l'Apôtre, chacun peut voir sans peine que la pieuse vénération de l'église de Dieu comme étant le lieu d'assemblée
des croyants dans lesquels habite l'Esprit de Dieu, comme
étant le sanctuaire des mystères de la foi, est une tradition apostolique certaine et une coutume généralement
admise des premiers Chrétiens. Si quelques Corinthiens
montrèrent dans leur conduite quelque chose de contraire à cette coutume, l'Apôtre ne va pas chercher plus
loin que dans leur esprit et leur cœur, dans leur propre
conviction et leur sentiment intérieur, pour nous montrer un témoignage de la réalité et de l'importance de
cette institution ecclésiastique.

Je ne pense pas, mes Frères, avoir besoin non plus
d'étendre bien loin mes réflexions à la recherche de
preuves pour vous convaincre que le temple de Dieu
exige des Chrétiens une attention profonde et un pieux
respect.

Si vous reconnaissez habituellement que la maison du
Seigneur a droit à plus de considération et de respect que
la maison de l'esclave; que la salle de réception l'emporte

sur l'antichambre, la maison du souverain sur la maison
du sujet, vous ne pouvez ne pas reconnaitre, et il ne vous
est pas difficile de sentir profondément que la maison du
Roi des rois et du Seigneur des seigneurs a droit à un
respect pieux, à une vénération tremblante.

Si une école d'enfants exige sévèrement le silence et
l'attention des assistants, quel calme et quelle attention
exige la maison de la prière et de l'enseignement divin !

Puisque ici, comme autrefois dans le temple de Jérusalem, sur cette hauteur comme sur la montagne de
Judée, comme sur la poupe de la barque de Pierre, le
même Seigneur Jésus nous fait entendre dans son Évangile la même parole de vie et de salut ; puisque ici aussi,
comme autrefois dans la chambre haute de Sion, le même
Esprit du Seigneur respire dans la parole divine et dans
les divins cantiques, oh! quel silence religieux, quelle
attention profonde pourraient n'être pas encore indignes
de la grandeur terrible et adorable de Celui qui préside
ici et s'y fait entendre ! Oh! si l'homme devenait tout
oreille, tout attention pour être tout pénétré de la lumière
de la parole de Dieu, pour être tout livré à la puissance
régénératrice de l'Esprit divin! Puisque à cette sainte
table, comme à la table de la Cène mystérieuse du Seigneur, nous voyons le Corps du Seigneur rompu pour
nous, et le Sang du Seigneur répandu pour nous, et qu'ici
se répète la même chose qui, sur le Golgotha, jeta toute
la création dans l'effroi, et fit trembler la terre, et brisa
les rochers, et voila d'une obscurité de mort l'œil vivifiant du monde, n'est-il pas encore plus naturel pour nous
que notre cœur se brise d'attendrissement, que, plongé
dans la contemplation du mystère, il s'absorbe dans la
communion des souffrances du Christ, que tout notre être

soit pénétré d'un tremblement pieux? Ou bien l'homme peut-il être plus insensible que la nature inanimée? Ou bien n'est-il pas seulement possible, mais est-il réel que notre cœur soit plus endurci que les rochers?

Plus est haute la dignité du temple de Dieu et de ce qui s'y accomplit, et plus il exige de nous une vénération profonde, plus on doit regarder comme un crime abominable le manque de respect envers le temple, et comme d'autant plus importante — toute précaution contre un crime de ce genre.

En apparence, nous pouvons nous féliciter, à l'encontre des Chrétiens de Corinthe, de ce que nous n'avons pas, comme eux, la témérité de manger et de boire dans l'église de Dieu comme dans les maisons ordinaires. Le désordre que frappait le reproche de l'Apôtre, semble avoir disparu. Mais soyons prudents : prenons garde qu'il ne se soit glissé à sa place d'autres désordres non moindres, et peut-être plus grands.

N'arrive-t-il pas parmi nous, dans les églises de Dieu, que des gens venus pour assister au service divin, oubliant le Dieu devant lequel ils se trouvent, s'occupent les uns des autres, conversent, s'entretiennent des affaires du monde? Ils pensent être encore dans l'ordre quand ils parlent à voix basse ; ils s'oublient quelquefois à ce point que le bruit coupable de conversations frivoles se mêle au bruit saint de la lecture et des chants de l'Église. Alors l'Apôtre nous dit, à nous aussi : *N'avez-vous pas vos maisons?* Est-il possible que vous n'ayez pas de maisons pour vos entrevues, vos entretiens, vos conversations et vos discussions ?

Ne voit-on pas quelquefois dans l'église de Dieu des gens dont l'extérieur inattentif, les regards errants, la

négligence dans les signes de la prière attestent la distraction de la pensée et la froideur du cœur; qui, sans
aucun souci, arrivent tard et s'en vont avant le temps, se
pressent curieux de voir, au lieu de se *tenir bien*, comme
le commande le rit ecclésiastique, de se tenir *avec crainte:*
qui ne se choisissent pas pour modèle le publicain, afin
de se plonger soudainement et dans l'humilité, et dans
le silence, et dans la prière? Ne sont-ce pas de nouveaux
Corinthiens? Et n'est-ce pas à eux que l'Apôtre dit: *Ou
n'avez-vous pas de souci de l'église de Dieu?* Pourriez-vous
penser qu'au lieu de la piété, soient permises dans l'église
la curiosité, la distraction, l'agitation, la négligence?— Et
ce qui offense moins apparemment aux yeux des hommes, mais non moins pour cela, ou encore plus grièvc-
ment et plus déplorablement la dignité du temple de
Dieu, c'est que quelques-uns y entrent dans l'impureté
des passions coupables et des œuvres d'iniquité, sans un
repentir cordial, sans un désir sincère d'amendement.
Ou n'avez-vous pas souci de l'église de Dieu? Comment ces
gens-là ne songent-ils pas que le Dieu qui prête l'oreille,
dans l'église, à la voix de la prière, entend aussi le cri
du péché qui ne peut être dominé que par le repentir,
afin qu'il n'étouffe pas la prière? Comment ne tremblent-
ils pas quand Celui qui habite dans l'église, Celui qui
voit tout, les voit entrer dans la salle sainte de son Fils,
non revêtus du vêtement nuptial, non revêtus, par la foi,
des mérites du Christ, et, par leur vie, des vertus chrétiennes? Il les voit, — et qui sait s'il différera encore
longtemps la sentence de sa justice qui rejettera les serviteurs inutiles dans les ténèbres extérieures?

Fasse la bonté de Dieu que cette parabole menaçante
ne devienne une triste réalité pour aucun de nous, mes

Frères, et que la bonté de Dieu ne trouve pas un obstacle dans notre insouciance volontaire à nous éloigner du mal et du vice.

Ne négligeons pas, mes Frères, l'église de Dieu, mais efforçons-nous de la parer sans cesse d'ornements parfaits et incorruptibles, — de notre attention spirituelle, de notre piété, de nos prières ferventes, de notre repentir sincère, de notre foi et de notre bonne vie, et soyons nous-mêmes *les temples du Dieu vivant, et que l'Esprit de Dieu demeure en nous* maintenant et dans l'éternité. — Ainsi soit-il.

14

SERMON

POUR LA CONSÉCRATION DE L'ÉGLISE DE LA NATIVITÉ DE LA MÈRE DE DIEU.

A MOSCOU,

Prononcé le 29 novembre 1842.

> Et Jacob s'éveilla de son sommeil, et il dit : Le Seigneur est en ce lieu, et je ne le savais pas. Et il fut saisi de crainte, et il dit : Ce lieu est terrible ; ce n'est autre chose ici que la maison de Dieu et la porte du ciel.
>
> — Gen., xxviii, 16, 17. —

Dans ces paroles du patriarche Jacob, et dans l'évènement qui les lui fit prononcer, se présente l'un des plus antiques exemples de la manière dont la sensation bien-

heureuse de la présence de Dieu, éprouvée par un homme
pieux dans un lieu déterminé, a fait naître la pensée de
la sainteté de ce lieu, et d'une maison de Dieu ou d'un
temple de Dieu. Qu'elles nous servent de thème pour des
réflexions utiles et opportunes sur la consécration de ce
temple que nous avons accomplie aujourd'hui.

Jacob était en voyage, seul avec son bâton de voyageur ; — et, là où le quitta le soleil couchant, où l'attei-
gnit la nuit, il se coucha pour dormir, avec la terre pour
lit, une pierre pour oreiller, et pour abri, la voûte élevée
du ciel. Il n'y avait là non-seulement rien de semblable
à une maison de Dieu, mais encore aucun vestige, aucun
attribut d'une demeure d'homme.

Jacob s'éveilla. Le lieu était le même ; rien n'y était
changé ; rien n'y était ajouté ; cependant il y trouve, lui,
quelque chose de nouveau et de grand : il y trouve — la
présence de Dieu. *Le Seigneur est en ce lieu.* C'est avec
étonnement, ou avec une certaine tristesse qu'il avoue
que jusque-là il ne savait pas cela. *Et je ne le savais pas.*
Cette grande découverte inattendue le frappe vivement.
Et il fut saisi de crainte, et il dit : Ce lieu est terrible. Non,
s'écrie-t-il, ce n'est plus du tout ce que c'était hier ; *ce
n'est autre chose ici que la maison de Dieu et la porte du ciel.*

Et en ce lieu où nous sommes en ce moment, celui qui
y était hier et ne regardait que des yeux du corps, celui-
là ne voyait que des pierres, du bois, du métal, des cou-
leurs, productions de la nature terrestre, œuvres des
mains des hommes. Mais à présent, celui qui s'est levé
dans le réveil de son esprit pour regarder de l'œil spirituel, celui-là peut et doit remarquer que *le Seigneur est
en ce lieu ;* il doit savoir et reconnaître que c'est *ici la
maison de Dieu et la porte du ciel.*

Quel changement s'est donc opéré là-bas aux yeux de Jacob? Quel changement s'est opéré ici aux yeux de l'homme spirituel?

Dans le lieu où Jacob passa la nuit, la présence de Dieu se découvrit à lui dans un songe. Il vit une échelle qui s'appuyait sur la terre et s'élevait jusqu'au ciel. Les anges de Dieu montaient et descendaient par cette échelle, de même que les serviteurs de la terre parcourent l'escalier de la maison élevée de leur maître; à son extrémité supérieure se tenait le Seigneur lui-même, et il bénit Jacob et sa postérité. Lorsque Jacob s'éveilla, l'échelle merveilleuse s'élevait encore, dans sa mémoire et son imagination, au-dessus de sa tête. Lorsqu'il éleva de nou-veau le regard de sa pensée jusqu'à l'échelon supérieur de cette échelle, il y vit se représenter à lui la porte de la maison invisible du ciel, par laquelle était sorti et s'était montré à lui le Roi du ciel pour bénir son serviteur sur la terre. De cette manière, Jacob dormit et s'éveilla au seuil de la maison de Dieu. Après cela, explicable et très-naturelle est son exclamation : *Ce n'est autre chose ici que la maison de Dieu.*

Et ici ? — N'avez-vous pas vu, n'avez-vous pas entendu comment ici aussi des serviteurs, enveloppés, il est vrai, dans les imperfections de la chair, mais cependant *reçus en grâce* pour être les serviteurs de Dieu, soit montant — dans la prière, soit descendant — dans le service visible de la terre, ont préparé ce lieu au Roi du ciel, et lui ont annoncé qu'il était achevé: *Ton trône est prêt?* — comment ici aussi on a attendu sa présence et on l'a appelée : *Lève-toi, Seigneur, dans ton repos?* — comment ici aussi on a invité plus d'une fois les portes à *élever leurs linteaux,* c'est-à-dire à s'ouvrir de plus en plus en hauteur, *afin qu'entre le* Très-Haut *Roi de gloire, le Maître de la puissance,* avec sa gloire invisible, avec la multitude de ses Puissances célestes? Et quoi donc enfin? Remarquez-vous, vous aussi, ici, qu'effectivement le Roi de gloire est venu, que le Seigneur est entré dans son repos, que Dieu s'est assis sur son trône saint? Voyez-vous en esprit, ici aussi, une échelle spirituelle qui unit la terre au ciel, la création au Créateur, l'homme à Dieu, dont le premier échelon repose sur la terre, afin que les hommes terrestres puissent s'y tenir; — dont les échelons intermédiaires peuvent vous soutenir en esprit de plus en plus haut au-dessus de la terre, vous élever de plus en plus près du ciel, et réciproquement faire descendre les Puissances célestes à votre secours; — au sommet céleste de laquelle se tient le Seigneur lui-même, et *il annonce la paix sur ses serviteurs et sur ceux qui tournent leur cœur vers lui?* Avez-vous reconnu ici, aussi sûrement que l'on sait sûrement ce que l'on voit, — avez-vous reconnu la présence de Dieu?

Jacob, lorsqu'il reconnut la présence de Dieu dans un lieu déterminé, signala aussitôt cette connaissance par un monument visible, solide, le consacra par une effusion d'huile, attribua pour toujours à cet endroit le nom de Maison de Dieu, et y revint dans la suite plus d'une fois pour y rendre son hommage à Dieu selon les institutions de son temps. *Et Jacob se leva le matin, et il prit la pierre qu'il avait mise sous sa tête comme oreiller, et il la plaça comme une colonne, et il répandit de l'huile sur son sommet. Et Jacob appela cet endroit la maison de Dieu. Et* après son voyage en Mésopotamie, en revenant de là, *Jacob plaça une colonne à l'endroit où Dieu avait parlé avec lui, une colonne de pierre, et il brûla sur elle une victime* (Gen.,

xxxv, 14.) De cette manière, un monument visible consacré, et le nom prononcé sur lui de Maison de Dieu, té-
moignèrent que Jacob avait trouvé là la présence invisible, mais réelle, de Dieu. Faut-il conclure de cet exemple
que la Maison de Dieu que nous remplissons en ce moment, témoigne la même chose de ceux qui, autrefois,
l'élevèrent et la consacrèrent, et de ceux qui, ayant pris
ce qui n'était presque qu'une pierre antique, l'ont revêtue d'une nouvelle magnificence, et, par une nouvelle
onction et une nouvelle consécration, ont contribué à la
relever au rang de Maison de Dieu? — *Que cela soit, Seigneur !*

Mais — *ce que je dis, je le dis à tous :* avez-vous reconnu
réellement *que le Seigneur est en ce lieu ?* Ou, comme Jacob, après avoir reçu cette connaissance, confessa, avec
indignation contre lui-même, son ignorance antérieure,
ainsi devons-nous encore confesser notre ignorance présente : *et je ne le savais pas ?*

En effet, il faut convenir que la connaissance de la présence de Dieu dans un lieu déterminé est rendue difficile, non-seulement par l'ignorance de l'homme sensitif
qui ne sait pas pénétrer, au travers du sensible, jusqu'au
spirituel, s'élever, par le terrestre, jusqu'au céleste, mais
encore par une autre connaissance de l'homme intellectuel, — par la connaissance de l'omniprésence de Dieu.
Comment reconnaître la présence de Dieu dans quelque
lieu, quand la Divinité y est aussi invisible que partout
ailleurs? Comment reconnaître la présence de Dieu dans
un lieu déterminé, quand aucun lieu ne peut contenir en
lui-même sa présence, ni aucun lieu l'exclure de lui-
même? La parole de Dieu elle-même représente quelquefois la présence de Dieu comme si éloignée qu'il n'est pos-

sible à personne d'y atteindre. *Le Roi des rois et le Seigneur des seigneurs, seul possédant l'immortalité, et habitant une lumière inaccessible, qu'aucun des hommes n'a vu ni ne peut voir* (I Tim., vi, 15, 16). Et quelquefois la même parole de Dieu représente la présence de Dieu comme tellement rapprochée partout, qu'il n'est pas possible d'en être dehors. *Où irai-je loin de ton Esprit? Et où fuirai-je loin de ta face? Si je monte au ciel, tu y es; si je descends aux enfers, tu y es. Si je prends mes ailes dès l'aurore, et si je vais habiter aux extrémités des mers, là aussi ta main me dirige, et ta droite me soutient* (Ps. cxxxviii, 7-10). Ajoutons encore quelques témoignages de la présence de Dieu, puisés dans la parole de Dieu. Quelquefois elle nous montre la présence de Dieu aux cieux des cieux, et elle semble l'écarter complètement de la terre. *Le ciel des cieux est au Seigneur, et il a donné la terre aux enfants des hommes* (Ps. cxiii, 24). Mais quelquefois Dieu lui-même abaisse sa présence sur la terre, et la place pour toujours dans son temple. *Mes yeux seront là, et mon cœur tous les jours* (III Règ., ix, 5). Enfin, la parole de Dieu fait à la présence de Dieu, dans l'intérieur de l'homme, une demeure plus étroite et plus resserrée encore, peut-être, que ne le sauraient penser un grand nombre. *Car vous êtes les temples du Dieu vivant, selon ce que Dieu dit lui-même: J'habiterai en eux* (II Cor., vi, 16).

Et ainsi, Dieu — dans la lumière inaccessible, Dieu — dans le monde entier, Dieu — dans les cieux, Dieu — dans un temple, Dieu — dans l'homme, — comment donc concilier des images si diverses de connaissance dans une seule perception, toujours conforme à elle-même, de la présence unique d'un Dieu unique?

Il n'est pas difficile de répondre à cela, en général, que,

de même que Dieu, dans ses attributs internes, sa puissance et ses actes, est incompréhensible et infini, ainsi l'est-il dans ses révélations et ses manifestations extérieures ; et, par conséquent, il n'est nullement étrange, mais très-naturel, que les révélations de son unique présence soient incompréhensiblement variées, et ses manifestations infiniment diverses, et que, par conséquent, elles ne puissent être embrassées dans une seule forme particulière, quelle qu'elle soit, de connaissance, mais que, dans toutes les formes possibles de connaissance, elles ne fassent qu'indiquer mystérieusement la notion insaisissable de Dieu, et, en l'indiquant, la laissent mystérieuse.

Mais pour que celui qui ne comprend pas n'ait pas de raison de se plaindre qu'on lui explique l'inconnu par ce qui est complètement impénétrable, nous essaierons, s'il est possible, de rapprocher la notion insaisissable de Dieu de l'intelligence bornée de l'homme.

La parole de Dieu, la manifestation de la Divinité dans le monde, peint nommément le Fils de Dieu, auquel il appartient particulièrement de *confesser* (Jean, I, 18), c'est-à-dire de dévoiler, de manifester la Divinité invisible, par la comparaison du lever bienfaisant du soleil : *Pour vous qui craignez mon nom*, dit Dieu dans le Prophète, *se lèvera le soleil de justice, et le salut sera sous ses ailes* (Mal., IV, 2). Pareillement, dans les prières de la cérémonie que nous avons accomplie aujourd'hui, Dieu est glorifié comme *le soleil du vrai jour*. Profitons de cette comparaison naturelle pour considérer quelque peu la vérité surnaturelle.

Vous dites : le soleil est au ciel. Cela est visible à chacun. Mais regardez attentivement plus loin : qu'est-ce que la

présence du soleil? La présence d'un objet est son rappor
immédiat avec d'autres, son action sur d'autres objets.
Par conséquent, il y a présence du soleil partout où il
agit par sa puissance de lumière, de chaleur, de mouvement. Et en effet, lorsque toi, habitant de la terre, tu
vois au ciel le disque brillant du soleil, alors tu ne peux
pas dire que le soleil est absent ; alors, même sur la
terre, il y a pour toi présence du soleil. Mais alors même
que les nuages te voilent la figure du soleil, la lumière du
jour qui en provient n'est-elle pas également, quoique
moins brillante, la présence réelle du soleil, par laquelle
d'ailleurs le jour se distingue de la nuit? Et encore, lorsque cette même puissance du soleil, qui agit sur tout ce
qui est sous le soleil en général, agit d'une manière particulière et opère son action sur quelque objet particulier, par exemple, produit dans l'intérieur d'un fruit la
tendreté, la propriété nutritive, la saveur, la maturité,
n'est-ce pas là aussi la présence du soleil par la puissance et l'action?

Osons maintenant, autant que cela est possible, élever
cette comparaison à ce qui est au-dessus de toute comparaison.

Comme il y a une présence première et réelle du
soleil au ciel, dans sa sphère lumineuse, ainsi il y a
une présence première et réelle de la Divinité dans les
cieux des cieux, dans la lumière inaccessible, dans son
éternité centrale et embrassant tout, pour laquelle le
centre est — partout, et la circonférence — nulle part.

Comme le soleil, sans quitter sa place au ciel, est effectivement présent dans tout le monde subsolaire en tant
qu'il éclaire, échauffe et meut tout, ainsi Dieu, vivant
dans la lumière inaccessible, aux cieux des cieux, n'en

est pas moins vraiment et réellement présent dans tout le monde et invisible et visible, en tant qu'*il soutient tout par la parole de sa force* (Hébr., i, 3).

Comme, pour ceux qui se trouvent sur la terre, il y a une présence particulière du soleil lorsque, à travers un air pur, ils voient son disque lumineux, et observent son lever, sa marche et son coucher, ainsi, pour les âmes dégagées des brouillards de la chair, il y a une présence particulière de Dieu, qui se manifeste à elles dans des images merveilleuses de la lumière divine, images se découvrant, passant et se cachant de nouveau aux yeux de leur esprit. Ainsi Isaïe *vit le Seigneur assis sur un trône élevé et sublime* (Is., vi, 1); ainsi Ézéchiel vit, au-dessus des quatre animaux, et au-dessus des roues enflammées et animées, *sur la ressemblance d'un trône, une ressemblance comme l'aspect d'un homme* (Ézéc., i, 26); ainsi Jacob vit le Seigneur au sommet de l'échelle, à la porte des cieux, et ainsi encore beaucoup de saints, de différentes manières.

Du reste, comme ceux-là 'même auxquels la figure du soleil est cachée par un brouillard ou par un nuage, reconnaissent la présence du soleil à la lumière habituelle du jour et à ses autres effets, ainsi les âmes auxquelles ou l'ombre inférieure de leur propre chair, ou le nuage élevé des décrets impénétrables de Dieu cache la lumière admirable des merveilleuses révélations et manifestations divines, peuvent cependant avoir une connaissance assez claire et une sensation assez vive de la présence de Dieu, à une certaine lumière de la Divinité, moins déterminée, moins frappante, mais, pour l'œil qui n'est pas aveuglé, réelle et claire, brillant sans cesse dans la production, la croissance, le perfectionnement, la conservation, la direction, le renouvellement des créatures, particulièrement dans la providence, admirable pour les observateurs attentifs, qui veille sur l'homme.

Ensuite, comme il y a une sorte de présence intérieure du soleil dans le fruit terrestre, dans lequel il entre par sa vertu, et auquel il communique la tendreté, la propriété nutritive, la saveur, la maturité, semblablement, — celui qui l'a éprouvé le sait, et celui qui ne l'a pas éprouvé, pour s'encourager à en faire l'expérience, peut présumer préalablement qu'il y a une présence intérieure de Dieu dans l'homme que, selon son libre désir, selon sa foi et son amour, selon sa prière et son dévouement, Dieu visite, par sa force bienfaisante, au fond du cœur qu'il attendrit, nourrit, adoucit intérieurement et amène graduellement, par l'action de la lumière et de la chaleur spirituelles, — de la vérité et de l'amour, à la maturité spirituelle, ou à la perfection.

On pourrait continuer encore à faire des applications diverses de la comparaison que nous avons prise, mais il est mieux de ne pas aller trop loin dans cette voie. Il n'est ni possible ni nécessaire de tout expliquer : il y a beaucoup de choses que l'on n'est obligé que de croire, parce qu'on ne peut que les croire. Les créations visibles de Dieu, selon la parole du Créateur lui-même, ne nous le présentent que *par derrière*; mais elles ne peuvent nous montrer sa face. La lumière des objets créés n'est rien de plus que l'ombre de la Lumière incréée, et l'ombre, assurément, ne peut être aussi claire que la lumière. Les créatures aussi ont leurs mystères dont la science naturelle ne peut ne pas reconnaître les effets, en les rencontrant dans l'expérience, mais sans pouvoir les expliquer. Est-il donc permis d'être mécontent si un Dieu incompréhensible nous présente des mystères pour lesquels l'esprit

curieux aiguise en vain sa pénétration? Ne devait-on pas
s'y attendre de la part d'un Dieu incompréhensible? — Si
je vous montre une grappe mûre, et que je vous dise qu'en
elle se trouve la bienfaisante influence du soleil, vous
devez m'en croire parce que, même à son aspect extérieur,
vous pouvez reconnaître sa maturité, et que vous pouvez
vous en convaincre par le goût, et qu'en outre vous savez
que le raisin ne mûrit pas sans le soleil; mais ce serait en
vain que vous exigeriez de moi l'explication, ou que vous
vous efforceriez de vous expliquer à vous-mêmes comment le soleil entre dans le grain, et transforme en sang
pour la grappe des molécules de terre, d'eau et d'air. Ne
scrutez donc pas les mystères du Soleil des esprits, n'exi-
gez pas un compte rendu des effets de la grâce du Père
des lumières. Lorsque l'Évangile et l'Église vous intro-
duisent dans un temple consacré comme dans la maison
de Dieu, vous rapprochent de son trône comme du trône
de la grâce, vous montrent l'eau du baptême ou de l'aspersion et vous disent que sur elle repose la bénédiction
de l'Esprit de Dieu; lorsqu'ils vous montrent la Confirmation et figurent en elle le sceau du don de l'Esprit-Saint;
lorsqu'ils vous montrent les espèces mystérieusement
transsubstantiées du pain et du vin, et vous disent à
haute voix : Ceci est le vrai Corps du Seigneur, ceci est le
vrai Sang du Seigneur, croyez sans examiner, communiez
à ce que vous croyez avec amour et abandon ; et vous reconnaîtrez l'invisible dans le visible, le spirituel dans le
sensible, la vérité et la force dans les signes et les apparences, le surnaturel dans le naturel ; vous vous rappro-
cherez de la Divinité même jusqu'à la *communion*, comme
dit l'Apôtre, de la *nature divine* (II Pier., I, 4); *vous goû-
terez et vous verrez*, mais seulement pas des yeux du corps,

combien le Seigneur est bon, vous aurez part au *bonheur de ceux qui n'ont pas vu et qui ont cru.*

Dans ces images de connaissance, diverses, mais concordantes entre elles, et constituant la seule manière de connaître salutaire et bienheureuse, et si ce n'est dans toutes, au moins dans quelques-unes, avons-nous reconnu, mes Frères, la présence de Dieu, non pas littéralement et idéalement seulement, mais effectivement et expérimentalement?

Celui qui a vraiment reconnu la présence de Dieu dans le monde entier, celui-là, dans tout ce qui arrive dans le monde, voit la main toute-puissante, bienfaisante et juste de Dieu, et, par conséquent, il considère tous les évènements, et surtout les plus importants, du monde, avec une attention pieuse ; il reçoit tout bonheur dans le monde, comme un don de Dieu, avec reconnaissance ; tout malheur dans le monde, comme l'effet des décrets de Dieu, avec soumission, avec patience et confiance. Mais si, en général, nous sommes inattentifs aux œuvres de Dieu, ingrats pour les bienfaits de Dieu, insoumis aux décrets de Dieu, c'est que nous n'avons pas reconnu la présence toute-puissante de Dieu : *Dieu n'est pas devant nos yeux.*

Celui qui a reconnu réellement la présence de Dieu dans l'homme, et qui a reçu intérieurement la vertu du Soleil incréé, en celui-là croît et mûrit sans cesse *le fruit spirituel, la charité, la joie, la paix, la longanimité, la bonté, la bénignité, la foi, la mansuétude, la tempérance* (Gal., v, 22). Au contraire, si nous aimons et faisons encore les œuvres grossières de la chair, les œuvres sombres du démon, les œuvres d'intempérance, de cupidité, d'orgueil, de dureté, de haine, c'est que nous n'avons pas encore reconnu la présence bienheureuse de Dieu, nous n'avons pas ressenti encore la vertu du siècle à venir ; étrangère encore est pour nous cette parole du Seigneur : *le royaume de Dieu est au dedans de vous* (Luc, XVII, 21).

Celui qui a reconnu et senti vivement la présence invisible de Dieu dans le temple visible, et la vertu de ses symboles et de ses mystères saints, celui-là, avec le Psalmiste, *se réjouit en ceux qui lui ont dit : Nous irons dans la maison du Seigneur* (Ps. CXXI, 1) ; celui-là, d'accord avec le sentiment d'un autre poëte lyrique ecclésiastique, *en se tenant dans le temple de la gloire de Dieu, croit se tenir dans le ciel.* Mais si nous allons sans attrait au temple, ou si même nous nous en éloignons, il en faut conclure de deux choses l'une, ou que nous ne savons nullement que le *Seigneur est en ce lieu,* ou que nous sommes des serviteurs infidèles, fuyant la maison de notre Maître. Si nous nous tenons dans le temple irréligieusement et sans attention, il est évident que nous ne comprenons pas que *ce lieu est terrible ;* mais que, s'il est terrible même pour ceux qui sont pieux, de même qu'un lieu semblable fut terrible pour Jacob, combien plus doit-il être terrible pour ceux qui sont coupables d'indifférence ! Si nous nous tenons ici en pensant, non à ce qui est divin, mais à ce qui est humain, et si nous nous occupons les uns des autres comme si nous étions dans une des maisons des hommes, n'est-il pas clair que nous oublions la dignité de la *maison de Dieu,* et que nous offensons la majesté de Celui qui y habite ?

Cherchez le Seigneur et soyez fortifiés ; cherchez sa face sans cesse (Ps. CIV, 4), afin qu'*il vous remplisse de joie devant sa face.*

Cherchez la présence de Dieu dans le monde, — par

une considération saine et impartiale des œuvres de Dieu ;
dans votre cœur — par la foi, la prière, la pureté, l'humilité ; dans le temple — par la vénération de sa sainteté
et de ses mystères, et par une attention profonde à la Parole de Dieu.

*Seigneur de la force, sois avec nous ! Sois, Seigneur, en
ce lieu,* et que *nous, ignorants,* nous reconnaissions ta présence sainte et sanctifiante. — Ainsi soit-il.

15

SERMON

POUR LA CONSÉCRATION D'UNE ÉGLISE.

> Mais toi, fils de l'homme, montre le temple à la
> maison d'Israël, et qu'ils cessent leurs péchés.
> — Ezéc., XLIII, 10. —

Si cette parole ne se trouve pas inutilement dans les
saints livres ; si, comme l'assure l'Apôtre, *tout ce qui est
écrit, a été écrit pour notre instruction* (Rom., xv, 4), à qui
donc de nous s'adresse cette parole ? A qui est donné ce
commandement ? A qui est adressé cet avertissement ?

Après les autres, ce commandement ne s'étend-il pas,
peut-être, jusqu'à moi aussi, de montrer le temple à ceux
qui peuvent le regarder avec attention, surtout en ce moment où ce temple ne fait que d'apparaître dans son essence et sa réalité, parce que *la gloire du Seigneur est entrée dans le temple* (Ezéch., XLIII, 4) ?

Ne faut-il pas peut-être aussi, à ceux qui se tiennent dans ce temple, et qui voient cette sainteté nouvellement apparue, rappeler l'antique avertissement : *Et qu'ils cessent leurs péchés?*

Les péchés du peuple juif, — la froideur pour la vraie foi, l'attachement aux superstitions païennes, la cupidité, le luxe, l'injustice, l'oppression des faibles par les forts, la désobéissance des subordonnés au pouvoir, allant jusqu'au renversement de la vie privée et publique, après les reproches infructueux des prophètes, après les châtiments partiels et peu prolongés de Dieu, attirèrent à la fin le jugement définitif de Dieu. Jérusalem fut prise et renversée par les Babyloniens. Le temple de Salomon fut détruit par le feu. Les juifs furent emmenés en captivité à Babylone. Le culte légal de Dieu fut suspendu : car quoique les prêtres restassent, il n'y avait pas de lieu désigné et consacré par la loi pour le culte divin. Il n'est pas étonnant que l'affliction des Juifs soit allée jusqu'au désespoir, parce que, dans les châtiments précédents de Dieu par la famine, par la guerre, par la peste, ils avaient une consolation et un espoir dans le saint Temple qui montrait que leur alliance avec Dieu n'était pas tout à fait rompue, et qu'une voie leur était encore ouverte vers sa miséricorde ; mais lorsque Dieu, en rejetant le peuple coupable, rejeta aussi son saint lieu, alors son rejet parut définitif, et sa colère inexorable. En ce temps, en apparence sans espoir, Dieu choisit au milieu des captifs de Babylone le prophète Ézéchiel, il le conduit en esprit dans Jérusalem désolée ; sur les ruines et les cendres du Temple, il lui montre le Temple intact, sa structure, ses dimensions, ses lois, la présence en lui de la gloire de Dieu, et il ordonne au Prophète de montrer aux autres

Juifs, dans un récit, ce spectacle aussi consolant que majestueux, qu'ils ne pouvaient pas voir de leurs yeux ordinaires. *Mais toi, fils de l'homme, montre le temple à la maison d'Israël.*

C'est-à-dire : dis à la maison d'Israël que le Temple de
Dieu n'est pas définitivement détruit, qu'on peut le voir
en esprit quoiqu'il n'existe pas pour les yeux du corps ;
que sur ses ruines plane son image mystérieuse ; que là-
bas il est question de sa construction, de ses dimensions,
de ses lois, et que cela arrive lorsqu'on se prépare à construire un nouveau temple ; que, par conséquent, il y a
espoir de voir un nouveau temple de Dieu, et que les
Juifs peuvent encore espérer de redevenir le peuple de
Dieu, parce que Dieu ne construira pas un temple dépeuplé. *Montre le temple à la maison d'Israël.*

Ceux qui entendent cela en ce moment, pourront penser
que cela ne les concerne pas. Nous ne sommes pas les Juifs,
diront-ils, et nous n'avons pas eu le malheur d'être privés
de notre temple à cause de nos péchés ; mais nous avons
la bénédiction de Dieu de voir un temple élevé par un
zèle pieux, et consacré par la grâce de Dieu. Je reconnais,
moi aussi, sur votre œuvre, la bénédiction de Dieu ; je
m'en réjouis avec vous ; j'appelle la continuation de la
bénédiction de Dieu. Mais ne vous hâtez pas dans vos réflexions contradictoires. Vous allez entendre à l'instant
des choses qui, certainement, ne concernent pas les Juifs
seuls.

Montre-leur le temple, dit le Seigneur, *et qu'ils cessent
leurs péchés.* Montre-leur le temple ; mais non pas simplement, non pas seulement pour satisfaire leur curiosité,
non pas seulement pour les consoler par cette vision,
mais pour que cette vision produise un effet sur ceux qui

la verront, et un effet puissant et décisif: *qu'ils cessent leurs péchés.*

O Seigneur, *reprenant, et corrigeant, et enseignant, et ramenant, comme le pasteur ses brebis* (Sag. de Sir., xviii, 13). Est-ce que la vue de ton temple peut avoir cette puissance médicinale et salutaire? Est-ce qu'elle peut aider les pécheurs de sorte *qu'ils cessent leurs péchés?* Oh! si tu nous apprenais à user avec succès de ce moyen pour notre amendement et notre perfectionnement, — nous qui, après le désir et l'intention de cesser nos péchés, ne remarquons pas même, quelquefois, comment nous retombons, soit dans nos anciens péchés, soit dans de nouveaux!

Il n'est pas douteux que beaucoup ne partagent avec moi ces réflexions et ce désir, et c'est la preuve que la parole de la révélation divine, dont nous nous occupons en ce moment, ne concerne pas les Juifs seuls, mais qu'elle peut toucher avec utilité au cœur de quiconque est pécheur devant Dieu. Soyez donc attentifs. La chose nous touche réellement.

La vision du nouveau temple présentée aux Juifs par l'entremise du prophète, dut nécessairement rappeler à leur mémoire l'ancien temple construit par Salomon, et la destinée inévitable du temple passé qui ne pouvait se modifier pour le temple futur. Dieu décréta cette destinée lorsque, après l'achèvement et la consécration du Temple, il dit à Salomon, dans une vision, entre autres choses : *Si, vous détournant, vous vous détournez de moi, vous et vos enfants, et si vous ne gardez pas mes commandements et mes ordres, — je rejetterai loin de ma face, même ce temple que j'ai consacré à mon nom* (III Règ., ix, 6, 7). Combien était infaillible cette destinée, les Juifs le recon-

nurent par une triste expérience lors de la destruction
de ce Temple par les Babyloniens. Et Dieu rappelle tout
cela lorsqu'il dit à Ézéchiel : *montre le temple à la maison
d'Israël.*

C'est-à-dire : présente à la maison d'Israël l'image du
nouveau temple, et, par là-même, rappelle à leur souvenir la destinée du premier temple qui, puisqu'elle est
fondée sur la justice éternelle, ne peut pas ne pas être
aussi la destinée du nouveau ; et que les Juifs songent à
ce qu'ils doivent faire. Si la vue du nouveau temple leur
est agréable et comble leurs vœux, qu'ils aient souci de
la conservation du temple. S'ils ont souci de la conservation du temple, qu'ils se rappellent que les péchés ont
renversé le Temple. S'ils savent que les péchés renversent
le temple, qu'ils cessent d'être les destructeurs du temple.
*Montre le temple à la maison d'Israël, et qu'ils cessent leurs
péchés.*

Vous voyez avec quelle force la vision du temple exhor-
tait les Juifs à mettre fin à leurs péchés. Mais n'est-ce
pas la même chose, Chrétiens, que nous dit, à nous aussi,
la vision actuelle du nouveau temple ?

Le Seigneur du temple chrétien, le Seigneur de ce
temple n'est-il pas ce même Dieu qui, autrefois, éleva le
temple juif par sa bonté, le consacra par sa grâce, le renversa deux fois, dans sa colère, à cause du péché, et le
livra à la dévastation ? Il est vrai que, dans le temple
chrétien, plus privilégié que l'ancien temple juif, Dieu
se montre le Dieu de miséricorde et de grâce en son Fils
unique, Jésus-Christ, le Sauveur des pécheurs ; mais a-
t-il cessé, — l'Éternel peut-il cesser — d'être aussi le
Dieu de justice ? Ainsi, la destinée du premier temple qui
fut dans le monde ne s'étend-elle pas à tous les temples

jusqu'au dernier qui sera dans le monde? Et ne s'adresse-t-elle pas à ce temple nouvellement consacré, cette décision du Très-Haut, menaçante à la fois et préservatrice : *Si, vous détournant, vous vous détournez de moi, vous et vos enfants, et si vous ne gardez pas mes commandements, — je rejetterai loin de ma face, même ce temple que j'ai consacré à mon nom,* ou par un abandon visible à la profanation et à la désolation, ou par l'éloignement invisible de ma main bénissante et bienfaisante, par la cessation de la vertu bienfaisante du sanctuaire? Mais de là, ne s'ensuit-il pas de lui-même, cet autre avertissement : *Montre-leur le temple, et qu'ils cessent leurs péchés?* Que les constructeurs du temple prennent garde d'en être les destructeurs. En se réjouissant de la vision bienheureuse du temple, qu'ils éloignent ce qui conduit à la privation de cette vision, de cette grâce. *Qu'ils cessent leurs péchés.*

Quelqu'un dira-t-il : je désire cesser mes péchés, mais je ne sais comment y parvenir? — C'est bien. Je t'indiquerai l'un des moyens les plus rapprochés pour apprendre cela. Ce moyen, c'est le temple. En effet, après la glorification de Dieu, on ne s'occupe de rien autre, dans le temple, que de détourner l'homme du péché, et de le convertir à la vertu. N'est-ce pas là ce qu'enseignent les Écritures prophétiques et apostoliques que l'on lit ici? N'est-ce pas là ce qu'enseignent les saints cantiques qui se chantent ici? N'est-ce pas là ce qu'enseignent les exemples des saints que l'on nous présente ici chaque jour? Viens, écoute, et tu t'instruiras, et tu apprendras la sagesse. Je te montrerai le temple, afin que tu cesses tes péchés.

Quelqu'un dira-t-il encore : je désire cesser mes péchés, mais je n'ai pas la force de m'en délivrer? Je ne

conteste pas cet aveu, et je me hâte de te montrer un
trésor rapproché, ouvert, de force spirituelle. Ce trésor,
c'est le temple. Qu'y a-t-il de plus puissant que le Verbe
de Dieu par lequel tout a été créé, et par lequel tout est
régénéré? C'est ici qu'il agit. Qu'y a-t-il de plus fort que
la prière, qui s'élève au-dessus des nuées et incline vers
elle le Très-Haut? C'est ici qu'elle habite comme dans sa
maison : car le temple, selon la parole de l'Écriture, est
la maison de la prière (Luc, xix, 46). Qu'y a-t-il de plus
bienfaisant que la présence de notre Seigneur Jésus-
Christ qui *est venu dans le monde pour sauver les pécheurs*
(I Tim., i, 15)? Il est présent ici et spirituellement, selon sa promesse immuable: *Partout où sont deux ou trois
personnes assemblées en mon nom, là je suis au milieu
d'elles* (Matth., xviii, 20), et plus que spirituellement,
dans son Corps très-pur rompu pour nous, pour la rémission des péchés, et dans son Sang divin répandu pour
nous, pour la rémission des péchés. Que sont aussi tous
les mystères accomplis ici, que des vases dans lesquels
la bienfaisante vertu divine, victorieuse du mal, auxiliaire
du bien, est enfermée et découverte, — enfermée visiblement, découverte invisiblement; enfermée pour la raison
scrutatrice, découverte pour le cœur croyant; enfermée
pour le pécheur inattentif et endurci, découverte pour
celui qui est sincèrement repentant et travaille à se corriger? Viens, approche, purifie-toi, fortifie-toi, et tu vain-
cras le mal, et tu avanceras dans le bien. Je te montrerai
le temple, afin que tu cesses tes péchés.

*Voilà qu'une voix sortit du temple, de quelqu'un qui me
parlait, et un homme, c'est-à-dire un ange, se tint devant
moi,* — dit le Voyant mystérieux du temple. Si nos yeux
aussi, Frères de ce saint temple, étaient ouverts à la vi-

sion des mystères, nous aussi nous verrions dans ce temple des anges entrant avec nous, priant avec nous, comme *envoyés pour leur ministère en faveur de ceux qui veulent hériter du salut* (Hébr., I, 14). Que pensez-vous donc que disent ces purs et fidèles serviteurs de Dieu, lorsqu'ils nous voient, dans le temple, inattentifs, non purifiés, paresseux pour la prière, ne nous approchant pas des mystères, n'écartant pas toute préoccupation de la vie, ne haïssant pas le péché d'une haine parfaite? Ne s'étonnent-ils pas de l'inconséquence de nos dispositions? Pourquoi donc, disent-ils, — pourquoi un temple saint à ces gens, s'ils ne s'occupent pas de leur sanctification? N'est-ce que pour qu'il soit le témoin de leur insouciance pour une condamnation plus sévère à cause de ce qu'ils ne profitent pas d'un secours si rapproché et si facile pour leur salut? *Fils de l'homme, montre le temple à cette nouvelle maison d'Israël, et qu'ils cessent leurs péchés.*

Je vous ai montré, mes Frères, autant qu'il a été possible à ma médiocrité, le temple comme un moyen et un secours pour votre sanctification. Que la grâce de Dieu, qui habite ici dès aujourd'hui, et qui sort d'ici, vous aide à quitter, si quelqu'un de vous ne l'a pas encore quittée, une vie insouciante du péché, et à vous affermir dans la piété et dans toute vertu, afin que, dans le temple du Dieu vivant, vous soyez vous-mêmes des temples du Dieu vivant, dans lesquels l'Esprit de Dieu habite et habitera dans l'éternité. — Ainsi soit-il.

16

SERMON

POUR LA CONSÉCRATION DE L'ÉGLISE D'UN CIMETIÈRE

> Il m'a caché dans son habitation au jour de mes
> maux; il m'a abrité dans le secret de son habitation.
> — Ps. xxvi, 5. —

Par la grâce de l'Esprit Très-Saint et sanctifiant tout,
ce temple a été consacré aujourd'hui pour être une demeure de Dieu assimilée au ciel, le sanctuaire des mystères, le temple des oracles du Verbe de Dieu, une échelle
atteignant au ciel pour l'élévation des prières de la foi
jusqu'au trône du Très-Haut.

Béni soit Dieu qui a tant de bonté pour aider au salut
de nos âmes. Bénis soient les serviteurs de Dieu qui ont
aidé à cette œuvre de grâce par leur sollicitude, leur travail, la réunion de dons volontaires dont la plus petite
obole aura non pas une petite, mais peut-être une très-
haute valeur devant les yeux de Dieu qui voit dans le
cœur du donateur. Que la bénédiction de Dieu le Père
ombrage, que la lumière de Jésus-Christ, Fils de Dieu,
éclaire, que l'aile du Saint-Esprit couvre, aujourd'hui et
toujours, l'âme de tout homme entrant dans ce sanctuaire avec foi et amour pour Dieu, avec prière et
confiance en lui, avec l'aveu de son infirmité et de son

péché, avec le désir de la grâce, pour l'accomplissement des commandements de Dieu. Que notre vrai Dieu et Seigneur Jésus-Christ, qui est la résurrection, et la vie, et le repos de ceux qui sont morts dans le Seigneur, selon les prières de la foi apportées ici, remplisse jusqu'au comble la mesure du repos, qu'il confirme l'espérance de la résurrection bienheureuse, pour les âmes trépassées dans le repentir et la foi, dont les corps reposent autour de ce temple dans l'attente de la résurrection.

Puisque ce qui distingue le temple consacré aujourd'hui, c'est qu'il est élevé dans le lieu de la sépulture de ceux qui se sont endormis dans le Seigneur, cela nous donne l'occasion et la pensée de dire quelque chose de l'habitude pieuse d'élever des temples à Dieu dans les lieux de sépulture des morts, et d'enterrer les morts auprès des temples de Dieu.

Le temple n'est pas nécessaire à Dieu dont le ciel est le trône, et la terre le marche-pied, et que l'univers ne peut contenir, mais à l'homme pour lui être un refuge auprès de Dieu au moyen de tout l'éloignement possible de la vanité des créatures, dans laquelle est perdu le sentiment de la présence de Dieu. Ainsi s'explique l'emplacement du temple ; de la même manière peuvent être expliquées aussi les heures particulières du temple. Le temple de Dieu est particulièrement nécessaire à l'homme d'abord à l'heure de la piété, pour qu'il y vienne glorifier Dieu comme le Dieu Très-Haut, souverainement parfait, dont la glorification est le paradis et la félicité, même sur la terre ; ensuite à l'heure de la joie, pour apporter sa reconnaissance au Dieu Créateur, Dispensateur de tous les biens, Sauveur ; en troisième lieu, à l'heure de l'affliction de l'âme, pour épancher son âme devant Dieu qui,

II.   10

dans sa révélation, a daigné se manifester, entre autres,
sous le nom de *Consolateur*.

Ce dernier usage du temple de Dieu, c'est-à-dire son
usage au temps de l'affliction, le saint David nous l'indique
lorsque, priant et suppliant Dieu, par-dessus tout, de lui
permettre de *fréquenter son temple saint* (Ps. xxvi, 4), il en
donne cette raison : *Il m'a caché dans son habitation au jour
de mes maux ; il m'a abrité dans le secret de son habitation.*
Ces paroles, peut-être, se rapportent à ce jour de la vie
de David où, menacé de mort par Saül, fuyant seul, sans
armes, sans pain, sans assistance, il vint au tabernacle
de Dieu, à Nomba, et quoique en ce moment se trouvât
là Doëc qui devint plus tard le dénonciateur de David auprès de Saül, et qui versa pour lui le sang de beaucoup
d'innocents, cependant Doëc lui-même ne nuisit pas alors
à David et ne le livra pas à Saül, et le grand-prêtre Abi-
mélech, s'écartant même de la loi, donna à David le
pain sanctifié, et l'épée de Goliath pour sa défense en cas
d'attaque. Cette circonstance est l'une de celles dans lesquelles Dieu justifie la foi et la pieuse confiance de
l'homme qui a recours à son temple dans les heures les
plus difficiles de la vie, par une direction accidentelle en
apparence, mais admirablement sûre en sa faveur, et
des circonstances, et des libres dispositions des autres
hommes. Du reste, que ce soit, ou non, précisément cette
circonstance que le Psalmiste avait dans sa pensée, puisqu'il désire toujours fréquenter le temple de Dieu, et
même *vivre dans la maison du Seigneur*, par cette raison
que le Seigneur l'a caché dans son habitation au jour
mauvais, il est évident par là qu'il attribue au temple de
Dieu le privilége constant d'être un refuge pour ceux qui
sont dans le malheur et l'affliction, un rempart solide

contre le danger, un trésor de bienheureuse consolation.

La mort, selon l'opinion ordinaire, et selon le sentiment naturel, n'est-elle pas le comble de tous les maux ?
La mort de ceux qui nous sont chers n'est-elle pas la
plénitude de l'affliction ?—Ainsi donc, il est utile et bienfaisant qu'au bord de la tombe où s'ensevelissent avec
ceux qui nous sont chers notre bonheur, nos joies, nos
espérances, se trouve le temple de Dieu, où l'on peut apporter l'affliction la plus amère afin de recevoir une
consolation aussi sûre que douce. Qu'il entre ici, celui
qui accompagne un mort nouveau, ou qui pleure encore
sur celui qui est mort depuis longtemps, et qu'il entende
l'exhortation compatissante de l'Apôtre : *Mes frères, ne
vous abandonnez point à la tristesse au sujet de ceux qui sont
morts, comme les autres hommes qui n'ont point l'espérance*
(I Thess., IV, 13). Qu'il entre, l'orphelin, et qu'il tombe
dans les bras du *Père des orphelins.* Qu'elle entre, la
veuve, et qu'avec l'espérance d'une protection infaillible,
elle ait recours au *Juge des veuves* (Ps. LXVII, 6). Qu'elle
entre, celle qui a perdu ses enfants, et elle les retrouvera
dans les mains fidèles de l'Ami ineffablement bon et bienfaisant des enfants, disant à quelques parents, comme il
dit un jour aux Apôtres : *Laissez les enfants, et ne les em-
pêchez pas de venir à moi, car le royaume des cieux est à
ceux qui leur ressemblent* (Matth., XIX, 14). Quiconque est
effrayé du spectacle de la mort, qu'il entre ici, dans le
temple de Celui qui est mort pour nous, et qui est ressuscité pour nous, et qu'il ressuscite en esprit, en entendant la parole de résurrection : *En effet, si nous croyons
que Jésus est mort et ressuscité, ainsi nous devons croire
que Dieu amènera avec Jésus ceux qui seront morts en lui*
(I Thess., IV, 14), c'est-à-dire, avec la foi en lui. Par ce

court raisonnement, vous pouvez voir, mes Frères, combien est conforme à la destination du temple, combien est
moralement utile l'habitude de construire des temples
dans les lieux de sépulture, et de donner la sépulture
auprès des temples.

Mais il faut avouer que cette explication ne sera pas
encore satisfaisante pour ceux qui savent que, pour une
habitude de l'Église, pour qu'elle soit régulière et correcte, ce n'est pas assez qu'elle soit fondée sur des considérations plausibles et sur une utilité désirable, mais
qu'il faut encore qu'elle soit plus profondément et plus
inébranlablement affermie sur le témoignage infaillible
et direct de la Parole de Dieu, ou, selon la loi d'unité de
l'Église, sur une tradition certaine, venant des premiers
temps modèles du Christianisme. Entrons dans quelques
explications pour satisfaire aussi, autant que possible, à
cette exigence.

La coutume de l'Église juive dans la manière de se conduire envers les morts, confirmée par la loi de Moïse, est
bien différente de la coutume de l'Église chrétienne. Là,
celui qui touchait à un mort était regardé comme impur,
et l'endroit où reposait un mort était regardé comme impur. C'est pourquoi, là, placer un mort auprès du temple,
c'eût été souiller le temple. Pourquoi en était-il ainsi
dans l'Église de l'Ancien Testament, et n'en est-il plus de
même dans l'Église du Nouveau Testament? — La mort
était impure depuis Adam, comme étant le fruit impur
de son péché. Mais le Christ a purifié et sanctifié la mort
par sa mort très-pure et très-sainte. De son Corps uni à
la Divinité, ayant souffert pour nous, de son Sang divin
répandu pour nous, une vertu purificatrice s'est étendue
sur toute l'humanité, surtout sur ceux qui sont en com-

munion avec son Corps mystérieux par les mystères du saint Baptême et de la sainte Eucharistie. C'est pour cela que pour nous, Chrétiens, la mort peut être aussi pure que la vie, et que les morts, à l'égal des vivants, peuvent appartenir au temple du Seigneur, puisqu'ils appartiennent au Seigneur à l'égal des vivants. *Car aucun de nous*, selon l'enseignement de l'Apôtre, *ne vit pour soi-même, et aucun ne meurt pour soi-même. Car si nous vivons, nous vivons pour le Seigneur, et si nous mourons, nous mourons pour le Seigneur. Donc, soit que nous vivions, soit que nous mourions, nous sommes au Seigneur* (Rom., xiv, 7, 8). Puisque nous appartenons tous à un unique Seigneur, de même que les vivants se tiennent dans le temple du Seigneur, ainsi les morts, comme continuant à demeurer dans la communion de l'Église, reposent autour du temple; quelques-uns même, qui sont plus véritablement et plus parfaitement que les autres appropriés au Seigneur, et dont *la mort* est particulièrement *précieuse devant le Seigneur* (Ps. cxv, 6), comme les saints martyrs, selon la coutume conservée par une sainte tradition, reposent dans leurs corps sous l'autel même du temple. Les uns reçoivent le repos par la vertu mystérieusement efficace et déprécative de l'autel, les autres contribuent à la sanctification même de l'autel, par la vertu de leurs prières et de la grâce qui leur a été donnée.

Nous pouvons montrer dans la Parole même de Dieu le fondement de cette coutume conservée par la tradition de l'Église. *Il fut dit à Moïse voulant construire le tabernacle : Aie soin*, fut-il dit, *de faire tout selon le modèle qui t'a été montré sur la montagne* (Hébr., viii, 5). Mais que lui fut-il montré sur la montagne? — *La figure et l'ombre des choses célestes*, comme dit l'Apôtre. Et ainsi, voilà la loi originaire du temple, qu'il n'y a point de motif de changer même pour le temple chrétien : le temple doit être construit en tout, autant que possible, à l'image des choses célestes montrées à un contemplateur qui en était digne. De même que l'image des choses célestes, pour le temple de l'Ancien Testament, fut montrée à Moïse sur le mont Sinaï, ainsi l'image des choses célestes, pour le temple du Nouveau-Testament, fut montrée à Jean le Théologien dans la révélation où il dit entre autres choses : *Je vis sous l'autel les âmes de ceux qui avaient été mis à mort à cause de la parole de Dieu et du témoignage qu'ils avaient* (Apoc., VI, 9), c'est-à-dire, les âmes des saints martyrs. Ce n'est pas à nous, et ce n'est pas le moment de dévoiler ce mystère, pourquoi les âmes des saints martyrs sont cachées là-haut, pour un temps, sous l'autel, et ne se réjouissent pas autour de l'autel ; c'est assez, pour nos réflexions présentes, de remarquer avec quelle fidélité, dans l'Église Orthodoxe visible, tout est fait à l'image des choses célestes. Là-haut, dans le temple glorieux du ciel, les âmes des saints martyrs sont sous l'autel ; ici-bas aussi, dans le temple mystérieux terrestre, les reliques des saints sont sous l'autel. Or, s'il est convenable que les corps des saints reposent sous l'autel même du saint temple, il n'est pas inconvenant non plus que les corps des fidèles reposent autour de l'autel et du temple.

Remarque, âme chrétienne, la sainte et même mystique importance de la coutume de placer les corps de ceux qui sont morts dans le Seigneur, auprès du temple du Seigneur. Ils sont dignes de cet honneur en tant qu'ils sont eux-mêmes les temples de Dieu, les membres du corps de Jésus-Christ, les demeures du Saint-Esprit. Pense à cela souvent, avec attention, pendant que tu portes ton corps terrestre, et purifie ton corps avec soin par la tempérance, sanctifie-le par les exercices de piété, prépare-lui le vêtement incorruptible des œuvres de foi et de vertu, afin que, lorsque tu quitteras ton corps, on le place aussi près du sanctuaire du Seigneur, que la sainteté du Seigneur n'ait pas horreur de lui comme n'étant pas purifié de la corruption d'Adam et de la tienne propre, et qu'elle ne repousse pas loin d'elle ton destin comme le destin de ceux dont *les os seront dispersés à l'entrée de l'enfer* (Ps. cxl. 7), mais qu'elle te reçoive *dans l'héritage incorruptible, et incontaminé, et immarcessible, réservé dans le ciel* (I Pier., I, 4). — Ainsi soit-il.

17

SERMON

POUR LA RESTAURATION
DE L'ANCIENNE ÉGLISE DE L'ASSOMPTION DE LA
TRÈS-SAINTE MÈRE DE DIEU

Prononcé le 28 septembre 1844.

> Tu t'es levé pour avoir pitié de Sion : car il est temps d'avoir pitié d'elle, car il est venu, le temps. Car tes serviteurs chérissent ses pierres, et ils pleurent sur sa poussière.
>
> — Ps. ci, 14, 15. —

Quelles sont ces pierres de Sion que chérissent les serviteurs du Seigneur? — Quelle est cette poussière qui leur est chère? — Ce sont les pierres et la poussière des ruines de Jérusalem, et surtout des ruines de l'ancien et

saint temple de Jérusalem. Le Prophète porte ses regards
sur ces ruines au temps de la captivité de Babylone ; il
porte en même temps ses regards sur les dispositions
d'esprit du peuple juif, et, sur cette considération, il
fonde l'espérance d'une nouvelle bienveillance de Dieu
pour Jérusalem et le temple.

Tu t'es levé pour avoir pitié de Sion. C'est-à-dire : Dieu
aura pitié de Jérusalem, et relèvera son temple.

Le Prophète ose même préciser que cela doit s'accomplir bientôt. *Car il est temps d'avoir pitié d'elle, car il est*
venu, le temps.

Mais comment sait-il que cela arrivera, et que cela
doit arriver bientôt ? — *Car tes serviteurs chérissent ses*
pierres, et ils pleurent sur sa poussière. C'est-à-dire :
puisque les Juifs, par leurs dispositions d'esprit, se
montrent maintenant dignes du nom de serviteurs de
Dieu ; puisque, même sur les ruines du temple de Dieu,
ils en vénèrent l'antique sainteté, qu'ils en regardent
même les pierres et la poussière avec amour et attendrissement, comme les restes du sanctuaire dans lequel
habita la grâce de Dieu, il faut espérer que Dieu s'atten-
drira bientôt sur Jérusalem, qu'il relèvera son temple,
et qu'il y demeurera bientôt de nouveau par sa grâce.

Cette espérance fut en effet remplie sous le grand-
prêtre Jésus et le prince Zorobabel.

Mais est-il à propos de parler de la destinée d'un si
grand temple lorsque j'ai en pensée la destinée d'un
temple aussi petit que celui où nous nous trouvons en ce
moment ? — Je pense que cela n'est pas tout à fait déplacé. L'un et l'autre sont les temples de l'unique vrai
Dieu, et c'est pourquoi il est naturel de supposer quelque
unité dans leur destinée, malgré la diversité de beaucoup

de circonstances. En outre, même un petit temple des mystères chrétiens et de la vérité chrétienne n'est pas trop petit devant le grand temple des ombres et des figures.

Deux cent vingt-sept ans exista ce temple de bois qui fut construit par la Laure de notre bienheureux père Serge, sous la direction de notre bienheureux père Denys; et dès lors il fut placé sous la protection de notre très-sainte Souveraine, la Mère de Dieu, en mémoire de sa glorieuse Assomption, afin qu'à cause de ce souvenir elle abaissât ses regards avec bienveillance sur lui comme sur son Gethsémani. Le temps, avec sa loi de destruction, a touché avec ménagement à une matière destructible sur laquelle reposait la bénédiction des saints. Mais comme l'homme ne garde quelquefois pas assez lui-même ce que gardent pour lui la nature et la Providence, ce temple fut à la fin voué à l'abandon, et, par suite, à une ruine finale par le feu. En ce temps, nous nous sommes rappelé les anciens adorateurs de l'ancien temple de Jérusalem, et, comme *ils chérissaient ses pierres*, ainsi le bois même de ce temple qui fut le nôtre, et quelques restes de ses vieilles et saintes images nous ont paru précieux, dignes d'une religieuse conservation. Mais comme il n'était plus possible de conserver ce temple sur son premier emplacement, alors, ici, à la fois ancien et nouveau, *nous avons trouvé un lieu au Seigneur, un tabernacle au Dieu de Jacob* (Ps. cxxxi; 5).

Dieu de nos Pères ! *tu t'es levé pour avoir pitié de Sion. Tu relèveras* dans ce temple l'ancienne bénédiction, et tu *auras pitié* de lui par une nouvelle grâce. Que cela soit, Seigneur !

Mais qu'en sera-t-il plus tard de ce temple restauré, et

des nouvelles et humbles demeures qui l'entourent?
— Tu le sais, Seigneur! Il en sera ce qu'ordonnera ton
Verbe tout-puissant qui appelle ce qui n'est pas comme
ce qui est, qui reconstruit ce qui était renversé, relève ce
qui était tombé, élève ce qui était humilié, ressuscite ce
qui était mort, sauve ce qui avait péri. Il en sera ce qu'obtiendront les prières des saints et de nos bienheureux
Pères Serge, Nicon, Michée, Joasaph, Sérapion, Maxime,
Denys, et des autres compagnons de leurs exploits et co-
habitants avec eux de la terre et des tabernacles célestes.
Il en sera ce que n'empêcheront pas nos péchés, nos infirmités, notre indignité.

L'un de nos Pères demandait à un autre grand entre les
Pères : Quelle bonne œuvre pourrais-je faire qui fût
l'œuvre de ma vie? L'abbé lui répondit : Toutes les œuvres
ne sont pas égales pour chacun. Les Livres disent qu'A-
braham fut hospitalier, et que Dieu fut avec lui. Élie
aima la solitude, et Dieu fut avec lui. David fut humble,
et Dieu fut avec lui. Ainsi donc, fais ce en quoi ton âme
verra pour elle la volonté de Dieu. Mais, par-dessus tout,
garde ton cœur.

Celui qui veut imiter l'hospitalité d'Abraham, l'humilité de David, celui-là, ainsi que le prouvent ces mêmes
exemples, peut pratiquer partout ces vertus, en voyage,
chez lui, à la campagne, en ville, sur le trône. Trouvera-
t-il aussi facilement une carrière ouverte et large, celui
qui choisira pour l'œuvre de sa vie l'amour d'Élie pour
la solitude? Où sont maintenant le Carmel et le Choreb
d'Élie? Où est le désert de Jean? Où sont les lieux sauvages de la Palestine et de l'Égypte, si merveilleusement
convenables à la grâce, que la nature avait faits impropres
aux établissements ordinaires des hommes, afin de les

réserver pour la demeure des anges de la terre? Les troupes de ces anges se sont transportées au ciel, leur patrie; leurs demeures terrestres sont tombées dans un abandon presque complet, et, dans ces asiles du silence spirituel, rôde de nouveau l'animal féroce ou erre l'homme à demi sauvage. L'amour de la solitude est venu s'établir dans nos contrées, et s'est choisi des antres, des bois, des lieux éloignés non-seulement des demeures, mais encore des chemins des hommes, et nous en avons un exemple rapproché dans le bienheureux Serge; mais comme, selon la parole immuable du Christ, *une ville placée au sommet d'une montagne ne peut être cachée* (Matth., v, 14), l'amour pour la solitude qui a grandi et a mûri, n'est pas ordinairement demeuré caché; il a attiré des disciples, des admirateurs, des visiteurs, et, par la quantité même des amateurs ou des admirateurs de la solitude, sans parler d'autres causes, la solitude s'est trouvée presque nécessairement rétrécie. Cependant les déserts mêmes de nos contrées, que la nature elle-même a faits moins favorables que ceux des contrées méridionales à la vie érémitique à ciel ouvert, sont devenus, dans le cours du temps, moins vastes et moins libres pour cette vie qu'auparavant, par l'effet de l'augmentation de la population.

Qu'attendre de là? Le chemin d'Élie, le chemin de Jean Baptiste, le chemin d'Antoine le Grand doit-il se voir abandonné et pleurer comme autrefois, selon le récit de Jérémie : *les voies de Sion ont pleuré parce que l'on n'y passe plus pour aller aux solennités* (Lam. de Jér., i, 4)? Le monde, probablement, ne regarderait pas cette perte comme bien grande; mais ce n'est pas ainsi que nous apprend à penser l'expérience des siècles. Personne, dans

les villes et les villages d'Israël, ne trouva assez de force,
— Élie seul trouva dans le désert assez de force, — pour
combattre victorieusement seul, par la seule puissance
de l'esprit, l'idolâtrie régnante en son temps. Le désert,
et non le monde, dut préparer Jean à devenir capable de
préparer la voie du Seigneur pour le salut du monde. Le
désert profond et le silence absolu élevèrent Antoine jusqu'à ce qu'il fût assez grand, pour qu'il pût ensuite en-
fanter spirituellement, pour ainsi dire, une famille et
une génération d'anges terrestres qui menèrent la vie
érémitique, la vie cénobitique, et exercèrent la prélature
dans l'Église. Ce que nous venons de dire de saint Antoine,
nous pouvons le répéter si, à la place de son nom, nous
mettons le nom de saint Serge.

Ainsi donc, si l'amour de la solitude parfaite se trouve
à l'étroit souvent même dans les cloîtres, mal à l'aise
même dans les déserts sauvages, et que lui procurer un
asile favorable doive être utile aujourd'hui encore comme
cela était utile autrefois, où l'établirons-nous aujourd'hui,
dans ce siècle si bruyant? Ne lui sera-t-il pas agréable,
peut-être, de s'établir dans un petit cloître, simple, solitaire, garanti du bruit autant que possible, à l'ombre d'un
grand cloître, comme autrefois l'anachorète Barsanophy
le Grand vécut dans une solitude complète à l'ombre du
cloître de l'abbé Sérid?

Viens, amour béni du silence qui possédas Élie, Jean,
Antoine, Serge! Cache-toi loin du tumulte; mais ne te cache pas à ceux qui cherchent tes voies et tes traces, — tes
principes et tes exemples. Montre-toi même quelquefois à ceux qui, sans te chercher, sont capables de te recevoir. Tu éloignes l'homme de la vue des autres, et, par
là, tu lui donnes de se voir plus facilement lui-même; or,

le don de se voir soi-même, selon l'expression de l'un de tes confidents, *vaut mieux que le don de voir les anges* (Isa. Sir., serm. 41). Tu supprimes les entretiens avec les hommes, et, par là, tu conduis à des entretiens plus intimes avec Jésus-Christ. Tu fermes la porte de la chambre extérieure, et tu ouvres la chambre intérieure du cœur. Tu donnes et tu enseignes à employer les armes contre les passions. Tu recueilles les pensées distraites. Tu plonges l'esprit dans la profondeur des Écritures, et tu y puises la lumière. Tu perfectionnes la pénitence. Tu découvres la source des larmes. Tu élèves à la prière pure. Tu enseignes *le silence* qui *est le mystère du siècle futur* (Isa. Sir., serm. 42).

Je n'invoque pas pour tous également l'amour du silence. La vie de silence n'est pas pour un grand nombre. Mais la pratique du silence doit être précieuse à chacun. Celui qui ne s'affranchit pas, ne fût-ce qu'une fois par jour, ne fût-ce que pour quelques instants, de toute occupation terrestre extérieure, de tout souci, de toute passion, et ne recueille pas son âme dans un silence pieux devant Dieu, celui-là n'a pas encore trouvé la voie de la paix pour son âme. En effet, le Seigneur a dit : *Délivrez-vous de vos travaux, et considérez que je suis Dieu* (Ps. xlv, 11). — Ainsi soit-il.

18

SERMON

POUR LA CONSÉCRATION DE L'ÉGLISE
DE SAINT NICOLAS,

DANS LA MAISON DU SÉMINAIRE ECCLÉSIASTIQUE DE MOSCOU,

Prononcé le 1ᵉʳ novembre 1844.

> Samuel dormait dans le temple du Seigneur où
> était l'arche de Dieu. Et le Seigneur appela : Samuel,
> Samuel. Et il répondit : Me voici.
> — I Rég., III, 3, 4. —

Préparée par la bienveillance et la sollicitude paternelle du Très-Pieux Autocrate, nous inaugurons aujour-
d'hui une maison d'enseignement et d'habitation pour
les enfants de l'Église préparés au service de l'Église, et
non-seulement une maison, mais encore un temple de
Dieu dans la contiguïté la plus rapprochée, sous le même
toit que la maison d'enseignement et d'habitation.

Béni soit Dieu qui donne *le vouloir et le faire dans la
bonne volonté* (Phil., II, 13), qui a donné au Pouvoir souverain et saint une sollicitude pieuse de ce qui est nécessaire au sacré ministère, en même temps qu'une solli-
tude amie de l'humanité pour l'assistance des serviteurs
de l'Autel dans l'éducation de leurs enfants, afin que, délivrés d'une inquiétude qui les touche de si près au cœur,
ils veillent avec joie au bien des âmes (Hébr., XIII, 17) du

troupeau spirituel, et *qu'ils fassent des prières pour le Souverain* (I Tim., vi, 1), non-seulement selon leur devoir constamment invariable de fidélité et d'amour, mais encore sous l'inspiration nouvelle et spontanée d'un cœur reconnaissant.

Enfants! demandez à vos pères, ou à leurs pères, s'ils furent entourés d'une sollicitude aussi multipliée lorsque, il y a un demi-siècle, ils parcouraient la carrière que vous parcourez en ce moment. Sortis de pauvres demeures, souvent nous mesurions péniblement les longues distances du chemin difficile qui nous conduisait à la maison d'enseignement, et il arrivait que ce n'était que *dans nos études* que *le feu s'allumait* (Ps. xxxviii, 4), tandis que la chambre de classe manquait de feu pour la réchauffer ou pour l'éclairer. Je rappelle cela, non pour en faire un reproche au passé qui a ses bons et respectables souvenirs, mais pour rendre justice au présent. A vous, on offre une demeure commode, élégante, grandiose, et à nous, se présente la nécessité toute nouvelle de vous rappeler que vous y devez être comme des hôtes caressés, mais discrets, et que vous ne devez pas trop vous habituer à en jouir. Il vous faut songer et vous habituer à songer avec amour qu'après cette maison, que l'on peut appeler une maison de grand seigneur, un très-grand nombre d'entre vous devront habiter de nouveau d'humbles demeures, fréquenter de pauvres cabanes, et que vous devrez accepter cette transition, non avec le sentiment d'une lourde nécessité, mais avec le sentiment d'un devoir saint et désiré.

Mais nous sommes en ce moment dans le temple, et c'est du temple particulièrement qu'il convient que nous nous entretenions en ce moment.

Quand je pense qu'ici habitent des enfants qui, un jour, sortis de l'enfance, après avoir été éclairés par l'étude, initiés à la science, à la morale et à la vie, devront entrer en tremblant au service du temple, et quand je vois que le temple est déjà venu à eux de lui-même, est entré dans leur demeure, s'est installé au milieu d'eux, j'admire la condescendance de la grâce, je suis rassuré par la proximité du sanctuaire pour ceux qui se préparent à une consécration particulière; mais cette consolation devient de l'inquiétude. Comment profiterons-nous de cette condescendance de la grâce, de cette proximité de la sainteté? Son voisinage n'est-il pas aussi redoutable que rassurant?

Un homme selon le cœur de Dieu, David, désira un jour rapprocher de lui la sainte Arche d'alliance de Dieu, non pas dans sa propre maison, mais seulement dans sa ville; mais lorsque le serviteur du temple, Oza, par un attouchement téméraire, quoique bien intentionné, à la sainteté, se fut attiré d'elle, au lieu de la bénédiction, la mort, *David craignit le Seigneur en ce jour-là, disant: Comment entrera chez moi l'arche du Seigneur* (II Reg., VI, 9)? Et ce ne fut qu'avec le temps, après de nouveaux signes particuliers de la condescendance de la grâce, qu'il renouvela et accomplit sa pieuse entreprise. Le temple de la vérité et des mystères chrétiens contient en lui-même une sainteté ou non moindre, ou même plus grande, que l'Arche figurative de l'Ancien Testament. Ainsi donc, les habitants de cette maison ont aussi une raison de craindre le Seigneur en ce jour, et de dire: Comment est entré chez nous le temple du Seigneur? Comment vivrons-nous dans un voisinage si rapproché de la sainteté de Dieu qui *se consacre* surtout *dans ceux qui s'approchent* de lui, qui éclaire, comme une lumière, ceux qui en sont dignes, mais qui, comme le feu aussi, consume les indignes?

Mes enfants! Ne vous permettez pas de vous oublier et de perdre la considération du temple de Dieu qui est près de vous. Souvenez-vous de lui avec crainte, de telle sorte, du reste, que cette crainte ne vous éloigne pas de la maison de Dieu, mais qu'elle éloigne de vous tout ce qui est indigne de la maison de Dieu. Songez que l'ange du temple vous voit et vous entend, et prenez garde à tout ce qui pourrait lui faire détourner avec indignation son regard céleste, à tout ce qui pourrait offenser la pureté de son oreille. Un cœur tourné vers Dieu, une volonté soumise à ses commandements, un esprit appliqué à la vérité, une vie paisible, une conduite douce et pacifique, une parole raisonnable et pure, une obéissance parfaite à l'autorité, l'amour des occupations de son état, un travail diligent, un repos modéré, des plaisirs innocents, — voilà ce qui peut se trouver dans le voisinage de la maison de Dieu sans en offenser la dignité; et à ces conditions, à son ombre et à sa lumière, mieux, certainement, que nulle part ailleurs, la jeunesse peut croître spirituellement, fleurir et produire des fruits de salut.

Autant la proximité du temple de Dieu est redoutable à cause de l'inviolable sainteté de Celui qui y demeure, autant elle doit être souhaitée à cause de la libéralité généreuse de Celui qui y demeure.

Pour mélanger et adoucir la crainte de la sainteté par l'espérance de la grâce, je vous montre un enfant qui a vécu non-seulement près du temple, mais encore dans le temple, et même a dormi dans le temple, et qui non-seulement n'a pas été condamné pour sa hardiesse, mais encore a acquis une grande et heureuse assurance devant

Dieu. *Samuel dormait dans le temple du Seigneur où était l'arche de Dieu. Et le Seigneur appela : Samuel, Samuel. Et il répondit : Me voici.*

Pour tirer profit de cet exemple, il faut le comprendre exactement. — N'était-ce pas, en apparence, le comble de l'insouciance qu'il fût permis, et que le jeune Samuel se permît lui-même de *dormir dans le temple du Seigneur où était l'arche de Dieu?* Même pour le service, la loi ne permettait qu'au Grand-Prêtre et aux Prêtres d'entrer dans ce lieu; or, Samuel n'appartenait pas même à la dernière classe des Lévites qui, en outre, n'étaient pas admis au service du temple dans leur enfance, mais seulement lorsqu'ils étaient parvenus à leur croissance parfaite. Si l'on suppose que c'était une négligence faisant partie des désordres que laissa s'introduire dans le temple le faible grand-prêtre Héli, et qui attirèrent sur lui et sur ses enfants une ruine subite, comment a-t-il pu se faire que Samuel n'ait pas été frappé avec eux de la réprobation de Dieu, mais qu'au contraire il ait été l'objet d'une bienveillance particulière de la part de Dieu? — Le passage de l'obscurité de ces doutes à la lumière de la vérité peut se trouver dans les paroles suivantes du récit : *Avant que la lampe de Dieu fût éteinte, Samuel dormait dans le temple du Seigneur.* Pourquoi est-il ici question de la lampe qui brûlait devant Dieu? Je pense que c'est pour expliquer comment il se faisait que *Samuel dormait dans le temple du Seigneur.* Il est évident qu'à cause de l'amour particulier pour la sainteté qui parut de bonne heure en lui, on le chargea, ou on lui permit, en dehors de l'habitude, de veiller sur la lampe de Dieu qui brûlait toute la nuit dans le temple : — service auquel pouvait fort bien ne pas suffire, durant toute une nuit, la vigilance d'un homme, et, à bien plus forte raison, la vigilance d'un enfant. Mais il est clair que l'amour pour la sainteté du temple et pour la prière était, chez le jeune Samuel, plus fort que le sommeil; qu'auprès de la lampe de Dieu, il était vigilant, soigneux, plein d'une pieuse attention, adonné à la prière, et que, seul durant toute la nuit, il cédait peu à la faiblesse de la nature et ne réparait ses forces que par quelques instants de sommeil pouvant s'accorder avec la surveillance assidue de la lumière de la lampe de Dieu. Maintenant on peut comprendre comment le sommeil du jeune Samuel dans le temple, non-seulement n'était pas condamnable, mais encore devint le moyen dont Dieu se servit pour se révéler à lui. Ce n'était pas une négligence offensante pour le temple, mais l'amour de sa sainteté reposant saintement.

Rappelons-nous en outre que Samuel, devenu prophète dans la suite du temps, forma une sorte d'école spirituelle ou de société d'enseignement pour les *fils des prophètes*. Il est probable qu'à cette institution furent redevables de leur instruction bon nombre de prophètes des temps suivants, tellement qu'à partir de cette époque ils paraissent au milieu du peuple de Dieu en plus grand nombre qu'auparavant. Mais où est l'école où s'instruisit lui-même l'instituteur des prophètes — Samuel? Nous n'en pouvons indiquer d'autre que le temple de Dieu. Dès son enfance il demeura dans le temple, et il ne reçut aucun enseignement extérieur; mais, par le moyen de la piété et de la foi, il se pénétra de l'Esprit de Celui qui vivait en lui, de sorte que, dès sa jeunesse, il parut déjà lui-même un temple de *l'Esprit-Saint, du Seigneur qui parlait aux prophètes.*

Enfants du temple, enfants de l'étude! recevez un en-

seignement du prophète Samuel. Vous aussi vous avez, soit
pour école, soit pour habitation, presque le vestibule du
temple. Aimez, vous aussi, le temple et son service; nour-
rissez-vous de l'Esprit de Celui qui y est vivant, par le
moyen de la piété et de la foi. Si c'est ton partage de servir dans le temple, soit par la lecture seulement, soit par
le chant, soit par le soin de la lampe, soit par la préparation de l'encensoir, remplis ces fonctions avec une attention pieuse, avec zèle, avec joie; souviens-toi qu'une
seule de ces simples fonctions forma autrefois une lumière du temple, que le soin de la lampe de Dieu alluma
dans Samuel la lumière prophétique.

Vous avez des instituteurs, des leçons, des livres. C'est
là — un trésor pour la jeunesse. Mais l'enseignement
terrestre exige le secours de l'Instituteur céleste, de même
que la semence et la plante ont besoin du soleil pour
croître et porter leur fruit. *Le Seigneur donne la sagesse,
et de sa face se répandent la prudence et le savoir* (Prov., II,
6). Élevez vers lui les yeux de votre esprit, dirigez vers
lui les soupirs de votre cœur lorsque vous vous livrez à
l'étude ou lorsque vous y rencontrez des difficultés.
Élevez vers lui votre cœur reconnaissant lorsque vous
comprenez vos leçons et que vous faites des progrès.
Conservez surtout la pureté et l'innocence du cœur, afin
que, sans s'obscurcir, pénètre dans votre âme la lumière
de Dieu. *Car la sagesse n'entre pas dans une âme malveil-
lante, et elle n'habite pas dans un corps assujetti au péché*
(Sag., I, 4). *Bienheureux ceux qui ont le cœur pur, parce
que ceux-là verront*, non-seulement la sagesse de Dieu,
mais Dieu lui-même (Matth., V, 8). — Ainsi soit-il.

19

SERMON

POUR LA CONSÉCRATION DU TEMPLE DE NOTRE SEIGNEUR JÉSUS-CHRIST

EN HONNEUR ET EN MÉMOIRE DE SA PRIÈRE A GETHSÉMANI,

Prononcé le 8 juillet 1845.

> Alors Jésus se rendit avec eux à un bourg appelé
> Gethsémani, et il dit à ses disciples : Demeurez ici
> pendant que j'irai là pour prier.
> — Matth., xxvi, 36. —

Ceux qui élèvent des temples à la gloire de notre Seigneur Jésus-Christ, choisissent le plus ordinairement, pour les nommer et en faire des monuments triomphaux, les évènements glorieux et joyeux de sa vie terrestre. Et cela est bien, afin que dans la dénomination même du temple apparaisse la gloire du divin Sauveur, et qu'elle illumine ceux qui y entrent, de l'espérance et de la joie du salut.

Que ceux qui entrent dans un temple consacré au souvenir de la Nativité du Christ, se rappellent avec joie qu'*un Enfant nous est né, un Fils nous a été donné* (Is., ix, 6), qu'il est *Emmanuel, c'est-à-dire Dieu avec nous* (Is., vii, 14. — Matth., i, 23), *le Prince de notre paix, le Père du siècle futur* (Is., ix, 6), *donnant à ceux qui le reçoivent par la foi le pouvoir d'être les enfants de Dieu* (Jean, i, 12).

Que ceux qui entrent dans un temple consacré à la gloire de l'Épiphanie, se rappellent avec piété que *la manifestation de la Trinité fut dans le Jourdain ;* et en même temps, pour la confirmation de leur espérance, qu'ils songent quelle vertu divine nous a été donnée, pour la vie et la piété, dans le Baptême, qui a été sanctifié non-seulement par l'exemple du Fils unique incarné de Dieu, mais encore par l'infusion de Dieu le Père et du Saint-Esprit, par la présence et l'influence de toute la Très-Divine et Consubstantielle Trinité.

Que ceux qui entrent dans un temple de la lumineuse Transfiguration du Seigneur, se réjouissent de cette gloire anticipée de la nature humaine dans la personne du Dieu homme, et qu'ils s'animent, par l'espérance, à tous les efforts pour obtenir qu'*il transforme notre corps misérable en le rendant conforme à son corps glorieux* (Phil., III, 21).

Que ceux qui entrent dans un temple de la Résurrection du Christ, voient d'un œil triomphant la victoire sur la mort et l'enfer déjà préparée pour nous (car c'est pour nous seulement qu'il a été nécessaire qu'*il fût mis à mort en la chair, mais vivifié en esprit* (I Pier., III, 18), Celui qui est immortel et éternellement vivant), et, dans l'espérance de cette victoire, *qu'ils ne se découragent point en se laissant abattre dans leurs âmes,* quand même ils devraient *résister jusqu'au sang en combattant contre le péché* (Hébr., XII, 3, 4).

Que ceux qui entrent dans un temple de l'Ascension du Seigneur, le suivent des yeux de la foi s'élevant par delà les cieux, et qu'ils voient le chemin du ciel ouvert pour nous aussi (car c'est pour cela même qu'est triomphalement monté au ciel le Fils de l'homme, qui est au ciel (Jean,

III, 13), et qu'ils prennent les ailes de l'esprit et du cœur *pour rechercher les choses du ciel où Jésus-Christ est assis à la droite de Dieu, pour goûter les choses d'en haut et non celles de la terre* (Coloss., III, 1, 2).

Mais il ne doit être non plus étrange pour personne que le temple consacré aujourd'hui soit dédié au pieux souvenir de la prière de Jésus-Christ à Gethsémani, offerte avec tristesse et angoisse, et avec un effort qui alla jusqu'à la sueur de sang. En effet, de même que les joies et les triomphes de la vie terrestre de notre Sauveur ont un rapport réel à notre salut, ainsi en est-il également de ses afflictions et de ses souffrances attachées à l'état d'anéantissement ou d'abaissement extrême qu'il daigna prendre sur lui. Il est utile et absolument indispensable pour notre salut de penser sagement avec l'Apôtre, au sujet de Jésus-Christ, *qu'ayant la nature de Dieu, il n'a point cru que ce fût pour lui une usurpation que de s'égaler à Dieu* (Philip., II, 6) : car, sans la nature divine et la puissance créatrice, comment aurait pu s'accomplir le salut de l'humanité perdue par le péché, tombée plus bas que le néant? Mais il est également utile et absolument indispensable de penser sagement aussi, au sujet de l'unique et même Jésus-Christ, *qu'il s'est anéanti lui-même en prenant la forme d'esclave, et qu'il a été trouvé en tout à l'image de l'homme; qu'il s'est humilié lui-même ayant été obéissant même jusqu'à la mort, et à la mort de la croix* (Phil., II, 7) : car, comment l'humanité tombée, impuissante et indigne, se serait-elle relevée et aurait-elle atteint à la communion avec la force divine qui l'a sauvée, si le Fils de Dieu n'était descendu jusqu'au fond de notre infirmité et de notre indignité par son incarnation, ne nous avait purifiés de la contagion mortelle du péché, n'avait effacé

notre culpabilité mortelle par sa souffrance incorruptible
dans un corps semblable à notre nature, mais sans péché,
et si, par sa mort et sa résurrection, il ne nous avait ouvert les portes fermées de la grâce et de la vie divines?
L'Apôtre, en se posant à lui-même pour but de ses aspirations, et sans aucun doute à nous aussi, *la justice qui vient
de Dieu par la foi*, rapporte à cette perfection chrétienne
deux formes de connaissance de Jésus-Christ, — l'une
plus triomphante, *qui est de le connaître lui et la vertu de
sa résurrection;* l'autre plus souffrante, *qui est de comprendre la participation de ses souffrances, en devenant conforme
à sa mort* (Phil., III, 9, 10). Que Jésus-Christ notre Dieu,
qui bénit et sanctifie toutes choses, donne lui-même à ce
temple aujourd'hui consacré, la grâce d'aider à cette dernière manière de comprendre Jésus-Christ!

Nous ne pouvons nous promettre une intelligence complète du mystère de l'évènement de Gethsémani, dont le
Seigneur lui-même a signalé l'inaccessibilité à notre examen par cela qu'il n'en a approché qu'un petit nombre
des apôtres eux-mêmes, et qu'il n'a fait que les en approcher. Mais puisqu'à Gethsémani, de même que sur le
Golgotha, *le Christ, en souffrant pour nous, nous a laissé
l'exemple, afin que nous suivions ses traces* (I Pier., II, 21),
à quelles réflexions et à quelles dispositions doit nous
conduire l'exemple de la prière si souffrante de Jésus-
Christ à Gethsémani?

En premier lieu, il nous donne des idées directrices
pour la prière solitaire. Lorsque le Seigneur dit à ses disciples : *Si deux d'entre vous s'unissent sur la terre pour
quelque chose que ce soit, et s'ils la demandent, elle leur sera
accordée par mon Père qui est dans les cieux : car partout
où seront deux ou trois personnes assemblées en mon nom,*

là je serai au milieu d'elles (Matth., xviii, 19, 20), alors il montre l'avantage et l'utilité de la prière en commun, dans laquelle l'union de plusieurs fortifie chacun. Mais lorsque lui-même, au milieu de sa grande mission du salut des hommes, suspendant sa prédication et ses miracles, il *se retirait dans le désert et priait* (Luc, v, 16), et lorsque enfin, approchant du terme de sa carrière terrestre, pour offrir à Dieu le Père une prière aussi difficile quant aux circonstances qu'importante et mystérieuse quant à son objet, il s'éloigna d'abord avec trois disciples choisis entre les autres, et ensuite il s'éloigna encore même de ces trois élus, dans un isolement complet, en leur disant : *Demeurez ici, pendant que j'irai là pour prier* (Matth., xxvi, 36), alors il nous montra l'avantage et l'importance de la prière solitaire, dans un éloignement aussi complet que possible de toute créature, plongeant l'âme dans la présence unique de Dieu.

Mes Frères ! livrons-nous avec espérance à la prière commune, parce qu'elle a été bénie par la parole de la promesse de Jésus-Christ ; livrons-nous avec amour à la prière solitaire, parce qu'elle a été sanctifiée par l'exemple de Jésus-Christ.

En second lieu, la prière de Jésus-Christ à Gethsémani doit nous inspirer des réflexions attendrissantes sur la forme profondément humble de la prière de Jésus-Christ. *Ayant fléchi les genoux, il pria* (Luc, xxii, 41). *Il tomba le visage contre terre en priant* (Matth., xxvi, 59). *Il se prosterna contre terre, et il pria* (Marc, xiv, 55). Lorsqu'on songe que c'est là le Fils unique de Dieu, régnant sur son trône au plus haut des cieux, de toute éternité, avec le Père et le Saint-Esprit, et n'ayant pas quitté ce trône en ce moment ; — que, revêtu de notre misère, de notre infirmité, de notre bassesse, il se soumet à la prière sur la terre pour nous obtenir le salut par sa prière, et, par son humilité, confondre, expier et guérir notre orgueil, alors la pensée effrayée cherche s'il y a dans le monde un lieu ou une situation assez humble pour que l'homme puisse s'y anéantir, afin de n'être pas écrasé par la honte devant cet abaissement divin.

A ces pensées, combien doivent nous être faciles et douces nos génuflexions et nos prosternations pour la prière, qui paraissent quelquefois si pénibles pour notre faiblesse, et, peut-être, pour notre paresse !

En troisième lieu, Gethsémani, rempli de l'esprit de la prière du Christ, arrosé de la sueur sanglante qui accompagna la prière difficile de l'Homme-Dieu la veille de son crucifiement, représente le lieu de prière le plus favorable et le plus propre à inspirer la confiance, que doit choisir mentalement le pécheur contrit, celui qui est accablé par la tristesse, l'angoisse, l'abattement, l'effroi, celui qui est en proie aux tentations de tout genre. Là, en effet, la puissance de toutes les tentations possibles est vaincue par la puissance de la prière du Christ ; et cette puissance victorieuse n'a pas passé, mais elle demeure et demeurera, parce que *Jésus-Christ était hier, et il est aujourd'hui, et il sera le même dans tous les siècles* (Hébr., xiii, 8). Pourquoi, en entrant dans l'arène de Gethsémani, *commença-t-il à s'attrister et à s'affliger* (Matth., xxvi, 37), *à se troubler et à s'affliger* (Marc, xiv, 33) ? Fut-ce dans la prévision des outrages et des souffrances corporelles qui l'attendaient à Jérusalem et sur le Golgotha ? Mais ces mêmes outrages et ces mêmes souffrances, il les supporta, non en imagination, mais dans toute leur réalité, durant les longues heures de cette nuit et du jour suivant, devant la synagogue et devant Pilate, de la part des Juifs et des païens, à Jérusalem et sur le Golgotha, sans manifester aucune crainte, avec une fermeté triomphante, avec un calme sublime, tantôt dans la majesté du silence, tantôt avec des paroles d'amour et de prière pour les autres, et non d'affliction sur lui-même. Et si, dans une nouvelle minute mystérieuse, il laissa entendre ce cri : *Mon Dieu, mon Dieu, pourquoi m'avez-vous abandonné* (Matth., xxvii, 46)? il le couvrit immédiatement de cette parole triomphante : *Tout est consommé* (Jean, xix, 30). Pourquoi donc, dès avant ses souffrances visibles, — l'affliction, l'angoisse, l'effroi, la tristesse de l'âme même jusqu'à la mort? Quelle amertume, quel fardeau contenait ce calice mystérieux duquel il disait dans sa prière : *Qu'il s'éloigne de moi*, manifestant ainsi la véritable humanité qu'il avait revêtue, non exempte de faiblesse quoique exempte de péché, calice qu'il accepta au même instant, selon la volonté éternelle de son Père, en disant : *Non comme je veux, mais comme tu veux* (Matth., xxvi, 39)? Hélas! C'était l'amertume de nos péchés, c'était le fardeau de notre culpabilité devant Dieu, et des châtiments que nous avions mérités, qu'avait tous pris sur lui *l'Agneau de Dieu, qui ôte les péchés du monde* (Jean, i, 29); et ainsi, il était affligé, abattu, effrayé, triste dans son âme même jusqu'à la mort, non parce que sa résignation était épuisée, mais parce que, par ses souffrances intérieures, il expiait nos impuretés intérieures, il effaçait notre culpabilité, il satisfaisait la Justice de Dieu irritée contre nous, et qu'en même temps il priait pour obtenir notre grâce, notre pardon et notre salut, — et il fut exaucé. C'est ainsi que l'apôtre Paul explique la prière de Jésus-Christ à Gethsémani, lorsqu'il écrit aux Hébreux que

Jésus-Christ, durant les jours de sa chair, a offert à celui qui pouvait le sauver de la mort, ses prières et ses supplications avec de grands cris et des larmes, et qu'il a été exaucé à cause de la grandeur de son hommage (Hébr., v, 7). Comment fut-il exaucé, puisqu'il ne fut pas délivré de la mort de la croix? Il fut exaucé en ce sens qu'il lui fut donné, par sa mort sur la croix et par sa résurrection, de nous délivrer de l'empire du péché et de la mort éternelle. Et ainsi, n'est-il pas vrai qu'à Gethsémani, la puissance de toutes les tentations possibles fut vaincue par la prière du Christ?

Et c'est pour cela que, qui que tu sois, toi, mon frère, faible et misérable comme moi, si tu es atteint de l'affliction du péché, si tu es oppressé par l'angoisse d'une âme peu susceptible d'être élevée par la foi, peu susceptible d'être dilatée par l'amour, difficile à porter à la vertu; si tu es frappé de la crainte des jugements de Dieu; si tu es éprouvé par la tristesse de l'âme portée, en apparence, même jusqu'à la mort, ne te livre pas à un découragement désespéré, ne te laisse pas vaincre tout à fait par l'affliction, l'angoisse et la crainte; rassemble les restes de tes forces défaillantes; cours, par la pensée, à la carrière victorieuse de Jésus à Gethsémani, — et, là où le Fils de la bienveillance et de l'amour de son Père *tomba le visage contre terre en priant*, où la sueur de sa pénible prière, en gouttes de sang, dégoutta sur la terre, où un ange le fortifia dans une lutte dépassant les forces de l'humanité, tandis que douze légions d'autres anges attendaient des ordres pour lui et de lui; d'où le démon s'enfuit vaincu par la puissance multiforme et divine de l'obéissance à Dieu le Père, de l'amour des hommes, de l'humilité, de la prière, du sacrifice volontaire; — là, non loin de l'*Agneau de Dieu qui ôte les péchés du monde*, prosterne-toi avec les péchés, ta tristesse, ton angoisse, l'effroi que t'inspire la gueule béante de la mort et de l'enfer, et rappelle-toi que l'amertume de ton calice a déjà été vidée en grande partie dans le grand calice des souffrances du Christ ; que, sous le fardeau qui t'accable, le puissant Athlète de Gethsémani a déjà placé sa main auxiliaire ; que ton Sauveur, qui a déjà accompli pour toi l'œuvre tout entière de ton salut, n'attend de toi que *la participation à ses souffrances* possible, malgré leur faiblesse, à ta foi, à ton amour et à ta reconnaissance. Livre-toi donc à cette bienheureuse participation, et ne cesse pas de t'y livrer de tout ton cœur. Si même tu n'y apportes que peu de foi, d'espérance et d'amour, de cet effort même tu recevras une augmentation de foi, d'espérance et d'amour, et en même temps la victoire sur les tentations, parce que *la foi est la victoire qui a vaincu le monde* (I Jean, v, 4), parce que *l'espérance ne produit pas la confusion* (Rom., v, 5), parce que *ni la hauteur*, en apparence inaccessible pour nous, *ni la profondeur*, qui semble devoir nous engloutir, *ni aucune créature quelconque ne pourra jamais nous séparer de l'amour de Dieu, qui est en Jésus-Christ notre Seigneur* (Rom., viii, 59).

Rappelons-nous, mes Frères, avec un cœur reconnaissant envers le Christ notre Seigneur, qu'*il a été blessé pour nos péchés, et qu'il a été torturé pour nos iniquités, et que le châtiment qui doit nous donner la paix a été sur lui* (Is., liii, 5). Et en conséquence, veillons de toute manière à ne pas rompre notre paix en lui, à ne pas lui porter de nouvelles blessures par des œuvres blessant notre conscience, mais, par une observation attentive des commandements et par la fidélité à la grâce, confirmons-nous dans la paix et la communion avec le Père et le Fils et le Saint-Esprit! — Ainsi soit-il.

20

SERMON

POUR LA CONSÉCRATION D'UN TEMPLE

ÉRIGÉ, PRÈS L'HOPITAL OPHTHALMIQUE DE MOSCOU, AU CHRIST SAUVEUR
OUVRANT LES YEUX DE L'AVEUGLE,

Prononcé le 28 octobre 1845.

Gloire au Seigneur philanthrope! Gloire au Seigneur qui donne la lumière! Il a regardé de l'œil d'une divine philanthropie nos malheureux frères privés ou menacés de la privation de la lumière des yeux, et il a porté la philanthropie humaine à élever pour eux cet asile, et à leur fournir des moyens propres à leur guérison. Mais ce n'a pas été assez pour la philanthropie chrétienne. Elle s'est encore préoccupée d'empêcher de se répéter ici le double *jugement* signalé par le Seigneur aux jours de sa chair, *que ceux qui ne voient point, voient* — corporellement, *et que ceux qui voient, deviennent aveugles* — spirituellement (Jean, IX, 39), afin que ceux qui viendront chercher ici un soulagement dans la communication avec la lumière du soleil n'y trouvent pas un embarras dans la communication avec la lumière de Jésus-Christ. Et voilà qu'au milieu de l'hôpital corporel a paru l'hôpital spirituel, le trésor ouvert de la lumière de la grâce.

Gloire au Seigneur qui donne la lumière! Gloire au Seigneur philanthrope! Que bénis soient les instruments de sa philanthropie. Que sa lumière vivifiante se répande abondamment sur eux et par eux. Puisse agir toujours ici le jugement de miséricorde: *Que ceux qui ne voient point, voient.* Que Celui qui donne la lumière nous préserve du jugement d'exclusion: *Que ceux qui voient, deviennent aveugles.*

Pour nous garantir de ce dernier et si triste jugement, nous devons nous rappeler, mes Frères, que nous avons la source de la lumière et le remède ophthalmique spirituel dans l'Évangile. Ne laissons pas échapper l'occasion présente de profiter de ce secours médicinal qui n'est jamais superflu pour personne, parce qu'il donne la vue à ceux qui ne voient pas, et qu'il augmente la lumière à ceux qui voient.

Nous avons entendu aujourd'hui l'Évangile nous raconter comment notre Sauveur donna la vue à un aveugle de naissance, en employant pour cela de la boue faite avec sa salive, et une ablution dans la piscine de Siloé.

Ce miracle est admirable, et, de plus, le moyen qui servit à accomplir le miracle est remarquable et invite à la méditation.

Quoique nous ne puissions pas sonder les profondeurs de la sagesse infinie de Dieu, c'est pourtant avec raison que nous avons reçu l'ordre *d'approfondir les écritures;* et, comme dit saint Chrysostôme (sur Jean : Homél. 57), *celui qui veut retirer quelque utilité de la lecture, celui-là n'en doit pas laisser échapper les plus petits mots.* Que signifient donc ces paroles : *Il cracha à terre, et fit de la boue avec sa salive, et enduisit de boue les yeux de l'aveugle;*

et ensuite: *Va, lave-toi dans la piscine de Siloé* (Jean, ix,
6, 7)? Pourquoi, dans les autres circonstances, le Seigneur guérit-il par la parole, quelquefois par l'attouchement, et ici emploie-t-il encore des matières accessoires,
de la poussière terrestre et de l'eau? Pourquoi pas de la
poussière seule, ou de l'eau seule, mais et l'une et
l'autre?

En premier lieu, probablement, pour éveiller, éprouver et montrer la foi de celui qu'il guérit, nécessaire pour
la guérison et édifiante pour nous. C'est ainsi qu'il se
conduisit aussi dans les autres occasions. Pourquoi, par
exemple, demanda-t-il au paralytique: *Veux-tu être guéri?*
Ne savait-il pas, dans son omniscience, qu'il le voulait?
Et n'est-il pas tout simplement compréhensible qu'un
paralytique désire être bien portant? Par conséquent, il
l'interrogea, non pas pour savoir, mais pour relever son
esprit qui, par suite de son abandon, était tombé dans le
désespoir, pour réveiller sa foi et, par là, poser le principe de sa guérison. Pareillement pour l'aveugle, en
mettant de la boue sur ses yeux, il lui fit sentir sa
philanthropie et sa compassion pour le malheureux, il
éveilla en lui la confiance et l'espérance, et ensuite, lorsque, après cela, il l'envoya à la piscine de Siloé, l'aveugle ne douta pas parce que la boue n'avait produit aucun
effet, il ne pensa pas que l'eau de Siloé ne lui promettait
pas davantage, mais il alla sans objection, et, de cette
manière, il fit un acte de foi.

En second lieu, la boue de salive et l'eau de Siloé
furent employées par le Seigneur, probablement afin que
le miracle, pour l'obscurcissement duquel il prévoyait les
efforts de la synagogue juive, eût beaucoup de témoins.
Que de regards attira de tous côtés sur lui l'aveugle en

s'en allant à la piscine avec l'aspect étrange que lui donnaient ses yeux enduits de boue ; que de regards se portèrent sur lui auprès de la piscine même, au moment même où ses yeux s'ouvrirent, et à son retour, lorsque ses yeux furent ouverts ! Tous ceux qui virent cela savaient que l'eau de Siloé ne donnait pas la vue, et la poussière du chemin, encore moins ; par conséquent, tous reconnurent, dans la guérison de l'aveugle de naissance, un miracle divin.

En troisième lieu, il y a encore, probablement, dans les signes matériels du miracle de Jésus-Christ, — dirai-je encore en me servant des paroles de saint Chrysostôme, — *un grand sens caché même dans la profondeur.* La poussière terrestre que prit Jésus, et qui donna la vue à l'aveugle, ne dit-elle pas de lui aux Juifs : Reconnaissez en lui ce premier et souverain Thaumaturge qui, selon le récit du plus ancien de vos saints livres, prit de la poussière terrestre et en fit l'homme ? *Siloé, qui signifie envoyé,* c'est-à-dire dont la dénomination signale un *envoyé,* — Siloé, qui a transmis à l'aveugle la vue envoyée par Jésus, ne dit-il pas de lui aux Juifs : Reconnaissez en lui l'*Envoyé* de Dieu, que je vous ai prédit depuis longtemps par mon nom que vous n'avez pas deviné jusqu'ici, et que vous venez de deviner seulement ?

En voilà assez sur le sens caché des paroles et des signes évangéliques. Prenons dans le même récit évangélique une expression plus claire du Seigneur, qui peut nous amener à des réflexions touchant de plus près à la conduite et à la direction de notre vie.

Il me faut, dit le Seigneur avant la guérison de l'aveugle-né, *faire les œuvres de celui qui m'a envoyé, pendant qu'il est jour ; la nuit vient où personne ne peut rien faire.* Le

Fils de Dieu, tout-puissant et tout-libre, proclame son obligation de faire les œuvres de son Père céleste pour le salut des hommes, et sa soumission à cette obligation : il semble s'exciter lui-même à une action immédiate, pendant qu'il en est temps, *pendant qu'il est jour*. Pourquoi cela? — Sans aucun doute pour nous donner l'exemple et nous montrer la manière de respecter nos obligations, de nous y soumettre humblement, de les remplir avec zèle et sans délai.

Pour sentir plus profondément la force de cet enseignement, et l'appliquer à notre vie, faisons attention, premièrement, à cette circonstance que le Seigneur s'encourage à une œuvre qu'il rencontre occasionnellement, en passant. *En passant*, dit l'Évangéliste, *il vit un homme aveugle de naissance*. Un aveugle mendiant était assis au bord du chemin : le Seigneur Jésus passait près de lui. On ne voit pas que l'aveugle l'ait appelé, ou lui ait demandé sa guérison. Il n'y avait, ce semble, aucune raison de s'arrêter; il n'y avait pas de nécessité d'agir. Mais le Seigneur Jésus s'arrête et dit : *Il me faut faire*. Pourquoi cela? — Parce que la bonté engage; parce que la philanthropie exige; parce que c'est une occasion de faire une bonne œuvre; parce qu'une bonne œuvre qui peut se faire dans le jour présent, à l'heure actuelle, ne doit pas se différer; parce que l'occasion de faire le bien pouvait passer, et qu'avec l'occasion perdue se serait perdu le bien auquel elle était favorable.

Faut-il vous rappeler, Chrétiens, qu'à l'exemple de Jésus-Christ, vous ne devez pas passer auprès d'un mendiant, ou d'un malheureux d'un autre genre, sans le secourir si vous le pouvez, et que vous ne devez pas attendre les gémissements et les larmes quand la vue elle-même du malheur, sans les paroles, fait appel à votre assistance? Ou bien, même sans moi, votre cœur, à l'occasion, vous rappellera-t-il cela?

Il est une œuvre moins accidentelle et plus à la portée de chacun de nous, qui réclame toute notre sollicitude. Dieu le Père n'a-t-il envoyé que le Christ; le Christ n'a-t-il choisi que les apôtres pour faire les œuvres de Celui qui les a envoyés? Et toi aussi, qui que tu sois, n'es-tu pas envoyé dans ce monde par Dieu, ton Créateur et le Scrutateur de tes voies? Et, s'il t'a envoyé, ne t'a-t-il pas, en t'envoyant, donné des œuvres à faire? Dieu le Père a envoyé le Christ, le Christ a appelé les apôtres pour faire l'œuvre du salut de toutes les âmes des hommes, — du moins de toutes celles qui consentiront à recevoir le salut : Dieu t'a envoyé dans ce monde, le Christ t'a appelé dans son Église, pour faire l'œuvre du salut au moins de ta propre âme seule, — œuvre que tu n'accompliras pas sans Jésus-Christ, mais que Jésus-Christ non plus n'accomplira pas sans toi, sans la participation de la liberté qui t'a été donnée à la création et ne t'a point été ôtée. Les Juifs interrogèrent un jour le Seigneur sur ce point : *Que ferons-nous pour accomplir les œuvres de Dieu?* et ils reçurent une réponse claire : *C'est ici l'œuvre de Dieu, que vous croyiez en Celui qu'il a envoyé* (Jean, VI, 28, 29). L'œuvre de Dieu s'accomplit sur l'aveugle de Jérusalem en ce qu'il vit, mais encore plus en ce qu'il crut au Christ : une œuvre pareille s'est-elle accomplie aussi sur ton âme, fils de la nouvelle Jérusalem? Ton homme intérieur n'est-il pas encore, comme l'aveugle, assis dans un carrefour, — n'est-il pas assis dans l'obscurité de l'ignorance et dans l'ombre mortelle du péché, ne voyant pas la lumière de Dieu, ni le chemin du salut, connaissant à

peine le nom du Christ Sauveur, n'essayant pas sur lui-
même les effets de sa puissance salutaire? Le Christ Sauveur, de son côté, ne néglige aucun de nous. Dans sa
sagesse sans bornes, marchant sans cesse vers des buts
innombrables pour répandre ses bienfaits et le bonheur
sur ses diverses créations, il s'arrête, dans sa miséricorde
sans bornes, devant chacun de nous ; il s'approche, prêt
à donner à chacun son assistance salutaire; mais que
souvent, dans notre légèreté d'esprit, nous ne reconnaissons pas son approche, nous ne recevons pas son secours,
ou nous ne le conservons pas après l'avoir reçu! Ne nous
a-t-il pas déjà lavés dans une piscine meilleure que celle
de Siloé, — dans la piscine du saint baptême? Et, pour
ceux qui n'ont pas conservé la pureté après le baptême,
n'a-t-il pas préparé le nouveau bain de la pénitence? Ne
nous propose-t-il pas, dans des images mystérieuses et
des symboles sacrés, sa puissance salutaire, comme il pro-
posa autrefois à l'aveugle sa puissance donnant la vue,
dans la boue qu'il fit de sa salive? Ne fait-il pas briller
sur nous sa lumière divine dans son Évangile? Combien
il a fait et il fait encore pour nous! Et nous, faisons-nous
beaucoup pour lui, et en même temps pour notre vrai
bien? Combien nous avons d'affaires de nécessité et de
spontanéité, d'affaires de profits temporels et de plaisirs
éphémères, d'affaires de frivolité et d'entraînement! Avec
quel empressement nous les recherchons, nous les mul-
tiplions, nous nous y exténuons, tandis que beaucoup
d'entre nous profitent bien peu, bien imparfaitement, des
moyens favorables préparés pour l'affaire du salut! Il
nous faut, mes Frères, diminuer, amoindrir, retrancher
les soucis des œuvres d'une chair qui se corrompt et
d'un monde qui passe, et nous exciter à une sollicitude

active pour notre âme immortelle. Il faut nous poser pour base d'activité cette vérité que, de toutes les affaires, les plus importantes, dans ce monde, sont celles qui s'accomplissent entre Dieu et l'âme, — l'œuvre de la pénitence, l'œuvre de la foi, l'œuvre de la prière, l'œuvre de notre instruction et de notre sanctification spirituelles. *Il faut faire les œuvres de Dieu.*

.. Une autre particularité remarquable dans les paroles du Seigneur sur l'exécution des œuvres du salut, c'est qu'il interrompit par ces paroles une conversation fort instructive, et se hâta vers l'œuvre de la guérison. A la vue de l'aveugle-né, les disciples demandèrent au Seigneur : *Est-ce lui qui a péché, ou ses parents, pour qu'il soit né aveugle?* Cette question, paraît-il, méritait une réponse détaillée, puisqu'elle avait trait à la connaissance des voies de la Providence. Mais le Seigneur, en quelques mots, détourna les conjectures humaines : *Ni lui n'a péché, ni ses parents;* et il indiqua les voies de Dieu avec une concision encore plus forte. *C'est afin que les œuvres de Dieu soient manifestées en lui.* Cette réponse donnait lieu à une nouvelle question : Pourquoi donc était-il affligé de la cécité avant que les œuvres de Dieu ne se fussent manifestées en lui? Mais le Seigneur ne permit pas à la discussion de continuer, et il ajouta aussitôt : *Il me faut faire les œuvres de celui qui m'a envoyé,* et il s'occupa de la guérison de l'aveugle-né. Ce passage subit d'une conversation instructive à une œuvre salutaire, est très-remarquable. Il disait aux apôtres : il ne faut pas s'arrêter à scruter ce qui est caché, lorsqu'il s'agit de faire quelque chose d'utile; ce n'est pas de l'examen des décrets de Dieu qu'a besoin ce malheureux, mais de secours; l'aveugle-né justifiera lui-même sa destinée lorsqu'il aura recouvré la vue, et en même temps, pour une privation passagère de la lumière visible, il recevra la vue bienheureuse de la lumière éternelle de Dieu; le Christ est venu, non pour satisfaire les curieux, mais pour sauver ceux qui ont péri; qu'il y ait moins de paroles, mais plus d'actions: *Il me faut faire.*

N'y a-t-il pas, dans ces paroles, quelque chose aussi pour nos œuvres, soit pour les œuvres d'utilité et de charité, soit pour l'œuvre capitale du salut?

Quelquefois, à la vue d'un malheureux, une pensée scrutatrice nous dit: N'est-ce pas lui qui a péché? N'est-ce pas pour son péché qu'il est mendiant? N'est-ce pas par oisiveté? N'est-ce pas par intempérance? N'est-ce pas un faux mendiant? Celui qui se laisse aller légèrement à de telles pensées, celui-là s'expose au danger de condamner des innocents et, de plus, des malheureux, de laisser passer l'occasion de faire du bien, et enfin de perdre là disposition à la bienfaisance. Comment donc se préserver de ce danger? — Il faut se rappeler que, par rapport aux malheureux, le devoir et l'utilité ne consistent pas à examiner et à juger, mais à faire le bien: *Il faut faire.* Une œuvre généreuse vaut mieux qu'un examen subtil. L'obole aveugle donnée de bon cœur au mendiant, vaut mieux que la froideur clairvoyante du cœur.

Et sous le rapport de l'œuvre de notre salut, les gens qui s'imaginent être plus judicieux que les autres, ne se posent-ils pas des questions qui présentent plus de difficulté qu'elles ne rapportent d'utilité. Comment a-t-il pu arriver que nos premiers parents aient péché? Comment avons-nous hérité d'eux le péché et le châtiment? Comment la mort de Jésus-Christ efface-t-elle tous les péchés, et en détruit-elle les conséquences? Celui qui, sans nécessité, s'adonne beaucoup à de semblables recherches, peut facilement s'y embrouiller et être arrêté sur le chemin de l'action. Hâte-toi donc de les résoudre toutes succinctement. Que le péché soit dans le monde, tu le vois. Que le péché soit même en toi, tu le sens. Mais comment le Christ guérit du péché et délivre de la condamnation éternelle, va, apprends-le par le fait. Repens-toi, crois, mets-toi diligemment à mener une vie chrétienne. *Il faut faire.* Sur ton œuvre zélée descendra, sans aucun doute, l'œuvre miraculeuse de Dieu, et en elle t'apparaîtra aussi la sagesse de Dieu cachée dans le mystère.

Encore une particularité instructive pour nous des paroles du Seigneur sur l'œuvre du salut, c'est qu'il se porta à l'action sans faire attention aux difficultés qu'il prévoyait de la part des hommes. On sait que les Juifs *poursuivaient Jésus et cherchaient à le faire mourir* (Jean, V, 16, 18) à cause des guérisons qu'il opérait le jour du sabbat qui était, à cette époque, le jour du repos, prétendant que c'était là une violation de la sainteté de la fête, quoiqu'il ne soit pas difficile de comprendre que si un jour se sanctifie par le souvenir des bienfaits passés de Dieu, il se sanctifie à bien plus forte raison par les bienfaits merveilleux de Dieu répandus en ce jour. Cette conséquence défavorable était, sans aucun doute, devant les yeux de l'omniscience de Jésus lorsqu'il s'avança à la guérison de l'aveugle-né; et pourquoi, semble-t-il, ne pas différer cette œuvre jusqu'au lendemain, afin qu'il n'y eût aucun prétexte à la contradiction et à la calomnie? Un pareil raisonnement aurait paru sage aux fils des hommes, mais la sagesse infinie du Fils de Dieu ne l'admit pas. Elle nous enseigne que les œuvres qui nous

sont imposées par Dieu ne peuvent se différer selon le
bon plaisir des hommes, qu'il faut les accomplir sans délai et sans hésitation, pendant que l'occasion est favorable. *Il faut faire pendant qu'il est jour.*

La manière de penser qui règne aujourd'hui n'exige
pas, assurément, une grande sévérité dans l'observation
des fêtes. Elle s'élève plutôt contre cette sévérité. Tu voudrais bien consacrer le jour de fête tout entier à la prière,
à la pensée de Dieu, aux bonnes œuvres, comme cela devrait être d'après la destination de la fête ; mais on ne te
laisse pour cela qu'un petit nombre d'heures de la mati-
née du jour de fête, et l'on t'invite, pour la journée presque
entière, à prendre part à des réunions et à des occupations tout à fait mondaines et frivoles, si ce n'est tout à
fait coupables ; et si tu refuses, tu as des motifs de
craindre de paraître étrange et qu'on ne se fâche contre
toi. Que feras-tu donc ? A quoi te résoudras-tu ? Sois assez
raisonnable, mon bien cher ami ; dis-toi : Il me faut toujours, et d'autant plus indispensablement le jour du Seigneur, faire les œuvres agréables au Seigneur. Oh ! si tu
étais aussi assez ferme pour mettre ces paroles en pratique.

Mais, pour ne pas trop prolonger ce discours, hâtons-
nous de porter notre attention sur ce que le Seigneur lui-
même se hâte à ses œuvres de salut. *Il me faut faire pendant qu'il est jour ; la nuit vient où personne ne peut agir.*
O Seigneur ! Est-ce à toi de te hâter, et d'épargner quelque jour que ce soit ; — est-ce à toi qui as créé tous les
jours, qui as toute l'éternité pour tes œuvres merveilleuses ? Quel est ce jour dans lequel tu veux faire tenir
tes œuvres ? Quelle est cette nuit qui peut menacer ton
jour ? Le Seigneur explique sa parabole quand il dit :

Pendant que je suis dans le monde, je suis la Lumière du monde. La présence du soleil détermine le jour naturel : la présence visible sur la terre du Soleil de justice, de Dieu se manifestant dans la chair, détermine le jour de grâce de l'action particulière de Dieu. La nuit après ce jour, c'est le temps de la Passion et de la mort du Christ. O nuit, pendant laquelle réellement personne ne peut agir ! Durant le jour terrestre du Christ, non-seulement le Christ, mais encore ses apôtres, sous la direction de ce grand Ouvrier, ont fait beaucoup. Ils ont cru en lui, ils l'ont suivi, ils ont prêché, ils ont guéri : tout cela s'est interrompu lorsqu'est venue la nuit terrible, jusqu'au nouveau jour de la résurrection du Christ. *La nuit où personne ne peut agir.* Avec quelle violence cette nuit de tempête a ébranlé la foi répandue à profusion par le Seigneur Jésus dans les cœurs de ses disciples ! Comme il s'en fallut peu que Satan, qui avait demandé de les semer comme du froment, ne les disséminât sans retour, et que l'œuvre du salut, accomplie sur la croix au milieu de la terre, ne fût ruinée au même instant dans les âmes choisies pour sa propagation ! Pour ne pas permettre cela, notre Sauveur devait faire beaucoup préalablement, affermir profondément les fondements de la foi dans ses premiers disciples, et les fortifier puissamment, soit par son enseignement, soit par ses miracles, soit par sa prière toute-puissante. Ayant tout cela devant les yeux de son omniscience, il dit, comme s'il épargnait le temps et se hâtait : *Il me faut faire les œuvres de celui qui m'a envoyé, pendant qu'il est jour.*

Vois-tu, fils éphémère du temps, comment l'Éternel lui-même économise le temps que tu prodigues ? Il ne diffère pas l'œuvre de ton salut, et toi, tu es lent dans l'œuvre de ton propre salut. Il se hâte, et tu cherches des délais. Le matin, tu dis : je commencerai à midi ; à midi, tu te fais la même promesse pour le soir ; le soir, tu remets encore, pensant que ce n'est pas encore la dernière heure. Dans la jeunesse, tu dis : Je m'occuperai de mon âme dans mes années de maturité ; dans les années mûres, plus distrait qu'auparavant par les affaires de la vie, tu te reposes sur l'espérance de vivre, dans la vieillesse, pour Dieu et pour ton âme ; dans la vieillesse, tu te tranquillises par la pensée que tu pourras encore te livrer à un sincère repentir pendant ta dernière maladie. Ainsi passent le matin, et le midi, et le soir, et, après cela, il est assurément fort probable que tu ne seras pas prêt lorsque te surprendra la *nuit* mortelle *où personne ne peut agir*. Ne me cite pas le larron, qui fit plus dans les dernières minutes de son jour que d'autres dans leur jour tout entier. Un tel succès n'est pas assez probable, parce qu'il est rare et que, peut-être, il n'est pas donné sans motif, mais particulièrement à des gens dans la vie passée desquels se trouvent quelques actions qui ont attiré secrètement la grâce. Mais voici ce qui nous est connu d'une manière beaucoup plus certaine : le jour de la terre se termine toujours par un soir, mais le jour de la vie humaine est assez souvent interrompu avant le soir, avant le midi, par la nuit de la mort. En ce cas, où s'en iront les espérances de celui qui diffère, si ce n'est dans la nuit infernale où personne ne peut faire ce qui n'a pas été fait durant le jour de la vie terrestre passé sans retour ? En outre, il ne faut pas perdre de vue que l'opportunité même de faire certaines œuvres servant à notre salut, rencontre quelquefois sa nuit avant que le jour de la vie ne soit fini. Maintenant, par exemple, tu vis dans l'abondance : bonheur à toi si tu te hâtes de faire des œuvres de miséricorde *pendant qu'il est jour*. Peut-être, dans la nuit suivante, à la lettre, le voleur ou le feu, ou un autre accident feront-ils que tu ne seras plus en état *de te faire des amis des richesses de l'iniquité, afin que lorsque tu viendras à être pauvre d'autres vertus, ils te reçoivent dans les demeures éternelles* (Luc, XVI, 9).

Que, par les prières de nos saints Pères, la grâce de Dieu nous porte tous à *faire les œuvres* agréables à Dieu et utiles à nos âmes, *pendant qu'il est jour*, et les amène à un tel degré de perfection qu'elles puissent *nous suivre* (Apoc., XIV, 13) et pénétrer avec nous, au travers de la nuit de la mort, jusqu'au jour nouveau, meilleur, qui n'aura pas de soir, de la résurrection bienheureuse et de la vie éternelle. — Ainsi soit-il.

SIXIÈME PARTIE

SERMONS

POUR LE TEMPS D'UNE MALADIE EXTERMINATRICE

1.

SERMON

POUR LE VINGT-DEUXIÈME DIMANCHE APRÈS LA PENTECOTE,

PENDANT LA CONTINUATION DES PRIÈRES POUR LA CESSATION
D'UNE MALADIE EXTERMINATRICE,

Prononcé dans l'église de la Trinité de la Maison Hospitalière
du comte Chérémétieff, à l'occasion
de la restauration de cette église, le 26 octobre 1830.

La parabole que nous avons lue aujourd'hui dans l'Évangile, ou l'histoire du riche et de Lazare, est si connue qu'il n'est pas nécessaire, en commençant cette instruction, de relire ou de répéter ce qui est écrit dans l'Évangile, et que nous pouvons entrer immédiatement dans les réflexions qu'elle nous inspire.

Mais avant tout, ce lieu rappelle à ma mémoire *un homme riche* qui n'a pas perdu son nom dans des œuvres nulles,

qui n'a pas laissé sans attention *Lazare*, pauvre et malade,
à la porte de sa maison magnifique, mais qui l'a cherché
avec sollicitude dans les maisons étrangères, et a construit
pour Lazare, et pauvre et malade, cette vaste maison, lui
a préparé des secours inépuisables pour sa vie et le traitement de ses maladies, et a couronné cette œuvre magnifique de philanthropie par la construction de ce temple
majestueux, afin que Lazare eût la facilité, non-seulement
par sa patience jusqu'à la fin, mais encore par d'autres
exercices de piété, de se préparer *au sein d'Abraham*. *Père
Abraham*, père des croyants et des philanthropes ! reçois,
si cela est possible, pour nous aussi, dans ton sein bienheureux, avec l'âme de Lazare sauvée par la patience,
l'âme du serviteur de Dieu, le boyard comte Nicolas, sauvée
par la philanthropie, et qu'elle se repose dans les tabernacles lumineux de ton Descendant éternellement béni et
bénissant, notre Seigneur Jésus-Christ, à qui tu as gardé
les âmes de l'antiquité, et qui, pour les âmes de l'antiquité et celles des temps nouveaux, est seul la résurrection, et la vie, et le repos !

Venons à nous, mes Frères. — Celui qui est riche et
qui aime sa richesse, celui qui est enclin au luxe, celui
qui se sent emporté à s'enorgueillir des priviléges de son
nom et de sa condition, que celui-là se place devant la
parabole évangélique comme devant un miroir, et qu'il
voie s'il ne ressemble pas au riche de l'Évangile, et si la
ressemblance de cette peinture morale ne lui présage pas
avec probabilité le même sort qui frappa le riche de l'É-
vangile après sa mort.

Il était riche : cela ressemble à beaucoup d'entre nous ;
et ce n'est pas, ce semble, un trait malheureux, puisqu'on
l'a vu dans la personne d'Abraham lui-même qui cepen-

dant, non-seulement obtint pour lui-même un sort heureux après sa mort, mais dont le sein est encore représenté comme un trésor de joie éternelle pour les autres. *Il était vêtu de pourpre et de lin*, c'est-à-dire des tissus les plus beaux et les plus précieux, tels qu'en portaient dans l'antiquité les gens notables et riches : cela ressemble encore à beaucoup d'entre nous ; et il semble encore que ce ne soit pas un malheur qu'un homme riche porte un vêtement convenable à sa situation, élégant, fin, distingué de celui des gens du peuple. *Il se réjouissait tous les jours magnifiquement* : il semble encore que ce ne soit pas non plus un grand crime que celui qui vit dans l'abondance vive gaiement et partage avec des gens qui lui sont agréables des plaisirs achetés légitimement.

Là se borne toute la peinture que fait l'Évangile de la vie du riche. Ajoutons la peinture de sa mort aussi : *Et le riche mourut, et on l'ensevelit.* Ici, l'on peut encore moins remarquer rien sur quoi l'on puisse fonder un mauvais présage.

Mais ensuite? Le riche mort était-il heureux? Du moins était-il exempt de châtiment ? — Non ! il était *dans l'enfer,* — *étant dans les tourments.*

O Dieu ! — pensera-t-on, — qu'il est facile de se perdre, et, par conséquent, qu'il est difficile de se sauver ! Le riche de l'Évangile, à ce qu'il semble, n'avait rien fait pour être condamné à la perdition. — Ainsi, mon bien cher ami ! il est en effet facile de périr. Celui qui, par une direction décisive de sa volonté, par ses inclinations, par ses passions, s'est égaré et engagé dans le faux chemin, — dans le chemin de l'amour des richesses, du luxe, de la vanité, celui-là glisse facilement et insensiblement sur la pente de ce chemin, sans remarquer que

cette pente se prolonge jusqu'à l'enfer lui-même. Du
reste, l'exemple du riche de l'Évangile ne montre pas
combien il est difficile de se sauver : car, comme on ne
voit nullement qu'il ait rien fait pour son salut, il n'est
nullement possible de conclure de cet exemple combien il
faut se donner de peine pour cela. Tu penses l'excuser
par là qu'il n'a rien fait pour sa perte ; mais n'est-ce
pas attendre par trop de folie de quiconque périt,
que d'attendre qu'il agisse lui-même directement pour sa
perte? On périt habituellement, non parce qu'on s'est efforcé de périr, mais parce qu'on ne s'efforce pas de se
sauver. Il n'a rien fait? Mais voilà le crime, voilà le malheur : c'est qu'il n'a rien fait. Si quelqu'un ne fait rien
pour sa prospérité temporelle, pour ses intérêts terrestres, ne penses-tu pas que c'est justice qu'il ne reçoive
rien? Comment exiger qu'un Dieu juste, gouvernant en
liberté des hommes libres, donne par force, pour ainsi
parler, la félicité céleste, éternelle, à un homme qui ne
fait rien pour obtenir cette félicité, et n'a pour elle ni désir actif, ni aspiration de sa libre volonté?

Et voilà quelques-uns des enseignements que suggère
la parabole évangélique du riche. Il ne faut pas trop se
reposer sur l'innocence apparente de sa vie : ne pas commettre des crimes grossiers, manifestes, ne pas tuer, ne
pas voler, ne pas opprimer, ce n'est pas encore être vertueux et digne de la félicité ; dans certains hommes, ce
n'est encore que la convenance extérieure de la vie, qui
ne marque pas encore une âme affermie dans le bien ; ce
n'est encore que le vestibule par lequel on entre dans le
temple de l'innocence, le marchepied par lequel on monte
à la vertu qui se tient beaucoup plus haut. Il faut user
des biens de ce monde avec modération, même avec quel-

que défiance, avec crainte de *recevoir ses biens dans sa vie* sans aucun reste de consolation pour la vie future. Mener une vie *joyeuse tous les jours*, brillante tous les jours, dans laquelle les jours de travail ne se distinguent des fêtes ni par l'occupation, ni par la simplicité ; dans laquelle les fêtes ne tarissent pas de réjouissances : c'est *la voie*, à en juger avec le plus d'indulgence possible, très-rarement innocente, le plus souvent douteuse, évidemment *large* ; et c'est pourquoi, si la largeur visible n'en est pas resserrée par un éloignement secret du cœur pour les attraits du monde, par des efforts spirituels cachés et par des vertus qui l'emportent sur la frivolité, le terme de cette voie ne peut être autre que celui qui est indiqué par les paroles de Jésus-Christ : *Large est la voie qui conduit à la perdition* (Matth., vii, 13).

Afin de mieux découvrir ce qui manquait dans la personne du riche de l'Évangile pour avoir des présages favorables de son sort futur, mettons en face de lui la personne de Lazare. *Il y avait un pauvre du nom de Lazare.* Voyez-vous ce qui manquait au riche en face de Lazare ? — Il lui manquait même un nom. *Un homme était riche,* dit l'Évangile. Oh ! de quelle manière tranchée se renverse ici l'image de ce monde ! A qui pouvaient être utiles la connaissance et la célébrité du nom d'un mendiant malade, étendu à terre, sur lequel personne n'arrêtait son attention ? Ses uniques compagnons, les chiens qui léchaient ses ulcères, ne l'appelaient probablement pas par son nom. Cependant le nom de Lazare est enregistré dans l'Évangile ; il est connu d'Abraham, prononcé dans les cieux. Et le nom du riche, qui, dans les festins et les réunions, passait de bouche en bouche entre ses nombreux amis, entre ceux qui l'honoraient et le connaissaient, est perdu sans avoir

II.

13

laissé de trace. *Un homme*, et c'est tout. Qu'est-ce donc
que cela signifie?—Sans aucun doute, il faut expliquer
cela comme la conséquence du principe commun que le
nom d'un homme apparaît et disparaît, se conserve et
s'oublie selon le genre et la valeur de ses actions. Les objets de la vie et de l'activité du riche étaient les choses
corruptibles, les plaisirs éphémères, la vaine gloire :
tout a été englouti par la frivolité, par le temps, par la
corruption ; rien n'a pu consolider le nom inutile d'un
homme inutile.

Qu'ils songent après cela, les hommes qui sont plus attachés à l'honneur et à la gloire de leur nom que zélés
pour les actions dignes d'honneur et de gloire, — qu'ils
songent à ce qu'il adviendra aussi de leur nom. S'ils ne
s'efforcent que de propager et d'élever, de quelque manière
que ce soit, leur nom sur la terre, parmi les hommes, et
qu'ils ne fassent rien qui puisse les faire connaître, honorer et recevoir dans les cieux, que peuvent-ils attendre
pour leur nom, si ce n'est qu'il meure avec les mortels,
qu'il s'évapore dans l'atmosphère de la terre, ou enfin
qu'il apparaisse peut-être quelque jour devant eux, au
travers des flammes de l'enfer, pour augmenter le châtiment de leur amour-propre démesuré et de leur ambition trompeuse? Mais dans les cieux, ou bien l'on ne saura
pas leur nom, ou bien l'on n'osera pas le prononcer pour
ne pas souiller les lèvres et les oreilles saintes des habitants du ciel et la pureté de l'air céleste. C'est à cela que
se rapportent ces paroles du Prophète : *Mes lèvres ne pro-
nonceront point leur nom* (Ps. xv, 4).

Restons encore quelques instants entre le riche et Lazare. — *Il était couché à sa porte et couvert d'ulcères, et il désirait de se rassasier des miettes qui tombaient de la table du*

riche; mais les chiens seuls venaient et léchaient ses ulcères.
Maintenant se découvrent dans la personne du riche les
traits qui démasquent son âme pauvre de bien intérieur et
dévoilent le secret de sa perte. Lazare était *à sa porte :* Le
maître de la maison ne pouvait ne pas le remarquer chaque fois qu'il sortait et entrait ; mais le riche ne semble
pas le remarquer. Lazare est non-seulement pauvre, mais
encore malade, et cela même ne touche pas l'âme dure du
riche. Il faut peu à un malade ; ce serait plus qu'assez,
pour Lazare, du reste de la tranche de pain dont le riche
mange peu, gardant les restes de son appétit pour des mets
plus délicats : et cela, le pauvre Lazare le *désire* en vain.
Les chiens, par l'impulsion, qu'ils ne comprennent pas, de
leur nature bienfaisante, viennent exercer les fonctions de
médecins sur les plaies de Lazare : le riche ne veut toujours pas comprendre qu'il y a en lui moins de compassion que dans des animaux. *O homme* étranger à l'humanité !—Mais arrêtons-nous. Nous sommes ici, mes Frères,
non pour nous indigner sur les vices des autres, mais
pour apprendre à nous garder du vice, ou pour nous en
corriger, et pour nous détourner du précipice dans lequel d'autres se sont jetés par leur négligence.

Voici encore une réflexion instructive très-nécessaire
que nous devons puiser dans le récit de l'Évangile sur le
malheureux riche. La vie sensuelle, si l'on s'y livre avec
insouciance, occupant l'âme de plaisirs charnels et frivoles, en affaiblit insensiblement la force intérieure et en
émousse le sens moral et intellectuel, de sorte que l'homme,
à la fin, devient hébété, pesant, et presque incapable des
impulsions élevées et des jouissances pures de la véritable
vertu. Cependant, combien, au contraire, il serait facile
d'employer cette même richesse, qui sert habituellement

à l'entretien d'une vie sensuelle et charnelle, à nourrir des sentiments élevés, à obtenir des plaisirs purs par l'exercice de la bienfaisance envers le prochain nécessiteux et accablé par le malheur!

Mes Frères! combien il y a de *Lazares* dans ce temps! Les uns sont malades, les autres sont pauvres, quelques-uns sont l'un et l'autre. Grâces soient rendues à la philanthropie de notre Très-Pieux Souverain et de l'Administration qu'il anime et inspire? Grâces aussi à la philanthropie du peuple! Personne, non-seulement ne reste *à la porte*, dans la rue, mais encore n'est abandonné dans un logis incommode ou peu sûr; des hommes, pour les guérir et prendre soin d'eux, s'approchent volontiers de malades atteints d'une maladie dont la seule pensée excite chez quelques-uns l'éloignement ou l'effroi: *les miettes des tables des riches* tombent assez souvent dans la bouche des pauvres; les pauvres eux-mêmes partagent leur obole avec d'autres pauvres, ou bien font l'aumône de leur travail et se consacrent eux-mêmes au service des malades; les serviteurs de la pureté et de la sainteté affluent partout pour nettoyer, adoucir et cicatriser les plaies de l'âme de ceux qui souffrent, et aussi de ceux qui ne souffrent pas encore corporellement. Il semble que lui-même, le Médecin des âmes et des corps s'incline aux prières de la foi et aux efforts de la philanthropie, et tende une main clémente. La mort n'étend déjà plus le pouvoir qui lui a été laissé, et la maladie commence à céder à la santé.

Cependant, oserons-nous penser qu'il se passe chez nous quelque chose de mieux que ce que nous voyons dans l'Évangile? — Là, il y a un homme malade et pauvre; il y a un riche condamné, et celui-ci a cinq frères qui lui ressemblent en ce qu'ils ne vivent que pour eux-mêmes, et non pour Dieu et le prochain. Que Dieu nous fasse la grâce, mes Frères, qu'il ne se trouve pas aussi parmi nous, pour un pauvre demandant l'aumône, six hommes sans compassion! Partageons, autant que possible, chacun avec quelqu'un, et tous avec tout Lazare souffrant, *nos biens reçus dans notre vie* temporelle, afin que ceux qui seront admis avant nous dans le sein d'Abraham ne refusent pas de partager avec nous les biens de Dieu dans la vie éternelle. — Ainsi soit-il.

2

SERMON

POUR L'ANNIVERSAIRE DE L'AVÈNEMENT AU TRONE DE TOUTES LES RUSSIES, DU TRÈS-PIEUX SOUVERAIN EMPEREUR NICOLAS PAVLOVITCH,

Prononcé à l'église cathédrale du Monastère des Miracles,
le 20 novembre 1830.

> Toutes les voies du Seigneur sont miséricorde et vérité pour ceux qui cherchent son alliance et son témoignage,
> — Ps. xxiv, 10. —

Le Seigneur nous a fait le jour présent, Fils de la Russie, pour nous réjouir du Tsar dont il nous a fait don; et grâces soient rendues à Dieu de ce qu'à ce jour joyeux cèdent avec assez de déférence les jours d'affliction qui sont tombés inopinément sur cette cité. La cité des Tsars

revient à la santé pour ne pas passer le jour du Tsar dans
une tristesse intempestive.

Je le donne aux scrutateurs de la nature à travailler,
par devoir ou par goût, à la recherche des causes de ce
changement heureux : ils en trouveront probablement
plus d'une, et ils auront l'occasion de discuter la question
de savoir laquelle est la vraie ou laquelle est plus forte
que les autres. Pour ce qui me concerne, je trouve sans
peine une cause qui explique ce qui se passe d'une manière plus satisfaisante et plus agréable que beaucoup de
celles qu'ils pourront trouver à la sueur de leur front.
Cette cause bienfaisante, c'est la bonté de Dieu pour le
Tsar et pour l'Empire.

Ainsi, selon l'expression du Prophète, *le jour renvoie
au jour cette parole* (Ps. xviii, 3), un jour dit à l'autre,
tous les évènements disent chaque jour aux hommes ce
qui est écrit dans le Prophète : *Toutes les voies du Seigneur sont miséricorde et vérité pour ceux qui cherchent son
alliance et son témoignage.*

Qu'est-ce que *les voies du Seigneur*? On ne saurait assigner des voies à Celui qui n'a pas de limites. Celui qui
est partout ne saurait aller nulle part : il est déjà présent
partout. La réunion des idées de *miséricorde* et de *vérité*
avec l'idée de *voies* fait comprendre que le Prophète a
employé ce dernier mot dans le sens moral.

Les voies du Seigneur sont les procédés de la Providence
de Dieu par rapport aux êtres moraux, la direction des
moyens conduits par Dieu vers des buts dignes de la Divinité.

Mais dans quelles *voies du Seigneur* donc, ou dans quels
procédés de la Providence le Prophète, nous montre-t-il la
miséricorde et la vérité? Le bon est heureux : il est évident

qu'il y a là une vérité pour ceux qui cherchent l'alliance de Dieu. Le pécheur même n'est pas privé de la prospérité temporelle : il est évident que voilà la miséricorde. Mais la miséricorde et la vérité sont si visibles dans ces cas, qu'il semble que ce ne fût pas la peine qu'un Prophète vînt nous signaler ces manifestations assez faciles à comprendre même sans un Prophète.

Le Prophète dit d'une manière expressive : *Toutes les voies du Seigneur sont miséricorde et vérité.* Ici, remarquable est la crainte que quelques personnes peu douées de pénétration ne doutent de certaines voies de la Providence. De quels procédés donc de la Providence peuvent douter ceux qui sont peu doués de pénétration? Viennent sur les hommes la pauvreté, la maladie, la faim, la mort : est-ce là une voie du Seigneur? Où est ici la miséricorde? Ces maux frappent sur un grand nombre, sur les méchants et sur les bons, sans choix apparent: est-ce là une voie du Seigneur? Où est ici la vérité? Le mal naturel est engendré de causes naturelles, et il n'est pas rare qu'il soit détourné par des moyens naturels: où est donc ici la voie de la Providence? Ne voyons-nous pas avec quel empressement les doutes de ce genre sont imaginés et prônés par les hommes de ce siècle comme de prétendues nouvelles découvertes, comme de prétendues connaissances des lois de la nature? Réellement, ce n'est pas trop ici du regard pur, élevé du Prophète pour reconnaître la voie de Dieu dans les œuvres de la nature, pour découvrir la miséricorde et la vérité du Seigneur à travers le mélange d'innocence et de culpabilité humaines. David même voit cela, et longtemps d'avance il prévient nos sages attardés de ne pas faire des exceptions déplacées aux lois et au pouvoir d'une Providence aussi universelle qu'elle est infiniment bonne. *Toutes les voies du Seigneur sont miséricorde et vérité.*

Puisque Dieu est infini, présent partout et tout-puissant, il n'y a dans l'univers aucune condition des créatures qui lui soit inaccessible, au travers de laquelle ne soit tracée quelque voie du Seigneur ; il n'y a pas d'évènement qui ne soit conduit par la voie du Seigneur, de telle sorte cependant que la voie du Seigneur ne resserre jamais les voies de la liberté pour les êtres moraux. Puisque Dieu, qui est présent partout et qui gouverne tout, est aussi un Dieu très-sage, juste et infiniment bon, tous les procédés de sa Providence, tous les évènements du monde qui concernent les êtres moraux sont conduits de manière que tout soit moyen pour le bien et contre le mal ; que ce qu'on appelle mal à cause de la sensation désagréable qu'on en éprouve et des effets destructeurs qui en résultent dans la nature visible, que cette manifestation superficielle, pour ainsi parler, du mal, soit un remède ou un antidote contre le mal plus profond et plus réel qui, naissant de l'abus de la liberté des êtres moraux, leur nuit intérieurement et devient la source d'innombrables et infinies conséquences mauvaises, intérieures et extérieures, si les voies n'en sont pas interrompues par les voies du Seigneur. *Toutes les voies du Seigneur*, et, dans ce nombre, même celles qui sont appelées les *sentiers de la colère* (Ps. LXXVII, 50), ou les procédés vengeurs de la Providence et les malheurs qui, en apparence, arrivent occasionnellement, qui, en apparence, frappent sans choix, sont *miséricorde et vérité*, par rapport principalement à *ceux qui cherchent son alliance et son témoignage ;* — vérité, lorsque c'est le pécheur qui est frappé, et qu'est prévenue

la multiplication des péchés et la propagation de la contagion du péché; — vérité, lorsque, dans le malheur commun, le juste est sauvé; — miséricorde, lorsque est
épargné le pécheur dans lequel est déjà éveillé ou prévu
comme devant s'éveiller, le repentir; — miséricorde et
vérité à la fois lorsque, par le malheur qui menaçait un
grand nombre et n'a atteint que quelques-uns, un grand
nombre a été amené à la connaissance de son état de péché et disposé à l'amendement.

Ils avaient déjà été *entendus* de Job, et ils sont encore entendus aujourd'hui, ces *consolateurs de maux* (Job. XVI, 2)
(c'est-à-dire les consolateurs qui, pensant consoler dans
le mal, produisent un nouveau mal par leur consolation
menteuse) qui disent : Soyez tranquilles; la maladie exterminatrice n'est nullement un fléau ni un châtiment de
Dieu. Et qu'est-elle donc, mes amis? Serait-elle une
marque de bienveillance et une récompense de la part de
Dieu? Il est probable qu'un pareil consolateur ne se sou-
haiterait pas à lui-même une pareille récompense; et ce
qui est certain, c'est que la philanthropie ne nous permet
pas de la lui souhaiter.

Lorsque, dans la chambre d'un bon père, se montre
une verge, celui qui la voit pense aussitôt : Évidemment,
entre les enfants, il y en a un qui a commis quelque
faute. L'univers est la maison du Père céleste. Il veille
sur les hommes, surtout sur les enfants de la foi, mieux
qu'une mère sur ses enfants (Is., XLIX, 15). Un malheur
public, sans aucun doute, n'est pas une guirlande de
fleurs, mais une verge. Donc, quand je vois cette verge, je
ne sais pas penser autre chose, sinon que les enfants terrestres, évidemment, ont mérité une punition de la part
du Père céleste.

On objectera : Comment peut être un châtiment, par
exemple, une maladie de laquelle meurt aussi, au nombre des autres, un enfant innocent? — Il s'est passé déjà
bien des siècles depuis que le Sage a résolu cette objection : *Il a été emporté de peur que le mal ne changeât son
esprit ou que la séduction ne trompât son âme* (Sag., IV,
11). Autre chose est de faire mourir un innocent, — il
est impossible de concevoir assez d'horreur pour la cruelle
injustice de l'homme ôtant à son prochain innocent un
don de Dieu que celui qui l'ôte ne saurait ni rendre ni
compenser, — autre chose est de mourir innocent, sous
la souveraineté de la Providence qui, par le chemin,
court ou long, de la vie temporelle, conduit au bienheureux repos de la vie éternelle ; celui qui meurt innocent
ne perd rien, mais trouve une vie paisible et meilleure,
et, dans cette vie, le bonheur, ou une préparation au
bonheur selon son aptitude, une récompense selon son
mérite ; par conséquent l'homme n'est pas lésé ; la Providence est dans son droit. Ainsi, tardive ou précoce, légère ou difficile, toujours *est précieuse devant le Seigneur
la mort de ses saints* (Ps. CXV, 6), et salutaire ; mais de
même toujours *la mort des pécheurs est terrible* (Ps. XXXIII,
22), et un châtiment. Et puisque, depuis le commencement du monde, *la mort est entrée dans tous les hommes
par le péché* (Rom., V, 12) comme un châtiment, aujour-
d'hui aussi, l'augmentation de son pouvoir sur les hommes dénote généralement une augmentation de leur châtiment. Et Celui qui règne sur la vie menace ordinairement
de mort comme d'un châtiment pour les péchés et les iniquités : *Il a fait l'iniquité, il mourra de mort* (Ézéc., XVIII,
13). Par conséquent, comme la mort de *ceux qui n'avaient
point péché par une transgression semblable à celle d'Adam*

n'a pas empêché la mort commune des hommes d'être la suite de la condamnation commune (Rom., v, 14-18), ainsi la mort d'un enfant innocent, par une maladie exterminatrice, n'empêche pas cette maladie de rester un châtiment commun de Dieu, et de plus, peut-être, en particulier, un châtiment, ou un moyen d'incitation spirituelle pour ceux qui ont été privés de cet enfant et qui le pleureront.

Si l'on croit que le fléau n'est pas venu par la voie de la vérité et de la miséricorde du Seigneur punissant le mal et rappelant au bien, alors je demande : Comment donc le fléau est-il venu dans le monde? Par surprise? — Impossible. Dieu sait tout. Par violence? — Impossible. Dieu est tout-puissant. Par un mouvement aveugle des forces de la nature? — Impossible. Dieu, infiniment sage et infiniment bon, les dirige. De quelque côté que tu tournes tes conjectures, tu seras toujours obligé d'en revenir à cette seule vérité incontestable que, si, de quelque manière que ce soit, un fléau a été déchaîné sur le monde, il n'a pas été déchaîné autrement que par la Providence, comme un moyen de châtiment et de correction, et quelquefois d'épreuve et de perfectionnement, — comme une vérité et une miséricorde des voies du Seigneur.

Mais on dira encore : Si la maladie était un châtiment de Dieu, il ne serait pas permis de s'en délivrer par un traitement : car, lorsque le Souverain inflige un châtiment à un coupable, la tentative de se soustraire à ce châtiment est regardée comme une nouvelle faute. La comparaison n'est pas juste, et c'est pourquoi la conclusion est fausse. Dans le cas même où la maladie est réellement un châtiment de Dieu, le traitement de la maladie ne doit

nullement être comparé à une tentative d'échapper au
châtiment. Un coupable peut échapper aux mains de la
justice humaine, et, par là, commettre une nouvelle faute
d'autant plus grave qu'elle ouvre la voie à d'autres
fautes : échapper à la justice de Dieu qui voit tout et qui
peut tout, c'est impossible ; il n'est possible que d'être
pardonné et délivré par cette justice, et s'y efforcer n'est
pas une faute. Celui qui se soustrait au châtiment humain qui lui est infligé, est un rebelle : il n'en est nullement de même de celui qui se traite dans une maladie ;
il le fait par le don et la puissance du même Seigneur qui
le punit : car *le Seigneur a produit de la terre tout ce qui
guérit* (Sag. de Sir., xxxviii, 4) ; *la guérison vient du Très-
Haut* (2). Celui qui échappe à un châtiment infligé par
l'autorité humaine, viole l'arrêt de cette autorité ; celui
qui se traite dans une maladie ne fait rien de semblable :
le succès du traitement prouve seulement qu'il lui avait
été infligé une maladie non mortelle. Redressons la comparaison, et terminons la discussion. Les fers sont l'un
des instruments de la justice humaine qui ne sont pas
destinés aux innocents, quoique d'ailleurs le séjour qu'y
fit Joseph ne doive pas être expliqué par sa culpabilité ;
—pareillement, la maladie corporelle est l'un des instruments de la justice de Dieu, quoique les maladies de Job,
d'Ézéchias et de beaucoup d'autres soient venues et viennent par les voies particulières du Seigneur dans lesquelles, du reste, par un examen attentif, se découvrent
toujours la miséricorde et la vérité.

Les accidents des enfants des hommes, que la sagesse
multiforme de Dieu conduit par les voies d'une Providence
juste et bonne, sont si nombreux, si variés, si compliqués
de rapports réciproques, si profondément cachés par

leurs principes dans les cœurs, que le Scrutateur des
cœurs peut seul sonder, si étendus par leurs conséquences sur l'existence mortelle et immortelle des hommes, que vouloir comprendre tout ce qu'ils ont d'obscur,
tout ce qu'ils ont de difficile à expliquer, ce serait vouloir compter le sable ou épuiser la mer avec le creux de la
main.

Sache donc et raisonner et imposer volontairement
des bornes à ta philosophie, homme nécessairement
borné! Crois-en les idées saines que te donnent d'un commun accord, sur un Dieu dispensateur de tous les biens,
et la raison et la révélation; contente-toi des exemples
indubitables des hommes sur lesquels se sont manifestées
et naturellement et miraculeusement, non pas uniformé-
ment sur tous, mais sûrement sur chacun, la justice et
la bonté de Dieu : acquiesce, non-seulement par l'esprit,
mais aussi par le cœur, à la parole du Prophète et aux témoignages innombrables de la parole de Dieu qui attestent que *toutes les voies du Seigneur sont miséricorde et vérité pour ceux qui cherchent son alliance et son témoignage.*
Conviction qui, autant elle est satisfaisante pour l'esprit,
autant elle est consolante pour le cœur, et autant elle est
bienfaisante pour la vie !

Celui qui est philosophe selon les éléments du monde,
dira : « L'air a été infecté ; — l'air se désinfectera. » La
première parole est amère, et la seconde est assez fade.
Mais lorsqu'on dit que le Père céleste a eu pitié de nous,
et lorsqu'on entend cela avec foi, l'homme y puise des
sentiments par lesquels il devient en même temps et plus
heureux et moralement meilleur qu'auparavant.

*Il est bon de confesser le Seigneur et de chanter des
hymnes à la gloire de ton nom, Dieu Très-Haut; de procla-*

mer dès l'aurore ta miséricorde, et ta vérité chaque nuit
(Ps. xci, 2, 3).

Ne manquons jamais à ce devoir aussi plein de bénédictions qu'il est saint. Confessons la vérité de Dieu se servant du malheur pour châtier les pécheurs et pour sanctifier les justes; confessons la miséricorde de Dieu qui nous est manifestée aujourd'hui; invoquons la miséricorde et la vérité bienfaisantes du Seigneur sur les jours à venir, pour notre Très-Pieux Souverain et son Auguste Maison, pour cette Cité souveraine, pour la Russie, et enfin pour toute âme capable, par la foi et la recherche de l'alliance de Dieu, de participation à la bonté de Dieu.— Ainsi soit-il.

3

SERMON

POUR LA FÊTE DU TRÈS-PIEUX SOUVERAIN EMPEREUR NICOLAS PAVLOVITCH,

APRÈS LA RÉCEPTION DE L'ORDRE SUPRÊME
DU RÉTABLISSEMENT DES COMMUNICATIONS DE MOSCOU, INTERROMPUES PAR PRÉCAUTION CONTRE UNE MALADIE EXTERMINATRICE,

Prononcé à l'église cathédrale du Monastère des Miracles,
le 6 décembre 1830.

Nos forces se sont épuisées à parler et à entendre parler, si longtemps et si souvent, toujours de maladie, toujours de mort. Mais qui peut s'opposer à la volonté du Maître de la vie qui ne se hâte pas d'éloigner tout à fait de nos yeux ces restes déjà faibles, à peine perceptibles, de l'ombre de la mort, peut-être de peur que, nous tranquillisant par un pardon si prompt, nous ne nous hâtions d'oublier un juste châtiment? Béni soit-il, et de ce qu'il nous a punis, et de ce qu'il nous pardonne, et de ce qu'il nous pardonne peu à peu, afin de nous mieux assurer par là sa miséricorde.

Il me semble que, comme Lazare sortant du tombeau, cette ville se lève en ce moment, morte réellement, il est vrai, dans un petit nombre de ses membres, et cependant ressuscitée tout entière de la crainte de la mort. Mais que manque-t-il encore à cette ressuscitée pour jouir de la vie qui lui est rendue? — Oui! elle a encore besoin de cet ordre souverain qui fut donné pour Lazare ressuscité : *Déliez-le, et laissez-le aller* (Jean, xi, 44). Écoute donc, cité ressuscitée! Voilà que, pour toi aussi, sort du Trône du Tsar la voix qui te délie : *Déliez-la, et laissez-la aller ;* déliez-la de ces liens dont une main aimante fut obligée de la lier par prévoyance, pour que le domaine de la mort ne s'étendît pas ; laissez-la, sans obstacles, toutes portes ouvertes, sans barrières à ses chemins, aller dans les campagnes et les villes qui l'environnent, et recevoir les arrivants, afin que la vie naturelle ne soit pas entravée dans ses exigences, afin que la vie publique ne soit pas gênée dans ses mouvements. Bénie soit la bonté du Tsar, et pour son intention de lier la mort, et pour son empressement à délier la vie!

Je te félicite, ville ressuscitée d'une crainte mortelle, guérie d'une maladie mortelle, délivrée des empêchements de la vie. Mais écoute ce qu'à l'occasion de ces évènements heureux pour toi, m'inspire encore de te dire la vérité, m'engage encore à te conseiller le désir de ton bien. *J'ai*

appelé tous les biens sur toi (Ps. cxxi, 9). Si tu es ressuscitée, sache conserver la sécurité de la vie qui t'est rendue. Si tu es guérie, souviens-toi de la parole de Celui
qui guérit, dite *dans le temple : Voilà que tu es guéri; ne*
pèche plus désormais, de peur qu'il ne t'arrive quelque
chose de pire (Jean, v, 14). Si tu es déliée, mets tes membres en mouvement avec modération et avec prudence,
afin qu'une mère qui aime tendrement ses enfants ne
voie pas la nécessité d'emmailloter de nouveau un enfant employant pour se nuire ses membres déliés.

Qui devrait, semble-t-il, mieux comprendre le haut
prix de la vie et de la sécurité que celui qui ne fait que
d'échapper au danger de la mort? A qui est-il plus propre
d'être prudent dans l'usage de la santé qu'à celui qui
vient de voir autour de lui, ou qui même a ressenti en
lui-même l'âpreté de la maladie? Celui qui a vu tomber
ses liens ou qui est délivré de la prison, ne sent-il pas
mieux qu'un autre le désagrément de la contrainte,
et, par conséquent, ne doit-il pas se garder plus qu'un
autre de se l'attirer de nouveau? Le pécheur châtié et pardonné n'a-t-il pas, pour s'éloigner du péché, un double
excitant, deux ailes, — dans le souvenir du châtiment et
dans la reconnaissance pour le pardon?

En effet, il en devrait être ainsi ; mais que souvent il
en est tout autrement! Celui qui a échappé à peine au
naufrage près du bord, s'élance bientôt sans nécessité
vers l'abîme. Celui sur qui s'est déjà vérifié l'avertissement médical du sage : *Dans l'excès de nourriture sera la*
maladie, et l'avidité conduira même jusqu'au choléra (Sag.
de Sir, xxxvii, 53), — dès que l'appétit vient lui annoncer
le retour de la santé, *se jette* de nouveau, comme auparavant, *sur toute sorte d'aliments* (32). Celui qui, hier, a reçu

comme un bienfait la liberté, aujourd'hui ne veut pas mettre de bornes à sa fantaisie. Chez combien d'hommes, de villes, de peuples, dans combien de temps s'est répété ce que le chantre d'Israël reprochait, il y a si longtemps, si amèrement à ses compatriotes ! *Quand il les frappait, dit-il, alors ils le cherchaient, et ils retournaient, et ils venaient à Dieu dès le matin ; et ils se souvenaient que Dieu est leur soutien, et le Dieu très-haut leur libérateur.* — Mais qu'y a-t-il plus loin ? — *Mais ils l'aimaient du bout des lèvres,* — seulement, *et ils lui mentaient par leur langue ; mais leur cœur n'était pas droit avec lui* (Ps. LXXVII, 34-37).

Quelles expériences malheureuses ! Quelle ingratitude et quelle injustice ! Quelle absence de raison ! Après une pareille conduite, qu'attendre de bon, et selon l'effet naturel des mauvais principes, et selon la justice terrestre, et, où celle-ci ne se trouve pas, selon la justice céleste, à laquelle il est impossible d'échapper et que l'on ne peut pas tromper ? — Qu'arrivera-t-il de pire ?

Cité bien-aimée ! Tes souffrances ont été amères ; mais ton calice est bien adouci : — conserve avec reconnaissance ce qui t'a été donné ; mets ta prudence à mériter mieux ; garde-toi du péché et de l'erreur, *de peur qu'il ne t'arrive quelque chose de pire.* — Affermissons-nous, mes Frères, et ne cessons pas de remplir les bonnes promesses que nous a inspirées le temps salutaire de l'affliction. Ne nous souvenons pas en murmurant des peines qui nous ont frappés, mais avec consolation des peines que nous avons supportées. Supportons courageusement les quelques incommodités qu'il nous reste encore à supporter. Faisons servir les soulagements et les secours qui nous ont été donnés, à notre utilité, et non à la satisfaction de

nos passions et de nos convoitises. Marchons avec attention et avec une fidélité sincère dans l'obéissance aux
commandements de Dieu et aux ordres du pouvoir placé
sur nous par Dieu. C'est ainsi que nous serons reconnaissants envers Dieu qui nous a pardonné. C'est ainsi que
nous serons dignes du Tsar qui étend sur nous sa sollicitude.

Seigneur, sauve le Tsar (Ps. xix, 10)! Seigneur! *que ta
bénédiction soit sur ton peuple* (Ps. iii, 9). — Ainsi soit-il.

SEPTIÈME PARTIE

SERMONS POUR LES FÊTES IMPÉRIALES

———

1

SERMON

POUR LE JOUR ANNIVERSAIRE DU COURONNEMENT SOLENNEL ET DU SACRE DU TRÈS-PIEUX SOUVERAIN EMPEREUR ALEXANDRE PAVLOVITCH,

Prononcé à la cathédrale de l'Assomption, à Moscou,
le 15 septembre 1821.

> Ne touchez pas à mes oints.
> — Ps. civ, 15. —

Au milieu d'une solennité en l'honneur de l'Oint de Dieu, de la commémoration de son sacre, un discours sur les oints de Dieu vient à son temps.

Et quel discours! Le Prophète, entre les *jugements de Dieu sur toute la terre*, distinguant le jugement particulier des oints, ne se contente pas de sa propre indication de cet effet manifeste de ce jugement, que Dieu *n'a pas permis à l'homme de les outrager*; il ouvre le ciel et nous y fait entendre la voix du Créateur posant les bases de leur sécurité: *Ne touchez pas à mes oints.*

Sous le nom d'*oints*, dans ces paroles, sont désignés primordialement certains chefs du peuple élu de Dieu. Mais puisque ce même nom d'oints est approprié, par cette-même Parole de Dieu, aux pouvoirs souverains placés par Dieu, nous ne commettrons pas d'erreur maintenant si, élevant notre esprit au ciel, nous nous représentons que le Tsar des tsars et le Seigneur des seigneurs, du haut de son trône suprême, désigne tous les souverains oints en son nom, et donne à tous ceux qui leur sont soumis ce commandement : *Ne touchez pas à mes oints !*

Il n'est pas étonnant qu'il ait fallu annoncer d'une voix tonnante ce commandement aux nations païennes, sourdes à la parole douce de Dieu. Qui aurait pensé que, pour les peuples chrétiens, il serait nécessaire de l'écrire de nouveau avec le sang des peuples chrétiens ? Mais il est écrit en lettres de sang et de feu sur la dure table de l'Europe ; et, dans le siècle des lumières, il y a des sages qui jusqu'aujourd'hui ne savent pas encore déchiffrer ces caractères formidables et en même temps salutaires !

Russes pieux ! celui qui, comme vous aujourd'hui, *fait des prières, des instances, des supplications, des actions de grâces pour le Tsar oint et pour tous ceux qui sont au pouvoir* (I Tim., ii, 1, 2), celui-là, s'il les fait sincèrement et avec ferveur, montre par le fait que dans son cœur est écrite la loi de vénération et d'amour pour l'oint de Dieu. C'est pourquoi l'on peut être convaincu qu'il n'y a personne ici pour qui il soit nécessaire de proclamer le commandement de l'inviolabilité des oints de Dieu comme un commandement nouveau. Mais comme, dans un temps de contagion, ceux qui veulent se préserver multiplient les feux purificateurs et les fumigations, ainsi, dans des temps où l'esprit contagié du siècle propage des opinions pestilentielles, il ne sera pas inutile, même pour nous, de ranimer par le souffle de la réflexion l'étincelle de vérité qui se conserve chez nous, afin de maintenir purs et intacts les sentiments de nos cœurs.

Quand même la parole de Dieu n'aurait pas proclamé l'inviolabilité des oints de Dieu, il n'en serait pas moins nécessaire à la société humaine d'établir et de consacrer par une loi l'inviolabilité du pouvoir Souverain. Un Gouvernement qui n'est pas protégé par une inviolabilité saintement respectée de tout le peuple, ne peut agir ni dans toute la plénitude de sa force, ni dans toute la liberté du zèle nécessaire pour l'organisation et la garde de la sécurité et du bien publics. Comment peut-il déployer toute sa force dans sa direction la plus bienfaisante, quand sa force se trouve sans cesse dans une lutte sans issue avec d'autres forces qui arrêtent son action dans des directions aussi diverses qu'il y a d'opinions, de préjugés et de passions plus ou moins dominants dans la société? Comment peut-il se livrer à tout son zèle, quand il doit indispensablement partager son attention entre le soin du bien-être de la société et le souci de sa propre sécurité! Mais si le Gouvernement est ainsi affaibli, l'Empire est également faible. Un pareil Empire est semblable à une ville construite sur un volcan: que signifient ses fortifications quand au-dessous se cache une force qui peut à chaque instant tout changer en ruines? Les gouvernés qui ne reconnaissent pas la sainte inviolabilité des gouvernants, sont excités par l'espoir de la licence à rechercher la licence; le pouvoir qui n'est pas convaincu de son inviolabilité, est excité par le souci de sa sécurité à rechercher l'excès du pouvoir : dans une telle situation, l'Empire chancelle entre les extrémités de la licence et de l'excès du pouvoir, entre les frayeurs de l'anarchie et celles de l'oppression, et ne peut affermir en lui la liberté obéissante qui est le centre et l'âme de la vie publique.

Mais sans nous arrêter davantage à ces considérations politiques, tournons notre attention vers la parole de Dieu que nous sommes appelés à écouter et qui, en quelques traits ou quelques mots, nous découvrira une grande lumière.

Ne touchez pas à mes oints. Précepte court, mais réunissant très-sagement en lui-même, avec l'exigence de la soumission, une explication profonde de cette exigence et la persuasion de l'obéissance! *Ne touchez pas* aux pouvoirs régnants, dit le Souverain Dominateur, car ils sont *miens;* ne les touchez pas, parce qu'ils sont *oints* de ma part.

Et ainsi, l'une des bases profondes de l'inviolabilité des pouvoirs souverains, c'est qu'ils sont de Dieu. *Car il n'y a point de pouvoir,* comme dit l'Apôtre, *qui ne soit de Dieu : donc, les pouvoirs qui existent sont établis par Dieu* (Rom., xiii, 1).

A cette pensée, je m'étonne et je m'afflige encore en me rappelant comment quelques hommes, contrairement à l'enseignement si clair des premiers, des vrais maîtres chrétiens inspirés de Dieu, que *le pouvoir vient de Dieu,* ont imaginé d'enseigner en plein Christianisme que le pouvoir vient du peuple. Je demanderais bien à ces gens qui se sont proclamés eux-mêmes des sages pour avoir été, par les plans qu'ils ont imaginés, des ignorants consommés dans le christianisme, et pour avoir enseigné aux autres cette ignorance, — je leur demanderais bien : Où avez-vous vu un peuple qui, n'ayant pas eu d'abord sur lui de pouvoir, l'ait par la suite créé pour lui-

même? Dans quels lieux? Dans quels temps? Je ne pense
pas que vous vous déterminiez à donner des bandes de
vagabonds ou de brigands comme le premier et le plus
parfait modèle de société humaine. Pouvez-vous, même
dans un autre ordre de choses, nous montrer un exemple
de la manière dont, selon votre opinion, le pouvoir sur-
git dans la société? Si, par exemple, nous assimilons
la société à un édifice, et si nous comparons le pouvoir à la base sur laquelle tout repose, ou à la voûte qui
couvre tout, est-ce l'édifice qui pose ses bases ou qui
élève au-dessus de lui sa voûte? N'est-ce pas un architecte
qui dispose tout cela? Ou bien, si nous nous représentons la société comme un corps composé de membres,
et si nous appelons le pouvoir, en sa qualité d'agent directeur et conservateur, de force stimulante de la vie et
de l'activité publiques, la tête ou le cœur de ce corps, la
tête et le cœur sont-ils redevables aux mains et aux pieds
de leur existence et de leur importance? N'est-il pas plus
logique de reconnaître un principe commun et supérieur
d'organisation pour toute la structure des membres?
— Mais hâtons-nous encore, selon le conseil de l'Apôtre,
de nous détourner des objections d'une fausse raison
(I Tim., vi, 20), *et d'être attentifs à l'enseignement* (I Tim.,
iv, 16).

Pour l'observateur impartial, il n'est pas difficile de
comprendre de quelle manière le pouvoir, selon l'enseignement chrétien, procède de Dieu. D'où vient cette multitude d'hommes unis par la langue et les mœurs, que
l'on appelle *un peuple*? Il est évident que cette multitude
est devenue un peuple par la multiplication de quelque
tribu moindre, et que celle-ci est provenue d'une famille.
Ainsi, dans la famille proprement dite, se trouvent les

germes de tout ce qui s'est développé ensuite et a produit
la grande famille que l'on appelle un Empire. Par conséquent, c'est là qu'il faut chercher les prémices et de la
première forme du pouvoir et de la sujétion que l'on voit
aujourd'hui dans la société. Le père, qui a naturellement
le pouvoir de donner la vie à un fils et de développer ses
facultés, est le premier souverain ; le fils, qui ne peut ni
développer ses facultés, ni conserver sa vie même sans la
soumission à ses parents et à ses éducateurs, est un sujet
naturel. Mais comme le pouvoir du père n'a pas été créé
par le père lui-même, et ne lui a pas été donné par son
fils, mais est provenu, en même temps que l'homme, de
Celui qui a créé l'homme, il est clair que la source la plus
profonde, le principe suprême du premier pouvoir, et par
conséquent de tout pouvoir subséquent parmi les hommes,
est en Dieu. *De lui*, en premier lieu, comme s'explique
l'Apôtre, *toute paternité découle dans le ciel et sur la terre*
(Éph., III, 15); ensuite, quand les fils des fils se multiplient en peuple, et que de la famille se produit un Empire trop vaste pour l'autorité paternelle naturelle, Dieu
donne à cette autorité une nouvelle forme artificielle et
un nouveau nom, et c'est de cette manière que, par sa
sagesse, *les rois règnent* (Prov., VIII, 15); et dans la suite,
quelque durée qu'aient les peuples, quelques changements
qu'éprouvent les Empires, c'est toujours par l'entremise
de sa Providence universelle que *le Très-Haut règne sur
les royaumes des hommes* (Dan., IV, 22). Comme, dans les
temps d'ignorance, de même que les hommes oublièrent
leur Créateur, ainsi les sociétés humaines méconnurent
leur Maître suprême, Dieu, en même temps que ses autres
secrets, présenta aussi aux yeux du monde, même d'une
manière sensible, le secret de l'origine des pouvoirs sou-

verains dans le peuple hébreux choisi pour cela. Il créa
de nouveau, d'une manière miraculeuse, en Abraham, la
qualité de père, et il fit graduellement sortir de lui une
tribu, un peuple et un royaume ; il dirigea lui-même les
Patriarches de cette tribu ; lui-même il suscita des chefs
et des juges à ce peuple ; lui-même *il régna* (I Règ., viii, 7)
sur ce royaume ; lui-même il plaça sur eux des tsars, et
longtemps il manifesta sur eux des signes miraculeux de
son pouvoir suprême.

Si, de cette manière, tout pouvoir souverain, ouvertement ou secrètement, vient de Dieu et lui appartient,
comment avoir l'audace d'y toucher ? Si nous exigeons
que nos productions soient inviolables pour les autres, et
que notre propriété soit sacrée, qui peut violer impunément l'institution et la propriété du Tout-Puissant ?

Un autre saint fondement de l'inviolabilité des pouvoirs
souverains, c'est qu'ils sont *oints* de la part de Dieu.

Il n'est pas rare que la Parole de Dieu donne aux tsars
le titre d'*oints*, par allusion à l'onction sainte et solennelle qu'ils reçoivent, selon l'institution divine, à leur
avènement au trône. De quelque manière que nous envi-
sagions cet acte, qu'il signifie la consécration de l'oint à
Dieu, ou sa consécration par Dieu ; que nous considérions
dans cet acte le mystère qui apporte à l'oint l'Esprit divin
et la force spirituelle, ou que nous y voyions seulement
une cérémonie solennelle marquant, aux yeux du peuple,
le Tsar du sceau inviolable de l'élection du Très-Haut : si
seulement le nom d'oint de Dieu n'est pas un mot vide de
sens, il représente un personnage marqué du sceau de
Dieu, saint, élevé au-dessus de tous, digne de vénération
et par conséquent inviolable.

Mais une remarque particulièrement importante à faire,

c'est que la Parole de Dieu donne aussi le titre d'oints à des maîtres de la terre qui n'ont jamais été consacrés par une onction visible. Ainsi Isaïe, annonçant la volonté de Dieu au sujet du roi des Perses, dit : *Voici ce que dit le Seigneur à son oint Cyrus* (Is., XLV, 1), alors que ce roi païen n'était pas encore né, et quoique, après sa naissance, il n'ait pas reconnu le Dieu d'Israël, ce que Dieu lui reproche encore d'avance : *Je t'ai fortifié, et tu ne m'as pas connu* (5). Comment se fait-il donc que ce même Cyrus, dans ce même temps, soit appelé l'oint de Dieu? Dieu lui-même nous l'explique lorsqu'il prédit de lui par la bouche du même prophète : *Moi, je l'ai suscité ; il rebâtira ma ville, et il ramènera mon peuple de la captivité* (13). Pénètre ici, Chrétien, dans le profond mystère du pouvoir souverain! Cyrus est un tsar païen; Cyrus ne connaît pas le vrai Dieu ; cependant Cyrus est l'oint du vrai Dieu. Pourquoi? — Parce que Dieu, *qui a fait les choses futures* (11), l'a désigné pour l'accomplissement de ses desseins pour le rétablissement du peuple choisi d'Israël; par cette pensée divine, pour ainsi parler, il a oint son esprit même avant de l'amener au monde : et Cyrus, quoiqu'il ne sache pas par qui et pourquoi il est oint, élevé par une onction secrète sur un trône païen, accomplit l'œuvre du Royaume de Dieu. Combien est puissante l'onction de Dieu! Combien est majestueux l'oint de Dieu! Pourvu seulement qu'il n'efface pas en lui l'onction de Dieu par une résistance opiniâtre à Dieu qui l'a oint, il est l'instrument vivant de Dieu; la force de Dieu se manifeste par lui dans l'univers, et conduit une plus ou moins grande partie du genre humain vers le grand but de la consommation universelle. Si tel peut être celui-là même qui ne connaît pas Dieu, n'est-elle pas beaucoup plus sainte, la grandeur de ces oints qui ont reconnu Celui qui les a oints, et qui n'ont pas seulement reçu le don de l'onction pour les autres, mais l'ont encore embrassé pour eux-mêmes dans la foi et la piété, comme David, Josias, Constantin le Grand, oints pour faire régner avec eux la piété, et — n'hésitons pas d'ajouter — comme Alexandre le Béni, oint pour détruire la puissance rebelle de l'impiété dans ces derniers temps ?

Un commandement terrible n'eût-il pas proclamé la double sainteté de ces oints, un amour respectueux sentirait encore de lui-même que *celui qui les touche, touche la prunelle de l'œil du Seigneur* (Zach., II, 8).

Gardez donc attentivement la prunelle de l'œil du Seigneur : *Ne touchez pas à ses oints*. Le commandement du Seigneur ne dit pas : ne vous révoltez pas contre les pouvoirs souverains. En effet, les sujets peuvent comprendre d'eux-mêmes qu'en ruinant le pouvoir, ils ruinent toute la constitution de la société, et que, par conséquent, ils se ruinent eux-mêmes. Le commandement dit : *Ne touchez pas*, même comme l'on touche quelquefois à quelque chose, sans effort, sans intention, par légèreté, par imprudence ; il n'est pas rare en effet que l'on pèche en cela sans s'en apercevoir. Quand le pouvoir impose aux sujets quelque fardeau, même léger et indispensable, comme les murmures s'élèvent facilement ! Quand les sujets voient une action du pouvoir qui n'est pas d'accord avec leur manière de penser, avec quelle impétuosité s'élancent de leurs lèvres les paroles de condamnation ! Que de fois la pensée ignorante de l'obéissance du subordonné, par un attouchement impur, touche aux intentions mêmes du pouvoir, et leur suppose sa propre impureté ! Mon camarade ! qui t'a donné le pouvoir sur tes

maîtres? Qui t'a fait juge de tes juges? Ame chrétienne!
tu es invitée à être *soumise par conscience* (Rom., XIII, 5):
autant que possible, ne touche au pouvoir ni par une
parole de murmure, ni par une pensée de condamnation,
et crois que, *comme l'âme des oints sera précieuse à tes*
yeux, ainsi tu seras précieuse devant le Seigneur, et il te pro-
tégera, et il te délivrera de toute affliction (I Règ., XXVI, 24).
— Ainsi soit-il.

2

SERMON

POUR LE JOUR ANNIVERSAIRE
DU COURONNEMENT ET DU SACRE DU TRÈS-PIEUX
SOUVERAIN EMPEREUR ALEXANDRE PAVLOVITCH,

Prononcé en 1825.

> Je vous conjure donc, avant toutes choses, de faire
> des prières, des instances, des supplications, des ac-
> tions de grâces pour tous les hommes, pour le tsar
> et pour tous ceux qui sont au pouvoir, afin que nous
> passions une vie paisible et tranquille en toute piété
> et pureté.
> — I Tim., II, 1, 2. —

Ce que l'Apôtre demande si instamment à son disciple
Timothée, évêque d'Éphèse, ou, pour mieux dire, ce qu'il
commande si indispensablement, par l'Évêque, à toute
l'Église, cela même, Chrétiens, nous l'accomplissons avec
une solennité particulière aujourd'hui, dans cette maison
de prière. En faisant *des prières, des instances, des sup-*

plications, des actions de grâces pour tous les hommes, nous les offrons particulièrement pour notre Tsar qui a été oint par Dieu en ce jour, et qui ne protége pas seulement de son sceptre et de son glaive notre vie et notre sécurité, mais qui lutte de son esprit et de toute sa vie *pour nous procurer une vie paisible et sans troubles en toute piété et pureté.*

Ce serait de l'ingratitude envers Dieu et envers lui que de ne pas nous souvenir de l'exemple qu'il nous a donné naguères dans l'œuvre de la prière quand, ne regardant ni à la fatigue du voyage, ni aux occupations multipliées d'un séjour de courte durée dans une grande ville, il a visité quatre fois en six jours nos temples aux heures de l'oblation du sacrifice non sanglant.

Combien il doit être agréable à des sujets de prier pour un Tsar qui prie si diligemment pour ses sujets !

Toutefois, pendant que cette œuvre s'accomplit par le zèle de tous et de chacun, l'Église ne trouve pas superflu de nous répéter souvent, au milieu de l'œuvre même de la prière, le commandement de l'Apôtre sur la prière : *Je vous conjure, avant toutes choses, de faire des prières, des instances, des supplications, des actions de grâces pour tous les hommes, pour le tsar et pour tous ceux qui sont au pouvoir, afin que nous passions une vie paisible et tranquille en toute piété et pureté.*

C'est pour cela que je n'ai pas non plus trouvé superflu, non-seulement de répéter ce commandement, mais encore de développer séparément les enseignements particuliers qui s'y trouvent contenus sur la prière.

Le premier enseignement compris dans les paroles de l'Apôtre sur la prière, c'est qu'il place l'œuvre de la prière avant tout : *Je vous conjure, avant toutes choses, de faire des prières.*

Il y a beaucoup de bonnes œuvres que le christianisme
exige du Chrétien, et qu'il accomplit en lui ; mais l'œuvre
de la prière doit être avant tout, parce que, sans elle,
aucune autre bonne œuvre ne peut s'accomplir. Trouver
et suivre réellement la voie du Seigneur, comprendre la
vérité, bien voir la vie, ou, pour m'exprimer autrement,
crucifier, par la pénitence, la chair avec ses passions et
ses convoitises, afin de se purifier de toute souillure de la
chair et de l'esprit ; ressusciter et être éclairé dans le
cœur, par le moyen de la foi, de la lumière de Jésus-
Christ ; enfin être élevé par l'amour divin à l'union avec
Dieu et à l'adoration par le moyen de cette union, voilà,
en peu de mots, l'abrégé des grandes choses qui doivent
s'accomplir dans le chrétien ; et comment peuvent-elles
s'accomplir quand la dernière d'entre elles ne peut être
accomplie sans les plus élevées, et que le sommet, habituellement, est inaccessible à celui qui n'a pas encore pu
monter au premier degré ? Comment peut trouver la voie,
celui qui ne voit pas la vérité ? Ou comment peut suivre
la voie, celui qui n'a pas la vie ? Mais Jésus-Christ ne
peut devenir pour nous la vérité et la vie qu'après être
devenu notre voie : car c'est exactement dans cet ordre
qu'il a promis de se découvrir à nous, lorsqu'il a dit : *Je
suis la voie et la vérité et la vie* (Jean, xiv, 6). Comment
donc dénouer ce nœud compliqué dont tous les bouts sont
cachés dans son intérieur ? Comment ouvrir ce trésor
fermé qui, au premier coup d'œil, ne présente ni clef, ni
ouverture où une clef puisse s'introduire ? Le fil principal
par lequel se délie tout le nœud des mystères spirituels,
et la clef avec laquelle s'ouvrent tous les trésors de la
grâce, c'est la prière. Prie avec David : *Dis-moi, Seigneur,
la voie où je dois marcher, parce que j'ai élevé mon âme vers*

toi (Ps. cxlii, 8), — et la véritable voie du Seigneur se découvrira à toi. *Si quelqu'un de vous est privé de la sagesse*, ou, ce qui est la même chose, de la connaissance de la vérité salutaire, *qu'il la demande à Dieu qui répand ses dons sur tous libéralement et sans les reprocher, et elle lui sera donnée* (Jac., i, 5). Si quelqu'un *t'a demandé la vie* même, Seigneur, par une prière fervente et pure, *tu la lui as donnée* (Ps. xx, 5), et tu la donnes toujours, *comblant de biens les désirs* de ceux qui t'aiment (Ps. cii, 5). Et qu'est-ce que la prière elle-même dans son essence, sinon le souffle de la vie divine dans l'homme, suivant ce qui a été dit : *L'Esprit lui-même soupire en nous des soupirs inénarrables* (Rom., viii, 26)? Là où il y a même les plus faibles principes de souffle, là il y a des signes de vie, tandis que là où il n'y a pas de souffle, il n'y a pas de vie non plus. Ainsi, dans celui en qui il y a ne fût-ce que les principes de la prière, il y a des signes de la vie spirituelle : l'état de l'homme sans l'esprit de prière, c'est l'état de mort quant à l'homme intérieur. Par conséquent, de même que, pour la vie naturelle, il est nécessaire avant tout d'animer le souffle, ainsi, pour la vie spirituelle, il est nécessaire avant tout d'animer l'esprit de prière.

Le second enseignement du texte de l'Apôtre que nous examinons en ce moment, consiste en ce qu'il nous donne l'intelligence des divers aspects de la prière. *Je vous conjure*, dit-il, *de faire des prières, des instances, des supplications, des actions de grâces.*

Nous devons offrir à Dieu des prières comme à notre Dieu, des instances comme à notre juge, des supplications comme à notre Tsar, des actions de grâces comme au Créateur et au Dispensateur des biens. Par nos sup-

plications, nous pouvons lui demander les biens, surtout
les biens éternels, et quelquefois même les biens temporels ; nous avons besoin de le supplier, par nos instances,
de nous délivrer du mal, du péché et de la punition du
péché : après l'accomplissement des prières et des instances, suivent naturellement les actions de grâces ;
la prière, dans sa signification propre et la plus élevée,
oublie en quelque sorte et le mal et le bien propres, et as-
pire à la contemplation du bien souverain et universel en
Dieu, de sorte que, par elle, l'âme de l'homme, selon l'expression du Chantre mystérieux du Cantique, *s'élève* vers
Dieu *comme la colonne de fumée de l'encens* (Cant. des
Cant., III, 6). Les instances gémissent devant Dieu et sont
consolées ; les supplications s'enhardissent et s'humilient devant lui ; les actions de grâces se réjouissent et
triomphent : la prière est respectueuse devant lui, et
parle dans l'amour, comme une victime toujours vivante
et toujours offerte en holocauste. La prière, en général,
est l'âme de toutes les instances, les supplications et
les actions de grâces particulières : du reste, celles-ci
aussi, suivant l'état du chrétien, non-seulement il lui
est permis, mais encore il lui est utile et même indispensable de les unir à la prière. — Celui qui n'offre
pas des instances pour demander le pardon de ses péchés, celui-là, ou ne les connaît pas, par ignorance,
ou se les cache à lui-même par son orgueil, comme le
pharisien, et, dans l'un et l'autre cas, il n'appartient pas
au royaume de Dieu qui, depuis que *tous ont péché et
sont privés de la gloire de Dieu* (Rom., III, 23), ne reçoit
personne hormis ceux qui implorent et qui obtiennent
leur grâce. — Celui qui n'adresse jamais de supplications
à Dieu, celui-là croit peu en sa bonté et en son pouvoir, ou

même n'y croit pas du tout. *Jusqu'ici,* — c'est ainsi que Jésus-Christ reproche aux apôtres eux-mêmes ce défaut de la prière, — jusqu'ici, *vous n'avez rien demandé en mon nom : demandez, et vous recevrez, afin que votre joie soit complète* (Jean, xvi, 24). Celui qui n'offre pas d'actions de grâces, celui-là commet envers le Dispensateur céleste de tous les biens la même iniquité qui, parmi les hommes, par rapport aux bienfaiteurs temporels, est condamnée et punie par le mépris universel.

Le troisième enseignement du texte de l'Apôtre que nous examinons, consiste en ce qu'il détermine pour qui et dans quel ordre il faut offrir des prières. *Je vous conjure,* dit-il, *de faire des prières pour tous les hommes, pour le tsar, et pour tous ceux qui sont au pouvoir.*

J'ai entendu quelques personnes dire : « Qu'avons-nous à prier pour les autres, quand nous ne pouvons pas assez prier pour nous-mêmes ? » Ces personnes, assurément, pensent qu'il faut prier pour soi-même avant tout, et que l'on peut même ne pas prier pour les autres. Que doivent-elles penser, que devons-nous tous penser nous-mêmes en entendant l'Instituteur inspiré de Dieu qui nous enseigne la prière, nous commander de prier pour tous les autres sans exception, *pour tous les hommes ;* nous commander de prier pour quelques-uns en particulier : *pour le tsar, et pour tous ceux qui sont au pouvoir,* et ne pas même faire mention de la prière pour soi-même ? Qu'est-ce que cela signifie ? — Que la prière pour soi-même, prise séparément de la prière pour les autres, comme fruit de l'égoïsme spirituel, ne peut constituer la véritable vertu chrétienne, et par conséquent ne mérite pas un commandement spécial, tandis que celui qui prie pour tous, prie en même temps aussi pour lui-même, et

avec d'autant plus de pureté et de désintéressement qu'il
sépare moins son bien et son salut particuliers du bien
commun et du salut de tous les hommes. C'est pour cela
que Jésus-Christ lui-même nous a donné à tous une seule
prière, et qu'il a ordonné, non pas à chacun de prier pour
soi-même, mais à tous et à chacun de demander pour
tous à *notre Père* céleste *sa volonté* pour toute *la terre*, et
*le pain quotidien, la remise des dettes, la délivrance des
tentations* pour *nous* tous (Luc, xi, 2, 3, 4). Même dans nos
circonstances privées, il a désiré qu'au moins *deux ou
trois s'unissent pour demander toute chose au Père céleste*
(Matth., xviii, 19). Ainsi donc, ne refuse pas la prière
pour les autres, sous le prétexte de la crainte de ne pouvoir pas assez prier pour toi-même; mais crains réellement de ne pas assez prier pour toi-même si tu ne pries
pas pour les autres. Si chacun ne prie que pour soi-
même, chacun restera avec sa propre prière toute seule,
froid avec une prière froide, impuissant avec une prière
impuissante; mais si chacun prie pour tous, chacun sera
assisté par la prière très-puissante de toute l'Église de
Jésus-Christ et de tous les saints de Dieu. *Je vous conjure
donc de faire des prières pour tous les hommes.*

Pour ce qui concerne les prières prescrites en particulier *pour le tsar, et pour tous ceux qui sont au pouvoir,* il
n'est pas inutile, dans le temps présent, d'appeler l'attention sur ce que, lorsque l'Apôtre écrivait ce commandement à l'église d'Éphèse, les tsars et les pouvoirs desquels pouvait dépendre sa prospérité extérieure, n'étaient
pas chrétiens, mais païens; n'étaient pas des protec-
teurs, mais la plupart du temps des persécuteurs de
l'Église! Si prier pour de tels hommes est une obligation chrétienne, combien donc serait-il opposé au

christianisme de ne pas s'inquiéter de la prière pour un Tsar qui est l'oint du Christ, et qui, par son pouvoir et son exemple, soutient et propage la piété! Cette négligence ne peut rester impunie, à cause du lien secret par lequel la Providence de Dieu, dans les destinées des tsars et des peuples, unit exactement, non pas toujours de près, mais toujours d'une manière merveilleuse, la piété avec la prospérité, et les vices avec les malheurs. Pourquoi des tsars aussi pieux et aussi bienfaisants qu'Ézéchias et Josias ne purent-ils pas détourner la ruine du peuple juif? — Parce que ce peuple indigne ne voulut pas accueillir l'esprit de piété qu'ils firent tant d'efforts pour éveiller en lui.

Le quatrième enseignement compris dans le texte de l'Apôtre que nous examinons, c'est qu'il fixe un but régulier à l'œuvre de la prière: *Afin que nous passions une vie paisible et tranquille en toute piété et pureté.*

Les conséquences de la prière faite dans un but irrégulier, un autre apôtre les exprime lorsqu'il dit : *Vous demandez et vous ne recevez point, parce que vous demandez mal, pour passer votre vie dans la satisfaction de vos passions* (Jacq., IV, 5). Il montre la prière infructueuse : *Vous demandez, et vous ne recevez point.* Mais pourquoi est-elle infructueuse? — Parce qu'elle n'a pas la qualité et le mérite requis: *Parce que vous demandez mal.* Et pourquoi est-elle indigne? — Parce que ceux qui prient ont un but irrégulier, celui de satisfaire leurs propres désirs : *Pour passer votre vie dans la satisfaction de vos passions.* Prévenant cet abus et, peut-on dire, cette profanation de la sainteté, saint Paul prescrit ce que doit être la prière, afin que dans nos prières et nos supplications nous ayons en vue, non pas nos propres désirs, mais la vie

commune de tous les Chrétiens, la prospérité de l'Église
et de la Patrie ; afin que l'objet de nos désirs soit, non
pas une vie agréable, pour la satisfaction d'une sensualité
grossière ou raffinée, non pas une vie d'abondance, pour
la satisfaction de notre cupidité, non pas une vie brillante et remplie d'honneurs, qui nourrisse notre orgueil
et notre ambition, mais une vie paisible et sans troubles ;
enfin pour que cette vie elle-même ne soit pas le dernier
but de nos désirs, puisque, n'ayant point, dans cette vie
temporelle, extérieure, de *cité permanente* (Hébr., xiii, 14),
nous ne pouvons pas placer ici-bas le dernier terme de
nos aspirations ; mais pour que, parvenus à une situation
paisible et sans troubles dans cette vie temporelle et extérieure, nous en trouvions moins d'obstacles pour tendre à
obtenir des succès croissants dans la vie intérieure, pour
obtenir le droit à la vie éternelle dans la céleste cité future : *Afin que nous ayons une vie paisible et tranquille en
toute piété et pureté.*

Faisons notre profit, mes Frères, de ces enseignements
apostoliques, si quelqu'un, jusqu'ici, n'en a pas assez
profité.

Ne permettons pas que l'oisiveté ou les plaisirs frivoles
nous éloignent de l'œuvre sainte de la prière commune
et privée, à l'église et à la maison ; ne permettons pas
aux affaires du monde elles-mêmes de ruiner en nous
cette affaire de Dieu. Il y a *un temps pour toute chose sous
le ciel* (Eccl., iii, 1) : comment n'y aurait-il pas un temps
pour la prière qui est la première chose sous le ciel ? Il y
a un temps pour les spectacles ; comment n'y aurait-il
pas un temps pour le temple ? Si vous vous hâtez et pour
de bonnes actions et pour des actions légales, hâtez-
vous encore plus de les faire précéder de la prière, afin

que ce qui est bon et légal devienne saint, car *tout se sanctifie par la prière* (I Tim., iv, 5). *Je vous conjure donc, avant toutes choses, de faire des prières.*

Soyons, autant que possible, attentifs aux diverses occasions dans lesquelles l'œuvre de la prière, appliquée sagement, devient complète et parfaite. Nous sentant coupables devant la justice de Dieu, apportons-lui des prières, afin qu'il nous remette nos dettes ; et quand même nous aurions fait tout ce qui est commandé, ne cessons pas encore d'implorer miséricorde, nous reconnaissant des serviteurs inutiles qui n'avons encore rien mérité, n'ayant fait que notre devoir. La pensée que le Père céleste connaît nos besoins, cette douce nourriture de l'espérance chrétienne, — qu'elle ne se change pas en nous en un aliment pour la paresse ou l'infidélité ; que la pensée que le Père connaît tout n'empêche pas les enfants d'être sincères ; apportons-lui nos supplications d'enfants, afin que Celui qui, dans son omniscience, les a prévues, puisse les exaucer conformément à sa justice. Mais, comme des enfants d'obéissance, que nous recevions ce que nous demandons dans toute la mesure de notre demande, ou que nous ne recevions absolument rien, ou même que nous soyons privés de ce que nous avions, ne manquons dans aucun cas d'apporter nos actions de grâces au Père qui, autant il est généreux lorsqu'il donne du pain, autant il est bon lorsqu'il ne donne pas un charbon brûlant à l'enfant irréfléchi, ou bien lorsqu'il lui ôte une arme dangereuse. Osons-nous approcher de plus en plus près de ce Père tout-bon, même sans considérer ni nos besoins ni ses dons : c'est assez d'entendre sa seule parole ou son nom seul *pour que notre âme sorte au son de sa voix* (Cant. des Cant., v, 6), et se répande toute devant lui en prières d'amour et de joie. Ainsi *je vous conjure de faire des prières, des instances, des supplications, des actions de grâces.*

Dilatons notre cœur par la prière, et embrassons en elle tous les hommes. Qu'en elle, même ce qui est éloigné devienne proche; ce qui est étranger, propre; ce qui est élevé et bas, égal devant la face du Très-Haut; qu'en elle, l'inimitié s'éteigne, et que l'amour s'enflamme d'un feu plus fort et plus pur. Surtout, demandons, par la prière, des biens pour ceux que Dieu a placés pour édifier, par des efforts particuliers, notre bien. Qui sait ce que peut la prière de la foi pour le Tsar et la Patrie? Jadis, la prière d'Élisée seul pour le tsar et le royaume d'Israël fut plus puissante qu'une armée : car elle amena toute une armée ennemie prisonnière dans la capitale d'Israël. *Je vous conjure donc de faire des prières pour tous les hommes, pour le tsar et pour tous ceux qui sont au pouvoir.*

Enfin, prenons garde que l'intention impure, comme un ver, né nuise au fruit de la prière jusque dans son intérieur même. Qu'indigne serait, par exemple, la prière pour le Tsar, si quelqu'un n'y prenait part avec les autres que pour se conformer à l'usage et pour remplir une obligation légale! Non! Ce n'est pas ce que demande le christianisme; ce n'est pas ce que mérite le Tsar. Offrons donc d'un cœur sincère et de toute notre âme *des prières pour tous les hommes, pour le tsar et pour tous ceux qui sont au pouvoir*, avec une intention pure, *afin que nous ayons une vie paisible et tranquille en toute piété et pureté. Car cela est bon et agréable devant Dieu notre Sauveur* (I Tim., II, 1-4), à qui soient rendues sans cesse la prière, l'action de grâces pour tout, et la gloire dans les siècles. — Ainsi soit-il.

3

SERMON

**POUR LE JOUR ANNIVERSAIRE
DE LA NAISSANCE DE SA MAJESTÉ IMPÉRIALE LE
TRÈS-PIEUX SOUVERAIN NICOLAS PAVLOVITCH,**

Prononcé à la cathédrale de l'Assomption, le 25 juin 1854.

> Car je sais qu'il commandera à ses fils, et à sa mai-
> son après lui : et ils garderont les voies du Seigneur
> pour faire la justice et l'équité.
> — Gen., xviii, 19. —

Puisque une année du Tsar, lui appartenant comme une année de vie, appartient en même temps à l'Empire comme une année de règne, il n'est pas étonnant que dans le jour présent, limite entre l'année qui finit et l'année qui commence de notre Très-Pieux Autocrate, toute la Russie se lève et plonge avec avidité ses regards les plus pénétrants dans le passé, dans l'avenir, dans le ciel, avec reconnaissance, avec espérance, avec prière.

L'une des particularités de l'année du Tsar qui s'accomplit, consiste en ce que, de pair avec cette année, comme une jeune lune auprès du soleil dans un ciel serein, a paru la première année de la majorité de l'Héritier du Trône.

Je vois encore comme présent ce soir magnifique, vraiment digne du jour de Jésus-Christ.

Au milieu du temple majestueux, au milieu des chants

et des prières devant le sanctuaire ouvert du Ressuscité, un moment interrompus, s'avançant vers le Verbe de vie dévoilé, vers la Croix libératrice du Christ, le Tsar actuel conduit le jeune Tsar futur, tandis que la couronne, et le sceptre, et le globe, comme symboles du règne à venir, reposent à leur place. Combien de pensées graves on peut puiser dans ce spectacle, pendant qu'il est encore silencieux! Ainsi donc, l'entrée du Porphyrogénète dans le chemin du Trône doit être sur le chemin du Sanctuaire. Ainsi donc, le commandement, la promesse, la prière sont les préludes de la couronne, du sceptre, du globe. Ainsi donc la Croix est la couronne préliminaire de la couronne, et la force du futur pouvoir Tsarien doit se tirer du baiser donné à l'Évangile. Ainsi donc, pour léguer avec confiance l'Empire, il faut, on le voit, léguer d'abord une piété solide.

J'entends la promesse sacrée du Fils du Tsar, et tout à coup il se découvre que cette majorité, que celui-là même qui y entre appelait, avec tant de modestie, *prématurée*, est, au contraire, complètement mûre, parce qu'il a noblement compris les hautes pensées de son Père, et profondément senti la gravité du moment présent. Il est là devant Dieu comme une victime vivante offerte par le Tsar-Père pour le bien-être futur de l'Empire, et, d'accord avec la volonté de son Père, il s'offre lui-même en sacrifice, et le nuage de larmes qui monte à ses yeux montre que l'encens de son cœur innocent s'élève vers le ciel.

Il me semble que vous aussi, vous étiez présents à cette immolation à l'Empire, puisque au même moment vous offriez la même prière : ainsi l'avait voulu le Très-Pieux Souverain qui aime à être, autant que possible, uni en

tout avec vous. Mais j'y assistais de plus près, et je peux
vous attester qu'autant était étrangement étonnante autrefois la victime arrosée d'une aspersion d'eau deux ou trois
fois répétée afin que descendit ensuite sur elle le feu du
ciel, autant a paru doucement étonnante notre inappréciable victime vivante, arrosée de larmes universelles
d'amour, de joie et de prière, afin que descendit sur elle
le feu vivifiant de la bénédiction d'en haut.

Tu as abaissé tes regards sur ce moment, Tsar des
cieux et de l'éternité, devant qui aucun moment terrestre
ne tombe dans l'oubli. C'est à toi qu'ont été offertes ces
larmes les plus sincères, les plus unanimes, et les plus
pures que puisse répandre un Père de la Patrie en union
avec les fils de son Empire. Lorsque notre destinée paraîtra
devant ta face, lorsque tes décrets te demanderont s'il
faut ouvrir sur nous les trésors de la colère à cause de nos
péchés, ou les trésors des miséricordes, à cause de notre
foi en toi, alors, Seigneur, rappelle-toi encore ce moment,
regarde encore ces larmes, et prononce encore sur nous
le jugement de la clémence; porte encore sur nous la
sentence souveraine du salut et de la paix. Quant à notre
Très-Pieux Tsar qui règne non-seulement pour les con-
temporains, mais aussi pour la postérité, qui a autant de
souci du règne futur que du règne présent, et qui dépose
devant toi, Tsar éternel, sa sollicitude du futur, et s'en
repose sur toi, — multiplie et les années de son règne, et
les bénédictions sur elles avec d'autant pl us 'abondance
qu'il se confie avec plus d'abandon, lui, et son Héritier,
et son Empire, à la souveraineté de ta Providence.

Mes Frères! La circonstance qu'il nous est si agréable
de considérer, renferme en elle une vérité qu'il est désirable de voir de plus en plus dévoilée pour notre atten-

tion, pour notre conviction, pour notre activité : heureux
le Tsar et le peuple, l'Empire et la maison, le chef de famille et la famille qui s'assurent un avenir plein d'espérance sur Dieu et sur la piété.

Abraham était presque seul et, de plus, il était voyageur, sans patrie, sans maison, lorsque Dieu dit devant
lui, comme s'il eût été absent : *Abraham donc étant sera
un peuple grand et nombreux, et en lui seront bénies toutes
les nations de la terre.* C'est-à-dire : Abraham, seul, er-
rant, deviendra le peuple hébreu, un empire puissant ; il
s'étendra de l'Égypte au Liban, ensuite il se répandra
depuis Babylone jusqu'à l'Égypte, jusqu'à Antioche, jusqu'à Rome ; il se concentrera de nouveau dans un nouveau, spirituel, divin *Fils d'Abraham* (Matth., I, 1), — dans
Jésus-Christ ; et de nouveau il se répandra plus qu'auparavant dans un nouveau, un spirituel Israël, — dans le
Christianisme, et en celui-ci seront bénies de la bénédiction la plus haute et la plus étendue réellement toutes les
nations de la terre. Quel arbre majestueux, ombrageant
aujourd'hui l'univers, et dans quelle petite semence de
promesse il était renfermé ! Et de quelle manière étonnante Dieu exprime cette promesse ! *Abraham donc étant
sera,* c'est-à-dire, il sera certainement et infailliblement
un peuple grand. Il ne dit pas : *Tu seras,* quoiqu'il parle à
Abraham en personne, mais : *Abraham sera,* comme s'il
n'avait pas été là, donnant à comprendre par là que
l'œuvre de la promesse s'accomplira pour ainsi dire sans
lui, non par sa prévoyance, non par ses efforts, non
par ses mérites : car c'est ainsi qu'agit la grâce. Et ce
qui est encore plus étonnant, c'est que Dieu ne dit pas
même : *Je ferai d'Abraham un peuple grand;* mais : *Abraham sera,* comme si la chose devait se faire d'elle-même.

Le Seigneur cache en quelque sorte sa force toute-puissante pour montrer à Abraham le fondement d'un heureux avenir, qu'il est particulièrement nécessaire de
rendre évident. Quel est ce fondement? — La piété, et la
justice fondée sur la piété, ou la vertu. *Car je sais*, continue Celui qui sait tout, parlant à Abraham, *qu'il commandera à ses fils et à sa maison après lui ; et ils garderont
les voies du Seigneur pour faire la justice et l'équité*. Abraham sèmera la piété dans ses fils et dans sa maison, et il
en croîtra une abondance et une grandeur de postérité.
Il leur léguera la justice, et ils recevront un héritage
incalculable et indescriptible de bénédiction universelle.

Voilà une idée très-ancienne, ou, pour parler plus exactement, voilà la théorie, enseignée par Dieu lui-même,
de la garantie de l'avenir, développée, et jusqu'ici confirmée par l'expérience des siècles.

Peut-être quelques-uns diront-ils que la destinée d'A-
braham est particulière et unique dans toute l'humanité.
Oui, elle est particulière par la pureté et l'excellence de la
foi d'Abraham au milieu du règne de la superstition et de
l'iniquité, et elle est unique par le but de la promesse,
qui est Jésus-Christ ; mais sous le rapport du fondement
indiqué d'un heureux avenir, ce n'est pas un cas unique
ou une exception à la règle générale, ce n'est au contraire
qu'un exemple extrêmement clair de la règle générale
selon laquelle agit la Providence. Dieu, qui bénit ainsi *la
justice et l'équité* dans l'homme, ne peut pas s'écarter lui-
même de la justice et de l'équité, ni varier dans ses principes éternels. S'il a promis, et, selon sa promesse, donné
en effet à Abraham un avenir béni, sur ce fondement
qu'il commandera à ses fils et à sa maison après lui, et qu'ils

garderont les voies du Seigneur, sans aucun doute, il donnera aussi un heureux avenir, soit dans sa personne, soit
dans sa postérité, à quiconque, s'étant d'abord commandé
la piété à lui-même, agira ensuite par la force de la même
piété sur ceux qui dépendent de lui, en s'efforçant de tout
son zèle de la propager parmi ses proches, et en contri-
buant à la confirmer pour les temps futurs. L'Apôtre proclame sans hésiter l'influence bienfaisante en général de
la piété sur l'avenir. *La piété*, dit-il, *est utile à tout, ayant
la promesse de la vie présente et de la vie future* (1 Tim.,
IV, 8).

Dans la sagesse prétendue des fils de ce siècle, il apparaît
deux pensées qui les disposent à vivre dans le présent avec
une espérance aveugle, ou, au contraire, avec une insouciance désespérée par rapport à l'avenir : la première, c'est
que le monde marche selon ses lois, et que, par conséquent,
un ou plusieurs hommes s'efforceraient en vain de donner
à cette énorme machine une impulsion selon leurs désirs ;
la seconde, c'est que l'humanité marche d'elle-même vers
le perfectionnement, et que, par conséquent, il n'y a pas
beaucoup d'importance dans la manière dont tu frappes
de ton aviron insignifiant le large fleuve du temps qui
coule bien sans cela, et qui entraîne tout ce qui flotte à
sa surface, à la mer des perfections de tout genre.

Pour voir si ces pensées sont justes, il suffit de les
livrer au jugement l'une de l'autre. Si le monde, sans en
excepter même l'humanité, marche selon ses lois, comme
une machine artistement construite, c'est à tort que vous
vous imaginez que l'humanité marche d'elle-même vers
le perfectionnement. Une machine parcourt et répète un
cercle déterminé de mouvements plus ou moins compliqués et divers, et, sans la main de l'artiste, elle ne marche

vers aucun perfectionnement inconnu d'elle auparavant,
tandis qu'avec le temps, elle avance plus vite ou plus len-
tement vers sa détérioration et sa dislocation. Et au contraire, si l'humanité marche d'elle-même, ou de quelque
autre manière que ce soit, vers un perfectionnement crois-
sant graduellement, ou enfin attendu, alors, certainement,
ou le monde ne se dirige pas par des lois à lui propres,
comme une machine, ou, du moins, l'humanité n'est pas
aussi fortement liée à la partie machinale du monde que
le pense une sagesse machinale.

Le monde marche selon ses lois! Soit : il marche selon
les lois de la nécessité. Mais toi, être libre et moral, est-
ce que tu ne dois pas marcher selon les lois de la liberté
et de la morale? Est-ce que Dieu, infiniment sage, juste
et bon, n'aurait établi souverainement une loi à lui propre que sur le monde inanimé, tandis qu'il aurait livré le
monde intellectuel à la confusion et à l'anarchie de l'iniquité? Non! Dans le monde physique, ce qui est semé, et
non autre chose, croît selon la loi de la nécessité ; dans le
monde intellectuel et moral, ce que tu sèmeras librement,
tu le moissonneras. Si tu sèmes la piété et la justice, tu
moissonneras la bénédiction et la prospérité. Si tu sèmes
l'impiété et l'injustice, tu moissonneras la malédiction,
le malheur, la ruine.

L'humanité marche vers le perfectionnement! Cela n'est
pas complètement faux. La philosophie a trouvé cette
pensée dans la Religion, elle a été envieuse de son élévation, elle l'a dérobée ; mais elle ne l'a pas comprise,
et elle n'a pas su en tirer parti. La Religion a révélé que
Dieu conduit l'humanité vers la perfection et la félicité
en arrêtant par sa justice le mal qui ne peut être
corrigé, en corrigeant par sa miséricorde celui qui peut

être corrigé, en prêtant sa force à la faiblesse, mais jamais
en opprimant la liberté par la force, et en inclinant au
contraire au bien par l'amour : l'orgueilleuse philosophie,
ayant mal entendu, répète présomptueusement que l'humanité marche d'elle-même vers la perfection, en vainquant (ainsi qu'elle l'ajoute) la nature par le moyen de l'art,
des découvertes, des inventions, mais (ce qu'elle ne dé-
clare pas toujours, et montre cependant par les faits) sans
chercher à se rapprocher du Créateur de la nature. Je
vous en conjure avec saint Paul, *mes frères, que personne
ne vous séduise par la philosophie et par de vaines séductions,
selon la tradition humaine, selon les principes du monde, et
non selon Jésus-Christ* (Colos., II, 8). Aujourd'hui encore,
comme aux temps des païens, se détournant de la sagesse
selon Jésus-Christ, *le monde, dans la sagesse de Dieu, n'a
pas reconnu Dieu par la sagesse* (I Cor., I, 21). Ils pensent
embrasser d'un seul regard toute l'humanité ; ils en montrent une certaine marche automatique vers la perfection;
ils préconisent les succès de ce qu'ils appellent les lumières
et la civilisation ; ils promettent l'âge d'or ; et là où ils
pensent le plus que tout cela se fait et s'achèvera de soi-
même, et où ils se soucient le moins de la bénédiction et
des lumières d'en haut, — là précisément, et dans le
même temps, on ne trouve ni vertus, ni mœurs, ni tranquillité, ni sécurité ; les vices sont effrénés, les querelles
interminables, les alliances sans sûreté, la sagesse n'est
plus autre chose que de l'industrie, et la science une
marchandise, les livres et les spectacles sont remplis de
crimes et d'horreurs, comme les geôles et les lieux de
châtiment. Dites, je vous prie : est-ce bien là le chemin
droit et la marche naturelle vers la perfection de l'humanité ? Ou bien, au contraire, ne sont-ce pas des carre-

fours, des gorges, des précipices, des déviations, des égarements, des chutes? Mais abrégeons la discussion. Si l'humanité, en tout ou en partie, doit marcher vers la perfection, la prospérité, la félicité désirées et attendues dans l'avenir, il faut donc que l'on trouve, ou que l'on indique mieux le vrai chemin qui y conduit. Je dis : que l'on indique mieux; car un chemin tracé à l'aventure, souvent ne conduit pas au but, même quand il l'offre en perspective, tandis qu'un chemin indiqué par un guide expérimenté et fidèle, conduit au but, même quand celui-ci est encore caché à la vue. Quel est donc ce chemin? — C'est celui que la Révélation nomma à Abraham, à cause de son appropriation à la multitude diverse de ceux qui le suivent, — *les voies du Seigneur*, qui du reste est en principe l'unique chemin du Seigneur. Mais qui indique ce chemin? — Quelquefois, autant que cela est nécessaire, le Seigneur lui-même, du haut du ciel, comme par exemple il le montra à ce même Abraham : *Marche devant moi, et sois parfait* (Gen., xvii, 1). Et le plus ordinairement, ceux qui ont expérimenté la sûreté de ce chemin, proclament, pleins de joie, leur découverte, et, par philanthropie, ils invitent à les y suivre, comme par exemple· *Bienheureux les hommes irréprochables dans leurs voies, qui marchent dans la loi du Seigneur* (Ps. cxviii, 1). *Bienheureux l'homme qui ne s'est pas arrêté dans la voie des pécheurs, mais dont la volonté est dans la loi du Seigneur. Il sera comme un arbre planté près du courant des eaux. Tout ce qu'il fait, prospère* (Ps. i, 1-3). *Bienheureux tous ceux qui craignent le Seigneur, qui marchent dans ses voies. Tu mangeras les produits de tes mains; tu es heureux et tu seras comblé de biens* (Ps. cxxviii, 1, 2). *Attends le Seigneur et garde ses voies, et il t'exaltera pour hériter de la terre;*

tu verras périr les pécheurs (Ps. xxxvi, 34). Si tu trouves,
c'est-à-dire s'il te paraît que le chemin du Seigneur soit
difficile, ou long, et ne te montre pas bientôt l'avenir heureux, ne chancelle pas dans la foi, ne perds pas l'espérance; à la fin l'épreuve passera, et la récompense se découvrira. *Attends, — tu verras.*

Chrétiens! Vous savez que la grande cité de Dieu, à laquelle conduit directement la voie du Seigneur,—l'avenir
bienheureux qui justifiera parfaitement cette voie, — se
trouve par delà les limites du temps. Mais sur ce même
chemin, et sur ce chemin seul, se trouvent et les demeures paisibles et les cités tranquilles des bénédictions
temporelles. Gardez cette voie qui, grâces à Dieu, n'est
pas perdue chez nous; et comme notre Très-Pieux Souverain montre ce chemin à son Héritier, ainsi, vous aussi,
précédez dans ce chemin, par vos bons exemples, et
montrez-le, commandez-le, parents à vos enfants, maîtres
de maisons à vos familles, instituteurs à vos disciples,
chefs à vos subordonnés, vieillards aux jeunes gens;
que tous nous nous donnions les mains dans le chemin
de la foi et de la piété, qui est l'unique chemin sûr de
la prospérité et de la béatitude! — Ainsi soit-il.

4

SERMON

POUR LA FÊTE DU TRÈS-PIEUX SOUVERAIN EMPEREUR NICOLAS PAVLOVITCH,

Prononcé dans l'église de Sainte-Marie-Madeleine
de la Maison Impériale des Veuves, avant le vœu solennel des Veuves
de la Miséricorde, le 6 décembre 1826.

Qui me ramènera aux mois des premiers jours, auxquels Dieu me gardait (Job, xxix, 2)? — s'écriait autrefois Job. Sans aucun doute, il pensait alors à ses enfants morts, et à la prospérité ruinée de sa maison. Mais il y a encore un sujet de son affliction qui mérite une attention particulière, et qui excite même l'étonnement. Il regrette la possibilité de faire du bien, qu'il avait et dont il a été privé. *Car je sauvais*, dit-il, *le pauvre des mains du fort, et je secourais l'orphelin sans secours. — Les lèvres de la veuve me bénissaient. — J'étais l'œil de l'aveugle, et le pied du boîteux : j'étais le père des pauvres* (12, 13, 15).

Ne t'afflige pas, âme bienfaisante! Dieu, le souverain Bienfaiteur et le Protecteur de toute bienfaisance, ne livrera pas au reproche sa bonté devant ton visage; il te ramènera aux mois des premiers jours, auxquels il te gardait. Et réellement, le livre de sa vie dit à la fin: *Le Seigneur, doublant, donna à Job le double de ce qu'il pos-*

sédait auparavant; — le Seigneur bénit Job dans ses der-
niers jours plus que dans les premiers (xlii, 10, 12).

Et pour toi aussi, Mère, selon la nature, de Fils bénis,
et, selon la bienfaisance, Mère des faibles et des orphelins, donnant la lumière aux aveugles, bénie des veuves,
— et pour Toi aussi, il y a un an, n'y eut-il pas des instants où tout sentiment d'existence et de vie se bornait
à des gémissements sur une perte ineffablement grande?
Qui me ramènera aux mois des premiers jours, auxquels
Dieu me gardait?

Mais le Père magnanime des orphelins et le Juge des
veuves a exaucé les prières des orphelins et des veuves
qui te bénissent, aussi bien que les prières du peuple et
de l'Empire qui étaient devenus orphelins, et il t'a rame-
née vraiment aux mois des premiers jours auxquels il te
gardait. Voici qu'aujourd'hui encore, dans le même mois
où nous signalions auparavant, par la célébration sainte
de l'un de tes bienfaits multipliés, la fête de ton Fils béni
de Dieu, — aujourd'hui encore la fête de ton autre Fils
élu de Dieu est célébrée par la même solennité.

Voilà un enseignement de fait, pour quiconque a besoin d'enseignement, de cette vérité que la bienfaisance
envers les hommes hérite sûrement de la bénédiction puissante et effective de Dieu, souvent par des
décrets merveilleux et inattendus.

Très-connue est, par l'Évangile, la grande bénédiction
qui est préparée aux hommes bienfaisants, à la fin des
siècles et dans l'éternité elle-même. *Venez*, dira notre
Seigneur, comme Tsar et Juge du monde, *venez, les bénis*
de mon Père; héritez du royaume qui vous a été préparé
dès le commencement du monde (Matth., xxv, 34). Mais
quels sont ces bénis du Père céleste? — La continuation

du jugement de Jésus-Christ montre que ce sont ceux qui ont nourri ceux qui avaient faim, abreuvé ceux qui avaient soif, accueilli les voyageurs, habillé ceux qui étaient nus, visité les malades et les prisonniers, en un mot, les gens bienfaisants envers leur prochain nécessiteux. Et dans une autre circonstance, le Seigneur fait ce commandement : *Lorsque tu feras un festin, appelle les pauvres, les infirmes, les boiteux, les aveugles; et tu seras bienheureux, parce qu'ils n'ont pas de quoi te le rendre : tu auras ta récompense à la résurrection des justes* (Luc, XIV, 13, 14).

Si la pensée de la disproportion entre l'acte et la récompense, entre un bien temporel fait à un homme et la bénédiction éternelle de Dieu, entre un service terrestre et l'héritage du royaume céleste, — si cette pensée, ou une autre semblable, surgissait en quelqu'un pour ébranler la foi en la récompense promise, la sagesse de Dieu a déjà opposé à ce doute une pensée plus forte pour rabaisser, comme elle fait dans tous les autres cas, tout soulèvement des vaines pensées des hommes s'élevant contre la raison de Dieu. Le généreux Rémunérateur a déclaré que le bienfait, quel qu'il soit, à qui que ce soit qu'il s'adresse, il le recevra comme un bien fait à lui-même : *Tout ce que vous ferez pour l'un des moindres de mes frères, vous le ferez pour moi* (Matth., XXV, 40). Par conséquent, non-seulement, comme juge, il justifie ceux qui, par leurs œuvres, remplissent la loi d'amour envers le prochain ; non-seulement, comme Tsar, il récompense royalement ceux qui assistent les fils du royaume dans le chemin du royaume ; mais encore, comme débiteur, il satisfait fidèlement ceux qui, *en donnant au pauvre, prêtent à Dieu* (Prov., XIX, 17).

Ainsi donc, je le répète, très-connue est, par l'Évangile, la grande bénédiction dernière et éternelle de Dieu aux hommes bienfaiteurs du prochain. Mais, malheureusement, beaucoup d'hommes, vivant, pour ainsi dire, sans en pouvoir sortir, dans le domaine abject des sens et de ce monde visible, étant peu familiers avec le spirituel, l'invisible, le futur, aperçoivent à peine le royaume futur du Christ comme dans un lointain nébuleux; le Juge qui, comme l'annonce l'Apôtre, — *se tient debout à la porte* (Jacq., v, 9), dans leur opinion, est encore au delà des montagnes. C'est pour cela que, quelque terrible que soit le jugement, quelque grande que soit la récompense, plusieurs ne sont engagés ni par la crainte, ni par l'espérance, — je ne dis plus par l'amour pur, élevé, — à acquérir au bas prix du bien fait aux hommes l'inappréciable royaume de Dieu; ou bien, s'ils font en cela quelques tentatives, ils n'ont ni assez de persévérance dans l'attente du fruit de cet exploit, ni assez de zèle contre les tentations qui s'y rencontrent. Qui sait, disent-ils, si nos bienfaits arriveront bien réellement aux frères de Jésus-Christ? Où est cette bénédiction avec laquelle, non pas comme devant être bénis, mais comme étant déjà *les bénis*, avec laquelle doivent se présenter au tribunal de Jésus-Christ les hommes bienfaisants, — où est-elle, quand les bienfaits que nous répandons ne tombent pas comme une semence féconde sur une bonne terre, mais sont dispersés comme la poussière par le vent, et que nous ne voyons pas qu'il nous en revienne quelque chose de bien?

C'est pour cela que j'en ai déjà appelé et que j'en appelle encore à l'enseignement de l'expérience pour démontrer cette vérité que la bienfaisance hérite sûrement de la bénédiction puissante et effective de Dieu.

Accordons une brève discussion à ceux qui sont tentés par le doute du bon résultat de leurs bienfaits.

Nos bienfaits, disent-ils, arriveront-ils bien réellement à des frères de Jésus-Christ? — Pour répondre à cela, il faut examiner une autre question : qui notre Sauveur comprenait-il, dans la parabole du jugement, sous le nom de *ses moindres frères?* Si, comme étant entré en communion de la chair et du sang de l'humanité en général, comme ayant souffert lui seul pour tous par amour pour l'humanité, poussé par le même amour de l'humanité, *il ne rougit pas d'appeler ses frères* (Hébr., II, 11), selon l'Apôtre, tous les hommes en général, et s'il regarde en particulier tous ceux qui souffrent comme ne faisant presque qu'un avec lui, la première question se résout tout simplement : d'après ce raisonnement, à quelque souffrant qu'arrivent nos bienfaits, ils arrivent toujours à l'un des moindres frères du Seigneur Jésus. Mais si quelqu'un dit qu'il est douteux que l'on puisse reconnaître comme étant des moindres frères de Jésus souffrant innocemment, des gens qui souffrent pour leurs péchés, et, au milieu même de leurs souffrances, restent dans leurs péchés ; si nous accordons que l'on ne peut appeler frères de Jésus-Christ, dans le vrai sens de ce mot, que ceux qui, par la foi en Jésus-Christ, *sont nés de Dieu* (Jean, I, 13) ; si nous concluons ensuite de là que ceux-là seulement font du bien à Jésus-Christ, qui font du bien aux pauvres qui sont pieux, faut-il, même dans ce cas, empêcher ou décourager la bienfaisance par le souci de savoir à qui arriveront ses bienfaits ? Quel sera le résultat de ce souci ? Cesserez-vous de faire du bien ? — Vous vous privez vous-mêmes décidément de la bénédiction

promise aux bienfaisants, et vous violez le grand commandement de l'amour du prochain, que l'on ne peut
violer impunément. Voulez-vous ne faire du bien qu'à
ceux qui le méritent, et vous détourner des indignes? —
Mais n'est-ce pas en cela même que consiste le nœud
dont nous cherchons la solution, — ne consiste-t-il pas
en cela que vous ne connaissez pas de signes assez certains pour démêler les dignes des indignes? Et qui vous
a donné le droit de condamner, avant le jugement de
Jésus-Christ, qui que ce soit comme indigne d'être appelé
l'enfant de Dieu et le moindre frère de Jésus-Christ? Et
si même tu regardes avec justice aujourd'hui quelqu'un
comme indigne, que sais-tu ce qu'il sera demain? Que tu
dises, par exemple, d'un brigand enfermé dans une prison: il n'est pas digne de ma visite, parce qu'il n'est pas
un des moindres frères de Jésus-Christ; mais qu'arrivera-
t-il si le Seigneur lui dit à lui aussi, avant la mort, comme
il dit autrefois au larron: *Aujourd'hui, tu seras avec moi
dans le paradis* (Luc, xxiii, 43)? Tu auras perdu l'occasion
de faire du bien à l'un des moindres frères de Jésus-
Christ! Supposons même que tu aies refusé de faire du
bien à un homme réellement indigne; sais-tu ce que tu
as fait? En recherchant, par un jugement téméraire, le
nom de frère digne et moindre de Jésus-Christ, tu t'es
privé toi-même de la dignité de fils du Très-Haut, puisque la promesse: *Vous serez les fils du Très-Haut,* nous a
été donnée à la condition *d'être miséricordieux comme
notre Père est miséricordieux;* or, il est — *bon envers les
ingrats et les méchants* (Luc, vi, 35, 36). Que nous reste-
t-il donc enfin à faire? — Évidemment, rien autre chose
qu'à faire du bien, selon notre pouvoir, à tous les
malheureux: à ceux qui sont dignes et saints, parce

qu'ils sont les enfants de Dieu, et, dans le sens rigoureux, les moindres frères de Jésus-Christ ; aux pécheurs et aux indignes, parce que nous sommes aussi nous-mêmes pécheurs et, par conséquent, indignes des biens que nous possédons en abondance, et parce que notre Père Très-Haut est bon *envers les ingrats et les méchants.* Comme les chercheurs d'or travaillent sur des fonds de sable aurifère, se contentant de l'espérance d'obtenir un zolotnik d'or pur, semblablement, nous devons aussi exercer notre bienfaisance sur des foules de pauvres et de malheureux ; et, pour nous encourager dans ce devoir, c'est assez de l'espérance que, dans la quantité, nous réussirons un jour ou l'autre à accomplir une œuvre pure de bienfaisance, digne du trésor du Bienfaiteur suprême, qui engagera sa bonté à nous appeler aussi du travail terrestre au repos céleste, par la parole de bénédiction : *Venez, les bénis.*

Mais, dira encore quelqu'un, si ceux-là seront appelés au royaume, qui sont déjà effectivement *bénis* dans les œuvres de bienfaisance, pourquoi donc, m'efforçant d'être bienfaisant, ne vois-je pas même les germes de cette bénédiction? — Que puis-je répondre à cela? Songe, zélateur de la récompense peut-être plus que de l'exploit, si ce n'est pas en toi-même qu'il faut chercher la réponse à ta question, si ce n'est pas sur toi-même qu'il faut porter ton examen. Qu'y faire, si tu as semé une semence pourrie? Qui accuser de ce qu'elle ne germe pas? Si tu n'as pas fait le bien d'un cœur sincère, qui accuser de ce qu'il ne produit pas la bénédiction? Qu'y faire si tu as semé hier des pépins de pommes, et que tu veuilles cueillir aujourd'hui des pommes? La nature est-elle obligée d'intervertir ses lois pour satisfaire ton impatience?

Si tu as distribué hier quelques oboles aux pauvres, et que tu veuilles recueillir aujourd'hui les fruits de ta bienfaisance, cela ne signifie-t-il pas que tu veux mesurer à ton court empan les voies de la Providence divine, et soumettre les grands décrets de Dieu à tes vétilleux désirs ?

Sois sincère quand tu fais le bien, et généreux quand tu ne vois pas la récompense ; tôt ou tard les jugements de Dieu se manifesteront, et la bénédiction brillera sur toi.

Salomon a écrit : *Jette ton pain sur la surface de l'eau, car tu le retrouveras dans la multitude des jours* (Eccl., xi, 1). Que veut dire par là l'auteur des Proverbes ? Comment peut-il se faire que le pain jeté sur l'eau ne soit pas, dans l'espace d'une multitude de jours, emporté au loin, dissous par l'humidité, mangé par les poissons ou par les oiseaux ? Sous cette apparence d'impossibilité, l'auteur des Proverbes peint le pouvoir merveilleux de la Providence divine qui ne permet point que l'œuvre de la bienfaisance périsse. En faisant du bien à des malheureux habituellement peu connus ou même tout à fait inconnus, tu jettes ton pain dans l'eau : le temps coule, ta bonne œuvre disparaît ; peut-être même que tes ennemis s'efforceront de l'obscurcir, et que ceux qui ont reçu ton bienfait l'oublieront ; mais viendra le moment des jugements ; ton pain se retrouvera et te rassasiera de bénédiction et de joie.

Abraham ne jetait-il pas son pain dans l'eau quand il se tenait assis sous un arbre, attendant les premiers voyageurs venus, et qu'en les voyant il courait à leur rencontre pour les inviter et les traiter ? Et qu'obtint-il à la fin, dans la multitude des jours de sa vieillesse ? —

La visite du Seigneur, et la promesse d'une postérité bénie.

Et Corneille le centurion, selon le témoignage du livre des Actes des Apôtres (x, 2), *en faisant l'aumône à beaucoup de gens*, ne jetait-il pas son pain dans l'eau quand ses aumônes allaient trouver tantôt des païens, tantôt des juifs qui n'avaient pas reconnu Jésus-Christ? Et qu'obtint-il?

— L'apparition d'un ange, la visite d'un Apôtre, la connaissance de Jésus-Christ, le don du Saint-Esprit.

Concluons par ces paroles de l'Apôtre : *N'oubliez pas la bienfaisance et la communion : car c'est par de pareils sacrifices que l'on plaît à Dieu* (Hébr., xIII, 16).

C'est à vous surtout, ou qui vous êtes déjà consacrées, ou qui vous consacrez nouvellement aujourd'hui au sacrifice du service bienfaisant des malades, — c'est à vous que nous dirons avec d'autant plus d'assurance que ces sacrifices de charité exigeront de vous plus d'efforts et de constance, que *c'est par de pareils sacrifices que l'on plaît à Dieu !* — Ainsi soit-il.

5

SERMON

POUR LA FÊTE DE SA MAJESTÉ IMPÉRIALE LE TRÈS-PIEUX SOUVERAIN EMPEREUR NICOLAS PAVLOVITCH,

Prononcé avant le vœu solennel des Veuves
de la Miséricorde, dans l'église de Sainte-Marie-Madeleine de la Maison
des Veuves, le 6 décembre 1834.

> Dieu l'oignit de l'Esprit-Saint et de force, et il passa
> en faisant le bien et en guérissant.
> — Act. des Ap., x, 38. —

Pour le jour embelli du nom de notre Très-Pieux Empereur, le sujet de discours qui devrait se présenter le premier, c'est la prospérité dont nous jouissons à l'ombre protectrice du nom puissant de *Vainqueur des peuples* qui a répondu si heureusement, dans toute la plénitude de sa signification, à la valeur de celui qui l'a reçu et qui a subjugué les peuples par la triple force de la sagesse, de la puissance et de l'amour.

Mais l'indication de l'Autocrate lui-même assigne à mes pensées une autre direction, désigne à mon discours un autre objet — la souffrance et la compassion. En effet, alors que nous célébrons la fête de l'amour de sujets fidèles, le Très-Pieux Souverain veut qu'aujourd'hui même, nommément ici, ce soit la fête de la philanthropie

tsarienne. Alors que nous apportons à cet autel des prières
pour sa santé d'un prix inestimable pour nous, il apporte
ici sa sollicitude compatissante pour les malades, et il
nous charge de consacrer les instruments vivants de sa
propre compatissance.

Imitons, mes Frères, le mouvement chrétien du cœur
du Tsar, et méditons sur ce genre particulier de philanthropie qui a pour objet les malades.

Et en premier lieu, nous demanderons pour ce genre
de philanthropie autant d'attention qu'il en mérite sous
divers rapports.

Quelques-unes des œuvres de philanthropie qui, selon
l'Évangile, donneront droit à la bénédiction au jugement
de Jésus-Christ, et à l'appel à la félicité, s'offrent à l'attention sans aucune recherche et se proposent à nous
d'elles-mêmes. L'affamé, l'altéré, le voyageur, celui qui a
besoin de vêtements, se présentent, viennent, disent leur
besoin, le montrent ; en eux, la vertu de la philanthropie
nous suit, nous précède, veut entrer de force dans nos
maisons : tu n'as qu'à ne pas l'éviter ; tu n'as qu'à ne pas
fermer les portes. Mais celui dont la maladie fait la détresse est gisant : qui le voit? S'il implore du secours,
qui l'entend? Et souvent, plus il a besoin de secours,
moins il peut faire connaître son besoin, et même le comprendre et le sentir. Donnez donc votre sollicitude à la
compassion envers les malades, qui vous importune moins
que les autres genres de philanthropie ; allez, cherchez
cette vertu, parce qu'elle ne peut pas vous poursuivre.

Quelquefois, on peut supposer que l'une des causes de
l'inattention de ceux qui jouissent de la fortune pour certaines misères, c'est qu'ils ne les ont pas éprouvées,
— qu'ils ne croient pas toujours à l'apparence du mal-

heur, — qu'ils regardent le malheureux comme coupable
de son malheur. Par exemple, ce que c'est que d'être affamé
à cause du manque de pain, la plupart d'entre nous ne
savent pas cela par expérience, même dans le temps qui
pour les autres s'appelle une famine. La compassion pour
ceux qui sont enfermés en prison peut se refroidir par la
pensée qu'ils s'y sont enfermés eux-mêmes, par leurs
propres actions. Tel n'est pas le malheur de la maladie.
Si tu as marché, même assez longtemps, dans le chemin
de la vie sans en être atteint, en sécurité, sans la rencontrer, il est cependant plus que probable qu'elle t'attend
plus loin, dans la vieillesse, avant la mort. Ainsi donc, auprès du lit du malade, compatis à lui, — et à toi ; et, te
souvenant de la loi de la Providence que l'on peut lire si
souvent dans les faits, quand même elle ne serait pas
écrite dans l'Évangile : *On se servira pour vous de la même
mesure dont vous vous serez servis* (Matth., vii, 2), — occupe-toi de consoler et de soulager le malade, afin qu'un
jour te soient envoyés à toi-même, par la Providence, la
consolation et le soulagement nécessaires.

Selon la grandeur de la détresse, grande doit être l'attention compatissante pour le malheureux. Quoiqu'il soit
difficile de déterminer la grandeur de la souffrance, parce
que notre souffrance nous semble ordinairement plus
grande que la souffrance d'autrui, et que celle que l'on
éprouve effectivement est plus grande que celle dont on
entend parler ou que l'on se représente par la pensée,
l'exemple de Job qui a souffert tant de maux et de maladies, nous fait comprendre combien peut être grande
la souffrance de la maladie en comparaison avec les
autres malheurs. En proie à la pauvreté et privé de ses
enfants, il raisonnait encore avec grandeur d'âme et bé-

nissait Dieu; mais frappé par la maladie, *Job ouvrit la bouche et maudit le jour de sa naissance* (Job, iii, 1).

A cause de cette grandeur de la souffrance de quelques malades, la bienfaisance envers les malades est représentée dans l'Évangile, non-seulement comme une œuvre louable de vertu humaine, mais encore comme une œuvre élevée de philanthropie divine, et, entre les œuvres philanthropiques de Jésus-Christ lui-même, elle brille d'un éclat particulier. Il nourrit d'une part les affamés, comme par exemple il rassasia un jour dans le désert cinq mille personnes avec cinq pains, et, dans une autre circonstance, quatre mille personnes avec sept pains; d'autre part, soit qu'il visitât les malades, soit qu'il reçût ceux qui venaient à lui, il guérissait toute langueur et toute blessure dans les hommes. Merveilleux furent l'un et l'autre genre de bienfaisance; mais quand l'apôtre Pierre, préparant Corneille et quelques autres païens à leur entrée dans le Christianisme, eut à leur peindre la divinité de la personne de Jésus-Christ et la haute bienfaisance de ses actes, l'attention du Prédicateur s'arrêta particulièrement sur le second genre de bienfaisance. *Dieu l'oignit de l'Esprit-Saint et de force, et il passa en faisant le bien et en guérissant.* Ainsi donc, guérir est une œuvre divine : par conséquent, visiter les malades, les consoler, les soulager, les fortifier dans leur âme, c'est une bienfaisance humaine qui marche sur les traces de la bienfaisance divine.

Il n'est pas possible enfin de ne pas rappeler l'importance particulière de la visite des malades, sous ce rapport qu'il n'est pas rare que l'état de maladie se transforme en vestibule de la mort. C'est une carrière bien importante de la vie terrestre que — cette dernière où,

par un heureux exploit final, se consomment les précédents, et même quelquefois s'en répare plus ou moins
l'insuffisance, tandis qu'au contraire une fin non couronnée du succès compromet plus ou moins tout le reste;
— où la présence d'esprit dans la lutte décisive remporte
une victoire éternelle, tandis qu'au contraire la pusillanimité et l'inutilité de toute tentative d'échapper à la
mort par la fuite, peuvent conduire à une captivité sans
retour; — où, par les quelques pas qui lui restent à faire,
l'homme franchit le passage du ciel ou recule jusqu'à
l'abime sans fond! Elle n'est pas facile à comprendre et,
par conséquent, pas facile à conduire et non sans danger,
la dernière lutte de la corruption contre l'incorruptibilité,
de l'homme vieilli contre l'homme renouvelé, du corps
qui la retient contre l'âme affranchie, des habitudes et
des attachements terrestres contre les désirs célestes, des
souvenirs du passé contre les espérances et les terreurs
de l'avenir! Quelquefois, les forces corporelles, en tombant, encombrent, pour ainsi parler, de leurs ruines
l'âme non encore séparée du corps, et le malade ne voit
pas la mort qui s'approche, ne se souvient pas des réso-
lutions qu'il avait prises d'avance pour ce moment, ne
remarque pas la gravité de l'assaut définitif qui le presse,
ne cherche pas d'assistance. Vas au secours de ce lutteur chancelant, guerrier frais, de réserve; rappelle-lui
les préparatifs à faire pour le combat décisif, soutiens-le
dans la lutte, présente-lui les armes spirituelles : le bouclier de la foi et le casque de l'espérance du salut; for-
tifie-le de la force puisée au trésor de la grâce; aide à son
esprit à s'élever, à travers les décombres de la chair, vers
le Père des esprits; par la parole divine, secourable et
vivifiante, et par le doux souffle de la prière, refais et re-

lève les ailes de son âme qui s'envole. Qui sait ? Peut-être
qu'après avoir accompli sans faillir son essor vers le ciel,
par un retour d'amour inaltérable, elle reviendra un jour
vers toi, comme la colombe vers Noé, avec le rameau
immarcescible de paix, quand viendra pour ton âme aussi
le moment de sortir de l'arche de ton corps mortel pour
entrer dans la terre des vivants, des immortels.

Si ces réflexions vous font quelque peu comprendre,
mes Frères, combien est une œuvre digne d'attention et
d'exercice la visite philanthropique et chrétienne des malades, il ne me restera plus qu'à vous indiquer brièvement, en second lieu, les dispositions dans lesquelles il
faut être pour faire une pareille visite, afin qu'elle soit
vraiment utile.

La visite des malades doit être entreprise par sentiment du devoir et en même temps par une libre disposition. La spontanéité seule ne garantirait pas la constance dans cette œuvre assez souvent fatigante. Avec le
seul sentiment contraint du devoir, cette œuvre serait
froide et morte, fastidieuse pour le visiteur, stérile pour
le visité. C'est pour cela qu'à vous en particulier, appelées
à la vocation de sœurs de miséricorde, il est donné un
temps de noviciat pour l'épreuve de votre libre disposition, et qu'ensuite le sentiment du devoir est fortifié par
le vœu.

Dans la visite des malades, votre compagne inséparable doit être la charité chrétienne. Avec l'amour, cette
œuvre, comme toute autre, est légère à celui qui la fait,
et agréable à celui pour qui elle se fait. Et d'autant plus
l'amour chrétien, de même qu'il est, dans toutes les circonstances, selon l'expression de l'Apôtre, *la plénitude de
la loi* (Rom., xiii, 10), ainsi, dans les relations avec les

malades, il peut seul remplacer toutes les règles, ou, si
cela est nécessaire, et les donner, et les recevoir, et les
accomplir. Il s'efforce de procurer au malade tout le soulagement possible, hors celui qui lui serait nuisible, et
de lui dorer le remède amer, mais salutaire.

Ce même amour appelle auprès du lit du malade la
douceur et la patience auxquelles il faut, du reste, donner
une attention particulière, afin qu'elles ne s'en éloignent
pas. De même que l'Apôtre a dit des actes du vieil homme:
*Ce n'est pas moi qui fais cela, mais le péché qui est vivant
en moi* (Rom., VII, 20), ainsi faut-il dire quelquefois des
dispositions du malade : ce n'est pas lui, mais la maladie.
Elle est en lui extraordinairement irritable, impatiente,
opiniâtre : si, dans votre conduite avec lui, vous ne conservez pas, de votre côté, la douceur et la patience, vous
vous exposez à verser de l'huile sur le feu, et de plus sur
un feu destructeur.

Enfin, apportez au lit du malade, apportez de toute nécessité la foi et la prière. Si vous le trouvez déjà dans des
sentiments de foi et de prière, ajoutez votre encens à son
encens, et entretenez le feu de son encensoir par le souffle
de votre prière. Mais si, par malheur, son encensoir n'est
pas allumé, si l'on ne sent en lui ni la chaleur de la foi, ni
le parfum de la prière, n'en employez pas moins ici même
votre foi et votre prière. Si un grossier charbon ardent,
par le rapprochement, embrase un autre charbon froid et
tout aussi grossier, un cœur animé et enflammé d'une foi
vive et de la prière, ne peut-il pas allumer mieux encore
ce même feu dans un autre cœur même tout à fait froid,
même à demi mort? N'hésitez pas d'approcher même de
ce charbon éteint votre encensoir brûlant, et, par une
direction silencieuse, mais constante, de votre volonté

agissant de concert avec Dieu, amoncelez sur lui un feu
spirituel vivifiant. Peut-être n'est-il pas encore trop tard
de souffler ne fût-ce qu'une petite étincelle de vie spirituelle dans cette vie charnelle qui s'éteint, et alors vous
aurez accompli, non-seulement le plus grand acte de
bienfaisance envers un homme, mais encore un service
apostolique envers Dieu.

Chacun peut trouver l'occasion de mettre en pratique
ces réflexions et ces conseils; mais pour celles qui sont
appelées aujourd'hui au service de la charité auprès des
malades, qu'ils soient un viatique pour les conduire dans
ce service agréable à Dieu. — Ainsi soit-il.

6

SERMON

POUR LA FÊTE DU TRÈS-PIEUX SOUVERAIN EMPEREUR NICOLAS PAVLOVITCH,

Prononcé dans l'église de Sainte-Marie-Madeleine, avant le vœu
des Veuves de la Miséricorde, le 6 décembre 1845.

Qu'ainsi votre lumière luise devant les hommes.
— Matth., v, 16. —

Une lumière digne de regards attentifs jaillit de ces
paroles de l'Évangile. En elles apparait le Législateur
et Ordonnateur de la lumière. Il donne la lumière comme
en propriété à certaines personnes : *Votre lumière.* Il in-

dique le moyen, non-seulement de jouir de la lumière,
mais encore d'éclairer les autres : *Qu'ainsi votre lumière
luise devant les hommes.* Il présente cette œuvre de lumière,
non comme un don que l'on peut recevoir, mais comme
une obligation que l'on doit remplir, et qu'il est par conséquent possible de remplir, parce que la Sagesse par
excellence n'ordonne pas l'impossible : *Que votre lumière
luise devant les hommes.*

Qu'est-ce donc que cette lumière ? Quels sont ces êtres
heureux auxquels est imposée l'obligation magnifique de
propager la lumière ? Ne serait-ce pas un bonheur pour
nous que d'être de leur nombre ?

Seigneur Jésus ! Tu es la Lumière suprême du monde,
selon ta propre parole : *Je suis la lumière du monde* (Jean,
VIII, 12). Envoie nous intérieurement ta lumière et ta vérité, afin que nous puissions trouver, éveiller, contenir
et employer selon ta volonté la lumière à laquelle tu
ordonnes de luire devant les hommes.

Pour reconnaître quelles sont ces personnes que l'É-
vangile appelle à éclairer les autres hommes, il faut faire
attention aux circonstances dans lesquelles le Seigneur a
exprimé le commandement de la lumière : *Que votre lumière luise devant les hommes.* L'évangéliste Matthieu décrit
ainsi ces circonstances : *Voyant donc la multitude, il monta
sur une montagne ; et, lorsqu'il se fut assis, ses disciples s'approchèrent de lui ; et, ouvrant la bouche, il les instruisait* (v, 1,
2). Ainsi donc, l'enseignement du Christ s'adressait aux
disciples du Christ : et certainement, le haut commandement d'éclairer les hommes se rapportait principalement
à l'ordre le plus élevé de ces disciples, c'est-à-dire aux
douze apôtres, de sorte que, sans aucun doute, c'est à eux
que se rapporte la partie suivante de l'enseignement du

Christ : *Vous êtes la lumière du monde : une ville ne peut être cachée quand elle est placée au sommet d'une montagne* (14). Les apôtres se trouvèrent sur la montagne de l'enseignement, que nous voyons en ce moment, et ils furent éclairés de la lumière de la loi spirituelle ; ensuite sur le mont Thabor, — et ils reçurent la lumière de la contemplation dans la prière ; ensuite sur la montagne de Sion, — et ils furent illuminés de la lumière de la résurrection ; sur le mont des Oliviers, — et ils levèrent les yeux vers la lumière de la communication de la divinité à l'humanité en Jésus-Christ ; enfin, une seconde fois sur la montagne de Sion, — et ils furent remplis de la lumière du Saint-Esprit. S'élevant ainsi en esprit, ils ne pouvaient plus *être cachés* dans leur simplicité et leur ignorance naturelles. Des éclairs de lumière, non pas mortels, mais vivifiants, se répandirent d'eux, non-seulement sur la terre de Judée, mais encore sur le monde païen gisant dans la double obscurité de l'ignorance et du vice, et ils le transformèrent en un monde de lumière, en un monde de vérité et de vertu, dans le monde chrétien.

C'est donc l'œuvre des apôtres, et non la nôtre ? — pensera peut-être l'auditeur. Conséquemment, l'œuvre de lumière — n'est pas notre œuvre.

Contenons notre réflexion qui se hâte sans nécessité. Retournons à la contemplation de Jésus-Christ enseignant sur la montagne.

Voyant donc la multitude, il monta sur une montagne; et, lorsqu'il se fut assis, ses disciples s'approchèrent de lui; et, ouvrant la bouche, il les instruisait. Le langage apostolique appelle souvent disciples, non pas les apôtres seuls; mais encore tous ceux qui écoutaient et recevaient avec foi l'enseignement de Jésus-Christ. Que l'on puisse et que l'on doive prendre dans ce sens étendu l'appellation de disciples employée dans le récit de l'Évangile que nous examinons ici, c'est ce dont suffit pour nous convaincre cette circonstance qui s'y trouve notée : *Voyant la multitude.* Si l'enseignement du Seigneur ne s'était adressé qu'aux douze apôtres, pourquoi l'Évangéliste aurait-il eu besoin de dire qu'il commença lorsque le Seigneur *vit la multitude?* Il serait étrange de se représenter le philanthrope Jésus, voyant la multitude, détournant d'elle son attention et *ouvrant la bouche* seulement pour douze personnes. Ce n'est pas ainsi qu'il se conduisait habituellement. Ce qu'il était besoin de dire personnellement aux apôtres, il le leur disait en particulier, loin de la multitude : *En particulier, il expliquait tout à ses disciples* (Marc, IV, 34). Mais lorsqu'il voyait devant lui le peuple, il ne le méprisait pas et ne le privait pas de la parole du salut : *Jésus vit une grande multitude de peuple, et il en eut compassion, — et il commença à leur enseigner beaucoup de choses* (Marc, VI, 34). Ainsi donc, il n'y a aucun doute qu'alors aussi, lorsque le Seigneur, *voyant la multitude,* enseigna sur la montagne, son discours ne s'adressa pas aux seuls apôtres, mais se rapporta à chacun de ceux du peuple qui avaient des oreilles pour entendre et un cœur pour croire.

Il est clair maintenant que, si même nous ne sommes pas des apôtres, et si nous appartenons seulement à *la multitude* des croyants, il n'y en a pas moins pour nous une part dans le Sermon sur la montagne de Jésus-Christ; il y a pour nous aussi quelque chose dans ces paroles : *Que votre lumière luise devant les hommes;* l'œuvre de la lumière spirituelle ne nous est point étrangère.

Ceux qui entendent cela ne désireront-ils pas apprendre encore comment nous pouvons participer à la propagation de la lumière, et non-seulement apprendre, mais encore mettre en pratique, selon leur pouvoir, ce qu'ils auront entendu? — Oh! si cette parole pouvait rencontrer ce désir que même elle sollicite! — Quant à la solution de la question posée en ce moment, nous y pouvons arriver à l'instant, non par une recherche pénible, mais par la simple continuation des paroles de l'enseignement de Jésus-Christ.

Qu'ainsi votre lumière luise devant les hommes. — De quelle manière? — Le Seigneur continue: *Et qu'ils voient vos bonnes œuvres.*

Voilà un mystère bien simple de la lumière! *Les bonnes œuvres,* — voilà une lumière que chacun peut émettre! Le bon exemple, — voilà le moyen par lequel chacun peut propager la lumière parmi les autres! Et voilà le trait manifeste de la divinité de l'enseignement de Jésus-Christ: c'est que, tout en s'élevant bien au-dessus de la plus haute contemplation, il descend en même temps au niveau de la plus simple intelligence, et d'un accomplissement accessible à chacun.

Pour propager la lumière parmi les hommes, ou, autrement dire, la vérité et le bien, il semble que, pour cela, nous ne connaissions pas de moyens plus à notre portée que les trois suivants : la parole, l'autorité, l'exemple. La parole agit par la conviction ; l'autorité — par le légitime usage du pouvoir; l'exemple prédispose à l'imitation. Tous n'ont pas le don et le droit d'agir par la parole de la raison et de la sagesse ; à l'autorité, et particulièrement à l'autorité élevée et étendue, peu sont appelés par la Providence ; mais tous peuvent agir par le bon exemple,

en même temps qu'il communique de lui-même une nouvelle force même à la force particulière de la parole ou
de l'autorité. D'après cela, jugez de l'importance du bon
exemple.

Si le serviteur de la parole vous dit : soyez pieux, charitables, tempérants, et que ses leçons ne soient pas
écrites dans le livre de sa propre vie, alors tout le fruit
de ses instructions peut se trouver contenu dans cette
réponse : *Médecin, guéris-toi toi-même* (Luc, ɪv, 23). Je ne
dis pas que cela doive être ainsi ; mais c'est ce qui peut
arriver le plus facilement. — Du reste, le Seigneur ordonne d'accueillir les paroles justes et utiles de ceux-là
même dont les actions ne correspondent pas aux paroles :
*Donc, tout ce qu'ils vous disent d'observer, observez-le et le
faites ; mais ne faites pas leurs œuvres, car ils disent et ne
font pas* (Matth., xxɪɪɪ, 3). Mais celui qui fait ce qu'il enseigne, chez celui-là, l'œuvre communique à la moindre
parole une grande force. La lumière de la parole sans la
force de l'action, c'est une lueur sans vie, qui passe rapidement : la lumière des bonnes œuvres continue souvent
à briller même après que la parole est éteinte, et elle
prolonge même après la mort de celui qui les a faites un
long et large crépuscule. Ainsi — aurait-elle *lui devant
nous, la lumière* du saint prélat Nicolas, par le moyen de
sa parole qui s'est ensevelie dans les cœurs de ses con-
temporains et n'a pas passé dans des livres pour parvenir
jusqu'à nous ? — Mais les œuvres bienfaisantes et merveilleuses de son amour compatissant, inépuisable, illimité pour l'humanité, quel crépuscule brillant, long,
large, elles ont prolongé et elles prolongent dans les
siècles et les contrées de l'univers !

Les ordres de l'autorité, dans leur diversité multiple,

ne peuvent évidemment pas toujours être accompagnés de l'exemple de celui qui ordonne et qui ne peut pas seul s'employer dans toutes les affaires et les fonctions réparties selon les divers degrés et catégories de subordination; mais là où l'autorité et la subordination peuvent suivre un même chemin, comme, par exemple, dans la vérité de la foi, dans le bien moral, dans les œuvres d'humanité et de charité, là, avec quelle force et en même temps quelle utilité l'exemple de l'autorité, en marchant devant, entraîne après lui la subordination ! Comme l'eau descend des lieux élevés dans les lieux plus bas, sans s'arrêter toujours même devant des barrages, ainsi l'esprit moral des classes élevées de la société passe, par l'imitation, dans les classes inférieures, sans s'arrêter devant quelques barrières opposées par la différence des conditions. La piété et la philanthropie des gouvernants et des administrateurs, comme le soleil, étendent puissamment, sans aucun effort, leur lumière dans le cercle de ceux qui leur sont soumis. Heureux les gouvernés et les subordonnés auxquels, pour s'animer de l'amour de la vérité et du bien, de la justice et de la charité, du zèle de leurs obligations, de l'infatigabilité dans les efforts, — il ne faut que porter leurs regards sur le pouvoir placé au-dessus d'eux, et bien étudier ses actes !

Je ne doute pas qu'en ce moment mes paroles ne se répètent dans la pensée de ceux qui sont ici présents : heureux sommes-nous, nous à qui brillent ici, — non pas une parabole seulement, mais les œuvres vivantes de la philanthropie de notre Tsar, et disent : *Va, et toi aussi fais de même* (Luc, x, 57). C'est pourquoi, grâces à Dieu, les œuvres et les fondations de philanthropie sont même fréquentes chez nous.

Mais que dirons-nous encore de plus direct à ceux dont la situation est semblable, non pas à *une cité bâtie sur le sommet d'une montagne*, mais peut-être seulement à une cabane au pied de la montagne? Est-il donc possible qu'à eux aussi, *leur lumière luise devant les hommes?* — Pourquoi cela ne serait-il pas? Le voyageur égaré voit même la petite lampe de la cabane, et il se dirige vers sa lumière, et il trouve dans la cabane un asile contre le froid de la nuit ou la bête féroce, et il se repose dans la sécurité, et il se réjouit de l'hospitalité. L'œuvre modeste même de l'homme inconnu au monde, si elle est animée d'une bonne et sainte intention, est une œuvre de lumière qui agit en cette qualité sur ceux qui la voient, en les invitant au bien; et même, sous la direction de la Providence, elle étend quelquefois son action dans un lointain incommensurable. Voyez la veuve désignée par Celui qui voit les cœurs, jetant, dans l'élan d'un zèle pieux, ses deux dernières oboles dans le trésor du temple. Quelle petite bonne œuvre! Mais devant combien de millions d'hommes elle a déjà lui et luira encore dans l'Évangile, apprenant aux uns à faire le bien même avec de petits moyens, et aux autres à apprécier hautement, même dans les petites œuvres et dans les petites gens, un bon sentiment et une sainte pensée!

Et voilà un exemple encourageant pour vous aussi, Veuves charitables, élues et désignées pour le service philanthropique des malades. Ce n'est pas une œuvre brillante que de se tenir auprès du lit d'un malade, de lui donner exactement sa médecine, de veiller à son repos, de lui dire quelques mots de consolation: mais si cela est animé du sentiment de l'amour chrétien, d'une sainte sollicitude et de la prière pour la paix de l'âme du

malade, votre œuvre modeste sera une œuvre de lumière
pour le prochain, et elle illuminera votre conscience de
la lumière de la consolation intérieure.

Et qu'aucun d'entre nous, mes Frères, ne s'écarte du
commandement de Celui qui donne à tous la lumière et
le salut. Que chacun fasse le bien selon son pouvoir, et
qu'il luise par des œuvres de lumière; si ce n'est au rang
des grands luminaires, du moins au milieu des petites
étoiles. Il est bon d'être ne fût-ce qu'une petite étincelle
dans ce ciel de Dieu, où la petite étincelle même est plus
brillante et plus durable qu'un soleil d'ici-bas. *Qu'ainsi
luise votre lumière !* — Ainsi soit-il.

7

SERMON

POUR LA FÊTE DU SOUVERAIN EMPEREUR
NICOLAS PAVLOVITCH,

Prononcé dans l'église de Marie de la Maison Impériale des Veuves,
le 6 décembre 1846.

> Allez donc, et apprenez ce que signifie cette parole:
> Je veux la charité, et non le sacrifice.
> — Matth., ix, 13. —

En célébrant avec piété la mémoire religieuse de saint
Nicolas, dont la gloire, extraordinairement grande dans
l'Église, a brillé surtout par les œuvres de charité, et en
solennisant en même temps la fête patriotique de notre
Tsar dont il est le patron, et cela dans l'un des nom-

breux asiles de la charité Tsarienne, autant nous rencontrons inévitablement la pensée de la charité, autant
nous la prenons volontiers pour sujet de ce discours.

Mais afin que ce discours sur la charité marche plus
sûrement dans le chemin de la vérité, nous lui donnons
pour guide la parole de la Vérité incarnée elle-même :
*Allez, et apprenez ce que signifie cette parole : Je veux la
charité, et non le sacrifice.*

La charité, semble-t-il, n'est pas quelque chose d'incompréhensible. Lorsque, demandant quelque chose à
quoi nous n'avons pas de droit, mais qui satisferait notre
besoin, soulagerait notre pauvreté, nous délivrerait de
quelque embarras, nous disons ordinairement : fais la
charité, faites la charité ; il semble que, par ces paroles,
nous témoignions que chacun sait comment on exerce la
charité et qu'il n'est pas nécessaire de l'apprendre. Cependant le Seigneur en fait nommément un objet d'étude :
Allez, apprenez.

Si donc il est nécessaire d'apprendre à faire la charité,
alors, certainement, rien de mieux que de l'apprendre
du même divin Maître qui nous enseigne la nécessité de
cette étude. Il expose d'une manière bien définie sa doctrine sur la charité quand il donne solennellement son
approbation à ceux qui y ont obtenu des succès complets,
et qu'il leur assigne pour récompense le royaume céleste.
J'ai eu faim, dit-il, *et vous m'avez donné à manger ; j'ai eu
soif, et vous m'avez donné à boire ; j'étais étranger, et vous
m'avez recueilli ; j'étais nu, et vous m'avez revêtu ; j'étais malade, et vous m'avez visité ; j'étais en prison, et vous êtes
venus à moi* (Matth., xxv, 35).

Il semble encore que ce soient là des choses toutes
simples, ne demandant aucune science, et tout au plus,

- peut-être, des conseils et des encouragements pour nous porter à les accomplir. Et si c'est en cela seulement que consiste l'étude de la charité, au lieu de m'inquiéter de l'expliquer, il m'incombe l'obligation bien plus agréable de témoigner des progrès très-satisfaisants que fait dans cette étude cette ville sauvée par Dieu. Comme elle abonde avec bénédiction, non-seulement d'œuvres temporaires de philanthropie, mais encore d'institutions permanentes de la charité active du Tsar, de la charité des grands, de la charité municipale, de la charité de sociétés privées formées volontairement pour cet objet, enfin de distributions journalières d'aumônes domestiques et personnelles! Nous voyons des édifices Tsariens, fondés, non pour le Tsar et ceux qui lui sont attachés, mais pour des gens qui sont étrangers, venus de loin, pauvres, que cherche et s'approprie une haute compassion. Nous voyons des palais, élevés par des grands, dans lesquels, selon la volonté des fondateurs, aux frais de leur richesse, ce ne sont pas les grands qui vivent dans le luxe, mais les affamés qui sont nourris, les altérés qui sont abreuvés, les nus qui sont revêtus, les voyageurs qui sont recueillis, les malades qui sont traités, les orphelins, les vieillards, les abandonnés qui trouvent assistance, repos, satisfaction de leurs nécessités. Nous voyons des maisons, les unes également grandes, les autres modestes, mais, en revanche, nombreuses, dans lesquelles la charité des bourgeois imite selon ses forces la charité des seigneurs, comme la charité des seigneurs imite la charité Tsarienne. Nous voyons des personnages sortir de maisons somptueuses pour aller visiter la pauvreté dans quelque coin obscur d'une demeure de pauvre apparence ou malsaine, afin de s'assurer de ses besoins et de lui porter des secours, ou

de l'inviter à se rendre à l'asile de bienfaisance. Nous·
voyons ces personnages aller à la prison aussi volontiers
qu'en visite, avoir souci des prisonniers comme de
leurs domestiques. Nous voyons, particulièrement les
jours saints, une multitude de mains tendues vers la
prison pour donner aux prisonniers quelque douceur,
quoique l'on sache du reste qu'ils ne souffrent pas de la
faim sous le couvert d'une administration protectrice.
Sans aucun doute, il y a encore des exploits de charité
que nous ne voyons pas, mais non moins, pour cela, et
même, peut-être, d'autant plus brillants que nous ne les
voyons pas, en tant que c'est la modestie qui les cache.
C'est très-bien ! Gloire à Dieu ! Si elle est immuable, cette
loi mystérieuse de la Providence, autrefois révélée par
un ange, que *l'aumône délivre de la mort* (Tob., xii, 9), il
est probable que tu ne lui es pas peu redevable de ton
salut, cité sauvée par Dieu ; peut-être est-ce particulièrement sur ce trait de ton caractère (du reste inséparable de ton orthodoxie et de ton amour pour les Tsars),
que s'est reposé l'œil prévoyant de la miséricorde céleste,
quand la justice céleste *a visité avec la verge tes iniquités,
et avec le fléau tes péchés*, et que de cette manière *la miséricorde* du Seigneur *ne t'a pas été retirée* (Ps. lxxxviii,
33, 34) ; les blessures mortelles qui t'ont été faites plus
d'une fois dans ta longue existence, soit par la fureur de
tes ennemis, soit par d'autres fléaux, n'ont pu te causer
la mort, et tu atteins sans affaiblissement le septième
siècle de ta vieillesse. Continue ta charité terrestre, afin
que se continue sur toi la charité céleste. Continue à
exécuter le testament qui, quelque ancienne que tu sois,
a été écrit bien longtemps avant ta naissance : *Sois ami de
la charité et juste, afin d'être heureux* (Tob., xiv, 9).

Mais il nous faut revenir aux paroles par lesquelles nous avons commencé ce discours. Nous n'avons pas encore décidé, il nous reste encore à décider quel est cet enseignement auquel nous renvoie le Seigneur lorsqu'il dit : *Allez, apprenez ce que signifie cette parole : Je veux la charité.*

Les œuvres de charité dont nous avons parlé jusqu'ici, sont comme l'incarnation et le corps de la charité. Elles s'accomplissent en grande partie d'une manière corporelle, matérielle, visible, et se dirigent contre les maux auxquels l'homme est soumis dans son corps et dans sa condition extérieure. Mais comme, au-dessus du corps visible, il y a l'âme invisible, spirituelle, animant le corps, ainsi, au-dessus des œuvres de charité, il y a la charité elle-même, invisible, spirituelle, qui doit animer aussi les œuvres visibles de charité. Cette charité substantielle habite dans l'esprit et le cœur de l'homme, et c'est pourquoi elle s'appelle la miséricorde, et elle a pour but d'être charitable principalement envers l'âme immortelle du prochain qui a infiniment plus de valeur que le corps corruptible. Voilà ce que tous ne comprennent pas, ou ce à quoi tous ne font pas assez attention. Voilà ce que ne comprenaient pas, ou ce que ne voulaient pas comprendre les pharisiens que le Seigneur envoyait, avant nous, apprendre la charité auprès du prophète Osée, qui a écrit dans son livre ces paroles : *Je veux la charité, et non le sacrifice* (vi, 6).

Les pharisiens, voyant le Seigneur Jésus prendre place à table dans la maison du publicain Matthieu, et permettre à d'autres publicains et à d'autres pécheurs d'être à la même table que lui, afin de les attirer, par sa condescendance et par sa parole divine, au repentir

et au salut, ne voulaient pas voir en cela une œuvre
élevée de miséricorde, ne songeaient pas à se réjouir,
à l'exemple des anges, sur le pécheur repentant, sur
l'âme de laquelle s'approchait le salut, mais ne voyaient
en cela qu'une contradiction imaginaire avec les traditions des anciens. Ayant assez de hardiesse pour juger
Celui en qui, même avec une connaissance imparfaite, ils
n'auraient pas dû reconnaître moins qu'un Thaumaturge,
mais n'ayant pas la franchise de lui découvrir à lui-
même leurs pensées, ils adressèrent leurs critiques à ses
disciples : *Pourquoi votre maître mange-t-il et boit-il avec
les publicains et les pécheurs?* Comme si ce n'était pas le
Maître qui dût apprendre aux disciples, mais les disciples qui dussent apprendre au Maître à se conduire !
A cela, le Seigneur répondit aux pharisiens : Allez au
Prophète, apprenez de lui ce que c'est que la charité, et
surtout la charité spirituelle; apprenez que Dieu la veut
et l'exige, non-seulement de préférence à l'observation
des traditions arbitraires des hommes, mais encore de
préférence aux observations légales prescrites dans la
loi de Dieu : *Allez, apprenez ce que signifie cette parole :
Je veux la charité, et non le sacrifice.*

De notre temps, nous pouvons ne pas craindre la sévérité des pharisiens qui ne permettait pas de dîner avec les
pécheurs; mais dans la leçon que le Seigneur donna aux
pharisiens, n'avons-nous rien à prendre pour nous, nous
aussi, Chrétiens? En vérité, nous devons prendre pour
guides l'enseignement et l'exemple du Christ, afin de
pratiquer non-seulement la charité corporelle, mais aussi
la charité spirituelle, souvent non moins nécessaire que
la corporelle, et toujours plus bienfaisante.

Si l'on juge sainement, et si l'on pèse les objets et les

œuvres à la balance de la vérité, n'est-il pas étrange que l'on accorde quelquefois plus d'attention aux privations, aux souffrances et aux dangers du corps que l'on ne peut préserver de la douleur et sauver que pour un temps très-court, qu'aux privations, aux souffrances et aux dangers de l'âme que la charité qui lui est propre pourrait préserver de souffrances éternelles et sauver pour l'éternité !

Voit-on un homme se noyer dans l'eau : connus et inconnus courent à l'aide, crient au secours. Voit-on un homme se noyer dans le péché et l'iniquité, dans l'intérêt sordide, dans l'intempérance, dans la volupté : on se tient tranquille et l'on regarde, ceux qui sont meilleurs — avec pitié, ceux qui ne sont pas meilleurs — en souriant, et quelques-uns peut-être même songent s'il ne serait pas possible de faire leur profit de ce que le noyé laisse sur le rivage.

Quand une maison brûle, la foule court combattre le feu, pour des poutres et des planches appartenant souvent à un propriétaire inconnu. Mais quand une âme brûle du feu d'une mauvaise passion, de la convoitise, de l'emportement, de la méchanceté, du désespoir, se trouve-t-il aussi facilement des gens pour courir éteindre avec l'eau vive de la parole de justice et d'amour ce feu mortel, avant qu'il ait envahi toutes les forces de l'âme, et qu'il se soit étendu jusqu'à la fusion avec le feu de la géhenne ?

On dira que faire la charité spirituelle, éclairer de la vérité celui qui ne la connaît pas, guérir celui qui est infecté d'une passion, délivrer le pécheur des liens de l'habitude du péché, réveiller la foi et l'espérance dans l'incrédule et le désespéré, chacun n'en est pas aussi

capable que de faire une œuvre de charité corporelle.
C'est en partie la vérité, mais en partie c'est l'expression
d'un zèle incomplet pour la bienfaisance, et une défaite
semblable à celle que le Sage trouva sur les lèvres du
paresseux : *Le lion est sur le chemin* (Prov., xxvi, 15).
Chacun n'est pas riche; cependant chacun peut donner au
pauvre, si ce n'est un talent, du moins une obole : de
même, chacun n'est pas assez instruit et assez expérimenté pour donner à son prochain un secours spirituel
puissant; mais presque chacun, même le faible, peut
aider quelque peu un plus faible, et celui qui n'est pas
très-instruit un moins instruit, et l'ignorant le savant,
parce que tout ne se passe pas dans l'ordre spirituel
comme dans l'ordre corporel. Qui était Moïse? — Un prophète, un législateur, un homme ayant vu Dieu. Et qui
était Jéthro? — Un prêtre d'un culte inconnu, n'appartenant pas au peuple élu de Dieu, à peine confirmé par
Moïse dans la connaissance du vrai Dieu. *Aujourd'hui,
dit-il, j'ai connu que le Seigneur est grand au-dessus de tous
les dieux* (Ex., xviii, 10). Pensez-vous que ce Jéthro fût
capable de donner du secours à ce Moïse? — Cependant
Jéthro, voyant Moïse surchargé des contestations du
peuple, sentit de la compassion pour lui, et n'hésita pas
à lui offrir son secours; et réellement il le secourut en
lui conseillant d'établir le partage et la gradation des tribunaux. Cet exemple est rapporté, je pense, dans la Parole
de Dieu pour que, d'un côté, ceux qui s'imaginent être
sages et avancés en spiritualité n'abaissent pas devant
eux les simples et les imparfaits, et que, de l'autre côté,
ceux mêmes qui se sentent éloignés de la perfection spirituelle ne se refroidissent pas, par la pensée de leur
imperfection, dans leur zèle pour donner à leur prochain

leur secours spirituel, selon leur force et leur intelligence.

On dira encore qu'il est aisé d'exercer la charité corporelle parce qu'on voit souvent la demander, non-seulement ceux qui en ont besoin, mais souvent même ceux qui n'en ont pas besoin, tandis qu'il est difficile d'exercer la charité spirituelle parce que ceux qui en ont besoin, non-seulement ne la demandent pas la plupart du temps, mais encore la repoussent souvent lorsqu'on la leur propose, et rebutent même ceux qui la leur offrent. Il faut avouer que la difficulté est grande. Mais rappelons-nous que, quand les apôtres voulurent faire au monde la grande aumône spirituelle de la foi et de la morale chrétiennes, non-seulement il ne la demandait pas, mais encore il ne voulait pas recevoir ce qui lui était offert, et qu'il se courrouça contre ceux qui le lui offraient. Cependant, leur foi, leur amour, leur patience, leur prière firent à la fin que le monde accepta la grande aumône, et qu'il fut sauvé. Ce qu'il fut donné aux apôtres de faire pour des millions d'âmes, pour les siècles, pour l'univers, cela, ne fût-ce que pour une petite part, ne fût-ce que pour une âme malheureuse, la grâce de Dieu aidera certainement à le faire tout enfant, fidèle et aimant ses frères, de l'Église apostolique.

Mes frères, si quelqu'un d'entre vous s'éloigne du chemin de la vérité, et que quelqu'un l'y ramène, qu'il sache que celui qui ramènera un pécheur des voies de l'égarement, sauvera son âme de la mort et couvrira la multitude des péchés du prochain, et des siens (Jac., v, 19, 20).

Dans ces paroles, l'apôtre saint Jacques vous propose et l'exploit, et l'espérance d'y réussir, et la récompense. — Ainsi soit-il.

8

SERMON

POUR L'ANNIVERSAIRE DE L'AVÈNEMENT
AU TRONE DE TOUTES LES RUSSIES DU TRÈS-PIEUX
SOUVERAIN EMPEREUR NICOLAS PAVLOVITCH,

— 1845 —

> Ayez du respect pour tous, aimez vos frères, craignez
> Dieu, honorez le Tsar,
>
> — 1 Pier., II, 17. —

La Sagesse dit dans les Proverbes que, dans les paroles de sa bouche, *il n'y a rien de tortueux, tout est simple pour ceux qui comprennent, et juste pour ceux qui trouvent le sens* (Prov., VIII, 8, 9). Telles ne sont-elles pas exactement les paroles de sagesse sorties de la bouche de l'apôtre Pierre, qui viennent d'être citées? Quelle sagesse simple elles contiennent, et quelle sage simplicité !

Ayez du respect pour tous : voilà l'enseignement commun des obligations de chacun envers tous. *Aimez vos frères :* voilà l'enseignement particulier des obligations du Chrétien envers le Chrétien. *Craignez Dieu :* voilà une théologie morale assez claire même pour celui qui n'est pas théologien, d'une sagesse assez profonde même pour le théologien, pourvu seulement qu'il ne soit pas simplement un auditeur curieux, mais un exécuteur diligent de l'enseignement. *Honorer le tsar :* voilà toute la science pour les membres d'un État, ou, comme on l'appelle en un seul mot, la politique de l'apôtre et du chrétien.

Le commandement : *Honorez le tsar*, a fait le jour d'aujourd'hui solennel. Le commandement : *Craignez Dieu*, nous a réunis pour célébrer cette solennité dans le temple. Nous savons qu'*il n'y a point de pouvoir qui ne soit de Dieu* (Rom., XIII, 1), que c'est par lui que *les rois règnent* (Prov., VIII, 15), et c'est pour cela que nous apportons devant Dieu nos actions de grâces pour le Tsar donné par Dieu et conservé par Dieu ; que nous apportons devant Dieu nos vœux afin que, dans le temps à venir aussi, *Seigneur, le Tsar triomphe dans ta force, et qu'il tressaille d'allégresse dans ton salut* (Ps. XX, 2).

Après avoir vu les commandements du saint Apôtre mis en pratique, et par conséquent déjà compris et reçus, retournons à cette partie de son enseignement de laquelle on peut douter qu'elle ait été comprise et reçue par tous pour être mise en pratique.

Ayez du respect pour tous. Avons-nous tous du respect pour tous ? Par exemple, respectons-nous le travailleur ? Respectons-nous le prisonnier conduit par sa faute jusqu'à la prison ? Doit-on réellement, et comment peut-on respecter même ceux-là ? — Ces questions montrent qu'il faut quelque effort de méditation pour *trouver le sens* des paroles de l'Apôtre, et pour qu'elles paraissent *simples* à l'intelligence et *justes* dans l'accomplissement.

Respecter un homme, ou lui rendre honneur, signifie reconnaître en lui quelque mérite, et se conformer à ce mérite dans les pensées, les paroles et les actions qui se rapportent à lui. De même que le mérite n'appartient pas à tous, mais à quelques personnes seulement, et qu'il est de plus d'un genre et de divers degrés, ainsi l'honneur doit appartenir seulement à quelques-uns, et à des degrés divers. C'est à cela que se rapportent les paroles de l'apôtre Paul : *Vous rendrez à tous ce qui leur est dû, — à qui l'honneur, l'honneur* (Rom., xiii, 7). Il est clair ici qu'il y a un genre d'honneur qu'il faut rendre, non pas à tous, mais à celui-là seulement à qui il convient selon la justice. L'honneur appartenant au tsar ne peut, sans sacrilége, être rendu au sujet. Le degré d'honneur attribué au chef n'appartient pas au subordonné. Le respect que, selon le droit naturel et la loi de Dieu, le père exige de son fils, le fils ne peut pas l'exiger de son père.

Il y a un genre de respect, ne dépendant pas des autres genres et des autres degrés, plus commun, facile à obtenir, qui n'est cependant pas général. C'est le respect qui appartient à la dignité morale de l'homme, selon la parole de l'apôtre Paul : *Gloire et honneur et paix à quiconque fait ce qui est bien* (Rom., ii, 10). D'après ce principe, honorables peuvent être même ceux qui sont aux derniers degrés de la société et de l'opinion ordinaire de la société. Même le Samaritain philanthrope est digne de respect ; et bien plus, il l'est de préférence au prêtre au cœur dur. Même l'esclave fidèle et dévoué aux affaires de son maître est digne de respect, et même plus que l'homme libre qui n'use pas de sa liberté pour le bien.

Sans porter atteinte à aucun des genres particuliers ni des degrés d'honneur, mais aussi sans s'y borner, la parole de l'Apôtre nous fait connaître encore une loi générale du respect par laquelle tous et chacun sont obligés envers tous et chacun : *Ayez du respect pour tous.* Quelque petite que paraisse la mesure du mérite en quelques personnes, ayez en réserve pour elles aussi une mesure

correspondante du respect dû à tous : *Ayez du respect pour
tous*. Est-ce donc que, d'après cela, il faille honorer des
gens qui ont eux-mêmes ébranlé leur droit au respéct
par des actions méprisables, basses, dépravées? — Mon
orgueil ne le voudrait pas, mais le commandement de
l'Apôtre m'ordonne d'honorer même ceux-là, si ce n'est
positivement, du moins négativement, c'est-à-dire de ne
pas les mépriser : car le commandement est donné sans
exception : *Ayez du respect pour tous*. Mais est-il possible
de ne pas mépriser de pareilles gens? — Si cela se doit, il
est certain que cela se peut : car la sagesse évangélique
ne commande pas l'impossible. Distinguez de l'homme
les actions méprisables, basses, dépravées : détournez-
vous d'elles, méprisez-les. Distinguez l'homme de ses actions, — et il vous paraîtra possible de ne pas le mépriser.

En voyant une masse de terre aurifère, celui qui ne la
connaît pas la méprise, mais celui qui la connaît ne la
méprise pas, à cause des parcelles d'or qui y sont conte-
nues. De même, en regardant un homme qui présente un
aspect désagréable de grossièreté, de rudesse, de désordre, de vice, celui qui est inattentif le méprise, tandis
que celui qui est attentif le plaint, mais ne le méprise
pas, parce que, même dans cette glèbe informe, il y a
de l'or. Quel or? — L'essence de l'homme, et particulièrement son âme.

Si l'on regarde avec considération même une petite
œuvre d'un grand auteur, par exemple, un arbre quelconque planté par un homme illustre, ou un objet tra-
vaillé par ses mains, peut-on mépriser un homme, —
œuvre bien loin d'être petite du grand et sage Créateur,
qu'il a daigné produire et qu'il daigne conserver? Cet
homme aurait cessé d'exister, si Dieu l'avait méprisé et

négligé. Par conséquent, l'existence même d'un homme
sert de preuve que Dieu ne le méprise pas. Qui donc
osera mépriser ce que Dieu ne méprise pas?

Si nous honorons et protégeons contre le mépris l'i-
mage d'un tsar, quand même elle serait imparfaite ou
aurait été endommagée par quelque accident, comment
pouvons-nous mépriser l'image de Dieu tracée par Dieu
lui-même dans l'homme, quoique même non conservée
dans sa perfection originelle, et dans quelques-uns
même bien endommagée, mais du reste non complètement effacée, et prédestinée à la restauration?

Si l'on ne jette pas avec mépris un joyau corruptible,
mais qu'on le conserve avec attention et estime, peut-on
faire un objet de mépris d'un joyau incorruptible, —
l'âme humaine, estimée à un prix non moindre que le
monde entier par l'Estimateur infaillible, qui a dit : *Que
sert à l'homme de gagner le monde entier et de perdre son
âme* (Marc, VIII, 36)? — Que dis-je : un prix non moindre
que le monde entier? — Elle a été achetée à un prix infiniment plus élevé : elle a été rachetée au prix du sang
et de la vie du Fils incarné de Dieu.

Quelqu'un dira-t-il : Je méprise en toute justice un
homme indigne, pécheur, vicieux. Prends garde, homme
digne! Si tu méprises le pécheur, ne te condamnes-tu pas
toi aussi, par là-même, plus ou moins au mépris? Car
toi non plus, tu n'es pas sans péché! Ensuite, songe que
tu ne vois que l'extérieur, et non l'intérieur ; tu ne connais qu'un peu du passé, et la minute présente ; mais
tu ne connais absolument rien de l'avenir. Tant que
l'homme est sur la terre, aussi longtemps le bon même,
ordinairement, n'est pas sans défauts, puisque la pureté parfaite est l'apanage du paradis et du ciel ; et le

méchant même n'est pas sans quelque bien, car autrement la terre refuserait de le porter. Et par conséquent,
il est très-possible que, pendant que tu méprises dans un
homme ce que tu vois, — il se cache en lui un bien que
tu ne vois pas, ou du moins une semence de bien qui
peut se développer, croître, porter du fruit, et le rendre
en définitive digne de respect. Alors tu seras obligé de te
repentir de ton mépris inconsidéré. Il vaut donc mieux
ne pas faire du tout ce qui peut conduire à l'affliction du
repentir. Il n'y a pas de doute que beaucoup de contempo-
rains ne se soient raillés de l'extérieur désavantageux et
des actions étranges de Siméon, d'André, et de nos insensés
prétendus Basile et Maxime; mais le temps a dévoilé leur
vie cachée, et les a montrés dignes, non-seulement de
respect, mais encore de dévotion. Si nous avions été
dans les rues de Jérusalem alors que notre Sauveur portait sa croix, et qu'après lui suivait le larron qui devait
être aussi crucifié, il est probable que nous n'aurions pas
pu maîtriser une indignation juste en apparence, et
même pieuse, en voyant cet homme méprisable suivre
de si près le Très-Saint. Mais comme c'eût été mal à
propos! Une heure ou deux sont passées, et nous voyons
le larron devenu confesseur du Christ, et le Christ lui
ouvrir le jour même l'entrée du paradis. Le larron est
devenu pour nous un modèle, et nous répétons dévote-
ment sa prière. Après cela, n'est-il pas dangereux de mépriser même un insensé et un larron!

Ces réflexions, je l'espère, sont suffisantes pour faire
comprendre la signification et sentir la force du commandement de l'Apôtre : *Ayez du respect pour tous.* Après
cela vient tout naturellement la pensée de songer à l'usage
à faire de cet enseignement.

Est-il besoin d'inspirer le respect pour ce qui de soi-même inspire le respect, — pour la sainte autorité du Souverain, pour les parents, pour les supérieurs, pour les bienfaiteurs ?

Mais il n'est peut-être pas superflu de rappeler qu'il ne faut pas mépriser ce qui est facilement exposé au mépris.

Que le supérieur ne méprise pas même le dernier de ses subordonnés, mais que, par son attention et sa condescendance, il fasse que la dernière place ne soit pas basse pour lui, et que l'occupation qui lui est donnée soit agréable, parce que plus une œuvre se fait volontiers, et mieux cela vaut, et pour l'œuvre elle-même, et pour celui qui la fait, et pour celui qui dirige l'œuvre.

Que le riche ne s'enorgueillisse pas devant les pauvres, mais qu'il descende à soutenir de son secours ces appuis modestes de son propre bien-être. Il y a un temps où la reconnaissance des pauvres vaut mieux pour le riche que la richesse.

Celui qui a pouvoir, héréditairement ou conventionnellement, sur le travail ou sur les productions du travail de ceux qui lui sont soumis, qu'il ne soit pas inattentif à ces humbles de la terre. L'homme n'est pas une chose dont on puisse faire usage sans lui être redevable en rien. Et la loi civile, et la loi morale, et surtout la loi chrétienne, joignent aux droits de l'autorité des obligations envers les subordonnés. S'ils vous donnent la moitié de leur temps de travail, rendez-leur une partie de votre temps libre. S'ils vous procurent le superflu, vous, procurez-leur le nécessaire : une vie exempte de misère, un abri, les moyens de l'éducation requise pour eux, la direction et la conservation des mœurs et de la foi. Sachez obtenir d'eux, non pas votre profit seulement, mais aussi la reconnaissance et l'amour. L'amour peut, sans l'enlever, alléger leur fardeau et faire qu'ils bénissent leur dépendance plus qu'une large liberté.

Celui qui est appelé à juger et à redresser les coupables, qu'il ne méprise pas celui qu'il juge, ni même le coupable, afin que le mépris ne rende pas le juge négligent et trop facile. Que l'estime de l'humanité préserve le réformateur et le juge de la colère, la justice — de la dureté, les corrigés — de l'endurcissement.

En nous conduisant ainsi et conformément à ces principes envers les moindres de nos frères, Chrétiens mes frères, nous accomplirons les préceptes de l'Évangile et nous serons vraiment les imitateurs du Christ qui, quoiqu'il soit le Seigneur des seigneurs, est venu sur la terre, *non pour qu'on le servît, mais pour servir*, pour mourir pour les pécheurs et pour élever ceux qui s'humilient. Gloire à lui avec le Père et le Saint-Esprit dans les siècles ! — Ainsi soit-il.

9

SERMON

POUR L'ANNIVERSAIRE DE L'AVÈNEMENT
AU TRONE DE TOUTES LES RUSSIES DU SOUVERAIN
EMPEREUR NICOLAS PAVLOVITCH.

> Il est écrit : Ma maison est la maison de prière.
> — Luc, xix, 46. —

Qui de nous ne sait que le lieu où nous nous trouvons en ce moment est la maison de prière et la maison de Dieu ? Cependant il n'est pas hors de propos, je pense, de nous rappeler en ce moment que cette dénomination symbolique de *maison de prière*, et cette haute dénomination de *maison de Dieu*, ce n'est pas le Prophète seulement qui les donne à ce lieu, mais qu'elles lui sont reconnues par la Vérité incarnée elle-même, par notre Seigneur Jésus-Christ *disant : Il est écrit : Ma maison est la maison de prière.*

Plus est désirable pour nous l'objet particulier de notre prière de ce jour, — l'appel de nouvelles bénédictions de Dieu sur la nouvelle année qui commence du règne de notre Très-Pieux Autocrate, et plus il est utile et agréable d'avoir en vue la ferme conviction que notre prière n'est pas sur un chemin douteux et inconnu, ne tend pas de loin des mains vainement suppliantes et n'élève pas une voix qui peut-être ne sera pas entendue, mais qu'elle converse avec Dieu dans sa maison à elle et dans la maison de Dieu, par conséquent de près, librement, de manière à être facilement entendue, en toute confiance.

Mettons dans une grande évidence pour nous l'effet prompt et sûr de la prière solennelle, et en particulier de la prière d'un État et de tout un peuple dans le temple, par le moyen d'un antique exemple. Dans le temps de l'invasion soudaine de trois peuples ennemis dans le royaume de Judée, *Josaphat se tint dans l'assemblée de Juda, à Jérusalem, dans la maison du Seigneur*, et il offrit à Dieu une prière unanime avec le peuple, confessant leur faiblesse, et invoquant son secours contre les ennemis : *Nous ne savons ce que nous avons à faire contre eux; mais seulement nos yeux sont tournés vers toi*. A peine cette prière eut-elle été prononcée qu'une réponse favorable de Dieu se fit entendre par la bouche de Joziel. *L'Esprit du Seigneur fut sur lui au milieu du peuple, et il dit : Écoutez, vous tous de Juda, et vous, habitants de Jérusalem, et toi, roi Josaphat : Voici ce que le Seigneur vous dit : Ne craignez pas, ne vous effrayez pas à la vue de cette multitude nombreuse, car ce n'est pas votre combat, mais celui de Dieu*. Le lendemain, lorsque Josaphat et son armée marchèrent à la rencontre de leurs ennemis, en chantant de saints cantiques, — la discorde s'éleva dans le camp des ennemis qui étaient de nations diverses ; ils se détruisirent les uns les autres; il ne resta aux Juifs qu'à recueillir leurs dépouilles (II Paral., xx).

Si telle était la puissance de la prière dans le temple des ombres et des figures, faut-il moins attendre d'elle dans le temple de la Vérité manifestée et incarnée ? Si elle osa tant et si elle eut un tel succès là où régnait une Loi

menaçante, ne peut-elle pas plus encore ici où a placé
son trône la Grâce miséricordieuse?

Le Fils incarné de Dieu a enseigné la prière par la parole et par l'exemple ; il nous y a invités ; il lui a frayé et
facilité le chemin vers Dieu par son intercession pour
nous; intercession qu'il ne discontinue pas aujourd'hui,
et qu'il ne discontinuera pas jusqu'à la fin des siècles ; et,
en nous animant au combat par l'espérance du fruit
du combat, il a donné à la prière de l'assemblée chrétienne cette promesse qui lui donne tout pouvoir : *En
vérité je vous le dis : Si deux d'entre vous s'unissent sur
la terre pour quelque chose que ce soit, et s'ils la demandent, elle leur sera accordée par mon Père qui est dans les
cieux* (Matth., XVIII, 19). *Pour quelque chose que ce soit, et
s'ils la demandent :* — Quel plein pouvoir étendu, et,
pourrait-on dire, illimité! *Elle sera accordée par mon Père
qui est dans les cieux :* — Quel plein pouvoir élevé, et,
évidemment, invincible à quelque autre puissance que ce
soit ! Quant à ce qui est dit, dans la promesse, de la plus
petite réunion possible : *Si deux d'entre vous s'unissent,*
c'est pour que même une petite réunion dans l'église, en
cas de nécessité, ne se regarde pas comme trop insuffisante pour avoir part à la promesse du Seigneur, et pour
qu'une grande assemblée ait d'autant plus de confiance
en la promesse.

Voulez-vous voir cette promesse dans son accomplissement, ce plein pouvoir en plein exercice? Considérez
l'Église primitive des Apôtres.

Après l'un de leurs premiers discours, qui fut couronné
du succès, tous les pouvoirs de Jérusalem se soulevèrent
contre les apôtres. On les jette en prison; puis, les en
faisant sortir, on les interroge dans l'assemblée des

princes, des anciens et des scribes, et on leur défend avec
menace d'enseigner au nom de Jésus. La tempête est violente. Le Christianisme nouvellement planté était en
danger d'être, non-seulement ébranlé, mais encore arra-
ché avec ses racines. Il fallait un appui extraordinaire,
une assistance particulière d'en haut. *Et quand ils eurent
prié, le lieu où ils étaient assemblés trembla, et ils furent
tous remplis de l'Esprit-Saint, et ils disaient la parole de
Dieu avec hardiesse* (Act., IV, 31). *Le lieu où ils étaient assemblés* était évidemment une maison de prière et une
maison de Dieu intérieurement, quoique ce ne fût pas
encore le temps de l'élever extérieurement et de l'ombrager de la croix comme chez nous aujourd'hui.

A une autre époque, *Pierre était gardé en prison, et les
prières de l'Église s'élevaient diligemment vers Dieu pour lui*
(Act., XII, 5). Que fit donc cette prière de l'Église? — C'est
qu'un ange délivra Pierre de ses fers, et le fit passer par
les portes fermées, auprès des gardes, et le conduisit hors
de la prison en liberté.

Est-il besoin d'en dire davantage pour éveiller votre conviction paisible que les dénominations de maison de prière
et de maison de Dieu ne sont pas seulement des dénominations honorifiques appliquées superficiellement à l'objet,
mais expriment quelque chose d'essentiel à l'objet, quoique ne se montrant pas toujours et à tous à découvert?
Nous savons tous, ce semble, que, dans la maison de
prière, dans la réunion de l'Église, il y a une présence
particulière et féconde en bénédictions du Dieu omni-
présent ; que dans la maison de Dieu, il y a un établissement mystérieux du Dieu qu'aucun lieu ne peut contenir;
que dans cette maison, dont le Propriétaire est riche de
miséricordes, plus que nulle part ailleurs, sont réunis

des trésors de dons, de secours, de bienfaits, de bontés, de consolations, de lumière, de force, de vie, de salut, et qu'aux enfants et aux amis de cette maison est donnée la clef de ces trésors, — la prière de la foi. Nous connaissons tous, ce semble, la dignité et l'importance de la maison de Dieu, ainsi qu'en témoignent notre réunion elle-même et l'apparence générale de piété qui règne dans cette assemblée.

Mais j'ai dit sans parler absolument : Nous connaissons tous, ce semble ; — et, par malheur, j'ai pour cela des raisons. Lorsque, de l'élévation due de la prière à Dieu, soit que ma pensée, par faiblesse et par distraction, retombe sur moi et sur ce qui m'entoure, soit que, par le devoir qui m'incombe de veiller à l'ordre dans l'église, je porte une attention investigatrice sur les servants et les assistants dans le temple, lorsque je remarque que nous, serviteurs du sanctuaire, nous ne servons pas toujours d'exemple aux autres dans le respect du sanctuaire ; lorsque j'entends le lecteur courir avec précipitation dans la lecture du psaume, ou le chantre jouer dans ses notes, sans les marques de l'attention spirituelle à ce qu'ils lisent ou chantent ; lorsque je vois quelques assistants se tenir devant le Tsar céleste avec moins de respect qu'ils ne se tiendraient devant un tsar de la terre, venus pour s'entretenir avec Dieu, et, au lieu de cela, s'entretenant entre eux, et que je vois dans cette disposition des gens qui ne sont pas de ceux que l'on pourrait excuser par cette parole du Prophète : *Peut-être sont-ce des pauvres et des insensés* (Jér., v, 4); lorsque celui qui est tenté par la parole inopportune de son voisin, s'inquiète visiblement, non de ne pas irriter Dieu par son irrévérence dans l'église, non de détourner son prochain de l'irrévérence;

mais de ne pas offenser par son silence celui qui l'invite
à une conversation oiseuse : à la vue de tout cela, je
voudrais bien ne pas croire à ce que je vois, et je demeure
incertain de ce que cela signifie. Savons-nous où et pourquoi nous sommes venus? Savons-nous ce que c'est que
la maison de Dieu? Ou bien ne voulons-nous pas user de
ses trésors? Est-ce donc que les adorateurs du temple de
Jérusalem doivent en quelque chose céder la supériorité
aux adorateurs de quelque montagne de Samarie, eux qui,
n'ayant pas chez eux la même sainteté, et même *adorant
celui qu'ils ne connaissent pas*, n'en observent pas moins
sévèrement l'ordre et le silence dans la prière? Comprenez ce qui est dit en parabole, et qu'il serait amer
de dire sans parabole.

Pour ne pas exagérer l'accusation, la justice commande
de dire que cet aspect quelquefois imparfait du bon ordre
et de la piété dans nos temples apparaît, non comme
l'expression de l'indévotion, mais seulement comme la
conséquence d'une attention peu sévère et d'une vigilance
insuffisante de quelques-uns sur eux-mêmes. Du reste, si
quelqu'un demandait : Vaut-il la peine de poursuivre des
fautes aussi légères que — l'entrée tardive dans la maison
de prière ou une parole inutile dite pendant l'office divin?
— je répondrais qu'il faut autant que possible éloigner
même les fautes légères, afin qu'à leur suite n'arrivent
pas et ne s'installent pas le péché et l'iniquité.

Revenons à l'Évangile, et voyons quelles transgressions
poursuivait notre Seigneur quand, *étant entré dans le
temple, il se mit à chasser ceux qui y vendaient et qui y
achetaient, en leur disant : il est écrit : Ma maison est la
maison de prière, et vous en faites une caverne de voleurs.*
Quelles gens étaient venus dans le temple de Jérusalem,

et comment le changeaient-ils en une caverne de voleurs?
Étaient-ce des païens? Souillaient-ils le Temple du culte
des idoles? Nullement. C'étaient des juifs orthodoxes qui,
pour la commodité, vendaient et achetaient ce qui était
nécessaire dans le Temple pour le culte divin, des bœufs,
des brebis, des colombes pour l'offrande des sacrifices, et
qui changeaient l'argent pour que celui qui regrettait de
mettre dans le trésor du Temple une grosse pièce de monnaie, en pût trouver tout près une petite pour cet usage;
— et cela ne se faisait pas dans le sanctuaire, mais dans
le parvis du Temple. Nous autres, en voyant cela, nous
aurions peut-être douté s'il fallait poursuivre une inconvenance qu'il n'était pas très-facile d'éviter, et qui avait
bien son utilité. Mais le Seigneur poursuit cette inconvenance, non-seulement par la parole, mais avec un fouet
de cordes, et il l'appelle une transformation du Temple en
une caverne de voleurs. Après cela, il faut convenir qu'on
ne peut considérer comme très-peu coupable que, non
dans le parvis du temple, mais dans le temple chrétien
lui-même, en face de la sainteté elle-même, la distraction
et la flatterie échangent entre elles des compliments et
achètent par des questions vaines des réponses oiseuses.

Je ne menace personne du fouet du Seigneur. Mon
exploit ne consiste pas à chasser qui que ce soit du temple, mais à vous conserver tous au temple pour en être
l'ornement. Si cependant cette petite allocution paraissait
à quelqu'un ressembler à un petit coup de fouet, qu'il
s'applique surtout à nous qui, selon la justice, sommes
soumis à une plus grande sévérité; mais vous, évi-
tez tranquillement ce qui mérite les coups de la
parole. Rappelons-nous cette parole de Salomon :
Mieux valent les réprimandes ouvertes que l'amour caché

(Prov., xxvii, 5). Aimons les réprimandes. Si nous ne les avons pas méritées, nous pouvons les entendre avec d'autant plus de calme, et elles nous aideront à ne les pas mériter à l'avenir; mais si, par malheur, nous les avons méritées, elles nous aideront à nous corriger. Reconnaissance à Dieu de ce que se conserve en nous l'attrait de la maison de Dieu! Soyons vigilamment attentifs à faire que notre présence dans la maison de Dieu en soit plus digne, plus parfaite, et, par là, plus fructueuse et plus salutaire.

C'est avec consolation que je me rappelle l'exemple de vénération pour la maison de Dieu que nous montre notre Très-Pieux Souverain Empereur. Comme il aime à ériger des maisons de Dieu! Vous êtes vous-mêmes témoins de temps en temps du respect avec lequel il se tient devant le Seigneur dans le temple. Comme il regarde invariablement vers l'autel! Comme il suit attentivement les prières pour ce qui lui est cher, et les accompagne du signe de la croix! Comme il s'incline humblement devant la sainteté!

Unissons-nous mentalement avec lui dans notre prière présente; que tous nos cœurs se confondent en un encensoir unanime de prière; que l'amour pour le Tsar et la foi en Dieu s'unissent pour enflammer l'encens spirituel de la prière, et qu'elle monte de la maison terrestre à la maison céleste de Dieu, et qu'elle en fasse descendre une nouvelle bénédiction sur le règne de notre Très-Pieux Autocrate; que son règne soit toujours dirigé par une sagesse et une justice religieuses à l'intérieur, garanti de tout danger à l'extérieur, abondant en moyens de prospérité, afin qu'à l'ombre de son trône *nous passions une vie paisible et tranquille en toute piété et pureté!*—Ainsi soit-il

10

SERMON

POUR L'ANNIVERSAIRE DU COURONNEMENT SOLENNEL ET DU SACRE DU TRÈS-PIEUX SOUVERAIN EMPEREUR NICOLAS PAVLOVITCH,

Prononcé le 22 août 1838.

> Et l'Esprit du Seigneur était porté sur David depuis ce jour, et dans la suite.
>
> — I Rég., xvi, 13. —

L'Esprit de Dieu repose sur David. Quelle sublime condition ! Sans aucun doute, elle fut aussi extrêmement bienfaisante pour David. Sans aucun doute, de l'Esprit de Dieu qui reposait sur lui descendaient dans son intelligence de lumineux rayons pour l'éclairer de la connaissance de ce qui est vrai, agréable à Dieu et salutaire; de saintes étincelles tombaient dans son cœur afin de l'enflammer pour les bonnes intentions et les œuvres de salut, et tout son être se remplissait de la force d'en haut, par laquelle il entreprenait les choses les plus difficiles avec une confiance hardie et les menait à fin sans lassitude. En effet, si la présence de l'Esprit de Dieu ne s'était pas signalée par de telles influences bienfaisantes, qu'auraient pu signifier, comment auraient pu être dites ces paroles : *L'Esprit du Seigneur était porté sur David depuis ce jour, et dans la suite?*

Mais quel fut ce jour heureux qui conduisit David de

la condition ordinaire à une condition si hautement fa-
vorisée? — Ce fut le jour de son sacre comme tsar du
peuple de Dieu, ainsi que le dit clairement le premier
livre des Règnes : *Et Samuel prit la corne d'huile, et le
sacra au milieu de ses frères : et l'Esprit du Seigneur était
porté sur David depuis ce jour, et dans la suite.*

Est-il possible de penser que David ait oublié un jour si
remarquable dans sa vie? N'est-il pas plus probable, au
contraire, qu'il s'en souvint, et qu'à chaque révolution
du cercle annuel des jours, il l'accueillit avec une attention particulière, en rendant hommage à Dieu, avec reconnaissance, avec prière pour la continuation de la
protection secourable de l'Esprit du Seigneur ?

Et voilà dans quelle profonde et sainte antiquité nous
rencontrons la pensée de la célébration solennelle de
l'anniversaire du sacre d'un tsar ! Et voilà sur quelle base
profonde s'appuie cette pensée, nommément sur l'action
de l'Esprit du Seigneur dans le sacre d'un tsar !

C'est là, dans mon opinion, que se trouve la véritable
explication de l'importance de notre anniversaire à nous
aussi, Russes pieux, et de la solennité avec laquelle nous
le célébrons présentement. Le Dieu qui ordonna de sacrer
David, n'est-il pas ce même Dieu par lequel les rois règnent encore aujourd'hui? Ainsi donc, il a béni et sanctifié le couronnement et le sacre de notre Tsar. Depuis le
jour du sacre, l'Esprit de sa grâce est porté sur son
Oint. Et comme le présent jour commémoratif du couronnement et du sacre de notre Très-Pieux Autocrate est
évidemment lié avec le jour de l'évènement lui-même, ne
faut-il pas penser qu'en ce jour spécialement, l'Esprit du
Seigneur regarde aussi dans nos cœurs pour répandre,
selon la mesure de notre foi, selon la sincérité de notre

reconnaissance pour le passé, selon la ferveur et la
pureté de nos prières pour l'avenir, sur le Tsar et sur
l'Empire, la bénédiction de sa grâce, secourable pour le
Tsar, bienfaisante et salutaire pour l'Empire? Que ce
jour soit donc pour nous aussi saint qu'il est joyeux et
solennel. Qu'il vivifie et l'amour pour le Tsar, et la dévotion envers le Tsar des tsars. Que la joie anime les cœurs ;
mais que la prière aussi élève les âmes sous l'ombre de
la grâce de l'Esprit du Seigneur.

Cependant, la pensée de la sainte importance du sacre
m'amène à quelques réflexions sur l'importance des institutions saintement mystérieuses en général.

En nos temps, la raison humaine, ayant entendu répéter
à satiété par l'histoire que, précédemment, les hommes
sont tombés dans beaucoup d'erreurs par leur manière
sensible d'envisager les choses spirituelles et par la superstition, et que l'on appelle un pareil état l'enfance de
l'humanité et de la raison, pense se montrer d'autant
mieux sortie de l'enfance qu'elle respecte moins les formes
sensibles de la Religion. Des hommes auxquels ne plaît
pas la soumission aux institutions de la Religion, mais
qui ne trouvent pas la force de repousser la pensée elle-
même de la Religion, cherchent dans la manière d'en
envisager la spiritualité un moyen de se soustraire à la
puissance de ses institutions. De là naissent deux doutes
l'un pire que l'autre : les institutions saintes ont-elles
une importance et une vertu intrinsèques? est-il même
nécessaire pour l'homme spirituel qu'il y ait des formes
sensibles et un appareil cérémonial de la Religion?

Ceux qui s'efforcent de porter ces doutes jusqu'à une
malheureuse conviction, ces prétendus zélateurs de l'esprit, qui ne leur est connu que de nom, osent opposer

à l'importance et même à la nécessité des institutions saintement mystérieuses et cérémoniales, les paroles du Sauveur à la Samaritaine : *Dieu est Esprit, et il faut que ceux qui l'adorent, l'adorent en esprit et en vérité* (Jean, IV, 24).

Audace incroyable même après que nous l'avons vue! N'est-ce pas ce même Seigneur qui a institué les Mystères et qui a revêtu leur vertu intérieure de formes sensibles et d'observances cérémoniales? Ainsi donc, sa parole peut-elle renverser ses propres ordonnances? Est-ce que la Sagesse infinie de Dieu peut se contredire elle-même et se ruiner elle-même?

Pour déterminer le sens exact des paroles du Seigneur sur le culte spirituel, il faut remarquer que le doute de la Samaritaine pour la solution duquel elles ont été prononcées, ne portait pas sur l'importance ou la nécessité des cérémonies extérieures de la Religion en général. Elle était convaincue et de leur nécessité et de leur importance, puisqu'elle n'osait pas y être indifférente, et qu'elle était soucieuse de s'assurer lequel des deux cultes qui lui étaient connus était régulier et salutaire, le Samaritain ou le Jérosolymitain. Et le Seigneur n'ébranla pas sa conviction, mais il la confirma quand il approuva le culte saintement cérémonial de Jérusalem comme conforme à la véritable connaissance de Dieu et conduisant au salut. *Nous*, c'est-à-dire ceux qui adorent Dieu à Jérusalem, *nous adorons celui que nous connaissons, car le salut vient des Juifs* (Jean, IV, 22). De cette manière, le Seigneur ramena la Samaritaine du schisme de Samarie à la vraie croyance juive. Mais s'il s'en était tenu là seulement, il l'aurait laissée sur le chemin de la vérité, sans la conduire à la vérité parfaite. Il fallait préparer son

esprit à la croyance plus élevée du Christianisme qui était
près de paraître avec ses nouvelles institutions sur les
ruines des institutions juives. C'est pour cela que le Seigneur continue : *L'heure vient où vous n'adorerez le Père,
ni sur cette montagne, ni dans Jérusalem ;* c'est-à-dire :
bientôt, non-seulement le culte irrégulier de Samarie
s'écroulera, mais encore le culte légal des juifs cessera
d'être régulier, et sera aussi renversé. Mais afin que cela
ne paraisse pas un présage de l'annulation complète des
institutions du culte divin, particulièrement pour la Samaritaine habituée à ne mesurer la dignité du culte divin
qu'à la sainteté du lieu, et afin d'élever la pensée de cette
femme, attachée aux seules formes sensibles de la Religion, à un degré plus élevé d'intelligence spirituelle, le
Seigneur continue encore : *L'heure vient, et elle est venue
aujourd'hui, où les vrais adorateurs adoreront le Père en
esprit et en vérité ;* c'est-à-dire : bientôt le culte divin cessera d'être attaché à un seul lieu saint, tel que Jérusalem ;
mais il n'en sera pas moins saint et encore plus parfait,
parce que ce qui est plus spirituel, et par conséquent plus
digne de Dieu comme être spirituel, est aussi plus vrai,
tandis que le culte juif consiste dans la symbolisation de
la vérité attendue, et que des symboles incompris ne sont
jamais que des figures sensibles, sans esprit. Ainsi la
parole du Seigneur élève, des figures sensibles du culte
divin, à l'adoration de Dieu en esprit et en vérité, mais
elle ne les rejette pas, en tant qu'elles sont des manifestations de l'esprit et des formes extérieures de la vérité :
car autrement il faudrait, dans l'adoration en esprit,
rejeter même les paroles du langage humain qui, même
dans leur emploi le plus pur, ne sont ni l'esprit lui-
même ni la vérité elle-même, mais seulement la mani-

festation de l'esprit et la forme extérieure de la vérité.

Du reste, la conviction que l'adoration spirituelle de Dieu ne récuse pas les formes sensibles du culte, et qu'elle en a même besoin, n'est pas encore une connaissance pleine et satisfaisante de leur importance. Comment donc peut-on atteindre à cette pleine connaissance?

La raison humaine n'est pas un guide sûr pour cela, parce que ne sachant pas comprendre les secrets de sa propre maison, comment pourrait-elle scruter et pénétrer les secrets de la grande maison de Dieu? Ne comprenant pas comment l'âme humaine est unie avec le corps, vainement s'efforcerait-elle de se placer plus haut qu'elle-même et de comprendre comment, dans les institutions divines, le matériel est uni au spirituel, le terrestre au céleste, le naturel au surnaturel, et combien est importante cette union pour la production des effets de la grâce et du salut dans l'homme.

L'expérience spirituelle, intérieure, du haut, puissant et bienfaisant effet des institutions saintement mystérieuses, est la manière la plus facile de parvenir à la connaissance pleine de leur vertu et de leur importance, pour ceux qui ont fait de pareilles expériences. Mais ici se rencontre cette difficulté que les expériences sûres et complètes de ce genre ne se produisent qu'avec une foi pure et parfaite; mais une pareille foi n'est pas l'apanage commun, et chez ceux qui l'ont acquise, elle n'est pas toujours accessible à une connaissance ouverte. Celui qui croit parfaitement reçoit des expériences intérieures comme un don de la grâce, comme le fruit de la foi, au delà des exigences de sa conviction. Celui qui a peu de foi, s'il désire parvenir aux mêmes expériences pour sa conviction, peut n'y pas parvenir à cause même de son peu de foi. N'est-il pas possible cependant de trouver le moyen d'avoir le bénéfice de semblables expériences, des-quelles nous ne sommes peut-être pas encore capables nous-mêmes? — Ce moyen, c'est une observation atten-tive des expériences spirituelles des hommes d'une sain-teté et d'une foi reconnues, et surtout de ces expériences que, pour ainsi dire, Dieu prépare et produit lui-même sur les croyants, en manifestant sensiblement la grâce invisible pour éveiller, attirer et confirmer la foi.

Nous avons rencontré un exemple d'une semblable ex-périence au commencement de ce discours; retournons-y de nouveau.

Dieu a prédestiné David pour être le tsar de son peuple, et il veut annoncer cette désignation à David et à sa fa-mille avant que vienne le temps de réaliser cette prédes-tination. Samuel est choisi pour être l'instrument de Dieu. Que faut-il donc pour cela? — Il semble qu'il n'y ait qu'à aller, et à dire un mot. Faut-il encore quelque autre acte particulier? Lequel? Un acte miraculeux pour la conviction de David? — Le jeune Prophète croira même simplement le très-vieux Prophète qui est connu depuis sa jeunesse à tout Israël comme un vrai prophète de Dieu. Un acte cérémonial pour la solennité? — Cela, semble-t-il, serait même déplacé, parce que ce n'est pas encore l'avènement réel et solennel de David au trône, mais seulement un avertissement secret qui, au temps de l'évènement, puisse servir de preuve de la volonté de Dieu. Mais que dit le Seigneur à Samuel? — *Remplis ta corne d'huile* (I Rég., xvi, 1). Et ensuite: *Lève-toi et ré-pands l'huile sur le front de David* (1, 2). S'il n'est pas possible de penser que Dieu fasse quelque chose de su-perflu ou d'inutile (car une telle pensée serait un blasphème), il faut conclure que l'onction était, dans cette circonstance, nécessaire même aux yeux de Dieu, et, par conséquent, il n'est pas possible de ne pas convenir qu'elle était importante pour l'homme. Cela se reconnaît mieux encore par l'effet immédiat de l'onction sur David : *Il l'oignit au milieu de ses frères : et l'Esprit du Seigneur était porté sur David depuis ce jour, et dans la suite.* Voilà une preuve expérimentale bien certaine que la sainte onction n'est pas une simple cérémonie destinée à produire une impression sur les spectateurs, ni un signe mort n'ayant de liaison avec la chose signifiée que dans les idées et non dans la réalité, mais qu'elle est un acte mystérieux, dans lequel la forme sensible est invisiblement accompagnée ou pénétrée d'une vertu spirituelle et divine, et qu'avec l'effusion de l'huile sur l'oint est unie l'infusion de la grâce.

Je n'irai pas chercher d'autres exemples. Un seul même, clair et authentique, peut nous instruire suffisamment. Hâtons-nous de recevoir cette instruction.

Si les cérémonies saintes de l'Ancien Testament nous apparaissent comme ayant eu tant d'importance et de vertu alors qu'elles n'étaient que *l'ombre des choses futures* (Col., ii, 17), alors que *le Saint-Esprit n'était pas encore* répandu avec abondance, *parce que Jésus n'était pas encore glorifié* (Jean, vii, 39), que faut-il penser des institutions saintement mystérieuses du Nouveau Testament, qui ont reçu leur commencement de Jésus-Christ lui-même, alors que *nous avons tous reçu de sa plénitude, et grâce pour grâce* (Jean, i, 16); alors que les sources vivifiantes du Saint-Esprit qui s'est répandu abondamment sur les Apôtres parce que Jésus était enfin glorifié, coulent incessamment et arrosent toute la plénitude de l'Église parce que Jésus glorifié demeure avec elle *tous les jours jusqu'à la fin des siècles* (Matth., xxviii, 20)? Ces institutions ne sont-elles pas encore plus importantes ; ne sont-elles pas encore plus remplies de grâce? Quelle attention elles exigent donc! Quelle vénération !

Être baptisé, selon la parole du Seigneur, c'est *naître de l'eau et de l'esprit*. Nous sommes tous baptisés. Quoi donc? Songeons-nous que nous portons tous en nous une nouvelle naissance spirituelle? Nous efforçons-nous de conserver, de nourrir, de faire croître cette haute naissance?

Le Seigneur a dit à la cène mystérieuse, et, chaque fois que se répète l'accomplissement de ce saint mystère, il dit ici encore : *Ceci est mon corps; ceci est mon sang*. Là où sont le Corps et le Sang du Seigneur crucifié, mais aussi ressuscité, là, sans aucun doute, sont et son Esprit, et sa Divinité ; là il est présent lui-même ; là nous nous trouvons tout près devant lui, devant qui tremblent les anges eux-mêmes : et sentons-nous intérieurement son voisinage? Tout au moins, y pensons-nous avec respect? Ne nous oublions-nous pas ici quelquefois comme nous ne nous permettrions pas de nous oublier en présence des grands de la terre?

Le Seigneur a dit : *Les paroles que je dis sont esprit et vie* (Jean, vi, 65). Ces mêmes paroles retentissent pour nous dans l'Évangile; par conséquent, en elles sortent l'esprit et la vie. De quel lointain et avec quel effort s'élançait à la rencontre des paroles de notre Seigneur celui qui a mis dans la bouche de la fiancée spirituelle, mystérieuse de cet Époux divin, ces paroles : *Mon âme est sortie à sa voix* (Cant., v, 6) ! Notre âme, dans un voisinage si rapproché, sort-elle à la rencontre de la voix du

Seigneur avec une pieuse attention? Notre cœur s'ouvre-t-il par la foi pour recevoir l'esprit et la vie dans les paroles de l'Évangile? N'arrive-t-il pas que l'esprit et la vie coulent dans la proclamation de ces paroles, et que nous restons sans éprouver aucun sentiment ni aucun mouvement intérieurs, comme des pierres mortes dans le courant d'une source vive?

Abrégeons ce discours. Tout ce qui est saint dans l'Église est sanctifié par le souffle de la grâce. Apportons la piété et la foi afin de recevoir la grâce. Autrement le voisinage lui-même de la grâce condamnera d'autant plus sévèrement notre inattention et notre insouciance. — Ainsi soit-il.

11

SERMON

POUR L'ANNIVERSAIRE DU SAINT COURONNEMENT ET DU SACRE DU TRÈS-PIEUX SOUVERAIN NICOLAS PAVLOVITCH, EMPEREUR DE TOUTES LES RUSSIES.

Prononcé le 22 août 1842.

> Comprenons-nous les uns les autres pour nous encourager à l'amour et aux bonnes actions, ne négligeant pas notre réunion, comme c'est l'habitude de quelques-uns, mais nous exhortant les uns les autres.
>
> — Hébr., x, 24, 25. —

Nous célébrons, Fils de la Russie, la fête du sacre et du couronnement du Tsar. C'est avec raison et justice que nous la célébrons. C'est la fête du Souverain, so-

lennisée par la fidélité et l'amour des sujets, et en même
temps la fête de l'Empire se réjouissant de son bonheur. En effet, quoique le sacre et le couronnement ne
soient donnés qu'au Tsar, ce n'est pas pour lui seul.
Sans entrer dans l'examen de la manière dont à l'onction visible est jointe la communication des dons spirituels (parce qu'un mystère doit toujours demeurer mystère, et par conséquent rester inaccessible à l'explication),
— nous pouvons cependant nous permettre l'indication
de ce trait symbolique de la cérémonie sainte que, de
même que de la simple onction d'un seul homme avec un
baume odorant, la sensation du parfum se communique
à de nombreux assistants, ainsi de l'onction mystérieuse
du Tsar un parfum vivifiant se répand sur tout l'Empire.
D'une manière semblable, la couronne Tsarienne elle-
même ne ceint pas seulement la tête du Tsar, mais elle
couronne en même temps et la bonne direction, et la
prospérité et la beauté de l'Empire. Il en doit être ainsi,
selon l'intention de la Providence ; et il en est vraiment
ainsi pour nous, Russes, par la bonté de la Providence et
par la vaillance du Très-Pieux Autocrate.

Mais lorsque la pensée qui célèbre la fête, aborde de
plus près celui qui est l'objet de la solennité, pour se réjouir de la contemplation de sa grandeur ; lorsqu'elle
considère comment l'esprit souverain parcourt toute l'é-
norme complication de l'État, embrasse dans son attention et sa sollicitude multiforme la vie, la sécurité, le
bien-être, les mœurs, l'instruction, la croyance de millions d'hommes, afin de pouvoir semer, cultiver, sauvegarder partout le bien, arrêter, détourner, prévenir le
mal, organiser ce qui n'est pas organisé, perfectionner
ce qui est imparfait, réparer ce qui est endommagé, et,

pour cela, publie de temps en temps des lois nouvelles
ou complète les précédentes, fait mouvoir sans cesse les
innombrables ressorts de l'administration, veille sur la
justice, forme et anime l'armée; comment il étend ses
regards pénétrants et clairvoyants au delà des limites de
son Empire, dans les autres États, pour garantir et consolider la paix de tous côtés, former et entretenir de
bonnes alliances, étouffer les semences de divisions, de
querelles et de séditions, désarmer l'envie, reconnaître
ce qui est d'utilité générale et l'appliquer, découvrir au
loin l'influence furtive de quelque contagion étrangère
et lui barrer le chemin : en présence de ces réflexions sur
les exploits du Tsar, à la joie que l'on éprouve à son sujet
se joignent et l'admiration et la sollicitude de l'amour.
Que de fardeaux, pour nous soulager tous, supportent
seules les épaules souveraines ! Oh ! si nous pouvions,
nous aussi, réciproquement contribuer quelque peu à
leur soulagement !

Il y a un moyen que la sainte Église nous offre pour
cela : c'est la prière pour le Tsar. Car si, selon la parole
de l'Écriture, *la prière d'un seul juste peut beaucoup* (Jac.,
v, 16), assurément, puissante doit être la prière d'un
peuple orthodoxe dans lequel il est à espérer que le Seigneur possède plus d'un juste, puisque c'est pour les
justes qu'il conserve le monde.

Mais pour bien chercher s'il n'y a pas encore quelque
moyen par lequel les sujets, sans toucher aux affaires de
l'Autocrate, pourraient concourir à l'allégement du fardeau impérial, — supposons que tous les sujets vécussent
dans un amour mutuel, et ne fissent rien que de bonnes
actions. Comme cela allégerait l'œuvre du Tsar ! Il ne
serait plus nécessaire de multiplier les lois, parce que

l'amour remplit la loi avant qu'elle soit écrite. Les soucis pour le maintien de l'ordre et de la police sociale seraient diminués, parce que *l'amour ne trouble point l'ordre* (I Cor., XIII, 5). Une longue fête suspendrait les affaires de la Justice, car ce ne sont pas les bonnes actions qui donnent du travail aux tribunaux. Alors le Tsar serait véritablement ce que le représente l'Église dans ses prières, *un père se réjouissant dans ses enfants*. Quoi donc? Ne pouvons-nous pas nous-mêmes contribuer à ce que, dans l'Empire, tous vivent dans l'amour, tous s'excitent mutuellement à la pratique des bonnes actions? — Et nous le pouvons, et nous le devons. Ce n'est pas moi qui découvre cela : c'est l'Apôtre qui le prêche et le commande. *Comprenons-nous*, dit-il, *les uns les autres pour nous encourager à l'amour et aux bonnes actions, ne négligeant pas notre réunion comme c'est l'habitude de quelques-uns, mais nous exhortant les uns les autres.*

En vérité, mes Frères, si la destinée, la naissance, la loi nous ont amenés à une même assemblée, nous ont réunis en une seule et même société, ce n'est certainement pas pour que chacun ne connaisse que soi-même et ne s'inquiète pas de connaître les autres ni de contribuer à leur bien. Cela serait contraire à l'idée et à l'essence de la société. L'union de la société ne se lie pas autrement que par la réciprocité : par la coopération réciproque, l'assistance, le concours mutuel. Les obligations réciproques des membres de la société sont déterminées en partie par les lois et réparties suivant les conditions et les fonctions, en partie dictées par la conscience, et s'étendent à tous. Lorsqu'un voleur s'introduit par violence dans la maison d'un citoyen ou dans un trésor public, quel est celui qui, étant bien intentionné, en voyant cela,

dira : Ce n'est pas mon affaire? Chacun ne se sent-il pas
obligé de contribuer à la sécurité publique et privée? Si,
de cette manière, à chacun incombe l'obligation de détourner le mal, privé ou public, est-elle moins générale,
moins forte, n'est-elle pas plus noble, l'obligation de propager le bien privé, et, autant que possible, par le bien
privé, — le bien public, et surtout le plus élevé, le bien
moral et spirituel, qui est l'âme du véritable bien-être
de la société ?

Le christianisme nous réunit, mes Frères, dans une
alliance plus étroite que l'association simplement humaine, — dans l'alliance, non-seulement du même gouvernement, des besoins réciproques, de l'utilité commune,
mais encore dans l'alliance d'une même vie. Selon l'enseignement de l'Apôtre et de l'Église, nous sommes un
seul corps ayant pour tête Jésus-Christ. Et ainsi, plus est
évidente cette vérité d'expérience que *si un membre*
souffre, tous les autres membres souffrent avec lui, et si un
membre reçoit de l'honneur, tous les autres membres se ré-
jouissent avec lui (I Cor., xii, 26), et plus est inébranlable
cette loi, plus est invariable cette obligation *que tous les*
membres conspirent également au bien les uns des autres
(25). Et quelle sollicitude les uns des autres est plus nécessaire, plus importante, plus bienfaisante pour des
Chrétiens, que l'encouragement des uns par les autres à
l'amour chrétien et aux bonnes actions?

En entendant cela, quelques-uns ne me répondront-ils
pas mentalement: C'est ton affaire d'encourager les autres
à l'amour chrétien et aux bonnes actions; remplis ton
devoir. — Je n'ai point à discuter contre cela; je reconnais mon obligation ; j'accepte votre exhortation à
l'accomplir : je confesse avec l'Apôtre que c'est *malheur*

à moi si je ne prêche pas l'Évangile (I Cor., ix, 16). Mais
vous non plus, vous ne devez pas décliner l'obligation
que nous impose également, à moi et à vous, la parole
de l'Apôtre. Dans une autre occasion, saint Paul m'a dit
à moi, c'est-à-dire en général à quiconque est placé par
l'Église pour être le serviteur de l'enseignement chrétien : *Annonce la parole ; insiste à temps et à contre-temps ;*
reprends, menace, supplie en toute patience et en toute
instruction (II Tim., iv, 2). Mais voici qu'il ne dit pas en
faisant des distinctions : pasteurs, excitez au bien ceux
que vous paissez ; prêtres, exhortez le peuple ; mais il dit
à tous sans distinction, sans exception : *Comprenons-nous*
les uns les autres pour nous encourager à l'amour et aux
bonnes actions, — nous exhortant les uns les autres. Et ce
n'est pas en vain qu'il élargit ainsi cette obligation,
parce que ce ne serait pas assez, pour la remplir, des
maîtres seuls placés par l'Église. Combien d'hommes,
combien de directions d'esprit, d'inclinations, d'occupations ; combien de situations diverses et de circonstances
de la vie qui exigent des exhortations, des conseils, des
admonitions, mais que ne peuvent atteindre ni l'enseignement de l'Église ni l'instituteur placé par l'Église ! Il
est donc indispensable que ceux même qui sont enseignés s'instruisent souvent, s'avertissent, s'encouragent
au bien les uns les autres.

Ici, peut se rencontrer une autre objection. Est-ce qu'il
faut que tous, dira-t-on, soient les instituteurs des autres ? — Nullement. Contre cette exagération, nous avons
une défense claire de l'Apôtre : *Qu'il n'y ait pas beaucoup*
de maîtres parmi vous (Jac., iii, 1). Dieu, dans son Église,
a fait les uns apôtres, les autres prophètes, les autres évan-
gélistes, les autres pasteurs et docteurs (Éph., iv, 11), mais

il n'a pas laissé au caprice de chacun de se placer comme instituteur spirituel. A ce sujet, il est dit spécialement *que personne ne peut s'attribuer à soi-même cet honneur, mais celui qui y est appelé par Dieu* (Hébr., v, 4), ou immédiatement, comme au commencement les apôtres, ou héréditairement, par ceux qui ont été d'abord appelés par Dieu. Quant à la multitude de maîtres non appelés, l'Esprit-Saint nous en prévient comme d'une attribution des temps malheureux : *Il viendra un temps où l'on n'écoutera plus la saine doctrine, mais où les hommes se choisiront au gré de leurs désirs des maîtres flattant leurs oreilles, et fermeront les oreilles à la vérité, et les ouvriront à des fables* (II Tim., iv, 3, 4). A cet enseignement arbitraire, et par conséquent trompeur et dangereux, l'Instituteur placé par Dieu oppose une barrière lorsque, en nous exhortant tous à nous encourager au bien les uns les autres, il ajoute aussitôt ; *Ne négligeant pas notre réunion, comme c'est l'habitude de quelques-uns. Notre réunion,* pour les vrais Chrétiens, c'est l'Église Orthodoxe Œcuménique. Il faut se tenir à elle, demeurer dans son obéissance, afin que le zèle d'exciter les autres au bien ne dégénère pas en arbitraire et ne conduise pas aux divisions et aux erreurs.

Lorsqu'il s'agit de dogmes, de mystères, de hiérarchie, prends garde de te montrer l'ouvrier que le Seigneur n'a pas envoyé à sa vigne. Si Celui par qui *tout le corps de l'Église, soutenu et organisé dans ses articulations et ses jointures, croît selon l'accroissement de Dieu* (Col., ii, 19), ne t'a pas établi pour être l'œil ou la bouche de ce corps, ne t'arroge pas toi-même les obligations propres à ces membres. La main ou un autre membre ne peut pas dire à l'œil ou à la bouche : Je remplirai vos

fonctions. Mais il y a des obligations qui ne sont étrangères à aucun membre du corps, comme, par exemple,
de sauvegarder la vie, d'écarter le danger. La vie du corps
spirituel, c'est l'amour, puisque au contraire *celui qui
n'aime pas demeure dans la mort* (1 Jean, III, 14). Les
bonnes actions sont les manifestations de la vie spirituelle. Ainsi donc, pour que la force vitale de l'amour
chrétien ne s'éteigne pas, pour que ses fruits ne se des-
sèchent pas, pour que les œuvres mortes de la frivolité et
du vice ne l'étouffent pas, à cela doivent appliquer leur
sollicitude tous les membres de l'Église sans exception.
Quelqu'un des membres du corps peut-il dire à un autre :
Je m'inquiète peu que tu aies et que tu conserves la vie,
ou non ? — Il nous faut tous, mes Frères, membres du
même corps unique de l'Église, nous préserver les uns les
autres de la mort du péché, nous encourager les uns les
autres à l'amour de Dieu et de nos frères, nous exhorter
les uns les autres aux bonnes actions.

Mais comment faire cela sans le droit à l'enseignement,
et sans prétentions déplacées à l'enseignement ?— En ceci,
presque mieux que par le raisonnement, nous pouvons
être instruits par — la bonne intention. Les occasions de
nous encourager les uns les autres au bien sont innombrables : si nous profitions avec zèle ne fût-ce que de
quelques-unes des plus favorables, nous serions déjà entrés dans la bonne voie; or, celui qui s'est mis en chemin
et qui ne veut pas s'arrêter, devant celui-là, la continuation du chemin s'ouvre d'elle-même.

Remarquable est la forme particulière de l'expression
dans l'exhortation de l'Apôtre : *Comprenons-nous les uns
les autres pour nous encourager à l'amour et aux bonnes
actions.* Par là sont indiquées les relations que nous avons

les uns avec les autres, et par elles se fraie la voie à l'encouragement mutuel à la vertu. En effet, combien il y a de gens que nous connaissons, avec qui nous faisons connaissance, que nous voyons, avec qui nous passons le temps, nous livrant sans nous en rendre compte à la distraction, souvent sans songer même à nous interroger sur l'utilité de nos communications ! Pourquoi donc ne pas rendre cette connaissance plus judicieuse? Pourquoi ne pas donner à nos fréquentations une direction plus élevée? *Comprenons-nous les uns les autres*, non dans notre image visible seulement, mais plutôt dans l'image invisible de Dieu en nous ; non dans nos politesses flatteuses, mais plutôt dans nos expressions de vérité et de sincérité; non dans notre parenté terrestre seulement, mais aussi dans notre parenté céleste d'enfants de Dieu; non-seulement dans nos liaisons de besoins, d'intérêts, de plaisirs temporels, mais beaucoup plus dans une sainte alliance pour la recherche des biens éternels; non dans les vues d'ambition, mais dans l'aspiration à l'honneur d'une condition supérieure en Jésus-Christ. En nous comprenant ainsi les uns les autres, combien de temps et d'activité perdus quelquefois si insouciamment en conversations oiseuses, en divertissements, en frivolités, nous pourrions épargner et employer à un usage conforme à la dignité d'homme et de fils de l'Église et de la Patrie, à des raisonnements sur le vrai bien de chacun et de tous, sur notre perfectionnement propre et réciproque; à des lectures instructives et utiles pour l'âme, au lieu de nos lectures infructueuses et irritantes pour les passions; enfin aux bonnes actions elles-mêmes, et à celles qui encourageraient les autres au bien !

Mais ce serait changer la direction des usages régnants

dans la société? Qui peut faire cela? — C'est vrai : ni toi,
ni moi, nous ne pouvons le faire : c'est pourquoi la sagesse de l'Apôtre n'adresse ni à toi, ni à moi le commandement d'encourager les autres au bien, mais commande
à tous conjointement : *Comprenons-nous les uns les autres
pour nous encourager à l'amour et aux bonnes actions.* Oh!
si, quoique ce ne fût pas tous, du moins un assez grand
nombre étaient animés de ce zèle actif, avaient constamment ce but en vue, ne se laissaient pas empêcher par
des obstacles minutieux dans un exploit de tant d'importance! — La bonne réunion des bonnes volontés, sans
aucun doute, accroîtra beaucoup leur force, et attirera
en abondance la bénédiction et la force de Dieu; et alors
le bien prévaudra décidément, l'amour régnera, la prospérité de l'Empire et du Tsar sera assurée, l'Empire terrestre sera le faubourg de la Cité céleste. Et ainsi soit-il!
— Amen.

12

SERMON

POUR LA FÊTE DE MONSEIGNEUR L'ORTHODOXE HÉRITIER DU TRONE, CÉSARÉVITCH, GRAND-PRINCE ALEXANDRE NICOLAIÉVITCH,

Prononcé à la cathédrale de l'Assomption, le 30 août 1852.

> Craignez Dieu; honorez le tsar.
> — I Pier., II, 17. —

Dans une assemblée craignant Dieu et honorant le
Tsar, il n'est pas difficile de proclamer cet enseignement.

Avant d'être proposé, il est reçu ; avant d'être prêché, il est accompli. En effet, qu'est-ce qui vous a amenés dans cette maison de Dieu, si ce n'est la piété, ou la crainte de Dieu ? Qu'est-ce qui vous a réunis nommément aujourd'hui, et vous réunit tous les jours consacrés comme celui-ci à la gloire, à la joie et à l'espérance du Tsar, si ce n'est un respect religieux pour la Majesté de l'Oint de Dieu, uni à l'amour pour lui et pour celui qui comble son espérance, — l'Héritier de sa grandeur et de ses vertus, et au désir de conserver longtemps ces présents de Dieu.

Est-il donc besoin de répéter : *Craignez Dieu ; honorez le tsar ?* Je me réjouis si cela n'est pas nécessaire ; j'espère que cela ne sera pas superflu. Peut-être chacun de nous ne s'est-il pas demandé ce que signifie que ces deux commandements : *Craignez Dieu ; honorez le tsar*, se trouvent, dans l'enseignement du saint apôtre Pierre, placés au même rang et dans un rapprochement immédiat l'un de l'autre. Mais, dans cette recherche, peut-être se trouvera-t-il quelque chose qui mérite l'attention.

Un semblable rapprochement de la pensée de Dieu avec la pensée du tsar se rencontre encore chez Jésus-Christ lui-même, lorsqu'il dit : *Rendez à César ce qui est à César, et à Dieu ce qui est à Dieu* (Matth., xxii, 22). Mais ici, la réunion des pensées n'est pas produite simplement par la volonté de Celui qui parle, mais par la complexité de la question à laquelle il répond. *Est-il bien de payer le tribut à César, ou non ?* — demandaient au Seigneur les disciples des pharisiens et les partisans d'Hérode, espérant que, si sa réponse était : On le doit, alors les pharisiens pourraient accuser Jésus, devant le peuple, de manquer de zèle pour la loi de Dieu, dans laquelle il est écrit : *Un demi-sicle sera offert au Seigneur* (Ex., xxx, 15), et noir au tsar de la terre ; mais si sa réponse était : On ne le doit pas ; en ce cas, les hérodiens accuseraient Jésus, devant le Gouvernement romain, de discours séditieux contre César. Pour rompre ce double piége, il fallait une réponse à deux tranchants : Rendez à César ce qui est à César, — payez le tribut à César avec la monnaie qui porte son effigie et son inscription, — signe de son pouvoir et de sa responsabilité pour la sécurité de la propriété ; rendez à Dieu ce qui est à Dieu, — rendez en tribut au Temple de Dieu le demi-sicle, selon la prescription de la loi de Dieu. Il y a des obligations non-seulement envers Dieu, mais aussi envers le Tsar ; les unes ne contredisent pas aux autres ; l'on peut et l'on doit accomplir à la fois les unes et les autres.

Les expressions du saint apôtre Pierre, dans son épître, ne sont dictées par aucune cause accidentelle extérieurement apparente. Ses pensées suivent librement la contemplation de la vérité, et ses paroles, ses pensées. A la suite de la pensée de Dieu, naît d'elle-même en lui la pensée du tsar, et l'obligation envers le tsar se place à côté de l'obligation envers Dieu. Que pouvons-nous donc découvrir de particulièrement remarquable dans cette réunion des pensées de l'Apôtre ?

Avant la réponse à cette question, il faut se rappeler que ce qui a été écrit dans le premier siècle du Christianisme est aujourd'hui proposé aux hommes du dix-neuvième siècle, que du reste l'esprit de l'Évangile, comme l'Esprit de Dieu, embrasse tous les temps, et que par conséquent il a exprimé dans le premier siècle les mêmes choses et de la manière qui sont nécessaires et satisfaisantes pour le dix-neuvième, de même que pour tous les autres siècles.

La malheureuse propriété du philosophisme, qui règne
plus de nos jours que précédemment sur les esprits,
c'est la méfiance contre la vérité, dans tous les genres de
connaissances. Sur tout ce qui était reconnu autrefois
comme base solide des autres connaissances, on se demande aujourd'hui si c'est bien une base, et, sous prétexte d'examen et de conviction, on creuse dessous de
différentes manières, sans s'apercevoir que ce n'est là
qu'un travail de démolition, et non d'édification. Sur
quoi est fondé le principe : *Craignez Dieu?* Sur quoi est
fondé le principe : *Honorez le tsar?* Le Prêtre ne prêche-
t-il pas le respect envers le Tsar parce qu'il attend de lui
une protection pour son ministère? Le Tsar ne protége-
t-il pas l'Autel parce qu'il espère l'avoir pour appui du
Trône? N'est-ce pas l'intérêt réciproque qui unit l'Autel
et le Trône?

Pardonne-moi, sainte, divine Vérité, d'être obligé de
dévoiler devant ton sanctuaire une partie des abîmes de
ténèbres d'un philosophisme aveugle et dégradé !

Et toi, philosophisme digne des derniers temps, élevé
seulement par ton orgueilleuse opinion de toi-même,
profond seulement parce que tu fouilles dans la terre et
la poussière des expériences sensibles et des recherches
minutieuses, fécond seulement en soupçons et en doutes,
ferme seulement dans l'opiniâtreté de l'incrédulité ! entends, si tu veux entendre sans passion : la vérité n'hésite pas à se lever contre ton examen audacieux, et se
montre simplement devant tes astucieuses investigations.
Oui, il y a de l'utilité à ce que l'Autel et le Trône soient
unis; cependant ce n'est pas leur utilité mutuelle qui
est le premier fondement de leur alliance, mais la vérité
indépendante qui soutient l'un et l'autre. Bonheur et bé-

nédiction au Tsar protecteur de l'Autel ; mais l'Autel ne craint pas de tomber même sans cette protection. Il a raison, le Prêtre qui prêche le respect envers le Tsar ; cependant ce n'est pas par droit de réciprocité seulement, mais ce serait par pure obligation, s'il arrivait que ce fût sans espoir de réciprocité.

Voilà qu'un homme qui était pêcheur il n'y a pas long-temps, et qui, ayant cessé de l'être, n'est devenu en rien plus important pour Jérusalem et pour Rome, et quel-ques autres semblables à lui, crient aux Jérosolymitains et aux Romains, aux Juifs et aux païens : *Craignez Dieu !* Croyez au Seigneur Jésus ! Cette voix se répand dans l'u-nivers, se répand dans les siècles. Des milliers et des myriades de Juifs croient en Jésus qu'ils ont crucifié. Des millions de ci-devant polythéistes ont craint le Dieu unique. De toutes parts les Autels chrétiens s'élèvent sur les ruines des synagogues juives et des temples païens. Quel tsar puissant a aidé à cet immense revirement ? Constantin le Grand ? — Nullement ! Il est venu à l'Autel du Christ quand celui-ci s'élevait déjà dans toute l'éten-due de l'Asie, de l'Europe et de l'Afrique : — il est venu, non pour le soutenir par sa puissance, mais pour se pros-terner avec sa majesté devant sa sainteté. *Celui qui vit dans les cieux s'est ri* (Ps. ii, 4) de bonne heure de ceux qui ont imaginé trop tard d'abaisser sa divine Religion jus-qu'à la dépendance des secours humains. Afin de rendre ridicule leur sagesse, il a attendu trois siècles pour appe-ler un Tsar puissant à l'Autel du Christ ; et cependant, de jour en jour s'élevaient pour la ruine de cet Autel les tsars, les peuples, les sacrificateurs, les sages, la force, l'art, l'intérêt, le mensonge, la ruse, la fureur. Et quoi enfin ? — Tout cela a disparu, et l'Église du Christ est debout, non parce qu'elle est soutenue par la force humaine, mais parce que même *les portes de l'enfer ne prévaudront point contre elle* (Matth., xvi, 18); parce que le Christ règne, et que par son empire il affermit l'univers, et non par l'univers son empire. *Le Seigneur a régné, et il s'est revêtu de beauté : — car il a affermi l'univers qui ne sera point ébranlé* (Ps. xcii, 1).

Voici encore un autre appel du ci-devant pêcheur. *Honorez le tsar.* Que les sages du doute et du soupçon cherchent quelle réciprocité, quel intérêt, quelle espérance ont pu engager ce pêcheur à favoriser partialement le tsar. Quel fut le tsar qui se présenta plus tôt et de plus près que les autres à la prédication de saint Pierre? — Hérode. Quels services donc rendit Hérode au Christianisme. — *Hérode*, dit le Livre des Actes des Apôtres (xii, 1-4), *le tsar Hérode commença à persécuter quelques-uns de l'Église. Il fit mourir par le glaive Jacques, frère de Jean. Et voyant qu'il plaisait ainsi aux Juifs, il fit aussi arrêter Pierre, — et il le jeta en prison.* Un ange délivra miraculeusement Pierre de la prison et du Tsar, et, après cela, Pierre prêche : *Honorez le tsar.* Comment la Puissance Romaine récompensa-t-elle aussi Pierre pour ses exploits apostoliques? — Non par la croix d'honneur, mais par la croix du supplice. Pierre s'attendait à cela avec probabilité, d'après les exemples, même avec certitude, d'après la prédiction du Seigneur; et il prêchait le respect du tsar aux sujets du Tsar de la part duquel il se préparait à souffrir. Sur quoi donc se fondait cette prédication? — Assurément pas sur la réciprocité, l'intérêt, l'espérance. Sur quoi donc? — Sans aucun doute, sur la vérité divine, et non sur la vérité humaine. *Craignez Dieu; Honorez le tsar.* Le premier de ces commande-

ments est ferme par lui-même : dans la pensée de Dieu, se
trouve indispensablement renfermée la pensée du respect
de Dieu. Sur le premier, s'appuie solidement le second :
car si vous craignez Dieu, vous ne pouvez pas ne pas honorer ce que Dieu a établi ; mais comme, selon la parole
d'un autre apôtre, *il n'y a point de puissance qui ne vienne
de Dieu, et que tous les pouvoirs qui sont, ont été établis
par Dieu* (Rom., xiii, 1), et comme le pouvoir souverain, le plus rapproché de Dieu sur la terre, *est le serviteur
de Dieu* (4), il s'ensuit que si vous respectez vraiment
Dieu, vous ne pouvez pas ne pas honorer le Tsar avec zèle.

Maintenant est dévoilé ce que pensait l'Apôtre quand, à
la pensée de la crainte de Dieu, il a joint immédiatement
la pensée de la vénération pour le tsar. Il a voulu donner
brièvement, et cependant clairement et solidement, l'enseignement du chrétien et du citoyen. En disant : *Craignez Dieu*, il a exposé l'enseignement du chrétien, et en
même temps il a posé la base de l'enseignement du citoyen. En disant immédiatement après cela : *Honorez le
tsar*, il n'a pas seulement exposé l'enseignement du citoyen, mais il l'a affermi sur la base inébranlable de la
Religion divine. Il a montré à la fois, — avec la dignité indépendante, divine de la Religion, la dignité du Trône du
Tsar dépendant de la disposition de Dieu ; avec l'importance de l'alliance entre l'Autel et le Trône, le néant des
pensées basses, indignes, sur l'un et l'autre.

Chrétiens ! Si le commandement de l'Apôtre : *Craignez
Dieu*, s'est soumis autrefois, par sa force intrinsèque, des
esprits qui ne connaissaient pas Dieu, des cœurs païens
hostiles à Dieu ; s'ils l'ont accompli fidèlement au milieu
des malheurs du Christianisme, sous les coups de ses
persécuteurs, nous qui sommes nés sous l'empire saint

et bienfaisant de ce commandement, aujourd'hui que non-seulement on ne poursuit plus à cause de son accomplissement, mais qu'on approuve même, quelle excuse pouvons-nous trouver pour nous-mêmes si nous sommes froids pour la piété, peu diligents dans l'accomplissement de la volonté de Dieu ?

Si, immédiatement après le grand commandement : *Craignez Dieu*, a pu se placer le commandement : *Honorez le tsar*, alors que le tsar n'honorait pas le vrai Dieu, et qu'il poursuivait ceux qui l'honoraient, combien doit être et saint, et facile, et doux pour nous ce dernier commandement quand le Tsar qui règne sur nous, non-seulement connaît et confesse le même vrai Dieu que nous, mais encore, consacré par l'onction de Dieu, protège la vraie piété par son pouvoir, l'autorise pleinement par son exemple, la défend par ses lois et par sa justice, honore les Saints de Dieu comme il a honoré, il n'y a pas longtemps encore, avec l'Église, le saint prélat Mitrophane nouvellement glorifié ?

Craignez Dieu ; honorez le tsar. Ces deux commandements sont unis pour nous comme s'ils étaient les deux yeux de l'unique visage de la vérité et de la justice. Ne les dépariez pas ; ne défigurez pas le visage de la vérité ; n'endommagez pas l'un de ses yeux.

Nous craignons Dieu, — disent quelques superstitieux, et ils refusent de prier pour le Tsar, ou de lui payer le tribut, ou d'entrer à son service. N'est-il pas évident que ce ne sont pas là des disciples, mais bien des ennemis de la piété comme de la patrie ? Le Christ a enseigné : *Rendez à César ce qui est à César.* Les apôtres ont enseigné : *Honorez le tsar.* Celui qui enseigne autre chose que ce qu'ont enseigné le Christ et ses apôtres, celui-là n'est pas un disciple, mais un ennemi du Christ. Il y a encore, dans quelques endroits, des sectaires politiques d'un autre genre : ils veulent, au scandale des nations, avoir un Tsar non consacré par le Tsar des tsars, une loi humaine sans la loi de Dieu, un pouvoir terrestre sans le pouvoir céleste, un serment sans le nom de Dieu. Savez-vous ce que font ces sophistiqueurs turbulents? Ils veulent crever l'œil droit à la vérité. Est-il possible de fonder la loi et le pouvoir seulement sur le sable mouvant des opinions des hommes? Comment la terre peut-elle exister sans le ciel? Que signifie le mot : Serment, sans l'Omniscient et l'Omnipotent qui seul donne à ce mot la vie, et la force qui soutient inébranlablement le fidèle, et qui punit inévitablement le parjure?

Mes Frères! Attachons-nous fermement à la vérité et à la justice dans toute leur intégrité. Vous qui craignez Dieu! *honorez le Tsar*. Vous qui honorez le Tsar! *craignez Dieu*. — Ainsi soit-il.

HUITIÈME PARTIE

SERMONS POUR DIFFÉRENTES CIRCONSTANCES

1

SERMON

SUR LA VOIX DE CELUI QUI CRIE DANS LE DÉSERT, ET EN MÉMOIRE DES ÉVÈNEMENTS DE 1812,

Prononcé en 1814.

> Voix de celui qui crie dans le désert : Préparez la
> voie du Seigneur, rendez droits ses sentiers.
> — Marc, 1, 3. —

Bienheureux le désert dans lequel a été entendue une voix si désirée! Bienheureuse la voix par laquelle est annoncée l'approche du Seigneur ! Car s'il est ordonné de *préparer la voie du Seigneur et de rendre droits ses sentiers dans le désert*, il est certain que le Seigneur n'en est pas loin et désire le visiter. C'est pour cela aussi que le Prophète du Seigneur lui annonce la joie et l'allégresse : *Réjouis-toi, désert altéré; que le désert soit dans l'allégresse, et qu'il fleurisse comme le lis* (Is., xxxv, 1).

Qu'est-ce, devant ce désert et devant sa voix qui du

reste ne parle pas autant dans la paix qu'elle ne *crie* dans un respect tremblant, — qu'est-ce devant eux que la rumeur et l'agitation des sociétés humaines, qu'est-ce que le bruit et la dissipation de la ville qui n'est guère jamais ni nulle part meilleure que ne la vit le roi ami de la solitude : *J'ai vu l'iniquité et la discorde dans la ville; jour et nuit elles tournent autour de ses murs; l'iniquité et la misère, et l'injustice sont au milieu d'elle; et l'usure et la fourberie ne s'éloignent jamais de ses places publiques* (Ps. LIV, 10-12)? Et qui ne désirera avec David de *s'éloigner en fuyant et d'établir sa demeure dans le désert*, de sorte qu'il y puisse *attendre Dieu* (8)? Lequel de ceux-là mêmes qui aiment à trouver des obstacles dans la recherche de Dieu, ne s'affligera du moins de ce qu'il ne peut s'arracher à *l'inquiétude* et *au brisement de l'esprit*, et de ce qu'il n'a pas *des ailes comme la colombe, pour s'envoler et se reposer?*

Oh ! si le Seigneur nous donnait aujourd'hui, ne fût-ce que pour peu de temps, de reposer notre pensée attentive dans le *désert* qui s'étend devant sa face, de recevoir dans notre cœur *la voix* de sa grâce prévenante, afin que nous nous portions dans la componction à *la préparation de sa voie!*

Voix de celui qui crie dans le désert : *Préparez la voie du Seigneur, rendez droits ses sentiers.*

Lorsque l'Évangile, afin d'appeler vos yeux sur la voie du Seigneur, vous fait entendre *la voix du désert*, que nul d'entre vous ne s'imagine, Chrétiens, que l'on veuille vous enlever sans discernement à la vie sociale, et vous attirer vers Jean-Baptiste, dans quelque contrée dépeuplée des rives du Jourdain. Le Prophète qui a entendu de loin et qui a annoncé d'avance *la voix de celui qui crie dans le désert*, manifestée en la personne de Jean, avait sans doute devant les yeux quelque chose de plus que le désert seul du Jourdain. *Toute vallée se comblera, et toute montagne et colline s'abaissera, et toutes les sinuosités seront redressées, et toutes les inégalités dans les chemins effacées, et* — ensuite, — *la gloire du Seigneur sera révélée* (Is., LX, 4, 5): c'est ainsi qu'Isaïe peint la transformation de son désert. Mais le désert de Jean, et à l'apparition du Seigneur Jésus, et après, resta tout aussi sauvage qu'il l'était auparavant.

Quel est donc ce désert dans lequel le Prophète a entendu la voix annonçant l'approche du Seigneur? — Vainement nous perdrions-nous dans le dédale de temps passés sans retour et de lieux impossibles à reconnaître, pour le retrouver. Au contraire, il n'est pas aussi éloigné qu'il est inaperçu, et on le découvre en s'élevant du sensible vers le spirituel, de l'humain vers le divin. Qu'est-ce que le désert dans les idées ordinaires des hommes, pour l'œil sensitif? — Un lieu qui n'est ni habité ni défriché par les hommes, quand même il serait rempli d'animaux sauvages et d'autres êtres vivants. Dès ce moment, nous pouvons comprendre ce que c'est que le désert pour le regard spirituel, pour l'œil de Dieu. — Quand les passions propres à la nature des bêtes, et les désirs brutaux, après avoir envahi l'homme, éloignent de lui toute pensée spirituelle, tout désir pur, toute espèce de bien, et, pour ainsi parler, dévastent le noble domaine de sa nature, qu'est-ce alors que son âme, sinon un désert sauvage? Mais puisque le nombre de ces hommes animalisés est si grand que toute la substance de l'humanité, selon la Parole de Dieu, est *chair* (Gen., VI, 3), et que les hommes spirituels parfaits sont plus rares sur la terre que les épis

restants sur les guérets moissonnés, qu'est-ce que le
monde entier lui-même devant les yeux du *Père des esprits* (Hébr., xii, 9), sinon un désert stérile? Enfin, quand
cité même de Dieu sur la terre est appauvrie de fils de
la Jérusalem d'en haut et livrée aux gentils, quand
le jardin élu du bien-aimé produit des ronces au lieu
de pampres, quand le peuple du Seigneur *abandonne la
source d'eau vive* — le Seigneur, pour *se creuser des ci-
ternes rompues* (Jér., ii, 13), trouble ou arrête le pur torrent de la vérité céleste, pour aller ensuite étancher sa
soif inextinguible aux courants amers de la sagesse terrestre, qu'est-ce alors que l'Église elle-même, qu'un désert altéré?

Est-ce ensuite même dans ces déserts bouleversés, abandonnés, impénétrables que se fraie une voie le Seigneur
de la gloire et de la magnificence? Sort-il des tabernacles
bienheureux du ciel, et va-t-il visiter la terre dévastée
par le péché et la malédiction? Quitte-t-il les fils de sa
maison — les purs esprits qui se nourrissent de la lumière de son visage, et se hâte-t-il de rechercher les
brebis de son troupeau, égarées loin de lui sur les montagnes et dans les vallées? — C'est ainsi! *Le Seigneur*, qui
peuple le déluge lui-même (Ps. xxviii, 10), ne veut pas livrer
à une désolation finale un seul coin de son domaine sans
limites : le Fils unique de Dieu prépare d'une main, dans
la glorieuse *maison* de son Père, des *demeures* pour le
repos de ceux qui sont sauvés; de l'autre il construit *une
tente dans le désert* pour en faire un asile de salut pour
ceux qui ont péri. Même ici apparaît la gloire de sa grâce :
seulement, que toute chute dans la sensualité soit retenue;
que toute enflure de l'orgueil soit abaissée; que l'endurcissement dans le mensonge propre n'empêche pas la

vérité de Dieu de se découvrir; que les ronces et les pierres, — que la méchanceté et l'endurcissement n'entravent pas la marche paisible de l'amour divin : *Que toute vallée se comble, et que toute montagne et colline s'abaisse, et que toute sinuosité se redresse, et que toute inégalité dans les chemins s'efface, et la gloire du Seigneur se révélera.* Relevez-vous donc, vous qui servez un monde ingrat, secouez son joug par une fuite secrète, comme les anciens Israélites firent de l'Égypte; retournez-vous, et regardez des yeux de l'esprit la face du désert — en vous et autour de vous — attendant qu'il soit visité et renouvelé; voyez son aspect lamentable : prévoyez la gloire qui lui est promise; et, *si vous entendez la voix du Seigneur ébranlant la solitude* (Ps. xxviii, 8), *n'endurcissez pas vos cœurs* (Ps. xciv, 8), *préparez le chemin à celui qui s'avance dans le désert* (Ps. lxvii, 5).

Mais qui peut dire qu'il n'a pas entendu cette voix terrible quelquefois, cependant non moins miséricordieuse pour cela? — La voix de Jean-Baptiste appelant à la pénitence et annonçant l'approche du Royaume de Dieu, n'est pas l'unique *voix de celui qui crie dans le désert,* mais la réitération de voix semblables souvent répétées, la continuation de voix semblables non interrompues. Dès lors que l'homme, ayant entendu *la voix du Seigneur Dieu qui se promenait dans le paradis,* se cacha pour la première fois devant sa face, et, de cette manière, fit le premier *désert* dans le paradis lui-même, dès lors se fit entendre aussi la première *voix dans le désert : Où es-tu?* — voix qui depuis est portée par des échos innombrables dans tous les lieux et dans tous les temps, et sera portée jusqu'à l'éternité elle-même, poursuivant ceux qui périssent dans l'éloignement du Seigneur. Si le cœur de ces hommes

ne s'appesantissait pas, s'ils n'étaient pas durs d'oreilles
et s'ils ne fermaient pas les yeux, tous leurs sens
seraient remplis sans cesse de la voix de la grâce qui
les prévient et les appelle à la conversion et au salut : voix du dehors — retentissant dans la nature visible; voix du dedans — sortant des profondeurs de
l'âme; voix descendant d'en haut dans la révélation divine; voix d'en bas — se répercutant dans les évènements
du monde dirigés par le doigt de Dieu et par le souffle de
sa bouche.

Voix dans la nature. Si elle est peu intelligible, c'est
par cela même qu'elle est incessante. L'habitude de l'entendre a émoussé l'attention, et son égalité a été prise
pour le silence. L'impie confesserait Dieu en voyant les
cieux et en entendant leurs discours, s'il n'était pas né
sous eux ; un cœur de pierre se fendrait en entendant les
gémissements de la terre maudite dans les œuvres de
l'homme, s'il n'avait été plongé par tout son être dans
ces gémissements avant de se sentir lui-même. *Les cieux,*
dit l'un de ceux qui ont des oreilles pour entendre, *les
cieux racontent la gloire de Dieu de telle sorte qu'il n'est
point de langue, point de langage dans lesquels on n'entende leurs voix* (Ps. xviii, 2, 4), c'est-à-dire qu'il n'y a
pas une langue, pas un dialecte, dans lesquels leur prédication ne s'exprime d'elle-même. Un autre, au milieu
de ces voix solennelles de la création glorifiant son très-
sage Créateur, découvre les soupirs douloureux de *la créature soumise à la vanité : Nous savons,* dit-il, *que toute
créature gémit et souffre même jusqu'à présent* (Rom., viii,
22). Ces voix et ces gémissements réunis de la créature,
— voix venant de la source du bien primordial dans le
monde et gémissements sortant du fond de l'abîme d'où

s'est répandu le mal, voix de l'ordre céleste et gémissements de la confusion terrestre, voix de la vie et gémissements de la mort, voix de la conservation générale et
gémissements de la corruption générale, — n'est-ce pas
là, pour ceux qui comprennent, une sorte *de voix de celui
qui crie dans le désert*, ou le cri du désert universel lui-
même répétant de tous côtés à l'homme : « Quel autre
« que toi a pu apporter le mal dans la création de l'infi-
« niment Bon? N'est-ce pas toi qui, placé pour en être le
« maître, en es devenu le tyran? N'est-ce pas toi qui as
« changé le royaume de la magnificence en un désert dif-
« forme, et qui, autour des fruits de vie, as planté des
« ronces et des chardons? Jusques à quand donc et souf-
« friras-tu toi-même, et laisseras-tu *toute créature gémir
« et souffrir* avec toi? Jusques à quand refuseras-tu de te
« transformer dans tout ton être, afin de rapprocher avec
« toi tout ton domaine vers l'unique Auteur de tout bien et
« de toute perfection, duquel tu t'es éloigné, mais qui se
« rapproche encore si visiblement de toi de tous côtés et
« par sa gloire et par ses miséricordes? Jusques à quand
« refuseras-tu de *préparer les voies du Seigneur et de
« rendre droits ses sentiers?* » — Mon Dieu! si un seul
soupir d'un instant de ta création entière pouvait être
perçu par les sens externes, que d'orages et de tonnerres
il composerait! Mais toute créature soupire sans cesse à
notre cœur, crie sans interruption à notre esprit, et
nous n'entendons pas, et, bien plus, nous nous réjouis-
sons — de sa souffrance et de sa ruine!

Voix du fond de l'âme. Celle-ci, peut-être, est encore
moins intelligible que la voix de la nature extérieure,
parce qu'elle exige et un sens plus subtil et une attention plus profonde. Quoique, sans aucun doute, personne

ne puisse mieux *connaître ce qui est dans l'homme que
l'esprit de l'homme qui vit en lui* (I Cor., II, 11), cet esprit
ressemble assez souvent à un maître de maison qui passe
une grande partie de son temps dans les chambres ouvertes de sa maison, observe ceux qui passent auprès, reçoit des visiteurs, converse, festine, mais visite à peine
sa chambre secrète, comme un salon étranger, ne connaît
pas son cabinet, et remet tous les soins de son administration à des esclaves et à de serviteurs. Nous vivons
en grande partie dans les sens externes ; nous nous préoc-
cupons de satisfactions passagères ; la sagesse du monde,
les passions, les fantaisies dirigent notre activité : cependant, ce qui se passe dans notre âme, ce qui se cache
dans sa profondeur mystérieuse, nous ne le connaissons
pas, et nous nous efforçons plus de connaître les autres
que de nous connaître nous-mêmes ; nous ouvrons toutes
les issues possibles hors de nous, et pas une seule entrée au dedans de nous. Heureux celui qui sait, à l'exemple de David, réunir toutes ses forces dans cette région
inconnue de la nature humaine qui est contiguë aux do-
maines élevés du spirituel et du divin, là, *découvrir ses
voies vers le Seigneur* (Ps. XXXVI, 5) et attendre les décrets
qui sortiront pour lui de sa face : *J'écouterai ce que dira
de moi le Seigneur Dieu !* De cette hauteur impénétrable
pour l'intelligence, descendent dans le cœur croyant
et aimant les suggestions les plus vives des émotions de
la grâce : *Car* le Seigneur *dira la paix sur son peuple
et sur ceux qui tournent leur cœur vers lui* (Ps. LXXXIV, 9).
Mais, alors même que cette *paix de Dieu, qui surpasse
toute intelligence* (Phil., IV, 7), ne nous a pas encore visi-
tés, alors même, n'est-il pas également facile, ou n'est-il
pas encore plus propre à la voix du Seigneur de parvenir

jusqu'à nous par le droit chemin de l'esprit et du cœur
que par le sentier circulaire des sens et de la chair ? N'a-
vons-nous pas éprouvé déjà quelquefois, dans une minute
de calme intérieur, alors que les pensées fatiguées par la
frivolité reviennent de leur dissipation, alors que les désirs rassasiés se détachent de leurs objets, et que nous
commençons par hasard à *faire attention à nous* (1 Tim., IV,
16), n'avons-nous pas éprouvé, dans un pareil moment,
un certain vide d'esprit, un certain serrement de cœur
dans lesquels se cache un profond et incessant soupir ?
Observez plus constamment cette sensation secrète, ren-
fermez-vous plus souvent, loin du bruit du monde qui l'é-
touffe, dans la chambre intérieure de votre âme, fermez
avec plus de soin toutes les issues vers la distraction, vous
reconnaîtrez dans votre soupir intérieur cela même pourquoi soupire toute créature ; peu à peu il se résoudra soit
en un navrant *rugissement* (Ps. XXXVII, 9) comme celui du
lion, soit en un attendrissant gémissement comme celui
de la colombe, et enfin vous entendrez la véritable *voix*
de celui qui crie dans votre *désert* intérieur, vous annoncer que la marche dans les voies tortueuses du monde
et de la chair ne fait que blesser et exténuer votre âme,
que c'est en vain que vous élargissez pour elle les sentiers de son voyage dans l'exil, par lesquels elle ne fait
que s'éloigner davantage de la patrie céleste ; qu'il faut
chercher pour elle les chemins du retour vers le Père céleste et de la visite salutaire d'en haut, *préparer les voies*
du Seigneur et rendre droits ses sentiers.

· *Voix dans la révélation.* Pendant que la plus grande partie
des hommes sont devenus de jour en jour plus durs d'o-
reilles, de manière qu'ils n'entendent pas le soupir général
de la créature pour la liberté des enfants de Dieu, et que

d'heure en heure leur cœur s'est appesanti davantage de
sorte qu'ils ne comprennent plus les paroles de ce cœur
lui-même qui *cherche ton visage, Seigneur* (Ps. xxvi, 8),
toi, ne voulant pas la mort même du pécheur endurci, et
inépuisable dans les moyens de le ramener, tu t'es efforcé
toi-même de *te montrer à ceux qui ne te cherchaient pas, et
de répondre à ceux qui ne t'interrogeaient pas* (Is., lxv, 1).
De temps en temps, tu as ouvert l'oreille à tes élus, tu
as rempli leur esprit de ta parole vivifiante, et tu les as
instruits, comme par les trompettes de ta voix, par les
accents de ton langage aux enfants des hommes dans la
langue des enfants des hommes. *Tu as parlé en diverses
occasions et de différentes manières aux pères par les
prophètes ; dans ces derniers jours, tu nous as parlé par ton
Fils* (Hébr., i, 1, 2) ; depuis lors, *tu as répandu de ton
Esprit* avec une nouvelle abondance sur les Apôtres, *afin
qu'ils prophétisent*, et, par eux, tu continues jusqu'aujourd'hui à le répandre *sur toute chair* (Joël, ii, 28). Nous
ne savons si nous devons uniquement glorifier ta bonté infinie et ta sagesse incompréhensible pour l'accroissement
progressif de tes communications visibles avec nous, ou
si nous sommes obligés de reconnaître en même temps
l'augmentation en nous de l'inattention et de l'endurcissement qui ont exigé les derniers efforts pour les combattre ;
mais le trésor de tes révélations solennelles, amassé durant des milliers d'années, n'a jamais paru aussi ouvert
pour tous que dans cette *dernière heure* (1 Jean, ii, 18). *La
parole que tu as conclue avec nous* depuis les siècles, et
ton Esprit, revêtu des saintes Écritures, *est présent au milieu de nous* (Agg., ii, 6) ; il se fait entendre dans les
temples ; il converse dans les maisons ; et alors qu'au
ministère de la Parole sont appelés des hommes si pauvres

des dons de l'apostolat, tu as mis au cœur de ceux qui
t'aiment d'accompagner de nouveau les Apôtres eux-mêmes — dans leurs écritures — par les villes et les bourgs,
par les palais et les chaumières, et de cette manière s'accomplit dans toute l'étendue du monde ce qui a été dit :
Cet Évangile du royaume sera prêché dans tout l'univers
(Matth., xxiv, 14). Maintenant, une *voix*, ou mieux, une réunion de voix, à travers les temps, à travers les lieux, *criant
dans le désert;* une voix, non-seulement annonçant, mais
encore montrant ton approche; ne réveillant pas seulement
l'horreur du désert, mais encore consolant par la grâce
de sa visite; n'indiquant pas seulement *les sinuosités et les
inégalités,* mais encore enseignant à *préparer ta voie et à
rendre droits* tes *sentiers;* faisant de nous des *serviteurs
attendant leur maître* et des *vierges se préparant à aller à
la rencontre de l'Époux,* — cette voix vivante et vivifiante
s'étend déjà dans les montagnes les plus éloignées, et
atteint jusqu'aux *vallées* les plus profondes. Tu sais, Seigneur, si ce n'est pas déjà la fin de la grande, de l'universelle prédication que nous entendons : *Cet Évangile du
royaume sera prêché dans tout l'univers, en témoignage à
toutes les nations, et alors la fin arrivera* (Matth., xxiv, 14).
Toi seul, tu vois, dans ce sombre minuit, s'il n'est pas
déjà temps que *ce cri s'élève : Voilà que l'Époux vient, sortez
au-devant de lui* (Matth., xxv, 6) !

Voix dans les événements du monde. Puisque toute *parole de Dieu est vivante et efficace* (Hébr., iv, 12), et que
tout ce qui est et arrive dans le monde est *soutenu par la
parole de la force* de Dieu (Hébr., i, 3), il n'est pas douteux que dans tous les événements du monde, en tant
qu'ils sont des actes de la Providence, ne soit contenue la
parole de Dieu; et en particulier dans les événements qui

agissent sur l'homme, — la parole de Dieu s'étendant à
l'homme. L'expérience et une religieuse attention aux
œuvres de la Providence, ou, plus exactement, le Dispensateur de tout bien dans le monde conduit lui-même pa-
ternellement ses enfants à la connaissance de ce langage
infaillible d'évènements en apparence accidentels, et les
enfants qui ne méconnaissent pas les enseignements du
Père comprennent comment la prospérité leur annonce
l'amour et la miséricorde de Dieu ; comment les épreuves
et les délivrances soudaines leur enseignent la foi et l'espérance en la Providence ; comment les malheurs accusent
le péché et invitent au repentir ; comment les privations
des biens temporels et des avantages extérieurs prêchent
l'humilité et le renoncement à soi-même ; comment les
obstacles et les pierres d'achoppement dans les voies du
monde et de la chair appellent aux voies du Seigneur.
Mais si quelqu'un encore n'entend pas, ou ne reconnaît
pas la douce voix de Dieu dans les évènements de sa
propre vie, qu'il ne ferme pas du moins son oreille et
son cœur à ces voix universelles des décrets qui frappent
soudain les tribus et les nations, remplissent les siècles,
ébranlent le ciel et la terre. *Que la terre pleure et que le
ciel s'obscurcisse* (Jér., iv, 28), dit Dieu dans le Prophète,
après que toutes les autres voix de l'invitation, du reproche, de la plainte, de la menace n'eurent pas pu arrêter le peuple d'Israël se précipitant à sa perte. C'est
ainsi qu'ordinairement Dieu *prononce ses jugements* contre
les peuples qui l'irritent outre mesure. Il ordonne à ce
ciel qui raconte sa gloire d'annoncer sa colère et sa fureur par la voix de signes terribles et d'influences des-
tructrices ; il commande à cette terre qui d'année en année produit sa bénédiction, d'élever le gémissement de la

famine et le bruit de la confusion ; il renverse les cités et
les empires, afin de réveiller par le tonnerre de leur
chute ceux qui dorment dans un oubli insensible de lui :
il change tout en désert là où *l'abomination de la désola-*
tion (Matth., xxiv, 15) a pénétré jusqu'au sanctuaire lui-
même ; mais tout cela seulement pour, en perdant les
voies des impies, débarrasser l'espace, afin que se prépare *la voie du Seigneur, et que droits deviennent ses sen-*
tiers.

Voix du Seigneur dans la force! Voix du Seigneur dans
la magnificence (Ps. xxviii, 4)! Il semblerait, Chrétiens,
qu'il ne nous fût pas possible d'avoir du repos à cause de
la multitude, de la force et de l'appel incessant des voix
qui nous invitent à nous retourner vers Dieu. Cependant,
il est indiqué dans l'Évangile un temps de retard de l'É-
poux céleste, pendant lequel *toutes sommeillaient et dor-*
maient (Matth., xxv, 5) : que chacun, après avoir purifié
ses sens, examine de l'œil, de l'oreille et du cœur si tout,
autour de nous, ne signale pas cette nuit périlleuse
d'inaction et d'insouciance.

Le Dieu de gloire tonne (Ps. xxviii, 5) aujourd'hui par
toutes ses voix de la bouche, et des trompettes et des
tonnerres. Nous ne parlerons pas des coups par lesquels
il ébranle tout le grand *désert* de la Chrétienté occiden-
tale. Entendez-vous *la voix* qui a tonné si haut naguère,
et qui à peine encore s'est éteinte aux frontières de notre
propre pays, dans les ruines, *dans le désert* d'une grande
Cité? Cette voix douloureuse et mourante de tant de ci-
toyens, cette voix de la ruine de remparts séculaires, cette
voix de la profanation des temples, n'est-ce que l'effet
d'un coup accidentel? — Mais la main de la Providence
ne frappe pas à côté de son but, et ce but est marqué par

la sagesse et la justice. N'est-ce là qu'un coup frappé sur
des coupables? — Sans aucun doute, les innocents ne
sont pas punis par un juge qui voit tout ; mais *ne soyons
pas des juges de pensées méchantes* (Jac., II, 4); ne con-
damnons pas nos frères plutôt que nous-mêmes. Dans
le désastre commun ont dû tomber sans doute des coupables auxquels la prolongation de leur vie n'aurait servi
qu'à la multiplication de leurs crimes; mais des innocents aussi ont pu souffrir sans injustice, eux que la souffrance ne pouvait que purifier davantage et marquer du
sceau du martyre, qu'une mort prématurée n'a fait que
conduire plus promptement à une fin bienheureuse de
leur existence, et qui, peut-être, ont été sauvés de cette
manière des pierres d'achoppement qui les auraient menacés dans la continuation paisible de leur voyage terrestre. — Non! ceux qui ont été atteints par les maux les
plus cruels ne sont pas plus coupables que nous qui avons
été pardonnés, et le coup des décrets n'a pas éclaté sur
ceux-là seuls sur lesquels il avait été lancé. *Non, je vous
l'assure ; mais si vous ne faites pénitence, vous périrez tous
pareillement* (Luc, XIII, 3). Voilà la voix que le Seigneur lui-
même nous a enseigné à entendre dans chaque malheur
public. Et avons-nous entendu, avons-nous compris,
avons-nous reçu, dans ces évènements, cet enseignement
du Seigneur?—Il est vrai, la voix de miséricorde et de bienveillance dont le Seigneur nous a favorisés devant tous
les peuples, témoigne du grand nombre de ceux qui ont
accueilli docilement la voix de son châtiment : l'humilité
dans la reconnaissance de sa main toute-puissante sur
nous, et la bienfaisance envers le prochain souffrant,
étendues parmi nous par l'effet de puissants exemples,
montrent en nous de dignes fruits de pénitence. Mais la

voix forte du Seigneur a-t-elle assez brisé nos cœurs pour
que *toute vallée soit comblée, toute montagne et colline abais-
sées ?* Ne voit-on pas encore des élévations de l'attachement
à la propriété ? Des désirs terrestres insatiables ne sont-
ils pas encore là, gueule béante ? En donnant aux nécessiteux, nous refusons-nous à nous-mêmes ne fût-ce que
quelques superfluités ? Ne nous hâtons-nous pas trop
d'étouffer *la voix* contristante, mais tout à la fois instructive de *celui qui crie dans le désert,* par le bruit de la joie
et des divertissements ? Beaucoup de ceux qui ont été
réveillés par le jugement, ne se sont-ils pas déjà rendor-
mis à l'ombre de la miséricorde ?

Veillons sur nous, ô enfants du pardon ! afin que, par
notre insouciance de la richesse de la bonté et de la longanimité de Dieu qui nous appelle si souvent et de tant
de manières à la conversion et au changement de vie,
nous n'amassions pas de nouveau sur nous la colère de
Dieu et nous ne nous livrions pas à un jugement plus sévère et définitif. Réfléchissons : — si aujourd'hui, dans
le temps favorable et dans le jour du salut, *nous ne pré-
parons pas les voies du Seigneur et nous ne rendons pas
droits ses sentiers,* lorsqu'il viendra lui-même, et que, *devant sa face,* non-seulement les montagnes et les collines,
mais *le ciel et la terre s'enfuiront,* de sorte qu'*il ne se trouvera plus de place pour eux* (Apoc., xx, 11), alors, où nous
trouverons-nous ? — Ainsi soit-il.

2

SERMON

POUR LA PRISE DE POSSESSION
DE L'ADMINISTRATION DU PASTORAT DE MOSCOU,

Prononcé à la cathédrale de l'Assomption, le 14 août 1821.

> Grâce et paix soient à vous de la part de Dieu notre
> Père et du Seigneur Jésus-Christ.
> — Rom., I, 7. —

Ainsi, autrefois, le saint apôtre Paul saluait l'Église de
la souveraine Rome, en entrant en communication avec
elle par le moyen d'une Épître. Ainsi osé-je aussi, dans
cette première communication face à face, saluer l'Église
de cette Cité du Trône.

Mais qui suis-je, moi qui ose faire entendre une si
grande parole au milieu d'une si grande Église ? Au milieu
d'une Église qui, outre la gloire qu'elle emprunte à l'antique trône des Tsars, eut encore auparavant la gloire de
préparer en quelque sorte dans son sein une place pour
ce Trône, et qui a conservé jusque aujourd'hui le privilége de présenter aux Souverains la sainte couronne et
l'onction du sacre ; — au milieu d'une Église qui s'est
habituée à entendre des voix vives et fortes de la parole
divine, dans laquelle ont brillé de si nombreux Flambeaux de la Foi Orthodoxe, non éteints même dans le
cercueil, mais de là même brillant encore de la lumière

du siècle futur ; dans laquelle ont présidé à la prière des hommes reconnus plus tard comme les promoteurs célestes de nos prières terrestres ; — ici, où l'antique sainteté, il n'y a pas longtemps encore, s'est signalée de nouveau et par une visite purificatrice, et par une délivrance miraculeuse, et par une juste vengeance ; — comment ai-je osé me présenter dans une pareille assemblée de Dieu pour le saint ministère du mystère de la foi, et comment osé-je encore entreprendre le saint ministère de la parole de vérité ? Comment osé-je ébranler de la voix impuissante de lèvres indignes ce même air rempli du parfum de la sainteté ?

O Dieu, Souverain suprême ! tu vois le fond des cœurs ; tu entends le mouvement de la pensée. Tu as vu ce cœur troublé dès que lui a été donné le partage de ce ministère ; tu as entendu sa réminiscence tremblante d'une antique voix : *Choisis un autre puissant, et l'envoie* (Ex., IV, 13). Mais puisque, dans tes impénétrables décrets, par le Pouvoir Ecclésiastique et par le Pouvoir Souverain, ce partage est venu et n'est pas retourné, *Qui suis-je donc pour pouvoir m'opposer à Dieu* (Act., XI, 17) ? Et aujourd'hui, Seigneur, que ta volonté soit faite, puisque enfin c'est ta volonté. *Confirme, Seigneur, ce que tu as fait en nous* (Ps. LXVII, 29). Au nom de ton peuple nombreux, donne la grâce à ce ministère ; au nom de ta gloire doublement admirable dans les instruments de néant, *accomplis ta force dans cette faiblesse. Donne à ta voix la voix de la force* (II Cor., XII, 9 ; — Ps. LXVII, 54), et que ceux qui, par ces lèvres indignes, *recevront de nous la parole de ta prédication, la reçoivent, non comme une parole humaine, mais, ainsi qu'elle l'est véritablement, comme la parole de Dieu, et qu'elle opère en ces croyants* (I Thess., II, 15).

Ainsi donc, Pères qui êtes pour nous un don de Dieu, frères et enfants de cette Église, *grâce et paix soient à vous de la part de Dieu notre Père et du Seigneur Jésus-Christ.*

Oh ! si ce premier vœu que nous formons pour vous s'accomplissait parfaitement ! alors nous pourrions avoir confiance que Dieu accomplira aussi tous vos désirs dans le bien. Mais les désirs spirituels sont parfaitement efficaces quand, à la volonté de celui qui donne la bénédiction, s'unit la volonté de celui qui la reçoit. C'est pourquoi, pour disposer nos cœurs à l'union dans un même désir digne de cette assemblée spirituelle, nous dirons quelque chose pour expliquer pourquoi, *avant tout et par-dessus tout, nous vous souhaitons la grâce et la paix.*

Nous tous, toutes les fois que nous nous rencontrons l'un l'autre, nous nous saluons habituellement l'un l'autre par quelque souhait. Que signifie cette habitude ? Indication significative sur notre condition, si nous étions attentifs. Imaginons-nous pour un instant que nous nous fussions rencontrés, non sur cette terre misérable et condamnée, mais dans les cieux, ou même dans le paradis terrestre : par quel souhait nous serions-nous salués alors l'un l'autre ? Par le souhait de la santé ? — Mais là, même sans cela, il n'y a point de maladies. Par le souhait d'une longue vie ? — Quel souci peut-il y avoir d'une longue vie là où est l'immortalité ? Par le souhait de la prospérité ? — Mais là est la félicité. Par le souhait enfin de la grâce et de la paix ? Mais là, tous ont cela aussi, ou même encore plus, — ils ont la grâce et la gloire. Par tout cela, il devient clair par soi-même que là, au lieu de l'expression de souhaits, il ne doit y voir le plus ordinairement que l'expression de la joie, dans des hymnes de reconnaissance à Celui qui comble tous les désirs, — à Dieu. Que signifie donc maintenant qu'ici, sur la terre, nous nous saluons l'un l'autre par divers souhaits? — C'est qu'à tous il nous manque beaucoup, que nous ne sommes pas dans la condition où nous devons être et à laquelle nous sommes prédestinés, que nous sommes ici, non dans une patrie, mais sur une terre étrangère; non dans un port, mais en pleine mer; non dans notre véritable demeure, mais dans un hôtel temporaire ou en voyage; non dans le domaine de la paix, mais au milieu de luttes, au milieu d'ennemis, au milieu de dangers, dans le dénuement, dans la privation.

Plus nos souhaits se rapportent directement et exactement à l'accomplissement de ce qui nous manque, et plus ils sont opportuns, plus ils sont justes. Appliquons cette mesure à nos souhaits ordinaires. — Le souhait de la santé, si l'on pense alors à la santé corporelle, ne se rapporte qu'au perfectionnement méprisable de la nature animale qui nous est commune avec les brutes; il n'y a ici en vue rien des besoins proprement humains. — Le souhait d'une longue vie, s'il ne reçoit une signification supérieure de son union avec d'autres souhaits plus nobles, ne peut nous apporter rien de plus que la prolongation de notre exil et de notre voyage sur la terre, et, si nous ne sommes pas sur le chemin de la délivrance et du retour à la patrie céleste, un éloignement encore plus grand de cette patrie : car — *écoutez et comprenez!* — dans ce monde où tout se meut et passe, il n'y a pas pour nous d'état permanent, et si l'homme ne s'efforce pas sans cesse de se rapprocher du ciel, il se rapproche insensiblement de l'enfer. — Le souhait de la prospérité, si l'on

ne veut recevoir que les biens de la terre, et non la bénédiction du Ciel, est une illusion s'il ne s'accomplit pas,
— et une illusion plus grande encore s'il s'accomplit : le
voyageur imprudent de la terre, en ramassant une poussière brillante, épuise ses forces sous son agréable fardeau, ou bien, en poursuivant une ombre fugitive, il s'attarde dans une hâte inutile. Ainsi, dans les souhaits
humains ordinaires, il apparaît, avec un sentiment per-
pétuel de besoins, une inattention pitoyable pour les
besoins essentiels et les nécessités véritables !

Et par conséquent, mes chers amis en Dieu, il ne sera
ni étranger ni étrange pour vous, celui qui ne prend pas
conseil de la chair et du monde pour vous saluer par un
souhait selon le cœur de votre homme extérieur, mais,
dans l'espérance de trouver votre cœur *selon le cœur de
Dieu*, cherche avant tout et par-dessus tout la Source divine, afin d'y puiser pour vous la bénédiction spirituelle :
la grâce et la paix.

Reconnaissons le manque essentiel pour nous de la
paix ! Sentons vivement la haute nécessité de la grâce !

Qui sait mieux ce qui nous manque, et qui peut mieux
montrer le chemin à nos désirs que Celui que le désir de
notre bonheur a fait descendre dans ce *monde* gisant *dans
le mal*, afin de combler de lui-même le vide de ce qui nous
manquait ? Or, le souhait de bénédiction, ordinaire et solennel, de notre Sauveur, était le souhait et la bénédiction
de la paix. Vient-il à ses disciples, lorsque déjà *tout pouvoir
lui a été donné dans le ciel et sur la terre* (Matth., xxviii, 18),
et lorsqu'ils pouvaient attendre de lui un don digne de ce
pouvoir ? — Il leur apporte la paix. *Jésus vint, et s'arrêta
au milieu d'eux, et leur dit : La paix soit avec vous* (Jean,
xx, 19). Part-il pour le chemin de la croix, alors que le

cœur troublé de ses amis avait besoin du plus puissant remède, de la plus efficace consolation? — Il leur laisse le remède et la consolation de la paix. *Je vous laisse la paix, je vous donne ma paix* (Jean, xiv, 27). Veut-il envoyer les apôtres prêcher son Évangile à tout le monde, et leur donner un viatique suffisant pour ce voyage? — Il leur réitère la bénédiction de la paix. *Jésus leur dit de nouveau : La paix soit avec vous : comme mon Père m'a envoyé, moi aussi je vous envoie* (Jean, xx, 21). Leur lègue-t-il ses dernières instructions sur la manière dont ils doivent se conduire dans les villes et les bourgs, en accomplissant la mission qui leur est confiée? — Il leur ordonne, à eux aussi, de porter partout avec eux la paix. *En quelque ville ou village que vous alliez, en entrant dans une maison, saluez-la en disant : Paix à cette maison* (Matth., x, 11, 12).

Après cet exemple et cet ordre, le Chrétien ne sera pas dans l'incertitude de savoir s'il est juste de lui souhaiter la paix plutôt que les autres biens. Mais si quelqu'un n'a pas encore compris pourquoi est si nécessaire *la pensée de paix que pense sur lui* (Jér., xxix, 11) l'Esprit de Jésus-Christ, celui-là n'a pas besoin d'aller chercher au loin un champ de bataille, ou une ville assiégée, ou un théâtre de luttes pour comprendre cela. Homme! le champ de bataille le plus rapproché de toi et le plus dangereux pour toi, c'est ta propre vie et ta propre activité dans le monde, si, sur ce champ de bataille, tu n'as pas encore remporté *la victoire vainquant le monde, la foi* (I Jean, v, 4); ton cœur est semblable à une ville assiégée du dehors et à une émeute frémissant à l'intérieur, si *la paix de Dieu ne s'est pas encore établie en lui* (Col., iii, 15); dans tes pensées se renouvelle sans cesse le théâtre de la lutte, si n'est pas

encore *renversée en toi, par les armes puissantes en Dieu,*
toute hauteur s'élevant contre la raison de Dieu, et si ta
raison n'est pas réduite en servitude sous l'obéissance de
Jésus-Christ (II Cor., x, 4, 5). Si cette guerre ne t'est pas
connue, assurément tu ne t'es jamais réveillé de l'assoupissement de la vie sensuelle à la vigilance de la vie supérieure humaine; tu n'as jamais sorti même la tête de
la captivité et de l'esclavage spirituels. Celui qui s'est plus
ou moins efforcé de s'élever de cet esclavage à la liberté
des enfants de Dieu, celui-là, sans aucun doute, a éprouvé
et compris comment le mal du monde nous attaque avec
les armes de l'affliction et de la souffrance, afin de nous
vaincre par l'épuisement et le désespoir; comment les
biens du monde nous entourent, afin de nous réduire en
servitude par l'astuce de la convoitise; comment les désirs
immodérés de la chair s'étendent, en apparence, pour
nous soumettre le monde entier, mais en réalité nous
soumettent nous-mêmes à tout ce à quoi ils s'attachent;
comment la chair combat contre l'esprit, et elle-même
contre elle-même; comment les passions se soulèvent le
plus souvent contre le raisonnement, et assez souvent
l'une contre l'autre; comment, sous les pieds de celui qui
s'efforce le plus de remarquer et de tourner les écueils,
il s'élève plus de séductions, de sorte que tout l'effort de
la vertu naturelle consiste presque uniquement dans la
reconnaissance du vice dominant, de même que tout l'effort de la sagesse naturelle — dans la reconnaissance de
l'ignorance dominante. Si, avec le secours de la raison
et des bonnes inclinations, nous apparaissons quelquefois
vainqueurs dans le champ de l'activité extérieure, cela ne
nous acquiert pas encore la véritable paix; le théâtre de
la lutte se transporte seulement plus loin, dans l'homme

intérieur, et l'exploit devient d'autant plus difficile que
sont plus cachées ici les forces et les armes ennemies.
Quelquefois, par exemple, il nous semble que nous avons
vaincu la cupidité ou la sensualité en accomplissant un
acte de bienfaisance ou de tempérance ; mais, dans ce moment même, en descendant au fond de notre cœur, nous
nous apercevons que nous y sommes vaincus par la vanité
ou l'orgueil, et, là où nous pensions être sous la protection
de la conscience, nous sommes, contre toute attente,
blessés par ses flèches brûlantes. En nous élevant dans le
domaine de l'esprit, nous découvrons une nouvelle lutte
des pensées justifiant nos désirs et nos actes, puis nous
condamnant; nous excitant aux exploits, et de nouveau
nous entravant tantôt par les doutes, tantôt par la crainte,
tantôt par la distraction ; prenant l'essor vers les cieux et
s'abaissant dans la poussière; lumineuses et sombres,
pures et souillées. Ceux qui sont attentifs reconnaîtront
ici cette lutte dont parle un des combattants expérimen-
tés : *Car notre lutte n'est pas contre le sang et la chair,
mais contre les principautés et les puissances et les princes
des ténèbres de ce siècle, les esprits de malice répandus
sous le ciel* (Éph., VI, 12). C'est épuisé par cette lutte que
David s'écrie : *Il n'y a pas de paix dans mes os !* Pourquoi
n'y a-t-il pas de paix chez celui qui a vaincu tous les ennemis du peuple de Dieu, et a fondé la *cité de la paix*, Jérusalem? — *Il n'y a pas de paix*, dit-il, *à cause de la présence de mes péchés.* Qui de nous osera se vanter qu'il n'y
ait pas de péché en lui? Par conséquent, qui ne doit avouer
aussi qu'il n'y a point en nous de paix intérieure propre,
ni la paix avec Dieu, ni la paix avec nous-mêmes? *C'est toi,
Seigneur notre Dieu, qui nous donneras la paix* (Is., XXVI, 12)!

Dieu, — notre Père, est tout prêt à nous donner cette

paix désirable, Chrétiens mes frères ! C'est pour cela qu'il
s'est appelé lui-même *le Dieu de paix* (I Thes., v, 23) ;
c'est pour cela qu'il nous a fait don de son Fils unique
Jésus-Christ, qui *est notre paix* (Éph., II, 14) ; c'est pour
cela qu'il a envoyé dans la force de son Esprit *ceux qui
évangélisent la paix* (Rom., x, 15), par lesquels, au moyen
de la tradition non interrompue de la sainte imposition
des mains, en nous aussi, quoique indignes, *a été mise la
parole de pacification* (II Cor., v, 19). Mais que dit *notre Paix*
aux évangélisateurs de la paix qu'il a envoyés dans toute
ville et toute *maison*, — vers toute Église et toute âme ? —
*Si la maison en est digne, votre paix viendra en elle ; mais
si elle n'en est pas digne, votre paix retournera vers vous*
(Matth., x, 13). De cette manière, quelque prête que soit
pour nous la paix de la part de Dieu, on nous l'apportera
en vain si nous ne sommes pas dignes de la recevoir.
Qu'est-ce donc qui peut nous rendre dignes de recevoir la
paix qui nous est offerte ? Entre les hommes, la paix
s'obtient ou par la guerre elle-même, ou par la justice,
ou par grâce : — par la guerre, lorsque le vainqueur
impose la paix au vaincu ; — par la justice, lorsque celui
qui cherche la paix, ou parvient à faire reconnaître son
droit, ou efface l'injustice commise par une satisfaction ;
— par grâce, lorsque celui qui n'a ni la force de con-
quérir la paix, ni des droits pour l'obtenir, s'abandonne
à la générosité de celui qu'il a offensé par son hostilité, et
que, par sa propre soumission non déguisée, ou, en
outre, par la caution d'un médiateur fidèle et puissant,
il obtient la grâce de la paix. *Mais la paix de Dieu*,
qui peut ou la ravir par force au Tout-Puissant, ou la
mériter en justice de Celui *devant qui nul vivant ne sera
justifié* (Ps. CXLII, 2) ? Celui qui a été vaincu, ne fût-ce

qu'une fois, par le péché, celui-là est déjà *l'esclave du péché* (Jean, viii, 34), et *coupable contre toute la loi de Dieu* (Jac., ii, 10) qui exige une sainteté intacte et *une perfection à l'image du Père céleste* (Matth., v, 48), et, par conséquent, il n'a plus ni la force, ni le droit; il ne peut pas chasser par lui-même le mal qui règne en lui, et, s'il fait quelque bien imparfait, celui-ci répond toujours à l'obligation présente, et, par conséquent, il ne constitue jamais une satisfaction à la justice de Dieu pour le mal fait précédemment. Et ainsi, le seul espoir pour nous de la paix avec Dieu est dans la bonté du Dieu de paix, en vertu de laquelle non-seulement il ne veut pas venger sur nous une hostilité coupable contre lui, mais encore il veut nous délivrer de ses ennemis et des nôtres qui nous asservissent par cette hostilité; non-seulement il n'exige pas de nous une satisfaction impossible de notre part à sa justice, mais encore il prend sur lui de la satisfaire pour nous par la médiation et par l'exploit de la croix de son Fils unique; il nous regarde comme dignes de jouir de *sa paix, qui surpasse toute intelligence* (Phil., iv, 7), dès que nous reconnaissons notre propre indignité, et que nous affermissons notre espérance sur sa miséricorde. *La grâce de Dieu notre Père et du Seigneur Jésus-Christ* est pour nous l'unique source de la véritable et parfaite paix spirituelle. De notre part, la foi, la prière et l'humilité ouvrent en nous un lit au courant d'en haut de la grâce, et alors le Seigneur *fait couler sur nous comme un fleuve de paix* (Is., lxvi, 12) qui submerge en nous tout ce qui est hostile, et arrose, rafraîchit, vivifie, remplit tout notre être de fruits de vie, *réjouit* par de purs *élans* spirituels, *consacre* en nous *l'habitation du Très-Haut* (Ps. xlv, 5), et, comme il a coulé de la vie éternelle de Dieu, *coule* encore *en nous vers la vie éternelle* (Jean, iv, 14).

O paix désirable par dessus tout! O Grâce désirable avant tout! — car la paix est l'enfant consubstantiel de la Grâce.

Étant appelé à offrir aujourd'hui au Seigneur les prémices de ma communion avec cette Église, selon sa volonté, je conjure tous ceux qui prennent part en ce moment, d'une manière agréable à Dieu, à cette communion, d'unir mutuellement tous leurs cœurs dans un ardent désir de *la grâce et de la paix de Dieu notre Père et du Seigneur Jésus-Christ.* Que la prière unanime des co-pasteurs et de tous les fidèles appelle d'en haut la grâce et paix sur le nouveau pasteur, afin qu'il puisse annoncer avec force et efficacité à son troupeau la grâce et la paix. *Que la grâce de notre Seigneur Jésus-Christ, mes frères, soit avec votre esprit* (Gal., vi, 18); *et que la paix de Dieu, qui surpasse toute intelligence, garde vos cœurs et vos esprits en Jésus-Christ* (Phil., iv, 7). *Que le Seigneur de la paix lui-même vous donne la paix toujours et de toutes manières* (II Thess., iii, 16), et intérieurement, et, par l'action de l'intérieur, extérieurement. *Paix à ceux qui paissent le troupeau de Dieu,* — dans l'obéissance chrétienne des ouailles; paix aux ouailles, — dans la sollicitude paternelle et fraternelle des pasteurs. Paix aux supérieurs, — dans la fidélité des subordonnés; paix aux subordonnés, — dans la sagesse et la douceur des supérieurs. Paix à ceux qui jugent, — dans l'entière sincérité des justiciables; paix aux justiciables, — dans la perspicacité et l'impartialité des juges. Paix à ceux qui vendent et à ceux qui achètent, — dans la mutuelle aversion de la ruse et de la tromperie. Paix à ceux qui agissent et qui travaillent, — dans le succès béni d'une activité utile et dans le fruit abondant au travail de l'homme juste. *Paix à tous!* — Ainsi soit-il.

3

SERMON

PRONONCÉ LORS DE LA VISITE
DE LA VILLE DE SERPOUKHOFF, AU MONASTÈRE
DE WISSOTSKY,

Le 2 juin 1822.

Lorsque le saint apôtre Paul et son collaborateur Barnabé, ayant été appelés d'Antioche par l'Esprit-Saint pour la prédication de l'Évangile dans des contrées païennes, eurent fondé quelques nouvelles Églises chrétiennes, et qu'ils furent de retour à Antioche où ils habitaient, *quelques jours après*, ainsi que le raconte le livre des Actes des Apôtres, Paul dit à Barnabé : *Il convient que nous retournions pour visiter nos frères dans toutes les villes où nous avons annoncé la parole du Seigneur, pour voir comment ils se comportent. Et en effet, Paul parcourut la Syrie et la Cilicie, confirmant les églises* (Act., xv, 36, 41). L'instituteur perspicace faisait cela, ou, pour mieux dire, l'Esprit-Saint lui-même lui inspirait de faire cela par précaution, pour que les fidèles nouvellement éclairés de la foi, ou bien, par habitude, ne retournassent pas aux superstitions païennes, ou bien, dans leur simplicité, ne fussent pas détournés de la voie de la vérité par la ruse des faux maîtres, ou bien, par l'effet des scandales ordinaires dans le monde, ne s'écartassent pas de la sainteté de la vie chrétienne.

Mais puisque, non-seulement dans les Églises nouvelles, mais aussi dans celles qui sont établies depuis longtemps, peuvent apparaître de fausses doctrines, et que les scandales du monde n'auront jamais de fin tant que le monde sera ce qu'il est, les successeurs des apôtres, *enseignant* les croyants *sur le fondement des apôtres et des prophètes* (Éph., ii, 20), c'est-à-dire, leur enseignant à se conduire, et se conduisant eux-mêmes comme enseignaient et se conduisaient les apôtres, ont commandé à tous les pasteurs des Églises *de visiter* de temps en temps *leurs frères dans toutes les villes* sur lesquelles ils sont établis pour maintenir dans le droit chemin la parole de vérité, *afin de voir comment ils se comportent.*

Ce même partage du ministère étant venu, par la sainte succession, jusqu'à notre indignité, nous a amené aussi vers vous, mes Frères, pour vous visiter afin de voir *comment vous vous comportez*, Fidèles, dans la vraie foi, — *comment vous vous comportez*, Chrétiens, dans la vie chrétienne. Et vous nous donnez la conviction que nous pouvons bien penser de vous, par votre empressement zélé à accourir au temple, par votre attention pieuse à tout ce qui porte en soi un signe de sainteté, et par le souvenir fréquent du Royaume céleste, que nous avons retrouvé même dans vos compliments. Que le Seigneur, par sa grâce, fasse des adorateurs de son temple et de sa sainteté des temples vivants du Saint-Esprit, et qu'il se souvienne, dans son Royaume, de ceux qui se souviennent avec foi de son Royaume, et qu'il en fasse de vrais fils de ce bienheureux Royaume.

Mais lorsque, nouvellement arrivé, je cherche à voir,

selon mon devoir, *comment vous vous comportez*, il faut penser que vous aussi, selon votre devoir, vous êtes prêts à chercher à savoir de moi *comment il convient que vous vous comportiez*, afin que par cette comparaison réciproque de l'enseignement et de la vie, nous puissions, vous et moi, *nous consoler mutuellement*, comme dit l'Apôtre, *dans la foi commune, c'est-à-dire la vôtre et la mienne* (Rom., i, 12).

Par quel discours donc, court, mais fidèle, puis-je vous représenter de quelle manière il convient que vous vous comportiez? — J'entends le divin Chef des pasteurs nous dire : *Ma doctrine n'est point de moi, mais de celui qui m'a envoyé* (Jean, vii, 16). Combien moins il nous convient, à nous autres hommes, de vous donner notre doctrine comme nôtre. Je vous présenterai donc comme maître fidèle et digne de toute confiance — la Grâce salutaire du Père céleste qui a envoyé les docteurs terrestres. *Car la grâce salutaire de Dieu*, dit l'Apôtre, *s'est révélée à tous les hommes*. Si la Grâce salutaire s'est manifestée, assurément elle a rendu manifeste aussi le chemin du salut. Et en effet, l'Apôtre continue : *La grâce salutaire de Dieu s'est révélée à tous les hommes, en nous instruisant*, c'est-à-dire *en nous enseignant*. Que nous enseigne donc la Grâce salutaire? — *Que renonçant à l'impiété et aux convoitises mondaines, nous vivions chastement, justement et pieusement dans le siècle présent, attendant la bienheureuse espérance et la manifestation de la gloire de notre grand Dieu et Sauveur Jésus-Christ* (Tit., ii, 11, 12, 13).

La Grâce, avant de nous introduire dans la vie salutaire que nous devons mener, nous suggère que nous devons quitter la vie pernicieuse que nous menons sans la Grâce. *Renonçant à l'impiété et aux désirs du monde.*

Comment? — dira l'homme qui n'a point essayé de la
vie de la grâce, et qui par conséquent ne sent pas la profonde corruption de la vie ordinaire, naturelle, — est-ce
donc que, en dehors de la grâce, toute notre vie du monde
ne se compose que *d'impiété* et de *convoitise?* — Quelque
étrange que cela soit pour cet homme, la vérité de Dieu
nous ordonne d'affirmer qu'il en est ainsi. *Tout ce qui est*
dans le monde, dit l'apôtre Jean, *est convoitise de la chair*,
et convoitise des yeux, et orgueil de la vie (Jean, ii, 16).
Remarquez avec quelle force s'exprime ici l'Apôtre. *Tout*
ce qui est dans le monde est convoitise. Tout ce qui est
dans le monde, quoi que ce soit, est une seule convoitise.
Ce qui ne vit pas de convoitise n'est déjà plus dans le
monde, mais dans la grâce, en Dieu ; ce qui n'est pas en
Dieu, ce qui n'est pas dans la grâce, mais dans le monde,
vit de convoitise.

Celui qui n'est pas complètement aveuglé par la par-
tialité envers lui-même, et n'est pas complètement entraîné hors de lui-même par la dissipation dans les frivolités mondaines, celui-là peut voir cela lui-même en
lui, et être lui-même pour lui le témoin de cette vérité
rigoureuse. Les scrutateurs de la nature humaine savent
que le cœur gouverne les pensées (ainsi que le dit aussi la
Parole de Dieu : *Du cœur viennent les pensées*, — Matth.,
xv, 19); mais le cœur est gouverné par les désirs, et c'est
pourquoi la volonté, ou le désir dominant, est le principe
dominant ou la force motrice de toute vie. Considérez
donc quels désirs gouvernent l'homme mondain dans la
vie mondaine. Ils sont très-divers selon les circonstances
particulières; mais si l'on remonte à leurs sources communes, on aperçoit les désirs radicaux suivants : le désir
de la propre satisfaction sensuelle, le désir de posséder

ce que nous voyons, le désir d'être plus élevés que les autres ; — la même chose plus brièvement : sensualité, cupidité, ambition, — la même chose que dans les paroles de l'Apôtre : *Convoitise de la chair, convoitise des yeux, orgueil de la vie.*

Comme la convoitise ou n'écoute pas la raison, ou ne l'écoute que d'une manière feinte, l'homme charnel cherche les jouissances sans songer que par là il endommage et même détruit en lui la création de Dieu : l'homme cupide poursuit le lucre, sans songer qu'il dérobe au prochain la part qui lui appartient des dons de Dieu ; l'ambitieux s'efforce si indomptablement de s'élever que, s'il parvient à monter au-dessus de tout ce qui est sur la terre, peu satisfait encore, il dira, comme le roi de Babylone peint par le prophète : *Je monterai au ciel, j'établirai mon trône au-dessus des étoiles du ciel* (Is., xiv, 13), où comme le roi d'Égypte : *Qui est le Seigneur, pour que j'écoute sa voix* (Ex., v, 2)? Or, par là, il n'est pas difficile de voir qu'en même temps qu'elle est livrée aux *convoitises,* la vie des hommes mondains, si elle n'est pas signalée évidemment, est du moins contagiée secrètement par *l'impiété.*

Ainsi donc, si nous désirons mener une vie digne de vrais chrétiens, nous devons tout d'abord, comme nous l'enseigne la Grâce salutaire, *renoncer à l'impiété et aux convoitises du monde.* Selon la mesure dans laquelle nous nous efforçons de progresser dans cet enseignement du renoncement à la vie mondaine, la Grâce nous conduit à une connaissance plus élevée et à l'expérience elle-même de la véritable vie chrétienne. *Afin que nous vivions chastement, justement et pieusement.*

La vie humaine, dans son activité, se meut entre trois

limites contre lesquelles elle ne se heurte pas irrégulière-
ment sans porter le trouble dans ses propres mouvements et se nuire à elle-même. Ces limites spirituelles
sont l'homme lui-même, le prochain et Dieu. Pour donner
à la vie, sous tous ces rapports, une direction sûre vers
le véritable but, c'est-à-dire vers la félicité et le salut
éternels, la Grâce salutaire donne et enseigne à employer
trois forces : *la chasteté*, afin que l'homme, par la satisfaction de la chair, ne se nuise pas à *lui-même*, — *la justice*, afin que, par la cupidité, il ne se heurte pas contre
le prochain, — *la piété*, afin que, par l'orgueil et l'impiété,
il n'offense pas *Dieu*.

Sous le nom de *chasteté*, la Grâce nous enseigne plus
que la seule pureté corporelle, ainsi que Celui par qui *la
grâce existe* dit dans son enseignement : *Quiconque regarde une femme pour la convoiter, a déjà commis avec elle
l'adultère dans son cœur* (Matth., v, 28). Vivre chastement,
dans l'exacte signification de ce mot, signifie vivre sous
l'empire d'une *continence entière*, intacte, vraie, ne se
permettre aucun plaisir qui ne soit approuvé par une
saine raison, conserver son esprit non infecté de pensées
impures, son cœur non contagié par les désirs impurs,
son corps non souillé par les œuvres impures.

La raison naturelle même des hommes mondains ne
peut pas ne pas reconnaître la dignité d'une pareille vie.
En effet, qui peut soutenir qu'il n'est pas bien d'avoir
une pensée pure, un cœur pur et des œuvres pures ? Mais
cela, disent-ils, est trop sévère, et même impossible.
Pauvres gens ! est-il vraiment trop sévère de vouloir
vous rendre semblables aux pures Vertus célestes et au
Dieu très-pur ? Vous serait-elle vraiment agréable cette
condescendance qui vous laisserait dans la convoitise de

la chair, semblables aux animaux irraisonnables ? Pour
ce qui est de ce que la pureté parfaite vous semble impossible, c'est vrai : *Cela est impossible aux hommes* (Matth.,
xix, 26). C'est bien pour cela que nous vous indiquons
comme instituteur de cette pureté, non l'esprit humain,
mais la Grâce de Dieu : *La grâce salutaire de Dieu s'est révélée à tous les hommes, en nous instruisant.* Mais la Grâce
de Dieu n'a pas besoin de demander ce qui est selon les
forces de l'homme. *Ce qui est impossible aux hommes est
possible à Dieu* (Luc, xviii, 27).

La justice, selon l'explication la plus ordinaire, on la
fait consister à *rendre à chacun le sien.* Cette explication
de la justice est basée sur ce fondement, qui n'est pas
assez ferme, que l'homme s'est approprié quelque chose
comme sien, tandis qu'il *n'a rien qu'il n'ait reçu* (I Cor.,
iv, 7) de Dieu. Il n'est pas étonnant qu'en s'attachant à cette
idée, les hommes ne s'instruisent pas d'eux-mêmes dans
la justice de Dieu qu'enseigne la Grâce de Dieu. Aimer
ceux qui aiment, faire du bien à ceux qui font du bien,
prêter pour recevoir autant, on regarde cela comme la
justice. La justice de Dieu appelle cela la justice des pharisiens, et une justice qui ne conduit pas au Royaume
des justes. *Si votre justice n'est plus parfaite que celle des
scribes et des pharisiens,* dit le Divin Juste, *vous n'entrerez
point dans le royaume des cieux* (Matth., v, 20). Que
dire de la justice que quelques-uns pensent trouver à
rendre offense pour offense, haine pour haine, mal pour
mal ? Si l'amour pour ceux-là seuls qui aiment a été appelé la justice des pharisiens, la haine et l'aversion contre
ceux qui haïssent doivent être mises au-dessous de la justice des païens. Reconnaissez la justice vraie, digne des
cieux, dans l'enseignement admirable de l'Évangile : *Tout*

ce que vous voulez que les hommes vous fassent, faites-le-leur vous-mêmes (Matth., vii, 12). Veux-tu que les hommes t'aiment? aime les hommes. Veux-tu que tous, sans exception, te fassent du bien? fais toi-même du bien à tous sans exception? Il te serait agréable que tous se conduisissent à ton égard avec douceur et humilité? sois toi-même doux et humble avec tous. Celui qui n'a pas encore goûté combien est douce une pareille vie de justice, à celui-là nous ne pouvons que dire que si les hommes exerçaient cette justice, il n'y aurait ni injustices, ni tribunaux, ni rapines; ni meurtres, ni querelles, ni guerres, ni indigence. Quelle bonne fortune déjà pour le Chrétien, même en cela seul qu'il peut espérer de voir cette vie de justice, s'il ne la voit pas encore! *Nous attendons la bienheureuse espérance* (Tit., ii, 13). *Il n'y aura plus qu'un seul troupeau et qu'un seul pasteur* (Jean, x, 16). *Nous attendons, selon sa promesse, de nouveaux cieux et une nouvelle terre, dans lesquels la justice habitera* (II Pierr., iii, 13).

L'objet le plus élevé de l'enseignement de la Grâce salutaire, c'est *la piété*. *Il y a haut jusqu'à Dieu*, dit notre dicton populaire. Il serait regrettable qu'une telle pensée eût de l'influence sur le peuple, auquel l'accès vers Dieu est ouvert par la Grâce de Dieu. Cependant, en dehors de la grâce, Dieu et la piété digne de lui, c'est-à-dire la vraie connaissance de Dieu et le vrai respect de Dieu, c'est vraiment une hauteur inaccessible. Dans le paganisme, l'incapacité d'atteindre à cette hauteur s'est montrée à un tel point que les hommes se sont fait des dieux de bois et de pierre, ou bien ont divinisé des animaux méprisables, et, pour les honorer, leur ont immolé en sacrifice des hommes semblables à eux-mêmes. Les esprits les plus subtils se sont élevés à peine jusqu'à prendre pour Divinités les luminaires célestes et les forces subtiles du monde corporel. Il s'est trouvé, au témoignage du Psalmiste de Dieu, il s'est trouvé un insensé qui *a dit dans son cœur : Il n'y a point de Dieu* (Ps. xiii, 1). Je remarque qu'il n'a pas dit cela dans son esprit, c'est-à-dire qu'il n'a pas pu persuader son esprit d'admettre cette absurdité, mais que c'est malgré lui qu'il a nié dans son cœur le Dieu que ce cœur corrompu ne voulait pas avoir, ne consentant pas à se soumettre à ses lois. Quelle effroyable corruption de cœur, du reste, que celle qui, malgré la conviction de son propre esprit, peut nier Dieu ! Se conduisent-ils mieux aujourd'hui encore, ceux qui ne veulent pas recevoir de la Grâce l'enseignement de la piété ? N'est-ce pas leur doctrine préférée que la Divinité, à cause de sa hauteur inaccessible, n'a rien de commun avec notre piété terrestre ? Sages aveugles ! vous ne voyez pas que la nature corporelle elle-même accuse le mensonge de votre doctrine ! Le soleil, dans son élévation, assurément inaccessible pour la terre, n'a-t-il donc rien de commun avec la terre ? Ne se tourne-t-elle pas sans cesse vers lui, afin de recevoir de lui, pour tout ce qu'elle porte, la lumière et la chaleur de la vie ? Comment pouvez-vous penser que l'être spirituel de l'homme ait moins besoin de la lumière spirituelle et de la chaleur spirituelle de l'Être Suprême, de la lumière et de la grâce de Dieu ? Et s'il éprouve cette haute nécessité, ne doit-il pas se tourner spontanément et s'élancer de toute sa force vers son Soleil éternel ? Ou bien, — s'il ne peut pas faire cela, vu que *le corps corruptible appesantit l'âme* (Sag., ix, 15), et que l'âme appesantie par la sensualité, comme un oiseau dont les ailes seraient chargées de plomb, ne fait que se débattre sur

la terre, au lieu de s'élever vers le ciel, — ne faut-il pas
espérer que la Grâce de Dieu, l'Être tout-bon, descendra
sur l'impuissant être humain, et éclairera son esprit ob-
curci, et réchauffera son cœur froid, et attirera à lui et
reposera son âme appesantie par la corruption? C'est ainsi
en effet que *s'est manifestée la grâce salutaire de Dieu, en
nous instruisant, afin que nous vivions pieusement,* — afin
que *nous adorions Dieu,* qui est Esprit, *en esprit et en vérité,* afin que *nous l'aimions de tout notre cœur, de toute
notre âme et de toutes nos pensées,* afin que nous l'em-
brassions par tout ce par quoi ceux qui n'ont pas reçu
la Grâce le repoussent. Mais la partie la plus consolante
et proprement salutaire de l'enseignement de la Grâce sur
la piété, consiste en ce que nous y trouvons un moyen
qu'aucun esprit créé n'a pu imaginer, — le moyen, non-
seulement de plaire à Dieu en le servant d'une manière
digne de lui, mais encore de recevoir le pardon même
des offenses que nous lui avons faites par nos convoitises
et notre impiété ; non-seulement de faire la volonté de
Dieu, mais encore de recevoir de lui tout ce que nous demandons, même jusqu'à la participation de sa substance
divine, — au nom et par l'intercession de son Fils unique
incarné et mort pour nous, afin que *tous les dons de sa
puissance divine, qui appartiennent à la vie et à la piété,
nous soient communiqués par la connaissance de celui qui
nous a appelés par sa gloire et par sa vertu* (II Pier., 1, 5).

Tel est, mes Frères, *l'enseignement de vie* que nous donne
la *Grâce de Dieu salutaire pour tous les hommes;* et non-
seulement elle nous le donne, mais encore elle nous
communique la faculté de le recevoir, et elle y ajoute le
don de la force de l'accomplir. Oh ! si cette divine semence
germait en chacun de vous, et croissait, et portait un

fruit agréable au Cultivateur de tous les biens, et doux et vivifiant pour vous ! *Nous vous supplions de ne pas recevoir en vain la grâce de Dieu* (II Cor., vi, 1). Suivons son enseignement, non dans quelques-uns de nos actes ou de nos exercices seulement, mais dans toute notre *manière d'être*, dans toute notre vie. *Vivons chastement, justement et pieusement dans le siècle présent, attendant la bienheureuse espérance et la manifestation de la gloire de notre grand Dieu et Sauveur Jésus-Christ.* — Ainsi soit-il.

4

SERMON

POUR L'OUVERTURE DE LA CURATELLE DES PAUVRES DE CONDITION ECCLÉSIASTIQUE.

Prononcé à l'église cathédrale du Monastère des Miracles, le 2 décembre 1825.

> Que les pauvres voient, et qu'ils se réjouissent : cherchez Dieu, et votre âme sera vivante : car le Seigneur a exaucé les indigents, et il n'a pas méprisé ceux qui étaient pour lui dans les fers.
> — Ps. LXVIII, 55, 54. —

Un jour, notre Seigneur Jésus-Christ, riche en miséricorde, dit de lui-même qu'il avait été envoyé pour *évangéliser les pauvres*, et non pas simplement envoyé, mais *oint* par une certaine action particulière et mystérieuse du Saint-Esprit, ou consacré pour cette mission. *L'Esprit du Seigneur est sur moi,* — il rapporte à lui-même ces paroles du Prophète Isaïe, — *l'Esprit du Seigneur est sur moi; il m'a consacré par son onction pour évangéliser les*

II.   25

pauvres en son nom, il m'a envoyé pour guérir ceux qui ont le cœur contrit (Luc., IV, 18). Si la mission céleste et divine a eu en partie pour objet d'évangéliser les pauvres ; si le très-saint Envoyé de la Divinité a dû recevoir une consécration particulière pour ce ministère, combien donc est important le ministère — d'évangéliser les pauvres ! Il est vrai, Jésus-Christ a évangélisé principalement les pauvres en esprit, et il leur a offert la richesse spirituelle de la grâce ; mais il a évangélisé aussi les pauvres selon la chair, il a guéri les malades et les paralytiques ; il a eu pitié de la foule qui n'avait pas à manger, et plus d'une fois il lui a distribué l'aumône du pain, nourrissant cinq mille personnes avec cinq pains, et quatre mille avec sept pains. La mission pour laquelle il a été envoyé lui-même par son Père, il la donne par ordre de succession à ses disciples. *Comme mon Père m'a envoyé, moi aussi je vous envoie* (Jean, XX, 21). Bienheureux celui qui est envoyé et consacré par lui de cette manière, pour combler la pauvreté spirituelle du prochain de la richesse spirituelle de la grâce ! Mais n'est-ce pas aussi avoir une part heureuse à sa mission et à son onction que de pouvoir évangéliser même les pauvres selon la chair, soulager leur misère par une parole de consolation et d'espérance, et, dans la mesure du possible, aussi par une œuvre de secours ?

Pour cette fois, l'esprit de philanthropie du Christ m'envoie évangéliser les pauvres, nommément les vôtres, mes Frères, ministres de l'autel. Cet esprit s'est ému dans le Très-Pieux Oint du Seigneur et dans la Très-Sainte Assemblée de l'Administration ecclésiastique, pour venir au secours de vos délaissés, de ceux qui sont exténués par la vieillesse, enchaînés par la maladie, réduits à l'or-

phanité, au veuvage ; aujourd'hui se pose la base d'une
assistance constante pour eux par le moyen d'une Société
de Curatelle composée de vous-mêmes dans ce but ; les
moyens pour cela, l'Administration elle-même les a four-
nis en partie, dans la mesure de sa possibilité, et en
partie elle nous a autorisés à recourir à la philanthropie
des enfants fidèles et obéissants de l'Église. *Que les pau-*
vres voient, et qu'ils se réjouissent ! car le Seigneur a exaucé
les indigents, et il n'a pas méprisé ceux qui étaient pour
lui dans les fers de la souffrance.

Avant de porter cette joie des pauvres devant Dieu dans
une prière d'action de grâces, ainsi que nous l'a ordonné
le Très-Saint Synode, jetons un coup d'œil d'observation
rapide sur la multiplicité diverse des afflictions des pauvres qui attendent du soulagement.

La pauvreté est l'un des fruits amers de la malédiction
que le péché de l'homme a semée sur la surface de toute
la terre, et à laquelle la colère de Dieu a permis de croître.
Comme c'est un aliment, — le fruit de l'arbre défendu,
qui a constitué l'objet visible du premier péché, et que la
première manifestation de la contagion du péché qui a
pénétré l'homme, a été le vêtement artificiel, — le feuil-
lage du figuier, au lieu du vêtement naturel de lumière
dont l'homme a été dépouillé par le péché, — vêtement
également souillé par le péché, parce qu'il a mis au
jour le désir astucieux et hypocrite de cacher la suite du
péché, — conformément à ces effets du péché, l'effet de
la malédiction s'est manifesté d'une manière particulière
sur ces deux mêmes objets, la nourriture et le vêtement
de l'homme, en sorte que, par rapport à ces objets, il
est devenu plus misérable que les dernières créatures terrestres. L'homme se construit une habitation ; les autres

animaux s'en construisent aussi : en cela, ils sont égaux entre eux. Mais, pour la nourriture, — *les oiseaux du ciel ne sèment ni ne moissonnent, ni n'amassent dans des greniers* (Matth., VI, 26), tandis qu'il a été dit à l'homme, au jour de la malédiction : *Tu mangeras ton pain à la sueur de ton front* (Gen., III, 19), et que ce qu'il a semé, moissonné, rassemblé dans ses greniers, n'est pas encore une nourriture pour lui si ne viennent à son aide la meule, la force du levain et du feu, et un art varié, — l'esprit lui-même de la grâce, qui annule la malédiction, quoiqu'il nous délivre de l'inquiétude soucieuse de la nourriture : *Ne vous inquiétez pas de ce que vous mangerez*, ne nous affranchit pas encore du travail pour nous procurer notre subsistance : *Nous travaillons jusqu'à l'heure présente.* Et pour le vêtement — *les lis des champs ne travaillent pas, ne filent pas;* les animaux irraisonnables non plus : leur vêtement, sans aucun effort de leur part, croît sur leur corps même, et, de la même manière, lorsqu'il devient vieux, est remplacé par un nouveau, tandis que l'homme, non-seulement ne se trouve pas dans le monde entier un vêtement tout prêt, non-seulement a besoin d'un travail pénible et long pour se faire un vêtement, mais encore est obligé même, pour cela, ou de piller ou de tuer d'autres créatures, par exemple, de dépouiller la brebis de son vêtement naturel pour se vêtir de sa toison, ou de la tuer tout à fait pour se vêtir de sa peau. Mais nous ne nous étendrons pas davantage sur la pauvreté commune de l'homme, que je ne fais qu'indiquer en passant pour que ceux qui sont attentifs puissent remarquer comment les choses les plus ordinaires de la vie accusent les effets du péché originel et de la corruption du genre humain mêlée à la nature elle-même, et pour que personne n'ose mépriser la pauvreté qui, dans un certain degré, est le partage commun des hommes, les abaissant tous, sans exception, au-dessous des créatures les plus viles elles-mêmes. Voyons de plus près la pauvreté particulière qui provient de ce que, soit conséquence inévitable de la vie sociale, soit effet de la cupidité et des autres passions, les hommes n'ont pas partagé également entre eux leur pauvreté commune.

L'affliction de la pauvreté est l'une des afflictions les plus pesantes, parce qu'elle opprime la vie dans ses exigences les plus inévitables : ce n'est pas comme beaucoup d'autres afflictions qui proviennent de la non-satisfaction de besoins seulement passagers ou même seulement imaginaires. On m'humilie, ou bien l'on élève au-dessus de moi ceux qui étaient au-dessous : je peux m'affliger et beaucoup et peu, à peu près autant qu'est grand ou petit mon amour-propre ; mais je peux aussi dompter tout à fait l'affliction, en domptant l'amour-propre ; on vit paisiblement et heureusement même dans la plus basse condition. On me calomnie, on m'enlève la bonne opinion : ce malheur même, quand il ne s'étend pas au delà de l'opinion, est affaire d'opinion : car l'opinion des autres sur moi, quelle qu'elle soit, ne m'ôte pas le pouvoir de rester honnête, si je suis honnête ; bien pensant et craignant Dieu, si je suis tel ; or, pour celui qui a un trésor, est-ce un lourd chagrin que les autres pensent qu'il ne l'a pas ? Mais quand je manque de nourriture, de vêtements, alors aucune Philosophie ne peut me persuader que je n'ai pas faim et que je ne suis pas nu : ici, le secours matériel de la compassion peut seul soulager la souffrance matérielle.

La pesanteur propre à la pauvreté s'augmente encore

de ce que ce malheur devient très-souvent la semence ou
l'aliment d'autres maux. Si à la pauvreté vient se joindre
la maladie, elles se renforcent l'une l'autre pour écraser
ensemble la pauvre humanité : la pauvreté ne permet pas
de combattre la maladie par un traitement, la maladie ne
laisse pas place à l'amour du travail pour combattre la
pauvreté. Si la pauvreté atteint le chef de famille, le poids
de la misère s'augmente sur lui selon le nombre des
membres de sa famille, pendant que le même fardeau
pèse en même temps sur chacun d'eux : pour son fils,
point d'éducation ; pour sa fille, point de mariage. Je ne
dirai pas que la pauvreté fraie directement le chemin
aux vices, aux crimes et aux malheurs qui en sont les
suites, car il a été dit incontestablement que *les mauvai-*
ses pensées sortent du cœur (Matth., xv, 19), et non d'une
bourse vide : du reste, ceux qui observent avec attention
le cœur humain peuvent remarquer que la parole d'iniquité cachée en lui, ou se trouve refoulée dans son intérieur, ou se fait jour dans les actes extérieurs, selon le
concours des circonstances extérieures ; ainsi, l'extrême
pauvreté aiguise la tentation de l'acquisition injuste ;
l'habitude d'un extérieur inconvenable, si ordinaire dans
la pauvreté, présente comme n'étant pas trop repous-
santes les actions inconvenantes, et, par une étrange
transformation de la cause en ses conséquences, l'âme
n'est quelquefois pas moins atteinte que le corps par
la pauvreté corporelle ; — elle est atteinte d'autant plus
dangereusement qu'elle sent moins la gravité de cette
misère spirituelle en comparaison avec la corporelle.

Sera-t-il agréable aux enfants de l'abondance que je
parle encore ? Je dirai cependant, obéissant à la vérité,
pour notre instruction à nous qui n'avons pas expéri-

menté la pauvreté, dont beaucoup la considèrent avec plus d'indifférence qu'il ne faudrait, — que le fardeau qui oppresse particulièrement nos frères pauvres, c'est précisément notre richesse et notre luxe. *Le Dieu vivant,* dit l'Apôtre, *nous donne tout abondamment pour la jouissance* (I Tim., VI, 17): pourquoi donc l'un n'a-t-il pas même le pain nécessaire du jour? — C'est que l'autre a enfermé chez lui *beaucoup de biens mis en réserve pour plusieurs années,* ou dépense en un jour plus que la subsistance d'une année du pauvre. Ne suis-je pas le maître, dira-t-il, d'épargner ou de dépenser à mon gré une propriété légitime? — Tu en es le maître; mais tu dois et épargner et dépenser aussi légitimement, selon la loi de l'espérance en Dieu qui reçoit comme un prêt fait à lui-même ce qui est employé pour les pauvres, et, sans aucun doute, ne laissera pas son créancier dans le besoin; — selon l'habitude, si cela est possible, des parfaits croyants, qui *distribuaient à tous selon que chacun avait besoin,* d'où venait que *nul n'était pauvre parmi eux* (Act., II, 45; IV, 54) ; — du moins selon les lois de la sagesse et de la modération, selon les lois de la philanthropie et de la compatissance, qui ne sont pas moins intelligibles pour les pauvres que pour toi ta loi de la propriété. Ou bien, si l'on veut, nous ne disputerons pas aux riches le droit de disposer de leur propriété légitime aussi désordonnément qu'ils le voudront : il serait seulement à désirer que leur cœur sentît combien quelquefois, en pensant jouer innocemment leur propriété, ils transpercent profondément les cœurs des pauvres. *Vous connaissez,* dit Moïse aux Israélites, en les engageant à ne point offenser l'étranger, *vous connaissez l'âme de l'étranger, puisque vous-mêmes vous avez été étrangers en la terre*

d'Égypte (Ex., xxiii, 9). Nous qui, nous-mêmes, par les largesses de Dieu, n'avons pas été pauvres, connaissons-nous l'âme du pauvre? Savons-nous ce qu'il pense et ce qu'il sent en passant, par exemple, auprès des vastes demeures du riche, ou auprès de l'immense maison des spectacles, ou en rencontrant celui qui est vêtu d'habits somptueux au delà des exigences de son état, ou en flairant les fumées d'un gras festin, où en entendant les éclats de la musique sortir des palais du luxe et en y voyant, au milieu de la nuit, briller la lumière du jour? — « Si, — pense-t-il probablement, — si ces vastes de-
« meures n'étaient pas remplies de ce qui est complète-
« ment inutile au riche, combien de mes semblables
« pourraient recevoir de lui l'indispensable, que nous n'a-
« vons pas maintenant! Si ce large toit n'était pas néces-
« saire à quelques heures de fête, afin que l'on s'y ras-
« semble pour voir des faux-semblants et entendre des
« fictions, combien on y pourrait réunir et abriter de
« gens qui n'ont pas maintenant où reposer la tête, ou
« qui ne vivent pas, mais consument leur vie dans des
« habitations malpropres, malsaines, demi-ruinées et
« les menaçant de leur chute! Et alors, ici, ce ne seraient
« plus des personnages menteurs qui feraient entendre
« les cris feints des passions, mais des personnages non
« contrefaits d'un spectacle sans artifices, qui élèveraient
« jusqu'au ciel les cris de la reconnaissance, et les pierres
« elles-mêmes proclameraient la vertu réelle de la phi-
« lanthropie. Si celui qui porte ce rare vêtement d'un
« autre monde, consentait à l'échanger pour le vêtement
« ordinaire de son pays, il serait alors encore vêtu lui-
« même convenablement, et il aiderait bon nombre d'entre
« nous à échanger nos haillons pour des vêtements. Si de

« ce festin, dont la longueur fatigue les convives, on re-
« tranchait un service ou une liqueur, on en pourrait
« composer un nouveau festin pour quelques-uns qui sont
« maintenant affamés et altérés. Autant de sons doux ou
« frémissants dans le palais du luxe à l'heure du plaisir,
« autant on pourrait apaiser de cris et de gémissements
« de la misère, si à cette heure on refusait à l'art ce qui
« lui est promis, pour le donner à la pauvreté. Là, le jeu
« des riches est apprécié à un prix incomparablement
« plus élevé que le travail des pauvres; et à ceux qui
« paient ce prix quelquefois avec plus d'empressement
« que le salaire à un ouvrier ou une dette à un prêteur,
« il ne vient pas à la pensée que pour ce prix il serait
« possible de gagner le bien-être d'une pauvre famille et
« plusieurs cœurs reconnaissants. Dans ce palais lumi-
« neux, on pourrait supprimer quelques-uns de ses nom-
« breux flambeaux, de sorte qu'il restât encore suffisam-
« ment lumineux, et, par là, on pourrait remplir de l'huile
« de la consolation la lampe de la vie qui s'épuise par la
« pauvreté et peut s'éteindre bientôt tout à fait. » — Si,
dans ces réflexions, je devine quelque peu l'âme du pauvre, jugez quelle doit être sa douleur quand il sent sa misère, qu'il voit autour de lui des moyens qui pourraient y
mettre un terme, et la facilité de les mettre en pratique,
mais qu'il voit en même temps que l'on ne veut pas les
mettre en pratique, et qu'à lui, cela n'est pas permis : — il
se trouve au milieu du courant du fleuve de l'abondance
des autres, mais l'eau des autres passe près de ses lèvres
et les laisse desséchées! Ainsi l'Évangile, dans le récit de
Lazare, regarde comme le trait le plus fort de sa misère
qu'il souffrait au seuil de l'abondance : *Il était couché à
sa porte, couvert d'ulcères, et il désirait se rassasier des*

miettes qui tombaient de la table du riche (Luc, xvi, 20, 21).

Celui qui voudra passer en revue la pauvreté dans les différentes conditions sociales, celui-là découvrira encore des traits variés de souffrance, et de nouveaux motifs de compatissance ; et, dans cette revue, la pauvreté de notre condition paraîtra, je pense, aux observateurs attentifs, particulièrement digne d'un intérêt compatissant. Dans les autres conditions, il n'est pas rare que l'indigence provienne de la paresse, de l'avidité entreprenante du lucre, de la prodigalité, et que, par conséquent, elle ne soit plus un malheur, mais un châtiment : dans la condition des ministres de l'Autel, la pauvreté, qui en constitue le partage presque général, se transforme en indigence ordinairement par la maladie, la vieillesse ou la mort du chef de la famille, qui la nourrissait avec lui. Dans certaines conditions, l'orphelin et la veuve s'abritent du moins sans obstacles sous le toit en deuil du père et de l'époux : dans notre condition, l'orphanité et le veuvage, même la maladie et la vieillesse, en tarissant la source de la subsistance, enlèvent au pauvre, la plupart du temps, même la demeure qui, selon les règlements, doit toujours appartenir au desservant actuel de l'église.

Enfin — *ce pauvre a crié, et le Seigneur l'a entendu* (Ps. xxxiii, 7). *Que les pauvres voient, et qu'ils se réjouissent !*

Il est vrai qu'aujourd'hui même, nos pauvres ne peuvent voir parmi nous qu'une préparation au soulagement de leur sort ; ils ne peuvent se réjouir encore qu'en espérance. En effet, nous ne recevons encore que la moindre partie des moyens de les secourir, de la main philanthropique de l'Administration, tandis que la plus grande partie en est encore cachée dans les mains de la philanthropie privée. S'accomplira-t-elle de ce côté aussi, l'espérance des pauvres, et leur joie sera-t-elle en effet comblée? Verront-ils, dans les participants d'une même condition, un même esprit de fraternité, et une sollicitude aussi sincère pour la pauvreté de la condition que pour la pauvreté de la famille propre? Verront-ils, dans les enfants de l'Église, la foi annoncée par l'Apôtre : *La foi pure et sans tache devant Dieu et le Père, c'est de visiter les orphelins et les veuves dans leurs afflictions* (Jac., 1, 27), et en premier lieu les orphelins et les veuves laissés par les ministres de cette foi pure? Quand il s'agit de la protection de ces veuves et de ces orphelins, vous souvenez-vous, enfants de la foi, que ceux dont ils sont privés ont passé et fini leur vie dans la prière pour vous et dans le service du salut de vos âmes? Songez-vous que ces veuves et ces orphelins de vos pasteurs n'ont pas reçu d'héritage, et que ces pasteurs eux-mêmes n'ont pas fait d'économies pour leur vieillesse ou leur maladie parce qu'*ils ont veillé sur le troupeau de Dieu, non par contrainte, mais de bonne volonté et selon Dieu; non pour des revenus injustes, mais avec zèle* (I Pier., v, 2)? Voulez-vous couvrir votre profusion, votre magnificence, vos plaisirs, que l'immodération souille souvent en vérité, — voulez-vous les couvrir par des offrandes volontaires et expiatoires à la philanthropie et à la charité?

Espérons que Celui qui a commencé la bonne œuvre parmi nous, l'accomplira aussi par sa grâce, au moyen d'instruments à lui agréables. Remercions-le pour le commencement : invoquons-le pour l'accomplissement. *Cherchez Dieu, et votre âme sera vivante. Le Seigneur a exaucé* — et il exauce encore — *les indigents, et il n'a pas méprisé ceux qui étaient pour lui dans les fers de la souffrance.* — Ainsi soit-il.

5

SERMON

AVANT LE SERMENT POUR UNE ÉLECTION DE JUGES.

> N'impose précipitamment les mains à personne, et
> ne participe point aux péchés d'autrui ; conserve-toi
> pur.
> — I Tim, v, 22. —

En entendant ces paroles, hommes nobles, et hommes décorés de fonctions honorables de différents genres et de différents degrés, vous pouvez penser aussitôt : A quoi bon ce discours aujourd'hui? *Imposer les mains* n'est pas notre affaire ; nous sommes venus faire serment d'élire consciencieusement des hommes dignes de certaines fonctions civiles, et, par ce serment devant Dieu, attester au Souverain, à la patrie, l'un à l'autre, que nous le ferons réellement en conscience.

Je le sais, et c'est précisément pour cette circonstance que je veux vous présenter quelques réflexions. Mais permettez-moi de penser que ce n'est pas hors de propos que j'ai choisi pour cela, comme guide de mes réflexions, la parole de l'Apôtre que vous avez entendue. Laissez-moi m'expliquer.

N'impose précipitamment les mains à personne, et ne participe point aux péchés d'autrui ; conserve-toi pur.

Vous pouvez savoir, comme témoins oculaires, que la

cérémonie de l'imposition des mains, pratiquée constamment dans l'Église depuis les temps apostoliques jusqu'à nos jours, distingue l'élévation et la consécration aux divers degrés du ministère ecclésiastique, précédées de l'élection et de la confirmation. Ainsi, le principe de l'Apôtre : *N'impose pas précipitamment les mains*, signifie : Ne sois pas empressé dans l'élection, la confirmation, l'élévation aux fonctions ecclésiastiques ; sois en cela circonspect, prudent.

Il est vrai que ce principe nous est adressé à nous, serviteurs de l'administration ecclésiastique, et il faut en ce moment un principe pour vous, honorables électeurs de l'administration civile. Mais que faire donc ? les apôtres n'ont pas écrit des règlements d'État, des lois civiles ; on ne saurait exiger qu'il se trouve dans leurs livres une instruction détaillée pour l'électeur civil. Cependant vous êtes persuadés que les apôtres, dans leurs Écritures, ont été dirigés par la vérité, et, de plus, par la vérité divine ; or, la vérité est une pour tous. Et dans la sagesse, et dans la législation des apôtres, se retrouve la piété ; *or, la piété est utile à tout* (I Tim., iv, 8). C'est pourquoi vous pouvez emprunter à l'Église le principe vrai et pieux de l'Apôtre, et le transporter dans votre salle d'élections. Mettez à part les spécialités : la pensée des fonctions ecclésiastiques, le cérémonial de l'imposition des mains, et vous retrouverez dans le texte de l'Apôtre que nous développons ce principe commun : Ne sois pas précipité dans l'élection aux fonctions sociales, mais sois circonspect, prudent. Rapprochez cela de votre œuvre et de vos formalités, et dites-vous : ne dépose pas avec précipitation la boule électorale ; sois circonspect, prudent. Et moi, j'ajoute à cela que c'est l'Apôtre qui vous instruit de cette

manière, et non pas moi : respectez l'enseignement, et
en lui-même, et en considération de l'Instituteur.

Mais l'Apôtre ne nous donne pas, à nous et à vous, un
commandement irréfléchi : car le christianisme domine
par la puissance de la libre conviction. A l'enseignement
de la prudence dans les élections, il ajoute aussitôt la
conviction de l'importance et de l'indispensabilité de cet
enseignement. *Ne participe point*, dit-il, *aux péchés d'autrui ; conserve-toi pur*. De quels péchés d'autrui parle-t-il?
Que signifie *participer aux péchés d'autrui ?* — Les paroles
de l'Apôtre renferment une pensée profonde : il faut la
découvrir et l'appliquer à la circonstance.

Pour prémunir par la persuasion contre les élections
précipitées, c'est-à-dire imprudentes et irréfléchies, l'Instituteur sagace en considère les conséquences. Si l'on
élit à une fonction sans attention, comme cela arrive,
il arrive le plus facilement du monde que l'on élit un
indigne. Si Timothée (à qui saint Paul a adressé primitivement son instruction), imposé les mains, par inattention, à un prêtre ignorant dans la doctrine du salut,
ou indigne par sa vie, il en résultera dans le Sacerdoce,
ou les péchés involontaires de l'ignorance, ou les péchés
volontaires des passions indomptées et des basses inclinations ; et plus tard, par suite de cela, certains péchés
du peuple, qui auraient dû être éloignés par le moyen de
l'intelligence spirituelle et du saint ministère, resteront
persistants ; et, plus tard encore, naîtront les nouveaux
péchés du scandale, qui se produit avec une force particulière par les ministres indignes de la sainteté. Voilà les
péchés d'autrui de différent genre que saint Paul indique
par précaution à Timothée et à moi! Nous aurions pu dire
peut-être : Qu'avons-nous affaire des péchés d'autrui? Que

ceux-là en répondent qui les commettent. Mais l'Apôtre
dit : *Ne participe point aux péchés d'autrui :* par conséquent il suppose que les péchés que nous venons d'indiquer tombent sous la responsabilité, non-seulement de
ceux qui les commettent, mais encore de celui qui élit et
élève précipitamment, inattentivement, sans réflexion,
des agents indignes de la justice et de la sainteté, lesquels
deviennent ensuite des agents d'injustice et de péché. Qui
osera dire que saint Paul juge ici trop sévèrement? Celui-
là connaît l'œuvre du juste jugement, qui appartient au
nombre des élus entre les élus qui ont été trouvés, par
l'Électeur infaillible, dignes de confiance — *pour juger le
monde* — *pour juger les anges* (I Cor., vɪ, 2, 3).

Il faut encore remarquer que l'Apôtre ne parle que de
l'élection *précipitée*, imprudente, et que cette élection, il
la trouve déjà participante des péchés d'autrui. Qu'aurait-
il donc dit des élections malintentionnées de propos déli-
béré, partiales, intéressées? — Il n'est pas difficile de
conclure combien plus sévèrement doit être condamnée
la mauvaise intention, comparativement à l'imprudence :
et je pense qu'aux électeurs malintentionnés, partiaux,
intéressés, il aurait dit que sur leur tête retombera presque tout le poids des péchés commis contre leur état et
leur devoir par les élus indignes.

Transportez, honorables électeurs, le jugement de l'A-
pôtre de nos élections aux vôtres, et songez avec quelle
attention il vous faut employer aujourd'hui le pouvoir
d'élection qui vous est donné avec une confiance si généreuse par le pouvoir souverain de l'Autocrate.

Si, — ce que je ne suppose pas être en effet, mais que
je dis par mesure de précaution, — si vous ne mettez
toute l'attention et toute la sollicitude possibles à dé-

couvrir, appeler et élire aux fonctions sociales les hommes
les plus dignes et les plus recommandables; — si vous
donnez vos suffrages à l'un parce qu'il désire beaucoup
être élu, à l'autre parce qu'il est votre ami, à un troisième
parce qu'il faut bien enfin que quelqu'un soit élu, et ainsi
de suite, et que cependant vous n'examiniez pas assez si
l'élu a les facultés et les connaissances requises pour les
affaires pour lesquelles il est élu, et si ses principes et ses
actes connus précédemment garantissent qu'il remplira
conformément à l'utilité publique les fonctions que vous
voulez lui confier; — si plus tard, par suite d'une élection
si inattentive et si dépourvue d'impartialité, le serviteur
de la justice choisi par vous pervertit la justice et les jugements, absout l'injustice des riches et des puissants, et
ne fait pas attention aux droits des veuves et des orphelins; si le gardien de l'ordre et de la tranquillité du dis-
trict, au lieu d'alléger et de dissiper les embarras des
humbles de la terre, devient pour eux un joug qui les lie
et les opprime; si le chef de vos assemblées héréditairement honorables se montre moins droit et moins ferme
dans ses voies que ne l'exige la dignité de cette classe particulièrement évidente et élevée dans l'Empire, dans laquelle naissent les colonnes destinées à soutenir la magnificence du trône de l'Autocrate; — si des anomalies et des
erreurs pareilles, et de plus grandes encore, se découvrent
dans ceux qui auront été élus par vous, par suite d'une
élection inattentive ou dépourvue d'impartialité, permettez-moi de vous dire, avant que cela soit arrivé, que, dans
ce cas, vos boules électorales polies se changent dans vos
mains en flèches aiguës qui blesseront le bien-être public
et se retourneront pour blesser votre conscience tranquille,
peut-être, pendant l'opération de l'élection, à cause d'une

inattention aussi grande par rapport à vous-mêmes que par rapport aux autres.

Prends garde, électeur bien intentionné, que rien de semblable n'arrive; sois attentif, — attentif avec zèle et perspicacité; ne permets pas des conséquences de l'élection qui ne sont désirables ni pour la société, ni pour toi-même; *ne participe point aux péchés d'autrui; conserve-toi pur.*

Conserve-toi pur, non-seulement des péchés éloignés d'autrui, mais encore, en même temps, du péché propre, très-rapproché de toi, qui peut se glisser furtivement à la faveur de ton inattention. En effet, que fais-tu ici aujourd'hui, en abordant l'œuvre de l'élection qui t'est confiée? — Tu invoques le nom du Dieu qui voit tout, tu baises la Parole du Christ et l'image du Christ crucifié, et tu scelles de ces symboles très-saints ta promesse de te conduire aussi fidèlement dans l'œuvre entreprise qu'il est certain que Dieu te voit, que fidèle est la Parole de l'Évangile, qu'il est certain qu'est mort pour toi ton Sauveur et ton Juge futur. Si, après cela, tu es inattentif dans ton œuvre, tu deviendras infidèle aussi facilement, et, de cette manière, tu offenseras la sainteté divine que tu baises, et le nom adorable que tu invoques. Garde-toi d'une impureté si noire : *car le Seigneur ne tiendra point pour innocent celui qui aura pris son nom en vain* (Ex., xx, 7).

Dieu juste qui scrutes les cœurs et les reins! par la force de ton nom terrible et adorable, garde ceux qui l'invoquent aujourd'hui, dans la pureté d'une intelligence droite et d'une bonne intention, afin que leur œuvre soit pacifique, couronnée de succès, utile à tous, *qu'ils se choisissent entre tous* et qu'ils élisent pour Auto-

rités *des hommes puissants qui te craignent, toi le Seigneur,
des hommes justes, haïssant l'orgueil* et la cupidité (Ex.,
xviii, 21), dignes de commander et d'être juges sur ton
peuple. — Ainsi soit-il.

6

SERMON

PRONONCÉ A LA VISITE DE L'ÉGLISE UNI-CROYANTE
DE LA SAINTE-TRINITÉ,

AVANT LA POSE DE LA PREMIÈRE PIERRE, AU CIMETIÈRE
UNI-CROYANT, DU TEMPLE DE TOUS-LES-SAINTS,

Le 8 septembre 1840.

Le saint apôtre Paul, dans l'Épître aux Romains, dit
entre autres choses aux enfants de l'Église de Rome : *Je
désire vous voir, afin de vous faire part de quelque don spirituel pour votre affermissement, c'est-à-dire, afin d'être
consolé avec vous et en vous par la foi commune, la vôtre et
la mienne* (Rom., i, 11, 12).

Le zèle de l'Apôtre est instructif. Saint Paul avait sous
sa protection plusieurs Églises d'Asie, de Grèce, de Macé-
doine, la plupart fondées par lui, et dirigées par lui ;
mais son attention s'étendait aussi sur l'Église de Rome
qui n'était pas aussi près et qui n'avait pas été fondée
par lui ; et non-seulement il lui adressa une épître, mais
encore il désirait la visiter personnellement.

Si ceux qui, par institution divine, ont reçu, sinon le pouvoir apostolique, du moins le partage de l'autorité ecclésiastique transmis par une succession non-interrompue depuis les apôtres, doivent en toute justice imiter le zèle des apôtres dans le cercle, quoique moins étendu, de leur activité, ce ne sera point me flatter de rien de particulier, mais seulement rappeler mon devoir, que de dire que depuis longtemps déjà *je désire vous voir*, mes Frères, dans votre église propre, et qu'en ce moment s'accomplit ce long désir.

Mais quelqu'un, peut-être, en entendant cela, pensera : Pourquoi donc ce désir ne s'est-il pas accompli depuis longtemps, s'il existe depuis longtemps ? — Pour répondre à cette question, j'aurai encore recours au saint apôtre Paul qui, après les paroles que j'ai rapportées, écrit dans l'Épître aux Romains : *Je ne veux pas que vous ignoriez, mes frères, que je me suis souvent proposé d'aller vous voir, et que j'en ai été empêché jusqu'ici*. S'il a pu arriver que saint Paul, avec la si grande abondance de grâce, même miraculeuse, qui lui avait été donnée, n'ait pu pendant longtemps accomplir une chose difficile, il n'est certainement pas étonnant que moi, avec ma faiblesse, je n'aie pas pu accomplir promptement une chose peu difficile.

Une question incomparablement plus digne d'attention pour moi et pour vous, doit être celle-ci : pourquoi je désirais, ou mieux, pourquoi je devais désirer de vous voir ici, et pourquoi il vous convenait à vous de le désirer ; car je me trouve ici aujourd'hui autant sur votre invitation, plus d'une fois réitérée, que d'après mon désir formé depuis longtemps. Sous ce rapport encore, le même Apôtre peut être notre guide et notre modèle, non plus pour moi

seulement, mais en même temps pour vous aussi, mes Frères. *Car je désire vous voir*, dit-il aux Chrétiens de Rome.
Mais pourquoi? — *Afin de vous faire part*, dit-il, *de quelque
don spirituel*. Qu'est-ce que cela veut dire? Quel est ce don
spirituel qu'il promet? — Il l'explique : *C'est-à-dire, afin
d'être consolé avec vous et en vous par la foi commune, la
vôtre et la mienne*. Voilà donc pourquoi l'Apôtre désire visiter l'Église de Rome, voir les Chrétiens de Rome : il désire trouver en eux une foi commune et la communion
dans la foi, reconnaître et découvrir d'une manière rapprochée que les Romains ont bien une même foi avec lui,
et qu'il a une même foi avec les Romains. Et, dans cette
reconnaissance, il espère trouver une *consolation commune*, c'est-à-dire, une consolation mutuelle, pour les
Romains de sa part, et pour lui de la part des Romains ;
et non pas simplement une consolation humaine, mais
un *don spirituel*, un don du Saint-Esprit Consolateur. Si
nous voulons, nous aussi, mes Frères, être fidèles à cette
intention apostolique, conformes à ce modèle primitif de
l'Église du Christ, il faut que et votre invitation préalable, et ma venue actuelle vers vous n'aient pas d'autre
but que *la foi commune, la vôtre et la mienne*. Le même
désir doit être en vous et en moi de nous bien trouver
mutuellement dans la même foi, dans la foi vraie, orthodoxe, pure, sans tache, transmise depuis le Seigneur
notre Sauveur par les saints Apôtres et les Pères inspirés
de Dieu, et parvenue jusqu'à nous par une tradition non
interrompue et immuable, afin que, dans la communion
de cœurs pacifiques et de consciences non troublées, *nous
nous consolions mutuellement par une foi commune, la vôtre
et la mienne*, et que, dans cette consolation, nous reconnaissions et nous ressentions le *don spirituel* de la grâce.

Je n'ai pas la prétention de vous soumettre à ma parole : je me soumets à la parole de l'Évangile et des apôtres, et je désire être avec vous dans cette soumission. Écoutez encore comment elle prêche et commande, non-seulement la foi à chacun séparément, mais encore à tous ensemble la communion et l'union de la foi.

Lorsque notre Seigneur, s'avançant vers sa Passion volontaire pour nous, confirma, par sa prière toute-puissante à son Père consubstantiel, son Église pour les siècles, alors, ayant prié d'abord pour ses apôtres, les prédicateurs de la foi, les colonnes de l'Église, les ordonnateurs des mystères, il continua ensuite ainsi sa prière : *Je ne prie pas pour ceux-ci seulement, mais encore pour ceux qui par leur parole croiront en moi, afin que tous ne soient qu'un* (Jean, xvii, 21). Vous entendez : le Chef et le Consommateur de la foi n'a pas soin seulement que les croyants demeurent dans la foi, mais encore et surtout que tous les croyants ne soient qu'un. Ainsi donc, si quelqu'un même s'imagine avoir la foi, mais ne conserve pas la grande unité de tous les croyants, se conduit par son propre arbitre, n'ayant pas souci de la communion sincère avec l'Église Une, Sainte, Œcuménique et Apostolique, pour celui-là, il est fort à craindre qu'il ne reste en dehors de l'efficacité de la prière salutaire du Christ, et par conséquent en dehors du salut : car il n'est pas douteux que ceux-là seulement seront sauvés pour lesquels a offert sa prière le Médiateur entre Dieu et les hommes, et sur lesquels elle s'est accomplie.

C'est donc pour cela aussi que l'Apôtre, en exhortant les Chrétiens à se conduire d'une manière digne de leur nom, les exhorte à garder l'unité. *Je vous conjure*, écrit saint Paul aux Éphésiens, *moi qui suis dans les chaînes*

*pour le Seigneur, de marcher dignement dans l'état auquel
vous avez été appelés, — ayant soin de conserver l'unité de
l'esprit dans l'union de la paix* (Éph., IV, 1-5). Par un pareil enchaînement de pensées, il fait comprendre que celui-là seul se conduit dignement de la vocation chrétienne, qui a soin de conserver l'unité de l'esprit dans
l'union de la paix ; que la négligence de l'unité est le fait
d'une conduite indigne de la vocation chrétienne. Plus
loin, en indiquant la base de l'unité chrétienne et en en
conseillant l'observation, l'Apôtre ajoute : *Il y a un seul
corps, un seul esprit, de même que vous avez été tous appelés
à une seule et même espérance de votre vocation : il y a un
seul Seigneur, une seule foi, un seul baptême : il y a un
seul Dieu et Père de tous, qui est au-dessus de tous, et au
milieu de tous, et en nous tous* (4, 5, 6). En effet, combien
de causes, et quelles causes et quels motifs puissants
d'unité ! Si, pour des esclaves, c'est ordinairement un lien
d'unité qu'un seul maître commun, et encore plus pour
les membres d'une famille, le chef de la famille, et pour
des enfants, leur père, combien plus pour nous, Chrétiens mes frères, un Seigneur Unique Tout-Puissant sur
nous tous, un Père céleste Unique pour nous tous ! S'il
n'y a qu'une seule foi, vivante dans l'unité de l'Église,
dans la communion des mêmes mystères, celui qui s'é-
carte de l'unité doit nécessairement craindre de voir s'é-
carter de lui la foi elle-même qui ne peut se scinder de
son unité. Si nous devons tous former en Jésus-Christ
un seul corps animé d'un seul esprit, qui peut ne pas
avoir grand souci de l'unité sans un extrême danger
pour lui ? Qui ne sait que les membres du corps ne vivent
que dans l'unité du corps ; que, dans l'unité incomplète,
ils sont malades ; qu'en se séparant de l'unité, ils meu-

rent? Si nous sommes appelés par la grâce à une seule et
même espérance du Royaume céleste, l'unité des âmes
nous est donc évidemment nécessaire pour entrer sans
obstacle en possession de l'indivisible héritage céleste.
De même qu'il est certain que *tout royaume divisé contre
lui-même sera détruit* (Matth., xii, 25), il est également certain que le royaume éternel et indestructible n'admettra
en lui nulles divisions ni dissensions. Dans la pure unité
de foi et d'amour sur la terre, doit se former la faculté
de l'union suprême avec Dieu et les saints dans le ciel.

Frères de ce saint temple! plus nous savons avec conviction, par la parole divine, combien est importante et
nécessaire l'unité dans la foi, plus il nous faut rechercher avec sollicitude si nous possédons réellement ce
bien, si nous pouvons, dans la communion visible actuelle, *nous consoler* intérieurement et spirituellement,
selon l'Apôtre, *par la foi commune, la vôtre et la mienne.*

Et pourquoi donc ne pas nous livrer à cette consolation dans toute l'assurance de nos pensées, dans toute la
liberté de nos cœurs? N'avons-nous pas des bases solides
de votre unité dans la foi? Ne confessons-nous et ne glo-
rifions-nous pas, dans les mêmes et identiques dogmes de
l'orthodoxie, une seule et même Trinité consubstantielle
et indivisible? Ne posons-nous pas la même mort sur la
croix et la même résurrection vivifiante de Jésus-Christ
comme base de notre foi et de notre salut? Ne recevons-
nous pas la même et unique grâce du Saint-Esprit dans
les mêmes et identiques mystères? N'avons-nous pas les
mêmes et identiques commandements et principes de l'É-
vangile, des Apôtres, de l'Église Œcuménique, des Saints
Pères? Par une même hiérarchie et un même sacerdoce
provenant du Cep unique et vivant, Jésus-Christ, par la

voie des apôtres, comme des rameaux qui s'étendent dans tous les lieux et se perpétuent à travers tous les temps sans jamais être détachés de la souche, ne sommes-nous pas entés sur l'unique et même Cep vivant et source de vie, spirituel et divin? Le lien de l'unité, composé de tant de fils d'or, cessera-t-il d'être solide si quelqu'un voit s'écarter au-dessous les bouts de quelques petits fils?

Je sais, Frères, de ce saint temple, que votre unité de foi ne paraît pas claire à tous, en premier lieu parce qu'ils voient chez vous quelques rites et quelques coutumes du service divin différer par la forme extérieure de ceux qui sont usités dans la grande Église, quoique du reste ils n'en contredisent en rien ni l'esprit ni la signification, ainsi que l'a démontré une expérience qui n'a pas été de courte durée; en second lieu parce que ceux qui observaient ces rites ont été atteints autrefois par la censure ecclésiastique, alors que cette observance était une désobéissance à l'Église et une séparation de son unité. Mais ne donné-je pas la solution de ces difficultés seulement en les indiquant? Là où se trouvent le même esprit de foi et l'unité d'esprit dans l'amour et l'obéissance, de la manière dont la parole de l'Apôtre commande aux Chrétiens d'être *des enfants d'obéissance* (I Pier., i, 14), là, une certaine différence accidentelle dans les cérémonies n'est pas une scission, et le jugement prononcé contre les désobéissants absout en toute justice les obéissants. Ce n'est pas nous qui commençons à raisonner ainsi aujourd'hui, ni ceux qui nous ont précédés depuis peu de temps : ainsi a raisonné et s'est conduite la Sainte Église même dès ses premiers temps, selon l'exigence des circonstances.

Dans le second siècle après la Naissance de Jésus-

Christ, il y avait, dans les coutumes des Églises d'Orient
et d'Occident, une différence dans un objet important :
les Églises d'Orient célébraient la fête de Pâques le qua-
torzième jour de mars, quoique ce ne fût pas un dimanche, et les Églises d'Occident — nécessairement le dimanche. Mais, malgré cela, l'unité de foi et l'union des
Églises subsistaient et n'étaient pas révoquées en doute.
L'Évêque de Rome, Victor, s'éleva pour cela contre les
Églises orientales, et tenta une rupture de la communion
ecclésiastique avec elles ; mais à cette intention peu pacifique s'opposa même un Évêque d'Occident, saint Irénée, qui, à ce sujet, rappela à Victor que lorsque saint
Polycarpe avait visité l'Évêque de Rome, Anicet, chacun
d'eux avait conservé son habitude pour la célébration de
la fête de Pâques sans que pour cela il y eût moins de
communion entre eux, et qu'Anicet, pour lui faire honneur, avait cédé à saint Polycarpe la priorité dans son
église pour la célébration de la sainte Eucharistie, et que
tous deux s'étaient séparés en paix, et que la paix s'était
conservée dans toute l'Église entre ceux qui avaient
conservé l'une ou l'autre coutume. Voilà une preuve
que l'unité de foi peut subsister malgré une différence de
rites, et cette preuve, c'est saint Polycarpe et saint Irénée
qui vous la fournissent. Rappelez-vous maintenant que,
après la fixation par le premier Concile général d'un seul
et même temps, dans toute l'Église, pour la célébration de
la fête de Pâques, et, par suite, d'un cycle pascal commun,
ceux qui ne se soumirent pas à cette décision ne furent
pas excusés par l'ancien usage, mais condamnés, et vous
aurez un exemple ecclésiastique ancien de ce que la sévérité ecclésiastique peut tomber sur les indociles et ceux
qui s'opiniâtrent en ennemis dans un rite ou une cou-

tume qu'elle supporte chez ceux qui sont pacifiques et dociles. Celui qui réfléchira avec attention et impartialité sur ce qui vient d'être dit, celui-là, je l'espère, verra clairement comment aujourd'hui encore la sainte Église est d'accord avec elle-même quand elle étend indulgemment ses embrassements maternels jusqu'à ceux qui désirent sincèrement être des enfants d'obéissance, et, en se tenant fermement à ses anciens usages communs et à ses pieuses coutumes, ne fait cependant pas un obstacle à l'unité de la foi, de certains usages partiels des anciens temps, quand elle a l'assurance de l'unité des dogmes, des mystères et de la hiérarchie.

Ainsi donc, mes Frères, il n'y a point pour nous d'empêchement à *nous consoler dans la foi commune*, comme étant un véritable *don spirituel*, pourvu seulement que nous le désirions sincèrement et que nous le recherchions avec zèle. *Si donc il y a quelque consolation en Jésus-Christ, vous dirai-je avec l'Apôtre, ou s'il y a quelque soulagement dans l'amour, s'il y a quelque communion d'esprit, s'il y a quelque compassion et quelque générosité, comblez ma joie en vous tenant tous unis dans le même esprit, ayant tous le même amour, la même unité d'âme, les mêmes sentiments : que personne n'agisse par un esprit de contention ou de vaine gloire, mais que chacun, par humilité, mette les autres au-dessus de soi en honneur. Que chacun ne regarde pas ses propres intérêts, mais aussi ceux des autres* (Phil., II, 1-4).

Ayez l'amour chrétien : cela est bien simple ; mais l'amour se fera ingénieux pour vous animer tous du même esprit ; car il lui est propre d'unir, et non de diviser.

La contention, la vaine gloire, l'intérêt propre sont des semences de contestations et de divisions : ne laissez pas se semer des semences de mal, et il ne croîtra pas de mauvaises plantes.

Plantez profondément l'humilité, et la paix croîtra en abondance.

Cherchez le bien, la consolation et le salut, non pas pour vous seulement, mais aussi pour votre prochain, et vous verrez se consolider l'espérance de votre salut, et se multiplier la joie du salut commun. Cherchez une consolation salutaire dans l'unité avec l'unique Sainte Église, et apportez à son cœur maternel la consolation de votre obéissance sincère. Ne vous contentez pas seulement de ne lui pas être étrangers ; efforcez-vous d'être, selon la parole du Seigneur, *consommés dans l'unité* (Jean, xvii, 23). Aidez-les par l'esprit d'une unité et d'un amour purs, et par l'exemple d'une vie régulière, et elles viendront dans l'asile assuré de l'unité de l'Église, *les autres brebis aussi qui ne sont pas de ce troupeau.*

Ayez cette sagesse et vivez selon ces principes, et que sur vous soient la bénédiction et la grâce et la paix du Père, du Fils et du Saint-Esprit, de l'Unique Vrai Dieu, glorifié dans sa Trinité Sainte et adoré dans les siècles.

Que la bénédiction du Seigneur descende aussi sur la bonne entreprise que nous commençons en ce moment, afin de donner sa consécration pour base au commencement même de cette œuvre sainte dans sa destination. Que le Seigneur reçoive le sacrifice volontaire de ses serviteurs dont il a excité les cœurs à une œuvre de piété et d'hospitalité philanthropique, et qu'il leur envoie d'en haut sa grâce et ses libéralités divines. Qu'il fonde son temple, qu'il l'édifie, qu'il le sanctifie, qu'il l'affermisse.

Et que les frères de ce saint temple qui sont entrés déjà dans le repos de l'espérance de la résurrection, reçoivent une nouvelle consolation de ce que le lieu de leur repos sera ombragé d'un temple saint dans lequel seront offertes pour eux des prières ferventes et la Victime non sanglante.

Et que l'âme du serviteur de Dieu nouvellement décédé, Pierre, qui ne s'est pas donné de repos *jusqu'à ce qu'il ait eu trouvé un lieu pour le Seigneur, une habitation pour le Dieu de Jacob*, et qui, après l'avoir trouvée, a été aussitôt appelé au repos, par les décrets de Dieu, dès le commencement même et la fondation de son œuvre, trouve un asile auprès du Seigneur, dans les espaces lumineux, dans la demeure des justes, dans l'unité éternellement bienheureuse de l'*Église des premiers nés, qui sont inscrits dans les cieux*. — Ainsi soit-il.

HOMÉLIE

POUR LA SEMAINE DU CARNAVAL, CONTRE L'INTEMPÉRANCE.

> Veillez donc sur vous, de peur que vos cœurs ne s'appesantissent dans l'intempérance et dans l'ivresse, et dans les soins de cette vie, et que ce jour ne vienne sur vous à l'improviste.
>
> — Luc, xxi, 34. —

Le temps du Carême, qui approche, nous invite à la tempérance, et la sainte Église a disposé ces jours, destinés à nous y préparer, comme des degrés afin de nous

élever graduellement, en diminuant peu à peu la substance des aliments et en augmentant de même les fatigues de la prière, jusqu'à l'accomplissement entier du
jeûne et aux efforts prolongés de la pénitence et de la
prière. Mais dans ces préliminaires du saint Carême, que
nous traversons, combien une coutume insensée apporte
d'empêchements à la tempérance et à la sobriété corporelle et spirituelle! Il me semble que cela doive éveiller
en nous la tristesse et un zèle semblable au zèle de la
maison de Dieu avec lequel notre Seigneur chassa avec un
fouet de cordes, du vestibule du temple, les vendeurs et
les acheteurs qui le tranformaient en une maison de
commerce et une caverne de voleurs. Oh! s'il nous aidait,
sinon à chasser aussi tout à fait, du moins à modérer
quelque peu, avec un petit fouet tressé de paroles de vérité et de sagesse, l'intempérance qui redouble de frénésie
surtout à l'entrée du sanctuaire du Carême, et qui en
outre oppresse souvent le corps, désole l'âme, épuise tous
les biens acquis, dissipe les vertus, dévore les facultés!

Veillez sur vous, dit le Seigneur, *de peur que vos cœurs
ne s'appesantissent dans l'intempérance et dans l'ivresse.* Cet
avertissement ne paraîtra-t-il pas à quelques-uns superflu
en ce moment, et ne prendront-ils pas pour une offense
le soupçon présupposé de vices si grossiers? — Nous ne
voulons soupçonner ni offenser personne, mais nous
vous rappelons, gens qui, dans votre propre opinion,
êtes assez retenus et assez sobres, que l'avertissement
précité, le Seigneur le donna primitivement à ses disciples choisis. Une instruction qu'entendirent sans en être
offensés, Pierre, Jacques, Jean, André, ne peut être,
pour aucun de nous, ni outrageante, ni superflue.

N'y a-t-il excès de table que lorsque le corps ne peut

plus contenir les aliments? N'y a-t-il ivresse que lorsque l'esprit est noyé dans le vin, et que le corps ne peut plus porter la tête appesantie? Si, ce dont il n'est pas difficile de se convaincre, la vraie destination de la nourriture et du breuvage est d'entretenir et de renouveler la substance corporelle que la corruption consume continuellement d'une manière insensible, et si la saveur n'a été donnée aux aliments, et l'agrément à la boisson que comme des moyens pour cette fin, toute bouchée de nourriture prise au-delà de la satisfaction de la faim, pour le goût, est une partie de l'excès ; toute gorgée de boisson prise après l'étanchement de la soif et le renouvellement des forces, pour l'agrément, appartient à la coupe de l'ivresse.

Que sont donc nos tables, sur lesquelles on à peine à compter les diverses sortes de mets, on a peine à en deviner la composition, on a peine à retenir les noms des diverses sortes de boissons? Ne sont-ce pas des piéges astucieusement compliqués, que nous nous tendons les uns aux autres pour nous faire tomber dans la gourmandise, quoique délicate quelquefois, et dans l'ivresse, quoique modérée en apparence? Et l'on ne s'aperçoit pas comment l'on passe de la nourriture à la gourmandise, comment le simple usage de la boisson conduit à l'ivresse. Il faut se surveiller attentivement. *Veillez sur vous.*

Combien d'artifices, de substances, d'instruments divers emploie l'homme doué de raison pour remplir son ventre si petit et si déraisonnable ! Combien la raison s'abaisse quand elle s'épuise en inventions pour que le tribut exigé journellement par le ventre, comme par un maître inexorable, lui soit payé avec le plus de magnificence possible, et soit reçu par lui dans la plus grande quantité possible ! Et quel outrage le ventre inflige à cette raison servile, en faisant aboutir tous ses soucis de l'élégance à la malpropreté et à l'ordure !

Redresse-toi, malheureux adorateur du ventre, et, si tu ne peux pas élever tout d'un coup tes yeux au-dessus de toi, place-toi debout devant un miroir et regarde si sur toi-même n'est pas inscrite la loi contre la servitude du ventre. Ne vois-tu pas qu'au-dessus de ton ventre il y a une poitrine dans laquelle bat un cœur qui désire le bien, qui sent l'amour ; qu'au-dessus d'elle encore s'élève une tête dans laquelle règne un esprit qui contemple la vérité, une raison qui réfléchit sur les probabilités ; qu'au-dessous de l'une et de l'autre, comme un enfer au-dessous d'un ciel et d'une terre, est relégué le ventre obscur qui ne sait ni penser ni désirer? Faut-il beaucoup de pénétration pour s'apercevoir qu'il ne doit pas dominer les puissances supérieures, mais demeurer dans la servitude, dans l'esclavage, dans le mépris? Si, au contraire, tu t'efforces de plus en plus de satisfaire le ventre en tout ce qu'il exige aveuglément, en tout ce que tu désires pour lui, tu imagines pour lui, alors, prends garde qu'il ne devienne chez toi plus fort que la tête et supérieur à elle, et que, de sa masse informe, il n'oppresse et n'étouffe les plus nobles facultés de l'esprit et du cœur. *Veillez sur vous, de peur que quelquefois vos cœurs ne s'appesantissent dans l'intempérance et dans l'ivresse.*

Par le *cœur*, le Seigneur entend en général l'*intérieur* de l'homme, ainsi qu'on peut le voir dans une autre de ses propres expressions, dans laquelle il réunit ces deux mots, expliquant l'un par l'autre : *Car c'est du dedans, dit-il, c'est du cœur de l'homme que sortent les mauvaises pensées.* Ainsi, sous le nom du cœur, comme de l'intérieur en général, dans le langage du Seigneur, il faut entendre les forces spirituelles de l'homme, avec leurs résultats et leurs perfections, et en particulier l'intelligence, la force de vouloir et la faculté de connaître. Voyez sur quoi peut s'écrouler à la fin la masse écrasante du ventre trop rempli. *Veillez sur vous, de peur que quelquefois vos cœurs ne s'appesantissent.*

Nous ne remarquons pas, — dira-t-on peut-être, — que les gens moins retenus que les autres dans le manger et le boire jouissent moins pour cela de la faculté de l'intelligence et de la force de la volonté. Je ne conteste pas que quelques-uns d'entre eux n'aient même plus que d'autres la faculté de l'intelligence pour imaginer et inventer des raffinements de plaisirs pour les sens et l'imagination, et n'y soient entraînés plus vivement que d'autres par leurs désirs. L'esprit de ces gens-là plane comme la vapeur au-dessus de leurs mets chauds, ou guère plus haut. Mais quand il s'agit d'élever sa pensée et son cœur plus haut que ces cieux visibles qui, quoique subtils, sont cependant matériels, et, par conséquent, encore au-dessous du domaine propre à un esprit pur ; quand il s'agit de diriger ses aspirations vers Dieu, alors il apparaît que le ventre alourdi par la satiété est suspendu comme un poids aux ailes de l'esprit et l'attire vers la terre, de sorte que, malgré tous les efforts, celui-ci se débat plus sur la terre qu'il ne s'envole au ciel. Les animaux bien nourris et gras ne peuvent pas courir aussi vite que le cerf peu nourri : de même l'esclave du ventre ne peut pas être aussi actif ni aussi alerte dans ses efforts que l'homme sobre.

Vous savez que l'homme est tombé : mais comment ? N'est-ce pas son ventre surchargé du fruit défendu qui l'a précipité du paradis bienheureux sur la terre malheureuse ? Surcharge-le plus encore, et il t'entraînera de la terre dans le fond de l'enfer. En effet, qu'est-ce qui renversa Sodome d'une manière si effroyable? — *L'orgueil*, répond le Prophète, *dans la satiété du pain et l'abondance du vin; et elle se livrait à la sensualité, elle et ses filles : voilà ce qu'elle avait, elle et ses filles* (Ézéch., xvi, 49).

Le Seigneur menace d'un malheur semblable, et encore plus effroyable, les serviteurs de leur ventre. *Ce jour,* dit-il, *fondra sur vous à l'improviste.* Quel jour? — Un jour dont une faible image seulement, un présage seulement fut montré dans le jour terrible de Sodome; — un jour qui menace, non pas une ou quelques villes livrées au luxe et à la sensualité, mais l'univers entier; qui fera *expirer les hommes dans la crainte et l'attente de ce qui viendra sur l'univers* (Luc, xxi, 26); dans lequel *le Seigneur viendra avec les multitudes de ses saints anges, pour exercer son jugement sur toutes les œuvres d'impiété que les hommes auront commises* (Jud., 14, 15). Le Seigneur nous insinue plus d'une fois que ce jour terrible surprendra surtout inopinément ceux qui sont adonnés à l'intempérance, au luxe, au soin des intérêts et des commodités de la vie. *Car de même que,* dit-il, *dans les jours avant le déluge, les hommes mangeaient et buvaient, épousaient des femmes et mariaient leurs filles, jusqu'au jour même où Noé entra dans l'arche, et qu'ils ne comprirent que lorsque l'eau vint et les emporta tous, ainsi en sera-t-il de l'avènement du Fils de l'homme* (Matth., xxiv, 58, 59). Et il dit encore : *Comme il arriva aux jours de Loth : ils mangeaient, buvaient, achetaient, vendaient, plantaient, bâtissaient; mais le jour où Loth sortit de Sodome, une pluie de feu et de soufre tomba du ciel et les extermina tous : il en sera de même au jour où le Fils de l'homme sera révélé* (Luc, xvii, 28—50).

En vérité, des hommes dont la bouche s'ouvre, non

II.   25

pour célébrer la gloire de Dieu ou pour exprimer devant
Dieu les désirs de leurs cœurs, mais pour engloutir et
changer en corruption, comme le cercueil, tout ce qui
vit et croît de meilleur sur la terre ; qui emploient la
moitié de leur vie au travail de charger leur ventre, et
l'autre moitié au travail de traîner ce fardeau; dont le vin
agite le sang et remplit la tête de fumées, — comment
ces hommes trouveraient-ils le temps de songer aux choses
célestes, de sonder les jugements cachés de Dieu, d'approfondir les paroles des prophètes, de remarquer les
signes des temps, de se tenir en garde dans l'attente du
Royaume futur de Dieu, qui n'est nullement dans leurs
idées puisqu'il ne sera pas *un festin et une débauche?*

Mais voici qui est encore particulièrement redoutable :
cette somptuosité dominante, cette intempérance qui fait
oublier Dieu et soi-même, non-seulement peuvent être
surprises par le jugement et frappées par la justice de
Dieu, mais encore constituent, selon les paroles du Seigneur, l'une des circonstances antécédentes et comme un
pronostic de ce jugement redoutable. *Vos cœurs s'appesantissent dans les festins et dans l'ivresse, et ce jour fondra sur
vous à l'improviste.* Que devons-nous donc penser quand
nous voyons que le riche et le pauvre, à la maison et au ca-
baret, le matin et le soir, travaillent à qui mieux mieux
pour le ventre ; que le ventre engloutit des fortunes et des
héritages considérables ; que des gens qui gagnent avec
peine leur pain quotidien, consument les maigres fruits
de leur travail et de leur sueur en superfluités et en intempérance grossière ou raffinée, en fantaisies inutiles
et inconnues de la nature ; que l'annonce d'une fête, l'a-
vertissement même de l'approche du carême, qui, dans
l'intention de l'Église, devraient être des moyens de ré-

veiller la piété, se changent en motifs de redoubler de
profusions, comme les vases sacrés employés à l'ornement du festin de Babylone? — Oh! qu'il est dangereux
que *ce jour ne fonde sur vous à l'improviste!*

Inquiétons-nous, mes Frères, d'apprendre à manger
et à boire à la gloire de Dieu, et non à notre détriment,
à l'injure du Dispensateur des biens, de Dieu. Cédez à la
faim et à la soif, mais ne vous révoltez pas contre la tempérance et le jeûne. Que le pain quotidien fortifie le cœur
de l'homme; que le vin pris avec mesure égaie le cœur
de l'affligé ou ranime celui du faible : *Mangez,* — dirons-
nous, si vous le voulez, et cela avec Néhémie et Esdras,
— mangez *des viandes grasses et buvez des breuvages doux,*
mais en signe de ce que *c'est le saint jour de notre Seigneur* (Néhém., VIII, 10), mais non sans relâche et sans
mesure, à l'exemple de ceux *dont le Dieu est — leur ventre.* En tout temps donc, faites attention à la parole du
Seigneur, et *veillez sur vous de peur que vos cœurs ne s'appesantissent dans l'intempérance et dans l'ivresse, et que ne
fonde à l'improviste sur vous le jour* du jugement : mais
que nos cœurs soient des lampes de vierges sages, remplies de l'huile de la grâce, brûlantes d'amour, brillantes
de foi, et que nous soyons prêts à aller à la rencontre du
Juge comme d'un époux, et à nous réjouir avec lui dans
son palais céleste durant l'éternité! — Ainsi soit-il.

NEUVIÈME PARTIE

ORAISONS FUNÈBRES

———

1

DISCOURS

DEVANT LE CERCUEIL DE LA SOUVERAINE IMPÉRATRICE ÉLISABETH ALEXIEVNA,

Prononcé dans l'église cathédrale de Saint-Nicolas, à Mojaïsk, en présence de la souveraine Impératrice Marie Théodorovna, le 26 mai 1826.

> Entends ma prière, Seigneur, et écoute ma suppli-
> cation ; ne sois pas sourd à mes larmes : car je suis
> étranger devant toi et voyageur comme tous mes
> pères. Pardonne-moi, afin que je me repose avant
> même que je m'en aille et que je ne sois plus.
> — Ps. xxxviii, 13, 14. —

Lorsque quelqu'un des grands de la terre, selon la destinée commune des humains, descend dans la terre, on
entend alors, habituellement, des échos de la gloire qui l'a
environné dans le temps de sa vie terrestre. Nous les entendons aussi en ce moment ; mais, plus majestueux que
la gloire elle-même, se fait entendre ici — le silence. Au
moment où je me hasarde à parler, j'hésite devant la
crainte de troubler la douleur silencieuse de la Tsarine

Mère, — d'interrompre le dernier silence de la Tsarine Fille qui, même au milieu de la gloire de la plus illustre des Maisons Souveraines, dans des jours particulièrement retentissants de gloire, aimait à se plonger dans le silence.

Mais une parole de prière ne sera pas, je l'espère, opposée à un silence qui est animé par la prière. Et cette parole, je l'emprunte au Psalmiste, afin de chercher, dans des réflexions même nécessairement tristes, quelque soulagement à la tristesse.

Entends ma prière, Seigneur, et écoute ma supplication ; ne sois pas sourd à mes larmes. Qui adresse au Seigneur une prière si triste? Le livre des Psaumes dit que c'est David. Mais qu'est-ce qui l'avait plongé dans une douleur si amère? — Le Psaume n'offre à cette question aucune réponse claire. On ne voit ici aucune faute par laquelle celui qui souffre ait mérité sa souffrance; celui qui souffre désire *garder* ses *voies, afin de ne pas pécher* même *dans ses paroles.*

Je suis étranger devant toi et voyageur comme tous mes pères : ainsi continue sa prière le Roi d'Israël. Mais le royaume entier n'est-il pas en quelque sorte la maison et la famille du Roi? Combien donc devait être puissant le sentiment intérieur de son abandon, pour que le Roi perdit de vue, non-seulement sa maison, mais encore son royaume tout entier, et se trouvât étranger, solitaire, émigré, voyageur!

Enfin le Roi affligé invoque Dieu : *Pardonne-moi, afin que je me repose avant même que je m'en aille et que je ne sois plus.* Quelle douleur inconsolable! Il ne demande plus la joie, la prospérité : il implore un soulagement à sa douleur, un délassement dans sa souffrance : *Pardonne-moi, afin que je me repose.* Il n'est plus séduit par la prolongation de sa vie, mais il songe à se contenter du calme de ses derniers instants : *Afin que je me repose avant même que je m'en aille et que je ne sois plus.*

En se représentant cette situation pénible, le cœur le moins familier avec le malheur se déchire; mais quand on réfléchit que telle était la situation d'un homme qui, non-seulement n'était pas abandonné de Dieu, mais encore était chéri de Dieu, et que sa prière était inspirée par l'Esprit-Saint, la pensée hors d'elle-même, comme une nacelle arrachée au rivage, flotte sur l'abîme des destinées couvert des ténèbres de l'incompréhensibilité.

Nous ne nous laisserons pas longtemps flotter et ballotter inutilement. Il y a le port de la foi, toujours ouvert, toujours rapproché pour ceux qui sont battus par la tempête; il y a l'ancre de l'espérance, qui peut maintenir également en sécurité et la petite nacelle et le grand navire.

Qu'est-ce donc que cette destinée qui, même pour les gens pieux et vertueux, ou envoie, ou permet les épreuves, les afflictions, les misères de la vie? — Elle n'est autre que la destinée de l'amour : *Car Dieu châtie celui qu'il aime* (Hébr., xii, 6). Pourquoi les âmes nobles et élevées sont-elles quelquefois plus exposées aux afflictions que les gens ordinaires, de sorte que ni la protection du bonheur visible dont les entourent leur naissance elle-même et leur condition, ni la sollicitude la plus active et la plus tendre de ceux qui les aiment, ne les mettent à l'abri des coups dont les frappe une main invisible? — Cela arrive aux âmes nobles et élevées, précisément parce qu'elles sont élevées et nobles, parce qu'elles sont précieuses comme l'or et agréables à Dieu comme des victimes choisies. *Dieu les a éprouvés et les a trouvés dignes de lui : il les a éprouvés comme l'or dans la fournaise, et les a reçus comme un holocauste* (Sag., iii, 5, 6). Mais quel ordre y a-t-il donc en ce que les âmes les meilleures souffrent si cruellement? — Le même qui s'observe quand on met l'or dans la fournaise, la victime sur l'autel. L'or sera pur; la victime fera descendre la grâce : l'âme éprouvée par le feu de la souffrance brille de pureté, et, à la fin, aussi de félicité : *Ils resplendiront au jour qu'il les visitera* (Sag., iii, 7).

Après ces réflexions, il me devient moins difficile d'aborder le sujet qui touche si sensiblement les cœurs.

Une Souveraine dont les qualités et les dispositions de l'âme étaient aussi élevées que son rang ; — dont l'esprit brillait même au travers de son silence aimé; — dont le cœur doux et humain, quelque soin qu'il mît à se cacher sous sa modestie, apparaissait même dans ses regards, était connu surtout des souffrants et des compatissants, s'ouvrait aux compatissants pour participer aux œuvres de compassion et les protéger, aux souffrants pour les soulager par des bienfaits le plus souvent cachés; — qui, dans les circonstances les plus difficiles, non-seulement ne perdait pas sa présence d'esprit, mais encore s'animait d'une force inattendue pour les efforts les plus difficiles, comme, par exemple, pendant la maladie de son Époux, dominant et sa faiblesse et son affliction, elle s'établit, pour ainsi dire, et vécut auprès du lit du Malade : — une telle âme n'était-elle pas digne de tout le bonheur possible sur la terre? Et n'était-elle donc pas entourée d'autant de moyens de bonheur qu'elle en était digne? Ah! si un Auguste Époux, surmontant toutes les difficultés, se transportant avec elle aux extrémités de l'Empire afin de lui procurer ou la santé, ou du moins quelque soulagement et quelque adoucissement à une maladie fort grave; — si une Auguste Mère, surmontant toutes les difficultés, s'arrachant à une autre sollicitude également maternelle, courut bien loin à sa rencontre pour répandre les consolations de l'amour dans son cœur brisé de douleur, et si elle accompagne encore une fois bien loin ce corps privé d'une âme bien-aimée, en le couvrant de baisers désormais inutiles, mais toujours chers à l'amour d'une Mère, — que n'étaient donc pas prêts à faire ALEXANDRE et MARIE pour qu'ÉLISABETH fût heureuse longtemps, constamment, parfaitement? Malgré tout cela, la destinée l'a conduite par le chemin de la vie, non pas à un bonheur aussi grand que ses vertus, mais à un immense malheur.

Peut-être que la nature, peut-être que l'éducation, enfin, peut-être que la stérilité, particulièrement contraire aux désirs sur le trône, avaient semé dans son cœur une semence secrète de langueur qui a produit la maladie. Cette semence fut abreuvée par la désastreuse inondation de la Capitale, et la tristesse profonde de son cœur, extraordinairement surexcitée par la compassion, fit germer et développa une maladie corporelle du cœur.

Dans le cœur de son Époux, se trouva le remède le plus efficace pour son cœur; mais la vie qui nourrissait d'amour et entretenait sa vie déjà prête à s'éteindre, s'éteignit tout à coup elle-même, et la laissa dans une contrée lointaine, comme le soir, en s'éteignant dans les nuages, laisse le voyageur exténué dans un sombre désert.

Puissance bénie de la foi ! son feu céleste a pu seul empêcher le froid de la mort d'envahir plus promptement un cœur que la maladie rapprochait rapidement de la tombe, et que l'amour a couché définitivement dans la tombe d'ALEXANDRE.

La bonté porta son Frère et son successeur à entourer de soins et à consoler sa veuve, et, pour cela, si c'était possible, à la ramener au sein de la famille. Elle entreprit de se mettre en chemin pour revenir de la ville lointaine de son émigration. Sur ce chemin, comme une étoile conductrice après le coucher du soleil, comme une nouvelle étincelle de vie, brillait à ses yeux l'espérance de la consolation venant du cœur de la Mère d'ALEXANDRE. La Voyageuse se hâte vers cette lumière désirée; elle surexcite les restes de ses forces; elle tend les bras; l'Auguste Mère lui tend de son côté les siens. Arrive jusqu'à ces embrassements vivifiants; prends-y, si peu que ce soit, du repos, ÉLIZABETH épuisée par les souffrances corporelles et morales! — Hélas! ils tombent, ces bras vainement tendus; ÉLIZABETH se repose, non du repos qu'elle attendait dans les embrassements d'une Mère, mais de celui qui attend son âme sept fois purifiée par les douleurs dans le sein du Père des cœurs purs. Avant d'avoir atteint le terme du voyage, elle entra dans la patrie de laquelle on ne s'éloigne plus. Elle *s'en est allée, et* Elle *ne sera plus.*

Père céleste, aussi infini dans ta bonté qu'impénétrable dans tes desseins! nous ne contredisons point à ton immuable volonté qui s'est accomplie sur ta Servante Couronnée, la Très-Pieuse IMPÉRATRICE ÉLIZABETH, sur la terre; mais nous t'en conjurons, et nous t'en conjurons avec l'assurance de l'espérance, accomplis sur elle ta volonté bienveillante et éternellement bienheureuse dans le ciel. Celle qui fut couronnée ici d'une double couronne, de la couronne tsarienne — de pierres précieuses, et de la couronne chrétienne — d'épines, de la couronne de la majesté et de la couronne de la souffrance, couronne-la aussi là-haut d'une double gloire, et que celle qui fut silencieuse dans les souffrances terrestres ouvre enfin la bouche dans la joie céleste, pour confesser avec reconnaissance devant toi le bienheureux mystère de cette souffrance : *Selon la multitude de mes souffrances dans mon cœur, ta consolation a réjoui mon âme* (Ps. xciii, 19).

Et ce n'est pas seulement une âme Tsarienne souffrante, c'est toute la maison des Tsars, c'est tout l'Empire de Russie qui crie vers toi, Tsar des Tsars : *Pardonne-moi, afin que je me repose !* Notre cœur ne s'était pas encore reposé de l'affliction précédente, qu'une nouvelle nous a frappés. Toute notre terre, d'une extrémité à l'autre, d'une Capitale à une autre Capitale, est sillonnée des voies du deuil Tsarien. C'est assez, Seigneur! que ta colère se repose; que notre cœur se repose devant toi. La mort et la douleur ont assez triomphé; envoie les triomphes de la vie et de la joie au vaillant Successeur d'ALEXANDRE, et à Son Auguste Maison, et à la Russie. — Ainsi soit-il.

DIXIÈME PARTIE

HOMÉLIES

SUR DIVERS TEXTES DE LA SAINTE ÉCRITURE, ET SUR DIVERS
OBJETS DE L'ENSEIGNEMENT CHRÉTIEN

1

HOMÉLIE

SUR L'ORAISON DOMINICALE.

— 1812 —

> Pourquoi m'appelez-vous : Seigneur, Seigneur, et ne
> faites-vous pas ce que je dis ?
> — Luc, vi. 46. —

Une colère terrible du Seigneur se découvre à nous, Auditeurs, dans ce texte de l'Évangile ! Il réprimande non-
seulement ceux qui blasphèment ou qui oublient son saint
nom, mais encore ceux qui le portent partout avec respect
sur leurs lèvres. *Pourquoi m'appelez-vous : Seigneur, Seigneur ?*

Et ainsi, est-il donc possible d'offenser Dieu même par
la prière ? — Cela se peut, si la prière de la bouche n'est
pas accompagnée de celle du cœur, et si celle du cœur

n'est pas accompagnée de la prière des œuvres. *Pourquoi m'appelez-vous : Seigneur, Seigneur, et ne faites-vous pas ce que je dis?*

Le Prophète, peignant la malédiction de Judas le traître, s'écrie dans une indignation inspirée d'en haut : *Que sa prière lui soit imputée à péché* (Ps. cviii, 7)! Mais la prière de Judas — s'il priait — devait, ce semble, être très-sainte, puisqu'il avait appris, comme nous, du Fils de Dieu lui-même à invoquer *le Père qui est aux cieux.* Ainsi donc, les autres ne doivent-ils pas trembler aussi d'employer la prière très-sainte et divine du Seigneur d'une manière aussi indigne et aussi condamnable?

Méditons *sur le moyen d'employer régulièrement et salutairement la prière du Seigneur.*

Notre Père qui es aux cieux ! disons-nous en imitant le Fils Unique.

Je dis : en imitant le Fils Unique. En effet, qui oserait prononcer cette invocation, si le *Fils Unique* ne s'était fait le *Premier-né entre les nombreux frères* (Rom., viii, 29) en se revêtant de notre chair, et si, réciproquement, nous ne nous étions revêtus de son baptême? Les filles d'Ève ne mettent au monde que des esclaves et des enfants de colère : l'Église seule engendre les enfants de la liberté et de la grâce. La naissance à l'esclavage s'accomplit sans notre volonté ; la naissance à la liberté doit être libre. Là où un faible reste de la liberté primitive s'élève au-dessus de terre, brise les liens de la chair, s'élance vers le bien spirituel, là commence la naissance céleste, l'adoption de l'Esprit reçue par la foi.

Nous prononçons souvent le nom du *Père céleste;* mais avons-nous songé jamais à notre droit de l'appeler ainsi? Nous occupant de pensées terrestres, de désirs terrestres,

d'actions terrestres, nous soumettant volontiers à la frivolité avec la créature qui lui est soumise involontairement, continuant insouciamment à être *chair* de même
que *nous sommes nés de la chair* (Jean, III, 6), quelle part
avons-nous dans le *Père céleste*, et comment pouvons-
nous nous mettre au rang de ses fils, à côté du Fils
Unique *qui est la splendeur de sa gloire et l'image de son
hypostase* (Hébr., I, 5)? En nommant le *Père céleste*, non
pour confesser avec reconnaissance notre adoption bienheureuse, mais seulement pour surprendre par la flatterie
(si toutefois cela était possible) sa clémence, penserions-
nous désarmer par nos cris *la justice du Dieu qui sonde les
cœurs et les reins?* Non, — réplique-t-il aux audacieux ap-
pels des enfants du monde et de la chair, — je ne suis pas
votre Père tant que vous ne vous efforcez pas de devenir
intérieurement mes enfants : vous *êtes du père* dont *vous
voulez accomplir les désirs* (Jean, VIII, 44); pour moi, il ne
m'appartient d'être pour vous que Maître d'esclaves et
Juge de coupables.

Permettons, Chrétiens, à notre Dieu d'être pour nous
ce que nous le disons. Arrachons-nous à la terre; cherchons la patrie céleste : alors nous appellerons, sans être
condamnés, notre Père, Celui qui vit dans les cieux, et il
entendra sans colère nos demandes.

Que ton nom soit sanctifié : voilà la première demande.

Le nom de Dieu est la chose la plus sainte du monde.
C'est par lui que se consomment nos Mystères libérateurs;
c'est par lui qu'est scellée la fidélité de nos serments et
de nos promesses; nous en faisons la base de nos entreprises. Il fut un temps où, en sortant de la bouche des
serviteurs de Dieu, il ébranlait puissamment la nature et
terrassait leurs ennemis visibles et invisibles. Cette force

incompréhensible n'est propre qu'à Dieu ; mais son action
en nous dépend de notre foi et de notre piété. C'est pourquoi il nous est commandé de garder le nom de Dieu avec
vénération, et de l'employer avec précaution : *Tu ne pren-
dras pas en vain le nom du Seigneur ton Dieu* (Deut., v, 11).
C'est pourquoi, en nous reconnaissant les gardiens indignes de ce trésor céleste, nous prions le Père céleste de
faire que son nom éternellement saint en lui-même soit
sanctifié encore en nous ; qu'il ait, dans notre bouche,
une vertu bienfaisante; que nous l'exprimions fidèlement
dans nos actions ; *que notre lumière brille devant les hommes,*
et qu'eux, en nous et avec nous, *glorifient notre Père qui
est aux cieux* (Matth., v, 16).

Mais qu'arrivera-t-il si la langue du suppliant, qui doit
sanctifier le nom de Dieu, ou plutôt être sanctifiée par
lui, n'est pas encore purifiée des paroles oiseuses, de la
médisance, du mensonge, de la calomnie? Qu'arrivera-
t-il si les désirs de nos cœurs combattent les souhaits de
nos lèvres? si la voix de nos chants de prière et de
louange est troublée par *le cri, élevé* par nous-mêmes
vers le ciel, *des pauvres* (Job, xxxiv, 78) auxquels nous
n'avons pas annoncé Dieu, le Père des orphelins, — est
étouffée par *la voix du sang de nos frères* (Gen., iv, 10),
dans lesquels nous n'avons pas glorifié Dieu, le Juge
de ceux qui font l'injustice? Quelle utilité y a-t-il que
nous portions sur notre langue la gloire de Dieu jusque
chez les gentils, si les gentils, en considérant notre vie,
se demandent les uns aux autres dans l'étonnement : *Où
est leur Dieu* (Ps. lxxviii, 10)?

Autant que tu le peux, *garde ta langue du mal, fais le
bien* (Ps. xxxiii, 14, 15) de tout ton cœur : alors tu ne
demanderas pas en vain *que le nom de Dieu soit sanctifié.*

Que ton règne arrive : voilà la seconde demande des fils du royaume.

Le règne de Dieu est *un règne de tous les siècles* (Ps. cxliv, 13) : avant même que les siècles fussent nés, Dieu était le Roi de sa mystérieuse éternité. Maintenant, dans le temps, il manifeste sa souveraineté de Créateur et de Dispensateur de tous les biens dans son royaume de la nature, et, dans son royaume de la grâce, son amour de Père et de Sauveur ; cependant de telle sorte que nous ne le *voyons* ici *qu'en énigme, comme dans un miroir* (I Cor., xiii, 12). Enfin, ces deux royaumes, arrivant par degrés à la perfection à laquelle ils sont prédestinés, se transformeront dans l'unique royaume de gloire dans lequel il se montrera aux fils du royaume *face à face*, et les élèvera de gloire en gloire. En avançant de cette manière de Dieu vers les hommes, ce royaume, dans son avènement solennel, passera à côté d'un grand nombre et les laissera à gauche : les élus seuls, ceux qui porteront en eux-mêmes la semence intérieure du royaume, seront appelés à *hériter du royaume préparé pour eux depuis la création du monde* (Matth., xxv, 34). Et ainsi, notre prière pour l'avènement du règne de Dieu est un pieux désir que Dieu accomplisse *l'attente des créatures qui attendent la révélation des enfants de Dieu* (Rom., viii, 19), et qu'il nous trouve dignes d'avoir une part heureuse à cet évènement qui doit être l'objet des aspirations du monde entier.

Ce désir est-il bien sincèrement en nous ? Nous désirons le royaume de Dieu, et nous savons que ce royaume *n'est pas de ce monde* (Jean, xviii, 36); mais beaucoup d'entre nous ne fondent-ils pas ici-bas, sur des rêves frivoles, chacun son propre royaume ? Le fils de la force pense tracer aux autres, avec l'épée, la loi de la crainte et de l'humiliation ;

celui qui s'imagine être sage, veut dominer par la plume
dans le royaume de l'opinion; l'homme frivole rêve d'être
législateur dans les plaisirs et les amusements; l'avare
se dispose un royaume sombre et réunit des sujets ina-
nimés dans ses trésors. Nous désirons le royaume de
Dieu, et nous croyons que *petite est la porte et étroite la
voie qui y conduisent* (Matth., VII, 14); cependant ne nous
hâtons-nous pas souvent, nous devançant les uns les
autres, d'occuper la voie large et d'entrer par la porte
vaste? Nous aimons à nous placer à la droite des autres,
sans songer que, par la conséquence la plus naturelle, en
allant de cette manière à la rencontre du Seigneur, nous
nous trouverons à sa gauche. Nous désirons le règne de
Dieu, et nous avons entendu dire qu'il *souffre violence*
(Matth., XI, 12); nous faisons-nous donc quelque violence
pour l'acquérir, et ne le demandons-nous pas dans nos
prières uniquement pour rejeter sur Dieu seul tout le
travail de cette grande affaire?

Soyons zélés pour le service de Dieu autant que nous
sommes jaloux de dominer dans le monde; allons au-
devant du règne de Dieu par le chemin de la croix et
de l'humilité : alors notre prière pour demander son avènement ne sera pas une imposture.

Troisième demande : *Que ta volonté soit faite sur la
terre comme au ciel.*

Notre Dieu fait dans le ciel et sur la terre tout ce qu'il
veut : *car qui peut résister à sa volonté* (Rom., IX, 19)?
Donc, sans aucun doute, ce n'est pas l'augmentation de la
puissance du Tout-Puissant que nous demandons dans
notre prière. La créature, douée de volonté, mais qui
voit toute sa félicité dans la volonté seule de son Créateur, demande que cette volonté sainte et parfaite se

soumette sa volonté imparfaite et faible, et qu'elle soit en elle *et le vouloir et le faire* (Phil., II, 13). Mais qu'est-ce que la volonté de Dieu *sur la terre comme au ciel?* Les anges sont le ciel; les hommes sont la terre : quand les humains serviront Dieu avec un amour aussi enflammé, avec un zèle aussi ardent que les anges, alors sa volonté sera accomplie sur la terre comme au ciel. — L'Église des croyants est le ciel sur la terre ; le monde aveuglé et égaré n'est que la terre ; quand les brebis perdues reconnaîtront aussi la voix salutaire du Pasteur, et que ceux qui sont assis dans l'obscurité et l'ombre de la mort verront la grande lumière, alors la volonté du Père des lumières s'accomplira sur la terre comme au ciel. — L'esprit est, en quelque façon, un ciel dans l'homme, et la chair, — une terre : quand *l'homme intérieur, trouvant du plaisir dans la loi de Dieu,* se soumettra à lui-même *la loi qui est dans les membres* (Rom., VII, 22, 23), et que la chair restera ce qu'elle doit être, — une esclave soumise, alors la volonté du Dieu des esprits s'accomplira sur la terre comme au ciel.

Nous parlons beaucoup de la volonté de Dieu ; mais c'est à peine si nous ne songeons pas plutôt à l'accomplissement de notre propre volonté. Nous désirons de voir la terre devenir, par l'accomplissement de la volonté de Dieu, semblable au ciel, ou le ciel même ; mais commençons-nous par nous-mêmes cette grande transformation? Amour Angélique ! tu es plus haut que nous : je n'ose te chercher. Amour Chrétien ! où habites-tu ? Où exerces-tu ton action, zèle pieux? Où reposes-tu, humble dévouement à la volonté de Dieu? Au lieu que nous nous élevions de la terre au ciel, de la vie Chrétienne à la vie Angélique, ne nous voit-on pas plutôt descendre du ciel

vers la terre, abaisser l'esprit devant la chair, tomber du
royaume béni de la grâce dans le domaine révolté de la
nature corrompue?

Commençons par détester la méchanceté de notre volonté propre, et ensuite nous pourrons prier pour que la
volonté sainte de Dieu soit en nous.

Les trois demandes de la prière du Seigneur desquelles
j'ai parlé, auditeurs, nous devons les adresser à Dieu avec
d'autant plus d'attention et de dévotion qu'elles s'étendent du temps à l'éternité. Les quatre demandes qui les
suivent ont plus de rapport au temps; mais nous devons
nous remettre en mémoire qu'une sollicitude raisonnable
ou déraisonnable du temporel, nous attire la bienveillance ou excite contre nous la colère de l'Éternel.

Donne-nous aujourd'hui notre pain quotidien.

A ce désir doivent se borner nos soucis des biens du
monde. La vie est un bien parce que, par elle, on peut
mériter la bienheureuse éternité : c'est uniquement pour
cela que ce qui sert à la conservation de notre vie est un
bien pour nous. Celui qui sait combien il doit faire pour
l'éternité, celui-là n'a pas beaucoup de temps pour s'inquiéter de la vie présente. Heureusement, le sage Dispensateur de tous les biens nous décharge de ce dernier fardeau dès que nous prenons sur nous le premier : *Cherchez d'abord le royaume de Dieu, et tout le reste vous sera
donné par surcroît* (Matth., vi, 13). Et c'est pourquoi les
vrais enfants de Dieu demandent, non aux serviteurs,
mais au *Père :* ils demandent, non de frivoles ornements
et des inutilités précieuses, mais *du pain;* non pas un
pain savoureux, mais le pain *quotidien;* non pas des greniers remplis pour de longues années, mais seulement le
pain *du jour,* pour le repas. *Il suffit,* disent-ils, *au jour*

présent, *de son mal* (Matth., IV, 54) : pourquoi importuner d'avance un Père plein de sollicitude de besoins qui, peut-être, ne seront plus demain ? Mais, malgré une demande si restreinte, ils ne pensent pas autant au pain qui rassasie le corps qu'à ce pain *quotidien* qui nourrit et fortifie la partie *essentielle* de l'homme : car *l'homme ne vit pas seulement de pain, mais de toute parole qui sort de la bouche de Dieu* (Matth., IV, 4).

Savons-nous tous ressentir du moins une faim salutaire de la parole de Dieu, sinon nous procurer la nourriture qui y correspond ? Cette faim spirituelle n'est-elle pas souvent étouffée par l'avidité de la chair qui exige, non la satisfaction, mais la satiété ; non le vêtement, mais la parure ; non la santé pour vaquer aux occupations, mais la mollesse et l'oisiveté ? Après avoir satisfait en nous les nécessités temporelles ordinaires, nous imaginons des circonstances prévues et des besoins pour des années à venir qui n'arriveront jamais pour nous. Enfin, non contents d'offenser Dieu par des désirs si superflus, nous le quittons encore pour en aller demander la satisfaction aux puissants de la terre, à la ruse, à l'injustice, et, de cette manière, nous ajoutons à l'insolence, la défiance.

Soyons plus modérés dans nos exigences, et plus judicieux dans le choix de ce qui nous est nécessaire : la modération raisonnable seule sait demander le pain au *Pain vivant* (Jean, VI, 55).

Et remets-nous nos dettes comme nous remettons à nos débiteurs.

Que nombreuses sont nos dettes envers Dieu ! Il y a la dette héréditaire. Notre premier aïeul a acheté le fruit défendu au prix de sa vie et de celle de sa postérité :

nous naissons débiteurs. Il y a les dettes propres. Dieu
nous distribue invisiblement des *talents* intérieurs et extérieurs d'un grand prix, *à chacun selon ses forces* (Matth.,
xxv, 15) : leur emploi pour le bien et pour sa gloire est
l'usure qu'il en exige : toute action injuste, tout désir
dépravé, toute pensée astucieuse sont comptés par l'Omniscience, et composent l'énorme quantité de nos dettes.
Elles sont inacquittables. Cependant, quelle transaction
facile nous est proposée ! *Comme vous remettrez aux hommes leurs fautes, votre Père céleste vous remettra aussi les
vôtres* (Matth., vi, 14). Pour cette sainte transaction, nous
amenons avec nous devant lui nos débiteurs ; nous montrons à sa miséricorde notre miséricorde : et si tous,
jusqu'au dernier, s'efforçaient d'effacer ainsi devant les
yeux de Dieu le mal fait par les hommes, les registres de
nos péchés s'épuiseraient graduellement jusqu'à ce qu'enfin les pardons mutuels de tous et de chacun composas-
sent une unique justification générale pour la gloire inef-
fable du Dieu du pardon, pour la félicité inénarrable de
ceux qui recevraient ce pardon.

N'est-il pas aussi facile, dira-t-on, à la Miséricorde
infinie, de pardonner même sans condition les erreurs et
les égarements, quelque nombreux qu'ils soient, de faibles
mortels ?—Mais ne t'est-il pas plus facile encore, à toi, de
pardonner les offenses incomparablement moindres de ton
prochain ? Il est vrai que la miséricorde de Dieu est infinie, et c'est pour cela qu'elle veut que ce ne soit pas toi
seul, mais tous qui reçoivent le pardon ; et en te l'accor-
dant, elle semble te le demander pour tes frères. O
homme qui vis et respires par la seule bonté de Dieu !
si tu repousses son intercession auprès de toi pour ton
prochain, comment pourra-t-il accueillir l'intercession

pour toi de son Fils? Ainsi, dans la demande de *la remise de nos dettes comme nous remettons nous-mêmes à nos débiteurs*, se trouve déjà renfermée une sentence de condamnation pour nous, *un arrêt sans miséricorde pour celui qui n'aura pas fait miséricorde* (Jac., II, 13).

N'oublions pas, Chrétiens, de pardonner avant de demander pardon. *Bienheureux les miséricordieux, parce que ceux-là obtiendront miséricorde* (Matth., V, 7).

Et ne nous induis pas en tentation.

Le pardon même des péchés serait sans utilité si nous y retournions toujours avec notre précédente faiblesse. Mais qu'il est difficile de ne pas tomber quelquefois dans la lutte incessante contre la chair, le monde et l'esprit du mal! Le lion rugit; les renards déploient leurs ruses. Si nous opposons à la ruse la perspicacité, c'est la force qui nous trahit; si la force à la fureur, la ruse nous trompe. Il n'y a pour nous d'espoir que si l'unique Vainqueur de tous nos ennemis ne nous laisse pas en butte à plus d'attaques que nous n'en pouvons soutenir, ou bien s'il nous donne autant d'art et de force que nous en avons besoin pour une victoire complète.

Nous demandons aussi, auditeurs, d'être préservés des tentations; mais ne nous en approchons-nous pas nous-mêmes avant qu'elles ne nous atteignent? Nous demandons que la chair ne nous asservisse pas; mais n'est-ce pas nous qui nourrissons et réchauffons nous-mêmes, avec trop de sollicitude, cet ennemi, et qui nous soumettons à lui comme à un ami et à un maître? Nous demandons que le monde ne nous charme pas par ses enchantements; mais n'est-ce pas nous qui prêtons l'oreille à ses séductions corruptrices? Nous demandons que notre œil ne nous scandalise pas; mais n'est-ce pas nous qui le

cleuons aux charmes terrestres? Contre qui se dirige, en
pareil cas, notre prière, si ce n'est contre nous-mêmes?
*Chacun est tenté par sa propre convoitise, qui l'emporte et
le séduit* (Jacq., 1, 14).

Il dépend de nous de ne pas aller au-devant des tentations : il faut détourner par la prière celles qui viennent
à nous contre notre volonté.

Mais délivre-nous de l'esprit malin.

Il y a enfin, dans la nature corrompue, un certain
genre de mal qui se trouve moins dans l'essence interne
des choses que dans l'opinion, dans l'effet extérieur seulement et dans la sensation passagère. Ce n'est pas toujours
le fouet de la Justice vengeresse; mais souvent c'est la
verge de l'amour qui châtie, un remède amer, et, pour
ainsi dire, un bien non parvenu à maturité. La pauvreté,
la maladie, le chagrin, l'humiliation, la persécution ne
sont des maux que lorsque nous en sommes coupables;
mais la nature infirme tremble à la seule vue de la souffrance. Et que grande est l'indulgence du Père céleste, qui
nous permet de le prier de nous délivrer même de ces
fantômes de mal, de se hâter de dissiper même ces ombres légères qui passent en courant sur la vallée de la vie!

Mais nous n'en sommes que plus téméraires et plus
ingrats quand nous abusons d'une pareille indulgence.
Combien crient vers Dieu pour des maux qui sont l'ou-
vrage de leurs propres mains! Celui-ci, après avoir ruiné
sa force par son immodération, vient se plaindre de sa
faiblesse; celui-là appelle le jugement de Dieu sur ceux
qui l'ont offensé, qui est lui-même condamné devant eux
par sa conscience; cet autre maudit sa pauvreté, qui se
l'est attirée par sa prodigalité. Ces gens-là doivent-ils demander d'être délivrés de l'esprit malin, ou plutôt remer-

cier la Providence de leur donner ces avertissements et de leur faire comprendre qu'ils doivent corriger leur cœur méchant?

Supportons, auditeurs, le châtiment avec joie lorsque nous sommes coupables ; si nous sommes innocents, prions sans impatience pour être délivrés du malheur. *Notre Père céleste sait ce dont nous avons besoin* (Matth., xxvi, 52).

En vérité, Père prévoyant ! tu ne donnes pas à tes enfants *une pierre* pour du *pain*, ni *un serpent* pour *un poisson* (Matth., vii, 9, 10). Mais nous, *nous ne savons pas* même, *comme il convient, ce que nous devons demander* (Rom., viii, 26). Nous trouvons bientôt les défauts de notre prière ; mais, sans toi, nous n'y atteignons pas à la perfection. *Redresse-la* toi-même, *comme un encens devant toi*, et que non-seulement notre bouche, mais que notre pensée, et notre cœur, et nos désirs, et nos actions, et notre esprit, et notre chair, et *tous nos os disent : Seigneur, Seigneur* (Ps. xxxiv, 10)! *Car le règne est à toi, et la force, et la gloire dans les siècles.* — Ainsi soit-il.

2

HOMÉLIE

SUR LA NAISSANCE BÉNIE DES ENFANTS.

Je la bénirai donc, et d'elle je te donnerai un enfant : et je le bénirai, et il sera sur les nations, et les rois des nations sortiront de lui.
— Gen., xvii, 16. —

Qu'heureux sont à la fin Abraham et Sarra ! Longtemps ils ont été sans enfants : en retour, et ils auront un en-

fant, et ils savent, dès avant sa naissance, qu'il sera
béni.

Qui, entre ceux qui désirent devenir, ou qui sont déjà
devenus parents, ne désirerait avoir des enfants bons,
bénis? Mais comme tous les enfants ne correspondent pas
aux désirs des parents, cette question se produit naturellement : Comment obtenir des enfants bons, bénis?

Comme on voit non-seulement de bons, mais aussi quelquefois de mauvais parents avoir de bons enfants, de
même que, d'un autre côté aussi, on voit de bons parents
avoir non-seulement de bons, mais aussi quelquefois de
mauvais enfants, les observateurs peu profonds, pour
expliquer ces phénomènes divers, disent que cela arrive
par hasard. Je prierais bien ces gens-là de m'expliquer cette expression mystérieuse pour moi : *par hasard*.
Quand il vient du blé dans un champ où l'on a semé du
blé, vous ne dites pas que cela arrive par hasard. Mais
quand vous voyez un épi de blé croître dans une prairie
où l'on n'a pas semé de blé, vous dites que c'est par
hasard. Que voulez-vous donc dire? Sans aucun doute, ce
n'est pas que l'épi est né sans un grain de semence, ou
que le grain de semence s'est formé de lui-même de la
terre, ou quelque autre chose de ce genre; mais, probablement, que vous ne savez pas comment le grain de semence a été apporté là par le vent, ou comment un passant l'y a laissé tomber. Donc, cette expression : *par
hasard*, n'est qu'un moyen facile d'éluder la solution
d'une question embarrassante, ou un expédient ingénieux pour avouer sans honte votre ignorance. Conséquemment, la pensée que de bons ou de mauvais enfants
échoient aux parents par hasard, — cette pensée qui pourrait décourager particulièrement les bons parents, et qui

donnerait l'idée d'une certaine injustice de la destinée
envers eux, se trouve, heureusement, sans fondement et
complètement nulle : ce sont des paroles qui n'expriment
rien de plus que l'absence d'une pensée propre à expliquer le fait.

Comment donc s'obtiennent les bons enfants ? — Il n'y
a pas à chercher longtemps une loi pour cela, si nous
voyons de bons enfants chez des parents également bons,
sages et soucieux de l'éducation. La question est résolue
si nous disons que cela est aussi naturel qu'il l'est que,
dans un champ où l'on a semé du blé, il croisse bien en
effet du blé, et non de l'ivraie.

Les médecins ne reconnaissent-ils pas comme indubi-
table que certaines maladies passent des parents aux enfants ? Or, il est encore moins contestable que la santé des
parents est héréditaire pour les enfants, si des causes
particulières ne leur ravissent pas cet héritage naturel. De
même, en examinant le visage des enfants, n'y cherchons-
nous pas ordinairement une ressemblance avec le visage
des parents ? Donc, si nous trouvons que les parents sont
redevables à eux-mêmes de certaines perfections ou de
certains défauts corporels de leurs enfants, qu'est-ce qui
empêche d'en inférer aussi la même chose, dans un
certain degré, pour les qualités plus élevées de l'âme, les
inclinations et les dispositions préexistantes ?

Peut-être demandera-t-on : Comment quelque chose de
moral peut-il se communiquer des parents aux enfants
par la naissance, puisque l'âme est un être incomplexe, et
ne peut, par conséquent, rien distraire d'elle-même pour
le communiquer à une autre âme ? — A cela je réponds,
en premier lieu, que la communication, que je soutiens,
de certaines inclinations morales et de certaines prédis-

positions heureuses des parents aux enfants, s'accomplit,
non par la naissance seule, mais encore à l'aide d'une
sage éducation; en second lieu, je demande réciproquement : Comment quelque chose de corporel peut-il passer
des parents aux enfants, et apparaître dans leur vie,
quand leur corps est tout à fait nouvellement composé
d'une substance informe empruntée au corps des parents,
est dirigé par une âme propre, se transforme incessamment par le moyen de la nourriture et de la sécrétion ?
Mais l'ignorance de la manière dont cela se passe ne détruit pas ce fait d'expérience que cela a lieu réellement. J'oserai dire plus : N'est-il pas même plus facile
de concevoir la manifestation de quelque chose d'héréditaire dans l'âme, qui, comme être incomplexe, tire
toutes ses facultés et ses forces d'elle-même, de la
source interne et spirituelle de l'existence qu'elle a reçue avec la naissance, que dans le corps, dont la structure dépend tellement de la nature élémentaire extérieure?

Mais pour ne pas mettre la vérité dans la dépendance
des *inventions humaines*, qui toutes, sans exception, *sont*
vaines devant la *science de Dieu*, je vous appelle au tribunal
de cette science éternellement immuable, et je demande :
A qui a été donnée cette bénédiction de Dieu : *Croissez et*
multipliez? au corps de l'homme, qui, sans l'âme, ne saurait ni comprendre cette bénédiction, ni l'accomplir, ou à
l'homme entier, et particulièrement à son âme? Est-ce
au corps que se rapporte cette parole de l'Écriture : *Dieu*
créa l'homme; il le créa à l'image de Dieu (Gen., I, 27)? Dieu
est incorporel : par conséquent, l'homme a été créé à
l'image de Dieu dans son âme. Après cela, encore une
question, et nous aurons la solution de beaucoup d'autres.

Que signifie ce qui est écrit d'Adam : *Il engendra un fils à son image et à sa ressemblance* (Gen., v, 5)? Est-ce ce fait qu'entre Adam et Seth, il y avait ressemblance dans les traits du visage et dans la structure du corps? Valait-il la peine de rapporter une observation si minutieuse dans un récit si saint, et, de plus, si court? Et le rapprochement de l'*image d'Adam*, présentée ici, de l'*image de Dieu*, montrée un peu auparavant, ne fait-il pas comprendre clairement que l'Écrivain sacré parle de l'image inté-rieure, spirituelle et morale? La parole créatrice : *Croissez et multipliez*, implanta dans Adam la faculté d'engendrer des enfants bénis, et de leur transmettre en héritage l'image de Dieu, à laquelle il avait été créé lui-même ; mais lorsque cette image eut été endommagée en lui par le péché, alors, quoique, en vertu de la première parole créatrice, il pût encore engendrer un fils, il ne put pas lui communiquer plus qu'il ne lui restait à lui-même : *il engendra un fils*, non à l'image complète et parfaite de Dieu, mais *à sa ressemblance et à son image*, c'est-à-dire, avec quelques restes de l'image de Dieu et avec quelque mélange du péché et de la corruption d'Adam. Voilà et la loi primitive divine, et la loi subséquente naturelle de la génération humaine ! Inscrite dans le livre de la Genèse à l'occasion de la naissance de Seth, elle n'a jamais été annulée. Et maintenant encore, il est naturel que les pa-rents engendrent des enfants *à leur ressemblance et à leur image*, — que de pécheurs naissent des pécheurs, de même que de phthisiques naissent des phthisiques; mais aussi que de ceux qui, par le libre exercice de la pénitence, de la prière et de la pratique du bien, avec le secours de la grâce de Dieu, ont affaibli en eux les inclinations au péché et fortifié les bonnes inclinations, naissent des en-

fants ayant aussi une certaine prédisposition au bien,
contre la force du péché toujours surmontable du reste
par la liberté et surtout par la grâce.

L'histoire sainte offre un exemple remarquable de cette
loi de la naissance, dans la personne de la femme de Manué.
Un ange lui apparaît et lui prédit que, stérile jusque-là,
elle enfantera un fils, et que *cet enfant sera nazaréen de
Dieu dès le sein de sa mère* (Jug., XIII, 5). Et en même
temps, il lui ordonne de commencer dès ce moment, et
de continuer durant tout le temps de sa grossesse, l'observation du genre de tempérance propre aux nazaréens :
*Qu'elle ne mange rien de ce qui provient de la vigne, et qu'elle
ne boive ni vin ni aucune liqueur enivrante* (Jug., XIII, 5-5,
14). C'était presque la même chose que s'il lui avait dit :
Ton fils doit être nazaréen ; mais afin que cela puisse se
faire plus sûrement, prépare-le à ce genre de vie pendant
que tu le porteras dans ton sein ; mène le genre de vie
propre aux nazaréens, et, de cette manière, prépare en
lui l'aptitude et l'inclination au genre de vie nazaréen.

Pour concilier la loi commune de la naissance avec les
cas particuliers qui semblent y constituer des exceptions
et même y contredire quand, par exemple, de bons parents, naissent des enfants indignes d'eux, ou de parents
indignes, de bons enfants, ou de parents ordinaires, des
enfants extraordinaires, — pour cela, il faut se rappeler
qu'autant Dieu est Législateur du monde tout-puissant et
immuable dans ses desseins, autant il est Administrateur
souverainement sage et souverainement libre de ce monde,
et Juge souverainement juste, non-seulement des actions
visibles, mais encore des inclinations les plus secrètes de
l'homme. Pour éviter de longs raisonnements, expliquons-
nous plutôt par des exemples.

Quels enfants différents engendre le seul et même
Adam, — Caïn, Abel, Seth ! Où est ici l'unique loi
commune de la naissance? Soyez attentifs et suivez-moi
bien. Adam, infecté du poison, frais, pour ainsi dire, du
péché commis depuis peu de temps, et, par la promesse
récente de la rédemption, s'étant élevé à une certaine
audace, encore peu mûrement réfléchie, d'espérance, engendre Caïn, pécheur audacieux. Adam, ayant éprouvé,
dans la naissance malheureuse de Caïn, le poids de la
malédiction attirée par le péché, trompé dans son espérance, humilié par l'inquiétude, engendre Abel, homme
doux mais sans fermeté. Enfin, Adam, par la continuation
de ses chagrins, plus profondément enraciné dans l'humilité, confirmé par la patience dans l'espérance, et par
l'espérance dans la patience, engendre Seth, souche
pleine d'espérance de sa postérité.

Du même Abraham naissent Ismaël — *l'âne sauvage*,
selon l'expression de la prophétie qui le concerne, et
Isaac — la bénédiction de tous les peuples. D'où vient
une pareille différence? — De ce que l'esclave révoltée
Agar a porté atteinte, dans Ismaël, à la bénédiction d'A-
braham, tandis que la vertueuse et humble Sarra, à la
bénédiction d'Abraham, a joint, dans Isaac, de la manière
la plus pure et la plus parfaite, sa propre bénédiction,
selon ce qui avait été dit d'elle à Abraham : *Je la bénirai
donc, et d'elle je te donnerai un enfant; et je le bénirai, et il
sera sur les nations, et les rois des nations sortiront de lui.*

Plus étrange encore peut paraître, chez Isaac et Rébecca,
la naissance de deux fils jumeaux aussi dissemblables
entre eux qu'Ésaü et Jacob. Que dire donc pour l'explication de ce phénomène extraordinaire? — Ce qui fut dit
par Dieu à Rébecca elle-même : *Deux nations sont dans ton*

sein (Gen., xxv, 23). Deux principes opposés agissaient en même temps dans son sein, — le péché originel d'Adam et la bénédiction de Dieu ; l'un fut plus fort dans Ésaü, l'autre prévalut dans Jacob.

Prenons encore un exemple de la variabilité de l'influence morale de la naissance, dans l'histoire des rois juifs. Le pieux Ézéchias était fils de l'idolâtre Achaz, et le fils d'Ézéchias, Manassès, fut encore idolâtre, quoique du reste non impénitent. Cette variabilité s'expliquerait peut-être très-simplement si nous avions des notions suffisantes sur l'éducation de ces rois : en effet, chez les gens distingués et riches, le sort des enfants dépend beaucoup quelquefois des gouverneurs et des instituteurs entre lesquels les bons sont placés pour être des instruments bienfaisants de la Providence, et les mauvais, des instruments de châtiment pour les vices des parents et pour leur négligence dans l'éducation. Mais à part cela, il faut prendre en considération que les bénédictions et les châtiments de Dieu, dans les familles, ne suivent pas toujours immédiatement les vertus et les vices de chaque personne dans la famille : quelquefois ils se hâtent pour couper court au mal et fortifier le bien dans l'humanité en général, et quelquefois ils s'attardent pour donner place à la longanimité, ou pour réserver le bien au temps où il sera le plus nécessaire. *Le Seigneur*, comme il le dit lui-même de lui-même, *le Seigneur Dieu est généreux et clément, patient et riche en miséricordes, et véridique, et gardant la justice, et faisant miséricorde jusqu'à mille générations, ôtant l'iniquité, et l'injustice, et le péché ; et il n'innocente pas le coupable, faisant peser les péchés des pères sur les enfants, et sur les enfants des enfants jusqu'à la troisième et quatrième génération* (Exod., xxxiv, 6, 7). Si quelqu'un se plaignait de la *sévérité faisant peser les péchés des pères sur les enfants jusqu'à la troisième et quatrième génération*, le Dieu tout-clément justifie surabondamment ses jugements *par la miséricorde* qu'il étend, non pas sur *quatre* générations seulement, mais jusqu'à *mille* d'entre elles.

Il me semble que ces réflexions et ces exemples montrent que le mariage et l'état de parents ne sont pas des objets que l'on puisse impunément livrer en proie aux passions, ni dont on puisse faire le jouet de la légèreté, et que ceux qui désirent avoir des enfants dignes se conduiront sagement en se faisant préalablement eux-mêmes des parents dignes. — Ainsi soit-il.

3

HOMÉLIE

SUR LE CONTACT DE LA FOI AVEC JÉSUS-CHRIST.

> Et toute la multitude cherchait à le toucher, parce qu'une vertu sortait de lui et les guérissait tous.
> — Luc, VI, 19. —

C'est un merveilleux spectacle, que celui que nous montre l'évangéliste saint Luc. Le Seigneur Jésus, après une prière de toute la nuit sur la montagne, et après s'être choisi le matin douze apôtres, descend dans la plaine ; les apôtres le suivent ; l'assemblée de ses autres disciples va à sa rencontre et le reçoit ; une grande multitude de peuple, non-seulement de la populeuse Jérusalem, mais encore de toute la terre de Judée, et même des

contrées maritimes de Tyr et de Sidon, l'entoure. On
veut entendre son enseignement; on veut recevoir de lui
la guérison; mais comme, ordinairement, la multitude
s'embarrasse elle-même, que fait le peuple? Il se
presse autour du Maître et Médecin, non plus pour entendre ou pour interroger, non plus pour demander la
guérison et attendre ou l'imposition des mains ou la parole qui remet les péchés; mais il se précipite en foule
vers lui, ne songeant qu'à arriver jusqu'à lui et à toucher
soit son corps vivifiant, soit ses vêtements sacrés et, pour
ainsi parler, saturés de la vertu salutaire qui découle de
lui. *Toute la multitude cherchait à le toucher, parce qu'une
vertu sortait de lui et les guérissait tous.*

Spectacle en vérité merveilleux, et digne, non pas simplement d'admiration, mais bien d'une méditation religieuse, et non-seulement de méditation, mais encore
d'émulation. Qui ne désirerait un attouchement salutaire
au Seigneur, de qui sort une vertu qui guérit tout?
Voyons donc dans l'Évangile comment ceux qui le désiraient y parvenaient, et nous apprendrons comment, nous
aussi, nous devons y parvenir.

Pour que ceux qui désiraient l'attouchement salutaire
à Jésus-Christ pussent y parvenir en effet, il fallait qu'il
y eût de son côté de la condescendance, et une condescendance extrême. Pendant qu'il était sur la montagne,
ils ne pouvaient pas le toucher : car, probablement, ils
ne savaient même pas où le trouver, ni comment s'approcher de lui. Il fallait qu'il descendit de la montagne
dans l'endroit plain où l'attendait le peuple; et cette descente n'était qu'une image faible, sensible de sa grande
et multiforme condescendance. Songez à ce qu'il lui fallait
quitter sur la montagne : — la douce et bienheureuse

conversation de la prière avec son Père céleste : cependant il descend. Et que trouve-t-il en bas ? — Une multitude confuse, dans laquelle quelques-uns veulent l'entendre, et quelques autres, peut-être, le surprendre dans sa parole ; dans laquelle chacun est prêt à lui apporter ses exigences, mais il y en a probablement qui ne savent pas ce qu'ils demandent. Dans le grand nombre de ceux qui cherchent à le toucher, il y a probablement des malades dont nous, qui sommes exposés aux mêmes infirmités, nous ne voudrions pas nous approcher ; il y a des pécheurs dont nous, qui sommes pécheurs aussi, nous nous éloignerions si nous voyions leurs cœurs comme il les voit. Cependant il descend ; il s'approche. Et quoi encore ? Ces hommes malheureux et perdus, qui ont besoin de lui comme aide et sauveur, se conduisent avec lui, selon toute apparence, en violation de la vénération due au divin Thaumaturge, et, évidemment, en violation du respect et des convenances ordinaires entre les hommes. Ainsi que dans une autre circonstance s'exprimait, sur une pareille conduite du peuple, l'un des apôtres eux-mêmes, ils *le retiennent* et *l'oppressent ;* des gens défigurés par les maladies, couverts de plaies, se jettent sur lui sans distinction ; d'autres amènent et poussent devant lui des possédés : il souffre tout ; il condescend à tout. Comme un fleuve pur et profond reçoit tous ceux qui vont puiser dans ses ondes, sans se troubler et sans s'épuiser, ainsi sa vertu salutaire infinie admet tous ceux qui s'approchent de lui, sans être épuisée par leur multitude, sans être troublée par leur indignité. *Une vertu sortait de lui et les guérissait tous.*

Chrétiens ! si la condescendance du Divin Sauveur est nécessaire, comme en effet et sans aucun doute elle est

nécessaire, — pour que, nous aussi, nous puissions être
en un contact salutaire avec lui, elle ne nous fera pas défaut de sa part. Il n'est pas descendu seulement de la
montagne dans la plaine pour quelques milliers d'hommes
de la foule juive et voisine de la Judée, il est descendu des
hauteurs des cieux pour tous les millions d'hommes qui
ont vécu, qui vivent et qui vivront jamais sur la terre.
Comme sa vertu divine, étant au-dessus des cieux eux-
mêmes et plus pure que les cieux eux-mêmes, était inaccessible à l'infime et indigne nature humaine, il l'a abaissée dans l'humanité elle-même; il l'a épanchée dans un
vase de chair soumis aux mêmes infirmités que nous,
moins le péché, pour la guérison duquel cette vertu nous
était particulièrement nécessaire; dans l'abondance de sa
miséricorde envers nous, il a, pour ainsi parler, surempli
de sa vertu divine le vase de sa chair très-pure, de sorte
que son vêtement même en a été imprégné et a guéri la
femme affligée d'une perte de sang; puis, lorsque, après
la résurrection, *tout pouvoir lui fut donné dans le ciel et sur
la terre* (Matth., xxviii, 18), lorsqu'il eut élevé avec lui
notre chair qu'il avait revêtue, et qu'il l'eut fait asseoir à
la droite de Dieu le Père, alors *celui qui était descendu et
remonté au-dessus de tous les cieux, remplit toutes choses*
(Éph., iv, 10), et, par conséquent, toute la terre, pour tous
les temps, de sa *vertu* divine, salutaire, *guérissant tous* les
hommes, non-seulement corporellement, mais encore et
surtout spirituellement. Désirez-vous, aujourd'hui même
encore, une preuve sensible de la proximité et de la condescendance pour nous de Jésus-Christ? — Nous l'avons
chaque jour sur cet autel où il couvre toujours, comme auparavant, sa même vertu divine et salutaire, cette *plénitude de la Divinité vivant en lui corporellement* (Colos., ii, 9),

des apparences du pain et du vin, et nous permet, non-seulement de le toucher, mais encore de manger sa Chair et
de boire son Sang pour la guérison et la vie éternelles.

Mais nous voyons plus loin, dans l'Évangile, que, pour
parvenir à l'attouchement salutaire au Seigneur Jésus, il
fallait non-seulement la condescendance de son côté,
mais encore, réciproquement, du côté de ceux qui désiraient ce bonheur, — la recherche et le rapprochement.
Toute la multitude cherchait à le toucher. Mais la recherche
ne doit pas s'entendre ici tout simplement, et il ne faut
pas se représenter le rapprochement seulement comme
corporel. Il y avait des chercheurs qui cherchaient Jésus
— pour le tuer ; il y avait des gens qui s'approchaient de
lui — pour le frapper à la joue : sans doute, ce n'était pas
pour ces gens-là que sortait de lui la vertu qui guérissait
tous les maux. Le Christ lui-même distingue clairement
l'approche vers sa vertu guérissant tous les maux de toute
autre approche vers lui lorsque, pressé par la multitude
de peuple qui l'entoure, il ne sent l'approche de personne
autre que d'une seule personne : *Quelqu'un,* dit-il, *m'a
touché : car j'ai senti qu'une vertu est sortie de moi* (Luc, VIII,
46). En quoi donc consiste ce genre particulier d'approche vers Jésus, accompagné, non d'une commotion
mortelle, mais d'un attouchement vivant, faisant sortir de
lui une vertu salutaire ?—Le Seigneur nous montre encore
cela clairement dans la personne de la femme affligée
d'une perte de sang, qui, de toute la multitude du peuple
se pressant autour de lui, sut seule s'approcher de lui
et le toucher, et, par cet attouchement, reçut sa guérison. En effet, que lui dit-il ? — *Aie confiance, ma fille :
ta foi t'a sauvée* (Luc, VIII, 48). Et ainsi, ce qui, pour les
yeux corporels, était une approche et un *attouchement,* le

Seigneur, au point de vue spirituel, l'appelle *la foi*. Ainsi
doit-on comprendre également cette recherche, cette approche, cet attouchement à la suite duquel se signalait sur la
multitude du peuple cette vertu du Seigneur qui les guérissait tous. Ils le cherchaient selon la foi, ils s'approchaient de lui avec foi, ils touchaient à sa vertu par la
foi spirituelle, en touchant corporellement à son corps
très-pur ou à ses vêtements. Ainsi *cherchait à le toucher*
toute la multitude, ou du moins ceux de la multitude qui,
par leur foi, servaient de modèles aux autres. Et quelle
foi apparaissait dans ces gens! Ce n'était pas cette foi
faible et comme insaisissable, qu'il aurait fallu chercher,
comme la chercha en effet le Seigneur lui-même dans les
deux aveugles qui imploraient la vue, en leur demandant : *Croyez-vous que je puisse faire cela* (Matth., IX,
28)? ce n'était pas cette foi faible et chancelante avec
laquelle le père de l'enfant possédé demandait l'assistance
du Seigneur, tandis qu'en même temps il n'espérait pas :
Si tu peux quelque chose, aide-nous; qu'il déclarait être
en lui, sans croire en ce moment même à sa propre dé-
claration: *Je crois, Seigneur, aide mon incrédulité* (Marc,
IX, 22, 24); ce n'était pas cette foi languissante et à
demi morte qui, chez l'aveugle de Bethsaïde, après que
le Seigneur lui eut mis de sa salive vivifiante sur les
yeux, après qu'il lui eut imposé deux fois les mains, se
réveilla à peine pour recevoir la parfaite guérison : la foi
de ceux qui cherchent à toucher Jésus n'attend pas
qu'il la réveille, n'est pas ébranlée par le doute de la
puissance qu'elle invoque, ne se trouble pas par la pensée
de sa propre indignité, n'exige de lui aucun acte, aucune
parole; elle va droit, fermement et librement à la Source
de la grâce, et elle y puise comme si elle ravissait par

force la vertu, guérissant tous les maux, du Sauveur. *Une vertu sortait de lui et les guérissait tous.* Mais qu'est-ce qui faisait couler avec une abondance si immense cette vertu guérissante? — Ce n'était pas autre chose que la confiance immense de la foi de la multitude : *La multitude cherchait à le toucher.*

Après cela, Chrétien, si tu dis que, toi aussi, tu voudrais bien être trouvé digne de l'attouchement salutaire au Seigneur, la réponse à cela n'est pas difficile. Cherche, approche-toi, touche : seulement, cherche selon la foi, approche-toi avec foi, touche par la foi. Où irai-je, diras-tu, chercher le Seigneur? Comment m'approcher et le toucher? Cherche-le par la pensée — dans les cieux, par l'amour — dans ton cœur, par la piété — dans le temple; cherche-le partout — par tes actions entreprises et accomplies pour lui. Approche-toi de lui, comme cette foule croyante, par le désir de l'entendre et le désir d'être guéri, c'est-à-dire en écoutant sa parole et en lui adressant ta prière. Touche-le dans les symboles saints et les Mystères desquels il revêt dans l'Église, comme d'un vêtement, sa vertu divine et salutaire, et touche-le surtout dans le mystère de son Corps et de son Sang. Il dépend de toi-même de réussir plus ou moins dans une telle recherche; il est à ta volonté de profiter plus ou moins d'un tel rapprochement et d'un tel attouchement au Seigneur, pour ton salut et ton bonheur. Quelles que soient tes infirmités spirituelles, plus tu croiras parfaitement, plus tu en recevras une guérison parfaite par la vertu de Jésus-Christ, qui éclairera l'œil aveuglé de ton esprit de la connaissance de la vérité, et fortifiera pour la vertu les forces affaiblies de ton esprit, et te délivrera des esprits tentateurs, et te ressuscitera des œuvres mortes à la vie spirituelle et sainte. Mais si tu le cherches avec distraction, si tu t'approches de lui seulement des lèvres, si tu ne touches à sa sainteté qu'extérieurement, sans la vivacité de la foi et du zèle, alors tu t'assimileras à cette foule qui ne faisait qu'oppresser Jésus dans sa marche, mais ne parvenait pas jusqu'à sa vertu salutaire.

Le Seigneur lui-même faisait d'amers reproches à quelques-uns qui le cherchaient mal, c'est-à-dire non selon la foi : *En vérité, en vérité je vous le dis, vous me cherchez, non parce que vous avez vu des miracles, mais parce que vous avez mangé des pains et que vous avez été rassasiés* (Jean, VI, 26). Oh ! si aucun de ceux qui sont venus aujourd'hui chercher le Seigneur dans ce temple, ne méritait un semblable reproche par l'inattention pour le trésor de foi et de grâce, par la recherche unique des biens visibles et temporels, et des consolations sensibles ! Unissons au souvenir des reproches du Seigneur l'enseignement du Seigneur aussi : *Travaillez pour la nourriture qui ne périt pas ; faites les œuvres de Dieu ; c'est ici l'œuvre de Dieu, que vous croyiez en celui qu'il a envoyé* (Jean, VI, 27-29). — Ainsi soit-il.

4

HOMÉLIE

SUR LA PRIÈRE FAITE AVEC LA PRÉPARATION NÉCESSAIRE.

> Avant même de prier, prépare-toi, et ne sois pas comme un homme qui tente Dieu.
> —Sag. de Sir., xviii, 23. —

Aussi agréable est la vue d'un champ couvert d'épis qu'agite un vent léger et que courbe vers la terre la plénitude du fruit, aussi agréable est la vue de l'église remplie de gens en prière dans lesquels le souffle de l'Esprit de Dieu produit de doux mouvements du cœur, et que la piété, féconde en eux, incline devant Dieu et ses Mystères. Je ne tire pas cette image de mon imagination, mais de l'Évangile. En s'expliquant lui-même et son action, il compare l'enseignement à une semence, le prédicateur — à un semeur, les auditeurs — à une terre en culture, et ceux qui croient — à une terre cultivée et ensemencée qui *produit d'abord l'herbe, ensuite l'épi, et enfin remplit l'épi de froment* (Marc, iv, 28).

Mais il faut convenir que cette même parabole qui, comme un miroir pur, double l'agrément de ce que je vois devant moi dans l'église, ne me permet pas de me livrer sans inquiétude au plaisir de cette vision : *La terre produit d'abord l'herbe, ensuite l'épi, et enfin remplit l'épi de froment.* Il y a donc non-seulement de l'herbe sans épi parce qu'elle est jeune, — il y a des âmes encore jeunes dans le christianisme, et qui par conséquent ne portent pas de fruit spirituel ; mais il y a aussi l'épi sans grain : — il y a des âmes qui ont l'apparence extérieure de la piété sans en avoir la vertu intérieure. L'épi sans grain ressemble à l'épi plein ; l'apparence de la piété ressemble à la piété véritable : comme cela est trompeur ! Plus longtemps l'épi tarde à se remplir de grain, plus il est près de rester à l'état d'épi définitivement vide, dans lequel il ne se trouvera rien pour le grenier ; — plus longtemps l'homme reste avec la seule apparence superficielle de la piété, sans se remplir de sa vertu régénératrice, plus il est près de l'endurcissement définitif dans cet état de stérilité spirituelle dans lequel il ne se trouvera rien de bon pour le royaume céleste : comme cela est dangereux ! Et en outre, voici ce qui inspire le plus d'inquiétude : l'épi n'est pas coupable si le ciel et la terre ne l'ont pas rempli de grain ; mais pour que l'homme soit rempli de fruits heureux, le Ciel est toujours prêt avec ses influences favorables ; il est lui-même coupable s'il ne s'efforce pas de les attirer à lui par la foi, par la prière, par l'abandon complet de lui-même aux influences du Ciel.

« Que faire donc? Je prie, et j'appelle l'influence du Ciel. « Il n'est pas en mon pouvoir de faire que ma prière s'ac- « complisse. » — N'est-ce pas ce que pensent quelques-uns, et peut-être un grand nombre? Comme réponse à cela, je propose l'enseignement du Sage sur ce qu'il est en notre pouvoir que notre prière soit agréable à Dieu. *Avant même de prier, prépare-toi, et ne sois pas comme un homme qui tente Dieu.*

Il n'y a pas à s'étonner que l'on ne réussisse pas dans une affaire que l'on entreprend, comme il arrive, à tout hasard. Si tu veux combattre victorieusement, prépare-toi en faisant choix de bonnes armes et en apprenant à les manier habilement. Si tu veux traverser une rivière à la nage, prépare-toi en ôtant tes vêtements, qui te gêneraient, t'appesantiraient et t'entraîneraient au fond. De même, si tu veux prier avec utilité et succès, *avant même de prier, prépare-toi.*

Mais en quoi peut consister la préparation à la prière?

Dirons-nous : Il faut connaître Dieu, non-seulement comme nous ayant créé au commencement, mais encore comme prenant soin de nous chaque jour, à chaque heure?

Dirons-nous : Il faut croire que la sollicitude de Dieu pour nous s'exerce, non-seulement par le moyen des lois données par Dieu à la nature de tous les êtres, mais encore, indépendamment des lois de la nature, par la volonté souveraine et toujours agissante de Dieu ; que la volonté de Dieu, par amour pour l'homme, condescend à notre volonté pour l'accomplir ; que Dieu, non-seulement permet, mais encore veut que nous élevions vers lui, dans la prière, nos désirs irréprochables?

Dirons-nous : Il faut avoir confiance que, sans considérer notre néant selon la nature elle-même, sans considérer notre indignité à cause du péché, Dieu, dans sa miséricorde infinie, ne repoussera pas notre prière, ainsi que nous l'assure la parole infaillible du Seigneur : *Si vous, qui êtes mauvais, vous savez donner de bonnes choses à vos enfants, combien plus votre Père céleste donnera de bonnes choses, — donnera l'Esprit-Saint, — à ceux qui le lui demanderont* (Matth., vii, 11 ; — Luc, xi, 13).

Dirons-nous : Il faut, selon les paroles et l'exemple de David, *regarder le Seigneur devant soi* (Ps. xv, 8) ; se représenter avec une ferme conviction que Dieu est présent, invisiblement, mais réellement, à notre prière, nous voit, nous entend, sonde notre cœur pour nous donner selon notre cœur?

Tout cela doit être déjà connu à quiconque prie. Ce sont des dispositions préparatoires à la prière sans lesquelles, non-seulement la prière ne peut obtenir aucun succès, mais encore elle peut à peine être une prière.

Il y a encore quelques préparations à la prière dont la nécessité peut n'être pas remarquée, ou bien oubliée ; sans lesquelles la prière peut commencer et se continuer, mais ne peut obtenir un vrai et plein succès.

L'une de ces préparations à la prière, c'est le pardon des ennemis et la réconciliation avec tous nos proches, c'est-à-dire avec tous les hommes. En effet, que dites-vous dans cette prière dont personne ne peut s'exempter, et dans laquelle il n'est possible de rien changer, parce que la forme de cette prière, donnée par le Seigneur lui-même, est, sans aucun doute, et parfaite en elle-même, et convenable à quiconque prie? — Vous dites : *Remets-nous nos dettes, comme nous remettons à nos débiteurs* ; c'est-à-dire : pardonne-nous nos péchés comme nous pardonnons à quiconque nous a offensés. Si vous dites cela sans une attention particulière, sans un examen préalable de votre cœur, il peut facilement arriver que, pendant votre prière, l'inimitié s'y cache, ou l'amertume contre le prochain, et que par conséquent les paroles de votre bouche : comme nous pardonnons, pardonne-nous, reçoivent nécessairement, de l'état de votre cœur, ce sens inverse : comme nous ne pardonnons pas, ne nous pardonne donc pas. Pour se préserver de cette erreur qui, évidemment, détruit l'efficacité de la prière, il faut son-

der avec soin les dispositions pacifiques de notre cœur ;
l'examen seul de ses dispositions n'est pas suffisant : nous
ne pouvons être assurés que, de notre côté, nous sommes
entièrement réconciliés avec notre prochain que lorsque
nous avons réellement fait tout ce qui nous est possible
pour que la réconciliation soit aussi complète de son
côté. Cette précaution, cette préparation à la prière est
tellement indispensable que le Seigneur va jusqu'à nous
ordonner d'interrompre la prière commencée sans elle, et
de retourner à la préparation. *Si*, dit-il, *tu présentes ton
offrande à l'autel, et que là, tu te souviennes que ton frère
a quelque chose contre toi, laisse là ton offrande devant
l'autel, et va d'abord te réconcilier avec ton frère* (Matth.,
v, 23, 24).

Remarquons combien est sévère le commandement de
la réconciliation. *Si tu te souviens que ton frère a quelque
chose contre toi :* cela arrive quelquefois de telle façon que
tu ne trouves en toi aucune faute contre ce frère. Cependant le Seigneur n'excepte pas même ce cas de l'obligation
de chercher la réconciliation avant la prière : *Va d'abord
te réconcilier avec ton frère.* Quel besoin est-il de cette
sévérité ? — demandera quelqu'un. Pourquoi ne puis-je
pas achever ma prière sans m'inquiéter de la manière
dont mon frère est disposé envers moi ? — A ces questions je peux répondre tout simplement : Je ne sais pas.
Le commandement du Seigneur n'en perd pas le moins
du monde de sa force. Si un créancier t'offrait la remise
d'une dette pour laquelle tu aurais pu mourir en prison,
à la condition que tu remisses une dette de peu d'importance à ton débiteur, il serait insensé à toi de ne pas
accepter cette condition légère et avantageuse, uniquement parce que tu ne devinerais pas pourquoi elle te

serait proposée. Semblablement, lorsque Dieu te promet
le pardon de péchés pour lesquels tu serais condamné à
une mort éternelle, à la condition que tu pardonnes à ton
prochain quelque légère offense, que tu te réconcilies
avec lui après quelque léger différend, il serait insensé
de te priver du grand pardon de Dieu uniquement parce
que tu ne devines pas pourquoi est si instamment exigé
ton petit pardon à ton prochain, ou ta réconciliation avec
lui.

Quel besoin, dis-tu, de cette sévérité avec laquelle est
exigé de toi l'effort de la réconciliation ? — Ce besoin
n'est pas de peu d'importance, parce que les intentions
de Dieu ne sont jamais de peu d'importance. Cette sévérité
est une bonté, et plus grande que tu ne te l'imagines. Tu
veux être heureux, et c'est pour cela que tu veux prier.
Dieu veut davantage : il veut que toutes ses créatures
soient heureuses autant qu'elles sont capables de l'être ;
c'est pourquoi il veut que, toi aussi, tu sois aussi heureux
que possible ; mais il veut aussi le même bonheur pour
ton frère qui *a quelque chose contre toi*, et qui, à cause de
cela, est inquiet, ou, ce qui est la même chose, n'est pas
heureux. Si tu cherches avec amour et humilité la réconciliation avec ce frère malheureux, tu délivreras son cœur,
dans lequel s'est enfoncé l'inimitié ou le dépit, de cette
épine ; il deviendra et plus calme et plus pur qu'auparavant ; ainsi tu seras le serviteur de la Providence divine
dans l'affaire du bonheur de ton frère. Vois-tu quelle nécessité importante et magnifique exige de toi l'effort de la
réconciliation, et quelle bonté se trouve cachée sous la
sévérité de cette exigence ?

Pourquoi, dis-tu, ne puis-je pas achever ma prière sans
m'inquiéter de la manière dont mon frère est disposé en-

vers moi ?— Parce que, si tu ne t'inquiètes pas de ton frère
qui *a quelque chose contre toi*, c'est que tu ne t'inquiètes
pas du calme de son esprit, de la pureté de son cœur, ni,
par conséquent, de son bonheur ; si tu ne t'inquiètes pas
de son bonheur, tu ne l'aimes pas ; *celui qui n'aime pas
son frère*, d'après le témoignage du bien-aimé disciple du
véritable Amour, *demeure dans la mort* (I Jean, III, 14) ;
or, le mort ne peut rien faire ; par conséquent, étant mort
spirituellement, comme n'aimant pas, tu ne peux pas non
plus accomplir l'œuvre spirituelle de la prière comme
on le doit faire. Ce même défaut d'amour qui n'ouvre pas
ton cœur pour ton prochain, le tient fermé aussi pour
Dieu. Va te réconcilier avec ton frère ; mets dans ton
cœur une étincelle du pur amour : cette étincelle aidera
ta prière à s'élever comme un encens devant Dieu.

Une autre préparation importante au succès de la
prière, c'est de concevoir le désir sincère et la ferme intention de renoncer à tout péché auquel nous sommes
exposés, et de vivre selon la volonté de Dieu. *Tourne-toi
vers le Seigneur*, enseigne le Sage, *et renonce à tes péchés ;
prie devant la face du Seigneur, et diminue tes moindres
offenses ; reviens au Seigneur, et détourne-toi de l'injustice,
et déteste de toutes tes forces l'abomination* (Sag. de Sir.,
XVII, 21-25). Et l'Apôtre marque le *fondement* de l'édifice
spirituel de Dieu dans l'homme, de ce *sceau* fidèle, distinctif et protecteur : *Qu'il renonce à l'iniquité, quiconque
prononce le nom du Seigneur* (II Tim., II, 19). Comme s'il
disait : Si tu prononces le nom du Seigneur dans la
louange, dans l'invocation, dans la prière, et que tu t'é-
loignes de l'iniquité, alors il y a en toi un fondement
solide et un signe fidèle de l'homme nouveau, sauvé, que
Dieu refait, par sa grâce, de l'homme ancien, perdu ; mais

si tu ne t'éloignes pas, avec une volonté résolue, de l'injustice, alors, quoique tu invoques le nom du Seigneur,
ton fondement n'est pas solide, ton signe est douteux, et
il manque à ta prière autant de force qu'il lui manque de
pureté. *Celui qui détourne son oreille pour ne pas écouter
la loi,* dit Salomon dans les Proverbes, *a rendu lui-même
sa prière détestable* (Prov., xxviii, 9). C'est pour cela qu'il
n'est pas étonnant que Dieu ne s'incline pas à une telle
prière pour l'exaucer, et même s'en détourne. *Pourquoi
m'appelez-vous : Seigneur, Seigneur, et ne faites-vous pas
ce que je dis* (Luc, vi, 46)? — Le prophète Isaïe, ayant
entendu certainement les plaintes des Juifs sur l'insuccès
de leurs prières, leur expliquait ainsi la cause de cet
insuccès : *Est-ce que le bras du Seigneur ne peut plus sauver? Ou bien a-t-il appesanti son oreille pour qu'elle n'entende plus? Mais vos crimes mettent la division entre vous
et Dieu; et, à cause de vos péchés, il a détourné sa face de
vous pour n'avoir plus pitié de vous. Car vos mains sent
souillées de sang, et vos doigts de péchés; vos lèvres ont proféré
l'iniquité, et votre langue s'instruit dans l'injustice* (lix, 1-3).

Quelle espérance ai-je donc, dira le pécheur, si la
prière elle-même par laquelle je désire obtenir le pardon
du péché, n'est pas reçue par Dieu? — Je lui réponds :
Ton espérance est cette prière elle-même, mais unie
avec un repentir constant, avec le renoncement définitif
au péché. — Mais comment me délivrer du péché sans le
secours de la grâce de Dieu que je désire obtenir par la
prière? — Il est vrai qu'il n'est pas possible de se délivrer du péché sans la grâce de Dieu; mais il n'est pas
non plus propre à la grâce de Dieu de te délivrer du péché
sans ta volonté, parce que la grâce ne veut pas faire violence à ta volonté; elle ne veut pas t'enlever le don ma-

gnifique de la liberté, que tu as si mal employé en te ven-
dant en esclavage au péché pour un plaisir éphémère et
trompeur. Fais donc le peu qui t'appartient, et prie alors,
et la grâce fera en toi les grandes choses qui lui appartiennent. Renonce au péché par le désir résolu de ne plus
le commettre, et prie alors, et la grâce te délivrera en
effet de son empire. Renonce au péché volontaire, et prie
alors, et la grâce te délivrera et te préservera du péché
involontaire, et ne t'imputera pas à faute le péché commis involontairement. Renonce de cœur au péché, — ne
l'aime pas, mais déteste-le; renonce d'esprit au péché,
— efforce-toi de ne pas songer même à ses attraits,
et prie alors, et la grâce t'aidera à acquérir un cœur
pur, un esprit pur, une âme et un corps purs, une vie
pure.

Celui qui, sans s'être préparé préalablement par de
semblables dispositions, se met en prière; celui qui demande à Dieu des bontés et des bienfaits sans penser à ne
le pas offenser demain par les péchés dont il est coupable
aujourd'hui devant lui, celui-là, en vérité, selon l'expression du Sage, est *comme un homme qui tente le Seigneur.*
En effet, si, en même temps que les paroles de la prière,
on exprimait en paroles ce qui est caché au fond du
cœur de celui qui prie sans le désir de son amendement,
que serait-ce? « Seigneur, pardonne-moi les péchés par
lesquels je t'ai offensé, mais je n'ai pas l'intention de
cesser de semblables offenses; accomplis mon désir, mais
je ne promets pas d'accomplir ta volonté. » Si quelqu'un
tenait de semblables discours à un souverain ou à un
juge de la terre, tout homme raisonnable ne prendrait-il
pas cela, non pour une prière, mais pour une tentative
insensée de lui faire perdre patience et de l'irriter? Com-

bien plus celui qui se tient devant Dieu avec des paroles de prière à la bouche, et avec des dispositions de révolte dans le cœur, est-il audacieux, *tentant le Seigneur* pour voir jusqu'où ira sa longanimité. Elle va déjà très-loin si un tel suppliant n'est pas frappé par la justice de Dieu. Mais de là, assurément, il n'y a pas encore très-près jusqu'à l'accueil favorable et l'accomplissement de la prière.

Chrétien! *ne sois pas comme un homme qui tente Dieu.* N'apporte pas la méchanceté devant la face du Tout-Bon, l'impureté devant la face du Tout-Pur. *Avant même de prier, prépare-toi.* Remplis ta lampe d'huile, afin qu'elle brûle clairement et longtemps. Remplis ton cœur de paix, afin que ta prière soit lumineuse et persévérante. Hâte-toi de t'occuper avec soin d'écarter de l'encensoir spirituel l'infection d'une vie impure et non amendée. Sois fidèle et soigneux dans ces préparations préalables à la prière, et l'Esprit de Dieu, qui est l'Esprit de prière, intercédant pour toi par des gémissements inénarrables, t'enseignera à accomplir de mieux en mieux cet acte spirituel, afin que tu produises le fruit de Dieu, qui se conserve pour la vie éternelle. — Ainsi soit-il.

5

HOMÉLIE

TIRÉE DES PAROLES DE L'APOTRE SAINT PAUL SUR LA PRIÈRE EN ESPRIT ET EN INTELLIGENCE.

> Je prierai en esprit, mais je prierai aussi en intelligence; je chanterai en esprit, mais je chanterai aussi en intelligence.
> — I Cor., xiv, 15. —

La prière est une chose d'une si grande importance dans la vie spirituelle que, si quelqu'un voulait résoudre pour lui le doute de savoir s'il se trouve dans le chemin qui mène à la perfection de la vie spirituelle, il lui faudrait observer s'il obtient quelque succès dans la prière. En effet, si l'on prend en considération la parole du Seigneur : *Tout ce que vous demanderez dans la prière avec foi, vous le recevrez*, il en faut nécessairement conclure que celui qui sait demander avec foi, dans la prière, tout ce qui est nécessaire pour le perfectionnement de la vie spirituelle, celui-là reçoit tout cela, et, par conséquent, sans aucun doute, marche vers le perfectionnement de la vie spirituelle, et, à la fin, y arrive.

A en juger par une telle importance de la prière pour la vie spirituelle, nous devons nous occuper avec beaucoup de soin de la manière la meilleure et la plus fondée en espérance de faire la prière.

Soyons donc attentifs. Voici que l'Apôtre, en disant

comment il préfèrerait prier lui-même, nous donne ainsi
l'enseignement le plus sûr de la meilleure manière pour
nous aussi de prier. *Je prierai, dit-il, en esprit, mais je
prierai aussi en intelligence; je chanterai en esprit, mais je
chanterai aussi en intelligence.*

Dans les paroles de l'Apôtre se présentent, en premier
lieu, deux formes extérieures de la prière : *Je prierai,
je chanterai ;* — la prière parlée, et la prière chantée.

Par rapport à ces formes extérieures de la prière, c'est
assez de remarquer brièvement avec quelle fidélité la sainte
Église suit l'exemple et l'institution des apôtres puisque, aujourd'hui encore, elle emploie tour à tour, dans
le Service divin, la lecture et le chant, la prière parlée et
la prière chantée, et combien on doit estimer cette institution, d'un emploi commun et d'une utilité générale, non-
seulement pour les gens peu éclairés et conduits par les
impressions sensibles, mais encore pour ceux dont les
pensées sont élevées, puisque l'Apôtre lui-même inspiré
de Dieu désire, à l'égal de toute la foule des croyants,
non-seulement de prier en esprit et en intelligence, mais
encore de chanter de l'abondance d'un cœur plein de
l'amour de Dieu et d'un sentiment d'attendrissement.

En second lieu, dans les paroles de l'Apôtre se présentent deux moyens particuliers de prière : la prière en
esprit et la prière en intelligence. — *Je prierai en esprit,
mais je prierai aussi en intelligence.*

Pour comprendre ces formes élevées de la prière, il
faut approfondir la signification de ces paroles : l'esprit
et l'intelligence, dans le langage de l'Apôtre. Lorsque
nous entendons l'Apôtre dire que *ceux qui sont selon la
chair ont la sagesse charnelle, et ceux qui sont selon l'esprit, la spirituelle* (Rom., viii, 5), alors nous comprenons

que l'esprit est quelque chose de plus élevé dans l'homme, d'opposé à la chair ou à la sensualité. Lorsque le même Apôtre dit encore : *Je suis moi-même, par mon intelligence, soumis à la loi de Dieu, et, par la chair, à la loi du péché* (Rom., vii, 25), nous voyons par là que l'intelligence aussi est quelque chose de plus élevé dans l'homme, et d'opposé à la *chair*. Par conséquent, il semble que l'esprit et l'intelligence constituent presque une même chose, comme en effet l'Apôtre les réunit quand il explique la vérité ou l'essence de l'enseignement chrétien consistant à *régénérer l'intelligence par l'esprit*. Si l'on peut remarquer ici quelque distinction entre *l'intelligence* et *l'esprit*, c'est seulement que l'*esprit* se présente dans l'*intelligence* elle-même comme quelque chose de plus élevé, de plus interne, se révélant dans l'intelligence de la même manière que l'âme se révèle dans les sens.

Mais comme, dans les expressions de l'Apôtre sur la prière, l'activité de l'intelligence se présente dans une certaine opposition avec l'activité de l'esprit, comme, par exemple, dans celle-ci : *Mon esprit prie, mais mon intelligence est sans fruit*, il faut bien qu'il y ait entre eux une distinction assez grande, et très-saisissable. Pour découvrir cette distinction, reprenons les paroles de l'Apôtre d'une manière un peu plus complète : *Car si je prie de la langue, mon esprit prie, mais mon intelligence est sans fruit. Que reste-t-il donc? Je prierai en esprit, mais je prierai aussi en intelligence; je chanterai en esprit, mais je chanterai aussi en intelligence.* Maintenant nous voyons que l'expression : je prierai en esprit, est mise à la place de l'expression employée auparavant : *je prie de la langue*. Conséquemment, *prier en esprit* constitue une même chose avec *la prière de la langue*, et, pour comprendre la

prière en esprit, il faut avoir compris la prière de la
langue.

Pour ne pas vous fatiguer plus longtemps de cette recherche difficile, hâtons-nous de dire en quoi consiste la
chose. Quand les apôtres, après l'ascension du Seigneur,
étaient tous persévérant unanimement dans la prière et l'orai-
son, et qu'ensuite, le dixième jour, *ils furent tous rem-*
plis de l'Esprit-Saint et commencèrent à parler diverses lan-
gues, selon que l'Esprit leur donnait de parler (Act., ii, 4),
et que, de cette manière, le don de parler diverses langues non apprises se révéla comme un fruit très-éclatant
de la prière, et comme un signe solennel de la descente
et de l'action en eux du Saint-Esprit, — depuis ce temps,
la prière et la ferveur des croyants prirent une direction
et un élan particuliers vers l'obtention de ce don si utile
dans ces temps pour la propagation de la doctrine chrétienne, et non moins agréable pour ceux qui le possé-
daient, comme étant une preuve évidemment convain-
cante de la présence de la grâce de Dieu. Comme cet
élan des croyants correspondait à l'intention de la grâce
de propager le Christianisme, la grâce condescendait à cet
élan par des dons abondants, et, de cette manière, dans
les assemblées à l'église, il n'était pas rare que l'esprit
de ceux qui priaient fût élevé par un transport enthou-
siaste vers l'Esprit de Dieu, que l'Esprit de Dieu descendît
sur l'esprit de ceux qui priaient, et, comme un torrent
indomptable, se répandit par leur bouche dans des
prières, dans des chants, dans des cantiques, dans des
prophéties en diverses langues. L'abondance de ce don
était si grande que quelquefois ceux qui étaient saisis par
l'Esprit prononçaient des prières, chantaient des cantiques divins dans des langues que la plupart des assistants,

ou même aucun d'eux, ne comprenaient d'aucune façon.
C'est pour ce cas que l'Apôtre disait : *Si je prie de la langue,* — c'est-à-dire dans une langue inconnue, intelligible
uniquement par le don du Saint-Esprit, *mon esprit prie,
mais mon intelligence est sans fruit ;* l'intelligence est sans
fruit parce que les autres ne la comprennent pas, et c'est
pour cela que la parole de la prière semée par sa langue
ne produit pas dans les autres le fruit d'une prière semblable.

Après cela, j'espère qu'il est quelque peu intelligible
que *la prière en esprit* est un état d'oraison dans lequel
l'homme, doué des ailes de la foi et de l'amour, parvenu,
pour ainsi parler, au sommet extrême de son être, à sa
faculté et à sa puissance suprêmes, par où il est comme
contigu à la Divinité, s'élance et s'abîme dans l'Esprit de
Dieu, reçoit l'infusion de l'Esprit de Dieu, se livre tout
entier à cette infusion, de sorte qu'alors ce n'est pas autant l'homme lui-même qui prie, que l'*Esprit*-Saint qui
souffle en lui, soufflant *où il veut ;* — que l'*Esprit*-Saint
qui lui-même intercède pour lui *par des gémissements inénarrables* (Rom., VIII, 26), ou par des paroles qui souvent
dépassent l'intelligence de l'homme sensitif.

La prière en intelligence, que l'Apôtre distingue de cet
état, est un genre de prière dans lequel l'esprit de celui
qui prie, tout en s'élevant à Dieu par des pensées pleines
de dévotion, par des désirs pieux, par de saints sentiments
d'attendrissement ou de joie, ne se livre pourtant pas à
l'entraînement d'un transport spirituel sans limites, mais
reste maître de ses pensées, de ses désirs, de ses sentiments, de telle sorte que, dans ce cas, les forces spirituelles agissent dans l'ordre accoutumé qui leur est propre, et que, par conséquent, les sentiments de la prière

et les cantiques s'expriment d'une manière intelligible à tous, et, par suite, peuvent exciter aussi les assistants à prendre part à la prière.

Le saint Apôtre approuve et recommande ces deux genres de prière lorsqu'il dit aux Corinthiens : *Je prierai en esprit, mais je prierai aussi en intelligence.* C'est-à-dire : Je ne désire pas, et je ne vous conseille pas de mettre en usage l'un de ces genres de prière exclusivement ; mais je regarde comme le mieux de prier quelquefois en esprit, et de prier quelquefois en intelligence, alternativement, selon l'exigence des circonstances, — de prier en esprit pour soi et pour Dieu, — de prier en intelligence pour Dieu, pour soi et pour l'édification du prochain.

Après cela, il n'est pas possible de laisser passer sans une observation particulière, et même sans étonnement, que l'Apôtre propose la prière en esprit, qui est un don de l'Esprit de Dieu, à l'égal de la prière en intelligence, qui est une œuvre libre de l'esprit humain. Comment ? Est-il donc vrai que nous avons le pouvoir d'employer la prière en esprit aussi bien que la prière en intelligence ? As-tu réfléchi à cela, saint Instituteur ? — Sans aucun doute, mes Frères, l'Esprit-Saint, en saint Paul, ne commet pas d'erreurs dans les instructions qu'il nous donne. Evidemment, nous avons réellement le pouvoir de prier en esprit dès que nous nous livrons réellement et parfaitement à l'Esprit de Dieu, qui est l'Esprit de prière : — évidemment nous avons ce pouvoir, parce que, de la même manière, par une merveilleuse condescendance pour nous de l'Esprit de Dieu, les prophètes aussi étaient maîtres de l'emploi de l'esprit prophétique, ainsi que l'atteste clairement le même Apôtre : *Et les esprits de prophétie sont soumis aux prophètes* (I Cor., xiv, 52).

Mais nous devons encore plus nous étonner de ce que l'Apôtre s'efforce, non de favoriser et de propager la bienheureuse prière en esprit, mais en quelque sorte de la borner et de la retenir dans son élan. Il se plaint de l'emploi surabondant de la prière en esprit. C'est avec un certain mécontentement contre la prière en esprit qu'il dit : *Mon esprit prie, mais mon intelligence est sans fruit.* Il semble préférer la prière en intelligence, et c'est à celle-ci qu'il engage particulièrement : *Dans l'église*, dit-il, *j'aime mieux dire cinq paroles avec intelligence, afin d'être utile aux autres, que d'en prononcer dix mille sans intelligence.* Qu'est-ce donc que cela signifie? — C'est que la grâce du Saint-Esprit débordait comme une mer dans la primitive Église; c'est qu'alors il y avait beaucoup de croyants qu'il était besoin, non d'engager à la prière, non d'exciter aux œuvres de l'esprit, mais de modérer dans leur zèle sans bornes, afin qu'ils n'oubliassent pas, en se plongeant dans l'esprit, les obligations ordinaires de la vie sociale extérieure, humaine et chrétienne.

Si, de ce spectacle spirituel de la primitive Église, nous portons nos regards sur son état actuel et sur nous-mêmes, ne devons-nous pas être frappés d'un étonnement d'un autre genre, ou, peut-être, de crainte et d'effroi, à la vue de la triste différence qu'il y a entre le présent et le passé? Beaucoup d'entre nous sont-ils plongés dans la prière de l'esprit au point qu'il soit besoin de les rappeler de la mer de l'esprit au rivage de l'intelligence? Beaucoup ont-ils essayé, si peu que ce soit, de la prière de l'esprit ? Beaucoup la comprennent-ils assez lorsqu'on en parle?

On dira: Pourquoi donc nous parles-tu toi-même de cette prière qui est si peu ordinaire et si peu compréhen-

sible? — S'en plaigne qui voudra ; mais moi, je parle de
cette prière élevée précisément parce qu'elle est si peu
ordinaire dans notre temps et qu'on la comprend si peu.
Il faut que ce siècle sache que, pour lui, sont devenus
extraordinaires des dons de la grâce qui autrefois étaient
très-ordinaires ; que, pour ses sages, sont devenus incompréhensibles des récits des effets de la grâce qui étaient
compréhensibles pour les gens simples qui écoutaient
l'apôtre Paul ou qui lisaient ses Épîtres. Mais, dès que
ce siècle tardif et nébuleux sait cela, je lui dis aussitôt ce
qu'il fut de bonne heure encore ordonné de dire à l'Ange
de l'Église d'Éphèse : *Souviens-toi donc d'où tu es tombé, et
fais pénitence, et fais les premières œuvres* (Apoc., ii, 5).

En vérité, mes Frères, nous sommes tombés profondément du zèle pieux, de l'avancement spirituel des premiers Chrétiens, puisque non-seulement la merveilleuse
prière de l'esprit s'est affaiblie, mais encore souvent la
prière même de l'intelligence est inattentive, la prière du
cœur est froide, la prière des lèvres n'est pas animée par
la prière de l'intelligence et du cœur.

Repentons-nous, et imitons avec zèle les premières œuvres des premiers Chrétiens ; excitons-nous à *persévérer
dans la prière et l'oraison*, c'est-à-dire à y demeurer,
autant que possible, avec constance et assiduité ; surveillons notre esprit et nos sens avec attention, afin de bannir
de notre prière les pensées frivoles, les désirs passion-
nés, les impressions et les souvenirs des sens qui peuvent nous distraire, de la même manière que l'ancien
patriarche Abraham chassait les oiseaux de proie de son
sacrifice : approchons-nous de Dieu, non de bouche seulement, mais surtout de cœur ; prions et chantons en intelligence, de tout notre zèle ; prions et chantons enfin

aussi en esprit, selon le don du Saint-Esprit, à qui est la gloire avec le Père et le Fils dans les siècles. — Ainsi soit-il.

6

HOMÉLIE

SUR LE ZÈLE RELIGIEUX

> N'étant point paresseux dans ce qui doit être l'objet de votre sollicitude, fervents en esprit, servant le Seigneur.
> — Rom., xii, 11. —

Ce n'est pas seulement saint Paul qui, par son enseignement inspiré de Dieu, me donne la pensée de parler du zèle religieux, mais toute la nombreuse assemblée des Saints, par ses exemples.

Ceux qui ont été amenés à la réunion présente par le zèle religieux, n'entendront peut-être pas sans consolation quelque chose de conforme au témoignage de leur propre conscience. Mais, en général, personne ne doit regarder ni comme peu important ni comme étranger pour lui-même, ce que l'Apôtre du Christ enseigne aux Chrétiens.

N'étant point paresseux dans ce qui doit être l'objet de votre sollicitude, fervents en esprit, servant le Seigneur. Par la dernière de ces trois exhortations, l'Apôtre nous engage à remplir avec soin nos obligations envers Dieu, et, par les deux précédentes, il détermine dans quelles dispositions d'âme il faut les remplir.

L'affaire de l'esclave est de travailler pour son maître: ainsi, l'affaire du Chrétien est de travailler pour le Seigneur. De quelle manière? — Il doit travailler sur son esprit, pour l'éclairer de la connaissance du vrai Dieu et de sa sainte volonté; travailler sur son cœur, pour le purifier des passions et des convoitises, afin qu'il puisse devenir une offrande digne de Dieu et la demeure de sa grâce ; travailler de toutes ses forces et de toutes ses facultés à tout faire pour Dieu et d'une manière qui lui soit agréable, comme, par exemple, à remplir honnêtement, pour lui, les devoirs de son état et de son emploi, à faire, pour lui, du bien aux pauvres, à supporter, pour lui, les afflictions avec patience. Les maîtres de la terre ne sont satisfaits que par un travail qui leur rapporte du profit, tandis que les prières et les bonnes paroles de leurs esclaves et de leurs mercenaires, ils ne les font certainement pas entrer en compte du travail pour la rémunération ; mais le Maître céleste, n'attendant de nous aucun profit et n'ayant besoin de rien, mais acceptant notre travail uniquement pour nous faire du bien à nous-mêmes, accepte aussi les prières et les cantiques que nous lui adressons comme un service et un travail à lui agréables. Par là, il n'est pas difficile de comprendre combien est multiforme le travail du Seigneur, et comment il s'étend sur toute la vie extérieure et intérieure de l'homme jusqu'au grand sabbat, — le repos en Dieu lui-même. Il serait très-mal qu'un pareil travail se produisît sans effort et avec paresse. Le paresseux ne fait pas ce qu'il doit faire ; l'indolent fait comme que ce soit, sans s'inquiéter de la réussite et de la perfection de l'œuvre.

De tels ouvriers ne sont pas regardés comme bons même chez les maîtres terrestres; combien plus sont-ils inutiles devant les yeux du Maître céleste. C'est pour cela que le fidèle intendant de ses affaires adresse cette exhortation à tous ceux qui travaillent pour lui : *N'étant point paresseux dans votre sollicitude !* Ne soyez pas paresseux et indolents! Mais, peu content de cela, il ajoute : *Fervents en esprit!* Ayez la ferveur de l'esprit, un zèle enflammé, une ardeur bouillante pour servir Dieu et faire sa volonté.

Un zèle vif pour Dieu est un trait qui a une grande signification dans le caractère du chrétien, et dans la détermination de ce qu'il peut être et de ce à quoi il peut parvenir.

En premier lieu, il est proprement ce qui, dans l'homme, rend le travail pour le Seigneur agréable à Dieu. On peut éclaircir cela par un exemple très-simple, pris tout près de vous, et le démontrer par vos propres actions. Tu allumes un cierge devant une sainte Image, et tu supposes que par là tu as rendu un certain culte à Dieu. Cependant tu sais que Dieu et ses saints, qui habitent les clartés saintes, célestes, n'ont aucun besoin d'un flambeau terrestre, matériel ; tu vois que, dans le temple aussi, on pourrait quelquefois s'en passer à l'aide du grand flambeau journalier de Dieu, qui brille au ciel. Que signifie donc ton hommage d'un cierge allumé, et comment peut-il être agréable à Dieu et à ses Saints ? — Il doit être le signe visible de l'esprit qui brûle en toi, de ton zèle pieux. L'Esprit de Dieu a réparti dans l'Église les genres de fonctions selon l'état et les facultés de chacun : le desservant de l'Autel prie, entonne les chants sacrés, célèbre les saints mystères, enseigne; les moindres ser-

viteurs de l'Autel réveillent la prière et l'entendement
spirituel par la sainte lecture ou par le chant sacré, par
l'indication de l'ordre des saintes cérémonies et des
objets de la prière; à toi, à qui il est échu d'écouter en
silence et d'être exhorté, afin que tu ne paraisses pas
écarté d'une participation active au Service divin, un
membre inactif de l'Église, a été attribué l'acte symbolique d'allumer un cierge devant une sainte Image, et,
quand tu le fais, ta conscience reçoit le témoignage que
tu participes au service de Dieu, l'Église est réjouie en
concluant de ce signe que tu brûles en esprit, et Dieu a
pour agréable le sacrifice du cœur. C'est d'après cet
exemple qu'il faut juger aussi des autres œuvres de piété.
L'homme ne voit pas le cœur de son prochain, et cependant lui non plus ne se contente pas de l'apparence et du
matériel des actes, et il s'efforce de pressentir, par les
signes extérieurs, s'ils sont accomplis avec un zèle sincère, et, quand il trouve cela, il apprécie hautement les
œuvres et en reçoit une grande consolation. Dieu, qui
voit le fond des cœurs, peut-il être satisfait d'une œuvre
extérieure et matérielle de piété et de vertu, quand il ne
voit pas dans le cœur de l'homme un zèle pieux? *Dieu
considère le cœur. Donne-moi ton cœur*, dit sa sagesse à
l'homme, et, en retour, *le Seigneur te donnera selon ton
cœur*. Selon le cœur de la veuve de Jérusalem, qui avait
mis dans le trésor du temple deux oboles, fut prononcé
le jugement de Jésus-Christ que son petit don était plus
grand que tous les plus magnifiques. Un zèle pieux rend
une petite obole inappréciable devant Dieu.

En second lieu, un zèle pieux aide l'homme dans le
travail pour le Seigneur, allége pour lui les efforts du
service de Dieu, et accélère ses pas dans la voie de la per-

fection spirituelle. Quand l'homme du monde et de la
chair entend les commandements d'après lesquels doit se
conduire l'homme de Dieu : N'aime pas le monde, ni ce
qui est dans le monde ; Renonce à tes biens, c'est-à-dire,
ou distribue-les aux pauvres, ou administre-les avec
autant d'indifférence que si tu ne les avais pas ; Modère
ton amour pour ton père et ta mère, pour ta femme et tes
enfants, de manière à ne pas les aimer plus que Dieu ; Renonce à toi-même ; Prends ta croix, — il s'effraie du poids
du travail pour le Seigneur, et il ne comprend pas que
quelqu'un puisse le supporter. Au contraire, non-seulement l'Agonothète tout-puissant dit : *Mon joug est doux,
et mon fardeau est léger,* mais encore son serviteur, sujet
aux mêmes infirmités que nous, dit aussi que *ses
commandements ne sont pas pesants.* Comment donc accorder entre eux des aspects si divers d'une seule et
même œuvre ? — Cet accord est contenu dans l'intelligence du zèle pieux. *J'ai couru dans la voie de tes commandements,* dit le Psalmiste, *quand tu as dilaté mon cœur*
(Ps. cxviii, 32). Il nous fait comprendre par là que la
voie des commandements de Dieu, la voie de la vie pieuse
et spirituelle, semble difficile ; que l'homme s'y attarde,
y chancelle, y bronche, s'y embarrasse, ne sait pas y
mettre un pied devant l'autre, tant que son cœur est com-
primé, froid, non éveillé au bien ; mais que, quand il est
dilaté par la chaleur spirituelle, qu'il est éveillé par les
désirs divins, alors l'homme court légèrement et rapidement dans les voies de Dieu. Celui qui est expérimenté
comprendra cela ; mais pour qu'il soit plus facile à chacun
de le comprendre, que l'on observe combien fait l'ardeur
de l'esprit dans les affaires humaines ordinaires. Je
citerai un exemple dans lequel on pourra voir à la fois et

une expérience réelle, ordinaire, et en même temps une parabole ayant une signification élevée, spirituelle. Jacob s'était lui-même engagé à travailler chez Laban pendant sept ans, à la condition de recevoir, au lieu de paiement, Rachel pour épouse : *Et ces sept ans lui parurent*, dit l'histoire, *comme peu de jours, parce qu'il l'aimait* (Gen., XXIX, 20). Rachel, belle par le regard, signifie la beauté de la contemplation spirituelle. Si, dans l'esprit de l'homme, s'est allumé l'amour de la beauté de la Divinité et de ce qui est divin, alors, dût-il passer même des années nombreuses dans les efforts difficiles de la piété pour acquérir la joie complète du salut, elles lui paraîtront comme peu de jours, parce qu'il aime ce pour quoi il travaille.

De cette manière s'explique comment les apôtres parcoururent, au milieu des persécutions, l'univers d'une extrémité à l'autre en prêchant l'Évangile, et ne se fatiguèrent pas ; comment les martyrs se réjouissaient dans les supplices ; comment les justes trouvaient la félicité dans une vie érémitique austère et privée de tout, et ne voulaient l'échanger pour aucune autre vie.

En troisième lieu, la ferveur du zèle pour Dieu peut être utile en particulier pour préserver l'homme des tentations du côté de la chair et du monde, et des esprits de malice et de séduction. Les observateurs spirituels expliquent cela par une similitude fort simple. Quand une chaudière bout sur le feu, alors n'osent s'en approcher, ni l'insecte pour la souiller, ni l'insolent animal domestique pour dérober la nourriture qui s'y prépare pour l'homme ; mais lorsqu'on l'enlève du feu et qu'elle se refroidit, les insectes fourmillent autour d'elle et y tombent, et le chien insolent peut s'approcher, souiller, dérober. Semblablement, quand l'âme de l'homme bout du

feu du zèle divin, ce feu spirituel lui sert en même temps
et de force pour l'action, et de cuirasse pour la défense;
mais si la négligence laisse ce feu s'éteindre, si le zèle
pieux se refroidit, aussitôt les pensées frivoles, mauvaises, impures naissent et pullulent dans le domaine
sensuel, tombent dans la profondeur de l'âme et la souil-
lent, et la passion insolente peut venir et dérober dans
l'âme ce qui s'y préparait pour la satisfaction de Dieu.

Que vous en semble, mes Frères? la ferveur de l'esprit
pour Dieu n'est-elle pas une qualité désirable par-dessus
tout? Cela est réellement. Et nous trouvons cette pensée
chez notre Sauveur lui-même. *Je suis venu jeter le feu
sur la terre*, dit-il, *et que désiré-je, sinon qu'il s'allume*
(Luc, XII, 49)? C'est-à-dire : Combien je désirerais qu'il
brûlât déjà ! Qu'est-ce donc que ce feu si désiré de Celui
qui est venu sauver l'homme? Sans doute ce n'est pas un
feu destructeur, mais un feu vivifiant, le feu de l'esprit,
jeté dans la terre du cœur, qui, selon l'expression du prophète, *fond et purifie comme on fait l'argent et l'or; et il
purifiera les enfants de Lévi*, c'est-à-dire les enfants du
cœur, *et il les fondra comme l'or et comme l'argent, et ils
apporteront au Seigneur une hostie* spirituelle *dans la justice* (Mal., III, 5). Ce feu divin, dont Jésus-Christ désirait
tant enflammer les cœurs des hommes, brûlait dès lors
dans son propre cœur comme dans sa source, ainsi que
le montrent les paroles qui suivent immédiatement celles
rapportées plus haut : *J'ai à être baptisé d'un baptême*,
c'est-à-dire du supplice de la croix, *et combien je suis pressé
jusqu'à ce qu'il s'accomplisse* (Luc, XII, 50) ! C'est-à-dire :
Comme je languis jusqu'à ce que cela s'accomplisse! Que
signifie cette langueur, si ce n'est que son cœur brûlait
du désir du supplice et de la mort de la croix, afin d'a-

paiser par ce sacrifice Dieu le Père, et d'accomplir le salut des hommes ?

Après de pareilles réflexions, n'est-il pas douloureux, mes Frères, de penser qu'il y a encore, parmi ceux qui s'appellent chrétiens, des cœurs qui ne sont jusqu'ici qu'une terre dans laquelle le feu du Christ n'a pas encore été jeté, restée froide, étrangère à la vie de Dieu? N'est-il pas triste de remarquer que quelques-uns ne travaillent pour le Seigneur que dans les œuvres extérieures de la piété et de la vertu, superficiellement, par force, sans animation spirituelle, sans un zèle sincère et profond? Pauvres gens! Ils comprennent qu'il serait par trop dangereux de ne pas travailler du tout pour le Seigneur, mais en travaillant sans zèle, ils se font à eux-mêmes un double mal : et ils augmentent le poids de leur travail, et ils n'en obtiennent pas tout le fruit possible.

Quelques-uns pourront dire : Nous voudrions bien avoir un esprit brûlant pour Dieu; mais que faire si cela ne nous est pas donné? A cela nous répondrons : Si notre Divin Sauveur, dans les jours de sa chair, a tant désiré jeter son feu divin dans les cœurs des hommes, pensez-vous qu'il le désire moins aujourd'hui? *Jésus-Christ était hier, il est aujourd'hui et il sera le même dans les siècles.* En lui, aujourd'hui encore comme toujours, et pour chacun comme pour tous, — en lui est la vie et la lumière des hommes, lumière qui éclaire sans cesse, vie qui vivifie sans cesse. *Approchez-vous de lui, et vous serez éclairés.* Placez devant lui la terre de votre cœur, et il y allumera son feu vivifiant. Faites pour lui le peu qui est maintenant en votre pouvoir, et il fera pour vous ce qui est en sa toute-puissance et en sa bonté infinie. Réveillez votre cœur par le souvenir des bienfaits innombrables et inces-

sants du Dieu créateur et dispensateur de tous les biens,
et, par la méditation de l'amour sans bornes du Rédemp-
teur qui, peu content d'être votre bienfaiteur, s'est fait
votre hostie et votre nourriture, — conservez, autant que
possible, votre conscience sans trouble et en paix, et, si
elle est troublée par le péché, ne différez pas de la purifier et de la calmer par le repentir; contraignez-vous
vous-mêmes à travailler sans paresse et sans murmure
pour le Seigneur, avec crainte aussi longtemps qu'il
ne vous est pas donné de travailler pour lui avec joie;
ne vous attribuez pas les succès qui vous seront donnés
dans le service de Dieu, mais rendez hommage de tout
bien à sa grâce; tenez-vous, par la prière et l'humilité,
sans cesse épandus devant Dieu comme la terre devant
le soleil. Dieu, qui fait luire son soleil visible sur les
mauvais et sur les bons, sera fidèle à la promesse de sa
grâce pour éclairer aussi vos cœurs, pour les échauffer
et les enflammer de son saint esprit, afin que vous soyez
fervents en esprit, servant le Seigneur, non-seulement
comme des serviteurs fidèles, avec soin, par zèle, mais
encore comme des enfants sincères, avec joie, par amour,
afin que vous ayez la consolation intérieure, afin que vous
atteigniez à la récompense éternelle. — Ainsi soit-il.

7

HOMÉLIE

SUR LA PARABOLE DE L'IVRAIE,

Prononcée le 8 novembre 1825.

> Seigneur, n'as-tu pas semé une bonne semence dans
> ta propriété? D'où vient donc qu'il y a de l'ivraie?
> — Matth., XIII, 27. —

Je veux dire quelque chose en prenant pour guide la parabole Évangélique *de l'ivraie :* appelons à notre aide le Semeur souverain de la bonne semence, afin que ce ne soit pas de l'ivraie qui soit semée par ce discours, mais que dans notre ivraie inutile se trouve un grain de bonne semence, capable de germer dans la terre molle de cœurs dociles; et de produire du fruit pour la vie éternelle.

Mais à quoi bon parler d'ivraie? — pensera quelqu'un. Pour celui qui est appelé à semer la bonne semence, ne vaudrait-il pas mieux ne s'occuper que de la bonne semence, et non de l'ivraie, qui n'est bonne à rien? — Et moi aussi, je voudrais bien me conduire de cette manière. *Oh! que mes lèvres ne disent pas les œuvres des hommes* (Ps. XVI, 4)! Oh! si je pouvais ne pas parler des œuvres des hommes, frivoles et pernicieuses, mais seulement des œuvres de Dieu, bonnes et salutaires! J'ose présumer que le Créateur lui-même et le premier Commentateur de la parabole de l'ivraie aurait désiré aussi ne pas parler de l'ivraie. Mais que faire? S'il y a du danger qu'alors que l'on sème une bonne semence il ne croisse aussi de l'ivraie, ou si, alors que la semence a déjà monté, il a effectivement paru aussi de l'ivraie, comment, dans ces cas, ne pas s'occuper aussi de l'ivraie? Comment ne pas songer à ce qu'il y a à faire contre elle?

Les serviteurs qui ne connaissent pas les secrets de la culture céleste, voudraient aussitôt sarcler, arracher de force et détruire l'ivraie; mais le Très-Sage Maître du champ ne le permet pas. *Non, de peur que parfois, en arrachant l'ivraie, vous n'arrachiez en même temps aussi le froment.*

Que faire cependant pour que l'ivraie ne prenne pas le dessus et n'étouffe pas le froment? — C'est sur quoi je pense tirer quelque enseignement de l'examen de ce que c'est que l'ivraie, et d'où elle est venue dans le champ.

Seigneur, n'as-tu pas semé une bonne semence dans ta propriété? D'où vient donc qu'il y a de l'ivraie?

Qu'est-ce que l'ivraie? — Pour expliquer cela, l'Auteur lui-même de *la parabole de l'ivraie du champ,* dit : *L'ivraie, ce sont les fils ennemis,* ou, selon la traduction plus rapprochée de l'expression du Seigneur telle qu'elle est écrite dans l'Évangéliste Matthieu, en grec : *L'ivraie, ce sont les fils de l'esprit malin.* Dans cette explication, il n'est pas difficile de remarquer — et il est nécessaire de le remarquer pour comprendre la suite, — que la parabole, sous la dénomination d'ivraie, comprend certains hommes, mais non pas quant à la nature humaine, de même qu'aussi, dans l'autre explication, où il est dit que *la bonne semence, ce sont les fils du royaume,* les dénominations de bonne semence et de fils du royaume ne se rapportent pas à la nature humaine. Quant à leur na-

ture, tous les hommes également proviennent primordialement du Dieu Créateur ; subséquemment, d'hommes
semblables à eux, leurs générateurs : dans la vie, ils se
partagent en bonne semence et en ivraie, ils deviennent
les fils du royaume ou les fils de l'esprit malin. *Celui qui
a semé la bonne semence* n'a pas semé une nouvelle génération sur la terre ; mais, dans cette génération, telle
qu'il l'a trouvée dans le monde, il a semé les fils du
royaume, et il les a propagés dans toutes les générations
du monde. De là, il faut conclure que la bonne semence
désigne l'esprit et le caractère distinctif des fils du
royaume ; et c'est pourquoi il est dit aussi, conformément
à cette explication, dans l'explication d'une autre parabole, que *la semence, c'est la parole de Dieu* (Luc, viii, 11),
en tant que de la parole de Dieu proviennent dans les
hommes l'esprit et le caractère distinctif des fils du
royaume. Et par conséquent, dans la partie opposée
de la parabole, il faut conclure aussi que l'ivraie désigne
l'esprit et le caractère distinctif des fils de l'esprit malin
dans certains hommes. De même que le développement de
la bonne semence spirituelle dans l'homme, c'est la vérité
de la foi, le bien de l'amour, la force de l'espérance, la pensée pure, le désir innocent, la parole saine, l'œuvre juste
et sainte, la vie spirituelle, céleste, angélique, conforme
à celle de Jésus-Christ, ainsi, au contraire, le développement de l'ivraie de l'âme, c'est le mensonge de l'incrédulité ou de la superstition, le mal de la haine, la force
menteuse de la présomption ou la faiblesse du désespoir,
la pensée impure, le désir vicieux, la parole perfide ou
licencieuse, l'œuvre inique et impie, la vie charnelle,
terrestre, animale, infernale, ou — la même chose en un
mot, — non Chrétienne.

Seigneur, n'as-tu pas semé une bonne semence dans ta pro-
priété? Tu as semé sur la terre ce que tu y as apporté
avec toi du ciel ; or, tu as apporté avec toi sur la terre
l'esprit divin, le caractère céleste. Ta propriété, ou ton
champ, c'étaient les cœurs des hommes élus : tu y as
semé la parole de Dieu ; tu l'y as réchauffée de la chaleur de l'Esprit-Saint ; tu l'y as abreuvée de ton sang divin. Elle s'y est développée, elle y a fleuri, elle y a produit
du fruit pour la vie éternelle, *dans l'un cent, dans l'autre*
soixante, dans l'autre trente, dans les apôtres, dans les
martyrs, dans les saints de tout genre ; par eux la semence a été portée dans les contrées, dans les peuples,
dans les siècles. De plus, afin de conserver pour ton
champ ta semence toujours pure, et jamais appauvrie, tu
as *ordonné de remplir un gomor de cette manne, pour le*
conserver pour notre génération (Ex., xvi, 52), — c'est-
à-dire de remplir de la parole de Dieu la mesure déterminée des saintes Écritures, de sorte que, comme, un
jour, des milliers d'affamés ont reçu quelques pains de
tes mains Divines et en ont été rassasiés, tandis que la
quantité du pain n'a pas été diminuée pour cela, mais a
été au contraire augmentée ; ainsi, dans quelques Livres
Divins, des milliers de milliers se sont instruits, tandis
que les mystères et la révélation des mystères de ta sagesse infinie n'en ont pas été épuisés, mais sont devenus
sans cesse plus abondants.

Seigneur ! combien de *bonne semence,* et avec quelle
sage sollicitude de sa bonté et de sa pureté, *tu as semé*
dans ta propriété!

D'où vient donc qu'il y a de l'ivraie? Dans ton champ,
Seigneur, d'où a pu venir l'ivraie? Si elle avait paru là où
il n'y a rien eu de semé, ou si la méchante plante avait

crû là où l'on aurait semé une méchante semence, il n'y aurait pas de quoi s'étonner. S'il y a des égarements et des vices au milieu des païens, qu'attendre autre chose de cette terre sauvage et sans culture? Mais dans les champs du Christianisme, qui ont été défrichés par la croix de l'Homme-Dieu, ensemencés par le Verbe de Dieu, d'où est venue l'ivraie païenne? D'où sont venus les égarements de l'intelligence au milieu de vous, disciples du Verbe de Dieu? D'où sont venus les vices du cœur au milieu de vous, pupilles de l'Esprit-Saint?

A ces questions peu faciles, mais non sans utilité, nous avons des réponses faciles, mais très-pernicieuses. Les égarements, dit-on, viennent de l'ignorance humaine; les vices viennent de la faiblesse humaine. Excellente généalogie de l'erreur et du vice, — excellente pour que les gens adonnés à l'erreur et embourbés dans le vice, les gens que la parabole Évangélique appelle *les fils de l'esprit malin* puissent se persuader, eux et les autres, qu'ils ne sont pas d'une mauvaise race! Ce n'est pas un crime que d'être borné; il n'est pas honteux d'avouer la faiblesse des forces humaines; mais de là on conclut qu'être superstitieux ou incrédule est également chose innocente, que demeurer dans le vice n'est pas non plus honteux.

Les égarements viennent de l'ignorance! Arrêtez! Est-il vrai que l'ignorance soit la mère de l'erreur? L'ignorance est stérile, elle n'enfante rien, parce qu'elle-même n'est pas quelque chose, mais seulement une borne, un terme, une absence d'existence. Prenons pour exemple la faculté de la vue. Ton œil est borné: c'est pour cette cause que lorsqu'un objet s'éloigne de toi à une distance déterminée, tu cesses de le voir, et rien de plus. Mais si ton œil t'induit en erreur en te représentant les objets qui t'entourent comme tournant et tombant dans un mouvement imaginaire, à la suite de quoi tu tombes aussi, ce serait en vain que tu chercherais des causes à cela dans la faiblesse de l'œil; il faut les chercher ces causes dans ton vertige provenant de l'emploi d'un poison stupéfiant, ou du vin en surabondance. Raisonne aussi de la même manière sur la vue spirituelle de l'esprit. Ton esprit est borné : c'est pour cette cause que les objets éloignés de ses regards intellectuels sont ou inconnus ou incompréhensibles pour lui, et rien de plus. Mais si, dans ton esprit, surgissent des idées qui soient contraires à l'ordre naturel des choses observé et reconnu d'un commun accord par tous les hommes d'un jugement sain, par lesquelles tu penses mettre tout l'univers sens dessus dessous, mais au lieu de cela tu te précipites toi-même dans l'absurdité, peut-on expliquer cela par l'ignorance, qui n'est pas un principe efficient, et qui est un défaut commun à tous les hommes? Ne doit-on pas, au contraire, nécessairement attribuer cela à l'ivresse d'un vin impur et en fermentation, ou au poison stupéfiant d'une sagesse qui, il est vrai, dans le domaine où elle se manifeste, s'appelle terrestre et humaine, mais dont la source est pire que quelque chose de simplement terrestre, dont la racine est plus bas que l'humanité?

Les vices viennent de la faiblesse ! — D'après cela, pour être vertueux, il faudrait être un géant ! — Mais nous, au contraire, comme nous savons par les saints récits qu'*alors que des géants étaient sur la terre, la méchanceté des hommes augmentait sur la terre* (Gen., vi, 4, 5), ainsi voyons-nous souvent aujourd'hui encore des gens qui se louent plus que d'autres de leur force d'esprit, et

qui ont moins de raisons que d'autres de se plaindre de
faiblesse ou de défauts corporels, tomber dans le vice
plus facilement que ceux qui, plus que d'autres, sont
soumis aux infirmités et aux défauts corporels, et ne
s'attribuent pas une force d'esprit éminente. Les vices
viennent de la faiblesse! — Mais, au contraire, un païen
même a remarqué que *nous sommes meilleurs alors que
nous sommes plus faibles.* Les vices viennent de la faiblesse! — Accordons que cela arrive dans quelques cas:
par exemple, quand un mendiant affamé vole un morceau
de pain à un riche. Mais quand, au contraire, nous
voyons le riche, non-seulement refuser un morceau de
pain au pauvre, mais encore dépouiller et ruiner les
pauvres, tandis qu'il y a des pauvres qui observent le
désintéressement, comment expliquer cela par la seule
faiblesse humaine? Ne voit-on pas ici deux forces con-
trastantes: dans l'un, une force du bien peut-être au-dessus de l'humanité, dans l'autre, une force du mal sans
aucun doute au-dessous de l'humanité?

Cessons de nous méprendre: rejetons, sur l'origine
de nos égarements et de nos vices, des opinions qui ne
sont propres qu'à autoriser les égarements et les vices;
ne regardons pas l'ivraie comme une mauvaise production ordinaire et comme une appartenance naturelle du
froment. Et si nous ne pouvons pas comprendre d'où elle
vient réellement, interrogeons sur cela le Seigneur, et
nous en recevrons de lui l'explication. *Seigneur, n'as-tu
pas semé une bonne semence dans ta propriété? D'où vient
donc qu'il y a de l'ivraie?* — Il répond: *L'homme ennemi
a fait cela;* — *pendant que l'homme dormait, son ennemi
est venu, et il a semé de l'ivraie parmi le froment, et il
s'en est allé;* — *l'ennemi qui l'a semée, c'est le démon.*

Il me semble que si nous pensions plus souvent et avec une foi plus grande à cette origine de notre ivraie de l'âme, nous ne la laisserions pas aussi facilement se multiplier et croître. *L'ennemi qui l'a semée, c'est le démon* : il l'a semée dans les livres frivoles ou mauvais, dans les chansons licencieuses, dans les spectacles scandaleux, dans les fréquentations mauvaises, dans les mœurs immodestes et légères. Après cela, l'ennemi disparait : *Il a semé l'ivraie parmi le froment, et il s'en est allé.* Tu penses te permettre des choses innocentes, qui seulement ne sont pas très-austères, les plaisirs de la vue, de l'ouïe, de l'imagination, du sentiment; mais sois attentif : à travers ces plaisirs se sème l'ivraie de l'esprit malin, la semence infernale s'insinue dans le cœur; ressens de l'éloignement; crains; prends des précautions.

Des précautions : car la parabole dit que, *pendant que l'homme dormait, l'ennemi est venu.* Ce que signifie ici le sommeil, l'Auteur de la parabole ne l'explique pas; mais on peut supposer sans crainte d'erreur que le sommeil signifie ici l'insouciance et le défaut d'attention vigilante sur soi-même et sur ses actions. Les hommes dorment spirituellement quand ils ferment avec insouciance les yeux de l'esprit, et ne s'efforcent pas de voir la lumière de la vérité évangélique et de la loi de Dieu afin d'en être éclairés incessamment et d'éclairer les chemins de leur vie; quand, semblables à ceux qui rêvent pendant leur sommeil, ils ne commandent pas à leurs pensées, ils ne refrènent pas leurs désirs, ils permettent à leur imagination de s'égarer au milieu d'objets sensuels et frivoles. C'est ainsi qu'ils dorment; mais pendant ce temps, l'ennemi ne sommeille pas; il se glisse furtivement dans l'ombre de l'oubli de Dieu et de sa loi, et il sème de l'ivraie dans le froment ; dans le sommeil de l'homme, des rêves infernaux ; dans l'insouciante négligence de la vertu et du salut, des pensées impures, des désirs coupables, des œuvres iniques et funestes. Ne dors pas, ou réveille-toi, âme bien-aimée ; exerce sans cesse ton œil à la lumière de Dieu ; marche en la présence de Dieu ; surveille avec vigilance, non-seulement tes actions, mais encore les désirs et tes pensées ; éclaire-toi intérieurement de la Parole de Dieu et de la prière, afin que, même dans le temps du sommeil corporel, la clarté de l'esprit ne s'éteigne pas dans ton cœur, et ne laisse pas arriver jusqu'à toi l'ennemi ténébreux qui sème l'ivraie.

Fils du royaume dans lesquels a été semée la bonne semence ! la parabole dit que l'ivraie devient plus visible à mesure de la croissance et de la maturité du froment, à mesure de l'approche de la moisson. Oh ! comme l'ivraie est déjà visible aujourd'hui dans le champ du Seigneur ! N'est-elle pas proche, par conséquent, la grande moisson ? En effet, selon ce qui a été dit : *Arrachez d'abord l'ivraie et liez-la en gerbes,* — l'ivraie commence déjà à se préparer elle-même à la dernière mise en gerbes pour la combustion : — les gens qui se sont livrés à l'impiété et à l'iniquité chacun pour soi-même, se lient de jour en jour plus étroitement et plus solidement en sociétés, en bandes, en conspirations. Ne dormons pas, mes Frères, mais soyons vigilants ; surveillons et soignons, chacun dans son cœur, le grain de l'esprit que le Divin Semeur a semé en nous par le baptême et par l'enseignement Évangélique.

Et vous, habitants des cieux, Anges de Dieu ! avant d'apparaître devant nous avec la voix de la trompette pour annoncer la moisson désirée et redoutable, faites-nous entendre la voix paisible d'une douce exhortation à la pénitence et à la veille spirituelle, *afin que nous ne nous endormions jamais dans le péché qui conduit à la mort*. *Armez-vous autour* de nous, et délivrez-nous de l'ennemi qui sème en nous l'ivraie, aliment du feu de la géhenne. — Ainsi soit-il.

8

HOMÉLIE

SUR LE SOULAGEMENT DE CEUX QUI SONT FATIGUÉS ET QUI SONT ACCABLÉS.

> Venez à moi, vous tous qui êtes fatigués et qui êtes accablés, et je vous soulagerai.
>
> — Matth., xi, 28. —

Entendez-vous? On appelle : quelqu'un a-t-il besoin de se rendre à cet appel? On invite *ceux qui sont fatigués et qui sont accablés* : est-il ici quelqu'un qui se trouve dans ce cas? Ou bien sommes-nous à notre aise et sans fatigue, et, par conséquent, n'avons-nous que faire de cette invitation? On promet de *soulager* : quelqu'un a-t-il besoin de ce soulagement? Ou bien ne vaut-il pas la peine d'aller le chercher, mais aspirons-nous à la joie, à la gaieté, au plaisir?

Tournons un peu la question : Désirez-vous être heureux? Sans aucun doute, personne ne s'en défendra. Mais comment appelez-vous la situation d'âme de l'homme heureux? A moi, il me semble qu'aucun nom ne saurait lui mieux convenir que l'un de ces deux : le repos, la joie. Mais l'effet de la joie ordinaire sur la terre est semblable à l'effet du vin : l'état de joie est un état d'ivresse ; or, l'ivresse n'est pas de longue durée et laisse après elle un sentiment de vide, ou même de pesanteur. Le repos est l'état d'une âme saine et dégagée ; il ne se ressent pas aussi vivement que la joie, mais en revanche il est plus durable. Ainsi donc, ne nous en voulez pas, amis de la joie, de la gaieté, du plaisir : nous vous souhaitons, — et nous pensons devoir, pour votre bonheur, vous souhaiter, — plus de repos que de joie, de gaieté, de plaisir. Quant à celui qui a si bien fait son goût aux joies terrestres, qui trouve si facilement la gaieté, qui échange si infatigablement le travail pour les plaisirs qu'il n'attache aucun prix au repos, à celui-là, — quoique, peut-être, cela paraisse un peu par trop austère, — nous allons jusqu'à souhaiter qu'il fasse un peu l'expérience de l'état de *ceux qui sont fatigués et qui sont accablés*. En ce souhait austère, nous imitons un homme du reste fort bienveillant : *Couvre*, disait-il en priant Dieu, couvre *leur visage d'ignominie, et ils invoqueront ton nom, Seigneur !*

Mais, peut-être l'état de ceux qui sont fatigués et qui sont accablés n'est-il ni rare, ni étranger à beaucoup d'entre nous, et, dans ce cas, aurions-nous besoin de chercher le repos, et devrions-nous accourir au Consolateur.

Venez à moi, vous tous qui êtes fatigués et qui êtes accablés, — s'écriait le Seigneur Jésus quand devant ses yeux se trouvaient les Juifs au milieu desquels il prêchait. Quel joug pouvait-il voir sur eux qui les fatiguât, et quel fardeau qui les accablât ? — C'était d'abord le fardeau du péché, sous lequel le roi d'Israël lui-même, qui était si fort,

faiblissait comme un esclave souffrant des douleurs dans
ses os sous le poids d'un fardeau disproportionné à ses
forces : *Il n'y a point de paix dans mes os*, disait-il, *à la
vue de mes péchés; car mes iniquités ont monté au-dessus
de ma tête; car c'est un fardeau pesant qui m'accable* (Ps.
xxxvii, 4, 5). C'était ensuite le joug de *la loi de Moïse* que
l'apôtre Pierre appelle nommément *un joug que*, — dit-il
pour expliquer cette appellation, — *ni nos pères, ni nous n'a-
vons pu porter* (Act., xv, 10) ; dont la pesanteur, en outre,
dans les derniers jours du Judaïsme, était doublée et tri-
plée par les enseignements et les commandements humains des scribes et des pharisiens : *Car ils lient*, dit en
parlant d'eux le Seigneur, *des fardeaux pesants et qu'on
ne peut porter, et les imposent sur les épaules des hommes*
(Matth., xxiii, 4). C'était, en troisième lieu, le joug et le fardeau de souffrances et de calamités nombreuses et diverses, pesant sur le peuple juif en général, et tombant sur
un grand nombre d'individus séparément : par exemple, le
joug de la domination païenne sous lequel les Juifs, avec
leur fierté, s'efforçaient, il est vrai, de relever la tête et de
s'écrier : *Nous sommes la race d'Abraham, et nous n'avons
jamais été les esclaves de personne* (Jean, viii, 33), mais
qui ne s'en appesantissait pas moins sur leur cou et s'é-
levait au-dessus de leur tête, puisqu'il pesait même sur
leur souverain sacerdoce et jusque sur les ornements
pontificaux de leur Grand-Prêtre, que les Romains te-
naient enfermés dans leur citadelle; — le joug de la Synagogue qui persécutait ceux qui confessaient une vérité
opposée à ses préjugés et à son ambition; — enfin les
fardeaux particuliers de la pauvreté, de l'oppression de
la part des forts, de l'iniquité des juges, des maladies,
des afflictions.

Ceux qui étaient accablés de ces fardeaux et d'autres semblables, ceux qui étaient exténués par les fatigues, le Seigneur Jésus-Christ les appelait tous à lui : et puisqu'il appelait tous les hommes sans exception, puisque Dieu *le Père l'a envoyé comme Sauveur au monde* (I Jean, IV, 14), et non pas à un peuple ou à un temps ; puisque *ses paroles ne passeront point*, alors même que *passeront le ciel et la terre* (Marc, XIII, 31), il dit encore la même chose aujourd'hui, et ceux d'entre nous *qui sont fatigués et qui sont accablés*, il les cherche et les appelle encore à lui.

Homme qui reconnais en toi-même le péché ! n'es-tu pas fatigué ? n'es-tu pas accablé ? En sentant ta conscience blessée, ne fais-tu pas des efforts pour fuir hors de toi-même, efforts infructueux toutefois, comme ceux du cerf blessé qui fuit dans la forêt, mais ne peut plus échapper à la blessure qu'il porte avec lui, et ne fait qu'épuiser ses forces ? Ne t'élances-tu pas quelquefois, comme le poisson pris à l'hameçon, par des soubresauts toutefois inutiles parce que le joug qui te retient et le fardeau qui t'accable se trouvent au-dedans de toi ? Le péché n'est-il pas pour toi en partie un fardeau, puisqu'il oppresse ton âme du ressouvenir de ce que tu as fait ; en partie un joug, puisqu'il te prive de la liberté, te fatigue, t'exténue par la continuité, de même que la bête de somme est liée, fatiguée, exténuée par le joug ? Mais si, alors que tu vis dans le péché, tu n'y reconnais pas, tu n'y sens pas un joug et un fardeau, cela n'en vaut pas mieux. Dans ce cas, tu es semblable à l'animal sauvage sous le joug et le fardeau, qui s'emporte à travers les précipices et qui, moins il éprouve de difficultés, moins il ressent de fatigue, plus il peut facilement se précipiter dans l'abîme et périr sans retour ; et par conséquent, dans ce cas, — ainsi qu'il a été dit plus haut, — il est à désirer que tu tombes d'une manière sensible dans la situation pénible de *ceux qui sont fatigués et qui sont accablés*, plutôt que de rester dans cet état dangereux d'effrénement. Mais toi qui reconnais dans ton iniquité un joug et un fardeau, ne diffère pas de reconnaître aussi l'espérance du soulagement : *Viens, toi qui es fatigué et qui es accablé*.

Homme qui t'avances avec effort dans la vertu! n'es-tu pas *fatigué*, toi aussi? et toi aussi, n'es-tu pas *accablé*? Il est vrai que, si le partage du pécheur est un joug et un fardeau, l'apanage de la vertu doit être l'aisance et la liberté. Mais de même que le joug et le fardeau du péché ne se sentent qu'après qu'il a été commis, ainsi la vertu ne fait ressentir l'aisance et la liberté qu'alors qu'elle est consommée. Mais est-il facile d'y atteindre à la perfection? Le chemin en est montant, escarpé, étroit, semé d'épines. Et reconnaître le chemin de la perfection spirituelle, et en entreprendre l'ascension réellement, cela est déjà difficile par cela seul que, selon les paroles d'un athlète expérimenté dans la carrière de la sagesse et de la vertu, *le corps corruptible appesantit l'âme, et cette habitation terrestre surcharge l'esprit accablé d'une multitude de soucis* (Sag., ix, 15). Mais le corps, outre qu'il est corruptible et, par conséquent, incapable de soutenir toute la tension des efforts de l'âme immortelle, mais, bien au contraire, ou la comprime dans ses élans, ou court le danger d'en être séparé violemment et de tomber en ruines, — le corps, outre cela, est infecté du péché, lié par les habitudes contraires à la vertu : et de même, l'esprit, outre qu'il est distrait par les soucis que lui cause son habitation terrestre, est encore empêché par les préjugés, aveuglé et entraîné par les passions du cœur, induit en erreur

II.   50

par les illusions des sens et de l'imagination. Et combien encore d'obstacles accessoires dans la lutte pour la vertu ! L'abondance des biens terrestres séduit, leur absence sollicite ; les exemples détournent du chemin ; les faux jugements des hommes font surgir des pierres d'achoppement ; les persécutions effraient ; là où, en apparence, finit *la lutte contre la chair et le sang*, commence à nouveau la lutte *contre les dominations, et contre les puissances, et contre les princes des ténèbres de ce siècle, les esprits de malice qui sont sous le ciel.* Celui qui combat, non pas seulement pour obtenir la couronne de la vertu de la part des hommes, mais pour remporter la véritable victoire, la victoire intérieure sur ses passions et ses vices, celui-là peut comprendre les plaintes que nous entendons sortir de la bouche de l'un des lutteurs les plus zélés : *Le bien n'habite pas en moi, c'est-à-dire dans ma chair. Car la volonté est en moi, mais je ne trouve pas le moyen de faire le bien. Car je ne fais pas le bien que je veux, mais je fais le mal que je ne veux pas. — Je trouve donc cette loi que, quand je veux faire le bien, le mal est attaché à moi. — Malheureux homme que je suis* (Rom., VII, 18 — 24) ! Reconnais donc, toi aussi pour qui la loi elle-même du bien est comme un fardeau sur les épaules d'un homme sans force, — reconnais et le besoin et l'espérance ou d'être soulagé ou d'être fortifié : *Viens, toi qui es fatigué et qui es accablé.*

Homme atteint par le malheur, la souffrance, le chagrin ! tu n'as pas besoin d'examiner si tu te trouves et si tu te comptes au nombre de *ceux qui sont fatigués et qui sont accablés.* Il n'est pas à craindre que tu ne le saches pas assez, mais bien que tu ne le sentes outre mesure, et que, par l'excès de ce sentiment, tu ne rendes toi-même dif

ficile pour toi la connaissance des moyens de te soulager.
L'unique remède certain se découvre à toi de lui-même :
rassemble les restes de tes forces épuisées ; approche-
toi pour le reconnaître et le recevoir : *Viens, toi qui es
fatigué et qui es accablé.*

*Venez à moi, vous tous qui êtes fatigués et qui êtes accablés,
et moi,* — dit Jésus-Christ, *je vous soulagerai.* Refuge assuré ! Port à l'abri du danger ! Secours tout-puissant !
Protection inébranlable ! Soulagement céleste ! Repos
divin ! Il n'y a qu'à venir. Il n'y a qu'à ne pas
refuser.

Jésus-Christ soulage ceux qui sont accablés du fardeau
de leurs péchés : en effet, quand les péchés du monde entier pèseraient sur toi, il t'enlève tout ce fardeau, le
prend sur lui, et, par là, l'anéantit. *Voici l'Agneau de
Dieu, qui prend sur lui les péchés du monde.* Si tu es vaincu
par le péché, l'Agneau de Dieu en triomphe en toi. Si tu
es l'esclave vendu du péché, il te rachète. Si tu es lié sous
le péché comme sous un joug, il te délie. Si tu succombes
sous le fardeau du péché, il te relève. Si même tu es
mort par le péché, Dieu, qui a ressuscité Jésus-Christ, te
rend, même mort par le péché, à la vie par Jésus-Christ
(Éphés., ii, 5) ; *le sang de Jésus-Christ qui, par l'Esprit-
Saint, s'est offert à Dieu comme une victime sans tache, purifie ta conscience des œuvres mortes, pour te faire servir le
Dieu vivant et vrai* (Hébr., ix, 14).

Jésus-Christ soulage ceux qui sont fatigués sous le joug
de la loi, ceux qui, luttant pour la vertu, éprouvent plus
le poids et les difficultés de la lutte que ses succès, et,
en apparence, s'épuisent plus qu'ils ne trouvent des
forces dans sa continuité : car Jésus-Christ, la Force de
Dieu et la Sagesse de Dieu, donne et la lumière de la

pure connaissance et la force de l'accomplissement parfait, et allége la lutte, et fortifie le lutteur, et enlève les
obstacles, et envoie le secours, et nous conduit sains
et saufs au travers du danger, et triomphe en nous de
nos ennemis, et couronne en nous sa victoire. Le lutteur
qui naguère, dans son épuisement, presque sans espérance, criait : *Malheureux homme que je suis !* s'approche
de Jésus-Christ, et dès lors ne trouve plus en lui-même
d'autre sentiment que celui de la reconnaissance envers
lui pour son soulagement : *Je remercie mon Dieu*, s'écrie-
t-il, *en Jésus-Christ notre Seigneur !* Pour celui qui combat
avec Jésus-Christ, *les commandements de Dieu ne sont
pas pesants* (I Jean, v, 3). *Car le joug* de Jésus-Christ
est doux, et son fardeau est léger. Avec lui, le plus faible
lui-même peut dire : *Je peux tout en Jésus-Christ qui me
fortifie* (Phil., iv, 13).

Jésus-Christ allége et soulage ceux qui sont malheureux, qui souffrent, qui sont affligés : car, non-seulement,
comme libérateur, il peut toujours écarter ou faire cesser
le malheur, mettre fin à la souffrance, annihiler la cause
de l'affliction, mais encore, comme vainqueur consommé
du mal, établissant dans le domaine même du mal son
propre royaume, qui est celui du bien, il peut, au milieu
de la souffrance elle-même, faire naître dans l'homme le
sentiment de la félicité, mélanger la souffrance elle-même
de plaisir, donner au chagrin lui-même la saveur de la
joie. C'est son œuvre quand Job, après avoir perdu innocemment ses biens et ses enfants, bénit Dieu et, au milieu d'une maladie effroyable, sur son fumier, ne se laisse
pas aller au murmure ; quand Pierre, en prison et dans
les fers, comme au milieu d'une fête, passe la nuit à
chanter des cantiques ; quand Paul se réjouit dans les

souffrances; quand Cyprien, à sa condamnation à mort, répond : *Gloire à Dieu !*

Tel est, Chrétiens, vraiment céleste dès cette terre, et, dès avant la mort, immortel et bienheureux, *le repos de nos âmes* qui nous *est acquis* en Jésus-Christ, et que, quand même nos propres besoins ne nous engageraient pas à le chercher, notre Sauveur tout-bon et tout-miséricordieux cherche lui-même pour nous, nous appelant tous à lui pour nous donner son repos.

On peut dire que nous avons été amenés déjà, et que nous sommes amenés souvent au repos de nos âmes en Jésus-Christ, quand nous avons été amenés à lui par le baptême, et chaque fois que nous venons à lui par la prière, par la pénitence, par la communion de son Corps et de son Sang. Quoi donc? Avons-nous goûté ce repos? En avons-nous conservé et en conservons-nous en nous la vertu? Ou bien sommes-nous encore inquiets, encore *fatigués et accablés?* Sera-ce donc pour longtemps? Sera-ce donc jusqu'à ce qu'à la fin Jésus-Christ, après nous avoir appelés si longtemps en vain, nous abandonne à notre endurcissement ou à notre inconstance; jusqu'à ce qu'au contraire l'enfer, pour la satisfaction duquel nous nous fatiguons de choses vaines et nous nous surchargeons de péchés, vienne et nous dise: Vous vous êtes assez fatigués pour moi, et vous avez assez porté mon fardeau; venez maintenant que je vous repose à ma manière: vous aurez pour lit un feu inextinguible, et je vous couvrirai d'un ver qui ne meurt point?

Répondons plutôt, mes Frères, à l'appel bienfaisant de Jésus-Christ; cessons nos hésitations; suivons-le résolûment; cessons de retourner en arrière. *Craignons,* dirai-je avec l'Apôtre, *qu'il ne se trouve un jour quelqu'un d'entre vous qui, pour avoir négligé la promesse d'entrer dans son repos, en soit privé* (Hébr., IV, 1). *Aujourd'hui*, disait autrefois déjà l'Esprit-Saint à David ; *Aujourd'hui*, a-t-il dit ensuite, plusieurs siècles après, à Paul ; — et c'est par une longanimité admirable de Dieu qu'il est encore temps de dire maintenant : *Aujourd'hui, si vous entendez sa voix, n'endurcissez pas vos cœurs* (Hébr., III, 7).

Venons dès ce moment à Jésus-Christ avec une obéissance pleine de zèle et inébranlable à son enseignement et à son exemple; *entrons dans son repos animés d'une foi sincère, vive et active*, marchant sur les pas de ceux qui ont lutté depuis le commencement pour la foi et la vertu, des vrais imitateurs de Jésus-Christ, qui ont passé de tout joug et de tout fardeau terrestre à son repos céleste auquel ils nous invitent, nous aussi, par leur exemple, afin que, réunis à eux, nous puissions glorifier l'Unique Consolateur et *Sauveur de tous les hommes, et surtout des fidèles.* — Ainsi soit-il.

ONZIÈME PARTIE

DISCOURS

—

1

DISCOURS

A SA GRANDEUR ISIDORE, SACRÉ ÉVÊQUE DE DMITROFF,

Prononcé le 11 novembre 1854.

Après que, par la prière réunie des copasteurs, a été appelée sur toi la grâce Divine *qui te consacre,* c'est-à-dire qui descend sur toi et t'élève par l'imposition des mains; — après que cette grâce, par le courant, ouvert par elle-même, de la prière et de l'imposition des mains, s'est épanchée réellement, sans aucun doute, sur ton âme; — après que, par nos humbles mains, elle t'a revêtu de la plénitude des saints vêtements, — saints, parce qu'ils ne sont pas simplement des ornements, mais bien les symboles des dons et des vertus dont le Chef des pasteurs, le Seigneur Jésus revêt les âmes consacrées à Dieu; — enfin, après que cette même grâce a inauguré en toi ses dons par son opération mystérieuse, et, par toi, les a renouvelés en nous, le rite de la sainte Église m'ordonne de terminer ce qui a été commencé par la parole de la prière, par une parole de remémoration et de conseil.

Que dirai-je donc? Je ne veux pas te dire ma parole impuissante et sans vie. Pour sceller l'œuvre vivante du Saint-Esprit, je cherche une parole vivante, inspirée par le même Esprit.

Prête à notre pauvreté, divin Paul, la parole, celle qu'un jour tu envoyas au saint Timothée. *Je te rappelle*, dit-il, *de ranimer le don de Dieu, vivant en toi par l'imposition de mes mains* (II Tim., I, 6).

Timothée aussi imposait les mains, comme on le voit par l'exhortation que lui adresse l'Apôtre : *N'impose précipitamment les mains à personne* (I Tim., v, 22). Timothée était directeur et juge établi sur des prêtres, comme on le voit par une autre exhortation : *Ne reçois d'accusation contre un prêtre que sur la déposition de deux ou trois témoins* (19). Par conséquent, Timothée était évêque, — il était ce que, toi aussi, la même grâce t'a fait aujourd'hui.

Par rapport à ta situation particulière actuelle, il ne sera peut-être pas superflu de remarquer aussi que Timothée nous apparaît, chez l'Apôtre, non comme évêque indépendant de la ville d'Éphèse, mais comme administrateur, en quelque sorte, ou, selon l'expression actuelle empruntée à une langue étrangère, *vicaire* de saint Paul, ainsi qu'on peut le voir par les paroles suivantes de l'épître de Paul : *Je t'écris ces choses quoique j'espère aller te voir bientôt, mais afin que, si je tarde, tu saches comment il convient de vivre dans la maison de Dieu, qui est l'Église du Dieu vivant* (I Tim., III, 14, 15). Ces paroles montrent que saint Paul lui-même agissait et avait l'intention d'agir personnellement dans la direction de l'Église

d'Éphèse, mais qu'en même temps il employait et diri-
geait saint Timothée, d'abord comme son collaborateur
et coopérateur, et ensuite, selon la nécessité, aussi
comme agent indépendant dans la direction ecclésiastique.

Je pense que ceux aussi qui nous écoutent n'entendront pas cela tout à fait sans utilité, mais trouveront
dans mes observations un témoignage utile à leur foi de
ce que, dans l'Église Apostolique, même aujourd'hui,
tout se passe selon l'exemple Apostolique. Quant à toi,
mon cher frère en Dieu, ce que je dis doit te montrer que
ce n'est pas par application à la circonstance, mais selon le vrai droit et la convenance, même par obligation,
que je peux et je dois t'adresser les paroles que saint Paul
adressait, dans son épître, à Timothée : *Je te rappelle de
ranimer le don de Dieu, vivant en toi par l'imposition de
nos mains.*

Vois-tu ce que te montre la parole infaillible de l'Apôtre? — *Le don de Dieu vivant en toi par l'imposition des
mains.*

Le don de Dieu! — Ne songe pas à ta dignité; ne t'appuie pas sur ta force; ne t'arroge pas ce qui est uniquement à Dieu; n'attribue pas *le parfum de Jésus-Christ* au
vase dans lequel il est contenu.

Le don de Dieu! — Humilie-toi, mais ne te décourage
pas par la pensée de ton insuffisance ou de ton indignité;
ne perds pas courage dans ta faiblesse. Le Dispensateur
souverain de tous les dons n'exige pas un riche dona-
taire; la force de Dieu n'a pas besoin de la force humaine.

Le don de Dieu par l'imposition des mains! — Embrasse
et retiens dans une foi inébranlable ce don du Saint-

Esprit, comme celui-là même que Dieu le Verbe donna aux apôtres par la parole, et en outre aussi par l'inspiration à cause de sa consubstantialité avec le Saint-Esprit; que l'Esprit-Saint fit descendre sur les apôtres dans un *vent violent*, et en outre aussi dans des *langues de feu* à cause de sa consubstantialité avec Dieu le Verbe; qui enfin, dans les apôtres et leurs successeurs, comme étant les instruments de l'Esprit, s'est choisi aussi pour instrument et pour symbole la main, comme le plus actif des instruments.

Le don de Dieu vivant en toi ! — Oui ! il est hors de doute que la Source éternellement vivante de la vie, que Dieu donne aussi des dons vivants. Mais, pour ce mystère de la grâce, je manque complètement de paroles; il n'y a ici, pour toi et pour moi, que la terreur et la témérité, l'inaccessibilité et l'inévitabilité de la foi, du désir, de la confiance, de l'élan et de l'abandon complet de nous-mêmes dans les plaies mortelles de la Vie morte pour nous, desquelles seules se lève, souffle et coule la véritable vie vivante en nous.

Mais, ô misérable mortalité, ou, ce qui est presque la même chose, penchant au péché qui est en nous! Cette vie elle-même, puisée à une Source si profonde, si inépuisable, si pure et si claire, peut non-seulement se troubler et s'obscurcir, mais s'épuiser, se tarir, s'éteindre par notre négligence. Et c'est pour cela que, comme à un participant à la vie de la grâce, et surtout comme à un instrument destiné à la propager, l'Apôtre rappelle à Timothée, et je te rappelle à toi, et tu dois te rappeler à toi-même avec soin, dès ce jour, qu'il te faut *ranimer le don de Dieu vivant en toi*, l'exciter, le nourrir, l'augmenter par les moyens et les secours convenables, comme:

la prière, la Parole de Dieu, le zèle et la fidélité dans les fonctions qui te sont confiées, la patience dans les difficultés, l'amour de la croix de Jésus-Christ, la considération constante de l'image de Jésus-Christ qui doit être notre marque de distinction, moins sur la poitrine et sur le cœur que dans la poitrine et dans le cœur.

Que lui-même, le Chef suprême des pasteurs, notre Chef, te garde et te dirige, et conserve en toi son don qui t'a été donné aujourd'hui, et le fasse croître, et le rende fécond, pour la justification du choix plein de sollicitude du Pouvoir Souverain et du Pouvoir Ecclésiastique, pour le service utile et avantageux de l'Église, et, — s'il m'est permis de ne pas oublier cela non plus, — pour l'allégement du fardeau imposé à ma faiblesse. Que cette crosse, qui sera tienne, soit aussi pour un temps mon appui !

FIN DU DEUXIÈME VOLUME.

TABLE

DU DEUXIÈME VOLUME

CINQUIÈME PARTIE.

SERMONS POUR LA CONSÉCRATION DE DIVERSES ÉGLISES.

SIXIÈME PARTIE.

SERMONS POUR LE TEMPS D'UNE MALADIE EXTERMINATRICE.

SEPTIÈME PARTIE.

SERMONS POUR LES FÊTES IMPÉRIALES.

HUITIÈME PARTIE.

SERMONS POUR DIFFÉRENTES CIRCONSTANCES.

NEUVIÈME PARTIE.

ORAISONS FUNÈBRES.

DIXIÈME PARTIE.

HOMÉLIES SUR DIVERS TEXTES DE LA SAINTE ÉCRITURE, ET SUR DIVERS OBJETS DE L'ENSEIGNEMENT CHRÉTIEN.

ONZIÈME PARTIE.

DISCOURS.

FIN DE LA TABLE.

PARIS. — IMP. SIMON RAÇON ET COMP., RUE D'ERFURTH, 1.

PARIS. — IMP. SIMON RAÇON ET COMP., RUE D'ERFURTH, 1.